Li Rui
Yanjiu Ziliao

吴义勤 主编

李锐研究资料

张自春 选编

图书在版编目（CIP）数据
李锐研究资料 / 吴义勤主编. -- 南昌 : 百花洲文艺出版社, 2024. 12. -- ISBN 978-7-5500-5528-5
Ⅰ. I206.7
中国国家版本馆CIP数据核字第2024BV8692号

李锐研究资料

吴义勤　主编　张自春　选编

出 版 人　陈　波
责任编辑　杨　洁
书籍设计　方　方
制　　作　何　丹
出版发行　百花洲文艺出版社
社　　址　南昌市红谷滩世贸路898号博能中心一期A座20楼
邮　　编　330038
经　　销　全国新华书店
印　　刷　永清县晔盛亚胶印有限公司
开　　本　720 mm × 1000 mm　1/16　　印张　35.5
版　　次　2024年12月第1版
印　　次　2024年12月第1次印刷
字　　数　540千字
书　　号　ISBN 978-7-5500-5528-5
定　　价　78.00元

赣版权登字　05-2024-380

邮购联系　0791-86895108
网　　址　http://www.bhzwy.com
图书若有印装错误，影响阅读，可与承印厂联系调换。

目 录

严肃思考　锐意创新

——谈李锐的小说创作

冯　池

近两年来，李锐的小说越写越顺手了，发表的较多，质量不断提高。他的创作具有鲜明的艺术特色。在文学如何反映生活、表现人物方面，他有自己的见解。大家为他的进步高兴。

李锐今年三十二岁，1969年，从北京到山西蒲县底家河村插队落户。插队六年，他的父母先后在冤案中被迫害致死。这期间，作为“可以教育好的子女”，他对人情世态有极深刻的体会。就是在这样的境遇中，他开始学习文学创作，经过一段时间艰苦的努力，终于在1974年发表了第一篇小说。以后，他还写了几篇，但那时的创作囿于“四人帮”的种种束缚，他不愿再写下去了。

粉碎“四人帮”后，李锐激于义愤，写了一些揭露“四人帮”罪行的“伤痕文学”。但是，很快他就感到这些作品失之浅薄。这时他已调到《汾水》编辑部工作。在工作之余，他仍抓紧读书，苦心探索提高创作水平的新途径。他决心要使自己的创作从揭示个人心灵伤痛的狭小天地里走出来，让文学去关心社会，关注人生；在艺术表现上，要从描摹生活的表面进入艺术创作的更高境界。

从粉碎“四人帮”到1982年，李锐在本省和外省一些文学刊物上，共发表中、短篇小说二十篇。其中，大部分是1979年以后的创作。这些作品大致可以分为两类：一类，写山乡生活的，此类作品着重深掘主题，内容富有对生活的再认识意义；另一类，写工厂、城市及知青生活的，此类作品着重刻画人物，内容富有审美的意义。

李锐的小说，从艺术上看，大体已形成一种格调，这就是：清新俊逸，含蓄凝练（指多数而言，他的少数重在写人的作品，色调又偏于凝重）。他的小说，多数爱用散文笔调、散文诗的语言，描绘出一幅幅情浓意深的生活画面，诉诸读者的想象。读他的小说，往往有一种轻松愉快的感觉，令人不自觉在这种艺术享受中去思索生活的真谛。

李锐的小说构思精巧，简洁明快，细节逼真，语言清新。这些优点，包含着作者多年辛苦磨炼的心血。只要把他前后期的作品做一比较，便可看出他在艺术上前进的足迹。如《小小》（1979年）和《月上东山》（1981年），仅从语言上看，前者尚有生硬不妥之处，后者却是纯熟、朴实、自然得多了。《小小》第二节有一段景物描写，写幼儿小小一次被父亲带到山里所看到的景象：

> “顺路往下走，有时你就会看见几朵猩红耀眼的山丹丹跳出草丛，要不就是淡蓝色的金钟羞答答地倒挂在脚边，远远的有一片十样锦随随便便散落在草坪上……”

单纯看这段写景，可以说很有诗情画意，但从幼儿的角度写出来，就显得生硬不妥了。它纯然是成人（作者）的感观。这样的写景既游离于小说主题之外，又不符合人物身份。可是《月上东山》的景物描写就大不相同了：

> “空荡荡的天，又黑，又蓝，深幽幽的，看了让人感到微微的眩晕，真深。月亮真孤单，茫天浩宇，它却连影子也没有一个……
>
> 兰英在心里咒着：“福生，福生，你死鬼害得我好苦……”

这段文字情景交融，主人公兰英孤独、凄楚的心境和茫天浩宇中那轮冷清的月亮很自然地融合在一个场景之中。读到此处，除了文字所表述的内容而外，我们又可真切地感到一种文字之外的意境。作者在文笔上的锤炼功夫在这儿见到了效果。

李锐的小说，之所以引人喜爱，还有两种鲜明的艺术特色。

其一，选材严，开掘深。他的作品，在主题开掘上颇能别开生面，不入俗套。鲁迅曾告诫过文学青年："不可将一琐屑的没有意思的故事，使填成一篇，以创作丰富自乐。"李锐的小说不罗列现象，也不图解粉饰现实。他在山乡生活了六年，熟悉山民们的思想感情，热爱山乡人民质朴淳厚的性格。他为山乡每一细微的新变化而兴奋，但同时也看到，一些封建传统思想、蒙昧精神状态和小生产的因循守旧、不图进取的落后意识，阻碍着山里人们的生活前进。他认为，一个对人民负责的作者，必须真实地反映山乡人民的生活，以"揭出病苦，引起疗救的注意"。他近几年来陆续发表的一组反映山乡生活的作品，大都是这个主题。

在《清清的泉水》里，作者写了一个叫丑女的姑娘因为长得漂亮，遭到全村人的舆论攻击。当村里人知道她与放羊小伙顺吉恋爱时，竟把她看成"从月亮上掉下来的怪物"，纷纷嘲讽辱骂。在这种凶残舆论的威逼下，他们纯洁的爱情被葬送了。如果说封建意识只是以舆论形式扼杀了丑女的爱情，那么，封建的道德伦理却是戕害了《月上东山》里的兰英。兰英出嫁后，四年不孕，因而遭受公婆的冷眼，自己也含愤守屈，度日如年。但当她历尽艰辛，终于受孕时，却自得其乐起来，以自己也能生育而自傲，并预想将来给儿子娶媳妇，"一定不要那有不育症的女子"。这是何等辛酸的变异啊！封建思想的毒害，竟使兰英麻木到如此可悲的地步。

当你读着《静静的南柳村》，更会心潮起伏，思绪难平。这篇小说活灵活现地描述了两个山乡姑娘，为争着显示男家所送彩礼的厚薄而进行的一场明争暗斗的角逐。小说用的是轻松诙谐的笔调，但是你能看出，作者是以冷静的思考，深沉地、淋漓尽致地去剖析山乡妇女们那种自轻自贱而又安于自欺的精神状态的。二荣身上那纸花似的装束、爱香手腕上那"明晃晃的机器"虽然赢得了全村人的喝彩、赞叹，但是，在"女人不是人，母猪不敬神"的这块天地里，她们那令人艳羡的荣誉很快化为泡影了。生活照旧循环往复着，而南柳一带的妇女们，“为人一场”，除了当妻生子外，还能有何作为呢？那“流逝的年华”，也就“永远从人们的记忆里”把那些花呀，月呀，兰呀，香呀的美好名字埋葬了。读这篇小说，你虽然会被其中一些诗意的细节和幽默的语言引逗出会心的微笑，但掩卷思之，心里总是沉甸甸的，想要说点什么，甚至于想大声疾呼：“山乡的妇女们，醒来吧，你们的精神状态距离现代化的生活，有多遥远啊！”

以上列举，只是李锐描写山乡生活的一部分作品。据此，我们也能看到，作者所满腔热情地探寻的，就在于揭露和批判山区农民身上那些落后和消极的东西，期望他们能从精神上解放出来，改变落后愚昧的状态，赶上时代发展。他的小说的深刻的现实意义，即在这里。

其二，李锐笔下的人物，性格鲜明，真实可信。为了写好人物，他多年苦心学习借鉴，琢磨出来一套对不同人物，采用不同艺术表现的手法，取得了明显的艺术效果。如对正面人物，他善于透过表象去展示人物的美好心灵，并注意在行动中刻画人物。《五十五壮汉》中的大牛，最初给人的印象并不好，骂骂咧咧，性格粗鲁，放荡不羁。但是随着情节发展，作者给他铺排了几次行动，便把这个人物的光彩显露了出来。如当他得知小点儿的钱被偷，“烦时火冒三丈”，撅断锹把，深深地戳入地皮，然后向偷钱贼发出那番声色俱厉的警告。在他的威压下，刘三利悄悄地把钱归还了小点儿。看到这里，你不由得会为大牛那侠肝义胆的壮举和感人肺腑的言辞而激动。当他为老黄爱人的休息巧作安排时，你又会觉得这个莽撞汉子竟是粗中有细，对同志有着炽热的友爱与温存。特别感动人的是，他为支援小点儿的姐姐“病退”，竟甘愿自己犯错误蹲“监狱”。看到这些，你不禁觉得这个外表莽撞的青年，却有一颗水晶般澄澈的美好心灵。作者这样来写大牛，是符合他性格的真实，也符合生活逻辑的。“金无足赤，人无完人”，更何况大牛的缺陷并非与生俱来，而是“十年动乱”的烙印。

对于批判性的人物，或者性格复杂的人物，作者则采用多样的表现手法，但主要的有两种：一种是把环境气氛的渲染同人物思想活动融合在一起，以烘托映衬人物形象；另一种是运用人与人之间或者人与景物之间的对立，来加剧人物内心的矛盾冲突，从而掀起感情波澜，淋漓尽致地揭示出人物的内心世界。《春雨，悄悄地飘落》中的杨娇，出生在高干家庭，比别的青年享有较优越的物质生活与社会待遇。但是，这种优越条件并没有培养出她的远大理想和美好情操。她的精神极度空虚。她觉得像她那样饭来张口、衣来伸手的生活实在过腻了，她要追求生活上、爱情上的新奇，追求所谓“超凡脱俗”的新刺激，所以她选了残疾青年当对象。在这种思想支配下，她的为人表现出了种种表里不一的特点：她表面雍容华贵，内里却精神空虚；表面姿容俊美，内里却鄙俗不堪；表面落落大方，内里却自私残忍。这些行为的反差，正是她这个人物性格的主要特征。作者为了突出她这一性格特征，为她配置了一系列差异悬殊、对比鲜明的人物关系和人与环境的关系。如她与小岩从外表到内心的悬殊，他俩的爱情同小岩父亲和陈阿姨的爱情的悬殊，以及她的家庭环境与小岩家庭环境的悬殊等。这些悬殊差异的优劣对比，把杨娇的性格烘托映衬得鲜明突出。杨娇这个人物性格比较复杂，应该说是不容易表现的，但是作者却能如此巧妙地把她表现得较好，说明他在艺术技巧上具有了一定的功力。《菩提之心》里的顾遐，由于对爱情采取了轻率的态度，错择了配偶，遭到惩罚性的打击，尝够了无爱的苦果，甚至于遭受“皮肉之苦”，以致痛不欲生，想逃离尘世，去寻求精神上的解脱。作者为她设置了典型的环境，让她去到五台山佛教圣地，可在这儿竟一次次碰到了情爱的伴侣和友爱的人群，使她心灵深处掀起一层层波澜，从而细致入微地揭示出了这个人物的苦痛历程。这篇小说，不仅从爱情上，甚至从人生的价值上都能给读者以较深的启示。

李锐在十年创作历程中，付出了艰辛探索磨炼的代价，取得了显著的成绩和进步。目前，他还在孜孜不倦地探求进取中，我们希望他百尺竿头更进一步，为人民写出更新更美的作品来。

原载《山西文学》1983年第6期

这一瞬间凝结了永恒

——读《古墙》漫想

郑　义

一年多前，李锐到雁北的平朔煤矿工地走了走。回来后好兴奋，说了些世界上最大露天煤矿的建设，长城脚下古老村庄的搬迁，全国最大汉墓群的发掘什么的。朋友们也都兴奋地预感到一部好作品的诞生。至于那土地上能觅到什么，谁也不作预想。——亏吃多了，便多少油了点儿：不应以生活来证实什么，而应去感受，去发现点什么。重要的事实是：在那片毫无回旋余地的弹丸之地，现实与历史终于无可妥协地冲突起来。

其后，李锐几赴平朔，惨淡经营一年。待我读到黑黑的铅字，梧桐叶已窸窣地陈满小径。读罢，兴奋之情油然而生，曾在秋风里久久徜徉。

几日前，听《当代》的朋友们说起，反响颇有些儿。有的说好，有的说不知所云，有的说玩时空交叉，谁不会？——朦胧诗？怪胎？浅薄？于是想起写一篇文字。

老实说，初读《古墙》（《当代》1985年第6期），我亦未懂。一反传统，没有情节故事，不重人物塑造，漫不经心地将工程、农村、考古队生活写作几段速写、断片，一凑了事。工程副总指挥马长江为现代化矿区建设奔走呼号；老福海为死后哀荣含辛茹苦地喂养一只大肥猪；郭福山不顾村子即将拆迁而执拗地营建自己的独门独院；开小四轮拖拉机的黑子用可口可乐祭祖，和他那绝望而忠贞地爱恋着他的年轻寡妇贵兰酝酿着诀别；残疾姑娘雯佩疑惧着爱情，在修复出土文物中寻求着寄托；考古队队长冯尊岱希冀着轰动，而终于在对历史的发掘中得到了人生的慰藉……——拼盘？文学？我确有些惶惑了。

但感受是强烈的："主题思想"的含混模糊与生活细节的精确有力，形成鲜明的反差；各不相干的人物、互不贯通的生活之间，遗留下许多有待填充的意味深长的空白。

——这些从结构中渗漏出来的信息，仿佛暗示着解读《古墙》的钥匙：结构。

感受是不会欺骗人的。

无论是黑子上坟，叫"老祖宗们开洋荤"的"外国人喝的酒"，还是贵兰给情人夜半留门的暗号——白天头戴一只蓝色花发卡；无论是走西口途中廉价买来的女人在河口堡林边坟地里惊心动魄的生育，还是迎送老光棍亡魂时，在月光下蜿蜒涌动的头顶整匹的布的"送灯"队伍，飘忽明灭的麻纸灯火；无论是马长江改革受挫，在日记本上为自己五十岁生日写下的那句唯一的话，还是考古专家在刚出土的西汉铜镜前对人生的顿悟……——所有这些细节，不仅鲜亮有力，而且涌动着一股股不可遏止的生命的澎湃！合卷沉思，眼前纷呈的，竟全然是一团团跳荡的饱孕生命的斑斓色块。这些大笔挥洒的降生、死亡、苦恋、奋斗之大色块中，生命激动着，迸出炫目的光辉。

我猛然悟出：作品所讴歌的，正是生命自身，而不是那暗伏因果律的情节故事所导向的种种超验的目的。在这里，通过打破习以为常的情节构架，存在、生命被高扬为它自身的出发点和最后归宿。

作家获得一种高层次上的把握，不满足于（不屑于？）琐细地再现，便挥刀一砍，斫出一历史的横断面。如理性的电光骤然照彻混沌纷繁的人世，那闪亮的一瞬便凝结了永恒。

这领悟，在作品所呈现的改革与反改革的复杂斗争中亦得以证实。

副总指挥马长江的改革，便是"要解放思想"，"冲破种种禁锢，包括让活生生的人冲破陈旧、老化的‘军营式’‘周边式’建筑的禁锢”，便是在综合办公大楼、外宾公寓、住宅区、高级职员公寓、单身公寓之外，还要建设现代化的学校、医院、电影院、体育馆，甚至公园、音乐喷泉、图书馆，乃至于令人心醉的波光粼粼的人工湖。他坚决反对所谓的“压缩方案”，大声疾呼：“……可是请不要忘了，现在已不再是‘小米加步枪’的时代，社会主义社会的幸福生活，也不应是一种对于人民的空口许诺……”“我们要让人成为建筑的中心，成为建筑造型的活的灵魂！

反思历史，教训之中最深痛者，莫过于把共产主义视为宗教，而让人沦为历史运动的工具。宗教哲学：人生的意义来自上帝。于是，尼采怀着清醒的痛苦，终于喊出他的划时代的名言：上帝死了。费尔巴哈论幸福，把人类的期待视野从绚烂的彼岸云空引向坚实的现世大地。马克思则指出：人将围绕他自身的太阳旋转。

初读《古墙》，深为它的残缺美而动情。

猛眼看来似漫不经心的残缺的结构和每个人物似随手拈来的残缺的人生，同生命力的猛烈涌动相反照，表现出一种动人心魄的残缺的美。正如维纳斯那断臂，只要生命充溢，残缺反成就了美的极致。

这残缺——空白更把读者思维导向辽阔空间。

绝非一个由目的论、因果律所圈成的封闭的球体。这是一个开放的结构。它不规定思维的空间及走向。它是一个以生活为核心向全方位辐射认识之光的自由的星座。它反对封闭，于是作品便获得了神奇的张力。

这遍布空白的残缺结构向接受者发出挑战。勇于应战的读者，将摆脱被动接受的慵倦，同作家一起历经发掘、思索、结构的激动，从而获得一次愉悦兴奋的审美体验。

象征。

由沸腾的现代化工程、宁静的河口堡村与沉积着悠深历史的古墓群这三大块生活构成的总体象征值得研究。古墙（万里长城）所蕴含的浓郁的象征色彩亦具有独特的美学价值。

长城，本来便是我们古老民族的象征。作家不仅把自己的作品定名为《古墙》，而且在这一形象中又注入了自己深刻的反思。河口堡村人盖新房，都到长城上拆城砖。曾建造了伟大文明的农民，何以又亲手拆毁着自己伟大的建树？走西口打短工的贫苦农民郭福山，做梦都想当东家，雇穷弟兄扛长工。初步富裕之后，他便把那昔日的梦变为现实：雇口外的人给自己当短工。于是，在拆城墙拉砖之际，作家让郭福山同他雇用的短工二海的车轮“在一块石头上磕绊了一下，被高高地抬了起来，接着，轰隆一声，落进了（古墙下）那古老的轨迹。”

时代毕竟在前进。那古墙虽则残破衰老，但那“像个披红挂绿的俏媳妇”般的“花花哨哨的钻机”，已经历史地“高高地和烽火台并排站在了苦菜坪的黄土峁上”。

结尾竟是“两千万年后的某一天”。

那时，地球又经历了“两次以上的大冰川期”，板块的漂移已使大陆海洋变得“面目全非”，太平洋隆起高山，喜马拉雅沉入海底……那时候的一支考古队来到这里，将会在一个农耕社会遗址之上，发现一个文明跨度极大的工业遗迹。他们可以考证出一切，但他们永远不可能考察出曾在这里生存过的人们的喜怒哀乐。——时间的巨大跨度，又一次把我带入冷峻的思索。一瞬间里，我在浩渺雄浑的历史流面前感到一种孤寂无助的战栗。小说再一次打碎我固有的价值观念，清醒地向我呼唤存在的意义。

这里没有虚无，没有悲观。虽然河口堡人尚未彻底挣脱传统的樊篱，但旧生活毕竟已无可挽回。虽然因国际经济动荡，中外合资的普宁煤矿全面缓建，但新生活毕竟已无可阻挡。否定了虚妄的彼岸，生命——无论个体的还是我们民族的，都将更加自觉地向自由提升，并最终围绕自己的太阳旋转。

原载《当代》1986年第2期

评《古墙》

董大中

《古墙》，中篇小说，李锐作，发表在《当代》1985年第6期上。在《当代》同年第2期上，李锐还发表了中篇小说《红房子》。另外，《山西文学》发表了《晨雾》。这几篇小说，把李锐的创作推向了一个新阶段，其中《古墙》无疑是高峰。但这篇小说又有一些新的、值得注意的特点，它既使传统的小说观念失去光彩，又使小说本身具有深广的内容和丰富的意蕴，以致我在第一次读了小说之后，真不知道该说些什么。到现在，也不能说已经完全认识了它，因此，这里所谈，只不过是我在读小说过程中的一些感想。

一

“历史感”，这是时下很流行的一个字眼，也是许多作家所极力追求的。李锐的这篇小说，恐怕是最富有历史感的了。作者在讲他的故事之前，先写了一段《引言》，从地球形成的四十五亿年前写起。然后他把人们的视线集中到“形成了一块很大的煤田的”“地球上的一隅”。“这一隅”，经过两百万年的“黄土掩盖”，一直到两万八千年前才有人类活动。接着，作者引用史书上的记载，说明在“人类活动”的后期，曾经有多少著名人物“在这块土地上征战”。与这个《引言》形成对照，小说的最后是《想象的结局》。它把人们带到“两千万年后的某一天”，把“想象”中的“这块土地”在两千万年后的面貌作了描绘。可以说，小说的时间跨度不是“上下几千年”，而是亿万年。

除了《引言》和《想象的结局》以外，小说的“本事”部分，也有强烈的历史感。在第一节，作者写了河口堡这个“在塞外荒原上”“一个再普通不过的村子”，写了这个村子几十眼“人类在穴居时代”就学会居住的“黑洞洞的土窑”，写了五百年前河口堡“一个朝廷下命令表扬的女人”的事迹，写了郭家老坟上的一座石碑。在第二节里，作者写了一个考古学家的生活，正是那个考古学家的辛勤劳动，使我们看到了两千二百年前这块土地上人们生活情形的一鳞一爪。在以后的描写中，作者还通过回忆，展现了解放前人们的苦难与兴奋。作者巧妙地把几千几万年的历史浓缩在尺幅之中。

与“历史感”相对应的一个词，是“现实感”。这篇小说又是最富于现实感的。现实是什么？是在1984年，这块土地被命名为“普宁煤田”，“这煤田引来了A国肯特公司，引来了数万名建设者。他们将共同投入五亿美元的巨额资金，他们要建成一座年产一千六百万吨优质动力煤的世界最大露天矿，要在这片古老的塞外荒原上建起一座新兴的煤炭城市”。这样的现实自然使古老土地上的人们受到震动，老年人忧愁，中年人徘徊，青年人高兴。历史在一瞬间摇落了树上的残果，萌生了一片新芽。这就是今日的河口堡。这里没有“断裂带”，只有飞跃。是的，历史在飞跃。飞跃——我们时代的特点。

以无限广大的时间和空间（主要是时间）为背景，写出历史飞跃期人们的兴奋与烦恼，写出人们的生死婚嫁，悲欢离合，这是我们从小说中所接受的最初的表层的印象。

二

但这篇小说却不以写出深沉的历史感与现实感为其追求的目标，作者似乎在思考着、描绘着一个更富有深意的哲学命题。

读了这篇小说，我想起了路遥的《人生》和郑义的《老井》，想起了与此类似的一些小说。李锐似乎已经有意识地参加到“人生派”的大合唱之中去了。他所关注的，是人生，是浸透在“这块土地上”的农耕文化，是这种文化所熏陶着的人们，所培育着的他们的理想、信念和情操。他把长得不能再长的历史作为背景，乃是要探求浸透在“这块土地上”的农耕文化扎根在多么深厚的土壤上，有着怎样强大的亲和力与溶解力。这块土地就在长城脚下，人们随时可以看到长城，人们居住的房屋是用长城上的砖盖起来的。长城的古老，长城的雄伟，长城在争城夺地中的作用，在“这块土地上”都集中地表现出来了。小说以“古墙”作标题，“古墙”，从一定意义上说，是一个象征，它把古老的人生观念，像丰碑一样，刻在人们的心上。

中国的封建社会，是一个超稳定的封闭型社会结构。它始于周秦之际（采用毛泽东说法），M189的主人就生活在封建社会的初期。两千多年来，中国农村的生产方式，人们的生活习惯、价值观念，都没有大的改变。七十多岁的郭福山，刚刚有了承包地，就要做“地界”，妄想把它据为私有。他要下种了，让儿子赶着老牛在前边开沟，他跟着撒籽，雇来的二海撒粪，三人一条线。这种几千年沿袭不废的农耕生产方式，自然会孕育出一种落后的、愚昧可笑的农耕文化来。郭家两兄弟就是那种农耕文化的化身。老福海以把自己安葬到祖坟为乐，岂不知祖坟所在的那块土地是要被露天煤矿揭起的土层埋掉的，后人要来祭奠，也根本无法找到。郭福山日夜想的，是盖一座独门独院，是像旧日的地主一样，自己摇扇子，农活雇人做。下种回来，牛都要歇响，他却硬要让雇来的二海去拉砖。中国的老一代农民，既有一种随时升到地主去的梦想，又有一种可怕的报复心理：我年轻时到你口外去卖劳力，现在，你口外的青年人把劳力出卖给我，就得听我使唤，就得像我当年一样死受。

人生在走着一个怪圈。地主已经被推翻好多年了，三十多年前的郭福山也许曾是斗争地主的积极分子，但他现在要学地主的样，梦想成为地主。可以预料，一旦郭福山变成地主，一定会比往日的地主更加残酷地剥削自己先前的农民兄弟。历史就是这样循环的，郭福山成了这种历史循环的最后一个载体。可悲的是，村子旁边轰隆隆的机器声响，那要把自己所立足的“这块土地”彻底埋掉的严重威胁，都不能改变他的想法。

这是一个文化断层。在这个文化断层之上，还将叠压上另一个文化断层。正在这块土地上兴建的世界最大露天煤矿，使用最先进的机器设备，它跟三人一条线的农耕方式截然不同；建在露天煤矿旁边的生活区，有最现代化的服务设施，它跟人类从穴居时代就学会居住的窑洞，跟用长城上的砖建筑起来的独门独院，形成对照；生活在这里的人们，可以有马长江和方鸿儒的设计思想之争，还可以有别的争论，但他们会毫无例外地呼吸到一种新的健全的文化空气，这又跟郭家兄弟在祖坟徘徊、叹气不可同日而语。小说最后一节写《想象的结局》，说两千万年以后的人们，很可能像现在一样，“为了寻找自己的根，他们还是要追寻祖先的文化。当他们的考古队来到我们所描述过的这块土地上的时候，就会在这一带古老的土层下面，发现一个奇异的文化遗址——在一座农耕的自然村落遗迹的上边，叠压着一个文明跨度很大的矿山开采遗迹”。作者称这是一种“巨大的历史落差”。由落后的农耕文化跃升到社会主义的现代文明，构成了“这块土地上”发生变化的主要内容。作者在广阔的背景上，用对比鲜明的手法，写出“巨大的历史落差”，是这篇小说的一个重要成就。

三

前边说过，作者写这篇小说，关注的是人们如何生活。现在我们就来看一下，作者笔下的人生究竟是什么样子。

我们曾经强调过人的作用，称人是历史的主人公，这是对的。但如果把人放到更大的背景下，放到宇宙形成、物质进化的背景下，人就显得渺小了。这篇小说中的人，正处在这样一个大背景下。显然，这是由作者视角的不同所决定的。这篇小说的作者站在物质层面上看待人生，因此他更多地看到了生的迅忽，看到了人在自然面前的无能为力。特别是对河口堡的村民来说，更是这样。他们像一只只没有舵的船，只能顺水漂流，顺应环境，而很难做到自己主宰自己的命运。少年时代的郭福山，被兄长领到口外去谋生，这是“这块土地上”的人们多少年以来习惯性地走着的一条路。返回的途中，他意外地捡到了一个廉价的女人，生了孩子成了家，从此过上跟兄长很不相同的生活。到老年，党实行新的农村政策，使他有了一块属于自己经管的土地。他正要重温埋藏在心中几十年的做一个地主的梦，不期大批工人开来了，外国人开来了，破坏了宁静的气氛，而且要把他生息了几十代、几百代祖先的“这块土地”埋掉。于是，他在那个严肃的甚至可以说是有点神圣的祭祖活动中，居然发出了“洋人疯！一村子洋人疯！”的骂詈声。

当然，这里的人并不都是像郭福山等人那样浑浑噩噩的，另外还有一些人，是努力支配自己，去进行创造的。马长江、方鸿儒就都在按照自己的面貌，塑造未来的生活区。黑子也是一个创造者。在清明节这个祭祀祖宗的日子里，他开着一辆拖拉机来到祖坟，他所摆出的供品，也不再是传统的蒸馍，而是“叮当作响”的罐头和被他当作“外国人喝的酒”的“风行全世界的可口可乐”。这近似恶作剧的祭祖活动，反映了农耕文化的日趋没落。但是，在大多数情况下，他们这些创造者的愿望也总是要变成泡影的。对马长江和方鸿儒的方案之争，作者并没有简单化地用谁胜谁负的方式予以解决，而是说，国际上原油价格的不稳，影响到了普宁露天煤矿建设计划的完成。

其所以如此，就在于人是生活在环境之中的，他的一言一行，一举一动，都受着环境的制约。从郭福山的人生道路，到马长江、冯尊岱等人的事业，莫不如此。人与环境，这是一个多么古老的命题，但它又有多少文章可做。作者把人生作为他思考的题目，又取了那样一个广大无边的视角，必然使小说里的人生显得残缺不全，同时，读过小说之后，我们还隐约感受到了一种人生如梦的低沉情绪。小说开头写冯尊岱和他的考古队挖掘古墓，最后写老福海寿终正寝，入土安葬，堆起了一座新的坟墓，这还不是又一个人生怪圈吗？看，子孙繁衍，生生不息，走在前边的成为后来者的研究资料，后来者重复着先行者的足迹。以单个的人来说，他就像是历史上的过客，来去匆匆。

话说回来。我们固然可以为小说中缺少一种更加积极的人生态度而感到不够满足，但作为一种美学理想，作为一种对现实主义的要求，我们又不能不赞赏作者的努力。因为人生本来就是要进行不断的拼搏才能前进的，不可能“万事如意”。人生短暂，那是不可违拗的客观法则，问题在于，人如何利用那短暂的时间，使他的生命更有意义。作者几次写到了“永恒”，并且把死跟“永恒”联系在一起。不错，一个人的生命是短暂的，但人都是永恒的；人的肉体是短暂的，而他的业绩是永恒的。“这块土地上”无数风流人物都死了，但“生”都存在着，唯其有“生”，我们才知道这里有过“死”。即使郭福山这样一个浑浑噩噩过日子的人变成“地下文物”，也比老福海有意义，因为它可以说明他曾经培育过、负载过那压在底层的落后的“农耕文化”，让后人知道“这块土地”的历史有多悠久。从这个意义上说，一个人，即使渺小如一粒沙子，只要你在人类文化发展的链条上出过力，就算没有白活。

四

读这篇小说，我们真真确确地感受到了它的美的力量。它不是那种读过一遍就想放开的小说。它紧紧地抓攫着你。

小说的美感，不是来自人生的残缺不全，而是来自人物心灵的美好和感情的真挚。郭家两兄弟在口外买女人一节，读来感人至深。兄长郭福海让弟弟买下女人，既是成全弟弟，也是救那女人，一片好心。郭福山本来可以像哥哥那样，前半辈子过光棍生活，后半辈子鳏寡一人，但他还是“要”下了那个大肚子女人。对人的怜悯和爱惜超过了对未来生活重担的担忧。从女人方面说，我们不能责怪她甘心把自己作为廉价商品出卖，我们感到震惊的，是她对郭家兄弟的真诚的一心一意的顺从。当把孩子生到野外而不是原先商定的家里时，她问对方：“你还要我吗？”尊重他人，不迁就，不要赖。这是真心，也是真爱。

考古队的几个人，也都生活在一片真诚的空气中。丑牛子是被作者当作一个奴性人物来写的，但他的乐于为他人做事，仍不失为一种美德。那一对青年知识分子，同样表现出一种高尚的情操。雯佩不接受陈冬的爱情，是她不想给自己喜爱的人添麻烦，而宁可永远孤独下去。陈冬矢志不渝，不是出于对那个残疾女人的可怜，而是忠于共同的志趣和深入的了解所培养起来的感情；他跟世间那些喜新厌旧、朝三暮四者大相径庭。

小说应以情动人。这篇小说里的情，是饱满的，真挚的，深沉的。像冯尊岱，一个年过花甲的考古学家，把整个身心投注到自己的事业上，这情是多深！小说写出了他对挖掘出有价值的文物的希冀之情，可能挖不到时的失望之情和在挖到一件虽不理想却自有其重要性的文物时又喜又悲的复杂之情，曲折、细腻，富有层次。如果说冯尊岱的这种情，是一种对未来（发掘结果）捉摸不定的虚幻之情，那么，郭福山所流露出来的就是由对过去的农耕生活的留恋而凝成的孤僻、冷漠之情，孙贵兰所流露出来的则是由对现实的冷静思考而生出的痛苦之情了。甚至连负责普宁露天煤矿基建工作的马长江，也有一种由对自身责任感和威望的明确意识而生出的孤傲自负之情。作者是很善于描写人物感情的，他所选取的生活镜头，又都充满了感情。这些情无不切合人物性格和当时环境氛围，因而自然地产生了一种强烈的逻辑力量。

五

最后，我们回到作品的表层，看一下它的结构模式。

这篇小说除《引言》和《想象的结局》以外，共有十二节。小说采取“散点透视”模式，一节写一个生活场景，只有第二节和第十一节集中在一个场景上。其中有些人物是重复出现的。而所有的人物，并不是结合在同一个生活圈子里，而是分别组成三个不同的生活圈子，即河口堡的村民们、考古队和矿区建设者。现在我们用ABC分别代表他们三家，则得到如下阵式：

节　　次：1 2 3 4 5 6 7 8 9 10 11 12

描写重点：A B C A B C A B C A B C

三个生活圈子也就是三条线，它们各据一方，平行发展，互不联系。如果我们把整篇小说打烂，让它们重新组合，AB两条线完全可以成为两个独立的短篇。以A线来说，前后四节，也就是情节发展的四个段落。第一节写露天煤矿建设工程给河口堡村民们带来的震动，重点是他们对搬迁村庄的不同反应。作者在作了概括说明之后，立即把笔触集中到郭家兄弟身上，同时拉出黑子和孙贵兰二人。于是在描写这个系列的下一节（第四节）里，便是黑子与孙贵兰的幽会情景。到这个系列的再一节里，作者又着重写郭福山。在第十节，老福海走完了他的人生历程，实现了他的最崇高的愿望：被热热闹闹地安葬到祖坟里。这条线所写的，虽都是一些生活片段，但由于人物集中，又大体以时间先后为序，所以具有了相对的完整性。B线则更像是一个故事了。整个这个系列，以冯尊岱挖掘古墓、寻找有价值的文物遗存为经线，有机地织进了雯佩修复古物的情景、丑牛子对使用“奴才”（力气）的议论、陈冬的求爱信以及陈冬雯佩关系的回顾等内容。但作者并没有让它们独立成篇，而是把它们捏合起来，又分头予以分割，然后交叉在一起，成了浑然的一篇。

这种结构模式是比较独特的。作者采取这种结构模式，显然与他的从宏观上把握世界的艺术构思相一致。要从宏观上把握世界，就不仅要写出世界最大露天煤矿的建设情景和它对古老的农耕文化的冲击这横的两极，而且要从纵的方面表现出“这块土地”的历史的变迁，于是就有了现在的考古队和它的影子，两千万年后可能会有的考古队这第三极。这三极也就是三维。作者笔下的艺术世界是三维的，立体的。也正因为是三维的，要用一个完整的故事说起来，十分不易。事实上，作者曾经想用一个故事笼盖所有的人物，后来他放弃了那个设想，而创造了这个独特的结构模式。结构的最高境界，是与它所表现的生活、感情、心理流程相和谐，这正是本文的特点。小说的三条线，以ABC的次序，四次有规则地出现，但每一节的长短、详略，不完全相同。这是规则中的不规则。正由于三条线有机地、规则地交叉在一起，那三条线便取得了一种合力，又由于每一条线被分割成四个段落，中间插进别的生活场景，又无形中使每一条线都有了张力。这样，小说美感的静态构成与小说结构的动态布局，完美地和谐地结合起来了，使它的有限容量含无限意蕴。小说的境界之广，含义之深，都产生在它的独特的结构之中。

原载《小说评论》1987年第1期

李锐的气质和艺术

李国涛

李锐的第一本小说集《丢失的长命锁》是1983年以前的作品的结集，共收录短篇小说十六篇，中篇一篇，约十七万字。以后他又发表短篇十几篇，中篇四五篇。后来发表的这些小说，中篇《红房子》和《古墙》，短篇《野岭》三章和《厚土》七篇，都曾引起一定的反响。

李锐三十八岁，写作的历史将近十五年。依作品数量说，在当今他这一茬子作家中，并不算多产。但是，近两三年他的小说因其厚实沉着，渐为人称。他这个人也就因此在当代青年作家群里，占了一席之地。尤其《厚土》一出，颇有影响，几个有影响力的刊物都以自己的标准分别选载，评论文章也发表了好几篇。我自己也写了一篇《读李锐新作〈厚土〉七篇》，发表在《山西文学》今年第2期上。不过文中有点意见说得很简略，似未尽意，现在就再多说几句。

我说过，在《厚土》七篇里，《古老峪》里那位姑娘对那个青年干部（“公家人”）的微妙感情，那个青年干部对那姑娘以及对整个农村生活的“书生气”和同情、怜悯以及孤独之感，与《锄禾》里的知识青年的某些感情，以及作者在《合坟》里流露的感情，包含一些共同的东西。我在文章里说：“我似乎觉出有当年知识青年的天真的目光在闪烁，有那种痛苦和怅惘。

我以为，这是很可爱的。”

老实说，我喜欢李锐笔下、胸中的那种“天真”。天真者，赤子之心也。不过说到天真，这里有两方面的意思。天真，往往同幼稚联系起来。人们说：“太天真！”这是嫌你幼稚了，或者眼光太浅了。这对于作家来说，应当引以为戒。因为作家也是——或者最好是——思想家，他要更深刻一些。这是一方面的意思。但是还有一个方面。天真，也有对世间事物的一种亲切和信任，有一种易受感动、多情、温暖、温柔的表现。伟大的作家都不失赤子之心，往往指的这个方面。就这方面而言，这又是优点，是不应轻视，不应离弃的。

我为什么要说这么个问题呢？因为我在李锐的许多小说里感受到了这种天真的存在，而这是我很喜欢的。那么，这又是这两种意义的“天真”里的哪一种呢？我很难断言，应当说两种都有，而主要在后一种。

李锐是善感的。他能在生活中感受到某种烙人的感情、情绪，从中升华出一种纯洁和美，当然，往往同时就表现出对丑的一面的摒弃。举例来说，《书》所表现的感情是多么缠绵、悲哀，而事件又是多么微不足道。

我知道这故事是有生活依据的，或者说，大体是有过这么一回事的。但是，这里面的赤子之心，它的天真，是李锐的创造。大约是由于都当过“黑狗崽子”，又都有过下乡并调回过厂矿这种经历，使李锐对这个题材把握得很好。当然，在李锐的小说里这不是上品，但是是很本色的中品。

如果举以往小说里的上品而言，我以为《小小》《丢失的长命锁》《五十五壮汉》都是，而且都是代表充满天真之情的作品。比如《五十五壮汉》吧，我记得当年我经手审阅这篇小说时，我的眼睛曾为之湿润。现在不必多说，这类所谓知青题材作品我们读过不少。然而小说里的小点儿仍然可以说是令人难忘的。充满这篇小说的也是一种天真之情。

李锐在不断地奋进之中。他当然不安于这种天真。就在第一本小说集里，同时出现了一种冷峻的笔调。其中《“窗听社”消息》是一个代表。小说虽然贴近生活，写着改革，但是对麻木、沉闷、愚昧作了很辛辣的讽刺。《月上东山》也可以说属于冷峻的一路。这里的愚昧、传统，扼杀一代又一代的青春。女人只是为了生儿子而活着，她的生命的意义不在她自身，而在她的生育能力。然而一代又一代地，女人们就这样自我满足着。

李锐后来的小说大体是沿着冷峻的一面发展的。这大约有一定的思想文化背景。从人生经历上说，由青年而中年，岁数不算大，也有沧桑之感了。在“十年动乱”里个人经受的痛苦且不说，家庭中父母冤死，而社会风气也给了他很大的刺激。正如小说《书》里的场景，再加上《人之常情》里写的人去茶凉的场景，就难怪小说人物有下面的议论了：“要真有一副木石心肠也就不会等得这么苦了。连这点人之常情也不懂？这十几年的罪你算是白受了！”是的，作者李锐同作品人物发出同一种声音。于是，再看世事，就要看透些。也许这一代人都有此感。再从社会思潮上看，动乱以后的反思是必然的，人们会追问许多“为什么”。党风问题、社会问题，以后，人们追问文化传统，追问心理积淀。于是发现停滞、愚昧、自私等等。这是作家视野开阔，思想深沉以后的现象。作家们不断地努力从哲学、文化的视角来看待生活，人情世故，社会风气，都同中国古老社会的传统联系起来。于是作家变得冷峻了，他们都要用解剖刀去无情地分解、剖析自己的文学对象，过去的柔情、温暖便要隐忍几分；于是，笔下的“天真”便要渐少。李锐小说的总体发展似乎是这样的。《厚土》引起的反响大体是从这种冷峻的方面来的，这当然是一种收获，是一种进步。无疑，李锐在走向成熟。《丢失的长命锁》里一个男子汉成熟的代价是丢失了他自幼佩戴的长命锁，李锐的成熟使他失去原有的某种“天真”。也许，值得。

但是“天真”是不是一定要随同作家的成熟而失去呢？我想，不一定。照前面提到的第二种意义上的天真，赤子之心，也即一种温暖、温柔、信任、多情，是不一定要丢弃的。我新近重读了李锐1985年的两个中篇《红房子》和《古墙》，更坚定了这个看法。这两个中篇都广泛为人称道，我也都喜欢。如果问我更喜欢哪一个，我要说是《红房子》。我喜爱《红房子》里的一片赤子之情。不错，与题材有关系。《红房子》写童年生活，没有那种天真之情就没法写。不过，你要一定使它“冷峻”，甚至透露出“残酷”，那也不是不行。而《红房子》是为读者创造了一个“天真”的世界，这里虽然透露出某些哀伤，然而是多情又温暖的。有无穷无尽的事件、情绪，令人神往。这篇小说有一定的自传成分，但是情节上的虚构还是不少，这是作者同我聊天时说到的。就是说，这是地道的小说。它有点“纪实文学”的调子，给人强烈的真实感。而事情是侃侃叙来，毫不费力的。看来似乎不讲究技巧，而一切都十分妥帖自然，很有韵味。不妨再借一个词来说吧，有点“神韵”。怎么叫“神韵”？钱锺书《谈艺录》中有云：“神韵非诗品中之一品，而为各品之恰到好处，至善尽美。”我取其“恰到好处”一义，说的是李锐小说写出其本色，表达了一种可贵的赤子之情。当然，不在于说“至善尽美”，所以只是“有点”而已。

老实说，“有点”也绝非易事。天真的童年要有一双天真的目光回头审视，在琐屑的事件里重新发现天真。文体要同情绪一致起来，使小说得到诗意的升华。这篇小说作为李锐近期引人注目的第一篇小说不是偶然的，它使许多读者动情，留恋。据李锐说，他有一个新的中篇，写中学时代生活的，即将发表。我没有问这篇新的小说以什么调子写出，但是我估计它会是《红房子》式的小说，是一派天真之情的延续。如果是这样，那说明，李锐仍然留恋着那种被隐藏起来的天真。

《古墙》是冷峻风格的作品。它受到同样的重视，也是应该的。《古墙》大约可以说是李锐试把握题材范围较宽阔、气势较壮伟的第一个中篇。它以山西的一个中外合资开采的露天煤矿的开发为背景，企图以极强的生活、思想感情的反差，写出当前的某些生活变化。小说采用所谓“块状结构”，按三条线索进行：一、古老的、即将搬迁的农村；二、现场的考古工作者；三、露天煤矿的建设者。小说是有强烈的社会意义的。不过作者主要的兴趣似乎在于某种哲学意蕴。你瞧，考古专家原以为在古墓里发现了最古的瓷器，但由于同时发现了标明“永始元年九月作”的漆器，只好强忍希望破灭的痛苦。两千年前某位大人物下葬时，谁会想到两千年后一位考古老专家为此而产生的痛苦？小说的结尾写着两千万年后的某一天，那时的考古队来到这片土地上考察时，会发现一座自然村落下面叠压着一个文明跨度很大的矿山遗迹，他们大约也会陷入一种困惑。这就是文明史。现在这里曾有的一切都将被埋没。

但是，现在，当前，这里的一切都充满了诸种感情，喜怒哀乐，都那样强烈，那样顽强、顽固、固执不化。有不少十分动人的感情。考古队老专家冯尊岱渴望“189”号墓的开掘能给他个人带来最后一次轰动。一生心愿，如斯而已。但是，“永始元年”打破了好梦。冯尊岱的残疾女儿渴望着又拒绝着的爱情，也写得有意思。但是，露天煤矿那条线上的人物马长江毕竟写得太单薄了。而且那条线索总的来讲也太弱。关于那个煤矿建设中的矛盾，甲乙双方的谈判，有关的新闻报道，也都缺少应有的丰满。从小说的布局看来，作者原来的意图是要搞一套时空的交错、平行发展的情节内容，从中表现文化的反差、历史的脚步和哲学的意趣。不过我以为在这里人为的斧痕较重，理念的解剖、对比较多，而缺少浑然一体的艺术感。不错，艺术中，现代小说结构中是允许沉默、空白存在的，作者留下来，等待读者去发现。但是如果作者的准备不足，沉默、空白就不是“留下”来的，而是“绕过”去的，就是说不是对丰满的割舍，而是对不足的处理。这就难以产生《红房子》里的那种“神韵”。

《古墙》主要还在于写出了停滞、贫穷的农村生活，在新的刺激出现时，有惊异、错愕、哀伤、欣喜出现。小说里对两位老人福海和福山的描写是十分可喜的，黑子的爱情和他本人气质上的变化也都相当真实感人。

我在《读李锐新作〈厚土〉七篇》的结尾写过：“我希望李锐向新鲜的生活开拓，也许在变动不居、五光十色中表现文化心理更有意义，当然，也更难。”李锐看过评论后对我说，他正在准备着一个中篇呢，那就是在变动流走的开放的生活激流中表现传统的心理的。他还说，这确实更难。

迄今为止，李锐小说主要取材于农村。他写过农村生活的许多方面。但是他主要着眼于农村落后、停滞以至麻木、痛苦的一个方面。他直接描写的就是这种生活。在第一本小说集之后，他的《野岭三章》和《厚土》一共十篇，写的都是这个方面。就各篇而言，尤其是《厚土》七篇之中，确有佳制。评论文章已发了不少，此处不再复述。但是如果综而观之，如果从发展的趋势看，那么似乎可以看出：李锐力求深刻，便对生活作冷静的解剖，企图创造冷峻的风格。他获得了一定的成功。但是由于这种追求，他便更多地注意生活中闭塞、残酷、愚昧的一面。天真，当年令人欣喜的天真、柔情，本来是他具有的而且远未充分发挥的一面，都被他隐藏了起来，只在小说里偶或一闪一烁。

《野岭三章》写一个家庭三代妇女的爱情悲剧，不无动人之处。这是由三个短篇构成的，三篇里的爱情都交织着残酷、血腥、野蛮。最后一代人有了觉悟，女孩子要私奔，但中途忽发眷恋故乡之情，最终回去，而且那位小伙子居然也同意伴她回去。于是可以想到，生活仍然走回它的常轨。传统是一种永恒的束缚。不过，这似乎是为了冷峻的艺术而设置的情节。我觉得这些蛮荒之地的传奇悲剧，似乎不如《月上东山》那淡淡的哀愁和哀愁之后的满足、安命更为亲切而自然。《月上东山》也写了妇女的命运，也写了传统心理的顽强。我进而揣想，李锐对于《月上东山》那类题材、人物、情绪本来就有一种更细微的艺术感受，所以他往往把握得恰到好处，得一点“神韵”。

《野岭三章》中至少前两篇都带有传奇色彩，而且情节上的爱情交织着凶杀，烈性野汉、多情媳妇，也略有类似之感。《厚土》里有两篇写的是情欲（不是爱情），《眼石》和《假婚》。两篇都相当真实，尤其《假婚》的心理描写较《野岭三章》有明显的进步，也是以往的小说未曾有过的。但是合而观之，也感到有点类似。而且《眼石》的安排颇不自然，可以明显看出其“对比”“照应”的意图。

李锐很关注中国农村妇女的命运。他写了不少。记得恩格斯说过，妇女的解放是一切社会进步程度的标志。这确是一个值得注意的问题。这恐怕也要从变化中的、开放中的生活潮流里才能表现得恰到好处。

最后，我以为天真的温情同哲学的冷峻是可以结合起来的。我们赞美过一些伟大的作家，说他们“天真未泯”或“不失赤子之心”，就是因为在他们的作品里总有一种温暖、柔情、爱恋和信任。这在他们心里和作品里也是永不泯灭的。现代派的作家总是嘲弄着人生，对不幸的人开着残酷的玩笑。但是，在某些杰出的作家笔下也总是止不住地有天真流泻。你瞧，《第二十二条军规》《喧嚣与骚动》，在荒诞不经、玩世不恭中不是经常露出温柔以至崇高吗？

李锐的《厚土》里常有知青的天真在闪烁，它使人心动。冷峻，它意味着深刻，它意味着平静和沉着以及一语中的、入木三分。冷峻同天真不是不相容的。而且就以冷峻来说，在李锐的小说中也不是很充分的。冷峻要有对中国社会和文化的更深切透彻的理解和对人物心理的烛照能力。李锐写封闭、停滞的农村生活氛围，如《锄禾》确实不错。我曾赞扬过他这样的语言和写法（他写一个知青在锄禾时撒尿）：

……热辣辣的水喷涌而出，被焦黄的液体打湿了的墓碑上显出一行字迹来：

大清乾隆陆拾岁次己卯柒月吉日立

阳光下深深的刻痕，仿佛是刚刚凿出来的。

没风，没云，红楞楞的火盆一眨眼就把字迹烤没了。

语言的冷峻表现在它的简洁和毫不动情，“焦黄的液体”“刻痕”“烤没了”。历史是在这种情况下出现的，像个幽灵一样，在荒野的石碑上，忽然隐没，忽然又像新的一样。冷峻的语言背后有明显的象征：古老的传统。在这样的一个短篇里，这种描写营造的氛围也便是作者的情调、思索。但是，在《古墙》这个气势较大、跨度较大、容量较大的中篇里，郭家老坟上写着“大清嘉庆壬戌年岁次甲辰月穀旦立”，它便起不到这种作用了；长城脚下的两块残碑（一块标着洪武年，一块刻着雍正年）以及古老的辙痕，那虽是作者着意的象征，可也起不了很大的作用。当然，还有县志上的列女传，虽然它惨烈，同时又为乡民称道，这也表现了一种守旧心理。因为这一些都是外在的。它们同考古记录、新闻发布、谈判实录，交相辉映，表明历史的落差；这种对照也毕竟是外部的关系。内部的、深层的文化心理还是要靠社会生活中的矛盾，人们的情感变化，命运、行动的复杂及莫名的扭结来表现。而这方面是要求作者有对生活的更深的思考和更多的积累来完成的。这样，冷峻也才有力。

我说李锐在这两个方面应该同时发展，互相交织。天真，在赤子之情的意义上的天真；冷峻，在深刻理解历史和现实的意义上的冷峻。而且天真之中可以有深刻，冷峻中也可以包藏着温情。

写到这里，我想我在谈论的不是某些作品的优劣，而是李锐的个人气质和艺术追求。《文心雕龙·体性》云：“故辞理庸俊，莫能翻其才；风趣刚柔，宁或改其气；事义浅深，未闻乖其学；体式雅正，鲜有及其习。”这是把作家的个人气质同学习修养连在一起考虑的。而且还举例说：“是以贾生俊发，故文洁而体清；长卿傲诞，故理侈而辞溢；子云沉寂，故志隐而味深。”等等，等等。贾生指的是贾谊，长卿指的是司马相如，子云指的是扬雄。评价未必都得当，但是把作家个人气质同艺术特色、艺术追求联系起来考虑也算是文学批评的一个侧面。

从这个侧面去看李锐，多是揣测之辞，虚拟之想，且代一番闲聊吧。

1987年3月初

原载《当代作家评论》1987年第4期

说《厚土》

——兼谈意味、文体及其他

雷　达

当我思索近年来短篇小说艺术上的变化时，我总无法忘记李锐的《厚土》给我的冲击和震撼，那黄土地的浑茫意象，那民族灵魂的无尽意味，连同搏动在这片大地上的生命，萦回脑际，至今不曾淡薄。这是以“吕梁山印象”为总副题的7个短篇，在1986年第11期的《上海文学》《人民文学》和《山西文学》上同时发表。作者李锐虽然年轻，小说本身却不能不说是格调沉郁、语言老辣、意味丰溢的，它们是经过艰辛锻打的、真正意义上的短篇小说。短篇的写法自是千变万化，但这些作品对于熔铸当代短篇创作的审美新素质无疑具有不可轻视的启迪价值。

也许，最容易看出的，是它们的凝重和简洁，倘若把这些每篇三四千言的作品杂入每年数以千万计的短篇小说之海，放进某种浮华、冗繁、玄思、寡淡、无节制的风气中，那将形成一种尖锐的对照。作者自云，若按他以往的写法，这里的每个短篇都不难撑开来扩展为中篇，读过《厚土》的人可以相信这不是夸大其词。作者以如此少的文字写出了如此多的东西，舍得把多年的体味累积浓缩后付之寥寥几个短篇，其创作态度之严谨、忠于艺术之执着，确也难能可贵。

然而，我所说的《厚土》的启迪价值绝不限于篇幅的简洁，最重要的并不在于这里。我以为重要的是，这些作品在表现民族文化心理上怎样打开了新生面，怎样处理历史与现实、文化与人的关系，怎样一面受到前一阶段文化寻根思潮的濡染启发，一面又能另辟路径，出之以鲜活的富于原料意味的生活血肉，以及怎样承担起对短篇来说是超负荷的重载、独创性地谋求文体与意味的统一，等等。

《厚土》7章所写的，细加思量，原不过是黄土高原上一些习焉不察的、周而复始的、占据着最大时空的人事片段和生活情状，仿佛作者忘记了加工提炼，也不露出呕心沥血经营的痕迹，只是一任生活自在自足、以其惯有的方式，在厚土之上蠕动浮沉。这是些染着浓重的黄土颜色、平凡而单调的现象，时代的变迁虽不断把新的内容缠夹进来，然终究未能从根本上更换其文化模式。这是重复了多少个世纪的悲喜剧。要精确地述说这些在单调黄土掩映下的韵味是很困难的，我们只能说，它所写的是：在炎炎烈日下锄禾时感到的沉闷和匮乏（《锄禾》），合坟做“干丧”时顷刻的毛骨悚然和事后一切如故的默然（《合坟》），无比滑稽的专制和赢得几分钟自由后的莫名惶遽（《选贼》），那无边的静夜和静夜里生命冲动的消耗（《假婚》），那因女性而起的仇隙和因占有欲得以补偿后的重归平静（《眼石》），那被贫困钝化了的羞耻感和永不寂灭的对新生活的憧憬（《古老峪》），以及牧羊老人因生命衰老而看山、看牛、看人、看大自然时的无尽思绪（《看山》）……这一切沉默的、善良的，又是坚忍的灵魂们，在他们不自知的外在与内在传统制约下所表露的欢欣、恐惧、放纵、挟怨、忍从、梦幻，就是充盈于整个《厚土》中的血肉。这不是很平常吗？在外来客看来或不免惊愕，但对黄土地上的生灵们来说，实在没有什么可奇怪的：生活，不就曾经是这样的吗？然而，正是这些寻常现象，却令我们的心不断怦怦然，我们感知到的不再是一时一地的善善恶恶，也非一般的政治评断和道德评价，而是有一种极潜在极绵长极难变易的东西——思接千载的对民族气质基因的求索，对于与地域、自然、历史、社会相吻合的民族内在心理机制的观照，对运转不息的民族行为模式的沉思——牵动了我们的心灵，并使我们把这众多黄土颜色的生活片段整合为一体。《中庸》

有云："今夫地，一撮土之多，及其广厚，载华岳而不重，振河海而不泄，万物载焉。"倘把这话当作比喻，我读《厚土》，其感受正与此种境界暗合。现在看得明白，《厚土》主要是对我们民族文化心理积淀，或也可借用"集体无意识"这一概念加以说明的某种文化现象的批判和反省。这种批判和反省的现实意义原是不言而喻的，它与民族悲观主义并无必然联系，也未必一定会导致轻蔑人民的贵族化倾向。不错，《厚土》所写的是着重于民族心态中沉重、黯淡、消极的一面，但只要想到作者是以文化的眼光，着重于民族心理素质的探溯，想到作者所写的吕梁山区因种种复杂原因造成的贫瘠有其特殊性，作者何以出此笔墨便不难理解了。指出这一点也许并不多余。至于作者在把握黄土地上生活的常与变，在表现文化心理的正与负上有无偏颇，那是另一问题，我将在最后谈到。正因为如上所说，《厚土》的意味是深永的，我们对它作一寻绎和索解也就很值得了。

我设想，《厚土》的作者首先面临的是文体与意味的矛盾。我们应时时意识到，《厚土》的体例是"短篇小说"；而一般说来，短篇小说的优势在于其现实性和敏锐性。它最宜于抓取正在行进中的兔起鹘落、稍纵即逝的生活，它常常是作为时代的神经而非时代的丰碑出现的。由于它的体例之短小，犹如小说中的短枪和匕首，它是更易于近距离地贴近时代生活的胸膛的。如果就体制的大小与时空距离不无隐秘的函数关系来说，短篇小说的时空不宜过于长阔是有道理的。这当然是就一般意义而言。可是，手握"短篇小说"的李锐，给自己设定的任务却是既广且厚的，他面对并试图深入的是抓不住、看不见却弥漫于一切角隅的"文化"，是世世代代被文化的"厚土"所围困着的人们的处境。这样，短篇之短与"文化"之长，短篇之小与民族性格之大就产生了矛盾。事实上，并非李锐一人，也非李锐第一个遇到这种矛盾，这矛盾实乃近年来文化意识的觉醒和强化向创作提出的新问题，它自有其普遍性。在文学满足于写出短期内的政治、政策、经济、价值观念的变动时，这样的矛盾还并不突出；只有闯入文化领域，反思民族文化心理的时候，这新的矛盾才会出现。当然，这样说绝不意味着只有侧重揭示文化心理的作品才是最深刻的。那些或从政治的、经济的，或从伦理道德的、人生价值的角度出发的作品，同样有可能达到深刻的层次。正像丹纳所说的，一部作品能否逃避像“时装”像“落叶”一样遽尔凋谢的命运，关键在于它所揭示的“精神地层”的深度是否够深。

那么，李锐是怎样解决他所面临的文体与意味、艺术形式与“精神地层”的矛盾的呢？我以为，首先在于他能以短取长。这就是说，为了适应他的艺术表现目的的需要，他在生活原料的选择上，注重选取稳定的、变化缓慢的、不断重现的、具有内在长时态的生活。应该承认，生活是有不同时空形态的。一阵飓风、一次地震、一场战争，这是短时态；一个特定历史时期的社会变迁、意识更新，这是中等时态；而文化传统、地域气候、民族心理素质等，则是变化极缓慢的，这就是长时态。我认为这种长时态的东西具有不断重现的特质，尽管每次“重现”都会染上特定时期的时代色彩和现实内容，但那潜藏的心理机制和心理结构具有相对的稳定性。试看涌动在《厚土》里的生活戏剧，哪一桩不是基于一种稳定的心理结构呢？《锄禾》的结尾有一细节：在烈日下锄禾的人惶急中跑到一处古坟撒尿，“热辣辣的水喷涌而出，被焦黄的液体打湿了的墓碑上显出一行字迹来：大清乾隆陆拾岁次己卯柒月吉日立。阳光下深深的刻痕，仿佛是刚刚凿出来的。没风，没云，红楞楞的火盆一眨眼就把字迹烤没了”。小说也就于此煞尾。这粗糙的场面貌似全无意义，但这“无意义”中正隐伏着深刻的意味。我们可能会蓦然感到时光已流逝了许多，但转而又觉得时光似乎凝定：“刻痕仿佛是刚刚凿出来的。”这里不是有种轮回和重现之感吗？这意味其实是很合乎规定情景的：小说的背景是“四害”横行、现代迷信甚浓的时刻；小说的环境是生产方式极落后、对外交往极闭锁的吕梁山区；小说的具体时空又是一片被叫作“裤裆”的狭地，一个最酷热难当的锄禾的正午。使我们惊异的是，像如此原料般粗粝的场景，却可以由一极小极具体的时空檃栝一个漫长广大的时空。又如，《合坟》的开端写老太婆纺麻，有这样一段文字：

> 院门前，一只被磨细了的枣木纺锤，在一双苍老的手上灵巧地旋转着，浅黄色的麻一缕一缕地加进旋转中来，仿佛不会终了似的，把丝丝缕缕的岁月也拧在一起……你忽然就觉得，下沉的太阳不是坠向西山，而是

落进了她那双昏花的老眼。

这是很有象征意味的，是把永恒集于刹那，把生死融于一端，让我们感受到无尽的时间长河正从老太婆的一双手和永不会终了的麻丝中流逝着。其实，这也正是整个《厚土》处理时空的特色所在：动中之静，变中之常。

我们实际已接触到了《厚土》的文体与意味达成统一的秘密。所谓“以短取长”，并不指选取外在形态上长阔的时空，也不是选择久历时间的某一个事件人物，事情恰恰相反，小说所选取的往往是现实中的一顷刻一瞬间，一股心绪，一桩小冲突，一个最平常的夜晚和正午，一种最普通的生活礼俗，在具体时空上非常短暂，但是，就其在经过千百年的积淀、凝结、模式化的意识上，这一切又是长时态的。这种表现手法有点类似于艾略特所说的“客观对应物”。就是说，作家总是找到一套客观物，一个场景，一串事件，来激发读者久已深悟并潜藏着某种与之平行对应的情感和理解。当然，更容易使我们联想到的还是贝尔的“有意味的形式”。贝尔把“意味”神秘化，排斥一切社会历史内容和人间日常感情，是我们不同意的。但我们无须因之否定“有意味的形式”的存在。当我们把它看作人类社会实践的结晶、看作漫长历史的凝结物、看作人类的文化心理结构的异质同构的时候，就不会怀疑它的神秘存在了。《厚土》达到了怎样的境界是可以讨论的，它的各篇之间也有精粗深浅之差异，但是，只有把这些平凡场景与几千年社会实践的文化结果相联系，看到这些场面与黄土地上人们的深层心理结构的对应关系才便于理解其底蕴，却是显而易见的。所以，在这里我们提到和试图利用贝尔理论的合理成分，就绝不是一种时髦的牵强附会。《选贼》中的“选”的形式的荒唐固然愚昧，但那“选”后无主的惶恐、不安，与奴性有无关系呢？《合坟》中“挖出的岁月”与地面上的岁月固然不同，但叱骂着“又是迷信”的老支书自己其实在继续着千百年的迷信，他和村民对死者深怀悲悼却又想不出比“合坟”更好的祭奠亡魂的方式；《假婚》中性饥饿的男人和肠胃饥饿的女人之间的全部关系，包括“过了一水”的驱不散的念头给男人带去的加倍的疯狂，难道不是把这片土地上以性的等价物出现的妇女观和盘托出了吗？……读《厚土》，我们一面感到每个场景极为具体逼真，一面又觉得每个场景都是一种

"喻体"，借以暗喻着民族文化心理的某些方面，作者其实是经过艰苦提炼和重新组合的。贝尔说："只有简化，才能把有意味的东西从大量无意味的东西中抽取出来。"《厚土》的作者似正致力于此，他所有的人物全都没有名姓，没有无关的回叙交代，突然在一种原料般逼真的生活中露面又消失，只要行动的后面有幽深的意味对应即可。《厚土》就这样把具象与抽象、形式与意味、瞬间与永久统一在广袤的厚土之中。

这一组短篇，除少数篇章，其背景时限大多终止于"文化大革命"时期，故而它们总的格调诉诸无力摆脱重轭的生存之悲凉，有浓厚的悲剧意识。不过，这是些相当独特的悲剧。唯意志论者叔本华曾把悲剧分为三种品类：一是由恶人之手造成，一是因偶然的"机缘和错误"酿成，还有一种则没有哪个人物特别坏，"在最后一类悲剧中，我们看出毁灭幸福和生命的那些力量随时都可能摆布我们"，于是人们"清清醒醒地睁着眼睛互相残害，却没有哪一个人完全不对"。叔本华认为，最后一类悲剧最可怕也最深刻。当然，正如朱光潜先生在《悲剧心理学》中指出的，叔本华对他提出的第三类悲剧既找不出多少例证，又没有作出合理的解释。但是，尽管如此，我感到这种划分仍对我们大有启发，而《厚土》中的某些悲剧似正属于第三种品类，可以称之为"几乎无事的悲剧"。试想，《假婚》中的男女、《眼石》中的男女，有哪一个是特别坏的呢？没有。只能说他们善良却又蒙昧，坚忍却又粗鲁。可是，在他们之中，有的自己曾辛酸落泪，但又通过粗野地摧残对方来寻求片刻解脱，对方则在暗夜里落泪，却绝不怨恨哪一个人；有的则互相以妻子作为补偿，企图在默淡的生存中获取平衡。看，这些发生在过去的事，是怎样令人痛心的悲剧啊！那么，悲剧的成因是什么呢？倘若让叔本华来解释，大约一定会归之于万恶的生存意欲，但在我们看来，包括《厚土》的作者看来，造成这一切的是像厚土一样的文化传统的惰性力 。至于这种无往而不遇的惰性力怎样形成，那就相当复杂，首先是与几千年封建统治者的文治武功不可分离的。在《厚土》中，有不少人挣扎着、痛悔着、自戕着、焦虑着，那全是因为他们的基本生存需要与他所不自知的文化传统压力——曾经是天经地义的行为模式、颠扑不破的人际关系、陈陈相因的心理素质等——相撞击的结果。整个《厚土》的基本冲突建立在人与文化的矛盾之上，使它有条件步入了深刻。

其实，说《厚土》的意味来自人与传统惰性力的冲突还不能算说到了问题的根本，只有说它善于把人与传统惰性力的冲突转化为人自身的冲突，才是准确的。现在有一种浮泛的意见，以为发现了文化的巨大制约力是近年才有的事，还有含糊的“文化小说”的提法，实际是把文化变成外在于人的力量。我们也确实不难看到，有的作品堆砌了大量文化现象（主要是礼仪风俗），争取自由幸福的主人公自身并无深刻矛盾，他们只是被这些作为环境的外在东西所压迫。即使在艺术思维空间的开拓上颇有贡献的《爸爸爸》，其中的丙崽也只能说是块种族记忆的活化石，他的内涵无论怎么挖掘也很难说是丰厚的。所以，我们有必要思索：什么是文学中的人？什么又是文学中的文化？它们是分离的还是浑一的？马克思说过，人是社会关系的总和。马克思还说过，人是全部世界史的产物。这就清楚地表明，人是历史文化的最大杰作、最高产品、最集中的结晶。还有什么能比人自身凝聚更多的文化内容，还有什么能比人身上绕系着更丰富的文化意识呢？反顾一下鲁迅先生的小说，它们虽未自命或冠以文化小说之名，但“文化”是渗沥在作品的骨血中的，尤其是渗沥在阿Q、孔乙己、祥林嫂、吕纬甫们的心理和行为冲突中的。沈从文描写沅水流域的小说又重新引起读者和研究者的浓厚兴趣，证明着它们艺术生命力的不衰。其实，沈从文早就自述，他要写出这片乡土上人物的“常与变”，写“所谓民族品德的消失与重造”，“把最近二十年来当地农民性格灵魂被时代大力压扁扭曲失去了原有的素朴所表现的式样，加以解剖与描绘。”[①]这些话与我们现今在“文化热”中常听到的话不是颇有呼应和相通之妙吗？不同的是，现今有些作者受外来文学特别是拉美文学的影响明显，他们借来了外来文学中的观念和时态，却尚未能与我们的本土文化妙合无间，有剥离生活之病，尤其是把文化变成披在人物身上的衣衫，而不是化为人物的血液。如果说前一阶段寻根思潮下的作品就总体看有何不足，我认为主要在于文化与人关系上“整合”和“熔铸”的功夫、火候的欠缺，关键还在于对现实的人的揭示深度。为什么有的作

① 沈从文：《〈长河〉题记》，见《沈从文选集》第五卷，四川人民出版社1983版。

者总喜欢把作品的环境固置在蛮荒形态上，然后才能展开他的文化剖析？这或与作者缺乏现实生活体验因而无力从现实的人身上挖掘文化底蕴不无关系。

在《厚土》中，现实的人上升到了主体地位，几乎可以说人即文化，文化即人，而且，它是尤其注重人的本体矛盾和心理矛盾的。我们当然应该谨防把人孤立化、抽象化的倾向，因为离开了社会关系也就无所谓人的存在。但是，有一种巨大的迁移却不能不引起我们的注意，那就是：由近的方面说，阶级斗争的暴风雨结束以后，商品经济繁荣起来，人的问题反因革新与守旧的斗争转向意识形态领域而变得愈益突出了。用最通俗的话说，斗争的战场愈益转向了人的心理，愈益转向了文化冲突。我在这里无法详细展开这一迁移的因果阐述，但这种“迁移”似乎是无可怀疑的趋向。在我看来，《厚土》正适应了这种“迁移”。

有意思的是，虽然《厚土》把人推上主体地位，致力于挖掘人的本体矛盾，但这里的男女全都没有名姓，均以“他”或“她”称之。这不是作者的疏忽，也非无关宏旨的细节，这实际是作者对人的一种评价。那潜台词是，这些理应作为主体的人其实由于传统的拘囚是缺乏人格的，缺乏健全个性的，也不是独立的站起来的人。这里正显出作者是力图站到现代意识的高度来观照厚土上的人群的。关于现代意识曾有许多探讨，我以为它的核心是对人的态度，是能否用马克思指出的关于人的全面发展和实现的尺度丈量生活和人。一切批判或肯定都应由此发出。

那么，《厚土》是怎样解剖作为创造文化的符号的动物——人的呢？我们不妨稍稍具体地通过《假婚》来看。首先需要说明，这篇作品较多涉及了性生活，但它绝不停留在“性”上，而是作为一个视角，通向对文化心理的剖析的。因为在作者看来，性的问题既是黄土地上人们生命活动的一个重要方面，熟视无睹或有意闪避都不如加以正视。所以，作者的态度是严肃的，与时下某些为性而性的浮浅之作不可同日而语。人是有尊严的动物，人的生命应该是日趋健全并富有创造力的，只有当人通过劳动和社会实践逐步合理地支配自然的时候，人自己才能从大自然中解放出来，直到使自己的本质力量得以最大限度地实现。然而，在《假婚》《眼石》以及整个《厚土》中，由于物质的匮乏、文化的桎梏、极度的封闭，人却是自然的奴隶，他们不得不牺牲尊严，一任生命作原始的消耗。这固然是过去的事了，却不能不使我们对人的困境感到震惊——还没有多少作品像《假婚》那样使人触目惊心。这个忍受了“二十多年干渴”的男人，他在丧偶之后无力再娶亲，现在却突然得到了一个外乡来的逃荒女人。事实上，从一开始“他”和“她”都心里明白这是一桩“假婚”，但他们为各自的需要都未立即点破。那男人并不缺乏怜悯和同情心：“猛然间一股泪水呛上来，他死命地忍着。”但对现在的他来说，“所剩下的似乎只是那一刻和那件事了”，“他觉出自己在发疯，可又没有力量制止从自己身体中狂涌而出的这股疯狂”，“他像是带了一件猎物”，“过了这一晚，他不知道自己又要干渴多少年”。看起来，这男人的行径似乎可用所谓“快乐原则”解释，即减压、增压、再减压的本能满足。然而不，作品比这要深刻许多。为什么他看这女人“昨天是人家的，今天是自己的”？为什么他想到她被别的男人“过了一水”就更加疯狂？为什么分别的一夕，他又加倍疯狂？这里不独是自私的占有欲使然，更重要的是他把女人当作物和工具。而着墨不多的那个女人，写得更深。她一开始即“冷静”——“男人的直觉让他感到了这默许之中的沉着，和这沉着之中的认定了命运的冷静”。小说中的男人曾为他始终未能改变她的冷静而愤然。可是，在小说的结尾却出现了这样一个令人震骇的局面：“当那狂潮终于平息下来的时候，男人粗拉拉的手掌无意中在女人的脸上抹下些温热的泪水来。”小说就这样结束了。人的尊严并没有绝灭，这里，尊严在物资匮乏、传统惰性力和本能冲动的重压下哭泣着。

我想，这样的小说给我们的就不仅是一点性的描写，它引我们进入一种深邃的文化氛围，思考着造成这氛围的原因和怎样冲破这氛围，怎样为人的价值、人的解放，为实现社会主义的精神文明而奋争。另一篇《眼石》，写两个赶车人怎样用不道德来维持道德平衡，怎样以非人道地出让妻子来寻求虚假的道义满足。作者很少评述，也不简单地把这种种现象纳入儒释道之类的文化模式，他让鲜活的生活和灵魂自我呈现，使人感到这“文化”可以用手触及，它就在生活中蠕动。这一切自然都因为写出了活的生命、活的心理，也就带出了活着的文化。

是的，只有带着人的活气和体温的文化，才应该是文学中的文化，泰戈尔有这样的诗句：“根是地下的枝，枝是地上的根。”其含义颇耐人寻味。

《厚土》在艺术上最成功的地方，我以为就在通过“人”而取得现实与历史的融合，即以现实唤起历史，以现时态勾起历时态，写出现实中作为其倒影而溶解的历史。读《厚土》中写得精彩的篇章，目之所遇虽是一充满原色的现实片段，但能让人感到有一种听之不闻其声，视之不见其形，充塞于天地间的氛围感、整体感，仿佛那片段中伸出无数只手，与历史、与久远的存在相揪扯、相缠结，犹如从一片叶子让人想到古老浩瀚的森林。拿《合坟》来说，事由原本很简单，村民在老支书的带领下，给一位十四年前在洪水中殒命的女知青做“干丧”（冥婚）。它的历史感并不表现在“挖出来的岁月”上，如对大寨田的插话，知青的旧话，以至不曾朽烂的“红皮皮”之类，而在于生命在特定时空中存在的悲凉感，在于作品沉思着黄土地上人们的处境和命运。那“挖出来”的一瞬间确乎令人惊异：“有人曾见过十四年前附着在这尸骨外面的白嫩身子，大家也都还记得，曾被这白骨支撑着的那个有说有笑的姑娘。”接着便是人们对生与死的种种蒙昧看法的议论，接着又是“合坟”，“黄土堆就的新坟朴素地立着，在漫天遍野的黄土和慈祥的夕阳里显得宁静、平和，仿佛真的再无一丝悲哀”。我们在这里读到的仅仅是迷信、愚昧和麻木吗？当然不。我们不能忽视那冰冷下汹涌着的热情，正像老支书喊出来的：“咱村的人总得记住！”这是宽厚的爱。然而，姑娘的尸骨毕竟因这爱而被送进了合坟，毕竟汇入了黄土地上生与死的轮回。当一切重归寂静时，我们怎能不为某一角隅的人们跳不出传统魔圈而深感忧郁？

应该看到，《厚土》的深永意味和广厚的文化氛围感，与作者的文体关系密切。上面曾提到它的简洁凝重，那是作者坚持“简化”，反对多余人物，反对琐碎场景，反对回叙和平述，反对长篇对话所产生的效果。我以为在文学叙述语言上有一种微妙变化值得注意。在“十七年”的一些优秀作品中，曾建设了一种适应文学教育功能的评述体叙述，它是从外向里写的，虽很流畅却过于直露，唯恐读者不理解。现在，由于文学加强了对人的本体的心理的揭示，出现了从内向外写的、很少借助“说明”的叙述语言。李锐使用的正是这种语体，它扩大了小说的形式容量，有时达到内容形式的直接合一，并不乞灵于“寓意”“象征”“神话模型”等外在技巧。但我认为《厚土》文体上最突出的特点，是其“原料性”（姑且这么概括）。那就是尽可能用生活固有的色彩、气味、形状、方式来表现生活。有同志曾认为《厚土》过多保留了生活中原始、粗鄙的形貌，脏话又太多，这是缺陷。我认为脏话可适当删除，但不可把原料味净化掉。我们知道，海明威为了表现他笔下沉默、迟钝却又刚强的硬汉，曾“砸掉了美国短篇小说用来排印的每一粒早已面熟的铅字”“一锤子捣烂了按照花哨图案描绘的所有作品”，他的语言是“直接从泥土上、酒吧间地板上、咖啡店餐桌上拿来的”“也不管那语言上有什么——是口头的脏字还是唾沫，是日常的尘土还是特色，是俏皮话还是妙不可言的比方……都懒得撣掉”。这应该对我们有所启发。当然，李锐的《厚土》在文体上还只是一种尝试，并不完美，有些篇章失之浮浅，有些描写不免重复。因我着重于它的启示性，无意对它作全面的得失评估。

不过，在涉及对民族文化、民族灵魂的理解方面，有一看法却不可不谈。《古老峪》的结尾，那个每晚光着身子睡觉致使干部李同志羞愧不安的纯真的农村姑娘，在得知她当上“先进”即可进县城一看时，顿觉一切都熠熠生辉，那里的窑洞、残缺的围栅、布满荒棘的垣头，全都染上一层金光。小说也确实带来一种美好的憧憬和向上的力。这可能是整个《厚土》中唯一的喜悦了。我并不认为必须外加亮色，既然作者旨在反省和批判民族文化的消极一面，他着力于沉重和迟缓无可厚非。但是，我又隐约感到，作者多少有静观文化的倾向，在常与变、正与负的把握上尚缺乏内化力度。我们的民族（包括黄土高原上的人们）一面是百年千年的孤独，一面又是前仆后继不断求发展求解放，有一股地下河始终在磅礴，故而才知鲁迅先生所说“支撑以至今日，其实是伟大的”。所以，我理想着既能写出动中之静、变中之常，又能写出静中之动、常中之变的作品，也即本身具有内在运动感的作品。据我所知，《厚土》并没有终结，我期待着作者写出更深的深度。这篇关于《厚土》的文字，也不是停在《厚土》本身，而是我从这里出发对文化与人、现实与历史、文体与意味的一次“冒险”。既然批评即“冒险”，偏颇或不可避免，我愿听到真切的对批评的批评。

原载《上海文论》1987年第4期

古老大地的沉默

——漫说《厚土》

李庆西

你忽然就觉得，下沉的太阳不是坠向西山，而是落进了她那双昏花的老眼。

——《厚土·合坟》

李锐的《厚土》以为数不多的篇什构筑了一个不大的世界。[①]人物不多，人物关系很简单，人物本身更简单。这里没有宗族械斗和冤家仇杀，没有真正的硬汉和刚烈女子，没有自我发现和躁动不安，也没有哄抢西瓜：该有的和不该有的都没有，真是一个可怜巴巴的世界。在那些古老的山梁下，农民依然面朝黄土背朝天，日复一日地劳作不息。打量这些老实巴交的男人和毫无见识的女人，你难以设想日后他们中间也会出现几个农民企业家。农村变革的曙光不知何时能够投射到这片贫瘠的土地上。

尽管如此，这是一个值得注意的世界。这里边有着生存的执着，有着死一

① 《厚土》七篇作品分别刊于《人民文学》1986年第11期（《锄禾》《古老峪》），《山西文学》1986年第11期（《选贼》《眼石》《看山》），《上海文学》1986年第11期（《合坟》《假婚》）。

般的沉寂。既质朴，又深邃。有那么一些你一下子捉摸不透的东西，倒也是一个完整的世界。

一

简单说，《厚土》的人物主要分为三种类型，即队长，女人和她们倒霉、无能的男人。为什么写这三种角色，而不是其他各色人等？这就值得琢磨一番。也许在作者眼里，正是这三种角色组成了穷乡僻壤最常见的生活场景。

《选贼》乍一看类乎一则滑稽小品。倒是直截了当地呈示着三种角色之间的某种法则。场院上丢了一袋麦子，队长主持“群众破案”，要大家投票选出一个“贼”来。不承想，大家选出来的就是他队长本人。如果故事仅仅到此为止，倒只是一则开心话，纵然有趣也毕竟失之肤浅。好在到这儿没完，因为队长火了，一甩手走了。这一来倒引出颇有深度的一笔，村民们开心一场，竟又惶恐一场。“他要真不干，今后晌当下就没有人喊工派活，弄不好真要把麦子耽误了。”在这些农民的古老观念中，“人无头不走，鸟无头不飞。”离了队长真还不行，且不说别的，年底的救济粮款就弄不回来。于是，刚刚出一口气的村民们又得把这口气憋回去，这就得想办法把队长请回来。然而，这儿作者并没有写到那些庄稼汉的屈辱心理，事实上他们自己并不觉得这里边有什么屈辱之处。他们只是为眼前的事情犯难，商量半天还得大伙一块去。想到女人在队长面前好说话，便一致要求“让婆姨们走在前头”。平时开会靠边纳鞋底的婆姨们这当口儿受命于危难之中，成了重要角色。

不错，队长喜欢女人。这一点大伙心照不宣。

在《厚土》展示的生活场景中，队长必然是搞女人的角色。《选贼》仅仅是暗示了这一点，而在《锄禾》中，队长跟那个“红布衫”几乎就是明来明去。《假婚》中也有这一细节，队长将那个讨吃的的外乡女人捏合给村里的光棍汉之前，自己就“先过了一水”。《眼石》中赶车的“花手巾”更是逮着机会就下手，他不是队长，却也是村里的“人尖儿”，那股颐指气使的架势跟队长没有两样。

这里，作者仅仅是揭露这片“厚土”上农村基层干部侵凌乡里的劣迹吗？其实，仔细一想，这些队长除了搞女人，再就是偷一袋麦子，多占些救济粮款而已。作者远远没有写到令人发指的份儿上。

然而，事情却包含着真正的残酷意味。不难推想，除了那些婆姨，队长眼皮底下还有别的什么东西可以掠取吗？权力毕竟无法超逾这个现实王国。那些黄土堆积的山梁下边，竟是这般贫穷。女人几乎就是这片古老土地上的仅有的财富。

二

一切都很平静。偶尔闪过愤怒的火星，也是瞬现即逝。

队长只消在分配救济粮款时记着心里那本账，兑现平日的承诺，搞女人就似乎永远是天经地义的事情。

男人们永远是这般窝囊。如果说他们有过屈辱和愤怒，也和木然中偶尔得到的快活一样，很快在女人身上消解了。《假婚》中的光棍汉子就是这样，心里诅咒着“狗日的”队长，却只能把一腔狂潮倾泻在那个被队长“过了一水”的女人身上。这就是男人的“愤怒”。仿佛他再多过几“水”，问题就解决了。

就连这样的“愤怒”也不常有。许多人一辈子也没迸出过一个火星。《看山》中的老牛倌就是一种更窝囊的角色。队长要撤换他的差事，他一万个不情愿，也只能在心里嘀咕。而“若是队长站在我面前，若是队长真的把替换的人找了来，他只会笑笑，只能服从的，他想不出有什么可以不服从。不由得，他又想起撒手而去的老婆……”是呀，身边没有了女人，连宣泄的对象都没了。老头儿只好在野地里怏怏地看山，作一些无聊的想象。

当然，也不尽是无聊。在老牛倌看来，山就像人一样，脊梁朝上拱着拱着，总有挣扎不过的时候。毫无疑问，山在这里具有一种象征的含义：

> 当初朝上举的时候，也不知受了多大的委屈，生了多大的气。

……只能在苍天之下忍受屈辱的山们沉默着，木然着，比肩而立，仿佛一群被缚的奴隶。沉默聚多了，便流出一种对生的悲壮；木然凝久了，便涌出一种对死的渴望；于是，从沉默和木然中宣泄出一条哭着的河来，在崇山峻岭之中曲折着，温柔着，劝说着。

对山的慨叹，实际上是老头儿的自我哀怜。这里写出了潜意识中的人生挫折感。

在《厚土》七篇作品中，《看山》是相当重要的一篇，它以纯粹的散文笔调在不同叙述层面上涵括了几乎整个《厚土》系列的全部主题含义。尤其是对这个封闭的乡村社会中的男人做了完整、深刻的描述。窝囊汉子的沉默，不仅是苦难的写照，也不只是善良的愚昧，更有着卑琐与褊狭。当老牛倌的视线转移到山脚下的村庄时，无意中看见了队长的婆姨上茅厕的情形。“太阳底下白亮亮的屁股”竟使老头儿顿生一种阿Q式的报复心理，他“把烟袋叼在嘴上，看着，笑着，就仿佛茅厕里有人在唱戏”。这一时刻，他那种屈辱心理变得熨帖了。然而这种快意并不能够持久，随即而来的是一种惶恐，“就像偷了别人的东西”，慌慌地又把目光移向别处。

很明显，此处老牛倌的窥视和“报复”，对比《选贼》中村民们“投票”的集体行为，完全具有相同的心理内容。尤其“报复”之后转而出现的惶恐更是如出一辙。

这里，如果说偶尔闪现的报复心理表示了某种可怜的自我冲动，那么随之而来的惶恐则意味着不可抵衡的超我的力量。这种自我压抑的反应形成，实际上并非“这一个”或“那一个”的心理状态，并非表现为个性的内在冲突，而是一种集体无意识的防卫机制，它暗示着“国民性”一词所涵纳的某种内化的文化困境。其中包含着古老而又残酷的伦理、道德和价值法则。

这个世界的关系看起来就是这么简单，一方面是窝囊汉子们的屈从和惶恐，一方面是少数人的强权霸道。然而，与其认为是强权造成了屈从，倒毋宁说屈从者的卑微、褊狭滋养着强权。这般相辅相成的伦理关系，在农民的心理上更有着深刻的同一。

老牛倌做了一个梦。梦见自己在牛们中间做了队长。窝囊汉子一下子变得神气活现，竟也颐指气使地给大伙儿分派活计：你去担水，他给我烧汤做饭……“它们都是只会服从……没有谁不听话的”。

窝囊汉子真要做了队长，必然不会窝囊，必然也搞人家婆姨，没有不搞的道理。

三

有人说，《厚土》是对民族素质和国民性格的剖析与批判。这话不错。不过我们见过许多小说都渗透着这种文化批判意识，远的鲁迅那一代的不说，近前的“寻根”小说中也屡见不鲜。《厚土》的要旨倘仅限于此，怕是步了人家后尘。

又有人说，《厚土》不同于其他寻根派小说之处，是对农民处境的真正理解，是一种“将心比心”的艺术把握。[①]此说不大确切。在大家熟识的寻根派作家里边，写农民写得透彻的确乎不在少数，而有些作家，如韩少功、张炜、矫健、王润滋、莫言、贾平凹等人，在对乡土社会表现的丰富性上还大大超过李锐，至少就目前比较，他们的艺术世界宽阔得多。

其实，李锐有自己的特点。这个特点不同于一般评论家眼界中的深度和广度。《厚土》固然有深度，却并未以深度而独领风骚。我读《厚土》，感觉到有一种别的东西。我想，这跟作家观照世界的视角有关。同样是对国民性的省察与批判，李锐笔下这个乡土社会的构造确有它的独到之处。

将《厚土》的七篇作品联系起来看，不难发现，它们很少具有冲突的因素。或者确切地说，矛盾往往未等激化就彻底已经被解决了。《眼石》中的拉闸人和《假婚》中的光棍汉还算是那些男人里边稍有血性的汉子，而他们最终还是服从了那个超我的法则。拉闸人的婆姨被赶车的“花手巾”搞了，这下就

① 陈坪：《深切的体察与理解——评〈厚土〉的艺术追求》，《当代作家评论》1987年第4期。

是闹出人命来也不奇怪。可是事情并没有闹到那份儿上，既然有冲突的因素，就会有化解的办法。

《古老峪》中，隐隐地透露着父女间的抵牾，做爹的要女儿出嫁，女儿不干。这场早晚要爆发的矛盾，在作者笔下被延宕着，被有意搁在一边。此中的情况本来可以编织一篇意蕴丰富而又波澜迭起的悲喜剧，做爹的尽管舍不得闺女又不能不逼她出嫁，而闺女觉得爹又是可怜又是可恨，打断骨头连着筋。可是在作者眼界里没有这些。在《厚土》这个世界里，矛盾早晚要被解决，做爹的早晚还得包办女儿的婚事，女儿早晚还得依命出嫁。也许并非没有反抗和呐喊，并非没有真实的冲突，然而一声微弱的呐喊，对于偌大个沉寂的世界来说无济于事。村民们依然干活、吃饭、睡觉。在他们的日常生活中，你觉察不到任何事变的迹象。

对于一切可能存在的矛盾冲突，作者采用了一种缓解手法，从未使故事发展到所谓应该达到的某种高潮，因而使读者因既往的阅读经验提示而产生的期待一再落空。这种反悬念的处理方式效果不错。从这些方面看，《厚土》完全是现代叙事风格。它大胆摒弃了那种小题大做的花哨的戏剧程式，而代之以沉静、冷峻的现实主义态度。作者有意不展开矛盾冲突，并不是在回避矛盾，他让我们看到一幅矛盾自生自灭的画卷。窝囊汉子脚下这片古老大地正是在矛盾的自生自灭中保持着固有的沉寂的。这里展示的人生世相足以使人心灵战栗，却又使人欲哭无泪。我们看到的正是一种矛盾缓解和生命窒息的过程。

小说创作一般着眼于打破平衡，而《厚土》的内在轨迹却相反地趋于平衡。这种结构方式即使不算独特、罕见，也很值得玩味。显然，也跟作者的审美态度有关。结构作为一种方法，无疑表达着作者对中国乡土社会（尤其是作者熟识的吕梁山区）和农民心理的某些基本看法。在作者眼里，历史发展之缓慢不但表现为物质形态的固着，更深一层还在于农民心理的停滞状态。这就是《看山》中所说："山们还是一如既往地沉默着，木然着，永远不会和昨天有什么不同，也永远不会和明天有什么不同。"

四

这个古老的世界靠什么维持它固有的秩序，靠什么去缓解随时发生的矛盾和可能引起的冲突呢？有一种约定俗成的伦理法则起着作用。其要义可以归结为一句话：各人管好自己，别出事儿。乍一听好像是幼儿园老师带领孩子出去郊游时的叮嘱，但成年人何尝不是如此管束自己。成年人倒是更有这种自觉意识，内中正是儒训的修身为本。当然，那些整天价面朝黄土的庄稼汉子未必勤勉修身，也未必知书达理，可是他们确实懂得祖宗的遗训。此中的道理抑或可以倒过来解释：圣人的礼法，那些写在书上的道理，其实并非天神的启示，倒是早在上古生民的身体力行之中。说到底，农夫还是圣人的老师，一代一代农民的克己忍耐，正是圣人立言之本。故而圣人们的不朽文章，倒是为着教训读书人来着。

管好自己是一个前提。《锄禾》中的黑胡子老汉干活干得累了，唱几句戏文；心里积攒了愤懑，也唱几句。唱过了，也就“算毬了”。明眼见得“红布衫”和队长一前一后下了河滩柳丛，就当看不见。这不干他的事，也不干别人的事。他关照学生娃“别去”，不过也是轻慢的一句，学生娃去不去也不干他的事。同样是“学生娃”出身的李锐，起初一定摸不透农民的这般心理。有时，在跟自身利益相关的事情上，他们即便耐不住朝前迈出一步，然后想想还得退回来。像《选贼》里边，大伙儿乐过一阵之后，也都觉得自己犯傻。

农民有犯傻的，却很少有犯精神病的。在《厚土》这个苦难世界里，从来没有精神崩溃或不可收拾的心理危机，更没有什么信仰危机之类。因为他们善于随时调节心理上出现的倾斜。有时彼此间的自我调节还形成一种互相协调关系，《眼石》就是这样一个例子。那个搞了人家婆姨的“花手巾”一定是意识到自己的理亏之处，才转过来用自家婆姨“补”了拉闸人。而拉闸人前宿眼见得“花手巾”的胆大妄为而不敢作声，也正是觉着自己欠着他的人情。只因为金钱和女人之间的交易并非公平合理，弄得拉闸人一路愤愤不平。而一旦人家的婆姨做了偿付，好似银货两讫，他心里也就摆平了。拉闸人出了人家房门还硬铮铮地撂下一句话：“钱我还你！”

这种以人情世故为中心的自我调节，好像是一帖祛灾消祸、扶本正气的灵丹妙药，能使乖缪得以纠正，也使一切烦忧化为乌有，从而保持自身的心理平衡。《厚土》在对农民心理及其真实的文化困境作出观照的同时，显然将表现的重心摆在这种平衡上面，并且着意揭橥以此为基础的某种稳定的伦理关系。不过，作品在完成最终的平衡之前，有时也呈示一定的倾斜。这种势态，有的比较明显，如《眼石》《假婚》等；有的则若有若无，微妙、朦胧而不易觉察，如《合坟》就相当隐蔽地表现了这一心理过程。在前边的论述中我一直没有提到这篇作品，未免出于一种谨慎的考虑：一来它跟其他各篇多少有些不同；二来它是一种更为含蓄的心理描述，随意扯来可能有把握不到的地方。

《合坟》讲述的是一个“配干丧”（别处有称“配阴亲”的）的故事。老支书和村民们做主，给十四年前死去的女知青在阴间“捏合一个家”。一种庄严而又荒唐的迷信勾当。不过，至少对老支书来说，这事丝毫没有乡村婚丧喜庆的娱乐成分。老支书的灵魂中一定潜伏着什么不安的东西，也许那个姑娘的死一直使他怀着隐隐的内疚。不过死人的事作者特意交代清楚，十四年前那桩事故不是他的责任，他不是一个必须忏悔的角色。然而，这里有一个微妙之处：在人们心里，尤其是潜意识中，责任与良心并不是分得那么清楚的。不管作者是否意识到这一点，实际上他恰好成功地把握住了心理描述的某些诀窍，将老支书的心理症结摆在责任与良心之间。而更重要的是，这里将一个人的死联系着人们共同经历的一段颠倒混乱的时光。

引起人们心灵战栗的东西，表面上看来似乎是那一具体事件，是那个十四年前的亡灵，而真正的缘由却是那一整段历史。

老支书当然不可能意识到要对那一段历史负什么责任，但历史的错误以及如今依然贫困的现状却可能折磨着他的良心。在他朦胧的感知中，往事愈益不堪回首，甚至不可言说。他只是清楚地记得，十四年前的某一天，白白地死掉了一个女知青。这一切的一切，造成了一种乖讹的心理状态，不知不觉地发生了倾斜。是的，他自己都不能清晰地意识到这些。同样，受着潜意识的驱使，他又在竭力恢复心理的平衡。于是，对于死者的祭奠，实际上成了他拯救灵魂的一种方式。甚至，他对村民们发威，骂别人“迷信”，也都具有相同的心理内容，只不过表现出来是一种逆反的形式。

《合坟》在心理开掘的深度和广度上显然都超过了其他各篇。不过它内在的结构依然体现着《厚土》的一贯风格，依然是一个没有故事的故事。在别的作家手里，老支书这般心理状态或许可以铺展到不同人物身上，造成某种尖锐而又不乏深度的冲突；而李锐则使自己的人物管好自己，哪怕是人与人之间的是非之争，从自己身上就能解决。

在这一点上，《厚土》七篇作品无一例外：甭管那主儿吆喝什么，到头来什么事情都没有发生。

五

说穿了，无论是心理状态的平衡，还是现世秩序的稳定，在这里都有一种“假”的东西支撑着，调和着。

无论是“红布衫”对队长的斥骂或应承，还是黑胡子老汉那种漠然态度；无论是窝囊汉子们那副卑谦神情，还是老牛倌脸上“露出一丝报复的笑容”；无论是拉闸人和“花手巾”的言归于好，还是古老峪那对父女之间的紧绷绷而又遮遮掩掩的气氛；一切的一切都掺杂着一个“假”字。

队长领来的那个不花钱的婆姨也是假的，而假中有假。光棍汉将无限的烦恼和愤懑化作“野蛮的痉挛和喘息”，一股脑儿倾泻在这女人身上，毕竟搞错了地方。

拉闸人的婆姨叫人搞了，在他眼里就成了“假”的。“假的，一万辈的祖宗！”从县城回来的一路上，他心里不停地咒骂道。然而，转过来人家的女人“补”了他，“假”的似乎也就不假了。当然，他们重新恢复的“生死之交”也不会再是真的了。

并非所有的一切都出自内心的虚伪。实话说，虚伪的不是这些农民，而是他们所恪守的那种伦理法则以及世世代代养成的那种心理习惯。然而，事情倒是“假作真时真亦假”，正如《合坟》中的老支书，一边口口声声反对迷信，一边又用那种迷信方式进行良心反省，结果却使内心的真诚变成了形式化的伦理的虚伪。

六

两年前，我在评说韩少功的《爸爸爸》时，谈到过审美对象的群体化问题，认为当时出现的寻根小说标志着“小说创作开始从诉诸知识分子的个体意识转向表现民族的集体意识和集体无意识”①。后来在另一篇关于韩少功的文章里，我又进而从艺术思维方面分析了韩少功近作的非典型化倾向，对那种放弃个体性格刻画而投入群体心理描述的艺术途径表示关注。②现在读李锐的《厚土》，我感到这条途径的确有着广阔的前景。

《厚土》写人写的不是个人，是人们。男人们和婆姨们。作为象征或是对应，作者也写了牛们、羊们、鸡们、树们、草们、山们。

如同山川草木依循着大自然的规律，人们在生活中必然恪守一定的法则。《厚土》透过农民的生存境遇揭示了人们心理上的沉默状态，而这种状态本身就是一种古老的法则。倒真是“一万辈的祖宗”，仿佛一万辈也变不了。

莫非也是一种“生的悲壮”？

1987年8月20日杭州翠苑

原载《文学评论》1987年第6期

---

① 李庆西：《说〈爸爸爸〉》，《读书》1986年第3期。

② 李庆西：《他在寻找什么——关于韩少功的论文提纲》，《小说评论》1987年第1期。

李锐论

何镇邦

在新近几年崛起的“晋军”这支文学劲旅中，李锐属于比较年轻的一位，但人们并不否认他是“晋军”的主力之一。

李锐已有十余年的写作生涯，但由于创作态度严谨，奉献却是羞涩的。已经结集出版的小说集《丢失的长命锁》（北岳文艺出版社1985年12月初版）收录了他1983年以前发表的十六篇短篇小说和一部中篇小说，共计十六万余字，此后，我们陆续读到他发表的四部中篇小说：《风女》（《长江》1983年第4期）、《红房子》（《当代》1985年第2期）、《古墙》（《当代》1985年第6期）、《运河风》（《当代）1987年第2期）。此外还有短篇小说《晨雾——野岭三章》（《山西文学》1985年第11期）和《厚土》七篇（分别发表于《人民文学》1986年第11期、《山西文学》1986年第11期、《上海文学》1986年第11期）。累计起来，他十余年来发表的作品不过四十余万字，这同那些以创作数量之丰而自慰自娱的作家比起来，实在是一个微不足道的数字。

李锐以其在文学道路上孜孜不倦地进行艺术探求的精神和其不断取得的艺术成果，成了“晋军”的主力之一，并且同不少山西的中青年作家一样，打出了“娘子关”，走向全国，成为一位受到人们瞩目的青年作家。收在《丢失的长命锁》中的一些作品，无论是农村题材的，还是写他的身世和知青生活的，都表明他的文学起点是相当高的。中篇小说《红房子》的发表，引起人们的注意：原来“晋军”中还有一个李锐！《红房子》是同其他三位山西作家的作品一起被《当代》推出的，正是在那一期的刊物上，打出了“晋军崛起”的旗号。大概由于资历和名气的关系，《红房子》被排在这组作品的最后，但是就作品的水平和价值而论，它同其他三部作品比起来是毫不逊色的，甚至可以说有其更突出的特色和诱人的魅力。为此，我还曾向《当代》的编辑表示过我的不平之意。打从读了《红房子》之后，我开始注意李锐的作品了。在这之后，又有《古墙》和《晨雾——野岭三章》的问世，尤其是去年初冬时节，《厚土》七篇作为集束手榴弹式的系列作品推出，李锐的创作出现了一个小高潮，也在全国的文坛上引起了一阵小小的轰动。于是似乎有必要对李锐十数年来的创作，尤其是近年的创作做个小结了。

一

一个作家的生活经历往往决定他取材的范围，也往往影响他的艺术气质的形成，而这两方面又往往对他的作品的艺术风格产生不可忽视的影响。古今中外的文学史上可以举出不少适当的例子，当代作家中，陆文夫之醉心于耕耘苏州风味的“小巷文学”，张贤亮、从维熙之热衷于“大墙文学”，刘绍棠不遗余力地提倡“乡土文学”和耕耘那块属于他的“运河文学”，邓友梅近年来在京味市井小说中取得的突出成绩，汪曾祺近年来在创作“高邮系列”乡土小说中做出的贡献……都说明作家们的题材选择和艺术风格的形成均受到他们生活经历的制约；当然，也受到他们的文化素养的影响，这是不待言的。李锐的不太长的创作经历也表明，他的创作同样受到他的生活经历的制约。

李锐只有三十八岁。他和他的同代人大致走过了求学、上山下乡接受“再教育”以及进厂当工人等相同的生活道路，但他的生活道路又有自己的特点，他在不长的生活经历中有其独特的体验和认识。老作家胡正在为李锐的小说集《丢失的长命锁》所写的《序》中对他的生活经历和走上文学道路的起步做了简括而准确的概述，兹转录于下：

他曾在美丽的首都，在温暖的家庭中，度过了他的美妙的童年和快活的少年时光。初中毕业后，正要升高中时，生活的风暴把他抛到了吕梁山区的蒲县底河村。那是一九六九年一月，他还不满十九岁。随后，不幸的命运又接踵而至，他的为革命而奋斗多年的父母，先后在人为的冤案中被迫害致死。天真的年轻人变得深沉了。不幸的命运和遭遇，使他迅猛地过早地成熟起来。他在那贫困落后的小山村里，在与那些朴实厚道的农民的相处中，了解到他们中也有许多不幸的人。生活的经历和磨炼，苦苦地思索和观察，使他感到不幸不仅是他一个人的，那是时代的悲剧。同时，他又为山区人民同不幸命运斗争的坚韧精神所感染。于是他把个人的命运和山区人民同样不幸的命运联系起来，他没有过多地倾诉他们自身的痛苦，和对于命运的悲叹，而是把同情和希望寄托于山村人民，寄托于他们和不幸命运的斗争。这便是李锐从一个插队青年走上文学道路迈出的坚实的步子。

需要补充的是，李锐的童年和少年时光是在美丽首都东郊运河边上的一个农场里，即他永远难以忘却的“红房子”里度过的。那半城半乡的生活，尤其上初中时是在一所农民子弟与农工子弟参半的学校里，这就为李锐后来到吕梁山区插队观察与了解农民打下了基础。他童年、少年时代的家庭生活不仅是温暖的，而且他那从知识分子而成为高级干部的父母又给了他相当丰富的文化知识和善良正直的品格，这对他后来的创作也产生了相当重要的影响。他父母的含冤屈死固然给他以沉重的打击，而后来当他由插队知青而成为工人和父母平反昭雪后的遭际又使他深刻地认识生活，我们从他早期写出的《人之常情》和《书》等短篇小说中可以看到世态之炎凉，也可以看到他的另一段生活遭遇。这样的生活遭遇和较丰厚的文化基础，使李锐走上了文学道路，使他同吕梁山贫瘠而具有丰厚文化积淀的黄土产生了密不可分的联系。应该指出，他同吕梁山农民的联系，不仅体现在不幸的遭遇上，也体现在相通的心灵上。

于是，李锐在创作上就占有了两个题材区，也就是说，有了两个生活的支撑点：一是作为知识分子和高干家庭的生活，这主要体现在对童年和少年时代生活的反思上，也体现在对知青生活遭遇的观照和表现上；另一方面是对吕梁山区农村生活的不断观照和表现，贫瘠的吕梁山成了李锐创作中采掘不尽的富矿，从最早的一些农村题材的短篇，如《月上东山》《小小》《丢失的长命锁》等到《厚土》七篇，他对这一矿带的开掘越来越深，开掘出来的内容自然越来越闪光。这两个题材区看似并不相干，实际上是相互联系的。这联系的纽带自然是李锐这个创作的主体。由于他从比较现代化的首都来到偏僻落后的吕梁山区，有了大的生活反差，他自然对那里的生活看得更清楚，感受也更强烈；又由于他有着不幸的生活遭遇，他又能更深刻地理解吕梁山区农民的命运。反过来，他在吕梁山区的那段生活体验，又促使他对童年、少年时代的生活进行反思，站在更高的观照点上对过去的生活进行观照，加深理解和认识。这样，这两个题材区在李锐的创作中就产生了联系并相互沟通了。我以为，这就是李锐十多年的创作在这两个题材区轮作的原因。

于是，李锐在创作上体现了这样两种气质：既表现出对生活一片赤子之心和真诚的“天真”，又表现出对生活作冷峻无情的解剖。天真和冷峻，成了李锐气质的两个不同的侧面。一位评论家对李锐的这两种艺术气质做过详尽的分析（参见李国涛的《李锐的气质和艺术》一文，刊于《当代作家评论》1987年第4期），我是赞同的。不过，应该补充指出的是，这两种气质看似对立，其实正统一在李锐的创作之中。不错，李锐早期的作品，如小说集《丢失的长命锁》中所收的一些农村题材的短篇，以及表现童年、少年时代生活的作品，如《红房子》和《运河风》，较多地表现出一种近乎纯真的天真之气，但是这种天真中仍然包含着一种冷峻；而近期的一些作品，如《古墙》和《厚土》，则更多的是对生活作冷峻的剖析，但是这种冷峻中又没有失去他的赤诚与天真，因此，不仅使人感到战栗般的真实，也能唤起人们改造生活的激情。

我想，了解到李锐创作中的两个题材区，又把握住他的两种气质，对他的创作道路的发展和对他作品思想内容艺术风貌的理解，就可以理出一条比较清晰的脉络来。

二

李锐的创作起步于对吕梁山区农村生活的反映，因此，我们对李锐创作道路的追溯也就从这里开始。

我们看到，收在《丢失的长命锁》这个集子中的农村题材的短篇小说，计有《月上东山》《静静的南柳林》《五人坪纪事》《霉霉的儿子》《丢失的长命锁》《指望》《清清的河水》《少小》《“窗听社”消息》等九篇。这些作品，写的都是吕梁山区偏僻贫困的农村，时代背景也大致是“文化大革命”和这场政治动乱结束后的岁月。但作者有意把时代背景淡化，不去表现政治动乱和由于政治动乱带来的种种富于戏剧性的事件，而是着意表现农村变化中的不变，挖掘一些沉淀较深的封建意识以及被“左”的思想扭曲的东西。李锐着意写农村的贫困、落后和愚昧，尤其同情农村妇女的命运。《月上东山》中那位翠泉庄的福生媳妇兰英，出嫁时得到一双太原造的模压皮鞋，就感到十分荣耀了，而这都是她“十七年的日月熬下的”！出嫁后，由于患“不孕症”，几次到部队探亲都让她公公婆婆的愿望落了空，于是遭到婆婆的白眼，公公再也不为她筹措探亲的路费了。农村妇女的人生价值和不幸的遭遇在这平凡的家庭琐事描写中得到充分的体现。作者对兰英的遭遇是深表同情的。这篇小说大体上代表着李锐早期这类作品的水平，善于从平凡处入手进入细致的描写（包括细节描写和心理描写），开掘较深，但限于一人一事，写得比较单纯，也比较平实。《丢失的长命锁》则是一曲同命运斗争的“颂歌”，调子是比较激昂的。它通过一位十七岁的农村少年同豹子斗争的经历和取得胜利来谱写这一曲颂歌。这位与寡母相依为命的农村少年，在同豹子的搏斗中失去了他的“长命锁”，但却显示他成熟了。李锐精心刻画的这个与猛兽搏斗的农村少年的形象可以说是作者的他化，胡正认为，作者借这个形象的描绘“抒发他历经坎坷和磨炼的生活经历所熔铸的人生哲理，不论遭遇什么险恶，都要树立自救、自乐、自强的坚定信念，不要别人的怜悯与同情，要在同命运的搏斗中去争取胜利”（《丢失的长命锁》的《序》）！这个评论是得当的，也是深刻的。正因为这篇作品是表现一种生命意识的，在题材上具有更大的超越性，因此作者特意用它的篇名来作为他第一个集子的题名，就不足为怪了。李锐早期作品中比较引人注目的还有《五十五壮汉》，这篇作品描绘了五十五个北京知青在汾河钢铁公司钢管分厂当劳力工时的各种遭际，显得比较丰富多彩，也更真切动人。从结构上看，从原来的单线索的平叙变为多线索的交汇，对生活的透视更深更广也更立体化。因此把它看作李锐创作中一篇带有路标性质的主要作品来看是有道理的。在这些作品中，我们可以看到作者天真之心的搏动，也可以看到作者通过农民的贫困生活和知青的生活遭遇对人生社会的透视，因此，可以说，这些作品是有特色的，是带有李锐创作个性的印记的，但由于对生活的透视还说不上是深刻的，小说技巧上也未能褪尽稚气，因此自然也就不够厚实和不够成熟了。

中篇小说《古墙》是李锐在艺术上进行探索并有所突破的作品。它以山西一个中外合资的露天煤矿的建设为背景，把古老的河口堡面临着的搬迁，露天煤矿建设中的矛盾斗争以及考古学者冯尊岱父女在这儿对汉墓进行现场考古发掘这三条线索交叉起来，力图以较宽广的生活面、较深厚的历史感和较强烈的思想感情的对比反差，反映当前农村的深刻变革和我们时代的面貌，使作品具有较强的时代感、历史感和立体交叉感。为此，他采用了他过去作品中从未采用过的“板块结构”，对于人物形象的勾勒也大都是粗线条的。这部作品在李锐的创作中的确给人以耳目一新之感，它不仅题材开阔了，气势也较宏伟了，而且艺术风格上也变得更冷峻了。李锐过去的作品，都是带有较强烈的主观抒情色调的，从未像《古墙》这样持超然、客观冷峻的态度。这部中篇小说的出现，对于李锐创作道路的开拓无疑是有重要意义的。但是，应该说，李锐驾驭这样的立体交叉的题材和板块式的结构还缺乏经验，因此，他的艺术探索意图在这篇作品中未能充分体现出来，而给人留下一些遗憾之处。从生活的积累来看，李锐还是比较熟悉农村的，因此，对于停滞、贫困的农村面临迅猛的现代化的变革而表现出来的或惊喜万分、或哀伤失望、或留恋故土等各种复杂的情绪，就表现得比较酣畅淋漓，而像郭福山、郭福海这样的老一代农民形象的刻画，也就比较成功。比较起来，对于考古和煤矿建设，作者不是那么熟悉，因此写起来，就不是那么游刃有余，尤其是对这座露天煤矿建设中的两种思想的斗争，展示得不够充分，而对作为煤矿建设副总指挥的马长江的形象刻画，也就不够鲜明了。此外，三条线索的交汇拼接都留下了一些人为的痕迹，还未达到交融一体的地步，这也是使人感到不足的地方。

《晨雾——野岭三章》作为一组系列短篇小说，应该说是《厚土》这个系列短篇创作前的演习，因此谈论《厚土》，不能不先谈《晨雾——野岭三章》。这组短篇，仍然写的是吕梁山区，但时间的跨度较大，写的是三代女人在婚姻中的悲惨遭遇，从而更深地挖掘吕梁山区那沉积得相当厚的封建文化心理积淀。野岭店有一座盐店院，盐店院的三代女人都有过自己炽热的爱情，她们“仿佛是命里注定的，要在这块贫困的土地上掀起一次又一次的惊天巨澜”。巧青的奶奶同天龙之间的爱情，她的母亲银鱼儿同玉春的爱情，还有巧青同双虎的爱情，都犹如野火，曾经炽热地燃烧过。但是，一代又一代人的爱情之火，都被扑灭了，连巧青随着双虎即将逃出野岭店时，也被一种莫名其妙的感情拖回来捆在了这块贫瘠而古老的土地上。作者力图较深刻地解剖这种捆住一代代女人的精神力量，以便改变野岭店女人的命运。比较自觉地深刻地探索和开掘民族文化心理积淀，是这组小说同李锐过去的农村题材短篇小说的区别，也是他向《厚土》的创作过渡的标志。但是，这三篇是在时间上存在纵向联系的，情节上又相互连贯，甚至有较浓的传奇色彩。这大概束缚了他向民族文化心理做更深入开掘的努力，于是，他又有《厚土》七篇之作。

我曾经这样说过：“《厚土》是李锐十几年创作生涯的制高点，可以说是李锐十几年写出来的。”也就是说，《厚土》同李锐过去十几年的创作有着血肉的联系，又有比较明显的超越。这种超越表现在什么地方呢？我以为，主要表现在对民族文化心理积淀做较深入的开掘上。山西中年作家成一在评论《厚土》时这样说：“而李锐的小说在把握的层次上，写了中国农村几乎不动的历史，写了长时段的东西，这也许就是他的《厚土》的一种含义吧。这样一个长时段不仅涵盖了过去四五千年前的历史，也涵盖了现实，所以，这种把握更接近于一种文学上的表现，也是他在写农村题材中的追求。在这样一个层次上来表现中国农村深层的形态和中国农民深层的心态，在山西农村题材小说的创作中是有很大意义的。”[①]他又说：在《厚土》里，“作家把自己作为一个有自省能力、超越了这种生活的农民，这是我们当代作家的一种优势。不是过去那种农民式地观察生活的作品，没有超越的力量。李锐把超越的能力和深沉的理解结合在一起，使他的作品在深度上、新意上和表现的复杂上达到较高的层次。”[②]成一在这里准确地道出了李锐的《厚土》在创作上所达到的深度和高度，并深刻地阐述了取得这样成就的原因。我是很赞同他的评价的。不错，《厚土》写了长时段的东西，也就是几千年来沉积于吕梁山厚土中的文化心理积淀。李锐开掘这种积淀，不是靠农民式地观察生活，而是作为“一个有自省能力、超越了这种生活的农民”来观照这种生活。这在李锐早期表现农村生活的作品中已有所体现，只是到了《厚土》，这种对农村生活的超越表现得更充分，因而才有明显的突破。《厚土》七篇，篇篇都具有这种题材的主题的超越性，都能给人以启发，因而都耐人寻味。《选贼》写一个生产队投票选出偷麦子的贼，十四票都选了队长，队长于是一气之下不干了，村民们离不开他，于是排成队，“婆姨们走在前头”，去向队长赔不是，请队长重新出山。这富于戏剧性的故事却具有深刻的真实，并引起人们的联想。《选贼》在七篇中，被认为是比较浅的，却可以引发人们想到许多，这正说明《厚土》的深度和厚度。《眼石》与《假婚》都写了偏僻落后贫困农村中的婚姻状态，《眼石》中的车把式与拉闸人在一种看似野蛮不道德的性的交换中得到了心理的平衡，《假婚》中那位黄河那边过来实行假婚以糊口活命的农村妇女，那打了二十年光棍在假婚中进行性欲宣泄的男子汉，还有那充当介绍人又“过了一水”的队长，三个人的心态都写得那么逼真那么深刻。不错，这两篇都写到了性，但由于通过性透视了社会，透视了某种农民深层的心态，因而是严肃的有社会意义的。我同意这样的看法，《眼石》写得波澜起伏，前有伏笔，后有照应，但是“假”的痕迹较明显；而《假婚》则比较自然，可以说是浑然一体。至于《看

① 《〈厚土〉：民族文化心理积淀的“厚土”——李锐作品讨论会纪要》，《山西文学》1987年第3期。

② 《〈厚土〉：民族文化心理积淀的“厚土”——李锐作品讨论会纪要》，《山西文学》1987年第3期。

山》中所描写的那位放牛人行将“退休”的心态，《古老峪》中那位农村少女对新生活朦胧的追求，也都让人想到许多。《合坟》中写那位老支书和他的老伴还有乡亲们为十四年前在学大寨中为抢救行将被山水冲垮的大寨田而献身的北京女知青的尸骨配干亲，举办庄严的合坟仪式。这幕悲喜剧真是让人哭笑不得，可以让人想到当前中国社会中不少由封建意识与极“左”思潮杂交而生的怪胎！《锄禾》当然也是出色的。那占了便宜的队长，那位黑胡子老汉同学生娃的对话以及他唱的戏文，都可以使人联想到许多东西。从上面对《厚土》七篇的简略评介中，既可以看出《厚土》在思想上的超越性，也可以看到它表现手法的多样性。李锐善于把诗、散文与小说熔于一炉，也善于把中国传统的小说艺术与西洋小说艺术熔于一炉，探求一种属于他自己的独特而和谐的表现手法。写完《厚土》七篇之后，李锐曾在致笔者的信中这么说：“现在文坛上新潮狂涌，颇有些令人眼花缭乱了。我却抱定自己的‘厚土’，希冀着一种刻骨的诚实，一种能独属于自己的‘范式’。”应该说，李锐这样的创作意图和在创作中所取得的成就都表明，李锐在《厚土》的创作中进一步找到了自我，不仅找到了独属他自己的“范式”，也找到了独属他自己的道路！

三

李锐在他的早期创作中，既写出了一批很有特色的农村题材的短篇佳作，也写出了一些反映知青生活和作者经历的篇什，如短篇小说《菩提之心》《“硬壳虫”》《人之常情》《书》《燃烧的爱情》等，还有一部描写残疾青年爱情经历的中篇小说《春雨，悄悄地飘落》，这些作品，也都清新可读，透着他的纯真之情，但略嫌平淡，未能显示出他的特色。

而中篇小说《红房子》及其续篇《运河风》则让我们看到李锐创作的另一优势，看到李锐在另一个他更熟悉的题材区里找到了自己。这两部中篇佳作，用诗一样的笔调，风俗画一样的画面，向我们描述了作者童年、少年时代如诗如画的生活经历，带有自传性。作者在《红房子》的小引中写道：“……我们这些同年龄的孩子把自己住的地方叫红房子。找不着边儿的浓绿的原野，包裹着一片红砖红瓦的房子，包裹着一个依稀的童话。”是的，在这令作者难忘也让读者铭记的“红房子”里，的确“包裹着一个依稀的童话”，也充盈着浓厚的诗情。作者向我们展示的那片童年的“乐土”和“草木世界”中的种种富于浪漫情调的故事，例如葡萄园守护人的爱情（那是用儿童纯真的目光看到的美丽而纯真的爱情），还有同老画家在饥荒年代结下的友谊，舅妈纯真的爱情，保姆的故事，第一次萌动的爱情等等，以及童年时代的“我”与小哥哥的撒野，父母的钟爱等等，都是那么平凡无奇，但是作者用一颗纯真的童心来观照那个世界和逝去的岁月，处处搏动着他那天真之情，这大概正是这篇作品中充盈的诗意的来源。当然，作者不仅用一颗纯真的童心把童年时代的生活诗化，更重要的是在他经历了种种人生坎坷之后，用一种对生活有了更深刻理解的目光去重新审视这段童年生活，把它加以过滤筛选，于是在童话般的艺术世界里又处处闪烁着生活的哲理。于是在这部作品里，诗意与哲理达到了相当高度的融合。我想，这正是《红房子》的迷人和耐读之处。同《红房子》相比，作为它的续篇的《运河风》则缺少点那童话般的诗意，却多了些对生活的剖析和冷峻的表现。在这篇作品中，李京生与白宇保、刘富全三个少年之间的友谊是写得很动人的，三个少年的形象也给人留下深刻的印象。白宇保的父亲是个关在监狱里的国民党下级军官，白宇保靠着比他大不了几岁的哥哥供养他上学，他有点粗野，却正直而讲义气。刘富全的父亲是当过志愿军到朝鲜打过仗的，但由于“整整三年就没叫枪子儿擦破皮儿”，没“弄个三等残废”，回到农村后则穷得没让孩子上学。刘富全迟到五天，为的是打草挣学费，上学后连午餐都吃不起，几年中同李京生一起分吃着他带的午餐，但他人穷志不短，内向诚实，这个少年是很让人喜欢的。李京生出身于高干家庭，他一方面对这所农村中学里来自农村的同学身上散发出来的味道不适应，一方面又同他们结为了好朋友，他聪明好学，多才多艺，积极上进，是60年代好学生的一个典型。杨留根则是另一个给人留下深刻印象的少年形象，他父亲在学校附近的深闸生产队当队长，这个地位以及他家庭在阶级教育和农村“四清”运动中的起落，都在他身上有着戏剧性的反映。他粗野，霸道，而又有些痞子气，也是个很有性格的人物。除了给人留下深刻印象的少年形象外，这所农村中学的生活氛围也是写得很好的。但是，《运河风》似乎写得过于实，缺少《红房子》那种迷人的童话气氛和诗意，因此艺术感染力则稍逊一筹。需要特别指出的是：《红房子》与《运河风》不仅用动人的笔调向我们描述了那段逝去的童年、少年时代的生活，创造了一个多彩的童年、少年的艺术世界，而且通过这个艺术世界，折射出50年代到60年代的某些侧影，尤其是《运河风》，时代的气息似乎更浓烈些，从抓阶级教育到农村“四清”运动，一直到“文化大革命”风暴到来前夕“山雨欲来风满楼”之状，都在这部作品中得到侧面的反映。

读《红房子》与《运河风》，我还特别赞赏那种行云流水般的散文笔调，以散文笔法写小说，并不是李锐所独为；小说的散文化，也有不少论者发表过言论。但我还是要说几句。这种散文笔调收到自然流畅、疏密相间、浑然一体的审美效应，是堪加称赞的。李锐似乎有两种笔墨，一是在这种作品中表现出来的散文笔调，比较自然和谐；一是在《古墙》《厚土》等作品中表现出来的，比较凝重粗犷，这种笔墨自然也有它的长处，可以说各臻其妙。但是，《古墙》和《厚土》中的某些篇章，‘做”的痕迹较重，却显示出作者的笔力不够从容，是不可取的。

四

谈论李锐的小说创作，还不能不说到他在小说文体上的创造与贡献。

李锐的小说都力求有他自己的“范式”。这种“范式”，既可以从题材与意蕴上理解，也可以从文体上理解，而更重要的，恐怕是文体上的“范式。他的中篇小说，《古墙》做了“板块结构”的试验，《红房子》与《运河风》则是一种比较传统的叙述方式，或者可以说是若干片段直线式的连缀。无论哪种结构形式，都是力求篇幅节省，结构紧凑的，绝无当今那种拖拖沓沓，把中篇拉成长篇之时病。他的短篇，尤其是《厚土》七篇，在文体的创造上更有意义。短篇小说，顾名思义，就是要写得短，但绝不是短而空，而是要求在盈尺之内写掀天之浪，要写出一个浪头，要“一榔头砸出点火花来”，也就是说，要善于搞微雕艺术。因此，就要善于选材、剪裁和进行精心的构思。李锐很能抓住和发挥短篇小说艺术的特征，在有限的篇幅里做出好文章来。《厚土》七篇，大都在三五千字，篇幅极小，但是容量都较大，而且写法多样，有的富于戏剧性，有的散文化，有的注意照应起伏，有的注意气氛渲染，真是丰富多彩，各臻其妙。我以为，这种浓缩型的短篇小说，它在文体创造上的意义不亚于对于民族文化心理积淀所做的深入开掘。

文学是语言的艺术。当代小说主要是供阅读的，更应讲究语言的艺术，可惜这一点往往被忽略，李锐的小说创作是很讲究语言的提炼的，可以说做到了炼字、炼句的地步。这也是他小说文体意识比较自觉比较强的一种表现。李锐早期一些作品的语言，比较干净流畅，但还缺乏他自己的特色。后来，我们从《红房子》看到了他那种诗化的小说语言，大致是景、情、理三者相互交融，形成一种非常美的语言。例如写葡萄园，有“那小屋、黑狗、绿藤和英俊的护园人组成了一幅色彩鲜明的图画”之佳句；写小说，则有“没有站台，路基边只立了一排白色的木栅栏，和那长长的铁轨、巨大的机车比起来，它就像藏在路基边上的一个‘逗号’”这样绝妙的比喻。写农场的月色，写乡情，也都有不少佳句，就不一一摘录了。《厚土》的语言则更凝练些，更有内在的张力，甚至有一种凝重感，带有象征性的色彩感。关于这方面，似乎可以写专文加以评述，那就留待以后有机会再说吧。

原载《批评家》1987年第6期

李锐、矫健系列短篇比较论

李明远

不约而同，山西的李锐，山东的矫健，同时发表了题材、体裁、数量大致相同的系列短篇。作家同样年轻，作品却同样老练、深刻、厚重，为人所瞩目。近年来，关于短篇小说怎样保持自己的美学特质，议论颇多。写什么、怎么写一直困扰着作家。在此背景之下，李锐、矫健的探索无疑具有开拓性、启发性。所以比较这两个作家的两个系列不会是毫无意义的。

文学寻根派鼓噪一时的时候，已经崛起的晋军和山东作家群，却显得较为冷静。他们没有竞相回到原始、蛮荒，也没有像何新说的那样，“把某种细菌从生物体内提取出来，放进培养液里大量繁殖”[①]提纯，而是把文学的镜头对准了吕梁山区和齐鲁大地上活动着的欲摆脱而又难以摆脱几千年因袭的重担的人们。他们借助现代意识和文化视角透视我们民族形形色色的文化积淀，惨淡经营着民族灵魂的重铸。李锐和矫健的两个短篇系列就是朝这方面努力的结果，而且是很具有代表性的一部分。但仔细区分，我们会发现在这相同中的相异。李锐侧重于以现代意识对农民深层心态和历史积淀的发掘。《厚土》“探讨植根于这块土壤中的民族素质和国民性格。这厚土，倒是我们这个民族的传

① 何新：《〈新星〉及〈夜与昼〉的政治社会学分析》，《当代》1986年第5期。

统精神，文化心理，道德规范，民风民俗的所有好与坏的方面，乃至于更坏的劣根性、惰性、奴性、兽性和一切肮脏的沉淀物”[①]，而《小说八题》则是进行文化心理批判的同时，侧重于现代意识的弘扬，表现出人们在社会的现代化过程中痛苦地蜕变和更新了的形象。在这两个系列中，《眼石》和《古树》是较有代表性的篇章。

《眼石》的故事很简单，拉闸汉子因为孩子住院欠下了车把式的债，车把式乘人之危占有了拉闸人的女人。拉闸人耿耿于怀，伺机报复。车到斜坡险些造成车毁人亡的事故。当车把式把自己的老婆让给拉闸人一次后，他们化干戈为玉帛，一触即发的冲突得到平息。就是在这样说不上生动曲折感人的故事里，却蕴含了深刻的内容，透视出国民性格中深入到无意识中的劣根性：男人对女人像对私有财产一样赤裸裸地占有，女人人格的完全丧失和异化为一块“眼石”、一个砝码的可怜处境。进而揭示了贫穷这个生盗、生淫、生赌，什么菌类都繁衍的藏污纳垢之所和罪恶策源地。《厚土》的所有小说连缀起来便构成了一个浑厚的整体，我们的国民性格就得到了充分的展览，诸如恨皇帝又需要皇帝的心态，做不稳奴隶的悲哀，封建意识渗入骨髓而又浑然不觉的麻木，凡此种种，不一而足。给人以强烈的震撼，不由得你不反思。

《古树》中的主人公不同于《厚土》中的人物。田壮林是已经摆脱了贫穷，创造出宏伟业绩的农民企业家。他改变了贫穷，却没有完全改变观念中历史的积淀。“说到底你还是一个农民”，这使他自觉不自觉地在某些方面沿着传统农民的发展定势往前走。不得势的时候，低三下四奴性十足甚至不免下流下贱；掌了权则恶性发作，皇帝之风俨然矣，敢打人敢骂人，妄图占有一切。当记者揭开他的痛处后，他绝对的自卑变为绝对的自尊，于是便生出狂热的征服欲，但这终究不是真正的自尊和强大，他像阿Q一样跪在了女记者的脚下。田壮林要么绝对自尊，要么绝对自卑，唯独没有独立的人格。但朱元璋的环境，李自成的时代一去不复返了，时代变革的大潮冲击着一切。田壮林本身也是农民中的佼佼者，在激烈的内心冲突中，他开始了艰难的蜕变。“他提着一

---

① 李国文：《好一个李锐》，《小说选刊》1987年第2期。

把斧头，奔向古树”，“高高举起斧头，一家伙砍下去”。这象征性的举动，标志着他的觉醒和跟传统农民在精神上的彻底决裂。如果说《厚土》侧重于“破”（批判、透视），那么《古树》则是边破边立，《钟声》《轻轻一跳》则是“立”，侧重于对民族灵魂的重铸，也就是给我们民族注入鲜活的现代意识。《钟声》表现的是现代人的爱情观、生活观。波棱、黄丽他们没有或者很少有因袭的负担，“对生活表现出的一种勇气，往往叫你大吃一惊”。在他们身上再也看不到尼禄的那种自满自圆封闭安乐的小农无意识，代之以敢想、敢说、敢做，横冲直撞无所顾忌的开拓、开放进取精神。他可以冒着生命危险，踏着腐烂的铁梯登上几十米高的大烟囱而多领三十块钱的奖金，到烤鸭店吃一顿。他们冲破了一块陈腐的栅栏。这种现代精神，无疑是富有阿Q精神和尼禄哲学的民族在走向现代化的过程中，所急需和必需的。

在对民族文化心理的发掘和现代意识的弘扬上，李锐、矫健同中有异，各有所重，各有所得，同时也各有所失。李锐对农民的感性和理性认识是极为透辟的，所以作品显得极为地道；但他主要是把现代意识作为手段而不是目的，侧重于展览，所以作品读来沉重，向上、向前的力量略显不足。矫健边破边立，但对破的对象的把握理性有余而感性不足，田壮林不是骨子里流着阿Q的血，倒像是在以阿Q为榜样，他的蜕变也有人为痕迹。作者在谈创作体会时，写出了他的困惑：“我想写出各种生活，又将生活中平凡的苦恼升华为人类的苦恼。可是小说里总有刺眼的底迹，我揉不好，疙疙瘩瘩，生活的面团老是夹着许多思想的硬块，我更加明确地感到，什么现代观念都不难掌握，而将这些观念自然、熨帖地渗透在日常生活中，却是最难最难的。”[①]这种将现代观念“还原为生活”的观点和做法是有局限性的。表现在矫健的创作中就是某些篇章存在着“思想僵块”，这说明生活第一的原则没有过时，也不可能过时。要做现代气派的文学，作者首先是一个对现代生活有切身感受的现代人。只有在这个基础上才能发挥理性的作用，而不是相反。当然，与一些“寻根派”“现代派”作家相比较，矫健的创作还不是太“露”，“八题”糅合得还是相当出

① 矫健，《想想人类》，《小说选刊》1987年第2期。

色的。

李锐、矫健的系列短篇为人称道，不仅在于它们容量大蕴含深刻，同时还在于它们篇幅短，是真正的短篇小说。新时期以来，短篇小说有越写越长的趋势，作家、评论家多有呼吁，但收效甚微。李锐、矫健在这方面进行探索，其成就和意义也就不仅在这几篇小说，而且具有促进文体回归自身的意义。他们是如何使短篇小说成为真正的“短篇”的呢？笔者以为，矫健得力于现代派，而李锐则受益于鲁迅和传统。

上文分析过，《古树》表现的是当代农民因袭的痼疾、沉疴和在改革大潮中痛苦蜕变的复杂心态。行文至田壮林从女记者房间逃出来，想死想上吊，这才是第一层意思的完成。至此，篇幅已是全文的十分之九了。如果依照现实手法完成第二层意思的表现，那么文章的篇幅将会成倍地加长，这样短篇就不短了。作者变换手法，采用了隐喻、象征、魔幻的技巧，通过“古树”这个具有隐喻作用的象征形象和血浪滔滔的神话幻象，极为省简而效果极好地表达出了作品第二层意思。这样不仅避免了直缀式的客观叙述，还大大压缩了篇幅。

矫健的借鉴是成功的，荒诞、魔幻、弗洛伊德、海明威的广泛采用，无不达到了使作品加厚变短的目的。正如有评论者所指出的，《死谜》在写法上很接近海明威的“冰山说”，乔干几次服毒的原委、乔干—绿女—刘书记的关系，这一切全都隐在“冰山”之下，“我”的梦境，做又断又联的暗示。这一些都留下了很大的空白供读者创作补足，作者也因此省下大量的笔墨。

现代派技法，李锐也有出色的运用，但这不是他的主要秘诀和特色。《厚土》之短，主要在于作者对鲁迅和古典传统的学习。如果我们留意一下他的选材、叙述、描写，就不难发现鲁迅的影响。《厚土》在题材选择上多是一些简单的生活片段，一个空间，一个短时，从没有拖泥带水，旁逸斜出的繁杂故事。鲁迅对短小说的选材，就是这么倡导和实践的。《选贼》仅写了一个场面，《眼石》就是一对伙计的关系由不平衡到平衡的简单故事。这些篇章从这一方面看，极像《呐喊》《彷徨》中的小说。在叙述描写上，李锐多采用“白描”手法，用极为省简的笔墨描画人物的动作、语言、感觉，作品中很少有大段的心理分析。李锐的语言非常凝练，“颇善浓缩，写得干净利落，用有限的笔墨，尽量表现出无限的时空”。[①]这已为有些评论文章所论及，无须赘述。值得一提的倒是《厚土》类似于古典诗词跳跃、含蓄的叙述语言。下面是《眼石》开头的几节：

> 盯着，盯着，那紧绷在后脑勺上的红花手巾呼地蹿了起来，像火苗子舔了心尖，绞得人倒吸冷气……
>
> “我日死你一万辈儿的祖宗！”
>
> 有水从那红雾中涌出来，流进嘴角里，咸。

这里是写拉闸汉子的屈辱愤怒。首节写心里极度的愤怒，第二节写心里的“破口大骂”，第三节写屈辱的眼泪。这里没有通常所谓的衔接、交代，像古诗词一样字里行间留下了很大的空间。

李锐主要就是靠不枝不蔓的故事，简洁的白描，浓缩为晶体的跳跃语言，省下了大量的笔墨。

从李锐、矫健的探索看来，短篇小说写短的确是可能的。传统古典手法不过时，而且游刃有余，现代技巧也能奏效，关键在于作家的真功力和苦功夫。我们相信，这将是短篇小说再次勃兴和自觉的良好开端。

原载《批评家》1988年第2期

① 李国文：《好一个李锐》，《小说选刊》1987年第2期。

论《厚土》叙事方法的得失

陈　坪

由于系列小说《厚土》的首批作品曾给我留下深刻的印象，所以我对它的发展变化一直抱着很大的兴趣，就我的总印象而言，李锐通过最初几篇作品表现出来的娴熟自如的技巧是令人耳目一新的，由此而产生的艺术魅力足以令人倾倒。正因为如此，当我又读到李锐发表在《人民文学》去年第12期的作为《厚土》续篇的两个短篇《秋语》和《送葬》时，便感到一种失望。这倒不仅仅是因为作品内容平淡，抓不住人（如果仅止于此，那更像是属于欣赏趣味的问题，别的读者可能持完全相反的意见。趣味问题具有很强的主观随意性，它缺乏客观的衡量标准，因而似无谈论的必要），而是因为读这两篇小说，我有一种很不舒服的感觉。但我一时又弄不明白产生这种感觉的原因何在。这第二批《厚土》系列还有《驮炭》《“喝水——！”》和《同行》《送家亲》四篇，分别发表在《青年文学》和《鸭绿江》去年第12期上，我又找来看过，印象却还不错。特别是《驮炭》我尤为欣赏。

正是这种不同的阅读感受告诉我，是总结一下李锐《厚土》系列小说艺术得失的时候了。同时，不同的阅读感受也在提醒我，绝不能仅凭借印象和感觉来评价这些小说，也不能仅以内容的所谓优劣来立论，因为我无意陷于一个最终无法证明自己的欣赏趣味的问题之中。这就促使我对李锐的《厚土》系列作品的表现方式、方法进行了反复的思考。思考的结果是使我把注意力集中在《厚土》的叙事方法上。我相信，已发表的《厚土》系列作品的得与失都与此直接相关。

《厚土》系列的副标题是“吕梁山印象”。这给人以一种源于真实的感觉。就字面上理解，这里的“印象”属于一种个人的记忆形式。若深究一下，也会发现，个人的记忆其实并不是对过去实际经验的如实再现，而是对过去的经验进行了筛选的，具有一种简化、组织和整合的功能。正如苏珊·朗格在谈到个人的记忆时写过的那样：“回忆一件事情，就是再一次体验它，但这次体验与第一次的方式不同。回忆是一种特殊的经验，因为它是由经过选择的印象组成的。”[①]尽管如此，由于个人的记忆无须靠发挥创造性的想象来维持，还是可以达到客观地反映生活事实的目的的。但是，叙事作品靠这种个人的记忆是不可能产生的。因为个人记忆有明显的局限性。它的局限性首先在于其本身缺乏生命经验的连续性。在记忆中，我们都未能意识到自己过去存在的连续性，特别是在记忆鲜明时就更是如此。印象深刻的小事往往单独从过去“活生生”地跳出来，并伴有令人惊叹的细节，其他的则被遗忘；其次，在更多的情况下，记忆的内容不过是作为意识到的抽象事实而存在，却失去了具体的“活生生”的经验特征。小说虽说是以模拟记忆的方式来创造虚幻的生活，却要超越个人记忆的上述局限，这就需要大量的艺术想象来弥补真实记忆的非连续性和非经验特征所造成的缺憾，从而创造出一种比真实的记忆更完整、更“真实”的活的经验方式。这种特殊”记忆”当然不会是，也不可能是什么如实反映了李锐过去生活真实经验的纯客观的印象，因为它是作家非个人化的“虚幻的记忆”。李锐虽将他的《厚土》命名为“印象”，却全然不具有经验领域通用的内涵，说穿了，这种“印象”不过是创造性的艺术想象的托词而已。从创作学的角度看，不管对此李锐是否清楚地意识到了，但他标明自己的作品是“印象”，就意味着他可以摆脱“反映论”的束缚，在将虚构的事件“搬上”作品时获得一种强烈的主观性、一种展开想象的充分自由。它达到的是一箭双

① 苏珊·朗格：《情感与形式》，中国社会科学出版社1986年版，第305页。

雕的目的：既以“真实”相标榜，以便在叙述文本与读者之间形成一种接受的最佳心理前提，实际上又在暗中解放了作家自己的创造力。我希望这样说不至于引起误解，好像给自己的作品系列标以“印象”是李锐的一种策略性的狡黠。我倒宁愿相信它是一种无意识的流露，但毕竟还是让我们从中窥视到一种基本的创作心态。

从《厚土》的大部分作品看，李锐的意图是达到了的。《厚土》所表达的印象的主观情绪色彩是饱满强烈的，奇怪的是作家竟也同时获得了对农民形象塑造的一种客观化的艺术效果。我曾在一篇文章里说过，这个系列作品中的农民形象在读者面前呈现出一种书生文化意识无法浸入的独立自足性，[①]这当然是就一种美学效果而言，并非意谓这些由作家的创造力赋予了客观生命幻觉的形象是对真实生活的照搬。还应该补充一句，《厚土》尽管写的是乡村题材，但它所预期的理想读者始终是城市化的文化人。正像我们在小说里看到的那样，农民的心态及其行为方式和文化人的心态及其行为方式之间存在着一种巨大的文化落差。李锐正是利用这一点来制造他的艺术效果的。由于某种显而易见的心理同构，作为读者的我们对文化人的心态及其行为方式十分熟悉，而对农民的则往往倍感陌生。农民有自己独特的内心世界。即使我们对这个世界并非一无所知，往往也知之不深，更多的倒是自作聪明或自作多情的妄断。当李锐调动他能采用的一切艺术手段来强化这种不为文化人所熟悉，并且不以文化人的主观意愿为转移的心态及其行为方式的特点时，就导致作品中出现的文化人和作为读者的文化人在情感上受到一种沉重的冲击，乃至失却心理平衡。《厚土》中的农民形象给我们的客观化感觉也由此而来。

李锐如何使情绪的主观化和形象的客观化在他的《厚土》中融为一个有机体？这也许可以从不同的角度来探讨，但在本文中我所感兴趣的仅限于《厚土》的叙事方法。法国结构主义批评家热拉尔·热奈特把叙事方法（叙事语式）归纳为两个主要方面。其一是指“叙事作品可以直接或不完全直接的方式

---

① 陈坪：《深切的体察与理解——评《厚土》的艺术追求》，《当代作家评论》1987年第4期。

向读者提供详略不等的细节，从而使人感到与叙述内容保持着远近不一的距离”[①]。其二是指“叙事作品必须选择或假装选择通常所说的‘视角’或‘视点’，就好像面对故事选择取景角度”[②]。对小说创作来说，叙述“距离”和叙述“角度”处理得好或坏，在很大程度上决定了一部作品的成功与失败。热奈特曾借用油画欣赏来形象地说明这两个方面的重要：“要想看得真切，取决于我们与画面之间的距离；要想看得完整，又取决于我们同可能影响我们视线的障碍物的角度。”[③]为了使叙述内容给人以一种“真实”的感觉，《厚土》舍弃了一般来说最适合表达个人印象的第一人称叙述方式，始终是以第三人称来展开其“印象”的。而作为叙述者的李锐本人从未在故事里直接露面。吕梁山的“印象”，既不由情节中的某一人物自己叙述，也不是由作者直接出面叙述的，仿佛往事在时隔多年之后又重新自动组织起来并浮现在我们面前。这种隐蔽的藏身姿态充分说明作者想转移读者可能对于其作品“印象”特征的个人主观性所具有的注意力，解除读者潜在的不信任心理，以便在读者与作品的叙述内容之间保持着一种较为贴近的距离。按热奈特的话说，“这种方法要求叙述尽可能多的内容，同时又尽可能不留下叙述的痕迹”[④]。这就意味着，第三人称叙述并非总像美国学者理查德·泰勒认为的那样，必然会“在读者和提供给他的虚构世界之间嵌入了相当大的距离”[⑤]，除非它是无所不知的和带有褒贬倾向的。《厚土》的叙述当然也不都很巧妙。如《选贼》中，某个带着明显讽刺目光的无所不知的旁观者就使作者在叙述中露出了太多的手脚。除这一篇外，在头一批的另外六篇作品的叙述文字中，尽管分别有某一时隐时现的旁观者的影子，但我们显然可以感觉到，凡是可能引起读者怀疑其可信性或产生反感心理的自我中心主义式的判断和评论都被尽量地克制了。

① 《叙事语式》，《外国文学报道》，1985年第5期。

② 《叙事语式》，《外国文学报道》，1985年第5期。

③ 《叙事语式》，《外国文学报道》，1985年第5期。

④ 《叙事语式》，《外国文学报道》，1985年第5期。

⑤ ［美］理查德·泰勒：《理解文学要素——它的形式、技巧、文化习规》，四川大学出版社1987年版，第98页。

然而“客观性”只是李锐要达到的一种艺术效果而已。正像我在上面分析过的那样，“印象”一词的深层内涵泄露出作者本来的创作意图并非致力于行为主义式的客观叙事。为了追求叙事的心理深度，便于情绪的渲染和情感的抒发，主观色彩的强化对于“印象”是不可缺少的。实际上读者在《厚土》中看到的叙述内容大都是经过某个人物甚至作者本人的意识过滤出来的。而在《厚土》的大部分作品里，这种意识的过滤却并未引起我们的不快和反感。这里面就有一个叙述角度的选择问题。

热奈特将叙述角度高度概括为三种基本类型，无焦点叙事、内焦点叙事和外焦点叙事。第一类相当于全知全能叙述者的叙事作品，在这种作品中，叙述者是大于人物的，他比人物知道得多，而且能说出任何一个人物无从知晓的一切；这种类型的角度又被称为“后视角”。第二类的基本特点是叙述者实际上把自己等同于人物，只限于说出人物所看见、听到或知道的；这可能表现为某一人物固定的有限视点，也可能表现为从一人物转换到另一人物的移动式的视点，还可能表现为同一事件在不同人物的视点变化中被反复描述的多焦点式。第三类相当于叙述者小于人物，叙述者说的比人物知道的少——也就是“客观”叙事或“行为主义”叙事，又被称为“外视角”。读《厚土》的大多数作品，我们不难发现，其主观色彩对叙述内容的有力渗透主要是通过某一情节人物的意识被表现出来的。比较典型者有《眼石》《假婚》《古老峪》《看山》《驮炭》和《喝水——！》。它们是分别通过某一情节人物的角度来感觉事件和获得“印象”的，其主观感觉的情绪性、印象性从头至尾统挟作品。但我们又不能说《厚土》诸篇整个都是建立在内焦点角度上的。“因为，这一叙述方式的原则规定，不得从外部描写，甚至提到焦点人物，叙述者不得对其心理活动或感情变化作客观分析。”[1]这里所说的内焦点并非指从某一人物内心来观察他，而是从某一人物对别人及外界事物的印象中观察他，即从人物对周围事物的直接意识中把握人物。显然，这种原则是《厚土》的任何一篇小说都没有，也无法贯彻始终的。我们只要注意到这一点就够了：即使《厚土》中那

---

① 《叙事语式》，《外国文学报道》，1985年第5期。

些内焦点描写十分精彩的段落，往往也不能保持统一的形式，有时甚至还需要靠超越内焦点原则来说明或强化运用这一原则而产生“印象”。在《驮炭》头两个自然段中，内焦点的观察显然由于夹有非内焦点的描写而显得不那么纯粹了。《古老峪》结尾处，展现在工作队队员眼中的景象也符合内焦点原则，但最后一句则跳到了外焦点叙述，因为“仿佛”一词表明，叙述者对于主人公的真实思想是不了解的。我们看出，仅凭严格的内焦点无法发展成李锐的“吕梁山印象”。在我看来，李锐在叙述上，正是在某些方面借助于情节人物受到局限的内焦点透视来渲染小说中发生的事件对于人物所独具的浓重的感情色彩，来吸引我们卷入一种真切的“个人”印象中去——但由于《厚土》更侧重于客观描写和展示事件在某一人物心中引起的心理活动和感情变化的轨迹，用美国作家约翰·盖利肖所说的可以对某一情节人物进行心理分析的“着眼点”问题[①]来把握《厚土》的大多数作品的这种特点似乎比使用狭义的内焦点来概括更贴切些。同时李锐又不能拘囿于此，因为无论是局限于某一情节人物的内焦点对周围事物的直接印象，还是以某一情节人物作为“着眼点”来作心理分析的描写和渲染，都难以使读者也产生活生生的、十分完整的生命印象。对于实际上面对的是纸上的一系列印刷符号的读者来说，这种完整的生命印象必须在保证了一定的超主观印象的叙述信息量——充分展开或描写细节的叙事的前提下才可能产生。事实上，如果《古老峪》没有提供足够的超主观印象的叙述信息量，那么在它的结尾，读者绝不可能从工作队队员对土垣上的夕阳晚照的“直接印象”中感受到、联想到更多的难以用语言来传达的东西。因此，运用有保留的全知全能和打折扣的外焦点角度自然地进行调节，对于李锐想要传达出来的完整“印象”是必要的，在《锄禾》《合坟》《同行》和《送家亲》中，这两种角度的交替使用甚至起着决定性的作用。这四篇作品几乎都没有什么内焦点，但都有程度不同的着眼点。但是我觉得，在克制地运用心理分析的手法上，前两篇较之后两篇似乎更有特色些。《锄禾》对“学生娃”的心理描

① ［美］约翰·盖利肖，《小说写作技巧二十讲》，北京十月文艺出版社1987年版，第105页。

写仅仅在表面情态上作简略的提示或暗示，点到则已，没有更多的展开和渲染。这似乎是某种略有“越位”的非规范化的外焦点叙事。由读者心灵受到的震动所产生的自由想象活动将这种引而不发的情感推进到顶点。而《合坟》的着眼点并不是主角，而是支书老伴，这是一个次要人物，而且是合坟过程的一个时隐时现的见证人。她的存在和她的思绪似乎仅在于给合坟事件在情绪上奠定一个忧郁凄楚的调子。整个叙述是部分的全知全能和打折扣的外焦点的巧妙的混合运用，是不完全的客观叙事，这使我们无法窥测而只能推测想象作为主角人物的老支书的复杂心理。事件及其人物心理因而也就显得十分微妙和耐人寻味了。我之所以不提《选贼》，除了上面已谈及的原因外，还因为这篇作品既无内焦点也无着眼点，更不是外焦点透视的客观叙事。它是佯作客观叙事而实际上倾向性直露的讽刺作品。

如果不算《选贼》《秋语》和《送葬》三篇的话，我们发现，《厚土》诸篇尽管不是都有内焦点，但明显都有某个主要的着眼点。着眼点的好处之一在于，能引起读者的兴趣，正如约翰·盖利肖所说：“确定一个着眼点，是因为用了它，事件的影响就可以被最富于戏剧性地表现出来。读者看到，小说中的事件受到了一个角色的感情的渲染，如果我们看到某个角色受到了事件的烦扰，而事件又是被带感情色彩地表现出来的，我们就会感到那个人物受到烦扰是不无理由的。如果看到事件对一个角色的影响激起了那个角色的情感，作为读者，我们就会对此感兴趣。”[①]着眼点的好处之二在于，作者可以使自己的情绪、感情及倾向性以着眼点作掩护巧妙地浸化到叙述中去而少留叙述者的痕迹。另外，由于《厚土》的大多数作品并不刻意追求某种单一的焦点叙事风格，所以只要能吸引我们读下去，视点的转换式有机结合就是完全允许的。那种认为作家不应该从某一视点跳到另一视点的观念毕竟是太陈旧了。

当然，表达“印象”还会有别的叙述角度，比如说完全的内焦点叙事或完全的外焦点叙事，但对李锐的“吕梁山印象”来说，任何贯穿始终的单一焦点

---

① ［美］约翰·盖利肖，《小说写作技巧二十讲》，北京十月文艺出版社1987年版，第113页。

叙事，都不可能产生主体印象的主观真实性和印象内容的客观真实性的双重效果。如果作家既不肯彻底放弃在传达印象的主观色彩时所拥有的影响读者的种种好处，又要刻意追求现代小说的客观叙事风格，就必然要陷于难以解决的矛盾之中。这正是李锐在《秋语》《送葬》《选贼》的叙述中所面临的困局。

小说并不是非得有着眼点不可，现代小说的发展打破了关于第三人称叙述必须有着眼点的神话。至少在海明威这样的大师笔下，没有着眼点照样可以是好小说。比如在《白象似的群山》和《杀人者》里，海明威就把外焦点叙事推向了极端。这里没有着眼点，即对某一情节人物内心想法的分析，更没有内焦点，只有严格意义上的外焦点。叙述者完全消失了，像是一个不动声色的隐匿的旁观者用冷静的观察的眼光看到面前发生的一切。而感觉的内容则深埋在这种印象之中等候它的发现者。这里没有主观情绪的渲染和作家感情的介入。海明威追求的是视觉、听觉和对象之间，对象和读者之间的直接相通。这种效果和海明威在语言上进行的净化文风的革命是分不开的。他不仅在写景上“斩伐了整座森林的冗言赘词”，“删去了解释、探讨，甚至于议论，砍掉了一切花花绿绿的比喻；清除了古老神圣、毫无生气的文章俗套”，“剥下了句子长、形容词多得要命的华丽外衣”，使笔下“描绘的这些画面跟原来生活中一样自然。没有矫饰的企图，没有外加的粉彩，没有戴上玫瑰色的眼镜，没有比喻。凡是可能遮住景象的障碍或者关于景象起于何时的说明都被坚决无情地一脚踢开。”[①]而且在小说的对话中也同样删掉了作家力图影响读者理解力的附加成分，使一切语调和情绪都隐含在谈话本身的字句安排之中。这样做的目的也是让读者产生一种“印象”，不过却是一种不受任何情节人物乃至作为叙述者的作家本人主观性的浸染干扰影响的“各观”印象。从作家自由想象所构造的“印象”奴役下解放出来的读者，从中可以重新发现自己独立发挥创造性想象的权利。在看来是“消极”地呈现画面和记录人物谈话本身的印象时，作家实际上对读者积极的联想力提出了更高的要求。这种表面的消极性，正如赫·欧·贝茨评论的那样：“海明威自始至终没有作丝毫努力来影响读者们的

① ［英］赫·欧·贝茨：《现代短篇小说》，见《海明威短篇小说选》附录。

思想、印象、结论。他本人从来不在作品里，他一时半刻也不挤到对象和读者当中去碍事。”[①]这正是现代小说中典型的“客观”叙事或“行为主义”叙事，而现代小说最大的特点，正是客观地描写人物和事件，“避免对人物作出个人的反应，不对人物妄加评论”。

只要我们没忘了“印象”对李锐小说所具有的那种潜在的积极意义的话，我们就能够理解，为什么《厚土》已发表的作品并没有成为实践严格的“客观”叙事原则的理想范例，尽管它们向现代客观叙事风格靠近的企图同样也是明显的。在《厚土》的字里行间，我们总是不难觉察到作者在竭力隐藏自己身影的同时，苦心经营，字斟句酌地赋予词句以他所需要的情绪、氛围、韵味和含意来对读者的理解施加影响的意图。除《秋语》《送葬》《选贼》外，《眼石》是个特别突出的例子。表面看来，作者倒是对主人公维持心理平衡的微妙心态未置褒贬，也没有提供任何解释。但也绝不仅仅是提供了细节和事实，而是通过对细节和事实加以精心的描摹润饰，频频使用形容词和比喻，以便诱导读者对叙述内容产生某种相应的接受态度。就连最接近客观叙事风格的《合坟》也仍有蛛丝马迹可寻。好在除《秋语》《送葬》和《选贼》之外的其他十篇小说均有程度不同的着眼点甚至内焦点，故我们非但不觉得别扭，反倒觉得是构成《厚土》“印象”的一种特色。

但是当李锐根本没想放弃其“吕梁山印象”对他具有的积极意义，又想要尝试着追求一种俨然是不折不扣的外焦点叙事风格时，《厚土》叙事方法的协调性就被破坏了。看来李锐并没有意识到，要致力于一种能够统一整篇小说的客观叙事效果，这对他在渲染情绪上究竟有多大的克制力是一种挑战。读《秋语》《送葬》时我有一种感觉：李锐在这两篇小说中力图进行进一步的自我控制，以期创造出一种和《厚土》大多数作品相区别的尽可能朴素和单纯的客观印象。他想追求的是既没有什么可以称得上是“事件”的事情发生，也没有什么引起人兴趣的情绪心理活动，甚至连特别的感受也没有的“印象”，就像我们常常会在生活中耳闻目睹的一幕琐屑到平淡的对话和场面。因此，既不存在

① ［英］赫·欧·贝茨：《现代短篇小说》，见《海明威短篇小说选》附录。

什么内焦点，也不可能有什么着眼点。就我个人的看法，这两篇小说都意在表现活的窘迫乏味和死的寂寥解脱的主题，都涉及农民的可怜的一点儿生活愿望和享受：那永远实现不了的富贵梦和渴望好好吃一顿的开斋欲。这里既应有对生与死的一丝混沌莫名的困惑和怅惘，又应有对生与死的认命和达观，还要弥漫着一种人生无着落的空白感和空虚感。若表现得好，完全可能给《厚土》带来一种全然不同的“印象”，但遗憾的是这两篇小说一面力图追求海明威式的叙事，一面仍然保留着原先“印象”的大量痕迹。

在《秋语》和《送葬》中，叙事的主导调式是混乱的。为了能更集中地说明问题，下面我主要以《秋语》为例。它的基本写法是，一段经过精心润饰、竭力想影响读者的杂有解释议论的抒情式的写景，再插上一段极不协调的客观叙事式的对话——单就每一对话段落看，又没有一点力图影响读者理解力的附加成分，是干净利落的模仿话语。这让我们想起海明威的《白象似的群山》。但是在写景抒情的那些段落，特别触目的却是我们在《厚土》“印象”的某些篇章中所熟悉的那种细加雕琢的文绉绉的词句。由于毫无内焦点和着眼点作为依托，我们很容易感觉到它们充斥着叙述者个人太多太滥的主观色彩和浪漫情怀。不仅如此，在刻意追求外焦点客观叙事效果的作品中，还有一些描写上的明显败笔。某些描写显然不是来自外焦点，也不是来自人物的感觉，因为我们不可能知道这一点，而是来自无所不知的作者。其中突然冒出的第二人称可能是叙述者想在自己与读者之间建立一种亲密的交流，再邀请读者进入小说，但实际效果却适得其反。《秋语》收尾处叙述者竟忍不住一下子跑了出来。这显然流露出作家不仅对读者缺乏信心，对自己也缺乏信心。看来靠客观叙事本身，李锐还无力表现出艺术感觉中的“空旷”和“山影”，只好用认识中的“空旷”和“山影”来反复暗示读者。《送葬》虽然没有采用《秋语》将主观叙述体和客观对话体即模仿话语并列相陈那样的写法，但它和《选贼》出现的问题实际上与《秋语》基本相同。那种过分努力地通过遣词造句来影响读者阅读心理的痕迹太明显和不自然了。使既无内焦点又无着眼点的客观叙事的企图成为泡影。

总之，在《秋语》和《送葬》中，李锐本意是想竭力隐藏自己，追求一种更纯粹的现代叙事风格，但李锐毕竟极易受到情绪的感染，再者他显然对自己面临的是怎样的叙述问题并不十分清楚，所以就不自觉地把这种在《厚土》“印象”中屡试不爽的敏感随随便便地带进了他的作品。作为一种叙述态度，作者一方面装作好像什么也不知道的样子，小心翼翼地采取外焦点的角度，主要借助于对话和场面描写来表现主题而不深入主人公或情节人物的思想和情感活动，俨然出自一个冷静的、不介入的观察和理解受到限制的观察者的“客观”印象，目的显然是要造成人物的某种心理空白和留下可供欣赏活动联想的空间。客观叙事的用心可谓良苦。但另一方面李锐又过于急切地泄露了他本人对人物的态度、暴露出叙述者无所不知就是故意打埋伏的手脚，不断地插进解释、形容、评论乃至做出各种提示来干扰、抵消和破坏这种客观性。从中我们感觉到的是某种不无优越感的、对所描写的生活和人物微妙或并不微妙的审视，使其客观性的企图显得伪饰和做作，反而破坏了读者的信赖感。然而，想超越《厚土》“印象”惯用的那一套轻车熟路的叙事方法，向更现代的叙事方法——行为主义式的客观叙事靠拢，就要对“印象”具有一种全新的理解。它意味着作者要承受更多的限制，需要那种海明威式的节制，然后才可能写出既不失艺术想象力，又免于感情泛滥的现代叙事作品。

原载《晋阳学刊》1988年第4期

吕梁人谈《吕梁山印象》

编者的话：李锐的系列小说《吕梁山印象》发表后，产生了强烈的反响，那么，吕梁山人是如何看待的呢？1988年12月23日至24日在交城县文联举办的“黄土地文学研讨会”上，吕梁师专中文系的部分青年教师、评论家、吕梁地区文联和交城县文联的同志各抒己见，讨论甚为热烈。下面就是吕梁师专中文系部分同志的发言摘要。吕梁地区文联权文学、彭化高，交城县文联韩永、孙玉壁、李云清、王作忠等同志的发言本刊未刊载。

高文平：

薄薄的《厚土》，出自当年偶然被历史推进吕梁山的北京知青之手，产生了特殊的轰动效应，而在“厚土”里生、“厚土”里长的吕梁作家，耕耘这块厚土多年，所得果实却未引起人们的关注。如此现象，令人深思。

《厚土》的轰动，首先自然应归功于作者独特的艺术奉献，那么作者独特的艺术奉献是什么？有人认为《厚土》通过对吕梁山文化的深层挖掘，对民族文化心理作了深刻的剖析和批判，我这个吕梁山人读《厚土》时没有这种感受。我觉得《厚土》对于吕梁山文化仅仅是一种印象式的描写，谈不上深层把握，更谈不上对民族文化心理的剖析和批判。在我看来，《厚土》的成功根本不在于文化学意义上的深度，而在于作者为自己独特的“吕梁山印象”找到了一套相契合的语言艺术符号。也就是说，他创造了一种独具个性特征的“有意味的形式”。

语言艺术符号的寻找来自作家长期的知识积累和艺术修养，而独特的“印象”则得力于作家透视生活的角度——把现实生活看作是一定地域文化背景下的人类生存状态。这一视角的获得，主要因为李锐是个异域作家。他由北京来到荒僻的吕梁山，两个区域截然不同的文明形态在头脑中自然会形成强烈的反差，吕梁山山民的现实生存境遇顺理成章地成为这个异域人关注的焦点。李锐的这种视角，是我们本土作家所不具备的。有人会说，贾平凹是商州人，恰恰以文化目光写出了“商州系列”，又作何解释？在我看来，贾平凹之所以写出“商州系列”，并不在于他是商州人，而在于他离开商州，与商州形成一定的间距，取得一种文化视角后反观商州。李锐与我们本土作家还有个文学观念上的差异问题。李锐的文学观是超功利的（不是无功利），他写吕梁山山民的生存境遇，取的是一种静观态度，这一态度恐怕是深受传统文学观念浸染的本土作家所不会取的，甚至是不愿意取的。比如同样写葬人，李锐的《合坟》是写吕梁山人如何葬人，田东照的《黄河在这儿转了个弯》则是想通过吕梁山“冥婚”风俗，写出动乱时代给吕梁山人带来的灾难。李锐所要做的是写出吕梁山人的生存境遇，而我们本土作家所要做的是尽量去改变这种境遇。

从审美接受角度看，《厚土》的轰动，还与一个特殊的审美规律——读者的“异域”审美要求有关。《厚土》是异域作家所写，发表后，首先叫好的不是山西人，更不是吕梁人，而是不熟悉吕梁山的异域人，直到现在，吕梁山人也并不把《厚土》看得太高。为什么？有人可能会说，那是吕梁山人艺术欣赏能力差，也许有道理，但不尽然。吕梁的民间艺术是相当丰富的，各县区差不多都有独特的艺术种类，并且吕梁山也不都是李锐所写的那些文盲婆姨们和男人们，也有高层次的对艺术如痴如醉的文化人，他们某一方面的艺术感受力和欣赏能力，有时恐怕是异域文化人所难以企及的。我觉得这里有一个特殊的审美接受规律——读者的异域审美心理存在，吕梁山山民特殊的生存境遇给异域人李锐以特殊的“印象”，当他以此写成《厚土》时，同样给异域读者以一种奇异感和陌生感，而奇异感和陌生感，往往是产生审美效应的基础。电影《红高粱》《老井》《末代皇帝》在世界影坛轰动，我想与此规律不无关系。

康序：

我今天谈谈文盲文化。

李锐笔下，是一个文盲世界。李锐的成功，表现在他对吕梁山文盲心态的艺术揭露上，特别集中地表现在对吕梁山农村光棍男性的描写上和刻画上。我不知道世界上有多少黄土高原，也不知道有多少黄土山地和石头山地，当人类站立起来寻觅自己的朴素家园时，他们在各自奔跑中分道扬镳了，这便自然形成了海洋川地文明与土石山地文明的对峙。汤因比划分的诸多文明模式与露丝·本尼迪克特划分的诸多文化模式都是以此为根据的。我曾潜心思考过文盲的类型与文盲的模式问题，我惊奇地发现世界原来只是由文盲与非文盲两部分人合成。用地域的眼光看，山地文化在黄土和石头的堆积下成了文盲文化的主体，川地文化在海风和都市的侵袭下成了非文盲文化的主体，两种文化都包含相当丰富的内容，有相当复杂的交流关系。在非文盲文化的最高层，便是精英文化层，像主席、总统、诗人、艺术家、科学家、资本家等；在文盲文化的最底层，便是终生与黄土、石头打交道的山民野夫这伙在中国习惯上被叫作“百姓”的人。而这伙人中，男性是日出而作，日落而息的主体，李锐的笔触便飘落到这些人身上。一个个老农、生产队长、羊倌、牛倌，自然地成了他精心描绘的对象群。李锐对吕梁山文盲文化的莫名其妙的感受与印象，实在与他对文盲文化的朴素思考分不开。我曾臆断，一个有作为的较高层次的非文盲，只有对文盲的实质洞察得细致入微，才可能成为有出息的政治家与有成就的艺术家，也才有可能成为真正的现代人。从文学艺术的审美角度讲，文盲及文盲文化具有审美价值。李锐在《厚土》系列中执意追求这种“文盲之美”，取得了艺术功效。这与一些人刻意在被异化的世界里经营“文明之美”迥然不同。这一个“盲”、一个“明”实在巧妙极了，深邃极了。吕梁山文盲文化是黄土高原文化的核心部分，它是一种包含“牛羊精神”的土地依恋型文化，是一种带有原始色彩的食性文化，是一种与外部工业文明相互对立而又存在微妙交流的文化，又是一种以生命为本原的相对凝寂的疏野文化。在这样的文化背景上站立劳作的光棍汉们衣着灰熏熏的，阳气野朴朴的，当然除了家欢便是野合；他们语言土冲冲的，脸色黑乎乎的，面对生与死只有“肉”的理解，很少有“灵”的折磨，带着一种粗放的洒脱与达观；对于文明范畴的东西，往往一阵骚动之后，要么做出别致的反应，要么组成生命圈中的“新奇情结”伴随终生。

作为“厚土”的乡亲，在此我只感到李锐小说的轰动与再评价，似乎仅仅满足了近十年来中国文化艺术盟军们对生命回观时的渴望。这肯定是不全面的，而应该承认其价值还在于如下两点：一是文学智慧对文盲的新发现；二是文盲文化并非丑陋卑微的，而是吕梁山人乃至国人的生命活动维系物。这一点，吕梁人最清楚。

李锐的叙述方式带有一定零度风格，我想这与他追寻意蕴的小说观有关。李锐《厚土》的语言是富有理性的，有时小说语言显得过火，但是无论如何，他在当代文坛割出了“一片秋日的空旷”，他对文盲文化作了一番现代阐释，引起了我极大的兴致，因此，我有理由期待李锐以及晋军中其他作家，创作出更高水平的反映文盲的巨著。

李有亮：

读李锐的小说，有一种极强的轮廓质感。尤其那些短篇，如一个个独立象征符号，又都指向一种整体背景。我的理解中，这种整体背景就是纯东方式的文化意味。李锐1986年和1987年的小说所追求的，便是这东西。

李锐的作品给人的另一种感觉是时间意识冲淡化、静固化。那些场景和人物并不注重存在的历史真实性，而是充满一种空间意识，一种常态的、自在自足的整体氛围。这也正是李锐与当地作家一个重要的现象差异。也就是李锐写的是生命的共时状态，人与世界趋近原始的简单生存关系，而本土作家侧重写生命的历时状态，人与世界趋向未来的复杂社会关系。这样，在审美意蕴上，李锐的作品以合传统写意的静态空间感的拓展而显出一种悲剧意味，而当地作家则从时间序列的延续展示中表现生命的永不绝望。如李锐《看山》中的老人与田东照《农家》中的爷爷的不同。这种审美效应的不同体现了异域与本土作家在同一视点下的观照模式不同：李锐以先在的文化目光逼近具象生存状态，而本土作家则由对生存现实的具体切入而企图指向文化意味。因此，困境对于他们而言并不是同一个，而是各自的圈套。有人提出超越李锐，我说创作并不存在谁超越谁的问题，要超越只能超越自己。

观照模式的不同是由于心态模式不同引起的。李锐是外乡人，他与这块土地之间是一种松弛的自我相关意识，这使他能冷静、从容、客观地作整体观照。而本土作家则由于紧张的自我相关意识，观照时总自觉不自觉地予以人工补缺。他们不能忍受这块土地的灰暗色调，起码要大红大绿。这是一种弱化心态。弱化的结果是生活艺术化，人物美化，命运夸张化，结局喜剧化（即便是悲剧，也总有“亮色”暗示于其中）。

心态弱化模式形成的根结原因，我认为是地理生态模式。我发现，越是有强度制控性的地理环境，其文化隔离性越强。地理隔离与心态隔离具有同构性，而心态弱化程度就是与这种地理隔离强度成正比的。生态隔离对于一个文化人主要通过这样两种规范体现制控：一是血族（血统、家族）文化原则，二是语言（方言）文化原则。地理隔离中血统与家族关系所形成的地方文化圈，是地方文化原则中最为核心的，最有衍化力的，也最有韧性的软组织部分，它主要作用于人的无意识、前意识。它根本地影响到一个作家的素质、才情及心态。而方言规范对作家也有明显制控，如大量运用方言。这与合理运用方言是两回事。方言堆用对小说切近文本的理解造成最直接的语义障碍。因为它不是体现一种语体结构的自然生成功能，而是人工硬性组合。

李大伟：

李锐对吕梁山文化具有一种心理上和空间上的距离。他好像站在吕梁山文化的对面，被扑面而来的一种氛围所笼罩，他感觉到的是吕梁山文化的整体，吕梁山文化的共性。读了《厚土》，感觉不到李锐是在写哪一个村庄哪一个地方，只能感觉到他是在写整个吕梁山。

吕梁本土作家和李锐不一样，他们和吕梁山文化已没有距离了，他们已深深沉到了吕梁山文化的深处，李锐感受到的是吕梁山文化的统一的共性，本土作家感受到的是吕梁山文化的具体的个性。

李锐对吕梁山文化有一种惊讶的、不可思议的和哀其不幸的感觉，这一点和本土作家的心态是截然相反的。本土作家不会自我惊讶，自我不可思议，自我哀其不幸，他们的心态和李锐的心态呈相逆走向。

吕梁山文化具有一种堕性和同化力。一般情况下，环境可以改变人，人也可以改变环境，但在这儿，却只能环境改变人、塑造人，而人却不能改变环境。人是弱小的，无能为力的，即使外来的一点明亮的色彩，一滴到吕梁山文化中，立刻就被消解得无影无踪了。

生活在这种苦涩文化氛围里的人由于长久而不觉其苦，对具有现代知识结构和现代观念的李锐来说，则是一种刺激。在李锐的感受系统中，这方面的内容还是空白，因而他的感受也就格外敏锐，他对吕梁山文化中的每一点，每一滴内容都感到新鲜，这全部的新鲜，他全部吸收过来，就形成了一种整体感觉，他感到在这种文化氛围里生活的劳累、沉闷、停滞和一种人生的惆怅。

他把这种感觉写进了吕梁山系列，他的这种感觉是以城市文明为参照系的。他深深感到，在这儿死了和活着全一样：

“活着，是自己种了玉茭吃玉茭，死了，是看着别人种了玉茭吃玉茭。”这是《秋语》里两个寂寞老人的对话。

《送葬》里还有一个瘆人的声音：“家日的呢，棺材里头的人没声音，棺材外头的人也没声音，到底是谁死了？”

李锐觉得，在这种文化氛围里活着是一种累赘，是一种艰苦，所以他的吕梁山系列里人物的死，很多都是“自裁”式的，他们不是自然的、生理的生命终结，而是一种人为的、提前的自我结束。《二龙戏珠》里五保上吊，《送葬》里拐叔上吊，而且吕梁山系列里，没有一个人物的死是痛苦的，相反，他们的死给人的感觉都是平静的、愉快的。五保第一次愉快地上吊而不死，他又再次千方百计地创造条件，终于死去。他们觉得，死比活着轻松，死是一种解脱，对死亡有一种向往。

李锐根据自己对吕梁山文化鲜明、独特的感受写出了吕梁山系列，他又根据自己对吕梁山文化共性的把握将小说命名为“吕梁山印象”，我想，这都是有一定道理的。

景国劲：

我觉得在李锐的《吕梁山印象》中，潜藏着一个过去的知青与现在的作家复合化了的艺术影子，它构成了由“知青记忆”生发出的独特的潜在视点。读《厚土》各篇，我发现这些小说的开头和结尾，都借助于某种意象的创造和某个人物的特定感受来展开和结束故事。它们都是“知青记忆”的现在式呈现，这些“知青记忆”和他的现代理性意识巧妙地通过语言的编配融合在一起，表现了吕梁山这片土地的古老和沉默。所以，李锐的“知青记忆”很难进入对吕梁山文化的深入挖掘这个层次，他只是借助了“知青记忆”中长期积淀下来的一些生活碎片，也就是说，他将这些生活碎片作为自己小说的材料，然后依靠他的现代理性意识把这些碎片组合起来，这种现代理性意识包括文化思想意识和文体语言意识。从这点来看，李锐在《吕梁山印象》中，将“知青记忆”与现代理性意识合成了他对吕梁山的一个总体印象。我觉得他的这个总体印象是对北方农村没有受到现代文明冲击的一种总体印象，也就是说，李锐所表现的是北方汉族以“守土为业”的静态生存方式，这也就是他在小说中为我们设置的一个吕梁山文化的总体构架表征。这个总体构架的表征，根本不具有吕梁山文化的独特性。他的小说不像人们说的那样是批判性的，而是非批判性的，为了表现他这种非批判性的文化构架，或理性意识，李锐有意消除故事中的冲突和一切矛盾，使其都在静静地发生和消失，一切都显得那么悲凉和永恒。到中篇小说《二龙戏珠》，似乎让人感到他已深入到吕梁山文化的内部，但有意思的是，我在这篇小说里仍发现了那种理性意识和“知青记忆”的影子，如小说中的人物缺乏个性，都是一伙光棍汉，叫福儿的那个人全家发生了乱伦关系而导致短命的家破人亡，那个藏在故事背后的掌权人，无疑又是“队长”的记忆的延伸。这一切说明了李锐还是依靠那份“知青记忆”来编配他的故事的。正因为这样，我读李锐的小说与我对吕梁山文化的感受还是有很大差异的。这也就是李锐与吕梁作家的差异。田东照和权文学小说中的人物及生活细节和李锐笔下的就很不相同。田东照笔下的老农、中年汉子和妇女，其中也有光棍汉；权文学笔下的臭臭、狗子和寡妇，都从骨子里散发着一种吕梁山文化的特质，而李锐小说中的人物和细节在北方的大部分落后封闭的农村都存在着。吕梁山这片土地，它有和传统北方文化一致的东西，也有它自身的独特东西，这也许就是吕梁山文化的内部构成。吕梁山文化是一种山野文化，它的“野”不是浪漫式的，而是机智式的，往往以“斜”得不合规范的形式表现出来，人们的生存能力强，生存手段和方式多，往往具有创造性，文化人在它面前只有绝望和惊奇，野盲的氛围和行为侵吞和同化着那些有知识但不一定有文化的人们的精神世界，以至于使你感到这里不仅沉默着，而且其野盲文化还爆发着。

王春林：

读李锐的《吕梁山印象》系列小说，我所得到的是一种压抑的感觉。这种压抑首先由于作品具有一种如同凝固的金属块一般的凝重形式，但更主要的原因却在于故事本身，在于他所叙述的一个个乱伦故事。我以为，从乱伦模式，即从生命角度切入李锐的小说，会得出新的结论来。在这个系列的小说中，乱伦几乎充斥了全部的篇什，这乱伦，集中表现了在现实世界的压迫下，人性的扭曲与变态，人性的异化。西方的异化是在大工业文明面前人丧失了主体性地位，而此处的异化却表现为人在贫困面前不能确立主体性地位。异化的根源是贫困，作为异化表现形式的乱伦事件的发生，也是由于贫困，我觉得李锐的小说揭示了这一点。

然而，如果超越人性的层次，从生命的意义上来观照乱伦故事，则无所谓异化与变态，因为乱伦本身就是人的生命力勃发的一种标志。首先，吕梁山的贫困决定了吕梁山人生活的沉重与灰色。在这样缺少生命光泽的文化背景下，乱伦事件乃是人类生存的本质力量的外化。其次，与知识分子及其他外界人不同的是，在乱伦故事中，吕梁山民的洒脱与自在，哪一个男人能占有更多的女人，那么他将成为女人和其他男人崇拜的对象，这也说明乱伦故事是对人的生命力的高张和弘扬。

荣格将“原型”这一术语应用于“原始心象”，以及人类远古祖先生活的经验类型复现的“心理残迹”。荣格认为，这些原始心象与心理残迹都在人类的“集体无意识”中继承下来，并表现在神话、宗教……及文学作品中。据此，乱伦故事在李锐小说中的重复出现，就使我有理由把乱伦作为一种模式或原型来加以肯定，在远古的原始生活中，未形成一定的伦理规范，人类性活动的一个显著特点就是群交群居。进入文明社会之后，形成了一定的伦理规范，于是群交群居便被视为乱伦。这样看来，我认为，乱伦模式乃是原始心象与心理残迹经由人类的“集体无意识”积淀下来后在李锐小说中的一种再现。这样，李锐小说中的乱伦模式，一方面作为对生活具象的展示，是吕梁山人真实生活原态的再现，另一方面又暗合了原型批评“死亡—生命”的母题，由吕梁山人这一具象而抽象达到了对整个人类生命的形而上的关注与思考。

总之，我认为李锐的成功之处就在于，他以吕梁为载体，借吕梁写人类，并把对吕梁山人和对整个人类生命意识的高扬与其独特的语言操作方式完美地结合在一起。因此，我才说李锐并非要写吕梁，而是要写人类，写生命，写人。这样，李锐给吕梁作家的启示就是，如何掌握自我独有的语言操作方式，并把这方式与生命意识完美地结合起来。这样，吕梁作家的小说才有可能踏上新的台阶。

赵新林：

我是写诗的，诗的写作实践使我逐渐地崇尚反理性、崇尚感觉。首先，我谈谈我读李锐《吕梁山印象》系列小说时的感觉。读李锐的这些小说时，我有一种无法接受也无法逃脱的感觉。李锐在系列小说中所写出的愚昧、落后、沉睡的吕梁山，对于我这样一个生存在吕梁山内的所谓文化人来说，同样是陌生的，同样无法面带笑容地接受；但是，李锐的这一系列小说，具有一种巨大的涵盖力，我可以在他的小说的许多人物身上，发现我自己的影子，即使作为一个文化人，我也无法从李锐笔下的吕梁山中逃脱出来。

长期以来，吕梁山形成了一种封闭的、自足的、超稳固的、有着巨大同化力的文化。我把这种文化称为吕梁山文化，这种文化，一方面拒绝着异质文化的进入，另一方面却又使接触到它的任何人都无法摆脱它的阴影，无法在心灵上构筑一道铁篱，拒绝它的进入。

正是这种文化，使李锐面对它的时候，陷入了一种无法进入，而又无法摆脱的困境。

说李锐无法进入这种文化，有两方面的意思：一指吕梁山文化本身具有排他性，这点，李锐本人是深有体察的。在《青石涧》里，象征文明的那座“塔标”一旦进入小说主人公放羊汉“他”的心灵，并使“他”产生了自己的那种非科学的但充满人情味的理解，“他”便开始排斥来自“瘤拐”老师的那种对“塔标”的科学解释。二指李锐面对这种文化时所保持的独立性，虽然李锐在很多地方说过他不再以“批判”的目光审视这块黄土地，而且他在小说中也确实保持了一种“中性”态度，但李锐毕竟是一个具有现代意识的作家，他毕竟是以一种独立的批判的目光在思考与审视这种文化。吕梁山文化本身所具有的排他性与李锐所保持的独立性结合起来，使李锐无法真正进入吕梁山文化的内核。我想，这也就是李锐把着眼点放在“印象”上的原因。

说李锐无法逃脱这种文化，是指吕梁山文化具有巨大的同化力，它使置身于其中的外乡人李锐自觉或不自觉地与这种文化融为一体，无论是语言，还是思维方式，都在无形中笼罩上了它的阴影。这就是李锐在小说中保持“中性”态度的真正原因。有时候，李锐的“非批判”性不是因为他不愿意批判，而是因为他觉得无可批判。李锐对吕梁山文化的某种程度上的认同，实质上是吕梁山文化对他的同化的结果。

我认为，正是吕梁山文化，构成了黄土高原文化的核心，而黄土高原作为中华民族文化的发源地和摇篮，它的文化必然成为整个中华民族文化的核心。所以，吕梁山文化，就可以视为整个中华民族文化的象征；而面对吕梁山文化，李锐所陷入的既无法进入，又无法摆脱的困境，也是我们每一个人所面临的困境。

原载《批评家》1989年第2期

“厚土”底层的女人们

段崇轩

李锐的《厚土》系列小说，曾在两年前的文坛上引起一场小小的轰动，评论家纷纷从社会的、历史的、文化的和文体的视角，争争抢抢地发掘吕梁山这片“厚土”。今天我却想从女人这个视角，来重新窥视一下这片厚土的底蕴。因为我发现，在《厚土》的全部十七篇作品中，几乎每篇都写到了女人，且在大部分篇什中，女人是点睛之笔、全文之魂，这些女人构成了吕梁这个封闭世界的一个独特群体。在李锐那支冷峻而深邃的笔下，一旦写到女人，就会充满柔情、怜悯、宽容和敬意，给吕梁那黑魆魆的重重大山涂上一抹玫瑰色的晚霞。我敢说，在李锐的深层心理中，总有一种缠绵不已的“女性崇拜情结”，支配、制约着《厚土》世界的营造。

反复凸现在《厚土》中的女性崇拜主题与作家心理世界的关系，那简直是一只神秘而撬不开的“黑箱”，任何推测都是一种冒险。我们只能从作家的作品中，窥见一些“蛛丝马迹”。李锐早先写过一篇带有自传意味的中篇小说《红房子》，以无限的深情塑造了“我”的妈妈的形象，她勤劳、慈祥、爱子如命，曾几次把“我”从病魔手里呼唤回来，但她却在“文革”中死于非命；还以美妙而浪漫的笔触，描绘了一个圣洁而多情的“白衣仙子”的倩影以及在儿时的“我”的心中激起的涟漪。这两位女性形象，在少年李锐的心灵中占据了一个特殊位置，必然影响着作家对女人的基本情感和态度的形成。作家“女性崇拜情结”的源头是否就在这里呢？“厚土”世界，荒凉、岑寂、古老，“不知有汉，无论魏晋”，山河不可改变，乡民浑浑噩噩。作家在“望山兴叹”中，偶然发现了苍茫黄土中的点点绿色，黑幽幽的窑洞里柔和的红黄，而那就是女人，就是女人带来的一点乐趣和生气。作家在沉重的失望之中，把渺茫的希望寄托在了这些女人身上。这是不是作家着力去写女人的一种心理动力？从小说中我们可以感觉到，李锐是个理性很强、感情深挚的作家，他把文学当作自己的生命。弗洛伊德认为文学是性欲的一种转移和升华，对潜意识的无暇顾及和压抑以及对文学全身心的投入，是否转而形成了李锐在创作中对女性的特别关注和不经意间的潜意识流露呢？以上猜测，虽然凭借了对作家作品的辨析，但我不敢断言它们的准确性。

这是一个混沌未开的自然世界，人在它面前显得格外渺小、软弱、束手无策。曾几何时，乡民和知青们苦干一冬春，修了三块大寨田，但一场洪水就付之东流了。于是人们只能依着古训，“日出而作，日入而息”，把生存拱手让给大自然安排。这也是个浸透了传统观念的文化世界，宗法至上、迷信礼俗、男尊女卑等盘根错节。自然环境和文化情境形成了这片厚土的封闭性、凝固性、贫困性。人被这块厚土所黏滞、所拘囿，没有任何选择的可能。在这幽深的大山里，如果说男人尚有一定限度自由的话，那么女人就是囚禁在最底层的被束缚的奴隶。她们不仅需要像男人一样去劳作，还要承担传宗接代的“使命”，更要成为男人们肆意泄欲的一种工具，而种种封建礼俗观念又一条条地强加在她们的身上。但在这贫瘠的大山里，她们又是唯一的财富。她们负重累累，没有生路，在忍耐中变得沉默、麻木，生命力也变得更加顽强。可以说是女人撑持着这块厚土，是女人延续着这个世界。《眼石》中，只因车把式借出八十元孩子的住院费，他就可以理直气壮地占有拉闸人的女人，女人除了默默地忍受外，还要遭受丈夫的“一顿毒打”。拉闸人因女人被别人占有心里很不舒服，当他同样占有了车把式的女人之后，便“心满意足”，心理得到了补偿。女人在这里完全变成了物质意义上的交换品，变成了平衡男人“自尊心”的一个砝码。拉闸人的女人不顺从，孩子就难以出院，车把式的女人不依从，两个男人就可能发生冲突、危及家庭。而两个男人都以为“犯不着为女人置气”。在以男人为尊、极度贫穷的世界，她们只能以牺牲自己的感情、人格、自尊为代价，来换取这个世界的安宁和人的生存。此外别无选择！女人常常沦落到“走投无路”的境地。

这是一片具有强大的同化能力的厚土，任你什么样的女人，落脚在此就须缴械投降，老实归顺。《合坟》中那个女知青，为保卫大寨田悲惨献身，尸骨早寒却要接受这里最传统的习俗：配干丧。而老支书和村民们却做得那样虔诚。如果这位女知青在天有灵，不知她该作何感想？《送家亲》里那位念过中学，不信迷信的年轻媳妇，不是也在阴惨惨的“送家亲”仪式中，变得困惑起来了吗？孤回的绝望中，唯有求神拜佛可以安抚灵魂。作家在《古老峪》中那位浑朴未凿、眼睛黑亮的小女子身上寄托着绿色的希望，讴歌着美好的人性，但在这片厚土上，那黑亮的眼睛终究会黯淡下去，美好的人性总有一天会被扭曲，等待她的绝没有别样的命运。

在这样一种生存环境与文化情境的困厄之中，女人没有任何权利（包括保护自身的权利）可言，完全是一种被动物。怎么办呢？一条路是无休止地顺从、忍耐下去，不断地强化自己的忍受能力。她们并不去死，《厚土》中男人有自杀的，而女人却没有，这足见女人的生命承受力之强。另一条路是麻木自己，逢场作戏。《锄禾》中那位红布衫，队长自称是“我的花儿”，明来明往，毫不避讳，劳动间隙也要去茅柳丛中“野合”。女人为的是什么呢？为的是让队长派人给她作务洋白菜，冬天给拨点救济粮、救济款，更为的是可以与有绝对权威的队长顶嘴、回骂，“解气地骂”“活驴野狗地骂”，在这种打情骂俏的斗嘴中，女人收获了乐趣和胜利，也似乎找到了一些报复快感。这真是一种巧妙的维持生存、麻木自己的好办法。《驮炭》里西庄那个健壮的农妇，与领牲口的汉子也许真有点所谓的感情，但这种感情却完全消融在了那种粗俗的笑骂和狠袭的撩逗中，感情背后还掩藏着最现实的交易：汉子为的是睡那“爱见人的一身肉”，女人则为了汉子毛链里的一块好炭。为了生存，这里的女人把自己的肉体、与男人的性关系看得很淡薄了。在与男人的交往中她们也许会真动感情，但这感情后面还是最现实的生计问题。假戏真做，真戏假做，麻木中有真情，真情中有欺骗，我们真不知该怎样评价这种生存、心理状态。在李锐的记忆中，母亲、白衣仙子的形象是那般美好、圣洁，而吕梁山的女人却沦落到这样的境地，这种强烈的反差，怎能不激起作家一种深深的悲哀和同情呢？

女人在吕梁山如牲口、如蝼蚁，是无足轻重的。她们可以被随意交换，肆意玩弄，任意虐待。她们没有政治权利，如果搞什么选举必须靠边站；有谁做了寡妇，就要受家族的管束，倘有违抗，就要被打折腿；在爷们眼里，她们是些“球也不懂”的东西。但是，在厚土世界，女人又是举足轻重的。她们承担着为每个家庭栽根立后的义务，“断子绝孙”在这个地方看来是最可怕、最耻辱的。她们又是男人生活中必须有的一部分，如果打了光棍，就觉得活着不如人。男人死了，也要有个女人陪葬，因此当一个女人嫁了几个男人，为争陪葬权，家族之间就会大动干戈。女人还是调和矛盾的润滑剂。队长甩手不干了，男人们一筹莫展，这时便会想到女人，“婆姨家好说话，拉拉扯扯的面子上就混过去了”，于是“女人在前，男人殿后”，去请队长重新主事。男人们忘却了，刚才“婆姨们没有选举权”，只能“揽着娃娃挤在犄角里看热闹”。《选贼》所展示的这种戏剧性场面，深刻地表现了吕梁山女人们的一种特殊处境：她们在政治、经济、文化等领域是无价值的，而在世俗生活中却必不可少。

女人在厚土中的意义远不止于此，她是黄土高原上的点点绿色，使阔大而贫瘠的吕梁山乡村（以至家家户户）有了温暖、欢乐和希望。《假婚》中的那个女人，虽然来自陕西的贺家梁，但作家赋予她的精神、气质和情感，却完全是吕梁山式的。她是出来讨吃度日的，为了生存不得不出卖自己的肉体。她先被队长“过了一水”，又被“撮合”给一个光棍男人，这完全是一场假婚，连光棍男人也看出来了，但她却以纯粹的女人的真诚来对待光棍男人和他的家。破败的家有了活气，颓废潦倒的光棍男人动了感情，唤醒了他那做“男人的自尊和自信”。女人演的是假戏，但进入角色之后所流露出来的却是纯粹的女人的真诚，真诚是女人的天性，在任何境况下都掩饰不住，这大约就是女人最可贵的地方吧！男人的一半是女人，没有女人的男人不是完整意义上的男人，没有女人的家庭也就不能称为家庭。被压抑在厚土底层的女人，以她们全部的真诚、温柔和宽容，支撑、延续着这片土地上的千千万万个家庭。女人是崇山峻岭中一条温情的溪流，她使暴烈、粗糙的男人变得心平气和、富有了人情味，她感化、改变着男人，把男人超度到一个完整的境界。《好汉》中的那位打猎男人，在六十里山川是一位大名鼎鼎的好汉，有胆略，有力气，枪法准，但他却恃才自傲，明打明睡女人却不为女人负一点责任。是那寡妇温情而柔顺的奉献，使他感到浑身清爽、熨帖、舒展，领略到人生的美好；是那女人的尽心款待和真诚的关心，使他滋生了为别人着想的责任心；是那女人无声的泪水和面临的困境，使他下定了牺牲自己的声誉而成全女人及她的家庭的决心。一个桀骜不驯的汉子终于在女人温暖而博大的胸怀中得到了感化和再生。我曾经这样想过，一个男人要成为真正的男人，他必须经过女人的两次生育。第一次是他的母亲，生育的只是他的肉体；第二次则是他的爱人，“生育”的是他的人性和情感，——当然有许多女人是不具有这种“再生”能力的。没有这第二次“生育”过程，男人便是一个残缺的男人。李锐的《好汉》《假婚》等小说，印证了我的断想。女人是暗夜中一堆红黄的篝火，使拥着她的男人们不仅感到温暖，还会在明媚的火光中，油然生出深深的自省，发现潜藏的良知。《篝火》中那位队长，凭借他的权力独霸了寡妇女人，几年的来往使他深深觉得她是个好女人，“总觉得欠了这女人一笔情分”。转折的契机发生在公社书记也插进“一腿子”，他和她都“没有什么好办法挡住人家，无声的女人流露出无声的哀怨来”，这深重的哀怨使他感到烦躁、不安、内疚。在《厚土》中，队长睡女人这是最平常的事，就像皇帝可以有三宫六院一样，无人敢去干涉，但在女人的奉献和温情中，强权也会化为春水，魔鬼也会良心发现。女人的力量不在她的刚强，而在她的阴柔，这真诚、博大、坚韧的阴柔负载着、温暖着这个世界，它可以改变荒凉的吕梁山吗？我不敢回答，但李锐却似乎寄托着这样一个良好的愿望，这也许是绝望中生出的企望吧？

《厚土》中的十多个女人无一不是模式化、象征化的。她们没有名姓、没有性格、没有身世，也没有相貌；她们都是一样的善良、温顺、哀怨、坚韧，绝对没有一个坏女人。每一个“她”，都象征着妇女的一种品格、一种精神、一种生存，组合在一起便构成了吕梁山妇女的整体生存状态和心理状态，又由这些形形色色的女人的生存，折射出贫瘠而丰富的厚土的内在机制和全部底蕴。那缠绵在李锐心底的“女性崇拜情结”，使他对厚土深层中的女人们投入了无限的关注和同情，她们的命运太悲惨，他不忍心写出她们丑陋的一面，她们的贡献太伟大，他要把它全部展示出来让世人看，她们的心灵太纯朴、太真诚——纯朴、真诚到叫人生出怜悯和辛酸来，他由衷地去礼赞她们（譬如对《古老峪》中那位小女子和贺家梁女人）。但是，正是这种带有虚幻色彩的“女性崇拜情结”，阻碍了作家潜入生活和人物心灵的深处，微观地去把握对象，从而写出一个个独特、细腻的女性形象来，写出女人全部的美和丑来，写出她们悲剧命运的自身症结来，写出她们拯救不了自己同时也无力改变吕梁山的必然性来。高层次的现实主义形象同时也可以通达象征，通达哲理。我这样以为。

原载《文学自由谈》1989年第5期

人和历史的悖反与错位

——读中篇小说《传说之死》

王春林　张　莹

在《传说之死》中，李锐用激越深沉的叙述笔调讲述了关于一个女人的耐人寻味的传说："六姑婆活着的时候是一个传说"，"后来六姑婆死了，传说也就死了"。笔者是怀着对《厚土》那种金属般凝练的话语模式及其厚重异常的人性内容的回忆进入这个传说的。精粹短章的《厚土》激动文艺界，是在两三年之前，那么，在这数年的沉默之后，李锐的小说在艺术品位上究竟有了怎样的变化呢？这是阅读《传说之死》后应该首先回答的问题。事实上，当我负载着六姑婆的命运所带给我的沉重从这个传说中艰难地跋涉而出的时候，我清醒地意识到，我所面对着的已经是一个全新的李锐了。失却了以往的厚实冷峻，失却了以往的精炼简洁，《传说之死》带给读者的是一种意味深长的饱含历史感与人生沧桑感的叙述笔调，是李锐对人性的深切体验，对人类命运的深入思考，是他对人和历史的悖反与错位这一深刻命题的发现。在这一切后面潜藏着的是形而上的对海德格尔所谓"在"的完美呈现，正是这种呈现使《传说之死》具有了特别的人性深度和历史深度，并在人与历史这双重深度模式的互相消解中，完成了对人类必然的生存困境的进一步展示。

应该说，六姑婆本来是一个普通的女人。她出生于一座古老的南方城市——银城的一个显赫家族，七岁时，父母就相继亡故，只留下了她和八姐九哥三个孤儿相依为命。父亲临终前，把弟妹托付给了年仅七岁的六姑婆，于是“六姑婆就以女人的天性像头母兽一样地看守着弟弟、妹妹，看守着这个残缺不全的家”。在整个传说中，六姑婆的一切行动所依凭的都是父亲的遗言，都是她素朴的直觉式的女人的天性。无论是令族人为之震惊不已的为送弟妹上学和护家而采取的毁容吃斋的行动，抑或勇闯杨军长戒备森严的官邸冒死去营救自己弟弟的行动，抑或冒着九哥同志们的坚决反对在众目睽睽之下救助族长孤孙的行动，其内在的根本动机都不是理性的思考，而是出自一个普通女人质朴的直觉与天性。假如没有历史的参与，那么六姑婆的传说就仅仅是关于一个女人如何护家的古老而动听的故事，仅仅是对一幕人性悲剧的展示与演绎而已。正是因为有了历史的数度介入，才使得六姑婆的传说成为一个别具人性深度与历史深度的传说，使其具备了丰富复杂耐人寻味的人生意蕴与艺术意蕴。

有了人类的生存，就有了人类的历史，自此，人与历史之间就发生了各种各样复杂的纠缠和联系，人性与历史的同一往往是短暂而不持久的，更为恒久的现实是人和历史的错位与悖反，历史的所谓前进往往是以人性的牺牲为代价才能够取得的。这一重悖论的存在是人类迄今为止都未能摆脱的难题与困境，这难题与困境在某种意义上构成了人类通往幸福自由道路上的巨大障碍。但却为小说家留下了极为广阔的用武之地，李锐的《传说之死》就是直面并表现这一生存困境的一部中篇佳作。如前所述，六姑婆每一步行动的动机都源于一个女人的直觉与天性，但行动的结果却往往与她的动机相反，往往出现她所不希望出现的尴尬局面。本来，她是为了不辜负父亲的遗言，是牢记着“万般皆下品，唯有读书高”的古训，才毁容吃斋供养弟妹上学的，但她却根本没有想到这一行动的结果是九哥通过读书接受了革命道理，从而果断地走上了埋葬自己家族的革命道路；当她凭着女人的直觉和果断，做出了唯一的政治选择，决定和弟弟一起分担死亡的恐惧的时候，她根本没有预料到这次政治选择的结果是1951年无情地敲碎了三十二个本家族男人的震天的枪声；六姑婆出自善良本真的天性，果敢地把一个不懂沧桑只知吃奶的孩子抱回家时，她自以为拯救了一个单纯幼稚的生命。假如她能够预见到十几年后“反革命狗崽子”学康会被人扔到银溪中折磨而死的话，她是否还会采取这种拯救的行动呢？因为与其让这个弱小无知的生命饱受生活的蹂躏，还不如当初就让他在混沌中平静地离开这个世界。但更让六姑婆困惑不解的是当她失去了所有男人，在孤独中变成了一具花团锦簇之后的“银城第一位共产党员”而载入了地方志妇女运动史，尽管她终其一生也“从没有理解了什么叫革命”。六姑婆这一切选择与行动在脱离历史背景的情况下是具有一定意义的。但人总归是离不开历史背景的，自有人类以来，人就不能够摆脱历史而成为一种超然的存在。正是因为历史这一必然因素在六姑婆命运中的不断嵌入，才使得她行动的意义不断地被消解，使她面对命运所做出的全部努力最终消散于无形。这样，在《传说之死》中，我们所不断聆听着的就是人性与历史的两种声音，二者始终处于不相容的矛盾冲突之中。结果，是一个优美动听而又凄惨绝伦的传说的诞生和这个传说的最终死亡。也许这种人和历史的悖反与错位本身就是人类生存的一种宿命，是人类本身固有的难以自行克服的困境之一，人的生存活动最终导致了历史的产生，而历史却又在与人类的行动不断地互相冲突和消解着。李锐通过对一个女人的耐人寻味的传说的叙述，发现了人类生存的这一悖论与困境，这就使得《传说之死》这篇小说具备了形而上层次（亦即英伽登关于文学作品的五层次说中的最高层次，即作品传达出了一种莫名其妙而又难以言传的东西，一种洞然大开而又捉摸不定的东西）上的意义，从而达到了对人类存在的一种本体论意义上的深层领悟。正是因为李锐本人具备了对人类生命与存在的深刻的体验，所以他才能发现在六姑婆的人生过程中所潜藏着的人和历史的悖反与错位的生存状态，才能够创作出这部极富人生与艺术意蕴的《传说之死》来。

《传说之死》的创作成功，在很大程度上所依赖的是李锐对小说叙述手法熟练的操作与运用。要想完美地传达人和历史的悖反与错位这一意蕴深刻的小说主题，就不能够采用二十世纪以来颇为流行的限制的第一人称叙述或者某一人物的叙述方式，而必须设计一个凌驾于六姑婆个人与整个历史之上的能够洞察一切，贯通过去、现在与未来的叙述者。小说中对这样一位叙述者的独特设计，就首先为叙事的成功奠定了基础。事实上，也正是因为设计了这样一位可以洞察一切的叙述者，才决定了这部小说在叙述艺术上的诸多特点。

"后来六姑婆死了，传说也就死了。"李锐关于六姑婆这个普通女人不平常的一生的精美绝伦的传说叙述完了，他表现人和历史的悖反与错位的创作主旨也完成了。然而六姑婆传说的完结并不等于人和历史之间矛盾冲突的终结，只要人类还要继续繁衍生息，那么人和历史就不免仍要处于各种各样令二者都极为尴尬的悖反与消解之中，同样，也就不可避免地仍将导致另外的并非与六姑婆有关的耐人寻味的新传说的不断生成，而我们也仍将经常面对这样或那样的人类生存困境。

原载《文学自由谈》1992年第1期

凝冻的厚土与跃动的大地

——李锐与李佩甫创作比较

梅蕙兰

山西有个李锐，河南有个李佩甫，这二李好像憋足了劲比赛似的，一个写高原厚土，一个写中原大地。这厚土是古老贫困、沉闷闭塞的，有一种深远久长的历史感；这大地是广袤无垠、丰富多彩的，生长稼禾与万物，有一种鲜活跃动的现实性。同是写土，却因为这一块与那一块的不同，他们的笔下呈现出了不同的人文景观；同是写土，却由于他们的感情投入和审美视界的不同，他们的创作表现出了两种不同形态的历史运动。李锐更多地感触了历史在现实中的浓缩、凝聚与积淀，李佩甫则敏感于现实对历史的偏离、背叛与抛弃。因此，李锐的厚土系列是不断挖掘与书写着的一部活着的历史，李佩甫贯穿着大地情思的整体创作，是在描绘着急剧变革的现实中反复吟唱着的一曲历史挽歌。

一

土地是人类的生命之源，生存之根，它饱经沧桑巨变，蕴藉无限，它默默地承受一切，含讷无言。当李锐试图准确地描绘出自己对吕梁山的印象时，当李佩甫欲真切地表现出中原农民在现实变革中的精神变化时，他们不约而同地把目光投向了人们脚下的那块土地。人们的生存苦乐是那块土地给予的，生命颜色是土地的颜色，精神欲求也是土地的启示与赐予。因此找到了“厚土”与“大地”这些个有意味的文学意象，就等于找到了人们的生命和历史，找到了人们的精神和文化。在李锐笔下的高原厚土与李佩甫笔下的中原大地上，我们首先感受到的就是他们对不同地域乡土历史的认识及不同的文学描述。李锐客观冷静地述写着变中之常，李佩甫热切而忧虑地刻画着常中之变。

> 太阳一次又一次从西山顶上落下去，好像把西山磨秃了，日子过得真慢呀，慢得叫人发闷，闷得叫心发木。（《风女》）

李锐整个作品的核心就是一个“慢”字。好像时间被凝固了，太阳被定格了。这种慢是一种生活节奏，是一种生存基调，是一种人生步履艰难的象征。这种慢的表现方式，就是一种重复，一种迟钝，一种落伍，一种原始。在这种缓慢的生活中艰难爬行的是吕梁山人蒙昧混沌的人生。《古老峪》中那种古老的生活方式，《选贼》中那种没有了头领的惶恐感，《合坟》中那种对死者的温情被赋予了封建迷信的形式，《假婚》中那种食与性的交换，《眼石》中那种占有对方女人的复仇方式以及事后的心理平复，都使人觉得作者所写的不是当代的生活，而是远古的过去。在《厚土》续篇中，硬铮铮的打猎汉子相信神鬼报应，把自己的婚姻完全押在被野猪咬伤的偶然事件上（《好汉》），更加荒唐的是把现代人的离婚视为异端和怪事，并求助于神的力量来挽救（《送家亲》）。好像世代的更替，时代的变迁都没有在这里留下任何痕迹，人们还生存在粗鄙低下的蛮荒层次。因为贫穷，男人不能挺起胸膛维护自己的尊严和名誉，牧羊人对自己尊严的维护注定了他终生独居的命运（《青石涧》）；因为愚昧，女人没有做人的自由，也不知如何做人，完全处于工具的地位。为了几餐饱饭（《假婚》），为了一块炭（《驮炭》），甚至为了男人的一句永不兑现的诺言（《篝火》），屈辱地蜷缩在男人的衣襟下，忍受着肉体与心灵的伤害。在男人眼中，女人只有性别，没有人性，男人对她们只有性的干渴，没有情的滋润。总之，在这里人们的任何渴望与追求都被压抑在人生需求的最低层次，被动默默地接受命运的苦难与恒常。他们不乏勤劳和善良，也不乏温情和希冀，但落后的生产方式、陈旧的生活观念、传统的文化意识使他们的生活像“凝冻了一般，没有一丝的生气和活气”。因此，李锐在《看山》中写道：“山们还是一如既往地沉默着，木然着，永远不会和昨天有什么不同，也永远不会和明天有什么不同，不同的只是人老了……”吕梁山人如山一样静默、木然，也如山一样世代重复着恒常不变的生活命运。“他们打场用的连枷，春秋时代就已定型；他们铲土用的方锨，在铁器时代就已流行；他们播种用的耧是西汉人赵过发明的；他们开耕垄上的情形和汉代画像石上的牛耕图一模一样……世世代代，他们就是这样重复着，重复了几十个世纪，那个被文人叫作历史的东西似乎与他们无关，也从来没有进入过他们的意识”（《厚土自语》），厚土之厚就在于这里的一切都存在于时间之外，生活没有变化，历史没有流动的凝滞性；厚土之厚就在于这里的人们因袭与保留了较多的历史生存形态而形成的巨大乡土惰性。科林伍德说：“历史的价值就在于它告诉我们人是什么。”李锐无意于写历史，但他在对吕梁山人生存现状的描写中，写出了人性中的历史，写出了历史中的人性。

与李锐的写生活常态，写不变相反，李佩甫写的则是生活前进变化的节律，是改革大潮催生的一种时代景观。他作品的核心全在于一个“乱”字上：

> “村人们的心已经乱了……乱了……一切都乱得不像样子了。’，“乱了，一切都乱了，连狗都不安分了”（《金屋》）。

这“乱”是对现有秩序的一种反叛，这“乱”是变的外在表现形式，这乱就是变。从《小小吉兆村》至今，李佩甫一直诉说着乱中之变这个话题。“变”是一个飞翔的时代精灵，是一种流动的历史脉息，是一种辩证唯物史观的现实观照，是一种对人的精神世界的整体把握。因此，李佩甫通过对现实生活中不同程度、不同方式、不同形态的变与乱的描写，表现了时代特征，展示了历史流向，写出了人们精神世界的危机与矛盾。在《红蚂蚱绿蚂蚱》中，李佩甫写的是变革前人们在平静生活中的追求和希冀。在《李氏家族第十七代玄孙》中，李佩甫有感于现实的变革有意识地通过纵向的历史与横向的现实交叉铺衍，揭示出了以恶的形式延续和变化的人性与历史。在《画匠王》与《金屋》中，他更把现实中的乱与变推向了极致。《画匠王》八个短章写尽了各种形式的变与乱。黑孩是全村致富的门路，也是全村人耻辱的标记，他隐含了以村里姑娘的贞洁为代价换取的一条生财之道，这是变；象征权力的六叔下台了，威风扫地了，畏缩的狗剩从此昂起了头，这是变；铜锤女人与明堂多年的纯情关系以一千元的价格交割清楚了，这是变；赡养老人孝敬父母的人生责任丢掉了，“学而优则仕”的古训失灵了，这是变；以玩麻将巧妙地贿赂检查组者成了厂里的功臣，死后还落得“以身殉职鞠躬尽瘁”的美名，这更是变；由偷菜而引起的看菜、偷情、私奔，以致最后的杀人告官也还是变。这里李佩甫写的变是普遍的，从固守旧的生产方式到开放的商品意识，从权力崇拜到砸碎偶像，从崇尚文化到贬低知识，从古朴民风、友好相处到相互猜疑、反目为仇，从恪守道德到个性自由，整个价值观都打翻了个，整个生活秩序都乱了套。金钱与道德在拉锯，人心在这二者之间动摇滴血。《金屋》在两种力量的对峙中更加凸现和强化了生活中的变与乱，表现了人们对新的生活方式的疯狂欲望与仇恨拒斥。《无边无际的早晨》中的李治国在冷酷的清醒中，在痛苦的矛盾中，在心灵深处的忏悔中，告别了乡土，抛弃了自己的根，从一个乡村娃子变成了会作假，会用心计的现代官僚。他不再感情用事，不再以善良宽厚待人，而是以恶处事，以怨报德。《黑蜻蜓》中二姐的儿子也穿起了皱巴巴的西装，要求到城里做事，尽管他们的母亲在乡土上付出了一生的辛劳，为他们挣得了优越于过去多少倍的生活，他们还是不满足，还是要离开土地。李治国与二姐儿子的变是他们对乡土精神的背叛与抛弃，从中我们看到了现实前进的脚步，听到了历史“咯巴”的断裂声。

如果说，李锐笔下的厚土，是一潭死水，一口深井，一个漫长而冰冻的冬天，一个无声无望的黄昏。那么李佩甫笔下的中原大地，则是一汪活水，一条汹涌奔腾的河流，一个热烈而丰茂的夏天，一个喧闹异常的早晨。李锐写的是沉默、隐忍、压抑和沉寂，谁又能说这不是变的前奏，变的先兆，变的渴望与等待，变的力量的凝聚呢？在生存困境中艰难跋涉，在无望与无可奈何的暗夜中支撑起生命的光束，其实这本身也是一种不断行进的社会形态，一种悄无声息的历史运动。李锐虽然写的是不变，但他以不变来观照变，揭示出了变的必然性与可能性。李佩甫描绘的五光十色的各种形式的变与乱，是农业文明向工业文明转型与过渡时期的一种历史现象，是人们告别昨天走向未来的一种必然的心理反应。他虽然写的是变，但他以变来观照不变，把这种变以乱的形式表现出来，把这种变写得那样令人惊恐不安，精神错乱，那样令人憎恶与反感，那样无情无义，那样充满罪恶，这本身就是一种“不变”的社会心理反应，一种对传统精神的固守。因此，我们说在李锐的不变中潜隐着变的因素，在李佩甫的变中又显露着不变的心迹。他们从不同的角度展示了中国乡土上历史与现实的辩证关系与不同的矛盾运动。

二

同是写乡土，李锐写“常”，李佩甫写“变”，李锐写乡土惰性，李佩甫写乡土活力。这固然与吕梁山区的单调闭塞、中原大地的丰富开放有关，但更为重要的是他们对传统文化的审美态度和价值取向的不同。李锐表现了严峻的审视与批判，李佩甫表现了温情的反思与怀恋。

虽然李锐与李佩甫都有过上山下乡的生活经历，但不同的文化心理构成了他们不同的审美体验，不同的童年记忆形成了他们不同的文化取向。在“红房子”中生活过的李锐曾经资助过一个乡村孩子上学，并供给他饭食。而普通家庭出身的李佩甫曾受惠于姥姥的村庄，像小脏孩那样受到乡人的关心和照顾。最初的乡土记忆，使他们一开始就站在了城市文化与乡土文化的不同点上，并由此获得了他们今天创作中的两种不同的文化视角与情感态度。可以说，李锐自始至终都是一个乡村中的局外人。他也像一滴油不能融入一桶水那样不能对乡土文化产生认同。从都市到乡村的巨大落差，更加激活了他身上的那种城市文化的因子，使他越发敏锐深刻地感受到了乡村的落后和愚昧，并自觉不自觉地用城市文化的眼光对乡土文化进行着拒斥和审视。于是，插队六年，吕梁山成了他认识人生，认识农民，认识中国乡村现实的一个窗口。准确地说，他对中华民族的认识是从这里开始的。他在《厚土自语》中说："中国是什么？中国是一个成熟得太久了的秋天……，"它"冰冷，苍老，疲惫，尘垢满身。……在这太久的秋天里，每一个人都毫无例外地注定了是这片秋色的一部分，也是这苍老，疲惫的一部分。"这是李锐对吕梁山印象的形象概括和哲理升华，也是李锐对《厚土》意蕴的自我解析与阐释。即使写得最具抒情意味的《看山》，也被人生的沉重濡染、压抑和覆盖。在《青石涧》中既写出了牧羊人只能忍受屈辱的命运，同时也揭示出牧羊人的自尊是一种小生产者的私人占有。尤其是对于"塔标"，它是牧羊人心中珍藏的一种对现代文明的渴望，一种神秘，一种可望而不可即的生活亮光。他虽然不懂它的用途，不知它叫什么名字，却因为首先见到它而把它看成自己的专利，教师给学生讲解，好像侵犯了他心中的神圣，他为此反感和愤怒。《二龙戏珠》是李锐全部作品中唯一以农村改革为背景的小说，但改革在这里也是畸形的。整个作品呈现出的是一种恶的力量，一种邪气，一种野蛮，一种残忍的氛围。传统的重负限制了人们的眼界，拖住了历史的脚步，不仅使人们过去的生活单调古板，毫无色彩与变化，而且也使今天的改革分外艰难与滞重，李锐在对吕梁山过去印象的追忆与今天现实的摹写中都表达了对传统惰性的批判。

与李锐相比，李佩甫则更多地表现了与乡土的联系，更多地表现了对乡土文化的认同。他在《小小说选刊》与《中篇小说选刊》的两次创作谈中，都用了"一抔老娘土"这个题目。在对人与历史的认识中，他始终强调了人的传统根性和人与大地的联系。人不能割断自己的历史，不能忘记大地的情义。李佩甫自己也忘不掉家乡的热土，这土曾给予过他饭食，孕育过他的情感，这土里有着他并不完美但还善良朴实的各种性格的寡妇们，也有着他可尊敬可骄傲的勤劳倔强的二姐，这土里外藏着他的童年，也滞留着他童年解不开的谜。因此，当改革的大潮把人们的生活秩序整个打翻时，传统的生活方式对于新的生活方式有一种天然的抵制和抗拒，这抗拒既来自乡土的惰性，也来自乡土具有永恒魅力的传统美德与坚强人格，更来自李佩甫忘不掉的乡情与童年的记忆。因此，李佩甫既看到了各种形式的变与乱，更深刻地感触着变中的不变，他也为乡土的变迁、人心的变化担忧，为传统的精神道德的崩溃焦虑。他没有人云亦云地歌颂现实，而似乎是一个保守主义者，对变革表现了挑剔的态度。在《画匠王》《金屋》中，虽然充分展示了各种形式的变与乱，却给这种变化以道德上的否定。对于乡土上的诗意和温情被破坏的冷酷更流露出一种无力回天的悲哀。在《黑蜻蜓》与《无边无际的早晨》中，他挖掘历史的记忆，力主历史的承接，写古典的传统的乡土美德，为逝去的美好唱赞歌；写浓重的乡情与割舍乡情的矛盾，对现实人心的变化进行诘问与拷打。《无边无际的早晨》中的李治国是一个走出乡土，离开乡土，抛弃乡土之根的现代人之象征。乡里人的善良宽厚、无私仁义养育了他，成就了他，他却一次次地在背叛乡情与大地中提拔升迁，变成了铁石心肠、六亲不认的面具人。他高升了，离乡土更远了，乡人们并不记恨他，托人捎来了可以帮他消灾解痛的“命根儿”——老娘土，这是乡情与大地的象征。也许离开乡土，走出乡土就是走出了狭隘和局限，抛弃了古老和陈旧，但他却离真正意义上的人越来越远了。孤独、冷漠、疲惫、焦虑这些东西与现代文明结伴而来。李佩甫以丧失人性的可怕性否定了叛离乡土的合理性。“人是不能离开热土的。”瘸爷在人生的弥留之际突然想问一问自己：“人活着是为了什么？人又是什么东西，给万物以生命又养育了万物的大地又是为了什么！”李治国在离乡土越来越远的汽车上，脑子里也飘动着：“你是谁，生在何处，长在何处，你要到哪里去……？”李佩甫在自己的作品中反复地强调和提示着“乡土”对人的意义，他曾公开宣言要走向大地，虽然我们不能准确地破译这“大地”的含义，但其中必然包蕴了乡土精神与乡土文化。在人们盲目地追求现代物质文明的热潮中，他想以美好的乡土精神来洗涤现实的浊气，救助人们的灵魂，以期在新的生活秩序中重建人们的精神信仰与道德规范，重建人们与大地与历史的联系。

李锐与李佩甫从乡土历史的常与变中看到了传统文化的负面与正面的作用和影响。李锐在不变中深刻地感受了传统文化的负面，李佩甫在变中更多地领悟了传统文化的正面。因此，李锐在写着吕梁山农民生存困境的同时，也在思考和批判着我们这个民族的历史沉疴和传统惰性，他希望我们这个古老的民族，抖掉千年尘埃，冲破历史屏障，从旧的生活模式中挣脱出来，实现人的现代化。李佩甫在写着现实中各种变化的同时，也在审视着人们心灵中的罪恶和不义，在肯定着人们离开乡土的同时，也在批判着他们人格的失落，人性的异化。他希望人的现代化进程有一种更合理的形式，希望人的心灵健康发展。李锐表现了对现代化的向往，李佩甫表现了对传统价值的依赖。传统文化在我们的民族精神中太深厚了。它是一种重负，也是一份财富，它束缚着人们的观念，是人们走向现代化的羁绊，也有一种依然有生命力的素质，有一种永恒的美。李锐与李佩甫从不同的侧面和向度表现了传统文化的两面性。

三

李锐与李佩甫不仅找到了共同的文学意象，都从人们脚下的土地中来挖掘和表现乡土的历史和文化，而且他们不约而同地尝试与创造了一种新颖的文体形式。李锐的《厚土》与李佩甫的《红蚂蚱绿蚂蚱》《画匠王》，都是以一个共同的主题意向统领起几个相互间各自独立的短章，使散点透示的光束，汇集成一道强烈的光柱。“厚土”与“大地”既是乡土历史文化的总体象征，又是具体的人生场景与事件的单个描述。他们对不同地域乡土历史的认识，及不同的文化意向、情感态度又使相同的文体形式呈现出了两种不同的风格特征。李锐的作品冷峻、客观、简洁、犀利，在不动声色的描述中饱含着一种震慑人心的力量；李佩甫的作品，热烈、丰富、哀婉、抒情，在一唱三叹的艺术格调中潜隐着一种诗情和韵味。

为了突出“厚土”的古老、沉寂，李锐总是采用一种现在进行时的叙述方式，开头没有铺垫，没有交代，没有叙述人的启示，而是一下子进入人物的某种心理状态或事件进程的某个阶段，使人有一种突兀感、冷僻感。让人一开始就进入故事，贴近人物，步入场景。给人以视觉的冲击，心灵的震动。这使作品获得了一种粗朴的未经加工过的艺术效果。

为了突出乡土的变化，李佩甫总是在一个新旧生活的对照点上开头，这是叙述意义上的启示，是一种对人物事件来龙去脉的交代。《红蚂蚱绿蚂蚱》开启于对姥姥村庄的美好回忆。《画匠王》开启于旧生活的结束，《金屋》开启于一座金屋的突然出现。这样的开头交代了时代的变化与两个时代的差别，同时也把人物和事件放在了新与旧矛盾的交汇点上，让人感到动荡不安，感到变化和无常。

为了突出厚土的凝滞不变，无论写人写事，李锐都用最简洁浓缩的语言。即使对人精神世界的刻画也缩减到最少。《古老峪》中，当工作队小李说农家姑娘听文件认真，让她当先进时，这姑娘却说：“我啥也听不懂，我是看你念得好看。”一句话整个写出了这姑娘的木讷、无知，人生层次的低下，精神世界的空白。《假婚》中先写了女人的冷静，最后一句“男人粗拉拉的手掌无意中在女人脸上抹下些温热的泪水来”又把女人在这场食与性的交换中那种忍辱，那种被看穿后的难堪以及心灵深处的哭泣都袒露了出来。李锐作品中简化的事件，简洁的语言，不仅表现了人们生活的苦寂，精神的平板单调，而且也给读者留下了阅读上的空白，让人去想象，去品味。

为了展示“大地”丰富多彩的变化，李佩甫总是多角度多侧面地描写人物和事件。他笔下有大善大恶、大智大勇的复杂性格，也有柔弱又倔强的普通人。杨书印是个集权欲与阴谋于一身的人物。二姐那勤劳倔强中，不仅包含着接受命运的软弱，也显示着与命运抗争的力量。李治国更是一个经历着心灵分裂与感情撕扯的复杂人物。以“变”为核心的“金屋”，更像李佩甫手中的魔方一样，任意把玩，展示它各种不同的组合图案。李佩甫把实在的东西虚化、幻化，使它具有了多义性、无限性，这金屋是不确定的，不可穷尽的，每个人由于不同的心境和眼光都会幻化出一个自己的金屋。李佩甫对人物与事件的这种精雕细刻，多侧面的描写，使他的作品显得丰满厚实，多姿多彩。

李锐与李佩甫都能把自己细致真切的生活体验转化为生动形象的艺术感觉。李锐把无形的情绪意念给予典型化的物化的表现，使其惟妙惟肖给人以视角形象，如《眼石》中写拉闸人脑中敲的大铜鼓，就把拉闸人的愤怒情绪独特地表现了出来，使人过目不忘。李佩甫笔下的艺术感觉是灵动传神的。《黑蜻蜓》中听二姐织布机的响声，开始“像一个浑身疼痛的老人在呻吟”，后来简直如“圣歌般的肃穆，那音韵哑哑的，仿佛老人一边在唱摇篮曲，一边轻轻摇拍着婴儿。那和谐从一下一下的节拍中溢了出来，欢欢地温柔地跳动着……。”这感觉是晶莹透亮的生活露珠，是倏忽即逝的思想闪光。这样的艺术感觉使作品气韵盎然充满着生命的活力。

总之，李锐与李佩甫写出了两块不同的乡土，也即两块不同的精神土地。一块是积淀着历史惰性的厚土，一块是生长着现实精神的大地。他们对民族社会都有一种潜在的责任感，都从历史文化人性的角度来观照我们的乡村社会，有感于变革的艰难，李锐揭露和批判了民族心态中沉重、消极黯淡的一面，有感于社会变革给人们带来的物欲的滋长，李佩甫坚持和张扬着传统精神。虽然他们对传统文化表现的态度不同，但却是为了一个共同的目的，更好地开发和耕耘人们的精神大地。

李锐已走出了厚土，李佩甫仍执着地走向大地。沉积在人们心灵上的厚土将在李锐的创作中慢慢地剥落，美好的精神大地在李佩甫的创作中会更加丰厚。

原载《中州学刊》1992第1期

废墟上的铭文

——李锐长篇小说《旧址》的主题分析

李洁非

古老家族为谁所败?

确实如李锐自己所说，这样一部不足20万字的长篇小说，断断续续花了一整年时间才写完，“时间太长”。然而，我在读完它以后，却有了另一种感觉：对这样一个叙述了有着近2000年历史的古老家族的故事来说，对于这故事中包含的沉郁的主题而言，只用一年的时间写作过程即告完成，其实是相当迅捷了。

当小说的最后一行文字从眼睛里消失时，我弃卷于案，阖目沉思。作者虚构的那个李氏家族，崛起于东汉建武元年（25年），横亘百代，至20世纪50年代初而终。这个时间表里所蕴藏的暗示，绝不仅仅是要渲染李氏家族的悠久；我们不能不想到，这样一个在十几个世纪当中绵延不绝的家族的存在，是骇人听闻的，因为中国这段历史上先后至少更迭过十个朝代、有过数十次内乱，而所有这些可怕的社会动荡，却未能对李氏家族的存在构成根本性的威胁——只有一次例外，那便是40多年前发生的那场历史的大转折。

关于这个家族的故事，我们只能视其为彻头彻尾的“传说”。它非但谈不上任何写实的意义，甚至，也无从被纳入“历史小说”的范畴——尽管作者巧妙地制造了不少“历史小说”的假象。整个而言，《旧址》是一部巨大的文化寓言；从历史可能性说，李氏家族或以别的姓氏出现的这种家族，是不存在的，但是它在隐喻的意义上则异常深刻地存在着——当我们把“李氏家族”换成另一类字眼，比方说“古典秩序”这类字眼，便马上可以意识到，在李锐的那个时间表里的存在主体，并不是某一具体的家族，而是一种文化体系，亦即从汉代正式确立起来的中国传统社会结构及其文化价值。所谓的“李氏家族”，其实乃是后者的象征物，在这个意义上它超越了时间和空间，超越了朝代的更迭和大大小小的天灾人祸，奇迹般地延续了十几个世纪，直至它作为一种精神不得不消亡的时代终于来临。

这正是《旧址》作为一部家世小说不同于以往任何同类作品的地方，例如《家》《春》《秋》三部曲、《子夜》，乃至于《红楼梦》——在这些小说中，家族的衰落无非就是家族的衰落而已，可是，这在《旧址》里却意味着一种文明总的句号。

那么，这个被冠以“李氏”名称的古老家族，究竟是为谁所败呢？当我看透李锐虚构的故事的真正所指之后，不禁为他竟然试图通过一部小说来回答如此庞大的问题吃惊不已。我这样想，不是担心他是否能够拿出一个令所有中国人心悦诚服的结论，他肯定是拿不出的，别人同样拿不出，因为永远不会有一种个人解释使历史的秘密就此消失；我担心的是，他能否用这20万字和本身相当苛刻的情节方式，将有着近2000年历史的文化体系之被击败的所有复杂性容纳进去。

李乃敬和白瑞德

《旧址》故事的一个重要部分，来自两个家族之间的竞争，这就是其历史可以上溯到公元25年的、如今表面上仍是银城首富和头号望族的李家，以及没有历史可言却正处于上升时期、气势咄咄逼人的白家。

李乃敬、白瑞德则分别是这两大家族的灵魂人物。

实际上，当李乃敬按照祖制接替族长位置时，李氏家族已经处在不祥的阴影之中，再经过20年多一点的时间，事实终于证明这就是九思堂的末代族长。尽管中国民间流传着许许多多败家子的故事，但李锐显然拒绝用这种方式解释李氏家族的崩溃，他通过对李乃敬的刻画，明确表示李氏家族的结局不是基于个人原因。作为九思堂的统治者，单单从个人素质上说，李乃敬如果生在其他年代无疑是一个“中兴之主”。他的勤勉、道德和手腕，不仅完全合乎李氏家族已经成功运用了多少年的那种治家经商的纯正传统，而且其熟稔程度以及对个中三昧的洞察之精即使置诸李氏家族史上最杰出人物的行列亦毫无愧色。耐人寻味的是，李乃敬越是淋漓尽致地体现了李氏家族千百年来行之有效的行为规范，越是接近于这个家族所能期待的理想人格，他也就越是陷入困境。

李乃敬的失败，远非他个人的失败。作为李氏家族这架古老的机器自我生产出来的一个标准的产品，李乃敬的失败暗示着他的整个家族的活力已经耗尽，他所代表的那一整套原则不再会使他的对手和劲敌感到敬畏，相反，对方正尽可能利用这一切轻易地取胜。

九思堂迅速变得软弱可欺的时候，白园却一天天强大起来。小说不仅鲜明地将此二者加以对比，同时也直截了当地指出九思堂在经济上正是被白园打败的。“白瑞德”这个名字，令人想起著名的美国小说《飘》，当然，此白瑞德与彼“白瑞德”在性格上并无相似之处，不过，李锐可能故意借此露骨地强调他的这个威斯康星大学毕业生同美国以及美国文化之间的联系。的的确确，《旧址》里的白瑞德相对于地地道道的中国财主李乃敬来说，构成了截然不同的别种形象，他的经营之道也展现了截然不同的另一套程序。他和李乃敬唯一的相似点只有勤勉，除此以外则大相径庭。李乃敬的管理要诀在于仁、义、礼、智、信，他靠的是树立自己的有威慑力的人格形象去震慑、感化和收拢下属、族人和对手；白瑞德的身上却没有半点这类因素，他的致富秘诀是：敏锐、机变、魄力和知识。从白瑞德的背景、行为方式上，我们看到的是一个由美国教育体系制造出来的合格的产品；他回到银城后，干净利落地使古老的九思堂居于下风，从而说明了在现代商业竞争中，坐轿子的李乃敬与坐福特牌汽车的白瑞德之间，到底谁是无可争议的强者。

古老家族的困境首先在异质文化面前暴露出来。但是，它仅仅是由从美国留学归来的白瑞德一手摧毁的吗？

政治之盟

另一个在李氏家族覆灭过程上打下烙印的人物，是银城拥兵自重的军政首脑杨楚雄。杨楚雄其人带有本世纪20年代群雄乱中华的典型特征，这些行伍出身的实力派人物，各霸一方，一方面靠讹诈本地大户发财，一方面在与别的军阀争战时又以百姓保护人面目出现。

九思堂在商战中已被白园逼向困境的同时，又屡次首当其冲地成为杨楚雄的敲诈对象，不啻是雪上加霜。杨楚雄不仅使李乃敬白白“送”出数以万计的银钱，还不得不将堂妹李紫云许配给杨楚雄当夫人。当然，这些事情固然为李乃敬本所不愿，但从生意角度说却并不是只有投入没有产出，后来，李乃敬自己渐渐省悟过来了，与当地的政治领袖结盟其实于己有利，所以，在李乃敬那里，杨楚雄加诸他的这些“损失”，实际上是一个愿打一个愿挨，不能就此说九思堂受到了杨楚雄的荼毒。

但是，这种政治结盟确实在李氏家族历史上带来了毁灭性的后果。若干年后，江山易手、政权更迭，当年被杨楚雄打击、杀戮的共产党人成了战胜者，死难的同志们所流的鲜血没有也不可能被忘却，复仇的烈焰毫不留情地烧向杨楚雄及其同盟者。杨楚雄跟着溃败的国民党军队逃之夭夭，但是早已成为银城一个组成部分的李氏家族却不可能像支机械化师那样随时开拔到任何地方，他们束手就擒并代那些溜之大吉的原统治者偿还血债。1951年10月23日，一阵枪声过后，九思堂李氏家族三支子嗣几乎所有成年男子命赴黄泉。

作为一个古老家族，它能从2000年前延续到现在，必定有一条经验，就是要小心翼翼地避开政治漩流。我们可以假设，如果九思堂不跟杨楚雄结盟，那么它也许不会招致这样一个满门覆灭的下场。这个道理，李乃敬哪会不明白？但是，在中国现代史上没有任何人能够回避政治，你不找它，它却会来找你，现实不由分说地把每一个人都划在不同的战线阵营里，没有谁可以超然其外。

古代的小国寡民、闭户守业、明哲保身的生存方式一去不复返了。

叛逆者

很难说清楚，李氏家族究竟是被人从外面击垮的，还是它自己打倒了自己。

在普通人心目里，家庭这个字眼唤起的是诸如亲情、温暖和互爱等意识，这一切无疑是家庭的重要含义之一。但除了从亲情的角度考虑人类家庭的起源和本质以外，还存在另一角度，一个为人之感情不太愿意接受的角度，亦即理性的角度。我们知道，家庭是人类史上最早的、最初的社会组织形式，后来的所有其他社会组织形式，诸如党派、社团、行会以至国家，都是从家庭这一组织形式变异而来，某种意义上可以说成是家庭的放大。也正是在此意义上，家庭的发生理由与其他社会组织形式的发生理由并没有真正的不同。如果我们说，国家是基于其成员之间利益分配而建立起的一种秩序和规范，那么家庭同样包含了这种目的；如果我们说，国家是一架保障、维持上述秩序和规范的政治、法律机器，那么家庭也体现着同样的功能；如果我们说，国家的本质是以集体意志来约束、主宰个体意志，那么家庭也具有同样的本质；如果我们说，国家是一种权力体系和等级结构，那么家庭也诉诸同样的管理方式……总之，当人们暂把家庭温情脉脉的那一面撇在一边时，则冷静的理性眼光就会明明白白地告诉他们，家庭和国家这两个社会组织形式除去规模的大小外，实际上是如出一辙的。

这就是家庭的“亲情”属性的另一面——“利益”属性。

每个国家都认为自己找到了最合理的利益分配关系，然而，与此同时，每个国家又都有人认为分配是不公正的，因此便产生了国家社会成员内部敌对和冲突现象，一些人对现实感到满意因而忠实于其制度，另一些人却感到不满因而试图反抗现存制度。在家庭特别是以大家族形式出现的家庭内部，这种冲突也毫不逊色。于是，卫道士和叛逆者的分野就划清了。

九思堂的叛逆者是李乃之。他属于李氏家族的第三支，这一支不是李家的统治者，而是家道已然中落。李乃之未满月之时，母亲早逝，又于未成年之际再丧皇考，从此他和两个姐姐就成为无父无母的孤儿。李乃之和二姐李紫云，全赖大姐李紫痕含辛茹苦将其拉扯成人；李乃之学生时代就对革命拥有天然的亲近之情，大学尚未毕业，他已经成为一个职业革命家，加入摧毁自己家族的斗争之中。

李乃之的革命冲动，潜意识里隐埋着向其血亲报复的冲动，唯其如此，他的革命意志才益发坚强有力、势所难挡。也许，他本人从未如此分析过自己，但是小说情节却把这种深层动机揭示得很明显——叛逆的种子根植于家族内部的不平等关系。在李乃之与其堂兄、族长李乃敬之间，不平等的事实通过一切侧面被充分证明着：首先是贫和富的不平等，其次是正宗与旁系的不平等，第三是统治者和被统治者的不平等，第四是香火旺盛与孤儿弱女的不平等。这种所有境况上的截然的反差，不可抗拒地将李乃之推向其家族的对立面；反过来说，倘若李乃之、李乃敬的位置调换一下，那么后者大概同样会成为叛逆者。

在李乃之心里，父母早亡、大姐毁容、恩师被杀，都必须由家族以及家族所仰仗的社会制度承担责任。他绝不再容忍家族继续存在，他将与家族的敌人结为同志，从根子上铲除家族赖以生存的土壤。李氏家族终于被消灭了。在小说的一开始的处决一幕里，李氏家族血肉横飞的情景本身并没有真正的悲剧意味，但是，当作者随之提及李氏家族中唯一的一个“没有面对行刑队”的成年男子李乃之时，上述情景的悲剧意味却醍醐灌顶般地轰然涌来，因为这个情景之所以成为现实，其中竟包括着这个家族的一员的努力！

叛逆者李乃之虽然没有亲手埋葬自己的家族，但他是它的掘墓人。

绝望的母性

李紫痕是这个家族寓言里唯一堪称伟大的象征——母性主题的象征。遗憾的是，这一主题出现在这样一个充满衰亡气息的故事里，只能增添人们的绝望。

九思堂人心一派颓丧，只有两个人揣着拯救宗族、挽回它的命运的热望，男的就是族长李乃敬，女的却是李紫痕。在李紫痕身上，一种生命本能的力量盲目而又异常执拗地绵延着、升华着，从而使这个人物几乎有了神的性质，令人肃然，令人膜拜。

这不是通常所说的世俗的母爱，而是从玄奥的自然生命情结本身流泻出来的、同天地日月千禽百兽浑然一体的那种母性，是任何物种都先天而有的那种自我延续冲动。作为这样一种超社会的象征，李紫痕既是一个女人，同时又绝不仅仅是一个女人，她远远高于女人这个概念。李紫痕在小说中真正诞生，是在她父亲死的那一瞬间，从那以后，她便不再是一个血肉之躯，而是变成了某种精神的化身。她用自我毁容的方式，向肉身告别，向有限的人性告别，完成了她的神化过程。

这是一个不生育的母神，她无须用生育来证明她的母性，因为她的母性并非如起初的女人那样仅仅施授于亲生子女，而是升华成整个李氏家族的再生之母。那股延续家族的集体无意识本能充溢了她的灵魂，并化作一次次悲壮的举动。是她，在父亲死后告别了作为姐姐、作为未婚女人的自我角色，为了弟妹而担当起母亲的角色，似乎她天生就具有母性而无须首先经历婚姻和生育。是她，用堪与古代传说中的任何一位伟大母亲相媲美的责任心和坚忍，尽最大力量培养她父亲留下的唯一男性骨血李乃之，以便在未来的某一天将他造就成家族的继往开来的人物。也是她，在李氏满门男人即将被处决的前夜，跑到牢房里告诉李乃敬，她发誓把李氏家族遗下的独根独苗、李乃敬那尚在襁褓之中的孙儿养大。

李紫痕的后半生，完完全全属于那个遗孤李之生。时代风云的变幻，对她没有任何触动，她只存在于自己的使命、信念和宗教里，直到“文化大革命”再次煽起的对李氏家族的仇恨使之生死于非命。之生的死，结束了这位李氏家族母神的使命，宣告了她理想的破产。

李紫痕之死，真正给古老的李氏家族画上了句号。这一事件比之于十多年前九思堂男人们丧生有着更强的隐喻性质，它吞没了李氏家族最后一线母性之光。较诸死亡，这种自我繁殖意愿的幻灭，乃是任何事物所能经验到的更绝望的无以复加的悲哀。或许正像中国人经常使用的一个传统字眼里所包含的那种意思，李紫痕赍志而终，说明李氏家族真正是“气数”已尽。中国古代哲学相信，当事物到了“气数”衰竭的时候，那就是一种说不出原因的必然毁灭，这股命运之力袭来时，并不管被毁灭对象是好是坏、是善是恶，理性无法解释其中的缘故，总之灯油耗尽、大限已至、命该如此——李紫痕这古老家族的母性主题，经过伟大而又黯淡的挣扎，结果终于被铁一般无情的命运所否定，难道不正给人以那样的神秘之感吗?

代沟和断层

其实，李氏家族并没有绝种。我们不会忘记那个叛逆者李乃之1951年10月23日不在枪决现场，他活着，而且生下了一双儿女。

但是，当李乃之之子李京生在“文化大革命”后来到祖籍银城，当他在世上已经活了二三十年才第一次看见作为家庭象征的石坊时，他心中没有引起一丁点儿认同感，甚至没有被唤起哪怕是“寻根”一类的遥远想象。实际上，李京生在故乡完全无动于衷，他的感觉跟在这里参观的每一个旅游者毫无不同。

一切都是陌生的：陌生的太阳，陌生的人，陌生的城市，陌生的传说。

李京生在故乡失去了自我感觉，他找不到这个环境通向自己的任何线索，更糟的是，在他的脑中，连对自己祖先加以想象的渠道也是堵塞着的。

李京生返乡非出乎本意，他是受着远在美国的姑姑李紫云的委托和叮咛，才踏上这块土地，面对家庭的旧址。老辈人对“根”有着深厚的情谊，他们敦促新生的一代回去看看“老屋”“双牌坊”和“坟”；于是，年轻人就回去了，但是他们面对“旧址”已无法获得“根”的意识。

李京生不想在家族“旧址”和自己之间重建感情上的联系，他知道那将是矫情的。如果说他回到银城有何个人目的的话，那么，他是作为一个研究者回来的，他将把家族写入一本历史著作《中国盐业发展史》。是的，他只是它的研究者，一个置身其外的客观的陈述人。

当然，他也被自己的这种冷静弄得吃惊了，“他惊讶着自己这么容易地就陷进了一种类似旅游者的心态”，难道一个有着2000年历史的古老家族消失起来竟这样彻底吗？

事实上，只有一个人还在想着它，那就是李紫云。她嫁给杨楚雄后，先是随夫逃至台湾，然后又移居美国。对家族的回忆，伴随着李紫云在美国的余生，但是极富嘲讽意味的是，李紫云自己却不得不面对着她那些生长于美国背景下的儿孙们家庭观念近乎真空一样稀薄的现实。当李京生来到美国与素昧平生的姑姑谋面时，他发现，这个沉湎于回忆之中的老人，实际上已经患有老年痴呆症，尽管她拼命地在回忆着家族的旧事，然而这些记忆只不过是支离破碎的残片。

即使是当年李氏家族的最后一位目击者，也几乎丧失了对它的记忆。

在小说的尾声，李紫云这个古老家族的木乃伊，靠着一些旧照片作为可怜巴巴的证据，用不连贯的话语向李京生讲述着她那不可靠记忆里的一鳞半爪的往事。这个形象与她存在其间的那种生活环境极不协调，虚无缥缈、十分可疑的叙说回荡在金属助行器、电视机、清洁剂、汽车广告等美国式工业文明产物之间……

我们不清楚作者究竟暗示了什么，但我们知道这里面一定包含着某种暗示。

历史本身就是寓言

存在了近2000年的过于古老的李氏家族，终于成了历史的一部分。思考这样一个漫长的过程，我们会感到力所不支；它太长太长，以致长得看不清楚，远远超出我们的视线。当我们越过一部部已经发黄的史籍、越过口口相传的传说，去确证它的起源和联系时，禁不住产生一种不真实的感觉。于是，“历史”这个语词突然之间仿佛蜕变了，蜕变成不可捉摸和隔膜的同义词。我们徜徉于李锐描述的“旧址”前，却似乎无法感觉到它，因为它那样迅速地失去了实体的质感，与其说是一个真实的存在物，不如说已经是一种抽象的符号——这正如我们在殷商甲骨、西周青铜器上读着那些似是而非的言语一样。我们对于正在经历的事情是可能表达一个明确的见解的，但是，历史总是使我们困惑；归根求源，所谓的“历史”，的的确确是一种能把意义变得隐晦的奇怪的力量，不知有多少人已经体会到了“历史本身就是寓言”这句话的真髓。

但是，以我阅读《旧址》的印象，至少李锐是体会到了这一点的。因此，我一开始就说，李锐的这部长篇小说没有写“历史”，他是在写一个寓言。这非常明智。没有任何个体能去接近“历史”，要是一个作家试图去再现“历史”，他必是徒劳而又可笑的，相反，如果他交给我们一个关于“历史”的寓言，反而倒可能真正说出点名堂。

我已经厌烦了几十年来像《李自成》那样的“历史小说”，常常怀疑我的记忆里是否被塞入了太多的捏造出来的东西。我宁愿相信一个虚构的寓言。有时候，虚构可以比“真实”更可靠。

1993年3月15日，写于新居

原载《当代作家评论》1993年第4期

《旧址》四重奏

张志忠

叙述与消解

事后才有人想起来，1951年公历10月24日，旧历九月二十四那天恰好是“霜降”。

那一天上午，英姿勃发的银城市军管会主任王三牛师长满怀激情满怀胜利的喜悦，历史性地举起手来朝着天边的潦潦秋雨劈砍过去……

这是李锐的长篇小说处女作《旧址》第一章第一节起首的两节文字。

作为提纲挈领的开篇，作家突出地强调的是1951年10月24日这一天。

这一天，在王三牛师长的手历史性地劈砍下来，宣布处决反革命分子的命令后，在银城市有一百零八个反革命分子被处决。

这一天，后来被想起恰值霜降，正是秋霜肃杀的日子，秋雨蒙蒙，渲染着一种特定的氛围。

作品中的第一个场景，是卡宾枪的轰鸣和一百零八具横陈的尸体。作家无疑是从胜利者的视角落笔并创设庄严的语感的，如前所引，对王三牛师长的描述，透着新时代主人的自豪和果敢，并且以这种语调引领全文。

但是，读着读着，你就会发现，作家仿佛是在仿效着西西弗斯，当他苦心孤诣、竭尽全力地把那块巨石一步一步、流血流汗地推上山巅的时候，却脚一滑，手一松，使这块石头又轰轰隆隆地滚落下去，无论作家是心怀快意还是无可奈何，他都不能不把我们带到这种尴尬和困惑之中，带到庄严的建构和嘲讽的消解之中。

庄严的叙事便很快地被作家自己倾覆了：王三牛师长依照水泊梁山一百零八将之数而设定的被杀者之数，已经将历史的庄严之相涂上几分滑稽的油彩；遥远的北京城中李京生于这一天出生，一次毫无痛苦的分娩，在作家笔下抵消了三十二颗李氏头颅的脑浆迸溅，抵消了王三牛师长那个威严无比的历史性的劈砍，再加上后来李乃之和白秋云伴随着死亡而产生的对历史对人生的思考和感悟，以及这些与王三牛一道为了新时代的诞生而忘我奋斗的革命者的悲惨命运，都把作品开端的庄严的语感倾覆一空。

这样，我们有理由重新阅读《旧址》，并且会有如下的发现——在作品中，作家是在同时地发出两种声音，有两个情感不同、视野不同的声音，在相互穿插和交错中讲述着同一个故事，并且交织着各自的评价。

这就是我在前面引用了不算很短的作品原文的命意所在。这两节看来平淡无奇的文字，恰恰是以不同色调不同情绪的叙述，给《旧址》奠定了它的叙事原则。

一个是顺着自然时间和历史事件发生的顺序，保留历史的原生性自在状态的；一个是回溯性的，是“事后才有人想起来”，是滞后性的记忆所在和评价。

一个是我们在多年中习惯起来的正史的修撰者，他给作品提供了已经为人们所认可的历史框架；一个是调皮、活跃的小说家，他把街谈巷议、轶闻趣事和野史都搜集起来，补充、修正乃至消解前者的叙事。

接下来的第二节，可以进一步地证实我的论断。

这一节是写银城五县农民的暴动和惨遭杀戮、全军覆灭的故事。这场暴动，依照作家的叙述，它在发动之时便是注定要失败的，力量悬殊，过分草率，又有许多盲动主义成分；但是，那五十七位党员还是坚决按照党中央的命令，义无反顾地以自己火热的胸膛迎向机枪的暴风雨。这不只是构成这一节叙事的第一个顿挫，以对牺牲精神的褒扬淡化和抹去对暴动失败的预见，而且以其英勇无畏掀起暴动的浪潮，取得了暂时的胜利。

接下来，出现了出乎意料的局面，农民赤卫队的首领陈狗儿在把老财斩尽杀绝之后，在把属于土豪老财的太太小姐们“尝了一遍”之后，又把属于贫农雇农的厨娘和女仆们也“尝了一遍”。这不能不给暴动的旗帜抹黑，不能不把革命的目标扭曲，消解了对暴动胜利的颂扬。

但是，接着这一否定而来的，是否定之否定。轰轰烈烈的暴动失败之后，作为暴动首领的陈狗儿和赵伯儒那惊天动地的愤怒和儒雅而坚定的英勇就义，又一次高扬起反抗和信念之旗帜，把一时的放纵和生命的毁灭都化作人生的荡气回肠的最后乐章。

这样，在一次又一次的曲折和消解之中，叙事的语流在大力度的转折和回旋中向前涌动；不激不扬，不塞不流，唯有裂石穿云的阻遏，方有惊涛裂岸，涌起千堆雪。这种叙事上的沉滞和回复，这种双管齐下互相激荡的笔法，使我忽然之间想起一个奇特的比喻：譬如武林竞技，别人表演的是南拳北腿，刀枪剑戟，李锐却是练出金庸《射雕英雄传》中的一位人物——老顽童的同胞兄弟周某人的左右手互搏，自攻自守、自兴自消的奇招，李锐所要考虑和追求的，是如何缠绕和解释这叙事的怪圈，自我相关的怪圈。由于这种互相抵消的力量（“抵消”是《旧址》中一个关键性的字眼），因此，作家使出浑身解数，自己跟自己过了许多招，作品的推进却非常迟缓，非常艰难，同时，在旁人看来，还会误以为作家缺少明朗而流畅的叙事才能。只有也像李锐一样精心地寻觅文学迷宫之径的人，只有读过他早先的《厚土》系列小说，并且把他的独特文体从短篇到长篇的承续和演变整体地加以考察的人，才能感受到作家的良苦用心。

且容我把话题扯得远一点。远望，方能见其势。在读《厚土》系列作品的时候，便已经可以隐约地感受到李锐对生活的和艺术语言的独到见解，生活的土壤和历史的积淀过于深厚，它包容一切，承受一切而又消融一切，以无生有，以无代有，涵万物而无形，观万有而无声。当批评家们在《厚土》中发掘文化批判的意义的时候，是敏锐的作家韩石山，最先指出《厚土》中的博大和消融力，最先指出李锐作品中由独特的语言构成的精妙境地，“可贵的是作者注意到语言本身的联系，词语之间的彼此呼应又和谐一致。同一词语，在同一语言环境中的反复或变位，便产生了出乎意料的微妙效果。看似不经意，或许就是不经意，却大有深意存焉。女人无声地承受着，温软而宽容的胸脯在那狂潮的冲击下，仍然温软而宽容着。”①正是这种温软和宽容，化解了那野性的狂潮，柔弱克服了刚强，被辱者克服了强暴者——不管这强暴者是她们的丈夫与否，她们都是被侮辱与被损害者。但正是作家所做的语言置换，打破了习惯性思维的定势，翻转了人物的处境，“意外地拯救了她们的灵魂，将她们领渡到了艺术的殿堂”（韩石山语）。

这样的互相化解，互相抵消，是超越于善恶评价和伦理原则的。李锐描述的，既有丑的陋习对生活的粗暴玷污，更有生活对于丑恶污秽的兼容并蓄，正是这种宽容和承受，方是《古墙》《厚土》《旧址》这一系列富有历史意味的作品的蕴积深厚、感情内敛，冷静而从容地讲述古今的贯穿线索。新旧杂陈，历史的遗痕与现实的新芽组合在同一部作品中，它们不是用强烈的冲突，激烈的对抗以密切配合时代之需求，直通通地为变革和开放唱赞歌；它们更鲜明更广阔地揭示的，不是这冲突和对抗本身，而是作为这对抗与冲突所以能够处于同一时空条件之下的深广背景，甚至在人们简单地看到冲突的地方看到兼容和互融，看到相互间的化解。

这需要深刻的洞察力，需要有涵盖力的头脑。在我看来，早在《厚土》阶段，李锐已经对艺术与生活中这种相容相融和互相抵消的本性——它既是种种引人注目的激烈冲突的基本前提，又是比这冲突更深广更高级的生存形态——予以了充分的关注。在《〈厚土〉自语》中，他反复地陈述着这对生活与艺术的惊人发现所带来的感慨万千。六年的吕梁山生活，促使他选择了文学，将文学作为第二生命，“深陷在这第二条生命中的我已是不能自拔了，即便是看透

① 韩石山：《沉下去的和升上去的——李锐和他的〈厚土〉》，《文艺报》1987年第28期。

了它的软弱和无用，深解了它的虚幻和诱惑，也还是不能自拔了。我知道，此生所余的汗水是注定了要涂满在这些软弱和无用、虚幻和诱惑的上面。涂满了便又会觉得陌生，觉得深深的失落。于是，又伸出干涩的舌，如一头情深的老牛，一口一口地去舔，企望着从那软弱和无用、虚幻和诱惑的下面，舔出一条鲜活而真实的生命来……多少次了，当把这件事情做到底的时候，眼里看见的却总是这个成熟得太久了的秋天，冰冷，苍老，疲惫，尘垢满身。无端地，便想把那乏力的太阳挪得亲近些。可又知道这是绝对不可能的，那太阳分明是远去了……于是，汗水顿然化作了泪水……于是，便又把这泪水再涂上去。于是，在深痛的绝望中就会有深痛的幸福相伴生。”这一段话，再清楚不过地表明作家的文学信念和思维方式，他正是以这种自我相诘，迂回曲折的思路去思考艺术、思考生活的。

秋与冬咏叹调

> 当姑侄二人终于平息下来，对着那幅“苍天有眼”的中堂字幅娓娓而谈的时候，李京生忽然在昏黄的晚照中看见一片似曾相识的疏朗的树林，夕阳西下，昏鸦归巢，心中顿生苍凉无限。

这样的画面，在我们读来也感到似曾相识。那是元代大文豪马致远笔下的苍茫秋意——枯藤老树昏鸦……夕阳西下，断肠人在天涯，以及宋元绘画中那习见的秋林夕照，空蒙凄迷。时间跨越了几近千年，这种悲凉之气却仍然盘旋在当代作家的心头，涌上他的笔端，化作他的情致，这是为什么呢？

就李锐《旧址》所展示的二十世纪中国内地的社会生活来说，我们也不能不有经受了过多的凄风楚雨、兴废浮沉之感。这一座牌坊街李家老宅，门前有着银城市最高大最华丽的石雕牌坊和源远流长的九思堂偌大的园林府邸，李乃敬族长苦心经营，在以置之死地而后生的绝望的搏斗中，依靠坚韧意志，挽狂澜于既倒，在倾家荡产卖盐井的最后一刻，突然得悉通海井凿通、卤水顷刻上涨的佳音，从而击败他的敌手、具有买办性质的白瑞德，并且通过与地方军阀杨楚雄的联姻，进一步巩固和强化了李氏家族在银城的绝对权威地位。但在这轰轰烈烈的表象背后，在这古老家族最后的回光返照背后，它的崩溃和覆灭却是早已不可逆转。贫富悬殊所造成的劳工阶级的愤怒，实业竞争所形成的九思堂与白园势不两立的局面，动荡时代及其主潮的势不可挡，还有由于李氏家族内部所分化出来的叛逆者……然而，1951年10月24日的枪声在宣告一个旧的时代，一个古老家族覆灭的时候，却并不保证一个全新的时代必然到来，摧毁一个旧世界，并不会必然降生一个新世界，破坏不等于建设，恰恰相反，要把破坏性的力量转化为建设性的力量，是每一个胜利者都必须花费比先前多出数十倍的智慧和精力去谨慎而郑重地促进的。遗憾的是，正如李乃之和白秋云的坎坷命运所昭示的那样，正如李之生和冬哥的惨死所昭示的那样，从苏里曼大神封装的铜瓶中释放出来的魔鬼，那一种破坏性毁灭性的洪水猛兽，一旦被召唤出来，便谁也无法控制，谁也无法制止，它以巨大的惯性和盲目的疯狂，进行着无序的运动，并且在短暂的时间内会给投身其中的人带来自我膨胀，尽情宣泄的快感和陶醉感，令人蔑视他人的生命，也忘忽自己的生存。这就是为什么当一个个生命在动乱的狂潮中相继沉没的时候，这种非正常的死亡在其时其地却显得那么默默无闻，毫不引人注目。当李之生和冬哥被人们殴打和迫害而沉入银溪，作家用不动声色的反讽语调写道："幽深墨绿的银溪像一个缓步徜徉的诗人，依旧如往日那样幽深而墨绿，依旧如往日那样缓缓地沿着河水中升起的石壁在听鱼池静静地停留片刻，而后，又从容不迫地从桥下静静地流去。（请玩味这里的"幽深墨绿""缓缓"等词语的反复与前引韩石山评李锐语言的论述——引者）银溪这副古老而落套的样子，和这个激流勇进的伟大时代格格不入。"

于是，李氏家族及其传人，从世纪初的风云人物李乃敬，到它的叛逆者李乃之和为这衰亡的家族承担罪孽和惩罚的李之生，以及李紫痕李紫云姊妹，无论他们是否自觉半自觉地做出过自己的选择，无论他们是抗拒还是顺应、进取还是坚守于这沧海横流的时代，无论他们自以为摸着时代脉搏还是浑浑噩噩随波逐流，他们都难逃最终的毁灭；泥沙俱下，玉石俱焚，时代的狂潮无情地吞噬了各种各样的人们。但是，这还不是它最令人难以接受的，它最惨痛的地方在于，在这长达六七十年的历程中，在毁灭和破坏的同时，却没有留下多少积极的建设性的成果，李氏家族的覆灭，并没有随之崛起一代新的风流人物，九思堂的倾圮，并没有换来新时代的广厦巍然耸立，只是把这古老的建筑物变成拥挤不堪的大杂院，只留下供人凭吊和遐思的一块木牌：古槐双坊旧址。

这样的场景，使人们不由得想起曹雪芹笔下的贾府，想起那白玉为堂金作马的歌舞升平之地、钟鸣鼎食之家。鲁迅先生当年有言，悲凉之雾，遍被华林，觉察者却唯有宝玉一人而已。我愿意补充说，于烈火烹油、锦上添花之际感受到时代危机的，当年唯有曹雪芹一人而已，沧海桑田，今人能有此睿智目光者又有几何？李锐的《旧址》已经把这种好一片白茫茫大地真干净的意象，复现在“古槐双坊遗址”的木牌上，敢问，谁解其中味？

如此说来，仅仅用肃杀的或太过于成熟而变得苦涩的秋露秋雨来诠释《旧址》便远远不够了。对生活的层层开掘，对人的命运的深入思考，使作家思虑日益深刻，忧愤日益深广，情感日益悲沉。《古墙》具有夏日的热烈，热火朝天的大型工地，施工机械的日夜轰鸣，在那道千年悠久万里遥长的东方老墙的黯淡景象的映照下，显现得充满勃勃生机和热烈气氛；《厚土》是秋天，准确地说是深秋的印象，天高云淡，山长土厚，景色开阔疏朗，生活平淡悠长；《旧址》则更多的是凄风冷雨，寒意入骨，隆冬的白雪哀悼着一条条生命的死亡。

无怪乎李锐在谈论《厚土》时所指称的是过于成熟的秋天，它对应于过于成熟的人生，古往今来，千年万载，世间的一切悲欢离合苦痛哀伤都因为见得过多、记忆过重而沉积为深厚的土层，对一切个人的生命历程都熟视无睹，不露神色；在谈《旧址》时，李锐如是说——“从冬天开始，又是在冬天结束的，小说结尾的时候我一直沉浸在寒冬之中，真冷，是那样一种心脾寒彻的冰冷……看着我的人物一个个地在笔下死去，看着我惨淡的故事在冬天的寒风中结束，难禁的悲哀深深地浸泡在时间的冷水之中……”这种透入骨髓的寒意，你感受到了吗！

“张献忠再世”

“个老子够本儿了，再过二十年老子又是一条好汉……老子就是布尔克！老子就是苏维埃！老子就是要造反！……个老子张献忠再世，转世再来还是张献忠，还是斩尽杀绝！”

我们不能不进一步深入“旧址”，去探寻这历史的废墟上镌刻的启示录。

我们已经分析过抵消这一观念在李锐作品中的重要性。这种抵消，这种怪圈，并不会导致历史的虚无主义，在疯狂地旋转的太极球中，毕竟积淀下了许多启悟，留下了历史运动的轨迹。赵伯儒和陈狗儿等五十七位共产党人的全部被杀，并没有结束银城的斗争史。李乃之的继之而起，走上革命道路，便是暴动英雄死难的感召。

历史，对于二十世纪的中国，仿佛过于残酷无情，过分责之甚严。以李乃之和他的战友们的奋斗足迹而言，以1951年10月24日的枪声为界，前三十年，他们是以扫除旧社会的罪孽和苦难为己任，自觉地流血牺牲，前赴后继，承担起历史和民族的重负；随后的日子里，他们却在自己为之孜孜追求的理想的照耀下，为他们所从事的事业赎罪，不自觉地被置于历史被告的地位，接受苛刻的审判，承受诛心的酷刑，在永无休止的检讨和悔过中，走尽悲凉的人生。

他们追求的是纯而又纯的人类理想和灵魂的净化，但是，革命的大潮所挟带的，却有混沙，有浮沫，有鱼目混珠，有沉渣泛起。

于是，在对这咸与革命的大潮的重新甄别和沉淀中，几乎是宿命般的，它以一批又一批忠贞儿女的沉沦和毁灭作代价，方才得以辨真伪、识良莠，拨正历史的船头。

站在世纪的峰峦，回望刚刚过去的七十年风云，我们所产生的，是一种什么样的情感呢？寻根溯源，鸟瞰既往，我们会有什么样的收获呢？

让我们从银城五县的农民暴动谈起，看看作家所提供的思想资料和我们所能得出的结论。

或许，领导农民暴动的赵伯儒和陈狗儿，正是代表了现代中国革命的两股基本力量：先进知识分子和鲁莽粗野的农民，或者说，农民中的不安定分子。

先进的知识分子，是通过思想文化的传播，而接近革命、参加革命的，李乃之正是参加了赵伯儒组织的银城中学“青年读书会”而接受革命理论的，他的老师赵伯儒，在殉难之前高声朗诵李大钊的名言“试看将来的环球，必是赤旗的世界！”同样表现出他的思想传承。

先进的知识分子，通过他们对思想文化的接受能力而吸收了二十世纪初期最先进的思想，先是马克思，后是列宁，使他们能够站在人类精神的高峰。

但是，知识分子的社会本质，是精神文化的创造者和传播媒体，他们是在精神的意义上存在的，先进的知识分子可以把自己提高到人类理想的高度，但他们却无法把现实的中国也迅即提高到理想的高度。相反，他们要把自己的精神力量转化为现实的物质力量，就必须在中国的土地上寻找可以教化、可以依靠的社会力量。

说不出是悲剧还是喜剧，幸运抑或不幸，赵伯儒找到的是陈狗儿，是一个把苏维埃和张献忠混为一谈、一心想造反当好汉的草莽汉子。

毛泽东在他的《中国社会各阶级的分析》中曾正确地指出，“还有数量不小的游民无产者，为失了土地的农民和失了工作机会的手工业工人。他们是人类生活中最不安定者……。处置这一批人，是中国的困难的问题之一。这一批人很能勇敢奋斗，但有破坏性，如引导得法，可以变成一种革命力量”。毛泽东分析问题的透辟和深刻，至今都令人叹服。

但是，由理论的形态转变为现实的行动，就不能不打个折扣。这些“无恒产而无恒心”的人们，最不安定，最活跃，最盼望改变自己的命运，他们的勇敢奋斗和巨大的破坏性，是一柄两刃尖刀，怎样对待他们，确如毛泽东所言，是中国的困难的问题之一。但是，在农村的实际斗争中，冲锋陷阵，敢打敢拼的恰恰是他们。

“十年动乱”初起，李京生们组成的红卫兵到农村去参加斗争会，乡民们借助于他们的，正是当年农民运动的种种手段和口号。反过来，当白秋云被押在牛鬼蛇神劳改队里，管理她的张财，正是当年陈狗儿的一个变种张财，这些居于社会底层的人物，对那些比他们地位优越、生活优裕的上等人——不管这上等人是当年的地主豪绅，还是今日的部长太太——都抱有一种本能的憎恶，他们既为这种巨大的社会差异和人际悬殊感到愤愤不平，又时时想把高低贵贱、尊卑优劣的社会等级来一次逆转，使他们由“人下人”变成“人上人”，当年的陈狗儿是如此，十年内乱中得势的张财也是如此。

两位学者在论述十年内乱中上海工人造反派的崛起时指出，当工人中追随共产党多年的先进分子被作为“保守派”排除于“文化大革命”之外时，工人中的落后分子和受压制者却成为被赞赏的造反派。上海工人造反派是具有很强帮派意识的，这与他们的政治文化结构有关，也受传统民间造反模式影响极深。这些工人造反派并不具备现代无产阶级的觉悟和素质，许多人沾染着流氓无产者习性，他们只是一股破坏性的力量。当要冲决旧体制的罗网时，这股力量的破坏性是可以利用的，但是一场真正的革命运动应当及时地淘汰他们，而他们却被当作工人阶级力量的代表（李逊、关鸿《大崩溃——上海工人造反派兴亡史》）。这对我们重新看待陈狗儿、张财都具有极重要的意义。是否可以说，中国社会中这样一种盲目性、破坏性的活动能量极强的社会阶层，是由陈狗儿肇其开端，由张财和王洪文、陈阿大者流为其终结，并在覆灭之前进行长达十年的充分表演，从而在现代中国六十年间形成了一个较为完整的周期呢？

风云际会，沧海横流，出仁人志士，亦出乱世英雄。陈狗儿这样以“张献忠再世”自许的人物，便是这乱世英雄，——这里的“乱世”，具有双重意义，其一，他们是动乱岁月的产物；其二，他们的勃兴，只会加剧和加速这种动乱，造成社会的崩溃。因此，当赵伯儒们像《水浒传》中的“洪太尉误走妖魔”一样，以革命的名义把陈狗儿们召唤出来的时候，那他们就必须为这样做会带来的种种后果负责；先进的知识分子，既然充当时代的头脑，那他们就必须给时代提供法度。悲剧在于，由于诸种内在的和客观的原因，由于投鼠忌器，由于避害取其轻，由于敌人的敌人便是自己的朋友，由于中国进入现代社会的先天不足，这一任务付之阙如。当李乃之与礼贤会携手合作的时候，不知是由于史料的简陋，还是作家的疏忽，李乃之与礼贤会的关系描写简而又简，远远比不上作品之历史起点，赵伯儒和陈狗儿的关系那样丰富复杂，并对后者持有一种批判态度。但是，我们不必责怪李锐，作家的疏忽正暗合了历史的疏忽。于是，历史和那些先行的革命知识分子必须为此负责，必须为此赎罪。这乃是历史的必然。只是它所形成的规模、蔓延的范围和造成的损害，未免太大，不但把九思堂和它的最后一位继承人李之生都消灭掉，不但把李乃之和白秋云都送入地狱，连李、白夫妇的子女，延安，京生，小若们都不能免受其害，岂不令人感慨万千。

更令人思虑的是，中国社会中潜隐的巨大的破坏性力量，并未得到真正的清理——请允许我把话题由《旧址》向现实延伸——中国的政治斗争和社会震荡，历来是由领导阶级和民众共同进行的，民众中的流氓无产者习气和无政府主义的盲动，成为现代社会生活中举足轻重的力量。但是，每一次的拨乱反正和思想清算，总是在人事变动和思想领域进行，而无法触动社会底层。前些年的政治动乱，给张财们提供了表演的舞台，如今的商品大潮，又造就一批新的“乱世英雄”，他们在新旧交替、百废待兴的社会转型期，见机而作，乘势而起，继政治暴发户之后成为经济暴发户（这两个词的首创权属于我的挚友丁临一，他的敏锐和准确，给我以启示）；而我们在把他们当作改革大潮的弄潮儿的时候，在把他们当作一代风流的时候，却未能意识到这双刃尖刀的另一种杀伤力。远的不说，就说大邱庄这颗明星奇迹般地升起又迅即陨落的兴衰史，除了它的新闻价值，难道就不能在更深刻的层次上，引起有识之士的思考吗？

母性的超度

> 凭着女人的直感，李紫痕在1936年2月至1939年12月间，作出了她一生之中最富戏剧性的抉择。这一抉择使得银城那三年的历史充满了传奇性，充满了女人的味道。当银城人回首往事的时候，无论如何也绕不过这个令人震惊的女人。

历史绕不过这个令人震惊的女人，作家绕不过她，我们也无法绕过她——李紫痕。若是说，李乃敬这样力挽狂澜的最后一位九思堂主人，李氏家族的最后一位族长，他的竞争对手白瑞德和地方军阀杨楚雄，最终死在自己当年为之浴血奋斗的事业中的李乃之，都构成银城历史的一个组成部分，那么，李紫痕的形象，却是由这一群活生生的人物的烘托而凸显出来，成为《旧址》中最深刻最成功的一个。若是说，《旧址》因为对陈狗儿的性格正负面的揭示而富有思想启迪的冲击力，那么，李紫痕艺术形象的刻画，则是《旧址》得以确立它在长篇小说创作中的重要地位的基本前提。

有可能像塑造李紫痕一样提供了性格开掘潜在深度的，还有赵伯儒。当李乃之向赵伯儒提出参加暴动参加赤卫队的要求时，赵伯儒制止了他的热血冲动，这位智慧的老师，在农民暴动如火如荼的时候，已经预见到它的必定失败，作为暴动总指挥的他，在这样的情势下是如何思考和行动的，这本来是可以作出有深度的发掘，并且从而显示先进的知识分子以及他们所属的时代的悲剧命运的。可惜，李锐的笔过分拘谨于叙述的清晰、匀整，他的思情又过于为李氏家族诸人物的命运所吸引，而放过了这一契机。

失之东隅，收之桑榆。历史理性思考的欠缺，在具有充分的可感受性的李紫痕那里得到感性丰盈的补偿。在那样一群或古风蔚然或工于心计或坚定不移或凶狠毒辣的银城人中间，李紫痕应该说是最没有文化也最没有头脑的。她只是执着于自己的本性，认准了一条路就要走到底；然而，正是她的执拗，她的顽强，她的认死理，她的于忘我之中显示出来的真我，方使她能超凡脱俗，以纯然的天性抗拒着这纷纷扰扰、人欲横流的世界，质本洁来还洁去，以平凡的姿态度过一个女人不平凡的一生。

在这世象纷纭万状、令人把握不定的时代，在这翻云覆雨、令多少智者困惑彷徨的岁月，她凭自己的直觉和天性，把定了人生的航向，做出独立不倚的选择，在她力量所及的范围内，承担起生活的重负和苦难，在无我的牺牲中展现了一份真性情真人生，完成了自我的历程，把一份真爱留在人间，令许许多多的同时代人汗颜不已。

显然地，作家在李紫痕这位目不识丁的女性身上，寄寓了自己对于善良、对于挚爱、对于人性的理想，并且力图使这潜藏于人的心灵深处的永恒本性超越于过眼云烟般的有限历史之上。

但是，仅仅满足于此，还不能说这就是李锐的立意所在。

许多年来，在对现代文明和政治动乱的质疑和批判中，作家们纷纷把目光转向底层社会的女性，从许地山的《春桃》、沈从文的《边城》到古华的《芙蓉镇》、刘恒的《伏羲伏羲》，都在寻找供疲惫焦虑的现代人憩息的圣殿，寻找足以对抗和克服邪恶、暴虐和冷酷无情的温馨和挚爱。不妨概括说，乞援于母性之爱和少女之情，是文学中的一种大趋势。

因此，对于李紫痕形象的分析，还应该深化，必须寻出李锐所寄寓于人物的一种哲学理想。

这就是佛老合流，在出世与入世之间自由徜徉的人生境界。

在《旧址》中，几次提到过，李氏家族是春秋战国时期最著名的哲学家李耳即老子的后代。我想，这绝不是没有用意的。

再看李紫痕的人生态度，依乎天理，顺乎自然，或者说，“天地之大德曰生”，正是这贵生而不畏死的精神，促成李紫痕的人生选择。她无法理解复杂而多变的世界，也无意去理解复杂而多变的世界；“李紫痕给弟弟回信说：几十年前父母双亡的时候，弟弟和这个孩子（李之生）大小差不多。我已经决定不去北京和弟弟同住，我的立场就是要在自己家里，把一个没有父母的孩子养大成人”；在这个为各种各样的目的和企图、为各种各样的利害关系所操纵所制约的社会和人群中，李紫痕的这种“立场”可以说是天真可笑，但正是这种童真的心灵，使她摆脱世俗的种种拘牵，在日益局促和狭小的生活舞台上，从容恬淡、全真全性。这是否就是老子所说的知白守黑，知雄守雌，以柔克刚，以弱胜强？她不懂政治游戏的规则，便在政治风云中率意而行，她不知历史为何物，便在潮流中不浮不沉，这是以愚钝应付狡侩，抑或以无知无识超升于理性和认知之上？

如果说，李紫痕的老子精神的慧根是血缘所致，先天本有，她的佛性则可以说是后天有缘，潜移默化。她在毁容的同时，便告别少女的浪漫情怀和光彩照人的锦衣绣袜，以自己的血书写“佛”字，皈依佛教；她精心绣制的观音菩萨像敬在白云寺里，并早早为自己看好白云寺近旁山坎下边的坟地；在她追随李乃之投身革命的时候，她也并没有放弃烧香拜佛；尤其是白云寺前的石坊上的一副对联，“来去之路何处有，生灭之门本原无”，以及她由此获得的启悟，都使她的身上有一种佛光。无怪乎冬哥对她心怀敬畏，每次看到她，“总要联想起她八仙桌上摆着的那尊白瓷观音”。

当作家写出如下的话语时，我们不难体会李锐对李紫痕的深情咏赞：

> 许多年来身边惊天动地所发生的那一切，都不能改变她，也都显得似乎微不足道。李紫痕以自己女人的固执，沉浸在那股细如游丝却又久远深长的牵动之中。

这种佛老合流的精神，还表现在人物与世界的关系上。李紫痕对世界既非顺应亦非抗争，而是我行我素，独来独往，直到她奇特地死亡，给人们留下不尽的问号，用自己的生命默默地抵消了这个世界，以下地狱而不自知的超然化解了世间的苦难。作为补充的是，李乃之和白秋云的死亡，并没有给这个世界留下怒目金刚般的怒号，而是一种顿悟，一种和解，一种洞察人生真谛之后的解脱；白秋云在选择自杀的时候，忽然觉得人们对她这“资产阶级的臭小姐”的批判也许有点道理，当年她所追求的是她所爱的男人，而不是那个男人所献身的革命；李乃之在临近死亡的时候，他忽生奇思，他已经不需要等待证明自己的清白，他无须再苦苦等待，“这样想着，他忽然觉得心中的火力荡然而去，清静明澈如一潭幽幽的秋水”。这样的描写，可谓神来之笔，把我们所阐释的抵消和佛老所言的大化流行之道，作了最为有力的归结。

或许，还可以从作品的另一位人物李京生身上，看到这种精神状态。作为李乃之的儿子，作为李氏家族的最后一代传人，他面对祖先的一切恩恩怨怨浮浮沉沉，丝毫不动声色；对于今人所津津乐道的文化寻根，对于被多少人企望的美国之旅，乃至对于与姑姑李紫云的骨肉团聚，都没有什么激动和欣喜。他年龄未必很大，但心灵却已经因久历风雨而变得疏淡，那极其容易被描写得富有戏剧色彩和情感冲动的银城访古和美国探亲，都被他以平易而疏远的口吻打发掉了。他也是一个局外人，一个超然于世事的局外人，具有旁观者清的冷静和省思。

面对《旧址》，我们都是局外人。

那是一个我们最终难以进入的世界。

原载《小说评论》1993年第5期

“自觉”为他带来了什么

——读李锐近作

潘凯雄

李锐曾经以系列小说《厚土——吕梁山印象》驰名文坛。这个系列自1986年陆续推出，至1989年由浙江文艺出版社结集出版而告一段落。《厚土》的面世为李锐带来了一连串的荣誉，不仅其中的《合坟》获1985—1986年度全国优秀短篇小说奖、台湾第12届“时报文学奖”推荐奖，而且当时的评论界也几乎一致地予以好评，称之为对民族文化心理素质进行的批判和反省深沉而凝重，显示出一种独特的文体追求……。在这样一片叫好声中，李锐的反应却十分冷静，尽管他将六年的吕梁山生活作为“自己生命过程的重复和延伸”，视为自己的“第二生命”，但同时又极为清醒地意识到自己的一些创作“最要命的是在这种看似崭新的选择背后，我们看见的却是半个多世纪以前的旧方法——还是一种文化决定论，一种直线式的因果逻辑，一种非此即彼的方式，一种旧有的哲学把握”。有鉴于此，一种新的自觉意识在李锐那里萌生，在他看来：“在我们眼前的文学洪流中，作家如果没有高度的自觉，没有高度的主动性，甚至还在自觉不自觉地操着旧法来编‘新’篇，那就不只是遗憾，而是注定了自己的短命。……事实上，我们现在已经来到了一个相对清冷的文学时段。这是一个被动者、不自觉者下沉的时段，这是一个主动者、自觉者受考验的时段。”那么，这样一种自觉意识的萌生，对李锐而言仅仅只是停留在一般议论的层面，还是贯穿于新的创作之中呢？从近两年李锐的创作情况看，自觉意识的萌生对他的驱动并不在数量的增多，不仅不多，甚至可以说较少，就其主要作品而言：1991年只有中篇小说《传说之死》（《黄河》1991年第2期）面世，且这还只是他长篇小说的一部分，因而其副标题干脆就叫作“长篇札记”；1992年则不过一部长篇《旧址》（《小说界·长篇小说》总第16期）出版；1993年迄今，也只有《黑白》（《上海文学》1993年第3期）和《北京有个金太阳》（《收获》1993年第2期）两部中篇与读者见面。面对李锐的这样一张创作年表并一一卒读，我们是否可以说他近年的创作无心刻意追求量的高产，而是力图做到质的掘进，并将自己品悟到的那种自觉贯穿其中？

先看《黑白——行走的群山》，这部不足两万字的中篇，从题材上看不过是早已为读者所熟悉的知青题材，但李锐却偏偏在这熟悉之中写出了一点至少不那么令人熟悉的意味。的确，我们几乎可以说，自从有了新时期文学，也就有了知青文学，在我们所读到的众多的而且还是优秀的或者是比较优秀的知青小说中，知青运动基本上是被作为一场灾难来处理的：从被迫、被动员上山下乡开始，到下去后的种种艰难困苦，到返城的不顺以及返城后的种种余波，诸如就业的麻烦、婚姻的挫折……凡此种种莫不展现出一代人牺牲在那场狂热的政治运动之中。平心静气地说，对知青运动这样下笔无可厚非，而且殊途同归也是完全可以理解的。从政治上说，那场狂热的知青运动伴随着它的发生源——“文化大革命”一起必须予以彻底否定，这一点凡是正常的人大约都不会产生异议。然而，文学创作毕竟不同于政治，它固然可以和政治同步对知青运动加以根本否定，但是否还有一条不那么同步的路可以选择呢？我想答案同样也是肯定的。面对这样一场历时10余年、牵动几乎一代人的知青运动，除去政治上的彻底否定之外，可供文学创作加以表现的方式其实还有很多，数百万知青的形象自然不是一种方式就能表现穷尽的。倘若所有的知青小说都只是采用的一种否定的方式，那是否就是李锐所意识到的那种“直线式的因果逻辑”，“非此即彼的方式”和“旧有的哲学把握”呢？正是在这种自觉意识的引导下，李锐在《黑白——行走的群山》中就对知青形象作了一些独特的处理。小说中的两位知青黑与白的知青生涯开始于真诚的投入，结束于真诚的死亡，这个自始至终贯穿于作品中的真诚本身就充满了意味。黑与白的下乡没有被迫、没有被动员，完全是一种自觉自愿地响应号召的热情投入，而且似乎还不止于响应号召，更是把这种行为看成有志青年的理想追求和信仰的召唤，这绝对是当时相当一部分青年极为真诚的所思所为，没有丝毫的矫情和做作；在插队落户的几年中，有许多知青陆续返城了，而黑和白则放弃了一次次招工、参军、上大学的机会，决心在农村实践自己的信仰和理想，这同样是十分真诚的；最终尽管黑与白双双自尽，乍一看好像很绝望，究其实质依然是一种真诚，是自己的真诚得不到理解后的绝望，小说中有一段话可以视为这种真诚失落后的注脚："理想的证明最终是需要观众的。没有任何人观看和参加的理想，是无，是一种永远无法填满的空白。"因此，如果说《黑白》上演的是一场悲剧的话，那么这场悲剧则是由真诚一手导演的；如果说知青运动是一场悲剧，数百万知青成为它的牺牲品，那么，其成因也绝不仅仅是被迫和被动，在相当程度上还在于参与者的真诚和主动，毫无疑问，绝大部分真诚主动参与者的人格是无可挑剔的，当时他们压根没想到欺骗别人，更无从想到自己被欺骗，如同黑在内心反复宣誓的那样：我从来没有欺骗过别人，也没有骗过自己。由不可抵抗的外力酿成的悲剧固然令人同情，但自觉和真诚导致的悲剧则让人品味，李锐所构建的《黑白》世界不正是属于后一种类型吗？于是《黑白》留给读者的显然是不同于以往知青小说的另一种思考，而这另一种思考是否正是李锐所品悟到的自觉意识的某种驱动呢？

尽管《黑白》的思考不同于以往一般的知青小说，但它的价值取向依然是十分明晰和单一的，这种状况到了另一部中篇《北京有个金太阳》中则有了较为明显的变化。很难用一句话说清这部中篇的全部内涵，也很难用一句话来描述作品中那个多少有些古怪的主人公仲银的意味。仲银这个"方圆十里之内唯一的文化人"的确是有些古怪，这个在"文化大革命"前一年毕业于中等师范的仲银以邢燕子和乡村女教师为榜样，豪迈地走进吕梁山的崇山峻岭之中做了一名乡村小学的教师，可就是在这样一股献身的豪情中，仲银又"时常会有一点鹤立鸡群的孤独和惆怅"，于是就有了种种令人理解或不理解的行为。比如他的口琴翻来覆去地只是吹一首《北京有个金太阳》，比如他与刘平平那种天然的敌视，比如他顶替陈三去坐牢……种种举动有的不难找到行为逻辑线，有的则充满着非逻辑性，这或许可以用仲银自己的所悟来加以注释：“还有一种‘然’，比偶然必然都厉害，这种‘然’到底应该叫什么然他怎么想也想不起来，反正偶然必然加在一块也比不上这种‘然’。”在这里我无意硬要说清楚《北京有个金太阳》究竟表达了什么，也不想就此作出某种价值判断，但我由这种说不清楚的“然”想到了李锐的自觉，这里的确没有了“一种直线式的因果逻辑”，没有了“非此即彼的方式”，可以说李锐又朝着自己悟到的自觉方向迈出了着着实实的一步。

李锐的这两部中篇都是短而精的，不过，在我看来，李锐近作中最为厚重、同时也是最能体现他的自觉意识的则是那部长篇《旧址》。在长篇面世之前，他曾经以中篇的形式用《传说之死——长篇札记》的标题露了一下脸，而后慢慢打磨而成。这部长篇耗去了李锐一年的时间，以至于他自己也戏言：“别人写长篇是因为篇幅长，我不是，我写长篇是因为时间太长。一部不足二十万字的长篇，从冬天写到冬天，断断续续地花了一整年的时间。”李锐在《旧址》的创作谈中曾经提到公元前战国时期公孙龙的“白马非马”的故事，这为我们解读《旧址》提供了一把入门的钥匙。《旧址》通过李氏家族近一个世纪的兴衰沉浮史，的确为读者构筑了一个“白马非马”的现代寓言，革命也好、反革命也罢，爱也罢、恨也罢……一切都无从阻挡，也拯救不了李氏家族走向衰退的历史必然。家族的衰退自然要通过一个个具体的家族成员来体现，于是我们在《旧址》中就读到了一个又一个李氏家族成员走向末路的行为史和心灵史。掌门人李乃敬在与银城另一位具有洋买办色彩的大户白瑞德的明争暗斗中几度化险为夷，最终只好牺牲自己堂妹李紫云的爱情，与当地军政实权人物杨楚雄联姻方才求得某种安定，然而就是这样一个十分精明且不乏几分义气厚道的李乃敬到头来依然逃脱不了共产党“镇反”的枪声，而他的堂兄李乃之走的则是一条与其家族兴旺背道而驰的路，他不仅没有为这个家族的发达出过半点力，相反却加入了它的掘墓人的队伍，很早就成为中共党员并担负了相当的领导职务，不过即使如此，李乃之的命运结局与其堂弟也并无两样，终因自己曾经被国民党抓获而未能死在它的牢房里这段说不清的历史而毙命于“文革”时期的“五七”干校之中；除此之外，《旧址》中的两个女性形象也耐人寻味，接受了现代文明教育的李紫云尽管胸存志向，可为了李氏家族的生存与兴旺，不得不放弃自己的理想，牺牲掉自己的感情，最终成为军阀杨楚雄的太太而了此一生，虽享受荣华富贵，内心的苦闷却不难揣测；相比之下，那个压根就没有受过现代文明熏染的李紫痕则更是令人品味三分，这个女人既帮助过革命，甚至还是中共地下党员，也同情过反革命，为了将反革命的后代抚育成人而不惜放弃自己独守终生的誓言。然而驱使她从事这一切的动机既不在于她的觉悟有多高，也不在于她有多愚昧，而只是一种极为质朴的爱心，一种本能的亲情。遗憾的是无论这爱有多深、亲有多真，甚至连自己的生命也搭进去了，最终还是未能阻止李氏家族的无可奈何花落去。李氏家族就这样不可救药地走向了颓败，所留下的只有一个“旧址”；而李氏家族成员的个人命运也毫无例外地走向失败。如果说《旧址》旨在通过一个家族的故事在那里反思历史的话，那么这无疑是一种试图超越具体的历史条件和一时的恩怨而站在一定哲学高度的反思。李氏家族的结局只有一个，李氏家族成员的结局同样只有一个，那就是失败——彻头彻尾的大失败。但是导致他们失败的原因却远不止一个，而且其因果的逻辑联系也不存在必然的关系，这不又正是李锐的自觉追求吗？

在《厚土》的“代后记”中，李锐还说过一段话：“中国文学只能沿着新文化运动所开辟的主动性的道路走下去（而不是任何一个什么其他人指出的道路），问题是得有自己的创造，得有一种属于自己的自觉和主动。不能再搬着他们的旧方法还作非此即彼的文化选择，还以为写了小说就能‘改造国民性’，因此也就能救国或是祸国。我们必须把他们已经达到的某些目的和成果，内化成为我们手下的过程，而不是去再造他们的目的和成果的复制品。我们只能在这个充满了创造的功能性的过程中印证和完成自己。”联系到本文开篇不久提到的那种自觉，不难看出，李锐的确给自己提出了一个艰难的课题，或许也正是由于这个原因，李锐近年的小说量并不多且写得很慢，但少而慢中见出他确是在那里一步步地实践并追求着那种自觉。这种实践和追求的过程本身就充满着艰难和危险，它的艰难倒不在于抛弃一种简单的文化决定论，问题还在于你抛弃了之后又试图建构什么以及通过什么方式来建构。从《厚土》到《黑白》到《北京有个金太阳》到《旧址》，不难看出李锐近作中蕴藏着一种不那么安分的变革情绪，而且这种不安分还不止于作品的内涵，即使在文体上也力图有所变化。在《厚土》中，叙述语调以沉稳平缓为多，遣词造句简约，笔触富于包容性；而到了近作中，这些因素虽有所存继，但也有了变化，比如在《厚土》中少见的近乎议论的语言开始出现，这种语言可能以人物的心理独白方式出现，也可能以作者的道白出现，因而在以往那种客观的叙述中又增加了一些主观的成分。再比如，在时空的设置上，较之于《厚土》中的质朴，《北京有个金太阳》，特别是长篇《旧址》的时空安排就更显出错落有致的一面，这一切自然又是与作品的内涵密切地糅在一起。凡此种种，我想都是为了达到李锐自己所追求的那种“内化”的境界，至于化得如何或许还有参差之别，但变化的过程和着意的追求还是十分明显的。

一个不愿意重复自己的作家、一个不断追求变化与创新的作家、一个有着明确的自觉意识的作家，对他的小说创作意味着什么我想是无须多说的。尽管这样一种求索过程充满了艰难，尽管求索的结果也不排斥一无所获的可能，但这个过程本身比之于墨守成规要有意义得多，正是在这个意义上我乐于推荐李锐的近作，况且这些作品无论对李锐个人还是对近年文坛而言，都不乏值得引起我们足够重视和加以研究的理由。

原载《文学评论》1994年第1期

生命的歌哭

——谈李锐小说中的死亡描写

何明星

一

李锐对死亡似乎有着特殊的兴趣，在他的小说里，对死亡的描写一次又一次地出现，死亡场面出现的频率之高，在中国当代作家的创作中是罕见的。在给他带来声誉的“吕梁山印象”系列小说《厚土》里，就有众多的人物成为他笔下的亡魂：为保卫大寨田在与洪水搏斗中英勇牺牲的女知青陈香玉（《合坟》）；当了半辈子兵，没留下一男半女，临死也唱着戏文的老五（《秋语》）；顶替哥哥做了富农，一生住在庙里伺候着庙前的那棵苹果树的老光棍拐叔（《送葬》）；青壮年时给地主当长工，年老得了大骨病，一辈子生活在别人的鄙视里，没做过一回真正男人的小五保（《二龙戏珠》）；特地为自己死后的葬礼积攒40元钱而养一头肥猪的、走西口卖苦力的老福海（《古墙》）；等等。在李锐的第一部长篇小说《旧址》里，主要人物更是一个接一个地死去：李乃敬、赵朴庵、冬哥、之生、李紫痕、白杨氏、李乃之、白秋云、李紫云等等，即使最后留下一个李京生，也最深切地感受到如死亡一样的与亲人的诀别。

李锐对死亡描写倾注了极大的热情。他常常细致入微地描写死亡的场景、死亡细节，极力渲染死亡时那种特定的氛围，或恐怖惊心，或凄婉悲凉，深深地感动着读者，使人愤愤不平，激动难耐，或沉痛悒郁，欲诉无语。

在叙述了小五保走向死亡的回忆与感触之后，李锐仔细地描述了小五保死亡的整个过程。全文引述较长，这里只引述小五保走向死亡的一系列动作：

> 门外，高远的晴空，浩荡的山风，逼得他把本来就小的眼睛眯成两条窄窄的缝。他停下来，仰起那两条窄缝。这张永远得仰着说话的脸，不知曾经接受了多少男人女人大人小孩的鄙夷，可现在，它却被阳光印满了温暖。……他深深地放开胸脯，把风吸到肺里来，从里到外，无不感到一阵快慰的抚摸。……他转向屋子西边的土坎，很吃力地爬上去。……他把绳子举在眼前看了看，那股熟悉的麻香和腐味又亲切地扑到鼻孔里来。……然后把青蛇似的绳子甩上去，挽好。然后，用力试了试，很牢靠，……他努力地踮起脚尖，轻轻闭上眼睛，把滑软坚韧的麻绳在脖子上套好。然后，轻轻收起脚来，脑子里又是那熟悉的一“黑”一“嗡”。接着，苍老的生命便从他余温尚存的躯体中惭愧地退了出来……不知怎么搞的，原来绾着的腰带突然松开了，肥大松垮的棉裤从腰上软软地脱落到膝间，一堆破布似的堆在一处。污垢遍布的赤裸的身子顿时暴露在光天化日之下，污黑的一团当中，萎缩着他那个一辈子也没有使唤过一回的男人的器物。也许是受了冷风的袭击，挂在树杈上的身体一阵骇人的悸动。随着这阵悸动，一股焦黄的水从那个男人的器物中喷射而出，在蓝天白云之下划出一道潇洒的弧线。接着，这道彩色的弧线，又在自由的下落中散射开来，灿烂的阳光把它们幻化成一片美丽的光斑，朝着土坎下边干燥焦渴的土地投落下去……[①]

① 李锐：《传说之死》，长江文艺出版社1994年版，第179—180页。

这里，死亡已不是令人恐惧的黑暗的入口，而是使人快乐地迫不及待地扑上去享受的盛宴。作者似乎怀着一种轻松愉快的心情玩味着死亡的发生，他接连用了几个“然后”，一个接一个地白描出死亡的动作，他不时地用“温暖”“快慰”“亲切”“熟悉”这些美好的词语修饰形容死亡过程中死者的感觉。然而透过这段文字，我们仿佛亲身感受到了小五保一生中凝重的屈辱与辛酸，在貌似旁观者的纯客观描写中，浸润着作者深切的同情，而对死者最后一个极丑陋动作的华丽表述，让人更加深切地体味到了生命中无言的悲凉。

如果说在小五保的死亡过程中，李锐以轻松细致的描述营造出一种悲凉的氛围，那么，对李乃敬之死绘声绘色的形象描述则给人一种恐怖惊心的感受：“随着刘光弟清脆嘹亮的第一枪，大义灭亲的子弹从美式卡宾枪的枪口中呼啸而出，李氏家族掌门人李乃敬的天灵盖像一块破碎的瓦片，飞迸到青苔遍布的石墙上，‘瓦片’上飞旋的乱发沾满了鲜红的血和粉白的脑浆。”[①]短短的几句话描绘着一个惊心动魄的场面。从“清脆嘹亮”“呼啸而出”“像一块破碎的瓦片”“飞迸”“飞旋”“鲜红”“粉白”这一系列对声音、动作、颜色、形状的形容、比喻和夸张中，可以看出作者着力渲染死亡场面的动人心魄。

在李锐的小说中，这种让人难以忘怀的死亡场面还有很多，比如李乃之在劳改农场孤独地死于大雪纷飞的除夕；比如陆凤梧忘情地走进幽碧的清水，走向自己幻想中的情人；比如李紫痕面对亲人的遗体近乎错乱的意识流动；等等。

李锐小说的死亡描写不仅出现的频率高，刻画细致，而且是多角度多形式的。他有时从正面描写死者自身的行动、心理，以及死亡现场的自然环境，他人的视听感觉、情绪变化等，如上面提到的小五保、李乃敬、冬哥与之生的死；有时则在死亡过后描写亲人、朋友、熟人的痛苦、感慨与追忆，从侧面感受死亡，如《秋语》通过两位老农的对话写老五的死，《送葬》通过队长的讲话及村民的议论写拐叔的死。这样从他人眼中描写的死亡，更加明确地展示了死亡对生命的意义。

① 李锐：《旧址》，上海文艺出版社1993年版，第2页。

二

死亡是生命的诗意存在和典型表现形态，它作为生命的终极处，极易引起人们对生命意义的理性思考和情感投入。死亡与爱情一样，成为文学的永恒的主题。然而许多文学作品中的死亡描写，通常对死亡只作简单的正与邪、美与丑、伟大与渺小的价值评判，而忽视了死亡过程中死者复杂的生命体验。高悬于死亡之上的信念与准则常常遮蔽死亡本身所呈现的真实的生命状态。与此相反，李锐小说的死亡描写是对真实生命状态的关注。所谓真实的生命状态，是指人作为生命主体出于内心本性的自由状态，是“做什么”中的“怎么做”“为什么做”，用存在主义者的话说，是通过“存在者”彰显出的“存在”。李锐常常通过选取小人物的死亡来描述，通过变形夸张的手法，通过以旁观者的口吻进行议论抒情等诸多方式，来消解附着于死亡之上的价值观念，将死亡中所表现出的人的真实生命状态呈现给读者。正如他所自觉到的：“文学应该拨开那些外在于人而又高于人的看似神圣的遮蔽，还人以一个真实的人的处境。”①

小五保无论如何算不上一个英雄，他甚至连一个正常人起码的尊严也没有，一辈子承受着大人小孩男人女人的鄙视。他的死亡牵扯不到任何的政治信念、伦理准则、道德责任等价值观念。而李锐在对这样一个小人物的死亡的描写上，却挥洒了大量的笔墨，倾注着炽烈的感情。在小五保如愿以偿地走向死亡时，李锐写了他走向死亡的每一个细微的动作。李锐以轻松的语调，华美的词语，加重了那种悲凉的氛围。通过对小五保死亡的描写，李锐传达出小五保生活的真实处境：身处屈辱地位，卑微却渴望尊严，他因此主动地平静地走向死亡。

从对李乃敬和冬哥、之生的死亡描写中，可以更明显地看出李锐对生命状态本身的关注。李乃敬在全国解放时作为反革命分子被枪毙，他的死通常让人想到罪有应得。这样看并没有什么不对，只是，这样李乃敬的死亡就在正与

① 李锐：《拒绝合唱》，上海人民出版社1996年版，第67页。

邪、善与恶的价值标准下被归类，从而覆盖了死亡本身所表现出的真实的生命状态。李锐的描写跳出了价值观念的简单评价与归类这样旧的圈子，着笔于死亡过程本身，通过夸张变形抓住死亡作为生命毁灭所呈现出的生命的处境，即人的真实存在。他用“清脆嘹亮”形容枪声虽有些奇特却仍可以接受，但以“呼啸而出”描述子弹，以“一块破碎的瓦片”比喻天灵盖，用“飞旋”形容乱发，这样就将瞬间的动感延长到了夸张的地步，而以“鲜红”和“粉白”形容血与脑浆更让人触目惊心。李锐这种对死亡场面的奇特的变形描写，并非为了渲染暴力，而是着力阻止读者进入那种极易产生的简单的价值评判，而注目于死亡本身，思考生命的意义。冬哥与之生在“文革”中被迫害致死，“文革”中对人性人情的漠视在“反思文学”中有许多的表现，而对冬哥与之生的死，李锐则以旁观者的口吻，描述品评着整个过程。“那股喧嚣的人流上高举着的两具人体，远远看去，仿佛是两只祭献的牲畜”。这样漫不经心的一句，将冬哥与之生死亡的生命意义深刻地揭示出来了。而对事件最后的景致的描写，则把人引入一种更深的体察之中：

> 一时间桥上岸上停止了喧嚣，人们都瞪大眼睛朝那一片深幽墨绿的水面望过去。以为或许会有什么东西浮上来。但是没有，什么也没有，幽深墨绿的银溪像一个缓步徜徉的诗人，依旧如往日那样幽深墨绿，依旧如往日那样缓缓地沿着河水中升起的石壁在听鱼池静静地停留片刻，而后又从容不迫地从桥下静静地流去。银溪这副古老而落套的样子，和这个激流勇进的时代显得格格不入。①

这一段对银溪的描写，借自然景致千年一日的永恒，反衬人世的变化沧桑，将冬哥与之生的死亡引入置放到时间之流中，在个体短暂的生命存在及毁灭中，展现出整个人类生命在历史中的真实处境。

① 李锐：《旧址》，上海文艺出版社1993年版，第185页。

三

李锐对死亡的描写，对真实生命状态的关注，出自他对人类苦难的深切的忧患意识，这种忧患源于他自身对苦难的真实感受。“吕梁山印象”系列小说明显地是他对六年插队生活的生命意义的思考的结果。吕梁山区的贫穷以及那里的人们对贫困的默默承受，极大地震撼了从大都市来插队的青年，他看到黄土高原上的默默人群，在岁月的流逝中，“用他们的死沉积出一片广阔的沃野”[①]。而那六年的农民生活，更让他切身地感受、体验了吕梁山人的精神情感———他们的善良、坚韧、孤独、惆怅等，并使之成为自己生命的一部分。他说：“有许多次只有独自一人待在葱茏的树林里，或站在荒远的山顶上，忽然觉得自己变成了一棵树，变成了一块石头，满心的孤独，如麻的惆怅，都随着脚下的溪水蜿蜒而去，随着起伏的群山曼延到极远的地方。”[②]六年的贫困生活，六年对生命的体验思考积淀起来表现为对苦难的忧患。“当背过脸看见的是苦难，转过脸看见的是深渊的时候，能够感知这处境，感知这劫难的心，岂是一个‘哀’字可以尽述的？当万千生命历尽漂流，却又只能为漂流而生，只能为漂流而死的时候，唯一能够慰藉生命的，竟然只有无人可懂的对漂流的诉说”[③]。《厚土》正是对这种苦难的诉说，对这种忧患的表达，《看山》里老人与大山的交流透出一种刻骨的孤独与寂寞；《青石涧》通篇弥布着的贫困、愚昧、悔恨、惆怅压抑得令人喘不过气来；《假婚》里为养活女儿而假结婚的女人的温热泪水，让人油然而生一股悲哀、凄凉与同情。有人曾评论李锐的小说写的都只是贫困与落后，李锐回答说：“有贫困而没有苦难，再贫困也没有文学意味，贫困是一种客观现状，而苦难是一种内心的体验。”

死亡与苦难紧紧联系在一起，特别是那种逼迫而致的死亡，更是浸透了苦汁。生存是人生的第一需要，当人宁愿舍弃生命而寻求解脱时，那种苦难之深重，不能不令生者为之震动。小五保的死亡无疑是一个典型。还有《送葬》里

① 李锐：《拒绝合唱》，上海人民出版社1996年版，第583页。

② 李锐：《拒绝合唱》，上海人民出版社1996年版，第118页。

③ 李锐：《拒绝合唱》，上海人民出版社1996年版，第75页。

的拐叔的死，尽管作者没有正面写拐叔的生前和死亡过程，而是从队长和村民的口中间接表述的，但是旁人的冷静的话语中，渗透出不尽的苦难。

与《厚土》相比，《旧址》里的死亡描写更多的是一种深沉厚重的历史感，这与《旧址》在很大程度上写的是李锐的家族历史有关。李锐曾经叙述去老家自贡的感受："这次家乡之行，让我在短短的几天之内，在一回首之间，看到了千百年的历史，看到了许许多多生命在这无理性的历史的浊流中的泯灭。……面对历史，人到底是什么？面对时间，生命又到底是什么？这所有难以言说的一切，像一场从千百年前刮起的大风，把我裹挟而去。"[①]李锐家族曾有过的往日的辉煌与衰败，消耗了他的许多亲人的生命，而"文革"又使他自己家破人亡。这种个人痛苦的经历，在作家的心里得以升华为对整个人类历史上的苦难的思考，在《旧址》里，他以主要人物一个接一个地死去的方式表达了这种思考，他们接二连三的死亡，展示出在历史在时间中死亡意义的丧失。他说："我是在小说里写了不少杀人的场面，我写了这些人杀了那些人，又写了那些人杀了这些人，我写了在这些以人血涂写的历史中的人的悲凉处境；我想或许在这处境的表达中，可以看见人，可以看见中国人精神和情感的历程。我小说中的主要人物都死了，他们并非作为英雄而死的，他们只是在时间的长河里死在历史之中了。他们不这样死，也会那样死。只是这世世代代永无逃脱的死，这死的意义的世世代代的丧失让我深感人之为人的悲哀。"[②]这段话非常明白地揭示了《旧址》里的死亡描写对人的处境的关注，它的表现苦难的意义。

四

对生命状态本身的关注可以有许多种形式，如反映中国人的焦虑琐碎的新写实主义文学，反映西方人的虚无荒诞的现代派文学等等，然而李锐选择了以

① 李锐：《拒绝合唱》，上海人民出版社1996年版，第188页。

② 李锐：《拒绝合唱》，上海人民出版社1996年版，第192页。

描写死亡，或近乎死亡的孤独、寂寞、惆怅、压抑、悲凉等，来展示人的真实的处境。这除了与他的人生经历、家庭出身、文化修养等作家个人的因素有关外，更因为死亡描写能够真实而突出地展现生命的苦难，展现人的真实处境。这与现代派以怪诞陌生的形式表达一种人生体验截然不同，那些作为外在形式的人、事、物是现实生活中确实有或可能有的，它也与新写实主义通过叙述凡人小事呈现生命的平庸与焦虑不同，在这里，生命中凝重的孤独与虚无，难耐的躁动与无奈、绝望与悲凉，直迫心头，真实而深切。如《看山》《青石涧》就以它那种极浓厚凝重的氛围裹住读者，使之对书中人的处境感同身受。《厚土》里的大多数篇目极少情节，也没有故事发生的背景，如《秋语》通过两位老人的对话提到死去的老五，在闲聊中透出有关谈话者对生活处境的信息和对伸手可及的死亡的态度；《看山》里也一样连人物的姓名都省去了，只有一个“他”，独自对着无语的群山流露出内心的孤独。《厚土》虽名为“印象系列”，其实格外地凝练、精粹，切中实质，直接传达着生命的真实处境，其中的死亡描写则更为典型。“死亡比悲哀和欢乐更有力量。死亡终于在悲哀和欢乐中榨出水来，我们管这水叫作泪水。……于是我们在这刹那间，也只能在刹那间拥有了一条自己的河。因为只有刹那间的存在，所以这条河不应该叫作历史，只能叫作诗”[①]。

李锐在一次观看舞蹈排练时，“突然觉得看见了渴望已久的最理想的小说形式”。他认为，“所有这些诉诸直观的艺术都天然具有自由的禀赋，都天然具有直指心灵的能力，在它们那里，呈现就是一切”[②]。他因此把“直接呈现心灵”作为最理想的小说形式。他曾多次感叹为文者被文字束缚的苦衷，他一直对那些“先锋派”文学一味在形式上模仿西方作家、玩弄新花样持否定态度：“我们有了先锋，有了新潮，有了大师，有了一切一流的理论，三流的作品，就是没有了自己的痛苦，自己的仇恨，自己的幸福，自己的希望，自己的厌烦，自己的幽默。”[③]因此，李锐在自己的小说中更注重营造氛围，突出表

① 李锐：《拒绝合唱》，上海人民出版社1996年版，第53页。

② 李锐：《拒绝合唱》，上海人民出版社1996年版，第45页。

③ 李锐：《拒绝合唱》，上海人民出版社1996年版，第180页。

现情感，常常只抓住一两个最具特征的片段、细节、场面，着意传达真实的生命状态和心灵活动，其中最突出的是对死亡场面的描写。这与他以“直接呈现心灵”为小说的理想形式正相吻合，由此可见李锐小说在创作理论上对死亡描写倾注极大热情的原因之所在。

原载《湖北大学学报（哲学社会科学版）》1997年第4期

叙述的秘密

——读李锐的长篇小说《万里无云》

南　帆

穿　越

“影响的焦虑”已经成为一个著名的论断。冲破文学史上一系列大师所缔造的强大传统，这是诸多后辈作家的迫切心愿。然而，还有多少作家察觉到另一个问题：穿越自己所设置的罗网？

一个作家的成熟通常标志着一种风格的定型。这可能是一种独异的个性，一种个人与现实对话的基本立场；另一方面，这也可能是一种隐蔽的重复，一种轻车熟路掩护之下的停滞。因此，对于一个作家来说，改变习以为常的写作半径，闯入另一片陌生的艺术洞天，这不仅需要才能和经验的积累，而且还需要勇气——这在很大程度上会成为一种冒险。

可以看到，李锐仿佛正在信心十足地同自己的既定风格搏斗。他耗费了六年的时光撕下了《厚土》系列所形成的紧身衣，如同一条蛇完成了一次痛苦的蜕皮。向自己的既定风格赎回自由之后，李锐的长篇小说《无风之树》与《万里无云》应声而出。《无风之树》的叙述隐含了一种解放的欣悦，《万里无云》更像是一阵哗然地扑面而至的语言潮汐。

《厚土》系列的叙述简约、节制、内敛、凝重，一如《厚土》这个词语所产生的联想。编织于叙述之间的精致修辞时常显示出某种暗中控制的迹象。精心的锤炼致使这批短篇小说如同一串不含杂质的脆响。相反，《万里无云》却是嘈杂的，喧闹的，汹涌的，种种风格的话语单元密不透风。尽管小说的句式还不可避免地保持着"厚土"式的利索，但是，小说的叙述话语——句子的组织——泥沙俱下，鱼龙混杂。这种叙述话语与小说情节的单纯构成了一种有趣的矛盾。这样，《万里无云》形成了一种奇特的风格：既拥塞又明朗，既含混又简单，既丰富又逼仄。

李锐毫不犹豫地承认，这样的叙述使他心满意足："从原来高度控制井然有序的书面叙述，到自由自在错杂纷呈的口语展现的转变中，我体会到从未有过的自由和丰富。"[①]他已经清楚地意识到，叙述并不是情节之外的一种实用性工具；"语言是和我们的四肢、五官、心脏、大脑一起组成的重要的一部分。"他甚至不无极端地声称："叙述就是一切。"[②]

同样的理由，《万里无云》的叙述话语成为分析这部小说的起点。

话语类型

如果采用概括的语言重述，人们甚至可能想象，《万里无云》呈现的仅仅是一篇短篇小说的情节。这样的情节容量似乎无法填满长篇小说的巨大框架。因为久旱无雨，五人坪举行了一场声势浩大的祈雨活动。可悲的是，这场祈雨不仅未使龙王显灵；相反，突然而至的山火焚毁了仅存的树林，并且烧死了在祈雨仪式之中扮演金童玉女的两个少年。于是，参与这场祈雨活动的若干有关人员锒铛入狱。的确，这样的故事轮廓怎么能够抽取出长篇小说的分歧线索，制造一波三折的起伏？

① 李锐：《我们的可能》，散文集《不是因为自信》，湖南文艺出版社1998年版。

② 李锐：《重新叙述的故事》（《无风之树》代后记），见《无风之树》，江苏文艺出版社1996年版。

《万里无云》的纷歧、起伏和容量——一句话，《万里无云》的丰富来自叙述话语。我将《万里无云》视为一个恰当的例子：特殊的叙述运作迫使一个简单的故事现出纷杂的含义。

叙述话语的神秘功能诱发了强烈的分析愿望。如同许多孩童对付那一台令人迷惑的自鸣钟一样，我企图根据一定的规则将《万里无云》的叙述话语拆卸开来。毫无疑问，叙述话语不是简单的词汇堆砌。如同罗兰·巴特所指示的那样，人们首先可以在叙述话语之中发现种种叙述单元[①]。

叙述单元同语法意义上的语言单元——例如句子、词组无关。罗兰·巴特进一步证明，切分叙述单元的衡量尺度是语义，特定的语义担负了叙述话语长链上面的每一个功能性环节。叙述单元可能由几个句子组成，也可能小于一个句子。这些叙述单元的相互协助保证了叙述话语自始至终的完成。

然而，后继的分析之中，我不想继续从事巴特式的严谨分类，重复序列、核心、催化、迹象、情报等一系列术语，并且根据每一个不同的叙述层次描述一个金字塔式的叙述结构。我的兴趣依然保持在语义层面上。我试图考察的是，这些叙述单元的语义如何归属到种种更高级别的话语类型之中得到解释。这样，我就有可能从这部小说的叙述话语之中分解出几种主要的话语类型。考察这些话语类型的内涵，考察这些话语类型在叙述的链条之上所占据的位置，考察这些话语类型相互作用的规则和关系，这显然有助于人们洞悉《万里无云》叙述话语体系的构成秘密。

在这里，话语类型的核心是相对稳定的语义规定。话语类型的结构依据仍然保持在语义学的意义上。叙述话语内部，诸多叙述单元拥有种种具体的释义。这是正常阅读的前提。然而，在更高的层面上，这些零散的具体释义还将汇集于一些更为概括的语义标题之下，诸如科学话语，商务话语，外交话语，礼仪话语，如此等等。显而易见，后者均属话语类型的层面。通常，这样的语义业已在叙述之中形成不言而喻的共识，没有必要诉诸多余的解释。譬

① ［法］罗兰·巴特：《叙事作品结构分析导论》，《叙述学研究》，中国社会科学出版社1989年版，第10页。

如，人们可以将一片沙漠、一丛茅草、一口池塘的描写一律解读为自然环境的描写——“自然环境的描写”即是作为二级的语义规定划出了某一个特殊话语类型的边界。标明一部小说的叙述话语包含了哪些话语类型，这也就是指明叙述话语运行的文化层面。某种意义上可以说，《万里无云》的主题是人与自然的对话；然而，人们无法在小说的叙述话语之中发现“科学知识”的话语类型——无法发现诸如“人工降雨”或者“气象预报”之类的词语。这无疑是一个意味深长的事实。

人们已经看到，《万里无云》废弃了一个固定的叙述人，废弃了一种貌似中性的局外叙述；所有的故事段落不得不在众多富有个性的口吻之中曲曲折折地延伸。尽管如此，这些富有个性的口吻依然汇聚成为一个统一的语境。这样的语境不仅提供了这些口吻相互交流的对话空间，也不仅意味了服从于某种一致的情节逻辑，同时，语境的统一还喻示了某种共同认可的文化假定，某种潜在而又自发遵循的价值观念体系，某种说与听一致了解和使用的代码。这样的语境代表了五人坪对于整个世界的阐释模式。显然，这样的语境所预设的一套上下文关系同时包含了一种强制性的语义规范。它不仅将某些五人坪式的解释强行赋予种种词语或者叙述单元，而且，它的独特语义规范甚至划分出五人坪所独有的话语类型。例如，日常的城市用语之中，“五斤鸡蛋和十斤白面”并没有固定的含义；人们只能在具体的描写之中解读这两个数词和名词。可是，对于五人坪来说，“五斤鸡蛋和十斤白面”代表了相当可观的财物。作为一种礼品，赠送者和接受者无不感到了沉重的分量。对待食物的时候，五人坪的语义学单独列出了一个话语类型。这表明了五人坪对于食物的特殊重视。五人坪之外的人未曾察觉这个话语类型的存在，他们的某些解读将会产生不可避免的误差——例如，他们很难明白，为什么“五斤鸡蛋和十斤白面”竟然可以改变一个人的命运，或者，为什么一块猪肉就能够成为勾引他人妻子的诱饵。

《万里无云》的叙述话语之中潜藏了哪些重要的话语类型？

“我”

“我……”

《万里无云》之中充满了以“我”为主语的句式。“我”的语义不必继续诉诸更高一级的话语类型——这个字眼本身即可构成一个单独的话语类型。

“我”是第一人称，个体的自我指代之词。《万里无云》的叙述话语之中，“我”的功能不仅是主语；这个字眼同时还从另一些方面支持了叙述的完成。

《万里无云》之中诸多的“我”代表了一个个迥异的人物性格。但是，“我”这一人称代词下面呈现出的性格与无人称叙述不同。无人称叙述通常拥有全知全能的视域，叙述人可以按照自己的意愿从任何一个方向描绘这一性格——描绘的对象可以是肖像，可以是心理，可以是对话，也可以是行动。相对地说，第一人称仅能描绘人物的内心，其他方面的描绘不得不通过人物的内心中转。但是，人物的内心隐藏了什么？

结构主义理论的“移心”学说将独立的人物性格视为一个神话。依结构主义，人物并非一个个性化的实体；人物不过是各种语言系统或者代码汇聚的空间。罗兰·巴特宁可将有血有肉的人物置换为一个语言学的名词。在他看来，人物性格如同一个“专名”，“专名”作为一种强烈的特征组织了一系列分散的“性格素”[①]。这个意义上，人物的内心空无所有——除了形形色色的话语片段。性格的分析与其求助于心理学，不如求助于语言学。

这无疑是一种语言学基础上的人物观念。尽管许多人可能产生种种疑问，然而，至少《万里无云》充分地体现了这样的人物观念。这部小说里面，人物性格即是语言的汇聚；性格与性格之间的差异源于不同话语类型的选择，导源于种种话语类型组合的不同比例。这有效地破除了人物的神秘性。《万里无云》之中不存在那些面目不清的人物，一切都在语言的层面上摊开了。在一个更为普遍的意义上，结构主义即是一种否弃神秘的语言学理论。

---

① ［以色列］里蒙-凯南：《叙事虚构作品》，生活·读书·新知三联书店1989年版，第54页、71页。

这样的人物观念同时还带来了另一个叙述运作的后果。不难发现，众多人物内心的种种话语片段均或多或少地表现出“横向组合”的功能，多数话语片段都程度不同地在情节的纬线上前呼后应。这保持了叙述话语的强大连续性。或许，种种具有“纵向组合”功能的话语片段已经被过滤殆尽。换喻取缔了隐喻。人们没有看到那些游离于情节逻辑的话语片段，没有看到那些证明人物纵深的冥想、思辨或者无意识的涌现。也许，这毋宁说是李锐对于五人坪的某种定位——五人坪的人物不存在深度心理。

最后，“我”的大面积使用让口语充分进入了这部小说的叙述话语。李锐将《万里无云》的叙述话语称为“口语倾诉”，口语对他产生了巨大的吸引[①]。不过，我的兴趣在于另一方面：口语是五人坪消化一切外来文化的标志。《无风之树》里面，刘主任宣读的文件使用的是标准的政治术语，这些政治术语同矮人坪那些瘤拐们的日子格格不入——格格不入的特征即是，这些政治术语组成的话语从来就无法进入瘤拐们的口语。两种词语体系的分裂象征了两种现实之间的距离，政治术语居高临下地覆盖了口语，征服了矮人坪但是无法融入矮人坪。相反，《万里无云》的叙述让口语吞噬和改造了五人坪之外的词语体系，这再度证明了五人坪语境的强大压力。口语在叙述话语之间所占据的主导位置从另一个方面说明，这部小说的的确确叙述了一个典型的五人坪的故事。

自然环境

“……旱得李子从树上一颗一颗往下掉，脚底下滚了一片绿珠子。”

“……一颗太阳把天上地下烧了个彤红彤红，眼见着就把西天给烧漏啦……这狗日的老天爷是一滴滴雨也不给人下啦他！”

“……她就看见这一大铺子西番莲了。红的血红，白的雪白。叫月亮一照冷冷的，沉沉的，银亮银亮的。”

① 李锐：《重新叙述的故事》，《文学评论》1995年第5期。

“他一眼就看见了村口那棵虬枝盘绕高大无比的老杨树。……在漫山遍野的黄土中搭起一栋哗哗作响的绿色楼宇。”

“风太大了，一眨眼的工夫就把整整一条沟的林子全他妈的烧光了，整整一条沟都叫烧成了乌黑一片啦。”

上述引文均可以归入“自然环境”这个话语类型。

一种简约的情节理论认为：情节的叙述即是打破一个稳定的开端，经历了一系列混乱之后重新恢复到另一个水平面上的平衡[①]。这样的意义上，“自然环境”这个话语类型承担了首要的叙述功能。干旱破坏了既定的生存秩序，导致了祈雨仪式，这是全部叙述的初始契机；山火焚毁了一切作为这场仪式的告终，新的平衡意味着情节的结束。这个话语类型在叙述运作之中的重大功能暗示出人的渺小和无奈。人无法以现有的方式掌握自然环境，自然环境按照自己的逻辑规定了故事的结局。

这个话语类型的另外两个次要含义是神秘和审美。

那一棵高大无比的老杨树让初到五人坪的张仲银一怔，他仿佛感到了某种难言的震颤，这即是神秘。后来，老杨树上出现的黄表纸与蝌蚪文让张仲银走向第一次灾难，这隐含了某种宿命的意味。对于《万里无云》来说，神秘的意义到此为止。叙述话语并没有让神秘在五人坪占据更多的位置。

自然环境的审美含义在叙述话语之中更为微弱。除了那一大铺子西番莲，五人坪的人无法察觉自然之美。五人坪的文化还未产生自觉的自然审美意识。作为一种文化的奢侈品，审美不可能介入五人坪的重大事件。

传统文化

“……一个兜兜绣了三天了，还是绣不完，三朵花，五片叶，两条鱼，花是荷花，鱼是金鱼。……”

① ［美］华莱士·马丁：《当代叙事学》，北京大学出版社1990年版，第89页。

“……那个说书的瞎子说，好汉武二郎一手握了白闪闪的牛耳尖刀，一手揪住淫妇潘金莲的头发，……你以为我他妈×的比武大郎还憨还傻还窝囊呀你。”

“……你说这大胖和尚他咋就这么坏呀他？他为啥就扣住人家白蛇的男人不给人家呀？……”

“……我三把两把就把这个用扫炕笤帚扎的草人从她手里夺过来了。”

“……那是天书，那黄裱纸上写的字叫蝌蚪文，老神树这是显灵啦这是！快点跪下，快跪下……”

“后来一场大雨把石头冲出来，历史才历历在目：‘五人坪村居平阳府西南隅……大明永乐十年八月吉日’。”

“……我就抡着宝剑走到龙王牌位前边，……掐诀念咒，掐诀念咒。”

《万里无云》之中，传统文化这个话语类型下面汇聚了丰富的叙述单元。从民间工艺、诅咒、说书和戏曲到碑文、祈雨仪式，这个话语类型分布在叙述话语的每一部分。分析之后可以看出，这个话语类型成为各种场合一系列对话的内在依据：人与自然对话，人与人对话，人与历史对话。

祈雨仪式是五人坪向自然发出的吁求。这个仪式内部包含了请求、许愿、承诺、祈祷、威胁。可以看到，传统文化之中幼稚的前科学知识主宰了五人坪的所有想象和实践。一切都在原始的象征形式上进行：金童玉女，水漫金山，进贡龙王，火烧旱魃……这样的对话意味着，自然环境的真实面貌并没有进入五人坪的视野；在五人坪的心目中，自然的存在同样是一种象征形式。

或许，五人坪之中人与人的相互关系真实得多：家族、血缘、性、经济利益共同体，如此等等。祈雨仪式上面的募捐，建造学校的筹款，这一切无不依循了众所周知的现实法则。在货币、财产与权力面前，人们坚持明晰地确认，任何含混的象征都可能引致危险的冲突。然而，涉及人与人之间某些更为深刻的关系时，传统文化又悄悄地恢复了发言权。牛娃对于张仲银的仇恨寄寓在武松杀嫂的故事之中，翠巧借助白蛇传的故事转述她在满成面前的不安，哑巴婆婆信奉古老的传说，利用草人诅咒她的媳妇红盼。五人坪还没有发展出一套爱或者恨的表意策略，于是，他们理所当然地将种种强烈的情绪托付给某些夸张而又简单的现成形式。这样，他们毫无选择地进入了传统文化的空间。

《万里无云》之中，人与历史的对话体现为张仲银对于那块石碑的阅读。遥远的知音致使张仲银倍感现实的孤独。张仲银在这样的孤独之中产生天降大任于斯人之感，并且做出种种惊世骇俗之举，于是，历史的某些片段依附于张仲银插入了现实的叙述。相对而言，陈三爷对于历史的借用远为粗陋。他伪造了某种历史形式，试图将这种形式作为指引现实的圣谕。虽然这不过形成了一种漫画式的历史感，但是，这却制定了五人坪表述自己反抗现实的方式。

传统文化对于五人坪的全面支配形成的结果是，传统文化成为编织在叙述话语深处的网络。

政治话语

"……你现在宣了誓，你就是党员了，你是咱们九十里乱流河有史以来的第一个共产党员，你以后就得永远跟着党走，一辈子跟着党干革命。……"

"……'文化大革命'就是要破'四旧'，你们还是要搞封建，你们这是不把新社会放在眼里，你们这是想造反……"

"……你越给她脸，你越给她做思想工作，她倒是越来劲了她，她倒是越不知道天高地厚了她……"

"张老师说，这是叫你们听毛主席的号召，参加'文化大革命'，组织红卫兵，写大字报，游行喊口号。……"

《万里无云》之中的政治话语十分稀少。能够娴熟地掌握政治话语的人仅有三个：张仲银、赵荞麦、赵万金。相对地说，张仲银的记忆里贮存了最多政治话语；可是，这些政治话语基本上已经过时——这些政治话语是上一个时代的语言遗物。现实之中，张仲银所熟悉的政治话语间或还可能出现，但是它们的含义和功能已经发生了很大的变化。高卫东竟然用毛主席的像祈雨——上个时代最大的政治人物如今竟然变成了神话人物，他所制定的种种政治话语同样成了历史。

不难看出，赵万金与赵荞麦都拥有掌握当今政治话语的身份。然而，赵万金已经卸职，他丧失了昔日那种权威的口气；只有赵荞麦是五人坪的当朝人物。可是，他什么时候正经地使用过政治话语呢？

罗兰·巴特曾经细致地将叙述话语的叙述单元进一步划分为两个类别：第一个类别是叙述话语内部的真正铰链，称之为“核心”；第二个类别在于填补铰链之间的叙述空隙，称之为“催化”①。《万里无云》中，政治话语仅仅是一种“催化”，政治话语不再具有改变事件方向的功能。至少在这部小说之中，它已经被传统文化的话语淹没了。

学 识

“……北京有个金太阳……我们的家乡在希望的田野上，……”

“……毛主席说，‘问讯吴刚何所有，吴刚捧出桂花酒。’毛主席说，‘把酒酹滔滔，心潮逐浪高。’……”

“……团中央委员邢燕子。乡村女教师瓦尔瓦拉·瓦西里耶芙娜。……”

“……举杯邀明月，对影成三人。……何以解忧，唯有杜康。……美目盼兮，巧笑倩兮……独怆然而涕下……”

“……面对四壁，面对自己，面对一只口琴，和一只口琴细如蚊声的独唱。……”

“……他说，《辞海》上说，旱魃，古代传说中能造成旱灾的怪

① ［法］罗兰·巴特：《叙事作品结构分析导论》，《叙述学研究》，中国社会科学出版社1989年版，第10页。

物。……一说为旱神，见孔传。”

“……已是黄昏独自愁，更著风和雨……”

这是一些五人坪之外的语汇，只有张仲银一个人独享。“只要一抬头，‘已是黄昏独自愁’的自豪和孤独就有安放处。偶尔有人来问问，仲银笑而不答，只说那是一句诗。有一次支部书记兼队长赵万金问他，仲银，这疙疙岔岔的写的是啥呀？仲银就把《毛主席诗词》拿出来说，都是这上边写的，是诗，毛主席喜欢的诗。赵万金就谦恭地笑了，赵万金说，呵呵，仲银真是有学问。看这字写的，看这字写的，我连一个也认不得。……”在五人坪的眼里，张仲银使用的种种令人惊奇的语汇统一叫作“学问”。“学问”代表了所有难以通晓又不可轻视的外来文化。显然，这个话语类型同样是五人坪语境的独特产物。

尽管“学问”仅仅由张仲银独享，可是，这个话语类型却带着不可抗拒的权威投入五人坪的语境。产生这种权威的中介是传统文化之中的师道尊严。于是，如同赵万金一样，整个五人坪无不对张仲银的言论保持敬畏。

但是，这绝不是意味着五人坪将这些语汇纳入自己的语境，遵从这个话语类型的内在尺度。五人坪对于这个话语类型的态度毋宁说是敬而远之。这个话语类型不协调地悬浮于五人坪的语境之上，无法进入五人坪，改变五人坪种种事件的逻辑。这个话语类型不过是让五人坪了解到，外面还存在着另一种世界。

不仅如此。一个更具反讽意味的情节是，祈雨仪式甚至利用了“学问”——这即是“旱魃”的词条。这个情节可以看作是五人坪的传统文化对于“学问”的一次试探性招安，尽管这样的招安披上了师生之情和经济利诱的外衣。

所以，虽然张仲银独自据有这个话语类型，他仍然不可避免地感到了孤独。

失　语

“失语”的意思是，找不到恰如其分的表述语言。因此，“失语”没有引文。

孤独意味着缺少对话的对手。这是个体话语与外部世界关系的中断。但是，张仲银不仅如此。他与自己内心世界的关系同样残缺不全。他的某一部分内心世界找不到倾吐的语言出口。

张仲银觉得，待在茫无涯际的荒山野岭独对孤灯，这使他对许多词汇产生了深刻的理解。但是，他的词汇量仍然不足。“有一次，仲银独自一人走到山顶上，放眼四望，起伏的群山掀起胸中壮阔的诗情，仲银觉得自己很需要一些诗，于是放声朗诵道，站在山头望北京，……有了这一句，一时又想不起下面的，只好再喊——站在山头啊——望北京……四野茫茫，群山无语，吕梁山一瞬间吸干了仲银的诗情。仲银低下头看看母亲亲手为自己缝制的方口布鞋，仲银用母亲做的布鞋踢踢吕梁山的石头，仲银实在想不起下面应该说些什么，想不起说什么的仲银只好空落落地再独自一人走回到村庙里去。”这是失语的悲哀。无处话凄凉。孤独表明张仲银身陷五人坪，失语却表明张仲银走不出五人坪——他同样没有具备同一个更大世界相互沟通的语汇。

但是，张仲银内心世界的冲动并没有因为失语而止歇。他终于在这种隐晦的冲动压迫之下挺身而出，代替陈三爷进了监狱。虽然张仲银未曾清晰地自叙这一场作为的动机，但是，小说的叙述话语却清晰地暴露出诸多话语片段之外的一个心理存在——这个心理存在甚至足以让他毫无惧色地在政治上自焚。显然，这个心理存在即是“失语”的所指。

因此，解读这部小说叙述话语的时候，我有理由将“失语”视为一个特殊的话语类型。

国家机器

“……老张就把那个明晃晃的手铐给他戴上了。老张就把那个黑亮黑亮的手枪也掏出来了。……”

“……他一从监狱里放回来……”

“……你现在在这张拘捕证上按个手印吧。……”

手铐、手枪、监狱、拘捕证，这一切均是国家机器的象征。这些名词从属“国家机器”这个话语类型。

这些名词仅仅偶尔出现在叙述话语之中，但这些名词却毫不含糊地宣布“国家机器”的到场。这些名词是叙述运行的坚硬框架，不可逾越。故事经历了高潮之后，这些名词就将出动，收拾后事，清理场地。

这个话语类型承担的叙述功能是，截断故事之中多余的枝杈，提供一个无可非议的结局。

性

“……我就憋足了力气，我就死命地撞进去，我猛一下子，猛一下子的。……”

“……她就哭，我就进。她就哭，我就进。我就给她狗日的进到底了我就。”

“……他就在我怀里拱。他就在我怀里一口一口地喘气。……月亮和我脸对脸地躺着，月亮看着我和满成在水里升上来，又沉下去。……”

“我就弄。我就弄。她不理我。我就弄。她干得就像是白嘴吞炒面，又噎人，又涩巴。……”

“……来，起——，起——！行，你老伴现在还有把子力气，还能背得动自己的老婆。来，……”

谁都能看得出来，上述这些引文属于一个力图隐蔽而又难以回避的话语类型——性话语。

然而，分析之后可以察觉，这部小说之中的性话语并不如想象的那么重要。性话语并没有成为叙述话语的某种轴心，充当冲突的焦点；事实上，这种话语类型仅仅处于附属的位置之上。

在赵荞麦的眼里，性不过是权力的战利品。掌握了五人坪的领导权，同时就拥有了对于异性的权力——正如他姐姐荷花说的那样：“他不把五人坪的女人都睡了他就不算歇心。”也许，赵荞麦本人的另一句话恰好可以作为注解：“我赵荞麦一个村长，一个男人，我就不信我连自己被窝里的事情也他妈×的管不了啦我！”这无异于暗示出，男性向往的是权力，女人甚至连争夺的对象也算不上。

似乎有一场围绕女人的争夺战——牛娃不断地提防着张仲银对于荷花的吸引，他甚至每天想象着用杀猪刀宰了张仲银。然而，这不过是一场虚假的争夺。张仲银从一开始就拒绝了荷花——他从来不把没有文化的荷花放在眼里。因此，牛娃仅仅是为自己所制造的悬念迷惑了。但是，这一场虚假的争夺之中却隐藏了一个真实的出发点：没有人关心荷花想什么。张仲银对于荷花的爱慕之心淡然处之，另一方面，牛娃又从来不想尊重荷花的意愿和情感。张仲银与牛娃的一个共同点即是，荷花本人的心情无足轻重。这一场虚假的争夺同样证明，五人坪的女人没有地位。

翠巧和满成在自家院子的西番莲底下做爱，这是一个象征——尽情尽意的性爱如同回归自然一样美好。可是，象征仅仅是象征。性爱早已被分离出自然范畴，成为社会与世俗权力插手最多的一个区域。也许，五人坪的理想爱情同样摆脱不了五人坪的现实条件。赵万金为瘫在炕上的哑巴老伴擦干褥疮，背着她到村子里看一场《白蛇传》就是五人坪的爱情范本。

乡村景象

“熬水烫出来的猪毛味儿就臭烘烘地从大锅里冒出来。……一眨眼，四只蹄子都卸下来了。”

“……黄牛们全都慢悠悠的，全都不着急，全都撇着两瓣蹄子慢慢地晃悠。木桶就在驮架上摇过来摆过去的，咕咚一下，哗啦一下。咕咚一下，哗啦一下。”

“他忽然听见一阵铜锣的敲打声。随着锣声，张仲银看见一群衣衫褴褛的孩子簇拥着一个男人从树后出来。……”

这是一些典型的乡村景象。这个话语类型穿插在叙述话语之间，四处可见。它点缀着故事的环境和气氛。按照罗兰·巴特给出的术语，这个话语类型可以称之为“迹象”：迹象“使人想到的不是一个补充的和一贯的行为，而是一个虽然多少有些模糊、但对故事意义必不可少的概念。比如有涉及人物性格的迹象，与人物身份有关的情报，‘气氛’描写，等等。……要懂得一个迹象‘有什么用’就必须过渡到高一级的层次（人物行为或者叙述）去，因为只有在那里迹象的含义才得到解释。”①《万里无云》之中，乡村景象并没有在最为基础的层次上面成为推进故事的齿轮；但是它们在更高的层面上使故事的空间与叙述语境协调一致。

“他者”的话语

“打开一九六五年出版的《中国地图册》，……仲银说得对，那些山根本不像泥丸。山就是山。”

这一段引文是《万里无云》的末章——第五章。

第五章补叙了前面情节的种种间隙、遗漏，尤其是重述了有关张仲银的背景、来历和他第一次入狱的原因。第五章当然包含了诸多业已得到分析的话语类型。但是，考虑到这一章所承担的语义功能，我倾向于给予单独的注视。

这一章的叙述人是五人坪的知识青年李京生。这不仅是引入了一个新的人物性格，更为重要的是引入了一个五人坪语境之外的词语体系。这一章的叙

① ［法］罗兰·巴特：《叙事作品结构分析导论》，《叙述学研究》，中国社会科学出版社1989年版，第14页。

述没有严格地遵循第一人称的视野，同时，叙述的书面语风格还暗示了另一种文化渊源。这一章的叙述解开了张仲银挺身而出的一个悬念——另一个女知识青年刘平平的嘲笑剧烈地刺激了张仲银的自尊心，促使他义无反顾地跨出了关键的一步，同时，这一章对于许多事件的重述无异于给出了五人坪之外的参照系。这使许多的情节和细节获得了不同的解释，产生了不同的重点。

仅仅从叙述的意义上也可以说，知识青年李京生是五人坪的“他者”。第五章是“他者”的话语。

“他者”的话语作为另一种背景显示了五人坪的文化坐标所在。

重提叙述

分解出一系列主要的话语类型之后重提叙述，无疑是为了重提叙述的聚合功能。叙述的聚合功能是神奇的，拆卸出来的种种话语类型将在叙述之中熔于一炉，浑然无迹。叙述不是相加的总数，叙述的横向组合是使单列的各项叙述单元获得一种共同的内在逻辑。

我的拆卸仅仅说明了《万里无云》所包含的多重含义，以及这些含义的来源。当然，我的拆卸时常察觉到一种有力的抵抗。这样的抵抗来自叙述本身。叙述即是反拆卸。否则，这一部小说不可能如此强烈。

原载《当代作家评论》1997年第4期

自尊的独语

——读李锐的随笔集《拒绝合唱》

周政保

“拒绝合唱”，说起来容易，做到则极难。对于“合唱”，自然可作态度暧昧的滥竽充数状，可这种做法比较猥琐。坦荡的姿态无非两种：要么明明白白地“不唱”，要么明明白白地“独唱”。我想，李锐的“拒绝合唱”，也只能是这两种选择。“不唱”的难度可能小一些，但堂堂正正地“独唱”，则不是每人及其每时每刻都能做到的。“独唱”的人不仅要有点儿底气，而且还得担一些实实在在的风险。

李锐确是一位有胆有识的作家，他敏锐、犀利、沉着、冷静。初感略有点儿狂意，其实不然，只要你乐意潜入他的作品。说来也不奇怪，在我们这个“白发三千丈”的古老国度里，凡张扬个性、独树一帜，且明目张胆地“拒绝合唱”而自个儿“独唱”的人，很少不被人称为“狂”的。

李锐是小说家。他的《厚土》系列，还有他的长篇小说《旧址》《无风之树》等，大都显现出“独唱”的特性。尤其是他的《厚土》系列，其影响的广泛远远超出了我们的想象力。台湾文坛不说，就翻译成西半球文字的，就有瑞典、英、德、法等版本。当然还有东半球的日本。都说《厚土》系列写了山区的农民（农村题材），但更真实的，则是写了那些无奈地、别无选择地选择了山区的“人”。“人”，才是李锐的主旋律，才是“厚土”之所以“厚”的根柢。读罢李锐的小说，再读他的随笔集《拒绝合唱》（上海人民出版社1996年版），那种心心相印的感觉，便显得愈发浓重，而出现在脑海中的，也就是一个率直冷静的李锐，一个淡泊而富有棱角的“独唱者”，其声音要比“小说家李锐”更直接、更清晰……

李锐的创作并不高产，无论是小说，还是随笔之类的其他。他说，“一发而不可收的境界是什么滋味从来也没有尝过”。这是心里话，我相信。他在《等待小说》中诉说了“写写停停”的体验，总要“等着被消耗过的情感和感觉慢慢地再积蓄起来，等到它们终于有一天漫过了漆黑的闸门，小说就会来到面前”。这里所说的，当然不止于“等待小说”，或者说，随笔也需要“等待”。他不是那种依仗技巧、热衷于玩弄文字游戏的作家。他注重内心深处的感触，而矫情掩饰之类之于他，无疑是一种生命的亵渎。就“有感而发”而言，他的传统性显而易见，但因了“有感而发”的“感”的独立或与众不同，他又只能持“拒绝合唱”的态度，而且还得面对强大的“传统”——“自秦始皇统一度量衡以来，中国人太喜欢合唱，只接受合唱”。在李锐的心目中，即便是从事精神创造的所谓文坛，也极容易变成“热闹非凡的大舞台”，不是“流行唱法”，就是争先恐后地“先锋”起来，“更有人站到台上来以非凡的‘语码符号’来指挥这先锋大合唱”。李锐既不指挥“合唱”，也不凑“先锋”“流行唱法”的热闹，他所企求的，是要从震耳欲聋的窒息中挣出来，尽情享受“独唱”的酣畅与陶醉。

作为作家应有的性格，李锐对于眼前的这个世界，持有浓重的怀疑倾向。他的逆向思维及寻根究底的喜好，护卫了他的独立性及清醒姿势。也许，怀疑本身就是一种信仰。但李锐不是一个无根无柢的怀疑主义者。（尽管他说：“如果一定要选择一个主义才有发言权的话，我宁愿选择怀疑主义。”）倘若我们不背叛感觉的天性，那从他的“独唱”中，时常可以倾听到如下的声音（只作例证）：

中国是什么？中国是一个成熟得太久了的秋天。（〈厚土〉自语）

作为一个中国作家我只能写中国人，当我写着中国人的同时，我自身也是一个地道的中国人。（《一种自觉》）

……我们是人，我们只能是人，我们只好是人。（《神话破灭之后的获得与悲哀》）

人只能是人自己，人只配有人的过程。（《一种自觉》）

因了我的“断章取义”，这声音显得不怎么连贯，但还是或多或少地体现了李锐的心迹——无论是哀伤，还是无奈，或者是透彻之后的绝望，乃至为自己建筑的皇皇精神之塔，都与他这种没有犹豫的声音相关。“人”的概念之于李锐，是一种极为坚实潮润的贯彻。既不是空洞的躯壳，也不是失却了时空背景的“塑造”，更不是被涂抹了某种油彩的“非人之人”。在这里，与其说是注重“人”，还不如说是意识到了“人的过程”。过程的意义才可能是意义。因为是意识到了“人的过程”的自然而然，以及没有任何力量可以随意改变的千姿百态，又因为是洞见了隐藏在背后的各式各样的生动或不甚生动的脸谱，所以才有“我们是人”的选择，才有生命歌哭的“独唱”。而“拒绝合唱”的必然性，便是“人的过程”的必然性，同时又是承认个性自由的必然性。这对于作家来说，是准则，也是常识，可我们的文坛还在进行隆重的讨论（能讨论也好，可作为提醒）。

我只读过李锐的一本随笔集，就是这本《拒绝合唱》，也是到目前为止唯一的一本。既然是随笔，也就决定了作品的即兴性质。其中有游记、序跋、读书笔记、人物速写以及各种文学的或非文学的随感杂述。说到底，这些文字都写着他自己，即所谓“一下子有许多如水的秋阳涌到心里来”，因而都留有鲜亮的“李氏印记”。我的这种感觉，无疑是一串地道的废话，但可以肯定的是，李锐的表达既不“审时”，也不“度势”，更不瞧谁的脸色。他只诉说他自己，而对于各式各样的不着边际的“文学状态”，只有四个字：深恶痛绝[注一]。他持有一种非常意象化的观点，认为“一切好艺术和好文学都是在人类文明外套的极限之外，无意中碰破的伤口或无意中得到的欢乐”——他对文坛的“现实”，无论是“故意制造的伤口”，还是“精心包装的美丽”，或者是诸如“宽容”及掉底的自我标榜之类的丑陋表演，都有过击中要害的描述，无情而又精彩不过，说“无意中碰破”也罢，说“无意中得到”也罢，此“无意”绝非彼“无意”，“无意”的可能性终究要以人的质量为前提，否则，也就只好是“精心”的“故意”了。

李锐的随笔大体可分为两类：一是更倾向于叙事的闪烁着阅历色泽的生活感受，一是更倾向于理性透视及直接判断的富有强烈现实感的理解，尤其是对于文学艺术、对于文坛现状、对于自己或他人的创作，或对于诸如历史、生命、时间之类的把握或诠释。当然，这是一种愚蠢的、浅尝辄止的分类方式，因为感受（或描述）与理解（或析释），在随笔中本是高度“一体化”的精神实在（对作家、对读者都是如此）。但对于具体阅读来说，或许可以因角度的差异而感悟到更多的精髓，或更为丰富的启示（至少是我的感觉）。

在李锐的随笔创作中，《寂静的高纬度——北欧散记》与《走进台北》，是篇幅较长、记叙性也较强的片段组合作品，其中的感受与体验以及于思绪中透露的洞察力及见解，充分体现了一个作家或一个“地道的中国人”的素质。写这一类游记（特别是访外游记），实际上是一种文学冒险，就如我们经常读到的一些“访外散文”一样，因了对抒写对象的模糊或一知半解，大抵只能诉诸肤浅的介绍性的记述，除了新奇还是新奇，甚至在新奇中卖弄自己或迷失自己。但我们在上面提到的那两篇随笔中，却亲切地感受到了一种高品位的思情表达，同样是新奇的异样感，但其中跳动着的却是一颗高贵的平常心——因了“我”的深深介入，让人更真切、更可靠地体会到了“一个地道的中国人”对于世界的“阅读”：不是自大而是自尊，不是自暴自弃而是惋惜或遗憾。他以如水的秋阳涌上心头的那种宁静或清澈，感觉着、阅读着那些别样的世界，又因了他那“人的过程”的角度，世界又显得并不遥远，并不陌生。李锐到过不少国家，除了高纬度的北欧，还有美国、苏联等，但他以惜墨的方式护卫着他珍重自己感受的自尊自爱，他的独有所见或独具所悟，构成了一种只属于他的“随而不随”的随笔特色。他写了托尔斯泰的“永失‘故居’”，也写了美国南方旅游者的“无奈”……他往往模糊了、疏淡了对象的记述，却使得瞬间的体验，清晰地延伸或扩张为刻骨铭心的启示，不仅属于他，也属于你我，属于历史或诗，属于“我们是人”“我们想知道怎样活着”的同类。

也许是由于当今文坛的“虚构理论”的泛滥，也可能是不怎么读作品的批评家太多的缘故，李锐随笔中的“创作谈”及一些关于文艺的杂感，便显示出一种见解迭出的珍贵。如他的《自语》《一种自觉》《漂流的故事》《重新叙述的故事》《虚无之海，精神之塔》《谁的人类》《“现代派”》《中国文人的“慢性乡土病”》《燃烧绝望的龚自珍》《经久耐读的福克纳》《神话破灭之后的获得与悲哀》《等待小说》《被剥夺与被掩饰的》《拒绝合唱》等（也包括随笔集《拒绝合唱·前言》），都称得上是当今文坛的一流文章[注二]。量虽不大，但论其质地，论其审美的光芒，或论其涉及的深广与碰触微妙的坦率，你不能不联想到，诸如《厚土》系列之类的小说，绝不是一个作家的偶得，或如某些作家的某些作品那样因时势而“轰动”，而是一种精神燃烧的自觉，一种与“厚土”息息相关的根深蒂固的果实。倘若对此毫不怀疑，那当你读到那篇谈论《菊豆》及张艺谋电影创作的《人的寓言》时，或读到那篇由《阿甘正传》而涉及好莱坞电影风景的《终于过了青春期的美国》时，也就不会感到惊奇了——其中的判断或理解（作为艺术感觉或审美分析），是一些正活跃于电影包装作坊的所谓专家所无可比拟的[注三]。那么，李锐的敏锐、犀利究竟来自何处？我想，应该源自他血液中的那种“地道的中国人”的意识，那种善于反复阅读世界的体悟，那种把“人”视为无休无止的历史过程的感受力。当然，这一切还得依仗他“拒绝合唱”之后的堂堂正正的“独唱”。

在中国，太需要高质量的“独唱”了。我想，这是李锐之所以是李锐的无可替代的意义。

1997年2月中旬　北京

[注一]

李锐在《拒绝合唱·前言》中写过这样一段话：“……现在满眼所见，到处是故意制造的伤口，到处是精心包装的美丽，凡是会背诵几句广告语的就可以堂而皇之地来谈论文学：专制的，陈腐的，油滑的，市侩的，永远‘新’，永远‘后’的，永远站在‘舶来’的船上不能上岸可又要指天画地的，永远面朝黄土死守祖业不承认有大海的，永远以人民币的面值衡量人生衡量艺术衡量一切的。声音之多，音调之杂，有如一个夏日的蛙塘。”在我看来，李锐的“深恶痛绝”，绝不是心血来潮的偏激，而是一种洞察或感受之后的深思熟虑，既是怀疑，又是燃烧。如此这般的全面出击，不仅可能得罪潮流中的跳蚤，而且可能触动文场上的大象（“对号入座”是经常发生的）。但李锐并不在乎。他坚信：“内心深处这一角以生死之难换来的留给自己的土地，绝不拿出去给什么人‘解构’。不管他有怎样的可怕的权势，也不管他有怎样动听而‘现代’的理论。”（《虚无之海，精神之塔》）他敬仰鲁迅，且读出了鲁迅的真正的精神品位——读李锐的这本《拒绝合唱》，是可以从真诚冷峻的表达中感觉到某些“鲁迅精神”的存在的。在李锐的“深恶痛绝”之中，有两种类型的“恶”值得一提：

一是“讨外国人喜欢”的“贱习”，其中也包括李锐所提及的所谓“外向型小说”的“作法”。这种具有某种中国特色的文场现象是存在的，但李锐认为：“就像美国的垃圾不能代表美国的艺术家一样，中国的垃圾也不能代表中国的艺术家。”（《谁的人类》）尽管几年前李锐在美国的一次“中国文化研讨会”上，对“白皮肤教授”就中国艺术家只关心“怎样才能讨外国人的喜欢”的话题所作的以点概面的“挖苦”，表达了强烈的不满及有力批驳，但这并不影响他对“垃圾”的“深恶痛绝”。这，便是作为“中国作家”的李锐。

另一种类型的“恶”，或许与上述“贱习”也有点儿关联，那就是关于“新”，关于“现代”或“后现代”（是否包括“后新时期”之类），关于永远站在“舶来”的船上不能上岸而又要“指天画地”的各式自以为是的表演……不过，李锐的小说及随笔都告诉我们，他绝不是一个因循守旧的作家，也不是一个排斥西方的作家。他胸怀博大，但又自信自尊。他对中国作家与西方作家都拥有属于自己的认识，无论长处还是短处。他敬仰鲁迅、敬仰龚自珍，乃至由衷称赞莫言、史铁生、张承志、王安忆，与此同时，他也把肯定或剖析的目光投向一些负有盛名的西方作家，如福克纳、加缪、萨特、冯尼格特、卡夫卡等。我想，在李锐的目光中，这些中国的或西方的、过去的或现在的作家，首先是“拒绝合唱”的“独唱者”，是精神或人格意义上的“知音”，其次才是创造了独特艺术的人。不在于是否“新”，是否“现代”或“后现代”——李锐所厌恶、所不屑的是那种因缺乏“刻骨的诚实”而只能“望人项背”的没出息，即那种永远的“洋奴”，永远“上不了岸”的“贱习”——在那里，李锐窥见了更深的文学泯灭。

[注二]

这些文章主要分布在随笔集的第二辑“讲完故事以后”、第四辑“生命的歌哭”、第五辑“风雨入窗”之中。文章（随笔）的角度及表达方式尽管不甚相同，但读后大都能留下“货真价实”的印象，尤其是一些作品中的独到见解，往往令人叹服——至少我感觉如此。何为“一流文章”？确实不在于或不仅仅在于文辞之类的尺度，也不在于是否“骇人听闻”（为了制造轰动效应而妄下论断，只能是一种浅薄），更不在于趋“新”附“后”的自我标榜；而在于切合文学实际的且能排除世俗干扰、护卫了独立性的真知灼见。“一流”的见解造就“一流文章”，其他或许可以蒙混装扮，唯“见解”这道门槛的跨越得有点儿真功夫。读李锐的随笔可以发现，精湛的见解几乎是“俯拾皆是”——可能不甚完整、不够周全，也难以做到“滴水不漏”，但自开思路、独树一帜，且合乎创作状态，给人以冲击或启示，却是一种无可否认的事实。为了进一步说明李锐随笔中的“见解”问题，这里再补记一二：

△　李锐写过《谁的人类？》，这题目就有点儿直捅要害的味道。他认为这是一个无法绕过的命题。至于原因，他说：“那就是当中国的作家、艺术家的杰出而深刻地表达了自己的时候，为什么我们的表达只被看作是‘中国的’而不被看作是‘人类的’。事实上几乎所有欧洲和北美的杰出作家和作品，在被人评价的时候都会被冠以‘深刻地表达了人类的处境’、‘深刻地描写了人类的苦难’、‘深刻地体现了人类之爱，和人的尊严与荣耀’，等等等等。在这个用‘人类的’三个字所组成的神圣之山上，云集了所有欧洲和北美的艺术大师和他们的作品，需我辈仰视才见。如果真的有这样一个超民族、超国家、超文化、超时空的大写的‘人类’，为什么中国的作家、艺术家和我们的作品就与此无缘？不仅无缘，而且还常常会被别人或是‘无意识’或是‘下意识’

地排除在‘人类的’之外。最有讽刺意味也最常见的是我们自己，也在做着这样的排除。难道中国人真的不在‘人类的’之内？或者说，这个人类到底是谁的人类？”在这篇随笔中，李锐还把鲁迅与卡夫卡做了一次很独特、也很冒险的比较，我以为其中的剖析是可靠可信的。卡夫卡自然是“人类的”，但鲁迅仅仅是“中国的”吗？“现在关于鲁迅的论著数不胜数，可有谁说过鲁迅的‘人类的’的意义吗？可有谁从‘人类的’角度出发看待鲁迅的文学著作？外国人不这样想也就罢了，我们中国人这样想过吗？”李锐还依据自己的创作体验，读到了“人类的”这一范畴与作家创作的关系，并提供了这样的诘疑：“……难道是为了表达‘人类的’这样一个理念才动情地歌哭的吗？难道艺术是一个预谋吗？如果一切都是可以预设的，那人类这个物种该是一群多么乏味的生命！”在这里，其实已涉及文学之所以可能存在下去的理由、动机以及创作的美学规律与可能性等大课题。文学创作也许可以“预谋”，但最杰出的创作却是循着自然而然的道路发生的，它是最生动、最具体的；它有着自己的植根土壤；同时也是由某一个有名有姓的人创造的——只有在作品的传达完成之后，才可能涉及“人类的”问题。李锐的结论是要坚守常识、坚守自我、坚守诚实，“在对自己刻骨铭心也是自由无拘的表达中，去丰富那个不可预知、天天变化的‘人类’”。“谁的人类”这一诘疑及与此相关的一系列其他话题的提出，对中国的文学理论批评界，对中国文学的创作界，乃至对西方的中国文学研究领域，都是一种提醒，甚至是一种新思路的开拓。

△ 关于“中国作家的处境”与“中国人的处境”，李锐也有一些独到的观点，一些很切合实际的看法（不是那种悬在空中的彩虹般的夸夸其谈，绝对不是）。他说：“生在中国长在中国的中国作家，只能写中国人，中国人的处境也是人的处境的一种。卡夫卡式的痛苦，加缪式的荒谬，也只是各自的一种，大可不必都搞成一副面孔——我们现在的文学和理论大都在忙着建立自己，倒把中国人冷落在一边了。”（《一种自觉》）当然，这些见解既不“新潮”也不“先锋”，但一旦与“中国作家的处境”及创作（还有理论）发生碰撞，也就显得新鲜而异彩纷呈了。倘若牵涉到“谁的人类”，那我们不能不感受到，李锐对创作与理论的“处境”提出了多么敏锐的批评——作为创作，

不必朝思暮想地企求上那个“人的处境”的“档次”，你严肃认真扎实地写中国人就是了。一方面是只能或只配写中国人，因为你是土生土长的中国人，另一方面是写好了中国人，也就是写出了“人的处境”，因为“中国人的处境也是人的处境的一种”。而作为理论，则无论如何不能冷落中国人自己，更不能为了“新”、为了“后”、为了“先锋”而“言必称希腊”——仍然是那个意思，中国作家也是世界作家的一部分（卡夫卡是“人类的”，鲁迅或其他更多的中国作家的创造也是“人类的”），你不能在玄谈中“建立自己”，也不能忘却你所面对的是中国、是中国的文学。论“人的处境”，就会涉及“人”或“人性”。李锐的看法是：“西方人的痛苦是痛苦，东方人的痛苦也是痛苦，个体性的人是人，群体性的人也是人。人和人性是活生生的，是一个不断生成的过程……”（《一种自觉》）他不主张把“人”或“人性”看成是一种西方的“专利”，看成一种已有的、先验的、抽象的、理想的、既定的东西，它与“中国作家的处境”、与“中国人的处境”，或与“人”、与“人性”相关。

李锐还提出了一种“世纪大漂流”的观点（这观点是在谈论蒋韵的小说创作时提出的）。李锐说：“自辛亥革命以来，尤其是自1949年的新中国成立以来，那些曾经让中国文人一唱三叹的老故事终于永远地失去了古老的背景，开始了自己无以依托的世纪漂流。一个以神州大地为根据，一个以五千年的传统为历史的文化体系终于开始了自己最彻底的毁灭和再生。”（《漂流的故事》）当然，这种“彻底的毁灭和再生”是纷繁驳杂、跌宕起伏的，可谓千姿百态，难以形容（谁能形容？）；时现时隐，无可预料（谁能预料？）。“由于没有了那个古老夕阳的映照，没有了那个‘青山依旧’的古典的背景的映衬，这些新时代的新故事只好形单影只地留下自己漂流的背影，仿佛茫茫大海上的点点孤帆。故土远离，彼岸杳然，眼前的旅途却又遥遥无期，这是一份无以倾诉的孤独，这是一种无人可懂的旷世的漂流。”（《漂流的故事》）李锐以诗的把握，郑重地向我们展现了“中国人的处境”（亦为“人的处境”），目光是如此阔大、深邃、锐利。在中国文学界，我第一次听到这样的声音。李锐认为，争争吵吵的一团乱麻似的中国文坛，是“先锋”还是“传统”，是“现代”还是“不现代”，是“后”还是“不后”，是“严肃”还是“不严肃”，甚至是“爱国”还是“不爱国”……这一切总得有所落实、有所依托，所以他说：“在这一切争论和一切创作的最后，有一道人人都可以看到，但是未必人人都愿意承认的分水岭：那就是对这场世纪大漂流的承担和表达。这是一切有良知的艺术家和一切投机者的分水岭”——无论是一种怎样的姿态，一种怎样的“表情”，一种怎样的精神驱使或心理动机，“只要他对这场旷世的漂流背过脸去，我们不必指责他的选择，但是，我们也就不必再和他讨论爱和恨，不必再和他说什么悲哀和幸福，不必再和他讲述属于人的艺术和文学”（《漂流的故事》）。

李锐的独到见解还有很多，譬如，中国现时作家如何追问自己（不逃避、不蒙骗）的观点，关于作家“等待小说”的观点，怎样理解鲁迅的观点，福克纳为何“经久耐读”的观点（最创新也最先锋的福克纳与传统的关系等），对于“现代派”的理解，对于中国文人的“慢性乡土病”的透视（“悯农”与“田园”情趣），对于“绝望”与“拯救”的剖露（其中包括对龚自珍的独到看法，也包括人类自我“拯救”的可能性、“文化决定论”的偏颇、文学能不能“改造国民性”等），对于文学现状的感受：是“被剥夺”还是（或多少是）“属于被自己掩饰的虚伪和怯懦”，以及对于三个不同概念——知青经历、知青作家、知青文学的洞察与把握……因篇幅关系，不可能一一加以梳理与阐释。我只想说明，李锐的可贵不仅在于“拒绝合唱”，更可贵的或更值得人们尊重与叹服的，是他的精湛的“独唱”，即那种不被潮流裹挟而走的、既不崇“外”也不媚“内”的独立精神——作为观点，可以不周全、不严密，因而可以再探讨、再商榷、再完善，但发出的声音却是真实的、属于自己的。

[注三]

《人的寓言——关于〈菊豆〉的联想》，是我读到的谈论张艺谋导演艺术谈论得最到位的文章之一。其精彩在于：李锐并没有把电影艺术仅仅看作是一门“艺术”，即电影是电影，但又不仅仅是电影。在李锐的关于“人的寓言”的谈论中，深深地渗透了他所一贯坚持的对于中国人生活的穿透力，以及他对于艺术本身的可能性的理解。就此而言，很多电影评论家（乃至权威们）是望尘莫及的，而“新”们、“后”们（有些是“票友”），因了对“中国”、对“中国人”、对“人”这些概念的无力深究或缺乏一种真正植根于生存土壤的感受与理解，于是谈起张艺谋的电影（特别是贬损时），便显现出一种悬空的滑稽可笑之相（似乎他们不是中国人，但又做不到如西方人那样评判张艺谋的电影）。实际上，张艺谋导演的影片都比原小说更富艺术品位。李锐在这篇随笔的最后说：“作为一次性的视觉产品，和无法回避的商业性，使电影成为一种大众艺术。但是看了《红高粱》，看了《菊豆》，看了《大红灯笼高高挂》之后，你无法否认在电影艺术中有着高品位的纯粹而真诚的艺术追求者。”不难感受到，李锐对于电影艺术的自信，要比某些电影艺术家（包括理论批评家）表现得更充分、更坚实，也更有眼光。而那些长年混迹于电影圈的红男绿女们，对于李锐的诸多看法，大约是从来没有想到过的（或根本不想）。至于那篇由《阿甘正传》说到好莱坞电影的《终于过了青春期的美国》，不仅谈论了电影，而且概括了美国人的精神成长——其中嘲弄了他们曾经有过的幼稚，如对福克纳的忽视，又如在“越战电影”所表现出来的青春期般的“痛苦”与自以为是，当然，也称赞了他们在《阿甘正传》中所传达的那种成熟——“一个国家和一个人一样，它的成长除了需要时间而外，还需要命运的提醒”。的确，《阿甘正传》讲述了美国人自己的体验，而指出这一点则意义重大。我想，李锐所看过的好莱坞电影是有限的，但他那种由此及彼的联想与把握，是可靠可信且能提供诸多启示的。这，也得依赖于李锐自身体验的积累。中国的小说家实在应该精心研读《阿甘正传》，因为这部影片的高明或深沉，就在于为了追问自己与批判自己而对各种各样的传达语言的运用，就在于编导诉说了他们美国人的故事及美国人的精神成长。把这一过程揭示了，也就是完成了“人的故事”或“人的寓言”——这，正是我们应该倾心尽力去做的事。当然，我们的对象是我们自己，而不是弗雷斯特·冈普。

原载《当代作家评论》1997年第5期

对“文革”的再叙事

——关于《无风之树》和《万里无云》的对话

王鸿生　耿占春　曲春景

王鸿生（以下简称“王”）：90年代中后期，长篇创作蔚为大观，但是真正达到时代标高的作品尚属凤毛麟角。在这股不断分化又不断重组的文学浪潮中，一代知青作家的精神向度及其展开过程，具有特殊的文化意义。正是他们的批判性选择或反思性立场，为这个时代日益浮泛的精神生活增加了其必需的重量。对李锐的《无风之树》和《万里无云》这样的长篇，我们没有理由表示淡漠。

曲春景（以下简称“曲”）：总体上说，李锐是个思想型作家，他的独特和不可替代在于，一直坚持对“文革”这一重大事件进行反省，并且将这种反省推进到了精神内部。他的这两部长篇，形成了我所认为的“反面神话”两部曲。

耿占春（以下简称耿）：正如李锐自己所说的，“文革”成为他终生追问和表达的命题。在他的笔下，“文革”就是中国的“奥斯维辛”。

王：对“文革”的历史反思是其创作追求之一，与此相关的是对叙事语言的探索。通常看到的有关“文革”题材的作品，由于不注意语言叙事，结果缺乏精神内涵。而李锐跨越了这一点，这正是他不同于相当多一些作家的成熟之处。

曲：李锐这两部小说对于“文革”的反思是相当深刻的。他的反思不仅从外部着手，更在于深入“文革”这种狂热的精神现象的背后，力图寻找出支撑这种精神现象的心理动因。两部作品中的主角共同呈现的心理轨迹是：由理想情结和英雄崇拜所衍生的精神活动，以及由此对自身所处的日常生活图景所进行的一系列主观创作和变形。

耿：另一方面，作者力图运用最“土”的语言，对“文革”进行个案式的又是具有象征含义的精神分析。此前的一些作家，比如赵树理，在尝试运用乡村的语言表现农民生活及意识方面获得了一些经验，但其中很难看到对于历史的思索。

与前者不同的是，李锐的作品显示出：革命的意识形态是建立在大面积类似于“五人坪”“矮人坪”的原始生物状态、环境上的。在他的笔下，远离政治与文化生活中心的吕梁山区的偏僻角落，却成为历史的一个缩影。这样似乎更容易进入历史内部：激进的、专制主义的意识形态与停滞在生物水准上的生存处境的吻合与错位。

曲：在语言叙事上，李锐运用了视角转换的叙事手法，让同一个事件在不同的视角中呈现。其主题不但没有在多重视角构成的多元判断中消解，而是得到了更加有力的强化。李锐用新的叙事方法又一次成全了自己的精神追求。

耿：也就是说，《万里无云》和《无风之树》都是重新叙述的故事，是对于同一事件的不同视角。

王：贫穷、落后、苦难一再成为其主题的相应承载。

耿：伤痕文学表现的是非文学的政策观点的逆转，文化视野和历史距离感难以从中获取。尽管在李锐作品的重新叙述中几乎看不到有意识的有关历史和文化批判的东西，但他所要表现的主题仍直观而寓意式地表现出来了。

王：李锐似乎完全拒绝通常小说的表达形式，实现了从书面语到口语的大跨度的、彻底的转变。他直接变口语式对话为叙事形式的大胆做法也是一个突破。

耿：在故事情节设置上，作品表现得结构凝练、线条简洁。例如在《万里无云》中，祈雨事件又富于寓意式地和闹革命的“文革”神话穿插在一起。

曲：这就是古老迷信和现代神话的结合。从这两个事件导入对‘文革’的反思确实更富深意。

王：两部作品也成功塑造出苦根儿和张仲银两个乡土知识分子形象。他们是处在一般意义的知识分子与老百姓之间的角色。

耿：对。对于乡村百姓而言，他们是“他者”；对于城市知青而言，他们同样是“他者”。

王：尽管是“外来人”，但他们都从内心自觉选择了乡村。张仲银是以“文化传播”为己任，而苦根儿则奉行“疾风暴雨式的革命”。在二十世纪上半叶，以毛泽东为代表的中国乡土知识分子获得了成功，而试图走同一条道路的乡土知识分子，在二十世纪下半叶却遭遇失败。

曲：你的意思是不是说，我们应当把对“文革”的反思扩大至对中国革命历史的反思？

王：我认为，用张仲银和苦根儿形象来追溯毛泽东的思想历程，起码是作者力图表现的一个层面。

曲：毛泽东将理想纳入实践，他成功了。张仲银和苦根儿的悲剧在于他们把理想纳入现实后是失败的。作品中凸现了他们理想与现实的错位。

王：中国革命是由乡土知识分子领导的。他们在二十世纪上半叶和下半叶命运的不同，正表明了他们理想本身的局限性。这也确定了他们在中国现代史中的奇特位置。

耿：相比于城市知识青年，张仲银和苦根儿对农民更具同情心。他们两面都具有亲和性，但两面都有距离。

曲：张仲银和苦根儿处于一种“中间”状态，周围没有契合者，因此他们也是孤独的。

王：乡土知识分子由二十世纪上半叶依靠农民闹革命，到二十世纪下半叶以改造农民、农村为革命目标，其间的位置变化，导致他们与乡土关系的历史位置也发生了变化。

耿：在这样的变化中就出现了矛盾：接受再教育的知青却又承担着教育农

民的“文化革命”的功能。的确，“矮人坪”“五人坪”代表了静止、落后、苦难的中国。乡土知识分子意识到并竭力反对现状，但他们苦于找不到路子。

王：值得注意的是，在《万里无云》中，第五章增加了城市知识青年李京生的视角，体现出另一种参照。

曲：就具体人物而言，苦根儿和张仲银作为“文革”中抽取的精神个案，由作品剖析和提供了这种精神现象背后的心理原因。

在《无风之树》中，苦根儿的“英雄情结”是由强有力的现实宣传、英雄主义教育鼓荡起来的。由英雄崇拜到对英雄生活模式的模仿，再到对自己生活的提升和幻化，最终主人公生活在经过这一系列的心理转化而生成的意象世界中。这是一个不同于现实的神话世界。

耿（笑）：神话的特点是不需解释，只需信仰。

曲：神话信仰不同于宗教，其对象往往是此岸性的、被纳入现世生活之中的。信仰和崇拜的对象不固定，并容易发生位移。两位主人公的自我从英雄崇拜出发，到与英雄认同或完全一体，自我和英雄的最终统一使英雄崇拜转化为自我崇拜。这样，“自我”就由人的位格提升到神的位格。这种移置成为他们在艰难困苦的环境中得以立足的力量。他们自认为是精神力量的给出者，“矮人坪”和“五人坪”就成为英雄自我实现的场所。

王：苦根儿对于矮人坪最高窑洞里“明亮的光芒”的臆想，就表明了这一点。

耿：究其实，这是一种古老的“救世主”情结。面对苦难的民众，产生“救世”幻想。至于是否奏效，就是另一个问题了。革命者最初想做的，也是宗教家从前所要做的。革命只是把宗教拯救变成了政治救世主义及其运动。

王：不难看出，无论是苦根儿，还是张仲银，他们心目中基本的英雄原型都是毛泽东。

曲：《万里无云》中张仲银的心理活动方式、话语方式均出自毛主席诗词语录，并和邢燕子、瓦尔瓦拉·瓦西里耶芙娜等时代英雄是一体的。这种自我神话，使他产生了超越世俗的优越感。

在《万里无云》中，仲银对自己生活处境的认识和现实生活严重错位。仲银将幻化想象的图景当成真实的生活图景接受，在心理上完成自我的“神化”转换。作者通过揭示人物心理上的自欺，完成了对神话时代的人的精神状态的透视。

而《无风之树》中的苦根儿决意遵照“最高指示”，在荒僻的矮人坪谱写一部《山乡风云录》。他要改变矮人坪的面貌，他要完成打坝造田，建水站、小学校、养老院的英雄壮举。但农民对于这种“做梦”式的行为抱有本能的反感。当真实生活已经昭示了行为的无意义，而他本人内心仍然能坚持给出意义。苦根儿的一意孤行的行为，就建立在自己是神圣的拯救者、造福者这种自欺的心理机制上。

在对拐老五问题的处理上，更显示出苦根儿意识状态的神话特点。苦根儿要斗争并战胜的人，原本不具备丝毫的对抗性。这场力量悬殊的斗争以拐老五上吊自杀作结。苦根儿日渐膨胀的激情一下子因失去了斗争目标和对象而瘫软。但他最终能意识到的也仅仅是现实不能实现他的理想，仍不能从意识形态的神话中走出来。

耿：“文革”的基本动机是创造一个新世界。然而这种动机和“乡土中国”的现状产生了错位。苦根儿和仲银在某种意义上很相似。他们都以新人自居，他们主动承担起改造世界的使命。苦根儿致力于阶级斗争的矮人坪其实并没有阶级敌人。这就造成革命的空想性质，以及由大量的“假想敌”所导致的新的压迫制度。一方面要求改变现状，另一方面是怎样才能改变现状，以及“斗争”的模式是否依旧合理?

王：苦根儿的理想主义与农民的本能存在产生错位，缘于两个世界的隔膜。苦根儿缺乏对人的生存欲望和性欲的基本了解。

耿：正因为农民存在着对满足基本欲望的渴求，才有暖玉二弟吃饭撑死的惨剧，也制造出矮人坪光棍汉和暖玉的奇特关系。

王：但这些不为苦根儿所理解。他将“两性悬念”提升到“当主任的怎么能和阶级敌人睡一个女人”的“政治悬念”高度，并将其作为阶级斗争的新动向。他的斗争遭到农民的抵抗。放大了看，正是中国广大农民对革命狂热所持的内心冷漠和拒绝。

到了《万里无云》中，又提出了“教育农民”的意向，体现革命要“传播文化”的另一重含义。张仲银寄望于以文化传播来改变五人坪的原始生活状态，而农民对文化也表现出尊重和理解。事实上，仲银对于农民的认同也是有限的，他和苦根儿一样不能理解五人坪的生存世界。农民对于张仲银的尊重源于他作为“文化”的化身，并非对他的革命理想的理解。

相比苦根儿轰轰烈烈闹革命的“壮举”，张仲银面临的是待而未发的状态。在他的革命行为中，只存在戴红袖标和高唱《北京有个金太阳》之类的仪式化的东西，是缺乏具体对象的革命。这使他陷入没有成功感的孤寂之中。

北京来的红卫兵给他带来了更大的失落感。“方圆几十里内唯一的文化人”是他在荒凉的五人坪支撑自己的唯一立足点。但知青的出现使他丧失了“文化中心”的优势。他极渴望创造一个新的壮举，使自己再度成为人们重视的焦点。当他企图借“蝌蚪文事件”掀起“文化大革命”的浪潮而在五人坪农民中得不到回响后，他就站出来顶了那个案子。

曲：所以当老张进了村庙，仲银就说：“我就知道你得回来。”仲银认为政权化身的老张和黄鹤般的北京知青都不能理解人民群众到底需要什么，只有自己才是矮人坪真正的救世主，是他们的恩人和救星。替张大爷顶案子的行为，既能实现他的英雄情结，又能使他自己在心理上获得比老张和北京知青更优越的位置。

耿：张仲银的悲剧在于，革命行动缺乏对象之后，就将自己变成对象。

曲：所以说，《万里无云》中张仲银的形象更为丰富和复杂，悲剧色彩更加浓郁。

王：小说中的女性人物也颇引人注目。如《无风之树》中的暖玉和《万里无云》中的荷花。荷花不是一个“光亮”的人物，她对仲银的追求缘于对文化的向往和尊重。在一定程度上，《万里无云》中的翠巧又有替代“暖玉”的作用。

耿：在对待“暖玉”“荷花”的态度上，苦根儿和仲银都表现出超越七情六欲的相似。

曲：我们或许可以做这样的解释，苦根儿和仲银都以精神传道士自居，他们自以为与“神”同化，因此表现出“无性”的特征。

王：然而包围着他们的语言世界，却是充满了“性”的诉说的。

耿：曹天柱“我日他一万辈儿的祖宗！”是性的隐语的扩展，代表某种无意识的内心生活。

曲：与之相比照的是苦根儿和仲银的高度革命化语言。它们既构成主人公的精神空间，又显示其精神境界的局限。这些革命化的语言苍白、僵化、单调和重复。在这里，知识分子的存在，仅成了意识形态的复制品。

耿：其中涉及“文革”对人的改造、对话语的改造，取消了可能的真实存在的个人生活。李锐通过个人话语的语录化、报纸和毛泽东诗词文章的摘引，表明了知青的内心状态。极权主义最终消灭人的内心语言，使一套意识形态的东西整齐划一。当个人的内心话语消失时，那种通行的意识形态话语实质上就完成了对人的阉割。从这个角度上说，农民的原始性欲话语反而具有粗犷的生命气息。

王：在文本中间，农民粗俗的口语实质上构成了对神圣话语的解构力量。政治话语不为人们接受，成为无效的口号。农民基本的真实的需要对意识形态话语构成了抵制。

耿：两种语言形态又十分吻合，在叙事中表现得自然、真实。

王：在农民口语中隐含着深层的意义：静穆的原始存在具有恒定性。不管多少意识形态的浪花掠过去，它始终不动。这也表明了李锐对历史的一种认识。

耿：李锐在两部小说中描写事件的语境奇特地吻合。他用那个时代群体的口语表现那个时代的人，利用阅读时间的反差拉开了距离。我想，如果在更早的时候如七八十年代用这种语言写作，会不会出现这种距离感?

曲：用当代话语描述那个时代也会很明了，但文本中试图表现出一种距离。

王：文本所依赖的阅读背景，建立在正当的反思之上，而文本本身又是写实的。

耿：李锐作品中的农民话语是一种原始的语言，体现出文化本土的生存特征。如果换一种阅读语境，那么与生存状态的距离是不是会更大些？

王：你的意思是不是指，用被反思者的语言如何体现这种反思？

耿：对。在李锐作品中只将生存状态呈现出来，没有大段心理活动分析、评论，不作任何引申。

王：在两部小说中，不同农民之间的语言和内心独白没有什么区别，他们使用同一套原始土语。

文本中存在两套话语：一套是原生态的集体话语，一套是意识形态的话语。两者的关系值得关注。原生态集体话语是对原始欲望的表达，对意识形态语言起到抵消和解构的作用。它们表现在文本上是“革命文化”和“土著文化”的关系。显然土话也承认意识形态话语的优势地位，但又固守于“不懂”因此互相对峙的局面。

曲：这就表现出两套话语之间的隔膜。

王：的确如此。农民承认革命文化的优势，但又在不自觉间极力捍卫自身，抵御革命文化的破坏和瓦解，保护自己的语言。例如作品中仲银要带领大家大唱革命歌曲，却招来了雷动的笑声。这表明两者之间奇特的、悖谬的关系。“鸡蛋白面”是两套话语交锋的结果。

李锐作品中有意表现上了年纪的老农，他们的精神底蕴和良知体现出一种伦理哲学，有一套自圆其说的逻辑。

这种集体话语也是有文化的。在拐老五和赵万金的富有哲理和智慧成分的话语里，包含了一套自身的机制。他们对人生、生死、土地、世界、知识、文化的看法具有一种常识性，表明了原始的自我理解。

曲：原始话语之所以能够对意识形态话语形成抵制，就在于意识形态话语中人性成分的残缺。

耿：土著话语是对传统文化的一种表达。

王：在意识形态话语的高压下，土著话语的持有者承认自己不懂，但又坚持自己的那套理解。如《万里无云》中臭蛋的一句话：“满天下的东西都变成假的了，为啥非得让道士是真的呢？”两套话语处于敌对、隔膜状态，又表现出一定的亲和性。

曲：意识形态话语中人性方面的残缺，表现在苦根儿和仲银身上就是两人的“远离女色”。暖玉对苦根儿和荷花对仲银的爱慕、进攻以及失败，是否可以理解为土著话语对意识形态话语的爱慕、进攻以及失败呢?

王：李锐的意图很善良。他并没有对土著话语持一种否定态度。他认为土著话语更有趣，更幽默生动。在对口语的淋漓尽致的集中表达中，说明农民自身土著话语所处的无名状态。而在无名的存在中也充满了声音的喧哗。

耿：其中也包含了对写作本身的思索。

王：是的。恢复对汉语口语、民间语的关注，是母语的真正体现。作者力图展示原始语言的生命力。

“革命”失败后，以张仲银为代表的乡土知识分子认识到在“偶然”“必然”后有更大的“然”。新文化的传道士历经转变，开始明确老百姓真正需要什么，另一方面是对更大的“然”的认知要求。后期的张仲银似乎回到了“知识话语”的立场上。八年监禁后，随着英雄情结的消失，他回到了对存在的追究。

显然，“知识话语”作为一种中立语言，企图跳出两种话语的意向，更着重对于“认知”的要求。张仲银从以文化传播者自居转为要认识传播对象，实现了由传播者到认知者的身份转移。李锐在此启示了乡村知识分子新的可能性。

耿：也许这种启示更多体现在李京生身上。

王：对矮人坪或五人坪来讲，李京生只是一个过客而已，张仲银的转化才是一个有机的过程。

曲：张仲银的悲剧性和复杂性就在于他转变以后，想为农民盖所学校，真正做点参与土著文化的建设和改造的事情，却又被土著文化的愚昧所黏住，因参与祈雨再次遭到逮捕。

王：作品较成功地跳出了两极话语的樊篱，在此意义上，可否说两部作品本身也存在“认识论”的需求?

曲：作者这样做是为了提供一种清醒的认知文本。

王：在当代文学创作中，真正坚持做好这一点的作家还不多。这一追求看似低调，但又确实必要和难做。这也涉及李锐自我写作的定位：真正认识中国，认识这段历史。

曲：作者不仅仅在于认识历史，更在于认识历史背后精神的原因。而这点在以往创作中却常常被忽略。

王：他的认识很深入，也表现为多个层次。

曲：但我们对历史的反思往往不能深入，容易忽略导致历史事件背后的精神因素。社会神话的不断出现，就说明了我们的民族文化在整体水平上反思不到位。李锐提供的这两个文本，有助于我们认识和反思。

王：知识话语的出现，一方面交代了张仲银个人的思想变化，另一方面也体现了我们现在对问题的理解方式。但由于作品定位于“认识”，导致其想象空间也受到一定制约。

耿：作为小说，重要的是为深化、拓展这种思考提供了一种原始经验的认识基础。小说是那个时代的活化石。李锐的小说扫清了意识形态话语附加于历史的遮蔽物。这是很不容易的。李锐小说中历史反思的深化，提供了一种可供解释的空间而非解释本身。

曲：对于经历过“文革”的人也存在着拓展，尤其对于未经历过“文革”的读者。

王：这两部长篇小说，还涉及人的命运、生死，这是很出色的。出于认知要求，这种反思建立在“回溯”视点上，意图在于怎么才能体现这种真实，提供一种时代的佐证。用这种方法，成功地描绘内心的画卷。

但正因为建立在回溯基础上，不大能产生超越，小说叙事空间的长度和广度还不够充分，有“包得紧”的感觉。这样，某些启示因素不大容易包含进去。

耿：这可能与他笔下乡村、人物自身的缺陷有关。

曲：小说是对“文革”的思考。但文本中的“文革”已经是回溯中的“文革”，是李锐当下的构置和思考。它并非历史的真实，而是一种反思的真实。

王：这也牵涉叙事本身的缺陷，《万里无云》中第五章的出现，反映了李锐对自身写作的敏感。他意识到必须增加一种参照，通过知识话语将故事再讲述一遍。

耿：也有一些在反思水平上能达到的意识，还未进入小说。

曲：另外，张仲银和苦根儿没有横向上的同道者。“文革”是一种群体现象，但在这两个人物身上缺少横向联系。英雄情结作为单独存在的东西，和自己的时代未取得共鸣，缺乏和声。这一点似乎不太符合“文革”这一集体神话的特点。

王：在土著话语、革命话语、知识话语中，对革命话语的批判、嘲弄和讥讽都完成了，但革命话语不能仅仅从这一个角度理解。

从谱系学角度来看，革命话语也吸摄了新的知识成分，在土著话语、知识话语中起到中介作用，有其特殊的功能性的一面。对中国现代文化来讲，由土著话语向知识话语的转变中，的确经历了一个革命话语阶段。然而作者对这三者的关系仍进行了简单化的处理。

耿：在某种意义上讲，“文革”对于意识和语言形态具有现代化功能。李锐的作品使用一套农民语言的叙述，表明了他的喜好。我们看到，从《厚土》开始，李锐笔下就塑造了一大群活灵活现的乡土人物。可以说，李锐甚至带一点民俗学家和人类学家的眼光。

王：实质上表现出知识话语的特征。

耿：这也体现了知识分子观照视野的移动。一个事件不可能只包含一种判断，还有重新判断、重新讲述的可能。

原载《上海文学》1998年第1期

反神话与“文化大革命”再思考

——评李锐小说的思想价值

曲春景

小说家李锐的可贵之处，在于他一直坚持对“文化大革命”这一精神事件进行文化心理层面上的清理和批判。他把“文化大革命”当成终生追问和表达的命题。从中篇小说《黑白》《北京有个金太阳》到长篇小说《无风之树》《万里无云》，他所坚持的始终是这一主题。他紧握着刺穿“文化大革命”这一神话成因的利笔，追逼着这段即将在人们记忆中远去的历史。在虚浮的、变换着各种旗帜的文坛上，他从未放弃过这种沉重的追问和表达。对于文坛上的大小“顽主”来说，文学是潇洒玩一把的游戏。李锐没有这种潇洒。“文化大革命”已经过去了三十年，很多人已经淡忘了昔日的伤痛。而李锐憎恨这种淡忘。那场狂热的偶像崇拜运动，制造了无数个悲惨的事件。今天看来，那些肇事者是多么荒唐无理和缺乏人性。然而，身处那个时代的当事人，在经历这一切的时候，却又怀着怎样的神圣和虔诚。其中的缘由一直刺痛着他，缠绕着他，困惑着他。他无论如何是玩不起来的。对李锐来说，文学不是游戏，而是灵魂的探险。他一系列作品的主人公，都是“文化大革命”的参与者和当事人。他在这些灵魂中思索和反省，观察当事人的意识中，那些纯属虚构的想象，怎样演绎成真实的存在，又怎样构成一个个具体的历史事件。他努力在主人公的意识中揭示“文化大革命”这一神话运动的文化内涵和心理内涵。在他最近出版的两部长篇小说《无风之树》和《万里无云》中，更为明显地表现出这种内在的精神取向和价值追求。可以说，李锐的努力不仅代表了创作领域里的反神话倾向，也代表了他们那一代的“红卫兵”和老“知青”在世纪之末对“文化大革命”的又一次反思。在当代文学中，这是一次深入意识内部的反思，更是一次直逼这场神话运动成因的反思。因此，这两部作品的思想内涵，带着强烈的理性冲动和反神话倾向。

反神话，不是反对文本和叙事中存在的神话，而是反对和抵制虚构的神话意象向现实和实践领域的转化。神话一旦越出文本的界限，演变成类似于“文化大革命”这样的历史事件，给人类带来的灾难是难以想象的。“十年浩劫”作为“文化大革命”的代称，已铭记了我们民族苦难的一页。对这一事件在政治层面上的清理，已伴随着对“四人帮”大规模的批判成为过去。然而，神话向实践领域扩张的根本原因，还留在我们这个民族的文化和意识中。“文化大革命”能够形成全民性的神话运动，绝不仅仅是政治原因。除了少数政治野心家之外，还有使八亿中国人共同陷入其中的更隐蔽、更内在、更具有决定性的文化心理原因。

说到底，“文化大革命”这场神话运动是一种精神现象。精神和意识的话语本质是由文化决定和构成的，因此，在文化和心理层面上，揭示出神话形成的内在原因，认识它的虚构性、幻想性和自欺性，才能从根本上抵制和消除神话向实践领域的进逼。反神话的必要性在于，我们民族的思维特点是以神话思维为主的，汉文化传统中有着极为丰厚的神话思维资源，一次虚构的想象，很容易被演绎成一个真实的事件。李锐这两部作品的反神话性，就在于作品深刻地揭示了主人公意识内部神话意象的演变过程，披露出“文化大革命”时期那种狂热的精神现象的神话本质。分析作品主人公的意识构成，我们能较为清楚地看到这一精神现象的神话化过程。

苦根儿和张仲银，前者是《无风之树》的主人公，后者是《万里无云》的主人公。作为被从“文化大革命”中抽取的精神个案，作品呈现了他们精神状态的两大特点：第一，意识形态话语对个人精神空间的全部占有，即集体意识对个体意识的取代；第二，神话意象的生成过程，即虚幻的话语形式如何转变成真实的心理意象，进而化生出具体的生活事件。苦根儿和张仲银都是在英雄主义教育和领袖崇拜的氛围中成长起来的年轻人。崇拜氛围由亿万要求崇拜的民众心理所酿成。而崇拜的心理，是传统文化中“救星崇拜”“帝王崇拜”的封建意识所构成的。强劲有力的意识形态话语和意识形态内容，深深地嵌入了随着这个时代成长起来的一代青年人的精神和意识之中。

在苦根儿的意识内部，我们看到，出现频率最高的词语是：

“我的生命是属于毛主席的，属于党的，属于革命事业的，属于人民的”；“站稳阶级立场”；“阶级斗争”；“彻底的唯物主义者是无所畏惧的”；“冒着敌人的炮火前进”；“改天换地”……

这些主流意识形态所规定的宣传内容，成为苦根儿的意识内涵，在他脑际经常出现的心理意象是头戴八角红星帽的毛主席的像。这是全国统一印刷发行的。苦根儿把它贴在自己的墙上。另一个崇拜对象是苦根儿自己心理构制的英雄父亲的形象。这一形象是受另一个宣传渠道——电影的启发形成的：

父亲冒着敌人的炮火英勇前进的情景。在看过电影《上甘岭》之后，他越发清晰越发具体地听见敌机呼啸和炸弹的轰鸣。炮弹划破空气的尖叫声，一直激励着他，一直叫他心潮难平。

这些经常活跃在苦根儿意识中的词语，不时在他头脑中出现的心理意象，是苦根儿无意识精神状态的不经意表达。正是这种不经意表达，传递出苦根儿无意识心理原型的构成内容，使我们看到了由封建意识和主流话语所填充和涵盖的心理现实，看到了裹挟着封建内涵的主流意识对个体意识的有效取代。在另一部作品《万里无云》中，主人公张仲银的意识内部，这一层面的揭示也非常明显。张仲银内心经常出现的词语和活跃的内容，均来自当时全国统一印刷发行并且必须人手一册的《毛主席诗词》和《毛主席语录》：

"大雨落幽燕，白浪滔天"；"收拾金瓯一片，分田分地真忙"；"黄鹤知何去，剩有游人处"；"把酒酹滔滔，心潮逐浪高"；"别梦依稀咒逝川，故园三十二年前"；"三十八年过去，弹指一挥间"；"我们共产党和共产党所领导的八路军、新四军，是革命的队伍，我们这个队伍完全是为着解放人民的，是彻底地为人民的利益工作的"；"成千成万的烈士，为着人民的利益，在我们前头英勇牺牲了；让我们高举起他们的旗帜，踏着他们的血迹前进吧！"

在作品中，这些话语随着张仲银的出场而出场，张仲银的内心生活和思想感情几乎全部由毛主席诗词和毛主席语录组成。他对人生的领悟以及与人的交往，脱口而出的话语，都能在《毛主席诗词》或《毛主席语录》中找到出处，剔除这套语言，他的精神和情感、深层意识和显意识几乎是一片空白。毛泽东的书面语言构成是张仲银内部语言和外部语言的总和。由此我们可以看到，那个时代的崇拜情绪和宣传内容，构成了无数青年的精神世界和无意识内涵。这些意识形态内容，以及配合这种宣传教育创作出来的电影和文学作品，对青少年有待填充的无意识心理原型，是一种强劲有力的语言渗透。分析他们意识内部活跃着的话语成分和经常闪现的心理意象，能够清晰地看到他们无意识原型中包含的文化内容。

原型是深层意识的存在状态，它们支配着人的思维方式、心理活动方式和行为方式。苦根儿和张仲银的无意识原型，是由领袖崇拜、英雄崇拜以及他们的话语所组成的，这就决定了苦根儿和张仲银的存在状态，决定了他们领袖式或英雄式的思维方式及行为方式。"文化大革命"时期的精神现象，与原型中的话语相关。"文化大革命"的神话性质，与原型中所含纳的崇拜意识相关。

一般而言，神话意象产生于无意识原型。原型以自己吸取的文化模式为蓝本对周围世界进行想象和加工，并把由此得来的心理意象呈现给意识。如果主体把这个由想象加工而来的心理意象当成真实的世界图景，那么，这个心理意象便具有了神话性，成为神话意象。苦根儿和张仲银心中自我意象的神圣性及神话色彩，就是原型中领袖崇拜和英雄崇拜的文化模式，在意识中经过想象、加工和转换后形成的。从文本中，我们可以看到这些神话意象在意识内部的转换和演变过程。这一过程是按时间顺序一环紧扣一环实现的：首先是对领袖和英雄的崇拜，即偶像崇拜；其次是对偶像在心理方式和行为方式上的模仿；然后到与偶像在心理上的认同一致；进而在意识中与偶像化为一体；最后，自我变成了与偶像同一位格的存在。经过这五个环节的心理转换，崇拜者转为崇拜对象，英雄崇拜转变为自我崇拜。自我就由人的位格，在心理层面中上升到偶像及英雄的位格，由众生中的一员，成为超拔于众生之上的存在。这一精神过程，是神话诞生的过程，是自我神圣化的过程，也是人向神的延伸和扩张的过程。苦根儿是这样，张仲银也是这样。

苦根儿中学毕业后，怀着对领袖的崇拜，怀着向英雄父亲学习的决心，当着县委陈书记的面，选择了本县最偏僻最艰苦的地方——矮人坪。并且，他又特意选择了一张毛主席戴八角帽的像挂在自己的墙上。苦根儿特别喜欢这张像的原因是自己和这张像上的毛主席一样，也有一张消瘦坚毅的脸，有一丝隐隐的惆怅。苦根儿内心深处的这种自比，即是对领袖的模仿欲望。这种模仿还表现为，在苦根儿的意识中，自己窑洞的灯光与延安窑洞的灯光具有同样的意义。来到矮人坪这个最艰苦的地方，“苦根儿特意挑选了这个全村最高也最偏的土窑，他知道，每当自己桌前的灯光照亮了窗户的时候，人们就会在矮人坪的最高处看见一片明亮的光芒，在这片光芒中有一张消瘦坚毅的脸，有一丝为着理想而生的隐隐的惆怅。六年来，这个窗口每天最早迎接朝阳，每天最后送走晚霞”。苦根儿在心理上一步步实现着从英雄崇拜到与英雄一体的转换。这种转变，在苦根儿与英雄父亲的认同和一体上接近完成。六年来，“苦根儿把自己每一天的经历和感受都为想象中的父亲倾注在日记上。苦根儿常常会因为激动的泪水而中断书写，渐渐地，当苦根儿回过头去阅读它们的时候，他惊讶地发现，自己已经和父亲血肉相连生死与共，自己已经和父亲在赵英杰这个响亮的名字当中混为一体了”。赵英杰是苦根儿要写的一部作品的主人公。在这个人物身上，苦根儿发现自己已经和父亲融合在一起了。到此，苦根儿已经在心理上完成了由英雄崇拜到与英雄一体的转换过程。苦根儿的自我已经从常人，过渡到非凡的超拔于众生之上的存在。“他觉得自己在一切方面都应当与平常人不可同日而语”。苦根儿由崇拜者转为崇拜对象，由人的位格上升到神的位格。自我获得了一种神圣的居高临下的生存姿态。这种姿态使他面对芸芸众生时产生了一种强烈的心理优势，给了他在艰难困苦的环境中战斗和生存下去的勇气和力量。“选中理想和被理想选中的双重喜悦，常常在苦根儿的内心深处激起难以言传的激动和自豪，为了这激动和自豪，苦根儿渴望一切苦难的磨炼”。这时，在苦根儿的心中，自我已取代了英雄，过去的偶像已经变成充满光芒的神圣的自我。

把幻象作为真实接受是神话的特点之一。因此，苦根儿构筑出来的充满神圣的自我，就具有了神话性质。并且，这个具有神话意象的自我成为苦根儿的精神源泉，支配着苦根儿的思维方式和行为方式，支配着苦根儿在矮人坪的实践活动。人在神话意象支配下的一切活动，都是神话向实践领域的侵入和扩张。神话在人类生活中，往往具有正反两个方面的意义。如果神话只作为故事保留在文本的阅读中，那么，它开启和活跃人们的想象，保持和召唤人们对美好生活的向往，使人们在无望的生活中获得理想的朗照。然而，一旦这种主观构想越出了文本的界限，给人们带来的灾难又是难以忍受的。在神话意象支配下，苦根儿在矮人坪要完成改天换地的壮举。矮人坪成了这位英雄自我实现的场所，成了神话意象转向实践的场所；同时，也成了灾难降临的场所。用矮人坪生产队长天柱的话说：“苦根儿那反娃，一天到晚非要斗这个，批那个，非要弄出个成绩来不行。自从他来了，咱矮人坪就没有安生过一天。”六年来，他每年冬天都带领矮人坪的瘤拐们炸石垒坝。但是，每一年冬天经过艰苦劳动之后垒起的石坝，到了夏天几乎全被洪水冲毁殆尽。可是，每年的冬天一到，苦根儿就会照样再把自己的队伍带到山沟里来。在苦根儿看来，这是个人的钢铁意志与大山的较量，如果从矮人坪百姓的实际利益上讲，苦根儿让瘤拐们付出的是毫无效益的劳动，如丑娃所说：“咱们除了多吃了些干粮，白费了些力气，还得着啥了？”但是，从一般常人所具有的意志能力上讲，他确实是非凡和超常的。他奋不顾身吃苦在前，始终紧握着那把满是鲜血的大锤把，冲了垒，垒了冲。在与自然之神的较量中，他成了中国的西绪弗斯。那些残留在山涧中露着灰色碴口的残坝，就是那块无数次从山顶滚落下来的大石头。它们（连同那些我们在深山的旅游途中偶然遇到的“大跃进”时留下来的炼钢炉残骸）成为中国当代神话的见证物。在社会实践中，苦根儿同样表现了他钢铁般的意志，毫不动摇地要把矮人坪的阶级敌人挖出来。全村唯一一个在土改时被错划为富农的单身汉拐老五，既善良憨厚，又吃苦耐劳，瘤拐们都亲热地称他为拐叔。但意识中充满了阶级斗争话语的苦根儿认为，拐老五是富农，是阶级斗争的对象，而且，他还跟贫农暖玉有不正当关系，这就是严峻的阶级斗争。他非常严厉地警告拐老五，让他交代和暖玉的关系：“你是富农，是阶级敌人。暖玉是贫农，你和暖玉有不正当的关系，你这就是搅乱了矮人坪的阶级阵线。”没有文化的拐老五和这些意识形态话语相距甚远。他不懂得阶级阵线，也不知道搅乱阵线是什么意思，但他知道暖玉是穷苦的瘤拐们用一袋玉米换来的，是矮人坪的光棍男人们都心疼的女人。让他交代到暖玉那儿睡过多少次，都跟暖玉说过些什么时，他说：“这些事情哪能告诉别人呐！那还知道害臊不？那还不成牲口了……我不能和你们一块欺负暖玉，欺负一个女人家算是啥东西呀，再说，暖玉那女人这一辈子够凄惶了，我不能和你们一块欺负她。”拐老五和瘤拐们生活在为饥饱而劳碌的世界中。他们是一群把吃饭睡觉视为头等大事的穷苦人。他们有自己极为原始的生存原则和为人尺度。对于他们来说，吃饭、睡觉、养活孩子就是全部生活内容。但是，在苦根儿的意识中，很难找到“吃饭”“睡觉”“男人”“女人”这些词。活跃在他意识内部的是另一套语码系统。这套语码系统中贮存的是“阶级斗争”“为无产阶级革命事业而献身”等等。这套话语排斥和阉割了“饮食男女”，拒绝意识向日常人生的沉降，它造就的是众生之上的存在，与平常人不可同日而语的苦根儿，内心没有与男女之事对应的词句。这种文化阉割使苦根儿和任何一个皈依上帝或佛门的信徒一样，悬置和压抑了性的问题。在矮人坪瘤拐们的眼中，他是一个“又不娶媳妇，又不过日子，成天就是非要弄出个成绩来不行”的人，是个难以理解的人。苦根儿和瘤拐们虽然同处在矮人坪，却生活在两个格格不入的世界内。这是两个互不相容的世界。一个是瘤拐们用土话构成的日常世界，它们远离意识形态，但质朴真实，充满了生命气息。一个是由意识形态、话语和幻想虚构而成的形上世界，它居高临下却又远离正常人的生活。苦根儿虽然立志在矮人坪改天换地干一番事业。但他始终不了解矮人坪，不了解瘤拐们具体而真实的生活世界，他毫不怀疑地生活在由“崇拜原型”构制的充满阶级斗争的世界中。苦根儿的自欺和可悲之处在于，他自己生活在这样一个虚构的世界中，还自以为是地用这套观念去解读另一个他不了解的世界。拐老五替暖玉说的凄惶话，在苦根儿这里的反应是：“你怎么现在还要搅乱阶级阵线呀你，我告诉你，顽抗到底是没有好下场的！”苦根儿坚定不移地表示，“不管阶级斗争有多么复杂，我也要把隐蔽的不隐蔽的阶级敌人全部揪出来”。

苦根儿的斗争激情汹涌澎湃。然而，没有任何牵挂的拐老五已无心于人世了。他喂好了牲口，安详地做着上吊前的准备。他把自己最喜欢的驴子“二黑”脖子上的绳子解下来，“二黑，我心疼你一场，临走使使你的绳子，……等会儿你再回来就看不见我啦。……我就盼着转世再多生出两条腿来，那我就能跟你们站到一块了。有吃、有喝、有人心疼，那多好呀。”这个被苦根儿视为阶级敌人的拐老五，临死前的愿望就是转世能变成一头不愁吃喝的牲口。苦根儿和拐老五两人心理世界的巨大反差，显示出存在本身的荒谬。一个要从人的位格上升到英雄和神的位格，要成为超拔于众生之上的存在者；一个要从人的位格下降到动物的位格，羡慕不愁吃喝有人心疼的牲口。这是两个多么不同的世界，但却同时表现出对正常人格的背弃和逃离。这种心理现象，非常鲜明地印证了“文化大革命”时期正常人格的缺席。在意识形态话语和神话意识的强势之下，正常人的心理被挤向两端。参与意识形态的“文化大革命”青年，要向众生之上的神位跃动。被意识形态排斥的对象，要向众生之下的动物位移。人不能安守正常人的位置。这是一幅既可怕又悲惨的世界图景。但当事人意识不到这种可怕和悲惨。苦根儿的神话意象在矮人坪已经演绎出了真实而悲惨的生活事件。然而，当队长天柱把拐老五上吊这件事情告诉苦根儿的时候，想从苦根儿眼睛中寻出一点悔意或同情，但他失望了。他看到的是“两颗石头珠子”，他从苦根儿那里反复听到的一句话是：“我真没想到咱村的阶级斗争会这么复杂，太复杂了。”拐老五的上吊又成了阶级斗争复杂性的表现。无意识原型的结构能力非常顽强地固守着自己的文化模式。“阶级敌人”拐老五，在苦根儿这里不是作为一个生命而存在的，他只是一个斗争的对象，只具有被清理被打倒的反面价值。苦根儿不可能为这个生命的结束而痛心。他遗憾的仅仅是“自己心里设想好的阶级斗争的成果，还没开花，就被首尾倒置地挂到了那间满是马臊味的屋子里”。

在神话意象的支配下，人丧失了一切人性的内涵，只为虚构的幻象而存在。从苦根儿的精神运转中，我们看到了神话意象分娩出来的强大而执着的转世力量。这力量推动着神话向实践领域过渡。苦根儿在矮人坪战天斗地的壮举，给矮人坪带来的几乎都是灾难。值得同情的地方是，苦根儿很真诚地认为自己是在拯救矮人坪，是在给矮人坪创造幸福。从苦根儿的心理转换过程中，我们看到神话意象是随着与偶像合一的自欺心理一块诞生的。没有自欺，就不会把虚构的意象当作真实；没有自欺，心理意象就不会成为神话意象；没有自欺，苦根儿也很难在矮人坪意志坚强地生活六年。“自欺”是产生神话的内在因素，也是苦根儿们和张仲银们以及“文化大革命”青年的精神现实。“自欺”，是一个需要我们深思和警惕的问题。我们要看到那个时代自欺的精神本质，但是，又不能用自欺来简单地否定苦根儿和那个时代的红卫兵。因为自欺心理的形成，不是苦根儿或哪个红卫兵个人能负起的责任。它的形成，有着远为深刻的文化原因以及心理原因。

首先，苦根儿的自欺与无意识原型相关。构成苦根儿无意识原型的文化模式（救星崇拜）本身就包含着自欺因素。救星崇拜（以及由此引申出来的各种帝王崇拜、领袖崇拜、英雄崇拜和偶像崇拜）是一种非常原始和古老的文化模式。这种文化模式，是由原始宗教延续下来，并在漫长的封建统治社会中得到巩固和发展的文化心态。“救星”这个词本身就是虚构的产物。它既指称天上的星体，又指称某一个常人。它的确切含义是：天界的星座神下凡，变成了拯救苦难救赎众生的超凡人物。“救星”一词把想象中神的力量赋予了常人，并把他奉为顶礼膜拜的对象。这一词语内蕴着一套愚昧而自欺的文化观念。“崇拜”一词表明的仍然是人与人之间的隶属和臣服关系。它内含着人格上的非平等性。崇：高大，需仰视才见。拜：跪拜，俯首叩头为拜。“崇拜”确立着下对上的关系，人对神的关系，确立着拯救与被拯救的关系。这种等级式的文化观念，与现代文明所倡导的独立平等的观念是对立的。在这一点上，救星崇拜或偶像崇拜所包含的意识形态内容，落后于“在上帝面前人人平等”的基督教文化观。虽然这些观念都起源于宗教，都是劳苦大众为自己寻找的精神出路。但是“救星崇拜”是以取消个体意识，放弃个人努力，把希望和权力寄托给他人或者说“救星”来实现的。并且，这种文化观念没有人与神之间的界限，人很容易越位而成为神。而基督教文化非常明确地确立了上帝和人的位置，这种限定不但制止了权力欲望的无限膨胀，也制止了人与人之间权利义务的不平等状态。在上帝面前，生命与生命之间是平等的。人必须真实地面对自己，也必须真实地面对他人。而“救星崇拜”“偶像崇拜”这套文化观念，使苦根儿和张仲银既不能真实地面对自己，也不能真实地面对他人。苦根儿把自己放在拯救者的位置上，张仲银同样以“戴镣长街行，告别众乡亲”的豪迈冲动，昂首阔步地把自己放在五人坪领袖和救星的位置上。他们从不反思生命与生命之间的本真状态，毫不犹豫地神化自我而蔑视众生。救星崇拜这种文化模式，提供的就是这种自欺性心理。所以，自欺不是某一个个体能承担起来的责任。它与构成无意识原型的文化成分相关，与滞留在我们文化中那些原始而落后的文化观念相关。

其次，自欺是一种心理障碍。这种障碍是由于反思意识孱弱而无力反观自身造成的。反思能力是理性思维培育和训练出来的。反思必然要求反思者的意识有能力跳出自我，挣脱自我的囚禁，然后才能反观自身和审视自身。这个能反观自身和审视自身的自我，是一个从自我中分离出来的、能够认识人类自身的理性自我。它的强大与否代表着人的科学、理性和文明的程度深浅。虽然，世界范围内反科学理性的浪潮和呼声不断涌来，但是倒退是没有出路的，人类社会只能在更高的理性层面上走向与自然的和解一致。我们这个由几千年诗歌传统造就的中华民族，有着广为丰富和发达的感性经验的积累，而缺乏对理性自我的培养和训练。道家文化的“悟道”“坐忘”，鼓励人们沉溺于内心的玄想；儒家文化的“仁”“天人合一”，也倾向于收视反听耽于内心的幻象。这种文化传统，重视和培养了意识在自我感觉内部的周游和升腾，丰富了感性自我的体验和表达能力，然而，却没有挣脱自身反观自身这一理性维度的训练。自我一直在感觉的囚笼内歌唱。“物我一体”“情与景合”等心理感受，备受欣赏和推崇。孤芳自赏成了文人惯有的心态。从汉文化源头到历代的发展中，从未形成过对“感觉”的怀疑，对“自我”的追问，从未出现过属于“反思”这个精神维度的话语。在汉文化的经典著作中找不到这方面的词句，更不用说篇章了。反思维度的欠缺，使我们这个民族的大多数成员，无力穿透自我感觉所形成的心理欺骗。一般而言，理性思维是阻止神话向实践领域里过渡的力量。这种阻止能力，得益于超越感觉之外的理性自我对虚构的心理意象的穿透。所以，只有在自我的基础上建立起一个超越自身的理性维度，才能意识到自我感觉（包括视觉、听觉、嗅觉等）具有一定程度的欺骗性和不真实性。传统文化不但忽视了意识挣脱自我、审视自我的培养和训练，而且，在某种程度上还鼓励以感觉为本位。“眼见为实”的古训，往往使人很难怀疑视觉也具有一定程度的欺骗性和不真实性。无意识原型对周围世界的结构能力和变形能力，又是由视觉投射后呈现给意识的心理映象，所以，苦根儿和张仲银很难意识到自己看到的和感觉到的世界图景是不真实的。

在我们民族文化的构成成分中，诗性思维（神话思维）远远大于理性思维。集体无意识内部包含着相当多的神话因素。而理性训练的欠缺，又很难识破自欺的幻象。无意识原型很容易转化为神话意象。“文化大革命”时期造神运动的全民性和集体性，就意味着汉民族思维现状的整体水平。虽然也有极少数如顾准或陈寅恪式的人物，也不乏清醒者和洞明者，但数量之少，力量之单薄根本无力阻止神话向实践领域的转化和生成。在神话思维占据强势的民族意识中，强大的非理性力量犹如汪洋大海。这是一种可怕的、能席卷一切和吞没一切的力量，一旦发动起来很少有人能够阻挡。新文化建设已经将近一个世纪，但是，滞留在民族意识和文化传统中的神话成分，并没有引起足够的重视，也没有得到必要的清理。它的危险在于，这是一股极易与权力话语及其理想成分合流而失去控制的力量。所以，我们这个灾难重重的民族，除了经历其他一些难以避免的灾难之外，又多了一重灾难。“人有多大胆，地有多高产”的神话，“大炼钢铁”的神话，“文化大革命”的神话，这种由全民参与造成的灾难，只有在经历了很深的磨难之后才能醒悟。而这种醒悟还仅仅是表层的，外指向的。因为每一个参与者和当事人，并没有真正地意识到自己在这场灾难中应该承担的责任。

李锐这两部作品的可贵之处在于给读者提供了一种清醒的认识文本。认识中国，认识这段历史。更为重要的是认识这段历史背后的文化因素和精神因素。对于“文化大革命”这个重大的历史事件来说，整体水平上的反思还远不到位。我们总是过分地注重导致历史事件的政治原因而忽略隐藏在这一事件背后的文化因素，忽略了产生它的精神原因和心理原因。李锐的作品，在文化心理层面上切入这一问题，并把我们带入对这一问题的更为深刻的思考之中。这一解读可能是主观的，也可能是误读，但作品确实给我们提供了这方面的启发。

原载《当代作家评论》1998年第3期

《旧址》：家族寓言中的历史投影

徐肖楠

李锐是一位富有饱满激情的诗人，也是一位对人生与艺术有独到体悟思索的智者。《旧址》对于人性富于激情的挖掘，对于生命现象的体悟与思考，表现技巧的从容熟练，艺术形式的精致与凝练，都形成了李锐的诗人与智者气质的完美结合。李锐的家族经验和知青经验所构成的“情结”，形成了他这两种经验的双重透视形式下的“视界融合”，这种视界融合的焦点在于“文化大革命”，李锐的叙事离不开“文化大革命”，《旧址》是涉及“文革”的一段历史故事。李锐的家族经验在《旧址》中得到了释放和凝结，对《旧址》中家族人性的变异与毁灭的深刻悲悯和同情，编织了面对历史、面对生命的苍凉感受。

当90年代初李锐的《旧址》出现时，长篇小说还没有呈现今天的家族小说如此繁忙的景象，作家和批评家们像蚂蚁一样将家族小说衔来推去，反复琢磨。但《旧址》在家族小说中的地位时至今日，仍占据着镇守一方的优势。《旧址》是一部构思严谨、故事单纯、内容浓缩、风格纯净的长篇力作。《旧址》以深沉回顾的叙事笔触，讲述了一个大家族在延续几千年之后的骤然死寂，它在当代政治风云中几乎一丝痕迹也不存，让人感到震惊，“旧址”只剩下了一个家族的旧址，其显赫的功勋和内忧外患，其成员可歌可泣又多姿多彩的人生都烟消云散。家族变迁的脚步追随着时代风云的变幻，在历史背景中的家族生存蕴含着革命、战争、历史与家族的哲理。《旧址》表现政治和文化与人性的纠缠，对于李氏家族灭亡的诸种因素揭示得非常清晰：理性、异质文化、政治斗争、内部矛盾和家族品质的蜕变。政治因素的渗入，宗族内部的叛逆，白氏家族的倾轧竞争，造成绵延2000年的李氏家族在20世纪的败落崩溃，风流云散。在单纯中透出复杂，于明净中见出理性。这与《白鹿原》对于家族争斗的各种因素的混乱和杂集描写不同，对于与家族相关的各种因素描写的意义也不同。

一个存在近2000年的家族的衰亡故事呈示出一种沉郁的气息和冷峻的主题。虚构的李氏家族崛起于东汉建武元年（25年），横亘百代，至20世纪50年代而终，在银城市军管会主任王三牛师长执行枪决的命令中，32个李氏家族的成年男子悉数倒下。故事以盛产盐的银城两个盐业家族之间的恩怨情仇、消长盛衰来设置情节，集中叙述了1912年中华民国成立直到“文化大革命”期间一连串重大历史事件对李氏家族的影响。故事的背景是工人罢工、农民起义、共产党革命、日本人占领、学生运动、政治迫害。具有2000年渊源的李氏家族曾创建盐矿并作为盐城首富统治着城市，但到1920年小说故事开始时，李氏家族已近衰落。作为家族首领的李乃敬，不知他居住的九思堂——典雅的深宅大院里已危机四伏，积重难返，仍然苦心孤诣，希望好景重现。盐城里与李乃敬抗衡的另一家族首领是受过美国教育的商人白瑞德，他是盐城第一个成功的现代企业家，梦想有朝一日“也会像美国的洛克菲勒或是摩根一样拥有一个自己的财产王国”。两个家族的古典性与现代性的斗争，暗示一个久远古老家族的威胁来自当代，也暗示着2000多年的血缘文明在20世纪的终结。李氏家族的消失，代表着古典秩序在现代的瓦解，它是一种文化体系的表征，社会结构和文化价值在文化变迁的意义上超越了朝代更迭和天灾人祸。

家族的延续和衰落寓含着文明的变迁和复杂，《旧址》中的家族竞争在20世纪演化为两种文化、两种文明的抗衡，白瑞德作为一种现代文明力量，对李乃敬所代表的古典文明施加压力。李乃敬愈是完善地实施传统行为规范，就愈使自己陷入失败的困境，他以人格形象和道德原则来治家经商，而白瑞德却依靠经济原则处世，他在经济生存中表现出他全部的机敏善变、有魄力和胆识，以经济生存的法则来击败道德生存的法则。但这里意味深长的恰恰是，异质文化无论多么强大，并非家族覆灭的根本原因，家族毁灭的致命之处是与政治联姻，而这恰恰违反了家族自身延续2000多年的根本品质，也违反了李乃敬自己的道德准则，归根结底，是文化与道德的自毁，家族自身精神品质的变化招致了家族的毁灭。而小说深藏内蕴的，恰是历史与文明、时代与政治给予人类和家族品质的致命打击，是这种品质不得不变化的悲剧。与政治联姻结盟，表现了现代政治的无比强大和无孔不入，李乃敬也曾试图躲避政治，家族对政治的无可回避，表明李乃敬所代表的古典生存准则和精神品质的消失，只剩下李紫痕所代表的另一种家族精神。但两者其实是一体化的，是同一标准和精神方式的不同表现，并且单方面的消失也不是真正的消失，直到“文化大革命”，李紫痕的去世才表明李氏家族品质的真正消失，仅剩下“旧址”可以凭吊。

奇迹般地延续了十几个世纪的李氏家族，在20世纪的骤然完结，从表面上看与一个政治时代的诞生有直接关系，但仍掩蔽不了家族自身全部优劣品质在其中起着根本作用，家族本身消失，家族文化也解体，但家族所养育的那种精神品质却仍在20世纪蔓延。李紫痕和李乃之都是这样一种品质的不同体现者，尽管李乃之背叛了他的家族，但他身上的精神品质仍源于这个家族，他的身体里仍流淌着这个家族的精神血液。故事的深刻就在于，家族的消失并没有带走家族的一切，而是在讲着一个家族的品质故事，不仅仅是慨叹历史沧桑中的家族命运。李氏家族的最后一个人物来到家族的旧址，去回味那些他没有经历的家族故事，抚今追昔，怀恋品味的是那些在家族旧址中余音绕梁的家族品质，而李紫痕像女神一样代表着这种家族品质。从某种意义上讲，李乃敬代表着家族的世俗秩序和利益，李紫痕代表着家族的精神品质和传统。于是家族的延续在李家以两种方式进行，李乃敬的努力在50年代就已在一片枪声中化为烟尘，而李紫痕的努力却一直超越政治时代而延续到60年代，她自己和李乃之就是这种两位一体的标志，直至“文化大革命”中李乃之落难，她才颓然倒下，这意味着家族精神延续的可能性在一个特殊的政治时代被彻底瓦解。从这种意义上看，与李家抗衡的白家，并没有家族的独立意义，只不过作为一个毁灭李家的外部因素而存在，更重要的故事和意义都来自李氏家族的内部，因此李、白两家的抗衡故事只是一个表面故事，更深刻的故事是李家一脉相传的精神与整个人类文明和历史的搏斗故事。

李乃之的叛逆，并非对于家族全部品质的叛逆，而是对家族某种品质的叛逆。他像李乃敬依附于政治势力一样，参加了政治斗争，但他遭到了这种违反家族精神品质行为的惩罚，最终自己也被自己所信仰的政治力量所摧毁。兄弟俩从不同方向参与了政治，具有讽刺和悲剧意味。李乃之的叛逆，只是因为家族内部的不平等待遇，使他仇视家族，而这种仇视与一种政治力量结合，就变成了可怕的摧毁力量。李乃之对于李氏家族有一种清醒的理性认识，而这种认识源于政治，他的政治立场使他仅仅将李家看作革命对象，这使他对家族的理性认识无论怎样也不免有偏激之处。家族内部的不平等关系将他推到家族的对立面，对革命的天然亲近之情和对血亲的报复之意密不可分，于是他代表着复仇与正义，以革命的名义参与了摧毁家族的政治斗争。李乃之的悲剧性，是自己摧毁自己生存的家族根基，而其中有许多盲目性。参与家族革命、文化革命、政治革命的一定程度的盲目性，是《旧址》在故事中包含的一种意义。李乃之所亲身参与摧毁的家族，是他生存的根基，也是他生存品质的培养之地，对于家族的彻底摧毁，是将孩子和洗澡水一起倒掉，将家族的优秀品质一起摧毁，最终是这种摧毁家族优秀品质的政治斗争将他本人一起摧毁。而他所参与的政治斗争，是迫使家族不断地丧失和放弃自己品质的根本原因。

在家族无可挽回末运的故事中，隐藏着一种文明制度和历史品质与家族结合而成的家族文化品质与人格的激烈变动。代表着这种文化人格一重性的李乃敬精明强干，但生于末世运偏消，由于与政治联姻而被毁灭；代表着这种文化人格的另一重性的李紫痕，如同女神一样，为李氏家族利益毁容守节，终生奉献，苦苦支撑，终至最后因代表着家族的李乃之罹难而颓然倒下，宣告李氏家族和李氏家族精神在历史中的消失。李乃之的儿子李京生，由于其父对于家族的背叛和其父的李氏家族品质的异化，早已不属于李氏家族的精神谱系而空有李氏家族血缘，他已不属于李氏家族血缘文化意义上的后继者和精神序列。家族文化秩序和家族文化品质的根基已被折断，他只能做一个往事的旁听者而无法对李氏家族认同。真正的唯一家族成员——李京生的姑姑李紫云也无法回到“旧址”，“旧址”已不是她熟悉的家族，时代割断了她与“旧址”家族重新恢复一体的可能，她只能漂流异国，梦回故乡。李紫云被有别于生她养她的家族文化的异质文化所收容，却仍保持着李氏家族的品质，但只能时常魂归故里，依恋古老家族，以她不可靠记忆的断简残篇在西方世界的飘散，来暗示异国文化对于家族品质的蚕食。李京生对于家族难以认同，表明他失去自我的本质和根源。李京生和李紫云从不同角度表明一种家族文化的断根。

《旧址》中没有历史，只有家族寓言的历史投影。李紫痕是这个家族寓言中平凡而奇特的女人，她作为一个繁衍孕育的象征却终身不嫁不育，与一个行将衰亡而逐渐丧失活力的古老家族紧紧扭结在一起，她与家族的共同命运形成奇异的悖比和恰当的对应，在一个兴盛的家族中，这样一个人物的独特价值和意义会全部改写，远离现在的形象。在一片衰败、充满危机的气息中，李紫痕与李乃敬成为两个力挽颓势的悲剧人物。李紫痕的坚韧沉毅，她挽回家族命运的热望，她那种生命本能的母性力量，都盲目、执拗地在家族命运中反复出现，只能更增添家族成员的绝望，因而使她的表现异常突出，并因而升华了她绵延家族的行为，使人感到一种神一般的性质而对其膜拜崇敬。

她的悲剧是一种自我繁殖意愿的幻灭。这里奇异表现的，并且她本人和家族由此得以突出的，都是这种狂热的自我繁殖意愿。她的自我繁殖意愿，绝不仅仅是一种生命繁殖意愿、一种文化繁殖意愿、一种人性品质的繁殖意愿。而悲剧就在于，家族文化和人格的自我生长都被破坏了，其中包含着历史和文明进程对于那些人类美好品质和传统的破坏，李紫痕便是这样一个典型，因此她像神一般出现在人间，表明那些被精神化的人格都远离人间。

这不是世俗的母爱，也不是具体化的母性责任，而是与自然一体的生命本能，也是超越具体生命的生存精神，因此她既是一个具体的女人，也是一个在家族情境中的人性偶像。作为女人她是有限的，作为人性或者家族品质的偶像她是无限的，她的自我毁容便意味着她已进入一种无限的神化过程。她的女性生命表现，她的母亲角色，都是一种家族意识和生命意识，她的母性自觉和无被动性是她的出色之处，也是李锐女性模式的根本特征。她作为家族偶像，作为家族神一般象征的倒塌，意味着李氏家族品质和精神的完结，她的悲剧神秘地隐喻着：命运是无法用理性与之对抗的，无法用理性加以阐释的。不仅有些人物成为个人恩怨和历史转折的牺牲品，绝大部分人物都被变幻不定的命运所驱使和拨弄，叙述总是借诡秘而不可见的命运发生转折，“谁能想到”“他没有意识到”“她没有想到”这样的句子一再出现。李锐通过这些人物命运的描写，敏感地觉察、体味和表达出，现代中国那些历史的荒诞不经和人们生活的琐碎悲欢中所蕴含的思接千古、穿透岁月的历史悲情。在万古悲情中，《旧址》特别注意事件的余波如何在多年后发生回响，思接千载的关注和情怀，使他得以把自己叙述的一切曲折回环，置放在阔大古老的中国历史中。

整部小说采取一种沉静从容的叙述态度，庞大的历史背景和激烈的家族覆灭都与这种叙述态度形成美学效果：单纯中见出复杂，平凡中见出奇特，作者以平淡的目光和镇定的声音展示和讲述家族人物的抱负和梦想，以及这一切如何烟消云散。家族、文化、历史、人物、时间共同融合成的故事，延续着80年代开始的历史反思和文化反思，包含着各种艺术传统和因素：编年史、戏剧性、抒情诗，主题的象征性与抽象性，细节的色彩斑斓的处理、全景式的规模，残酷恐怖的事件与意想不到的温柔场景的并置。小说在单纯中处理历史风暴与个人命运的能力，见出19世纪欧洲作家描绘广阔社会生活的影响，而对回想与思考的处理、对多视角的交错运用，则体现出更多的现代小说的影响。

《旧址》叙述的时间立场设定了历史立场，时间符号系统设定了历史意义。《旧址》的开头这样写道：“事后才有人想起来，1951年公历10月24日，旧历九月二十四日那天恰好是霜降。”这是一种典型的回溯式叙述，它同时交织着三个时间立场来看待同一事件。节气时间具有一种神秘的象征意味，象征着宇宙的定数和循环，公历时间则标志着一个历史的转折，一个新时代的开始，而阴历时间，作为中国文化的独特表现，有循环和神秘意味，一个延续了2000年的家族和这个家族所具有的文化品质在这一天灭亡。开头这三种具有不同意味的时间交错叠加在历史中，分别或同时对人们产生着相同或不同的意义。在《旧址》反复回溯的时间系统中所组成的符号复杂性，对于不同时代和不同人物特征都具有暗示性，使时间参与、转变为历史的同谋或一部分，时间成为事件的另一种表现和替代。

人物都站立在特定的时间限定中，他们无法超越时间，也无法超越历史完成自己的命运。李乃之跨越的新旧时代，亦即两个历史时间并无不同，但却具有了完全不同的个人命运。这样，历史事实受到叙述话语的控制而对个人产生不同的意味和作用，实际上历史在这些家族人物身上是失控的，他们的个人悲剧无法呈现历史的本真面目。于是，这里叙述的历史变成了对历史的颠覆和改写，历史话语不过是一个家族命运的叙述话语，可以在叙述规则的操导下，不断变化，以实现它表现家族的某种现实性效果。

原载《名作欣赏》1999年第6期

再造乌托邦

——谈《无风之树》的叙述人称特色

罗慧敏

在当代文坛上，李锐是一位有着无限艺术追求的作家，从《红房子》系列到《厚土》，从知青系列小说到《无风之树》，始终不渝。在坚持不懈的努力中，他达到了小说创造的两次高峰：《厚土》与《无风之树》。《无风之树》是《厚土》的延续，李锐说，《无风之树》的原型是《厚土》中的“送葬”一节，由几千字扩展为十几万字，作家仅仅是为了进行一次重复的精神仪式吗？我们知道，重复是艺术品的“票房毒药”，聪明的作家不会甘冒此“大不韪”的。《无风之树》无论是从作品对人性的挖掘与表现，还是从作品对生命现象的体悟与思考，抑或从艺术表现技巧的运用而言，都是对《厚土》的超越，堪称精品。而其中叙事人称的设置尤其引人注目，小说采用了两种叙述人称的交替：第一人称（我）与第三人称（他），从而形成了两种叙事形态，“我”承担了十二个人物角色，“他”承担了一个人物角色，而十二个第一人称（我）与一个第三人称（他）又处处显示出“触目惊心”的对立，在中国当代小说中，类似于李锐这样设置如此多的叙述者的文本是极为罕见的，更何况还有如此鲜明的人称对立呢。在这里，李锐借鉴了福克纳的一些小说技巧，把西洋式的艺术手法与中国传统的农民题材结合起来，用新的艺术手法赋予《无风之树》有别于《厚土》的新的生命意义。李锐以自己个性化的书写方式特立独行于当前文坛流行色之外，在当代文坛上独树一帜。通过对《无风之树》中叙事人称设置的理解，也许我们会更了解独树一帜的李锐。

一、人称的对立展现了两种历史意识的对立

《无风之树》中清楚地对立着两种历史意识：庙堂的历史意识与民间的历史意识。[①]不同的历史意识的叙写是不同的，理解《无风之树》的叙事人称的设置始终要以两种历史意识的对立为思维的出发点。

当作家意图在同一文本中共同展示这两种不同的甚至是相互对抗的历史意识时，他就不得不在叙事技巧上花一番心思，从而保证这两种历史叙事的成功。《无风之树》的典型价值就在于它成功地记录了这两种不同的历史意识，其得以实行的法宝就是对叙事人称的“别具用心”，第一人称（我）与第三人称（他）同时展开对历史的记忆、梳理和描述，架构起两种不同的话语世界——庙堂的与民间的，用两个世界支撑起两种不同的历史意识。我们都知道当作者用长篇小说的形式来表述这两种历史意识时，不能不在两种立场上作出选择：是站在庙堂的立场上还是站在民间的立场上？不同的叙事立场形成不同的叙事动机，从动机出发，作家必然要采用独特的叙事技巧，从中透露出自己的历史意识过滤过的两种历史意识。因此，历史意识赋予故事特定的意义，同时又制约故事特定的叙事技巧。在《无风之树》中，通过两种叙事人称的对立，文本组织安排作家的深层欲望，同时交代了作家的叙事立场，即民间立场。第一人称（我）的使用则透露出作家自身的历史意识倾向，即倾向于民间的历史意识。

李锐在小说的文本之前精心设计了一段小序，罗列了四个人对世界的看法，从中折射出庙堂的与民间的两种历史意识的对立：

① 陈思和：《逼近世纪末小说选》·卷三（序言），上海文艺出版社1995年版。

六祖慧能在法性寺指着那面迎风招展的旗子，对众僧解释世界说：“不是风动，不是幡动，仁者心动。”

政治家毛泽东宣布说：阶级斗争，一些阶级胜利了，一些阶级消灭了，这就是几千年的文明史。

矮人坪村生长队长曹天柱无论高兴还是生气，都只用一句话总结世界：“我日他一万辈儿的祖宗。”

拐老五在人生最后的一瞬间总结世界的时候，只用了两个字，其实只是被他弄出来的一个声音，那只被他坐了许多年的小凳子，在倒下去的同时发出了一个轻微的响声——“咔当”。

随着小说的发展，李锐通过两种叙事人称的叙述，架构起两种话语世界，从而折射出两种不同的历史意识。李锐第一次写出了庙堂以外的民间世界的完整性，以及它与庙堂世界的对立。小说一开始，矮人坪的拐叔就愤怒地说：

你恁大的个，苦根儿也是恁大的个，跟你们说话就得扬着脸，扬得我脖子都酸啦。你们这些人到矮人坪干啥来啦你们？你们不来，我们矮人坪的人不是自己活得好好的。你们不来，谁能知道天底下还有个矮人坪？我们不是照样活得平平安安的？不是照样活了多少辈子了？瘤拐就咋啦？人矮就咋啦？这天底下就是叫你们这些大个的人搅和得没有一块安生的地方了。自己不好好活，也不叫别人好好活。你们到底算不算人啊你们？你们连圈里的牛都不如？

矮人坪的“瘤拐”们与上面派来的“大个”干部在生理上的对比暗示了民间世界与庙堂世界的关系，拐叔的愤怒是民间世界与庙堂世界不可调和的矛盾的激化、爆发。“瘤拐”们自在于一个世界，他们拥有自己的生活方式、道德观念、思想情感。民间世界的愚昧、落后、封闭已经达到了极限，他们所能提供的经验范围却是旁人的禁区，如队里集体供养暖玉，暖玉不但与矮人坪里的光棍保持性关系，也与有妻室的男人保持性关系。这种“公妻”制度在一般的社会道德标准看来是丑陋的，却是矮人坪这个民间世界的一个精神凝聚点，而且他们也满足于这种生存状态，甚至极力维护这种生存状态，在服从命运的前提下，自在地活着，这是民间的历史意识。与之相对立，苦根儿存在于另一个世界里，他的语录口号式的话语，苦行僧式的生活方式，“清理阶级队伍”的行为，“改天换地”的理想，都代表了庙堂的历史意识：阶级斗争推动社会进步论与英雄创造历史论。

为了图解这两种历史意识的对立，并使之得以最大戏剧化地表现，必然要借助特定的叙事技巧。小说中独特的叙事人称设置显然是作家努力探索的结果。小说采用了两种叙事人称的交替：第一人称（我）和第三人称（他），从而形成了两种叙事形态，“我”承担了民间诸种角色：矮人坪的各色男人，被卖到矮人坪的“公妻”暖玉，可恨又可怜的刘长胜，以及毛驴和傻子。而“他”的角色只有一个，就是代表着庙堂历史意识的苦根儿。这两种叙事人称的对立，鲜明地突出了两种历史意识的对立。由此我们知道了作家在叙事人称上的“别有用心”：第一人称（我）与第三人称（他）的对立，明显地暴露了作家对民间历史意识的亲近，对庙堂历史意识的疏远，鲜明地突出了作家主观的认同与拒斥。

二、人称的对立寄托了作家美好的愿望

小说共六十三节，第一人称（我）的叙述占据了五十八节的篇幅，十二个“我”以优势性的数量挤压着“势单力薄”的第三人称（他）的代表人物——“苦根儿”，主体高扬的“我”炫耀着颠覆历史的喜悦，李锐在“土谷祠”做着“阿Q”式的革命美梦，精神胜利法的旗帜高扬。

小说文本之前有一节小序，叙述了四个人对于世界的看法，如上文所引。如果我们保持清醒的符号意识，审视罗列的四段话语，透过语言符号层面，以庙堂历史意识与民间历史意识的对立为出发点把握它的最终文旨，可以发现，对于世界，“瘤拐”们只能骂出“我日他一万辈儿的祖宗”，只能发出“咔当”，话语简单而贫乏，却包含着几千年沉淀下来的心理遗产：对生命繁殖的

崇拜，对沉默寡言的固守，对忍辱负重的坚守。意义丰富而深重。相对于“我日他一万辈儿的祖宗”“咔当”，庙堂式的阶级斗争史显得遥远而陌生，触及不到他们的心灵，虽然风在动，幡在动，也奈何不了几千年固守的心灵。从前我们把这种固守叫作“愚昧、落后、无知”，它在小说里一直是作家的众矢之的，国民劣根性的所在。李锐反其道而行之，行文中对“瘤拐”的“愚昧、落后、无知”不经意中流露出暗喜，也是小说中悲剧气氛中些许亮色的表现点，制造出些微的喜剧性因素，这主要表现在苦根儿与拐叔的对话中。从小说中我们可以看到，在苦根儿与拐叔之间，对话根本无法展开，苦根儿所使用的语录式的语码，是拐叔们理解不了的，他们的心里只有老婆、孩子。语录是他们心灵之外的事物，与他们的生活格格不入，这是庙堂历史意识与民间历史意识的差别，以及由此带来的“不理解”，苦根儿反复唠叨着“你们哪能理解我”，正是这种思想的隐现，拐叔们却因祸得福，“愚昧、落后、无知”反而阻挡了强权话语的入侵，成为“瘤拐”对抗庙堂历史意识的无意识工具，成为“瘤拐”不受庙堂历史意识侵害的灵丹妙药，在理解力上的缺陷反而增强了战斗力。

如何用无限丰富的语言符号描述出“瘤拐”们简单而贫乏的心理呢？如何原汁原味地展示“瘤拐”的“愚昧，落后、无知”，并且阐发出他们那被作家想当然的战斗力，刻画出民间蓬勃的生命力呢？作家只能选择最贴近民间的叙事技巧，让“瘤拐”讲述自己的故事，用自己的语言叙述自己的喜怒哀乐，构筑自己的坚固的世界，无意识地抵抗权力的入侵。而作家又赋予这种无意识以意识性，采用第一人称（我）来突现“瘤拐”们强大的生命力、战斗力，主体高扬的“我”是作家对于民间生活的深刻体验，同时又是作家的美好愿望。对比以第三人称（他）构筑的庙堂世界，主体的“我”与客体的“他”的对立已经展示了两种历史意识斗争的结果，人称的变换颠覆了历史，“瘤拐”变成了历史叙述的主体，苦根儿变成了历史叙述的客体，位置的变换体现了作家的情感偏向，人称的不同寄予作家的理想。作家用大写的“我”编织了一幅幻觉的图像，“瘤拐”们在小说的世界中变成了能充分实现自我价值的浪漫主义者，“阿Q”在这里又复活了，如本雅明所说，“这样的事又发生了”。这种乌托邦式的叙述之境是幻？是真？作家为了进一步地充实并巩固第一人称（我）的历史叙述主体地位，在“生死爱恨”的话语领域内，李锐赋予了矮人坪的“瘤拐”们绝对的阐释权，小说中第一人称（我）的内心话语火山爆发式地喷涌而出，奔突前行，猛烈地冲击着读者的感官，令人目不暇接，我们似乎也随同小说中的主人公经历了一场“生死爱恨”的灵魂拷问。在生死爱恨的表达中，强烈的感情宣泄显示出民间世界中生命的活力、人性的丰满，而愈发衬托出庙堂世界在这些领域内的苍白无力。在第三人称（他）的叙述中，充斥着“阶级斗争”“语录”之类的话语，而对于死亡，苦根儿只能想到，“死亡就是死亡，死亡就是生命结束了，除此之外什么也不是”。对于爱情，苦根儿能想到的只是“女人是妖精”。由此可见，“生死爱恨”对苦根儿来说，完全是一片空白领域，在此话语领域中，苦根儿处于失语的状态之中，而第一人称（我）却充分发挥了叙述的主体性，利用阐释主动权，把第三人称（他）挤压至一个客体的位置，小说中暖玉说：“苦根儿根本就不懂得这个，苦根儿就不是老百姓，凡是老百姓的事情他都不懂得。”从中不难看出，李锐在剥夺与赋予叙述者某些领域的话语权的同时，表达了自己对于叙述者的拒斥与认同。

但是“愚昧、落后、无知”能否胜任反抗庙堂历史意识的重任呢？矮人坪的“瘤拐”们能否胜任第一人称（我）这个角色呢？“瘤拐”们在某些领域的话语权能否改写他们的命运呢？首先，小说的高潮部分——拐叔的死亡、暖玉的离去，似乎暗示了他们的“不堪重负”，“愚昧、落后、无知”的强大战斗力只是作家的“一厢情愿”，“阿Q”的“精神胜利法”在矮人坪重新生根发芽，而作家更进一步地运用“精神胜利法”设置小说的叙述人称：“瘤拐”们代表了第一人称（我），占据历史叙述的主体地位；苦根儿指代了第三人称（他），委居历史叙述的客体地位。但是小说中“拐叔的死亡、暖玉的离去”撕破了虚幻之纱，宣告了“精神胜利法”的破产。其次，小说中作家为了突显第一人称（我）的历史叙述主体性，赋予了他们在某些领域内的发言权，这种设计似乎扭转了历史叙述的乾坤，但是结合文本世界的时代背景，我们发现“文革”这一大的历史语境仿佛是一个很大的黑洞，它不断地吸食着“瘤拐”们的声音，减弱他们的音调，从而使他们的声音消失在时代的最强音中，以此动摇他们的历史叙述主体地位，出乎意料地产生了相反的叙事效果。熟悉“文革”历史的读者可能会产生一种幻觉：十二个“我”的叙述仿佛成了“坦白交代”的“思想材料”，“瘤拐”们仿佛也被置放在“坦白从宽，抗拒从严”的阶级斗争的条幅下，认真地诉说着自己的“阴暗想法”，他们的发言权仿佛也变成了特定的诉说状态下的发言权，在此条件下，产生了五十八节“我”的叙述，与之对立，作家只能使用第三人称（他）指代苦根儿。

下面我们可以讲造成这一切的原因了。

从某种程度上说，不同的时代内容召唤着不同的表现形式、叙述话语、叙述手法等，它们都或多或少地打上时代的烙印。“文革”带来的历史的创伤曾经在经历者的心头布下浓厚的阴影，他们不约而同地选择了遗忘、逃避。然而，李锐却深深地体会到，遗忘、逃避却隐藏了更深的记忆、恐惧。与其遗忘，不如牢记；与其逃避，不如面对。而且李锐不仅敢于直面惨淡的人生，而且要颠覆这人生，这就表现在《无风之树》的叙事人称的设置上。李锐试图用大写的“我”扭转矮人坪“瘤拐”们的命运，在历史叙述中占据主体地位，以叙述之境中虚幻的胜利代替现实之境中真实的失败，然而，这不属于任何现实主义的叙事，因为它不属于任何经验的历史，相反，它是作家由于美好的愿望而在文本中形成的选择，因此它的出现通过假定另一种历史而象征地重构了历史。然而叙述的“历史无意识”①是难以摆脱的，最悲天悯人的作家也无可奈何，最美好的愿望也只能落空，这也许就是米兰·昆德拉所谓的“笑与忘”的悖论吧。在历史无意识之中，文本以自身的生命力获得了相反的叙事效果，违拗了作家的同情心和美好的理想，这种相反的叙事效果表明了作家的意识与潜意识的对立，显示了叙事人称在实现作家的理想的实践中的失败。

三、人称的对立是作家进行距离控制的手段

《无风之树》中，矮人坪这个民间世界的苦难、悲惨一一反衬出庙堂世界

① ［美］弗雷德里克·詹姆逊：《政治无意识》，中国社会科学出版社1999年版。

的凶残、狠毒。在对比中我们可以看出，作家对民间世界寄予深深的同情，对庙堂世界进行无情的批判，而作家的道德评判标准又影响着小说的叙事人称的选择，对苦根儿的批判要用第三人称来表现，对“瘤拐”的爱情要用第一人称来表现。叙事人称的设置显示了作家、读者与文本所描述的世界的亲疏关系，即叙事距离。第一人称（我）的使用，不仅拉近了作家与人物的距离，而且拉近了读者与人物的距离，作家、读者、人物似乎变成了“同呼吸、共命运”的三位一体，道德、情感的距离越来越小，你内心的苦闷变成我痛苦的呐喊，我内心的软弱变成你贴心的温柔，从而达到心灵彼此认同的境地。反之，第三人称（他）的使用，不仅拉远了作家与人物的距离，而且拉远了读者与人物的距离，人物变成了作家远距离审视的客体，变成了读者拒斥的对象，彼此的距离难以逾越。

第一人称（我）与第三人称（他）的对立表现了这种主观的认同与拒斥。然而我们不能忽略人性的复杂，情感的复杂。这是作品内容与形式丰富性的源泉。《无风之树》中，李锐对苦根儿表现出了复杂的情感态度。

在《无风之树》中，作家试图把苦根儿塑造成观念形态的人物，苦根儿只是主流意识形态的代替物和传声筒，为了实现错误的政治理想，他在矮人坪改造自然环境，搞阶级斗争，害得矮人坪的“瘤拐”们长年累月劳而无功，甚至使无辜的拐叔丢了性命。而他同时又是政治的牺牲品，同样无法摆脱权力的愚弄，他是权力和政治的异化物。小说中苦根儿的精神支撑“赵英杰”是“父亲”的化身，这里的“父亲”是“权力”与“政治”的化身，与刘主任心目中的“王政委”如出一辙。苦根儿与刘主任正是这种权力与政治的异化物，是它们发出的芽，结出的果。作家从他不幸的七岁写起，丧父、丧母使他丢失了“根”，成了孤儿，作家完全使人物脱离家庭环境的影响，仅仅把人物置放在大的社会环境中，让人物在社会环境中自生自灭。社会造就了一个“大甲虫”，人物自身的声音淹没在社会的声音之中，人物被社会同化了，甚至成了社会的帮凶。作家既哀其不幸，又怒其不仁，但我们要把握作家情感的主导倾向，即对苦根儿的批判。

要表现作家的这种双重态度，难题是要找到一种方法，解决“人物哪怕有要命的缺点也要给予同情”这一问题，主要是运用苦根儿作为一种聚焦者，而且是以第三人称，报道他自己的经验，但作者却紧紧控制着叙述。如果对苦根儿进行过多的内心观察，可以减少感情距离，在对苦根儿的缺点作出反映时，好像它们是我们自己的缺点，我们就可能不仅原谅它们，而且忽视它们，这是设置第一人称（我）与第三人称“中心意识者”可能出现的修辞效果，显然用在苦根儿身上是行不通的，这可能会导致对作品的误读，导致对人物的误认，使同情代替批判。李锐利用了这种修辞效果，设置了十二个第一人称（我），而只能用第三人称（他）指代苦根儿，同时为了避免陷入“中心意识”的修辞效果，作者紧握叙述的权威，充当情感与道德的最终审判者，只把聚焦的权力给予苦根儿，在这个第三人称的设置上，作家把握住了适当的度，显示了驾驭叙事人称的能力。

总之，在《无风之树》中，李锐对叙事人称的精心设计，不仅完成了对既定主旨的成功传达，最重要的是，这种设计使得艺术手法本身获得了独立的价值和意义，从而深化、拓展了作品的意义。虽然我们不能确定作家是否完全意识到他自己的艺术手法所衍生出的全部价值与意义，但是，对他的任何小说技巧的细心考察都将揭示出一幅无意识的、图画相当不同的画面，在《无风之树》中，我们却发现了一位擅长叙述修辞的作家在发挥作用。

原载《宁波大学学报（人文科学版）》2001年第4期

现代性的历史失败与启蒙者的话语悖论

——论李锐的长篇小说《银城故事》

顾明霞

“革命历史小说”是中国当代文学中相当重要的小说类型，作为一种现代性的社会历史现象[①]，“革命”在不同时期的作家那里均得到了相当突出的书写。李锐的长篇小说《旧址》《无风之树》和《万里无云》曾经分别书写了20世纪中国历史中从早期的“大革命”到后来的“文革”等一系列重要的“革命”运动，而其新近发表的长篇小说《银城故事》（《收获》2002年第1期），又一次集中书写了辛亥革命之前的1910年发生于银城这个内地城市的一场“革命”。不过与以往有所不同的是，《银城故事》所书写的，却是一场流产了的“革命”，而且，正是对这场失败了的现代性历史冲动的深刻书写，体现了李锐对于知识分子启蒙立场与理性批判精神的可贵坚持，以及他对这种话语姿态的悖论性思考，而后者，又使小说具备了特有的新意与价值。

---

① 对于“革命”的现代性本质，请参见：1.肖巍：《自然的法则：近代“革命”观念的一个解读》，复旦大学出版社1998年版。2.陈建华：《“革命”的现代性：中国革命话语考论》，上海古籍出版社2000年版。

小说所写的地处长江中上游的银城孤悬壁立于万仞之上，似乎是固若金汤，但实际上，却又危机四伏，风雨飘摇，弥漫着一种垂死苍茫的末世氛围。正是在这样的意义上，我们毋宁将其视为濒临死亡的清帝国的象征。依此来看，小说所写的几重世界，正是清末社会的典型概括。

《银城故事》主要书写了四重世界：一是由欧阳朗云、刘兰亭和刘振武等人组成的“革命党人”；二是以聂芹轩为象征与代表的日薄西山、垂死挣扎的“清政府”势力；三是由刘三公、蔡六娘、郑老爹组成的“市民民间”，以牛屎客旺财为代表的“草根民间”和以“金鹏大元帅”岳天义为首的“草莽民间”，它们共同组成了“藏污纳垢”的“民间社会”；四是以日本人秀山次郎和秀山芳子兄妹为象征的、代表了已然完成了现代性的社会转型的“域外他者”。所谓的“银城故事”，实际上就是四重世界之间丰富复杂的张力关系。在这样的张力关系之中，发生于“革命党人”与“清政府”间的严峻冲突构成了“银城故事”的主要内容。“民间社会”与“域外他者”除了有着自己的“自在”生活之外，其在作品中的意义，更多的是作为对上述冲突的“观看”与“冷漠”而被作家予以重视的，作家启蒙者的话语立场，也正是在对这种“冲突”“观看”与“冷漠”的书写中得到了体现。

《银城故事》中“革命党人”的活动，除了由欧阳朗云成功实施的刺杀知府案和终致流产的未遂暴动之外，还有兴办新学这样的具有明显的现代启蒙色彩的文化行为，实际上它们都是中华民族最早的现代性历史实践，所以说，小说的历史讲述就有了书写我们现代性的历史起源的意义。《银城故事》虽然书写了这种早期的“现代”实践在军事与文化上的双重失败，从而也使得作品充满了追悼与祭亡的沉重氛围，但是在根本上，作家的话语立场却又是相当明显地站在“革命党”这里的，这从他对欧阳朗云的英雄壮举的形象修辞，对于育人学校充满朝气的生活写照和对流产了的暴动的痛惜，以及对聂芹轩的残暴与狡狯的书写中都有着突出表现。

不过在另一方面，作家启蒙者的话语立场还更鲜明地体现于其对“革命党人”在民间社会之中招致“被看”以至于“冷漠”的书写。

《银城故事》所写“革命党人”的“被看”，主要表现在欧阳朗云的刺杀行为及其悲剧命运在“民间社会”中的沦为“被看”。欧阳朗云刺杀袁知府的爆炸行动是小说前半部分的中心事件，它的重要意义正在于是对亘古不变、几乎是超稳定的银城历史的彻底改写，这正如作品在写到欧阳朗云将要实施爆炸时所说的：“没有人会想到这幅千百年不变的图画，马上就要被一个年轻人涂改得面目全非。”如果我们要为银城历史寻求一个现代起源的话，欧阳朗云的刺杀行动，正是一个最为恰当的起点。就是如此重要的历史事件，却几乎与愚昧而又麻木的民间社会毫无关联，在民间社会那里，前者最多只是一极为难得的谈资与“看景”。对于恰在爆炸现场的牛屎客旺财来说，他对当事者的命运并不关心，他最牵挂的，还是他的牛粪饼的营生，所以，当那些叫花子们从对爆炸事件的谈论中获得“快乐和报偿”的时候，旺财甚至没有搭腔的兴趣，“旺财每天最操心的还是自己的牛粪饼”。而在以岳天义为首的“草莽民间”那里，这一事件却只被理解为革命党人“先夺银子”的行为：

> 革命党已经在银城抢先动起手来，我们天义军不能再等，不能叫别人先夺了银城，天下的银子都在银城，夺了银城就夺了天下的银子，一个没得银子的天下夺它还有啥子意思？我们天义军又不是傻瓜！我们今天就要转去银城，后天就要把银城打下来！只要我抢在前面，那些革命党也没得话好说的。

这里的文字以及此前所写的岳天义对其造反成功后的未来想象，不仅暴露了“草莽民间”未放下水泊梁山“大块吃肉，大碗喝酒”的小农情结，而且还相当突出地表现了他们对“革命”的严重隔膜。

《银城故事》通过书写麻木的国民对于屠戮的围观，以一种充满激愤的情绪批判了国民性中的“看客”心理。爆炸案刚发生的时候，聂芹轩随即处死了两个现场的替死者，即使是在惊魂未定的紧急情况中，还是引来了“争先恐后”的“像一道墙壁”一样的“围观的人群”。而对那些作为诱饵的十八个所谓的嫌犯，“聂千总已经处死了三个人犯，以后每天午时都要死三个。城里的人像赶庙会一样到时都赶去看行刑”，这也使得“旺财决定自己以后也要每天去看”。

“看客”心理的本质，实质上是对于与己无关的同类的冷漠，小说通过书写牺牲的欧阳朗云头颅的“示众”，循从秀山芳子的视角，相当有力地揭示与痛责了国民的“麻木”与“冷漠”：

> 秀山芳子没有想到，现实里的中国竟然是如此的残忍可怕，竟然和书本上的中国如此的形同霄壤。它摧残一个年轻的生命，竟然是如此的无动于衷，竟然会使用如此肮脏恐怖的手段！这城门下来去匆匆的人们，都是中国人吗？他们为什么没有一个人抬起眼睛来看看城墙上的那个木笼，看看城墙上的那个为了他们而被砍头的人……你们这些来来往往麻木冷漠的中国人，抬起头来看看这个木笼吧！看看木笼里的这颗人头吧！

综上所述，李锐的话语立场显然是对“五四”启蒙话语中“国民性”批判话语的自觉继承[①]，在当前这样的启蒙话语不断地招致挑战以至于解构的历史情境之中，李锐的继承，显然是一种令人尊敬的坚守，无疑有着相当重要的历史意义[②]。不过，李锐在继承与坚守“五四”启蒙话语的同时，并不是没有自己的重新思考，这些思考表现于文本之中，就是在极力张扬启蒙主义的“国民性”批判话语从而激烈批判“民间社会”污垢性的同时，还对“民间社会”的深厚与宽广以及专注于日常、相对独立的自在与和谐，特别是对“民间社会”几近于原始的求生意志与生命顽力做出了相当丰富的书写，这些书写，由于明显表现出作家对民间世界与民间精神的亲近与尊重，从而相当突出地显示了作家的话语悖论。你可以批判刘三公的只问经济不知革命，也可以嘲笑岳天义的

---

① 这样的书写无疑类似于鲁迅笔下夏瑜的命运。

② 陈思和先生在论及李锐启蒙主义话语立场的时候曾经指出：“‘五四’的文学传统中，李锐所持的立场并不是新开拓的，但经过几十年来社会发生的重大变化以后，能够坚持这样立场写作的知识分子，李锐可能是硕果仅存的少数作家之一。”见陈思和：《写在子夜》，上海人民出版社1996年9月版。

不堪一击、近乎搞笑的造反，你甚至可以对牛屎客旺财的生存状态表现出“哀其不幸，怒其不争”的复杂心态，但你对刘三公的经济智慧、深谋远虑及其与官府的周旋能力，以及对岳天义的好汉精神与亲子之情，甚至是对旺财的生存韧性都不能不表现出应有的尊重。

李锐写作《银城故事》，显然有着相当自觉的历史意识。小说的“题记”就已经昭示他是要写一部不同于“那些漏洞百出、自相矛盾的历史文献”的另一部历史。在具体的文本当中，我们也处处可见一些关于其历史意识的理性思考，其中最应注意的，便是他对既往历史“遮蔽性”的指责，比如小说开篇部分的这一段话：“所有关于银城的历史文献，都致命地忽略了牛粪饼的烟火气。所有粗通文字的人都自以为是地认为：人的历史不是牛的历史。所以查遍史籍你也闻不到干牛粪烧出来的烟火气，你也查不出那些长角居民的来龙去脉，你更不会看到牛屎客们和繁荣昌盛的银城有什么干系。只有银城的主妇们世世代代、坚定不移地相信，如果没有牛，没有便宜好用的干牛粪饼，就没法安安生生地过日子，就没有银城和银城的一切。”就题材取向来看，李锐所写的晚清时期“革命党”人的“革命”历史并无太大新意，倒是其对民间社会不厌其详的丰富书写反倒有着祛除遮蔽、重写历史的突出意义，这样一来，作品的开头与结尾部分对于牛粪与牛市的书写，就有了突出强调民间世界之永恒性的象征意义。一场“革命”，不管是像欧阳朗云所已实施的爆炸那样轰轰烈烈惊天动地，还是像刘兰亭与刘振武所要发动的暴动那样胎死腹中半途流产，亘古如斯生生不息的民间社会都会映现出它的短暂与有限。相对于宽广、深厚而在短暂的纷乱之后永远地又会复归于安详的民间世界而言，“革命”的历史远不是历史的全部，在历史正典以及启蒙主义的宏伟叙事的遮蔽之下，还有着亘古如斯生生不息的民间历史。正是在这里，我们看到了李锐对既往的启蒙主义历史叙事的轻度偏离。你可以说，《银城故事》是在具体地讲述旧民主主义革命未能彻底地深入民间这样一个老套故事，在此意义上，李锐似乎是在强调启蒙的重要。但我也可以认为，李锐是在对现代以来中国的革命历史与民间世界的二元关系寄托着自己不无抽象意义的深邃思考，正是这样的思考，体现了作家在总体上继续坚持启蒙主义话语立场的同时，正在试图亲近民间，并且重新思考民间的应有意义。这是一个悖论，但却是一个颇有意义，也是一个颇有思想的生长价值的话语悖论。[①]

原载《当代文坛》2002年第5期

① 关于民间与启蒙的复杂关系，请参见：1.王光东：《民间与启蒙——关于九十年代民间争鸣问题的思考》，《当代作家评论》2000年第5期；2.《在民间与启蒙之间——“五四”时期周作人的民间理论》，《文艺争鸣》2002年第1期。

位卑心忧黎民　情深长歌当哭

——郑义、朱晓平、李锐知青小说人民性浅论

谢维强

小说的人民性，当指作家以特定的生活场景为背景，通过对小说人物命运的叙述，人物形象性格的刻画等所流露出来的情感倾向与价值评判，是否能让读者感受到特定时代民众的生活状态与思想感情，是否用自己的心性传达了人民的生活愿望和追求，是否对人民持关怀的态度和同情的胸怀，这些要素应当是衡量作品是否具有人民性的基本尺度。综观中国文学史，从“哀民生之多艰”的长叹到“大庇天下寒士俱欢颜”的呼号，从“但得官清吏不横，即是村中歌舞时”的期盼到“为什么我的眼里常含泪水，因为我对这土地爱得深沉……”的倾诉，读者都可以从中强烈感受到文学家们对民众不幸命运的怜悯情怀和深远忧思。构成中国现实主义经典之作最重要的元素——人民性，在漫长的中国文学史上，在优秀的文学作品中，从先秦到新时期，从未间断，代代相传。它是优秀文学作品能经受漫长岁月流逝的基石，是衡量一部文学作品思想价值的重要标准。

发轫于20世纪70年代末的新时期知青小说，创作历程迄今已持续20多年，产生了大量的作品。这些小说取材丰富，内容各异，相应呈现出不同的价值取向。其中有一部分作品，因作家基于良知与责任，以中国农村的贫困现实和农

民的苦难为叙述对象，充分地倾诉了中国农民的悲哀和愿望，具有丰富的人民性内涵。这些作品是新时期知青小说群落中的优秀之作。

农民苦难的悲情叙述

最先关注并以小说形式深刻表现农民艰难的生存状态和苦难命运的小说，是郑义的《老井》和《远村》。《老井》着重表现自然生存条件的严酷以及在这种生存条件下太行山农民的苦难。由于干旱，人与狼在石凹中争一掬积水，双方都把生死置之度外；牛羊看见拉水的拖拉机会疯狂地上路拦截，人们是一瓢水"洗了脸，洗山药，洗了山药喂猪喝"。严酷的干旱造成极端的贫穷，女子都走出大山，远嫁平川，只剩下大量的男人熬光棍。以此为背景，作者着重写了旺泉与巧英的爱情。旺泉受过高中教育，是山区的有知识者，只是因为贫穷，出不起彩礼，只好上门到寡妇家做倒插门女婿，贫穷造成的错位婚姻使得他和巧英之间刻骨铭心的爱情演变为令人欲哭无泪的悲剧。老井村人为了生存，倾家荡产，打井不止，付出了一代又一代人的生命，这一贯穿历史与现实的悲剧现象，为旺泉与巧英的爱情结局涂抹上了浓重的悲凉底色。

《远山》中，作者对农民苦难的思考则着重从"拉边套"，即两个男人与一个女人共同过日子这一违背伦常的习俗切入，述说农民的悲哀与不幸。男主人公杨万牛的未婚妻叶叶，由于家境贫困，被迫换亲，改嫁他人，致使杨万牛熬了一辈子光棍。因贫困，也因难舍难分的爱情，杨万牛"走了黑道"，拉起了边套，当了叶叶"说不清道不明"的半拉子丈夫。小说着重展示了杨万牛悲酸的情感历程和心灵创痛。或许一个纯粹的农民，顺应千百年来乡村社会的生存法则，默默拉一辈子边套，也就算了，认命了。但杨万牛曾是解放军战士、志愿军战士，"当兵打仗，走南闯北的经历，到底叫他懂得了比村人稍多一点的自尊自爱。打伙计，拉边套，不明不白，想起来实在难受。用自己挣下的血汗钱给四奎家修窑儿，好叫自己爱的女人和人家过日子，睡觉！这不能不使他觉得一种深沉而近乎麻木的钝痛"。这种清醒中的屈辱和自尊的丧失，更令人感到主人公的无奈与悲哀。《远山》揭示的贫困与苦难给农民造成的精神折磨与心灵创伤，其悲剧性与震撼力并不亚于当年柔石的小说《为奴隶的母亲》，考虑到小说叙述的生活的时代背景，其现实意义是振聋发聩的。

郑义是以“欲哭无泪”的伤感描述太行山农民的苦难的，同情、怜悯，急欲为之而“长歌当哭”的感情，在字里行间静静流淌。另一位知青作家朱晓平的创作心态较之郑义更为复杂，他说：“我爱那块贫瘠、苍凉、古老又挚热的黄土地，我爱那些质朴可亲的庄稼人，爱得炽热，也爱得冷静……只是借助一个外来知青的眼光，去为那些在贫困中挣扎又永远充满着希望的男男女女画一幅像，画他们的可亲可爱，也画他们的可怜可悲乃至可恨！”他怀着痛苦的心情叙述农民的苦难，展示他们心灵的创伤，也理性地剖析与批判中国农业社会中的陈规陋习与人性的卑劣与残忍。相对而言，他的系列小说《好男好女》（亦称《桑树坪记事》），更具有启蒙意义。

贫困无疑是朱晓平叙述人物命运的基本背景，人物命运的变化则负载着作者的感情与理性批判精神。他的小说充溢的感情是爱恨交织，他对他所刻画的农民及其命运的叙述，是含泪的爱抚，是含泪的诅咒，这种复杂的审视心态在李金斗这个人物的塑造上最为突出。李金斗是生产队长，是桑树坪的“山大王”，以其在政权、族权、经济分配权等方面的绝对权威，有效地统治着桑树坪这个小山村。他人称“灵勾子”，精明强干，将生产管理得井井有条，为桑树坪的经济利益精打细算，连请麦客时什么样的馍什么时候送，都有工于心计的安排，“他干什么，目的总是让村上人不吃亏或少吃亏，在这一点上金斗一点也不自私自利”，为了多给村民留点口粮，他这个三四十岁的汉子可以被公社干部粗野地谩骂、殴打而忍气吞声。但是，为了桑树坪人有限且可怜的经济利益，他这种精明强干又化作狭隘与残忍。他认为知青下放是“来夺我们庄稼人的粮食来咧”，于是他不动声色地导演一场压低知青工分的欺生排外戏；他既利用外来窑客老吕的手艺为本村烧制砖瓦增加财富，又在蝇头小利上对其加以算计盘剥；为了剥夺外姓人王志科继承李氏家族的两孔破窑的权利，不惜栽赃诬陷，将其置于死地；对“亲无情分，不亲有名分”的同族长辈李言老汉，李金斗步步紧逼，逐步剥夺他的生存条件，致使老汉最终死于荒野山涧；为了给自己落下“拐子病”的小儿子娶媳妇，逼得彩芳投井自杀。桑树坪的三条人命都与金斗有直接或间接的关系。作品显示了一个严酷的事实：在贫困的境遇中挣扎过日子的农民，仍深受族权、封建家长权的残酷压迫，这种压迫则通过李金斗狡黠残忍的行为方式淋漓尽致地表现出来。

中国女性，尤其是生活在社会最底层的女性，是不幸命运最深重的承载者，在文学作品中，总是最被关注的表现与审美对象。朱晓平的创作再次显示了这一创作规律，其中几位女性的不幸命运使其成为桑树坪系列小说中最令人同情与怜悯的对象。彩芳只想与一个身体正常的男人结婚，结果饱受毒打，直至投井自尽；青女因爹妈得了大笔的定亲钱，嫁给了疯汉子福林，在夫权和乡村陋习的野蛮肆虐下，结果自己也疯了；福林的妹子月娃为了哥哥的定亲钱，十三岁就被送给人家当童养媳，苦难的生活催她早熟，"寻下了人家不是就有钱给哥办事哩么？"生离之际，小月娃强忍眼泪，"妈呀不哭咧，我说哩，我要笑着出门哩，我要笑着出门哩……"这段悲情渲染，让每一个读者都能洞悉作者对苦难生活的含泪诅咒。在生存艰难的农村，女子只是一笔可供支配与交易的财富，在男人眼中，她们没有人的尊严，没有独立人格，没有感情，她们只是为了生存和繁衍生命的商品与工具。普遍存在的落后观念与野蛮习俗，直到20世纪70年代，还在北方山乡广泛存在，令人触目惊心。这是中国农民的悲剧，也是现代中国的悲剧。这一出出人间悲剧，反映了朱晓平悲天悯人的情怀与强烈的历史责任感，民众的苦难得到了最忠实的倾诉。

农民的苦难同样是知青作家李锐关注与表现的主题。李锐的"吕梁印象系列小说"以苦焦赤贫的山村生活为背景，在人的最基本的生理需求层面上刻写农民的不幸命运，这种切入生活的角度，使他的小说思想内涵更为深刻，更有力度。

性与死亡是李锐小说表现的两大主题。其小说中有不少篇什涉及性，如《锄禾》《眼石》《假婚》《同行》《驮炭》《篝火》《好汉》《青石涧》《二龙戏珠》。李锐以艰苦的劳作与苦焦的生活为背景，关注吕梁山民男女之间的性关系，多角度阐述性在乡村生活中的存在形态与价值取向。有的是基于贫困产生的对生存资料的交换，如《锄禾》《驮炭》；有的是权势者对女性的欺辱与公开占有，如《篝火》；有的是因性饥渴又因贫穷无力娶妻造成的兄妹、父女乱伦，如《假婚》《二龙戏珠》；有的是出于生存与繁衍的本能而忍辱负重，如《同行》；有的是互换妻子睡觉以获得心理的满足，如《眼石》。性的畸形生存形态折射出吕梁山民在最低生命需求层次上挣扎的不幸命运，同时也反映出贫困中人们最起码的道德感的麻木和自尊感的丧失。《秋语》《送葬》则是太行山民默默承受命运安排的写照。人们平淡地谈论死亡，犹如谈论日常家务，反映出其对生存状态与生命归宿缺乏热情与追求的冷漠的人生态度。《天上有块云》中对一头老牛悲惨命运的叙述，则以象征的角度写出了山民们对死亡逆来顺受的无奈与认同。

在共同诉说贫瘠古老的秦晋高原农民的苦难命运的创作中，三位作家的艺术视角各有不同。郑义侧重山区民俗的剖析，以“招赘”“拉边套”作为人物命运和心灵的切入点。《老井》与《远村》关注的不仅仅是农村的贫困致使农民生计艰难，更关注的是因贫困造成的违背个人意愿，违背人伦道德的习俗和生活方式的畸形存在，以及这种畸形的存在对农民生理上，尤其是心理上、精神上造成的扭曲与创伤。他对所叙述的农村社区生活现象持理性的审视态度，既不站在现代文明的立场上进行严厉的批判，也不从乡村文化的角度予以肯定性的宽容。他以超越现存文化的历史眼光穿透乡村习俗畸形、怪诞的表层，直视农民的灵魂深处，去刻写贫困给人的心灵造成的深切痛苦和无法诉说的悲哀；而朱晓平在铺叙桑树坪的乡村生活时，则有意识地运用当地的民歌来揭示山民的精神世界。他充分意识到了民歌蕴含的历史文化价值，意识到了民歌在抒发山民们的生活愿望与情绪时的不可分割性，因而将民歌作为小说结构的有机成分加以运用，他的小说集《好男好女》中十多篇中短篇小说，几乎篇篇都穿插了原汁原味的陕北民歌。例如，仅中篇小说《青女与福林》中，就有十首林游山区民歌。这些委婉悠扬、高亢苍凉的民歌，意蕴丰富，多角度地展示了山区民众的生存境遇与人生情怀。有的歌表达了山民们听天由命，达观却又无奈的生活态度：

阳婆嘛升哟月婆嘛落，
月儿嘛明明哟好唱歌，

梦里头寻下好光景，

的儿哟……

就这么走哟就这么过。

有的歌充溢着青年男女生离死别的忧伤：

走哩走哩哟，

越哟远了，

眼泪花花飘满了，

哎哟的哟，

泪花花把心儿淹了……

这些山歌里，还有山民对婚姻的认知和抱怨，有对女子的赞美，有对征夫的思念；更多的是男女青年相悦相爱，相怨相恨的情歌。作者感叹道："这些民歌韵味之纯真，歌意之质朴，词儿之清雅，含义之优美深沉，内容之丰富，寓意之深刻，却是那些知书达理的人想象不出来的。"它们经过朱晓平的精心构思，悠扬婉转地飘荡在黄土高原的蓝天白云之间，最为精粹地揭示了苦难中的山区民众的生活愿望和对悲苦人生的喟叹。朱晓平认为："最苦的地方，歌儿反倒最美、最动听。"反之，他如此钟情这些优美的山歌、民谣和小调，也就表明，他对山区民众的苦难有着刻骨铭心的深切感受。

与郑义、朱晓平的艺术视角不同，李锐描述山民的苦难时，摒弃完整的故事演绎，只截取日常劳作中体现人生存状态与生命观念的瞬间，凝聚作者深刻的生命感受与深层的人文思考。他的《厚土》系列短篇小说犹如一幅幅色彩浓重的尺幅油画，从生活的各个侧面组合成一幅完整的吕梁山区日常生活的静物全景，集中表现出劳苦山民生存的艰难和最低层次的生存需求。李锐曾经从事过考古工作，他在一次晋北荒原大规模发掘古墓之后感慨万千："冰冷的时间之河把那么多的生命沉在水底，茫茫而去。站在这河边与两千年前的死亡直面相对，你会深透骨髓地体悟到生命对于死亡和时间无可抗拒的屈从，你更会深透地体悟到这屈从所带来的没顶的悲凉。”[①]人类学、历史学的眼光使他超越现实，远溯历史，更注重剖析在严酷的自然条件和赤贫的经济环境中，吕梁山民低层次的生存形态和无意义的生命流程，更注重描述这样的生存形态和生命流程给人的尊严和生命本身带来的扭曲和悲哀。因为他深刻地领悟到，“在对生命记忆千百年的书写中，书写者们高举着自己的生命之灯，穿过一座又一座形式的大门。在对表达形式不懈的追求和考问中，他们终于明白那原本是对生命自身的追求和考问。”[②]

别林斯基论述文艺的人民性时认为，文学要表现人民的生活，首先要描写农民的命运，“农民也有心和灵魂，欲望和热情，爱和恨，——一句话，他也有生活。”[③]三位作家自觉地认识到了这一深刻存在于日常生活中的真理，他们用富有个性的艺术创作，刻写了秦晋高原农民的“心和灵魂，欲望和热情，爱和恨”，揭示了农民命运的不幸，显示了改变这种不幸命运的必要性。作家的良知与责任感完美地结合在成功的艺术创作中。

关注苦难的现实成因

反映民众的情绪和愿望，是新时期小说与生俱来的特征，而这一鲜明特征在新时期知青小说农村题材的作品中特别突出。一个城市学生一旦上山下乡被称为知青，就意味着他是一个农民了，就进入了当时中国社会的生活最底层，从此就与农民共同劳作、过日子了，插队落户的知青尤其如此。在上山下乡的日子里，不管他们头脑里仍拥有多少虚妄狂热、不着边际的思想和复杂的念头，在严酷的实际生活中，他们衣食住行的日常行为都客观地融入了中国农民的日常生活。他们与农民住着同样的茅草房，点着同样的煤油灯，在严寒酷暑中，同样挖沟清塘、割谷收麦，同样披星戴月从事艰苦的劳作，他们与农民同

① 李锐：《传说之死》，长江文艺出版社1994年版，第340页。

② 李锐：《传说之死》，长江文艺出版社1994年版，第342页。

③ 《文学理论基础》编写组：《〈文学理论基础〉参考资料》，上海文艺出版社1985年版，第139页。

饮一河水，同样关注田里庄稼的收成。当知青作家们追忆描述这段生活时，根本不可能将自身经历和感情与农民的生存状态割裂开来。所以，当这段与农民构成生活共同体的人生经历以艺术的形式出现在他们笔下时，对农民生活的关注与命运的思考与对知青生活的叙述天然地融合在一起，同构于知青小说的艺术创作中。在不少知青小说的叙述中，知青生活与农民生活相伴而生、融为一体，知青作家精神印记中的浓重底色就是荒凉贫瘠的黄土高原，是沟汊河流纵横的江南水乡，是辽阔无垠的内蒙古草原，是骄阳如炙的南国椰林。

当然，将乡村的山川河流、平野荒原作为小说的背景，真实地描述农民生存的艰难与痛苦，刻画多样的农民形象，并不能就此推论出这样的小说就具有充分的人民性了。作出这种肯定判断的重要依据应当是，作者站在怎样的立场，用怎样的价值观念去分析判断，以怎样的情怀去描述；作家是否具有胡风先生所主张的，对自己所要反映的生活必须有发自内心深处的强烈的爱憎，明确的是非观，是否有代表民众愿望和历史要求的不可抑制的愿望和勇气。由于知青作家的生活经历各异，创作视角取向不一，反映的生活场景与人生体验不同，从整体考察，并非新时期知青小说都具有对乡村生活和农民命运的审视与思考。而郑义、朱晓平、李锐的这类小说则具有以上所述的创作观念与艺术内涵，而且，随着时间的流逝，这部分小说的思想价值与艺术价值日益彰显并愈显宝贵，其历史内涵的厚度与思想启迪的力度堪称知青小说的优秀之作。这类小说产生的第一个强力动因，是作家们窥破中国农村社会秘密之后的强烈诉说愿望。

知青下放农村，最激烈的思想碰撞与心灵震撼就是，突然置身在生活极其贫困、文化极其落后的乡村，知青们目睹乡村的贫穷、凋敝，亲身经历农民所承受的艰难、苦难。无情的现实与以往所受教育相比照，有如云泥之别，知青们普遍有上当受骗的感觉。严酷的现实促使他们在思想感情上产生了痛苦而又深刻的变化，他们经过长时期的怀疑、思考，最后完成了对中国乡村蝉蜕式的认识，从而对中国乡村的现实有了叛逆性的认识与结论。上海知青作家陈村的长篇小说《从前》中有一段叙述，生动地反映了这一思想变化的历程：

“在兴，”我问比我小上几岁的小老乡，“这土不肥，干吗要挖？”

“学大寨啦，我操他妈！”

“这家伙有点反动，”……我又问了几个年纪大点的老乡。怪了，他们所见略同，另外还补充了一些关于地主、土地、“三自一包”的谬论。我不禁怀疑自己的听力，也怀疑他们是不是在试探我，我在出汗，……

十七年来，那么好的老师，那么多的铅字，统统不算数了吗？还有什么是算数的？

“书记，不会是这样吧？”

“不提了。”他不肯参战。

“你到各家各户去看，”队长说，“我操他妈！”

全部信念就在一声“操他妈”中瓦解了，好干脆呵！

当“我不相信”的思想锋芒直指既往的虚伪说教，虚构的幸福天堂土崩瓦解，被压抑的理性开始复苏，独立思考的眼光就开始审视严酷的现实了，而知青，由于与农民共处生活共同体，直接的生活体验与感情体验就是乡村的贫穷与农民的苦难。那么一旦有了艺术言说的可能，精神印记中最深刻的部分自然成为知青作家们叙述的对象。

在众多的知青作家中，何以这三位作家特别关注农民的苦难，如此深情又感伤地倾诉农民的悲哀与不幸呢？除了上述原因，还应从这三位作家上山下乡的生活环境中去寻找。

丹纳在谈到艺术家的创作心态时认为：“苦难使群众伤心，也使艺术家伤心。艺术家既然是集体的一份子，就不能不分担集体的命运。”[①]由于国家农村经济体制的错误建制，尤其是“文革”动乱，中国农村陷入普遍贫穷状态，西北山区尤其如此。这三位作家下放的地方都属北方贫困地区，气候寒冷、干旱，土地贫瘠，物产匮乏，恶劣严峻的自然环境使得普遍贫困的中国乡村的生存状况在这些地方更加令人触目惊心。他们的小说中常常出现从地质地貌角度

① ［法］丹纳：《艺术哲学》，安徽文艺出版社1991年版，第80页。

对恶劣生存环境的描述：有被雨水、河水切割冲刷的零碎的沟洼梁峁，有断流的河床和裸露的鹅卵石，有遍布干旱山区深达几百米的坍塌残毁的废井。“贫瘠、荒芜、苍凉、干旱”，是他们描述生活环境的常用词汇。严酷的自然环境造成的极端贫困，窒息了人们任何美好的追求与愿望，人们仅仅是为活着而活着，赤贫与困苦使得生活其间的民众心里充满了悲苦与绝望，天性遭到压抑与戕伤。这种贯穿人生的悲苦情绪通过山民们日常生活的言行举止，不断感染和影响着同处生活共同体的知青们。因此，这痛彻骨髓的伤感在三位作家日后的艺术创作中，浸润为作品的感情基调，化作他们急于破译与言说中国乡村社会现状的催化剂。与之形成鲜明对照的是南方知青作家的小说。如王安忆、陈村下放在江淮水乡，那里气候温暖，空气湿润，河汊纵横，土地肥沃，农业收成维持生存有余。因此，他们小说中生活的贫困感很弱，小说内容比较关注的是日常生活的情趣与和睦的人际关系，甚至还有一定程度上超越物质索求的爱情与性。最为典型的是张曼菱的中篇小说《有一个美丽的地方》。小说的第一句话就是：“有这样一个地方，那里四季郁郁葱葱，遍地是涓涓的溪流。”小说写道：“那里土地肥沃，傣家的大米饭晶莹锃亮，自己冒油，好像人们需要的一切营养都在里面了。”她从人类文化学的角度得出结论：“丰饶的大自然培育了他们无牵无挂的天性。”傣家的少男们骑着自行车下田，少女们下田栽秧时身上带着小圆镜和雪花膏，穿着绚丽的衣裳与少男们对情歌，甚至她们嫌弃女知青衣服色彩单调、难看。南国的富饶美丽在张曼菱的描述中处处散发出迷人的魅力，人们热情、活泼、善良、多情，小说的基调是赞叹的，充满了诗意的。

以上比较可以看出，赤贫的生活环境，悲苦的民众情绪，郁结成了郑义、朱晓平、李锐这三位北方知青作家关注与表述农民苦难的悲悯情结和心理动因。丹纳认为：“悲伤既是时代的特征，他在事物中所看到的当然是悲伤。特征印在艺术家心上，艺术家又把特征印在作品上。”三位作家的创作十分准确地印证了这一艺术论断[①]。

① ［法］丹纳：《艺术哲学》，安徽文艺出版社1997年版，第81页。

除了对中国乡村社会生活的重新认知与对苦难的亲身体验，对下放地和所在地农民的深厚感情，也构成了这三位知青作家描述苦难的又一重要因素。对中国农民的苦难与不幸，用“欲哭无泪”（郑义）的悲悯情怀倾情诉说，以“我要为我们的农民含着泪去发几声呐喊”（朱晓平），是三位知青作家共同的创作心态与创作理念。他们的作品中之所以人物命运如此催人泪下，风格如此悲怆，思想如此深刻，其根本原因是，他们曾经的知青身份，曾经的与农民朝夕相处的严寒酷暑，曾经的与农民红薯地瓜干分享艰难，曾经的与农民披星戴月艰苦劳作。他们常常不约而同地提到“第二故乡”，常常用“思念、热泪、刻骨铭心”这类词汇来表达对当年下放所在乡村的不解情愫。那里的山川河流、田野村庄，尤其是曾日夜相处的农民，是他们不可忘怀的思念对象。当他们能够拿起笔来诉说自己的昔日情怀时，他们写的是农民的命运，表述的实际上是自己的生命历程和感情遭遇；写自己的乡村生涯，其底色就是乡村的日常生活和农民的生存境况。这种创作群体与创作对象如此水乳交融的现象，在中外文学史上都是罕见的。与农民相濡以沫的感情记忆，为民而歌的良知与责任感，促使他们写下了这些富有人民性的优秀篇章。这些作品在表现中国农村生活与农民命运的真实性与深刻性上，远胜过新中国成立以来任何时期作家创作的农村题材作品。

三、时代赋予的创作特质

三位知青作家有一个共同的特点，即他们介入知青题材创作的时间比较晚，与20世纪70年代末80年代初的前期知青小说创作拉开了几年甚至十几年的时间距离。这一段时期正是各种社会思潮和艺术思潮在中国大量涌现和输入的年代，这就为三位作家在思想和艺术资源的开掘和摄取，创作心态和视角的定位，社会价值的判断和取舍，创作理念和姿态的确立等诸方面，提供了广阔的思考与选择空间，从而避免了前期知青小说创作的不足与偏向。前期知青小说中存在两类比较明显的主题倾向：一是自悲自怜，一是自恋自赞。前者不断倾诉命运的不公、社会的残酷、青春的荒废、前途的绝望；后者则张扬已显陈旧的理想，以时代英雄自居，将苦难视为风流，视为劫后辉煌的一碗垫底酒。重新阅读这两类作品，有强烈的时代急就章之感，情绪化倾向比较明显。而这三位知青作家鉴于前期知青小说的创作实践，充分吸取经验和教训，定位于知青真实的生命体验和民众苦难命运的诉求立场，他们同情和批判的双重视角为中国当代小说的人民性增添了厚重的内涵。因此，他们的作品更具历史文化内涵，更具思想和现实的启迪意义，显示了这类知青小说成熟的艺术追求和宝贵的思想价值。

"十七年"表现农村生活，描述农民命运的作家们，如周立波、柳青、赵树理、马锋、浩然等，他们的作品在真实地描述当代中国农村生活，勇敢地诉说农民的苦难方面，是远逊于上述三位知青作家同类作品的。这批作家的创作状态正处在黄金时段，处在一个新的历史阶段发展的开端和进程中，但其创作观念与创作构思被权威的理论规范，被先验的生活前景束缚。因此，他们有意无意地回避严酷的现实和农民的贫困生活，满怀热情地去描述、虚构理想的农业社会与农民的生活愿望与追求。急功近利的时代要求和政治热情使他们的小说缺乏理性认识与直面现实的勇气。他们带着既定的、印证某种方针政策的创作任务，满怀歌颂现实的真诚的创作热情，从规定的视角去观察与表现农村生活与农民的生活。这样的创作姿态决定了他们只是生活的旁观者，只是按照既定理念去描摹现实的创作者。所以，当历史敞开了将他们的作品与现实生活比照分析的空间时，他们作品的思想力度、艺术真实性与知青作家的农村题材小说相比，就相形见绌了。"十七年"的作家们并非没有为民而歌的激情与愿望，相反，这种激情和愿望还很强烈，但因为上述种种原因，他们陷入了曾被别林斯基分析批判过的"官方人民性"的误区。他们努力把农民的生活现状和愿望纳入当时压倒一切的社会政治需求框架，在忠实表现生活与文学服从政治的选择上，自觉不自觉地倾向后者。尽管作家们的才情、良知、责任感使他们的作品在一定程度上反映了农民的真实愿望，如赵树理的一些小说，还有亭面糊、梁三老汉这类人物的塑造，但这种"真正的人民性"的力量是很微弱的。

至于新时期复出的"五七"作家，除高晓声外，王蒙、从维熙、李国文、刘绍棠们，他们离农民的生活距离较之"十七年"作家更远。由于其身份与生活环境，他们对农民生活了解得不多，或了解得有限。他们的“罪人”心态使他们更敏感于周围人们对他们的态度与方式，留意于农民对他们表现出的善良与友好，如王蒙的“在伊犁系列”、刘绍棠的《蒲柳人家》、李国文的《月食》、张贤亮的《灵与肉》；又由于他们当时的年龄、学识、修养、生活阅历，他们的小说更多的是关注自身命运的波折与精神跋涉，对自身命运与中国社会形而上的关注与思考远多于对农村当下现实生活的关注与思考，如王蒙的《蝴蝶》《春之声》，张贤亮的《绿化树》《男人的一半是女人》《习惯死亡》，从维熙的《走向混沌》。他们同样有为民而歌的愿望，但他们不是为农民而悲歌，而是为农民在他们身处人生劫难时表达的同情而感激，为农民对他们表现出的善良而赞美。书写农民们流露的真善美当然具有人民性，但这种人民性的判断与表述的视野是狭窄的，是仅仅基于个人命运际遇的伦理判断与审美判断，包含强烈的个人功利价值取向，其价值不宜过高评价。

新时期知青作家则不一样，他们一般16到20岁就上山下乡，融入了农村生活，成为农民中的一份子。他们的思维方式与感情世界正处在发育与定型期，青年人敏锐的感受和活跃的思维更容易形成与现实同构的认知结果和感情世界。农村的现实生活以其赤裸裸的真实，迅速匡正了他们的认知方式，颠覆了他们以往的既有结论，他们对中国农村产生了来自生命实践的确证性认知。“十七年”的教育加上“文革”的强势宣传，造就了他们对中国农村生活的虚构性认识与理想式想象，可一旦接触中国农村贫困的现实，目睹农村的贫困，亲身承受生活的艰难，受骗上当的感觉使他们困惑、震惊，也因此产生了具有叛逆性的思考索求。对知青作家这些知青群体中的“思想者”而言，精神的痛苦与蝉蜕远胜于物质的匮乏与劳动的磨炼。长期的生活体验与思考积淀，孕育了他们急于表达自己对现实的切身感受与揭露中国农村真实状况的强烈诉说欲望。知青作家有一个显著属性，即既是农民又不是农民，客观身份是农民，文化观念和思想认知水平与模式却不是农民。他们在一段时期或相当长的一段时间里与农民融为一体，日常生活的零距离与思想维度的远距离并存。虽然身处乡村，与农民朝夕相处，但他们毕竟来自城市文化社区，从小受城市文化的习染熏陶，又受过一定的或良好的中等教育，因此，他们的文化心态与认知社会生活的角度迥异于农民，对农村社区的生活方式较之农民有完全不同的感受与理解。譬如，乡村广泛存在的买卖婚姻和落后甚至野蛮的习俗，他们在观念上、感情上完全不能接受；对农村基层干部的胡作非为与对农民的欺压，他们义愤填膺；对农村的贫困与农民的麻木他们格外敏感与痛心。对知青中那些“思想史上的存留者”而言，这些种种不合情理的现实，是他们质疑批判的对象。譬如，在农民出身的作家贾平凹的笔下，指腹为婚、招夫养夫、打伙计这类婚姻陋习，充满了脉脉温情，但在郑义的笔下，却充满了辛酸与悲凉；农村包办买卖婚姻以及相应的繁文缛节，在农民眼中郑重而神圣，但在朱晓平的眼中，却是荒唐可笑又缺乏正常人性的；吕梁山区生活的贫苦、劳作的艰辛、种种违背人伦道德的行为，吕梁人习以为常，默默承受，李锐却从中深刻地感受到非健康人性、非文明社会的劣质因素。他笔下展示的吕梁山区的生活场景是静止的、无生机的、亘古不变的，人们仅仅是为生存与繁衍而活着，缺乏生命活力与现代文明气息。城市文化的价值观念与评价尺度使知青作家们虽然身为农民，但其文化视野又超越农民，因此他们能够站在社会文明的高度，按照历史发展的要求，敏锐地认识到中国农村的落后愚昧，揭示中国农民的苦难和悲哀，表达出身处社会底层的农民群众的愿望和追求。这就具有了俄罗斯作家杜勃罗留波夫所界定的“真正的人民性”。

与当代小说的创作者前辈们相比，知青作家们具有时代赋予的可贵的创作品质。他们彻底摈弃了农民图腾崇拜，再也不是无原则地歌颂农民的生活方式和生活情趣，无条件地认同农民的道德理想和文化观念；他们自觉地否定了上世纪下半叶以来中国知识分子的自我矮化、自我否定的自卑心态与自渎意识，以自觉的质疑和批判精神观察、审视、表述中国农村的落后、愚昧。这种创作思想和心态就与出于政治情势而泛滥于“十七年”的民粹主义思潮划清了界限；另外，他们又在思想解放的时代大潮中，高张人道主义大旗，以切身的人生体验，以自己的良知和历史责任感，关注农民的苦难，真实描述中国农民的生存困境，用触手可及的人物形象和生活场景，客观显示中国农村现实社会与时代文明的巨大差异，这又远远超越了“五七”作家们的思考深度。他们继承了“五四”作家们的精神遗产，以独立的创作品格和自觉的反思意识，确立了反映中国农村社会现状的知识分子创作立场，而且，这种立场是自觉的，充满历史主动性的。因为处在一个思想解放运动凯歌行进、创作环境日益宽松的年代，他们没有上一辈作家必须歌颂现实的强制性束缚性的创作任务，也没有被生活干预过的惊弓之鸟心态，丰富的思想资源与艺术资源，长期的思考与自由的心态，个人的胆识与才情，催生了他们的优秀作品。今天，用人民性这一价值尺度去衡量与分析他们的作品时，评论者会郑重地得出这样的结论：新时期知青小说的农村生活文本是经得起现实与历史的无情评判的，在表现人民生活和命运这一永恒主题的创作中，它们为中国当代小说的人民性增添了厚重的内涵。

朱晓平的这段话最能体现这些可贵的精神品质："在我们这个国家，不真正了解农民，谈不上从深层意义上去了解和认识我们这个民族。严肃地、深沉地去思索农民的昨天和今天，才能看到我们这个民族的明天和未来。"①

原载《华中师范大学学报（人文社会科学版）》2003年第1期

① 朱晓平：《好男好女》，四川文艺出版社1987年版，第252页。

空洞的焦虑

——李锐长篇小说《银城故事》的基本命题

叶　开

银城：抽象的地名

反观一下近二十年来的中国小说创作，我对这样一种现象记忆深刻：从寻根和先锋开始的那些小说家，他们总是喜欢在自己的作品里使用一个现实生活中根本就不存在的地名，来作为故事发生和演变的载体。马原有一个西藏，这个西藏是被抽空了实际感性生活内容的西藏，从而变成了一种特别的符号。莫言有一个高密，这个高密像一只土耳其风格的烤全羊，里面塞满了零碎的下水，这些下水让高密超越了山东地界，成为一个象征。韩少功的故事总是发生在湖南的某个深山密林里，在山寨里，在人们愚昧无知地生活着的乡村里，这里行动着一些神色诡秘的知青。在刘恒那里，人们的生存时间背景和地理背景基本上都被抽空了，只有一些抽象的人性（人性恶）在那里像影子一样走来走去，试图反映对于中国古老文化的思考。苏童的小说里，故事发生的背景同样都被暧昧掉了，故事既可以发生在东北，也可以发生在江南——既然人性是抽象的，那么故事的发生背景，就显得可有可无了。李锐的小说，脱不开的是隐秘的文化、被正统书写机构曲解了然后通过他的笔触加以还原的潜历史……

当然，既然是概括，这些概括不能说是最准确的，但是基本状态如此。有一段时间，城市变成了代号：上海是“S城”，南京是“N城”，北京是“B城”。在这些城市里，“X先生”和“Y小姐”发生了神秘的故事。而乡村，因为在我们的文化历史进程当中，本来就一直是潜在的、暧昧的，那么它们也就具有了充分的不确定性。这种不确定性，一度让我们的作家深深迷醉。对于有着先决的抽象的人性观念的作家而言，一张空白的纸可以绘制出自己最需要的图画。至于这些“乡村”和“城市”概念下的基本的、现实的生存状况和模式，对于表达来说，就变成了次要的因素。

很显然，对于我们的作家来说，城市和乡村的具体性格特征和生存的实际状况并不重要。我们所熟知的小说三要素——时间、地点、人物，都成为暧昧的东西。时间不明，地点不清，人物模糊，是很长一个时期以来小说创作的基本特点。

A先生和B先生在性格上没有本质上的差别，他们都是小说中的影子，作家通过他们说话，赋予他们貌似不同的声音。这些声音，都带着相同的腔调，甚至还有方言的意味。地点也同样不必有具体的地理特征。格非的《青黄》是个很特别的例子：“九姓渔户作为一支漂泊在苏子河上的妓女船队早在四十年前就已经消亡了。”“九姓渔户”不必考证了，本来就是不存在的名称；“苏子河”呢，则可以是全中国所有河流中的任何一条，作为河流，它没有任何的性格特征，没有具体的文化形态。故事发生了，需要一条河流而已。虚构的“九姓渔户”在虚构的“苏子河”上漂泊，给我们的阅读营造了一种神秘的气氛，暧昧的气氛。小说里的故事，在追踪一桩似乎不可能澄清的事实：所有正式文献记载的内容，都是跟假定的真实相背离的。作家的愿望，就是通过虚构的地点和人物，告诉我们这样一条真理：事物是多样性的，你可能永远无法到达真相的核心。在这一点上，我们看到日本著名电影导演黑泽明获得过戛纳电影节金棕榈大奖的影片《罗生门》的观念貌离神合——对于世界和人性的判断，我们都运用了来自西方的那种观念。同样的观念，在博尔赫斯和格里耶那里被反复表达。西方现代派所带来的种种观念，对于世界的不确定性的判断，对于人性的深深的怀疑态度，对我们的写作具有很深的影响。卡夫卡的《城堡》和《审判》里，那个主人公的遭遇，不就象征着人类的困境吗？我们再看迪伦马特的著名中篇小说《抛锚》，同样将主人公身上潜藏的那些令人不安的污垢给发掘了出来。我们可以看到，卡夫卡笔下的K，并不具有鲜明的人物性格特征，那些在安娜·卡列尼娜身上、在拉斯柯尔尼科夫身上所表现出来的具体的生存焦虑和人物性格，在现代派作家的笔下，失去了具体的血与肉——我们不需要血肉，我们仅仅需要符号。在《罗生门》《青黄》和《迷舟》那里，真相是暧昧的，不可描写的，或许，真相本来就不存在。既然作家要探讨的是抽象的真理，那么故事发生的地点，人物所具有的情感，都是次要的因素。作家没有必要描述当下的现实状况，因为这样做反而吃力。

在黑泽明这部影响了很多先锋小说作家的著名影片《罗生门》里，导演通过这么几个人的喋喋不休的叙述，要告诉我们的，也是同样的看法。在卡夫卡那里，K永远进不了的城堡，同样具有浓重的象征意味。“城堡”和K构成了这个世界的荒诞的表象符号。

而本文要讨论的李锐的长篇小说《银城故事》里，新军管带刘振武在进入银城的同时，也目睹了自己的失败。这种失败，似乎是注定了的，带有宿命的因素。在这里，我们可以看到，事隔十几年之后，作家李锐的兴奋点，仍然在格非式的“苏子河”上，在“银城”上。他对于抽象的情感有兴趣，他的写作兴奋点，也正在这种诗性的假定现实之上。

在上述作家的心目中，小说是一种抽象的事物，为作家心中抽象的概念服务。我曾在分析余华长篇小说《许三观卖血记》的文章《想象力的陷阱》里提到，这种抽象的概念，就是关乎人性和宇宙永恒特征的问题，是人性的邪恶、不可测，是世界的多样性、冷酷性。这些命题主要出自西方的哲学体系，融入西方的各种文化门类当中，然后，通过翻译，深深地影响了我们的作家。一种超越民族的基本文化特质、抹杀差异性的愿望，一种做世界作家，被西方强势文化认同的焦虑，使得这种普泛性的命题，成为我们作家手中重要的武器。昆德拉的成功，暗暗地加剧了这种认同的迫切感。至于我们生存的基本状况，我们所处的这个现实带给我们的忧伤、欢乐、痛苦和愉悦，都是次要的因素。

抽象的命题导致抽象的时间、抽象的地点和抽象的人物，导致抽象的人性。比如余华长篇《许三观卖血记》里的生存忍耐的品格，格非中篇《迷舟》和短篇《青黄》里事物的不可知，刘恒中篇《伏羲伏羲》里的邪恶和卑俗的欲望，还比如这篇文章论述的目标，李锐长篇《银城故事》里的事情变化的不可捉摸和人性的邪恶以及脆弱。

高度抽象的“银城”，在这里，起到了一个相当重要的象征作用。

在这里，我首先要请求读者朋友原谅我的笨拙。我在阅读《银城故事》的时候，不由自主地就要猜想“银城”到底是什么地方。是太原？成都？绵阳？自贡？武汉？还是西安？这种对号入座的阅读习惯，让我处在一种将要被大家嘲笑的荒诞境地之中。但是我甘愿冒着被人指责为业余的风险，按照惯性，还是这么顽固地进行对号入座。我同样顽固地认为，请求读者不要对号入座，在我们的写作习惯当中，似乎被看成一个表达的真理；实际上，我个人觉得这同样是作家不敢面对具体现实和具体情感的一种逃避的策略。在被描写和被阅读的这两端，同样都要求着规避，这难道不是我们小说创作本身的一种相当微妙的讽喻？

是的，“银城”具有上述诸城市的特征，哪里都是，又哪里都不是。银城的特点，不妨在这里摘抄一下：“如今的银城人已经闻不到烧牛粪的味道了”，“在这漫长的数百年间，用干牛粪烧火做饭是银城最普通最平常的生活内容”，“所有关于银城的历史文献，都致命地忽略了牛粪饼的烟火气”，“盛产井盐和天然气的银城一直是一座繁荣昌盛的城市”，“旺财不知道，他在不知不觉中拿起了一种被别人叫作历史的东西”……

我不知道读者朋友猜出这座银城是哪里了没有，在小说里，还有一些蛛丝马迹，可资我们进行判断：银城有条河叫银溪，银溪流入青衣江，青衣江流入长江。青衣江是真有这么一条，在四川乐山处入长江。青衣江的上游有一条支流，这条支流没有名字，在地图上，支游流经一个名叫“盐井坪”的地方。经过我本人超级真实主义批评方法的细微考证，所谓“银城”，想必就是这个“盐井坪”了。

从地图上看来，“盐井坪”是个小得不能再小的地方，细模细样地躲藏在地图的缝隙里。可能是一个县城，还可能是一个镇。国家大事，历史的变迁，好像跟它没有什么特别的关系。它像一粒菜籽，随风飘落在那里。它的历史，跟我们大家都没有关系。如果这座城市搬到武汉，是打响辛亥革命第一枪的“起义门”，那么，这段历史跟我们是有关的，因为它被书写进历史教科书里了。作为作家，李锐不会对历史教科书里的内容感兴趣。作家的使命，就是使那些被隐匿的事物，展现出来，使那些被忽略的人物，得以跟我们一起交流情感。我们可以这么想象，发生在“盐井坪”里的“银城故事”跟我们毫无关系，那是一个未被书写的故事。它只有通过作家李锐的文字，才具有基本的外貌特征。由此又可以推知，所谓“盐井坪”就是银城的推断，同样是一种不可靠的说法，将要被作家加以嘲笑。因为，据我的调查得知，这个“盐井坪”不过是一个我本人异想天开的绊脚石而已。银城的盐井和牛粪，飘散出来的是自贡的味道；那里的商人、那里的街道、那里的城墙、那里的居民，都飘散出一种世外桃源的味道。也许我们最后可以这么断定：银城，就是自贡和盐井坪的捏合物，在捏合的过程中，其他城市的某些不重要的特征，也同样被作家李锐捏合了进来。最后，在经过这么细致的考证之后，我自己要宣布自己的考证根本就是无效的劳动，通读了小说之后，大致可以这么断定：银城就是银城，它什么地方也不是，什么地方也可以是。这是一个虚构的地名，它承载了作家的很多表达要求。作家之所以用“银城”来作为故事发生的地名，第一个可能的理由是银城作为一个内陆城市，具有某种神秘的特性；第二个理由是在这个内陆城市里，有一个来自越南的革命者欧阳朗云壮烈地牺牲了。而欧阳朗云的情人，来自日本的秀山芳子，目睹了自己恋人的头颅被悬挂在城楼上，随风飘荡。

银城—越南—日本，神秘的城市和异域的风情，一部迷人小说所需要的各种要素，这里都具备了，甚至还包括一场令人撕心裂肺的异国恋情：越南青年革命者欧阳朗云和日本姑娘秀山芳子的恋情。迷人的青年革命者，美丽的爱人。小说在这里，拥有了一切刺激作家灵感的因素，因为这些因素具有特别的风味。

如上所述，我们当然不能在盐井坪或者自贡和银城之间画等号，这样的话，将会让我们聪明的作家笑掉大牙。我们不该给作家以发笑的机会，我们说，是的是的，银城就是银城，它什么也不是；同时，它又什么都是。银城虽然因盛产井盐和天然气而富裕，以烧牛粪而具有独特性（作家甚至还特别仔细地描写了牛粪对于这个城市的作用，屙牛粪的牛对于这座城市的作用，那些与牛有关的人对于这座城市的作用，还详细地描写了牛屎饼的做法）、民俗性和历史感，但是，它仍然是一个虚构的城市。在小说中，这座城市的独特意义，就在于它发生过一场惨烈的未遂革命。革命中有一个越南华裔青年义士，一对日本兄妹，当地最有势力的刘三公家里的两个孩子。

这样的故事，很显然也可以发生在武汉、广州、上海，但是这些城市没有神秘性、暧昧性和多义性，这些城市太具体太实在了，容纳不下作家的独特命题。我们可以这么归纳：抽象的人性，要在抽象的城市中展开。所以，即便我们最后终于猜测出银城是以四川自贡为蓝本的城市，即便得到作家的承认，这种猜测也毫无意义。作者以自贡为蓝本，描写一些独特的做牛肉的方法，展现一些土特产，只不过是行文的方便和叙述亲和性的需要而已。银城就是银城，它什么地方也不是，因为它不需要自己被确定下来，这样，才具有象征意义。就像卡夫卡的《城堡》，这座城堡是一座象征的城堡，不是具体的城堡。城堡就好像是一个我们普通人类无法靠近的真相，一个真理，一个天堂或者一个地狱。总之是一个象征，用来嘲笑我们人类的渺小和无能为力。

欧阳朗云：虚空的人物

欧阳朗云是《银城故事》里的主要人物之一。他的独特性在于，在中国内陆城市银城搞革命搞暗杀的他不是一个正宗的中国人，而是来自越南的革命义士。晚清时期的革命党人是一个出身相当复杂的整体，正像小说里写到的那样，像刘兰亭这样的富商子弟参加革命党的，也为数众多。他们可歌可泣的事迹，充满了奇诡的传奇故事。而一个来自越南的革命党人，就更具有美学意义上的独特性了。

欧阳朗云是越南的富家子弟，来到日本求学。当然，就像那个时代的无数青年一样，求学不过是一个幌子而已，他主要的精力都花在学习制造炸药这些事情上，准备回国搞暗杀，闹革命。作为富家子弟，他有着普通人性中的软弱成分。一开始他意志不够坚定，差点被自己没有投出去的炸药炸伤。为了表示学习的决心，为了跟自己的怯懦作斗争，他一刀扎在自己的右手手背上。这一刀，显示出了欧阳朗云性格的转变——一个多愁善感的年轻人，为了革命事业，甚至能够做出令人咋舌的事情来。而他所做的这一切，深深地吸引了日本姑娘秀山芳子。秀山芳子觉得："自己身边的这些留学生都很不平凡，在他们中间总是能发生一些非同一般的故事。"后来，秀山芳子和自己的哥哥秀山次郎一起，应银城巨富刘三公之子刘兰亭的邀请，和化名为鹰野寅藏的欧阳朗云一道，来到了万里之遥的中国银城，在刘家兴办的新学里任教——任教是一个幌子，刘兰亭和欧阳朗云的真正目的是，作为内应，在银城发动一次大规模的暴动。银城的故事，就要在他们中间发生。他们是小说里的主要人物，银城的故事，其实就是他们的故事。虽然作者一再描写其他的人物来弱化我们这种印象，但是习惯的阅读告诉我们，银城的故事因为他们才具有意义，因为有了他们，其他次要的人物，如旺财、岳天义等人，才有存在的机会。

在故事继续深入下去之前，请允许我先深入地分析一下欧阳朗云的个人性格。同时，也提出我自己的疑问。

在小说里，欧阳朗云具有一种真正的革命意志。为了学好制造炸药，他用类似自我惩罚的方式，伤手明志。一定有某种无可争辩的理由，让欧阳朗云突然抄起那把锋利的水果刀。理由之一，是他憎恨自己的怯懦。正是因为这只怯懦的右手，没有把炸药扔远，不仅差点炸伤自己，而且令自己在日本老师面前丢人现眼。一个不合格的学员，又怎么能够回到中国参加革命？问题在于，意志如此坚决的革命青年欧阳朗云，他要冒死回国搞暗杀和发动暴动的动机是什么？他是河内的富家子弟，自己又在日本的早稻田大学深造，按照通常的逻辑，他有着光明的前程——这里还包括一名深深倾慕着他的美丽少女秀山芳子。我们还可以假定，如果有一种深刻的仇恨长时期积蓄在欧阳朗云的心田，欧阳朗云的动机同样可以被我们这些读者所理解。问题在于，欧阳朗云没有。在小说里，作家下了很大的笔力来描写欧阳朗云热衷于投身革命的种种事情，但是不告诉我们一个合适的理由。小说读到这里，我产生了停顿。我无法接受没有理由的故事，尤其在这部小说里：如果欧阳朗云缺乏动机，那么后来与他相关的一切，暗杀桐江知府，拒绝秀山芳子的爱情，自首，被砍首示众，都缺乏足够的说服力。

如果欧阳朗云是个纯正的中国人，如刘兰亭和刘振武，他们的革命动机还特别好找。热爱自己的祖国需要理由吗？在这么巨大的一个理由面前，所有的一切都可以成为动机。所以，刘兰亭的革命动机，我们可以不去追究。同样，一个爱国者的革命意志，也不需要过多的解释。对于欧阳朗云来说，这条理由当然也不能加以解释。既然我们不能了解欧阳朗云的动机，那么，就像上面推测的那样，欧阳朗云因为暗杀桐江知府袁大人，不愿意连累无辜挺身而出去向巡防营统领聂芹轩自首的行为，同样也不能被人理解。欧阳朗云的过分的人性和同情心，跟他之前伤手明志的毅力，有着小小的矛盾之处：革命不是请客吃饭，也不是带着女人逛西湖。革命要人头落地，要血溅沙场。一个意志坚定的革命者，毫无疑问应该受到过这种残酷现实的教育，要有足够的心理准备。

在这点上，欧阳朗云还不如他的日本朋友秀山次郎有理智。秀山次郎认为：既然你欧阳朗云选择了革命，选择了恐怖主义，那么，你就应该有足够的心理准备——理智、冷静、心狠手辣、毫无同情心、一将功成万骨枯。为了革命的终极目标，一个意志坚定的真正的革命者，一定会为了达成自己的目标，牺牲一切，包括自己的同志。

相反，欧阳朗云是一个感情丰富，意志脆弱的人。他刺杀了袁知府，银城新上任的巡防营统领聂芹轩把所有的嫌疑犯都抓来，还砍了两个人。看着人头明晃晃地在街上滚动，欧阳朗云一下子就情绪波动起来。作为一名革命者，他“走过人群，终于没能忍住狂涌而下的热泪”，在纷乱的泪水中自言自语：“我没有想到会死这么多人。我没有想到他们会滥杀无辜。我应该回去自首。我不想让别人为我送死。”

欧阳朗云的情绪化激动，使得他不像是一个革命者，一个坚定的、义无反顾的勇士，反而像是突然心血来潮加入了革命队伍，又没有做好心理准备的艺术家：富有同情心，情绪容易激动，在投炸弹的时候，慌得差点从窗口那里摔出去。秀山次郎显然看不惯欧阳朗云这种情绪化的行为，批评他说："我已经说过，这只是一个计算的错误。你没有别的错误。你要做的事情不是成功了吗？知府不是已经被炸死了吗？你怎么可以因小失大？你难道以为做这种事情就像是请我喝茶一样清闲吗？你去自首，除了白白送死之外还有什么意义？"

我们可以再重复一遍毛主席的教导：革命不是请客吃饭！在这里，秀山次郎对于形势和趋势的判断，跟毛主席有异曲同工之妙。

欧阳朗云不管，欧阳朗云是一个感情丰富的人。他一方面有对革命的狂热，另一方面，还对一种抽象的崇高情感和完美人性充满幻想。正是这种崇高的情感，逼迫他反观自己的"怯懦"行为。他觉得，自己做的事情，让别人去送死，而不挺身而出地承担，就是怯懦，要为自己和别人所不齿——同样的反思，可以在他的同志、富家子弟出身的刘兰亭那里看到：刘兰亭因为自己的怯懦而感到无地自容，他牺牲自己的爱情，在羞愧和无助中自杀身亡。对于一个革命者来说，怯懦是最不能原谅的行为。刘兰亭选择了自杀，欧阳朗云选择了自首。他要去自首的意愿，远远超过了跟日本少女秀山芳子厮守的意愿。作为写作的一种技法，欧阳朗云的自首，跟银城火线上任的巡防营统领聂芹轩的心狠手辣的做法正好对应上了：可以这么说，聂芹轩也是一个有人性的家伙，袁知府被暗杀之后，他也伤时感怀了半天。但是，或许正是摸清楚了像欧阳朗云这样的情感脆弱的革命者的性格特点，他采取了迫敌现身的策略。虽然这种做法滥杀无辜，但是为了达到自己的目的，他的做法无可非议。革命者不也是同样滥杀无辜吗？只不过是口号不同而已。也就是说，欧阳朗云的悲壮行为，不过是为了迎合聂芹轩的老谋深算的陷阱而已。对于革命形势而言，欧阳朗云的自首，反而造成了破坏。他的良心得到了安慰，革命的行动却受到了彻底的破坏。刘兰亭没有办法，只好想出一个极其无奈的办法，写竹签通知同志。这些竹签顺流而下，被牛屎客旺财捞了一个正着。

在这里，悲壮的行为超过了爱情渴求，意味着时代的剧变超越了个人的命运。个人命运的微不足道，个人命运在时代变迁中被碾得粉碎，同样也意味着一种超越时代的悲剧。

相比之下，他们的对手，巡防营统领聂芹轩要老奸巨猾得多。聂芹轩所率领的一队巡防营士兵，人数不多，装备落后，士气也未见得有多高。他本人还是已经被“裁汰”了再临时重新受到任命的官员。在聂芹轩这里，事情只有“可为”和“不可为”两种选择，他的这种考虑也理由充分，作为朝廷命官，他本能地把维护朝廷利益放在第一位。所以，他可以不择手段，不带任何的感情色彩，视银城的百姓如草芥。他唯一的，也是终极的目标，就是挫败革命党人的暴动。他通过对嫌疑犯的残酷用刑，像挤牙膏一样，把杀手欧阳朗云挤了出来；同时，又像挤牙膏一样，从被酷刑吓垮了的欧阳朗云口里，得知了刘兰亭的秘密。

至此，我们可以看到，小说里的欧阳朗云参加革命党的动机一直没有交代清楚，好像仅仅是一种英雄主义，一种悲悯在起作用。而既然欧阳朗云如此坚决地要在日本学习真正的爆炸技术，以便日后回国搞暴动，那么他的意志就应该是坚定的，他的情感应该是被理智所控制的。一个多愁善感、情绪不稳的革命党人，一个越南青年，同样是在内心的折磨下，向自己的对手聂芹轩自首——这里，小说人物的性格和他的行为，出现了惊人的悖反。

这样的小说人物心理设计，前后充满了矛盾和不合理。不能说这是作家的疏忽，或者力有未逮。对李锐这样的作家，我们这样怀疑，信心不足。在小说里，同样可以看到的是，作家展现出来的高超的小说叙述能力和文字表达能力，证明他有着相当长时间的严谨的写作训练。这样的作家，对小说人物的把握，肯定有自己的想法。也许正是这种不合理的人物心理和人物性格的定位，暗含着作家的一种巨大的企图：赋予欧阳朗云这个越南青年以丰富复杂的人物情感，让他的情感品格以及这种品格跟时代错位所造成的巨大悲剧所散发出来的感人力量升华，使他的人物形象得以超越时代的变迁，进一步超越简单的时代归属。

我们可以这样进一步推论，这样的故事不仅可以发生在1910年的银城，也可以发生在1910年的上海，还可以发生在任何一个时代的任何一个城市。不仅可以发生在中国国内，同样也可以发生在波兰、捷克、古巴、拉丁美洲和埃塞俄比亚。这是一个放之四海而皆准的人物，他的情感的丰富性和复杂性，可以和历史上最著名的主人公相通：和罗密欧，和丹麦王子。因为，人性的复杂性和丰富性，抵消了地域和时间特征的要求。而欧阳朗云的恋人秀山芳子，可以看成另外一个朱丽叶。他们的个人悲剧，超越了历史的悲剧。几百年之后的中国内陆，一对貌似梁山伯与祝英台的蝴蝶翩然飞起。

作家的矛盾也许就在于这里，一个丰富的人物性格，可以超越时代，那么，这个故事发生的具体日期，就是次要的因素。我不知道为什么故事要发生在银城，一个中国内陆城市，为什么要发生在1910年的晚清末年。这样的问题显得非常幼稚，所以我不得不亲自跳出来为自己解答：作家寻找这样的语境，一定是因为这样的故事和背景打动了他。

我个人猜想，也许正是欧阳朗云这个“越南青年”的非同一般的特征，让作家产生最初的冲动。一个具体而微的人物，暗含着作家塑造一种超时代人性的企图，同样，也表达出创作经典爱情故事的野心：欧阳朗云和秀山芳子的异国恋情，充满了现代言情小说的气息和电视连续剧的陈腐观念。贝克特的名剧《等待戈多》里，剧作家根本就不需要交代任何的时间、地点、人物，这样的一个故事，放之四海而皆准。同样，欧阳朗云的身上，充盈着的是一种超越了时代局限的人物个性，看起来，欧阳朗云就是巴黎公社革命时期的一个巴黎热血青年。这个青年在壮烈牺牲之后，人们发现他其实是西班牙的后裔。

旺财：个人的幸福

旺财这个人物在《银城故事》里的出现，是最令人惊讶的事情。

旺财是谁？旺财是银城无数的牛屎客中的一个。前文里我们引用过小说里的原话，得知牛屎一度是银城最为重要的东西，在人们的日常生活中最普通的同时又最为有用。牛屎做成的牛粪饼，是一种便宜易用的燃料，“在明清两代或者更长的六七百年间，银城人一直用干牛粪当燃料烧水煮饭”。“于是，银城漫长的历史就充满了干牛粪烧出来的烟火气”。

这些也是小说一开头就重墨描写的场面。照理说，牛粪是一种上不了台面的东西，虽然不算太臭，甚至还有些草香味，但是毕竟还是粪便，怎么也香不到哪里去。这样的一种东西，在一般的作家那里，估计容易被撇去。搞风花雪月的作家，眼睛里只有咖啡、酒吧、星巴克、新天地，只有那些小资情调，无论如何不可能想到牛粪。这是李锐的切入点的不同之处。李锐对于小资和身体之类的词汇，想必非常反感。李锐在自己的小说里，总是喜欢切入到更加荒僻的地方去，在这里，人性的展开才具有丰富的舞台背景。以往的小说里，李锐关心潜历史的东西，这跟先锋小说家如余华、苏童、格非等，在出发点上是一致的。他通过一个生动的物件，就把正统的历史观念给嘲讽掉了。比如上节引用过的格非的《迷舟》的例子，在小说里，萧的死亡，完全出乎正统历史书写的意料之外；而余华的《活着》里福贵的生涯，打穿了正统历史描述方式中故意留下的种种空洞和隔墙，让我们知道在历史变迁的过程中，有些人——主要是普通的人的生活是不能够这么被简单地切割开的，他们的生活具有时间和日常的连续性。余华的另一部长篇小说《许三观卖血记》里许三观的人生经历，同样展现了这样的观点。作家总是不关心大的事件，他们即便描写大事件，也喜欢在大事件之外，寻找具体的卑微的人性。在这里，我们可以这么说，旺财也是作家李锐寻找的一个具体而微的人性的代表，准确些说，是作家对文化和历史展开反思时所需要塑造的一个典型人物。

作家一开始就关心潜历史写作，关心在“历史文献”——它们“致命地忽略了牛粪饼的烟火气”——之外的微观历史故事：传统历史叙事所忽略的细微的东西，正是作家的灵感所在。这种走偏锋的写作态度，在寻根和先锋小说里一度达到过巅峰状态。当时的先锋作家，对《太平广记》各种野史、笔记小说类的作品趋之若鹜。他们的灵感，需要这些逸事的催发。一种对“社会主义现实主义”套式化写作的反感，让他们遁进历史的尘埃当中，去寻找他们心目中富有想象力的世界。还是回到格非的著名小说《迷舟》里，我们可以看到，小说男主人公萧的死亡，有两种记载：历史的和小说的。历史上，萧显得正正经经，就差高大全了。但是小说里，他死得荒诞，还有些滑稽，身上甚至沾着几根鸡毛——小说的真实，嘲弄了历史的真实。历史文献里崇高的道德情感，就这样被小说的戏谑给消解了。所以，对于“历史文献”的本能的反感，和对正统历史书写以外的内容的兴趣，就导致了作家对于像旺财这样偏出正统历史书写模式之外的人物充满了兴趣。这类人物还可以从韩少功的《爸爸爸》、刘恒的《女娲》、苏童的《妻妾成群》、余华的《活着》、叶兆言的《一九三七年的爱情》和格非的《边缘》这类小说里找到。

旺财是一个独立于正统历史叙事之外的人物。我们可以想见，无论是清朝的封建历史叙事还是辛亥革命后诞生的革命历史叙事，都不可能有他们的身影——这是卑微者的基本命运，他们总是被正反双方所漠视；他们按照惯性生活，而不是按照理想生活。他们在历史之外，但是过得有滋有味。旺财的生存比较艰难，但是到了酣处，他还能够跟人开些小小的玩笑呢。他们也有理想，这种理想就是人作为动物的基本本能：传宗接代，成为基因的接力棒。在银城，他们微不足道，比一根头发大不了多少，然而，他们却又是银城最为常见的人物：像蚁蝼一样生活，像草芥一样消失。好在还有作家在关心着他们的历史，把他们从轻烟中定型和显影出来：这些微不足道的人物，却正是银城人数最多的居民集合体，他们对于传统文化心理的延续能力，超过了种种的社会激变。不管革命还是反革命，不管谁的脑袋被砍掉了——只要不是自己的——他们都这么四平八稳地生活着。他们对世界没有判断的愿望，他们的需求和欲望停留在最基本的层面：衣食住行，传宗接代。

小说一开始，就对传统的历史叙事给予最大限度的轻蔑："所有粗通文字的人都自以为是地认为：人的历史不是牛的历史。所以，遍查史籍你也闻不到干牛粪烧出来的烟火气，你也查不出那些长角居民的来龙去脉，你更不会看到牛屎客们和繁荣昌盛的银城有什么干系。"是的，史籍不会记载这些东西。史籍喜欢大事记，喜欢英雄人物、大人物、特异人物，比如聂芹轩、欧阳朗云、刘兰亭、刘振武、秀山次郎兄妹。史籍还喜欢研究那次失败的暴动之类的事件。在大事记式的叙述里，没有小人物的生存空间。传统历史的观念，很习惯地就认为是重要人物和重要事件左右了历史的进程。只有小说家不愿意这么相信。历史里没有的东西，在这里要给你呈现出来。要告诉你的是，在银城，除了清廷爪牙聂芹轩和革命党人欧阳朗云之外，还有像旺财这样的普普通通、平平常常到落进灰里就不见踪影的人物的存在。还有那些用牛粪饼生活的主妇们的存在，还有那些喜欢看热闹，无论是朝廷砍了革命党人的脑袋还是革命党人把朝廷命官炸成碎片，他们都本能地进行围观的看客的存在。这些看客，包括刽子手、普通士兵，只要日本人秀山次郎让张三升给点铜板，就会甘愿听从他的指挥，摆出他需要的姿势。刽子手甚至还会把被他自己砍掉的脑袋拨正——这个脑袋有些顽皮，被砍掉了还不老实，在地上乱滚——好让秀山次郎这个日本人照个相。是的，他们对于事物的判断，在对立面双方之外。事情的发生，在他们那里，没有好坏正负之分，他们置身事外，只是看客。而局中打得无比惨烈的双方，包括聂芹轩和欧阳朗云，都是他们津津有味地观看的演员。你不妨把聂芹轩和欧阳朗云看作是古罗马的角斗士，把银城那些神情淡漠的老百姓看成圆形剧场里的贵族——是的，在小说里，微不足道的贫苦老百姓变成了贵族。

由此，作者的态度变得暧昧起来。

一方面，是像旺财这样超脱于历史之外的普通人失去了被叙述的基本权利；另一方面，这些看客们自己也似乎对进入历史不太感兴趣。他们的淡漠神情，既让传统的历史学家缺乏兴趣，也让我们的作家感到无奈，甚至有些生气。作家似乎相信，历史不是被大人物和大事件所决定的，以下这段话多少可以做一些证明："……只有银城的主妇们世世代代、坚定不移地相信，如果没有牛，没有便宜好用的干牛粪饼，就没法安安生生地过日子，就没有银城和银城的一切。""银城有无数的盐井、无数的盐商、无数的银子，可是没有那些牛，盘车就不会转，井就凿不成，卤水就提不上来，一切就都是空话，银城的历史就会丧失动力。"

看来，作者相信银城历史的真相，跟这些牛有关，也跟像旺财这样的无数的牛屎客有关。所谓的历史真相，只不过是浮现在河面上的浮萍，而像牛、牛粪、旺财、盐井、盐商和家庭主妇这样的人物，才是构成历史河流的基本元素。这就像是房子的装修，无论你里面的泥灰怎么怎么地有用，我们一般的看客，也就是关心表面上的瓷砖贴得是否牢固，这些瓷砖的图案漂不漂亮，墙面的乳胶漆粉刷得平整不平整，硬度够不够高。看客只关心这些，所以叙述者也就侧重于描写这些表面的事物。城里窜来窜去的那些包工头和装修工们，最习惯也最喜欢的方式，就是跟"东家"描述这些表面的奢华。是的，"东家"这样的词又出现了，让人感慨万千。装修工在跟"东家"描述表面的那些美丽事物的时候，他们摇身一变，成了传统的历史叙述者。讲得振振有词，理直气壮，但是质地空虚。装修完了之后，你搬进来，有些瓷砖还会发出空洞的声音。只有极其敏锐的人，才能够穿过这些表面现象看到本质。我想，作家永远都想充当这样的人物。在这个意义上，作家貌似侦探，好像专家。他们发掘蛛丝马迹，给我们透露惊人的消息。看见我们震惊的表情，他们轻轻一笑，捏起自己的烟斗，吸了一小口。

其实，旺财之所以出现在书中，并非全无意义。旺财跟银城的历史擦肩而过，他差点成为历史中的人物。

“因为牛粪饼做得好，人又勤快老实，旺财在银城的主妇们中间小有一点名气。”“和别的同行一样，旺财每天不是被人雇去做牛粪饼，就是到牛屎坡来自己做牛粪饼。”牛屎客旺财就是一个整天跟牛粪打交道的人。

“在大清宣统二年，西元1910年秋天，确切地说，是在中秋节后的第五天，那个叫旺财的牛屎客，还是在银溪岸边的芦苇丛里捞起了那块竹片。”接着，请允许我再次引用一下上文已经引用过的一段话，这段话透露了作者的内心秘密：“旺财不知道，他在不知不觉中拿起了一种被别人叫作历史的东西。”

旺财跟银城的历史擦肩而过，但是他自己不知道。当然，这个历史，是“被别人称作历史的东西”。是他们的历史，不是旺财的历史，也不是作家李锐的历史。既然是他们的历史，旺财完全可以置之不理。旺财也有自己的历史，有自己的叙事方式。旺财仅仅关心自己的人生问题。目前，他最关心的不是巡防营统领聂芹轩有没有抓到刺杀袁知府的杀手，而是自己能不能从陈老板那里要回欠款。

“除了惊讶和新奇而外，旺财并不怎么关心知府大人的死活，因为知府大人并不欠他的债。”作为嫌疑犯之一，欠旺财钱的陈老板也被关在笼子里等死。旺财就是被这样突如其来的事情给打垮了：陈老板被抓，意味着他的欠款很有可能收不回来了。这件事情成了旺财生活中最为重要的事情。革命党人欧阳朗云的一次悲壮的刺杀行动，给人家牛屎客旺财带来了痛苦和不便。好在后来欧阳朗云自首了，陈老板和其他的嫌疑犯都被释放。旺财消息不够灵通，他这天照例来城里溜达，看见关着嫌疑犯的笼子都空了，以为陈老板他们被砍了脑袋，心里轰的一声，脸上立刻变了颜色："……完蛋了！好灰心！人都拉起去砍了脑壳！这下才真的半个铜板也讨不回了！"旺财不关心历史，不关心银城的历史大事，他只关心自己的债，自己的生活。虽然他捞起了一种叫作历史的东西，但是历史还是跟他没有任何关系。

关于旺财和陈老板的故事，倒是一个喜剧的大团圆式的结局：陈老板加倍地把钱还给了他——大难不死要散财免灾，陈老板多给了旺财二百文钱。这多出来的二百文钱，成了旺财人生幸福的最直接的源泉，他发现自己终于可以实现自己的梦想了：旺财拿这些钱到三和兴饭店饱餐了一顿。

"肉很香，辣椒很辣，米饭很白，老酒下肚腾云驾雾……借着酒力，旺财的幸福随着唾液和吞咽传遍全身，传遍每一个汗毛孔……没有谁注意到角落边上的牛屎客，没有谁注意到一个人脸上永恒的幸福。"

"脸上永恒的幸福"，是的，这样的幸福，超越了其他鸡零狗碎的大事记，是最为本真的幸福，自己的幸福，内在的幸福，带着汗腺和体臭的幸福，是肉体的幸福。在旺财的肉体感到无比幸福的同时，银城著名的大财主刘三公正在为挽救自己的独子刘兰亭而大肆散财，用重金贿赂聂芹轩。

在"历史"之外，一个人的幸福非常简单。旺财的幸福就是这样。通过旺财这个人物形象，作者力图展示给我们一个立体的银城，叙述一个充满了银城历史的故事。既然是银城故事，那么，就不应该只描写大的事件。银城的故事，不是"二十四史"，不是皇上的征讨史、生活史、风流史、倾轧史，而是一部平民生活史。当我们反过来看看费尔南·布罗代尔的历史巨篇《十五至十八世纪的物质文明、经济和资本主义》和埃马纽埃尔·勒华拉杜里的历史名著《蒙塔尤》的时候，我们也许就可以多少明白一些其中的道理了。历史年鉴派的那些大师们，眼里往往也只有"物质"而无人事。历史的大事件，还不如一件衣服的流行，土豆什么时候传进欧洲并产生怎样的种植变化并进一步养育了更多的人口这样的具体物质的变化更能吸引他们的注意力。《蒙塔尤》写的是意大利北部奥克斯坦尼的一个山村在1294年至1324年间发生的种种事情。别人写历史，都往大里写，往抽象概括里写，但是埃马纽埃尔·勒华拉杜里在这本书里，用显微镜的方式来写作。这个山村，让我联想起银城。在作家李锐的敏锐的笔触下，银城实际上和“蒙塔尤”一样，成为一个具体而微的典范。只不过《蒙塔尤》是一部描写精确、材料翔实的历史著作，而李锐的《银城故事》是一部想象力出色、描写沉稳的小说作品而已。他们的最为基本的初衷，也许都是想展现在大事件之外的一些基本而平静，朴实乃至一成不变的平民百姓的生活。

对于作家而言，历史是细微的存在。因此，除了革命党人和晚清余孽的斗争，除了像旺财这样的芸芸众生的生老病死之外，银城的历史还应该包括桐岭关上的义军。岳天义的义军，是袍哥会的另外一种形式，但是并没有超过义和团。桐岭关义军本来以为除了天皇老子，没有人能够对付得了他们，但是被刘振武的新军一阵炮轰，他们就完蛋了，作鸟兽散。这个场面，很像莫言在《檀香刑》里描写的孙丙领导的义和团的场面。后者更加热闹，更加荒诞，也更加惨烈。孙丙是岳飞再世，岳天义就更是岳飞复生了。传说中的英雄，通过请神的方式，来到了他们的身上，但是神话被现实的炮弹轰成了碎片。

刘振武的新军，才是银城暴动的真正主力。而刘兰亭和欧阳朗云本来作为内应，是配合刘振武而存在的。但是欧阳朗云小不忍乱了大谋，给银城的历史开了一个小小的玩笑：即将起义的新军，把已经占领山头的农民军打得落花流水。在这里，起义是有等级的。岳天义的那些乌合之众，毫无战斗力，他们不能担负起改写历史的重任。

可惜的是，一次进入辉煌历史的机会，被欧阳朗云的自首给破坏了。刘振武的新军纵然训练有素，但是他不是老谋深算的聂芹轩的对手。刘振武被迫流亡，再次顺流而下，要远走高飞。就在这个时候，等待他的结局，变得荒诞起来：义军首领岳天义的儿子岳新年用一把匕首捅进了他的胸膛。一个小小的偶然，像一个句号一样，宣告了银城起义的最终结束。

银城的历史，由这三个部分构成：聂芹轩和欧阳朗云、刘氏兄弟，旺财和他的生活，桐岭关的农民义军和没有最终成功的新军的恩怨。这三者交织在一起，构成了银城的立体概念。

在这里，作家展露了他的巨大抱负：他试图把一个城市和一个时代的历史立体地展现出来。他笔下的人物的情感，包括欧阳朗云和旺财，是抽象的，高度抽象，完全可以从历史的河流中脱离开来。尤其是旺财，他的欲望和需求，都非常个人化，跟历史无关——就是那种为作家所抛弃的传统历史叙述——在他的眼中，所有身外之事，都是非自我的。他只关心自己身上发生的事情。比如对于“桐江知府”遇刺这样一件大事，旺财仅仅关心自己能否从作为嫌疑犯被聂芹轩关在笼子里的陈老板那里讨回他的欠款。旺财最后得到了他企求的那种平凡、稳定而微小的幸福。他的幸福观，构成了整个银城稳固的幸福观的一个细小的部分。

历史的确不是一种单向度的历史，但是，在《银城故事》当中，哪一个部分的历史将占领重要位置？是老百姓？还是革命者？对于作家来说，他们的被叙述者的地位在银城其实是相等的。在小说里，他们没有尊卑之分。也就是说，作家孜孜以求的，就是展现这样一幅俗相图画。他的努力非常成功。但是我作为一名读者，不知道他的这种成功有什么意义。

那些超越了时代的情感，跟我们毫无关系。那些人物，仅仅是一个个影子。作家的最终趣味，被凸现了出来：写作，最终的目的是奉献一种纯粹的写作。这种写作被当成了一种炫技，而不是基本的生存态度。作家的态度是超脱的，而不是介入的。作家构筑“银城”这样一个城堡，把自己装了进去，成为抵御现实的一个脆弱的龟壳。在这里，作家的才华被最大限度地浪费了。就像前一段时间电视台很流行的《××王朝》一样，无论斯琴高娃演技多么高超，她都是失败的。演得越好越失败。李锐作为一名有才华的作家，他陷进了自己过于崇高的理想的沼泽里，不能自拔。

原载《当代作家评论》2003年第2期

他的叙述维护了谁？

——李锐小说的价值立场

叶立文

诗人何为？这个曾经被马丁·海德格尔反复思量的问题，如今已变得越来越难以回答。中国的小说家们，也许是受了弗朗索瓦·利奥塔等人的蛊惑，往往在一种“怎么都行”的后现代语境中，用文学多元论的腔调轻而易举地解决了这个问题。但是，这种价值相对主义，在抹掉作家自身使命感的同时，也无限远离了文学。一个真诚面对叙述的作家，如果不知道自己为何写作，那么他的文学叙述就永远不会通达自己的内心。可以想象，远离了作家内心的写作，会成为一幅怎样的文学图景？当代文学的历史已经告诉了我们，那样的文学不是军代表的政治报告，便是可供改编的肥皂剧剧本。所以，真诚的作家永远不会停下追寻文学本质的脚步。也许前程渺茫，路途多蹇，但他们的每一次努力都在响应着海氏的追问，同时也在灵魂的注视下检验着自己的文学良知。

1994年，作家李锐写下了一段这样的文字：“当死亡和对死亡的自觉划破了永恒的幻想的时候，生命之火的灼烤是那样的分明而又疼痛。当疼痛袭来的那一刻，我忽然渴望一张桌子，渴望一支笔，渴望面对着一张白纸倾诉自己。不是为了永恒，不是为了金钱，不是为了庄子和萨特，不是为了曹雪芹和加缪，也不是为了观众和掌声；只为了那灼人的渴望，只是为了自己，只是为了那拂之不去的记忆。”[①]如果说这就是李锐对“诗人何为”的回答，那么写作便是记忆的召唤，它源自作家内心深处对生命永恒的幻想和幻想破灭之后的悲哀。正如这篇文章的标题《留下的，留不下的》所暗示的一样，写作对于李锐而言，其实就是留下那些留不下的生命的方式。在我们每个人的生命中，留下的仅仅是活过的生命印痕，除此之外我们一无所有。相反，留不下的则是生命本身。在死亡没有降临之前，我们一直都在失去那永远留不下的生命。但是，这并不意味着我们将只有失去而不会收获，因为“幸亏造化在给了我们死亡的同时，也给了我们回忆的力量和智慧”。回忆让逝去的生命在消失的同时也在重生，“每一秒钟留不住的生命，却也都会留下每一秒钟生命的记忆”[②]。这些记忆会在生命不断消失的过程中重新激活我们的内心，让我们在怅惘的同时感到欣慰，也令我们在无尽的回忆中重新触摸生命的印痕，并在触摸中唤起我们对过往岁月的全新体验。在这一过程中，写作承担了引领作家走向记忆的责任，它会在叙述中努力挽留那些无法留下的事物。这也意味着李锐对写作的忠诚，其实就是作家对生命意识的坚守。然而，这种生命意识却绝不仅仅是对自我生命的眷恋，如果是那样的话，李锐就不会写下这样的文字，他说：“终有一天，你会有幸获得一个感人至深的故事，你会有幸在一行诗里，在一瞬间，与人共度岁月千年。”[③]与谁共度？是那些被写进故事里的人，还是被故事唤起了生命记忆的人？无论怎样，在李锐用小说编织的虚构世界中，一定有某些神圣的事物，被他用写作精心呵护。那么，他的叙述，究竟维护了谁？在许多文学研究者看来，《厚土》无疑是李锐的小说代表作。但正如李锐的写作“不是为了庄子和萨特”一样，这部小说集难以让那些专好发掘微言大义的新锐批评家满意。不只是因为小说里的人物土得掉渣，还因为小说在叙述上并无“新小说”一类的技巧。与以往的许多农村题材小说不同的是，在李锐笔下，我们既看不到作家对农民政策的热衷，也很少看到吕梁山脉绵延起伏的奇峰异峦。“厚土”系列只不过是作家对自己生活中留下的某些生命印痕的书写，它始终

---

① 李锐：《留下的，留不下的》，《传说之死》跋，长江文艺出版社1994年8月。

② 李锐：《留下的，留不下的》，《传说之死》跋，长江文艺出版社1994年8月。

③ 李锐：《留下的，留不下的》，《传说之死》跋，长江文艺出版社1994年8月。

隐含着作家对生命的记忆。在这个意义上，“厚土”系列的代表性其实并不一定意味着李锐的创作高峰，它还代表着李锐在未来的岁月中将铭记于心，并不断坚守和深化的价值立场。这一立场，便是作家对个体生命意识的捍卫。从这样的价值立场出发，李锐试图依靠叙事的力量，去对抗一切戕害个体生命感觉的外部压力。从李锐的小说来看，那些干扰、损害人物生命意识的外部压力，不论以政治还是伦理的面目出现，都压制着人们遵循自我生命意识去生活的正当要求。尤为反讽的是，种种“应当”的价值规范却往往以宏大正当的“看法”名目大行其道。在《厚土》中，李锐反对了这些理所当然的看法。他努力呈现的，其实是存留于记忆中的生命的真实。艾萨克·辛格的哥哥曾经说过：“看法总是要陈旧过时，而事实永远不会陈旧过时。”[①]这句话在说明看法靠不住的同时，也强调了事实的生命力。或许正因为事实不会像看法那样朝三暮四，所以优秀的作家才会在自己的写作中尽力追寻着事实的足迹。“厚土”系列表达了李锐认识生命的愿望，那就是抛开看法，依据自己的记忆在叙述吕梁山人民生活的过程中，捍卫生命的事实。他必须面对的敌人，就是种种掩盖、歪曲和规划生命事实的“看法”。这样一种小说的价值立场，其实从未远离李锐对那些留下的和留不下的生命的叙述。在“厚土”系列中，生命的事实就是活着的事实，它强调了在活着的事实面前一切生活形式的无能。在那些黑胡子老汉、婆姨以及学生娃的言谈中，庄子和萨特对生命哲学的思考远远抵不上面朝黄土背朝天换来的真理，他们仅仅是一群实实在在的生活的农民。不论生活多么艰辛，都无法阻拦人们对生命的热爱——艰辛的生活形式只会令他们苦中作乐，而规划人们生命的政治理想，以及一切打着理想招牌的看法，都在黑胡子老汉的戏文中被调笑着淡忘。李锐的叙述就像他笔下的农民一样，平静而又朴实。即使对政治的消解，也蕴含在温和幽默的喜剧氛围之中。那些记录了生命印痕的文字，也许仍然留不住生命本身，但却建立了李锐对生命事实的敬意，并使他在以后的叙述中永久保持了一份温情。这份情感让他即使在叙述留

① 汪晖：《无边的写作——〈我能否相信自己——余华随笔选〉序》，《当代作家评论》，1999年第3期。

不下的生命本身时，也能始终保持清醒，去面对那些破坏生命事实的形形色色的看法。

从《传说之死》开始，李锐叙述了一个个感人至深的“银城故事”。在银城这座虚拟的人生舞台上，欲望与理想、崇高与卑劣交相辉映，照耀着说不尽的银城故事。那些生活在故事里的人们，似乎从来都对生命的事实视而不见。他们的言谈与行动，永远指阅与生命相悖的权力与欲望。无论是崇高的革命、虚伪的伦理，还是贪婪的情欲，都以禁锢生命的形式残暴地剥夺了生命的价值。直到六姑婆李紫痕毁容吃斋的那天开始，银城这座平庸世故的城市才开始了她惊鸿一现的传说。虽然这个传说与美丽无关，但六姑婆李紫痕仍然用她对生命的敬意，演绎了传说共有的高洁品质。《传说之死》的故事，其实就是被侮辱与被损害的生命的呢喃。虽然微弱无声，但仍在政治权力、家族伦理的重重重压下展示了生命无法被彻底剥夺的尊严。六姑婆李紫痕所在的家族，几乎是银城一切权力斗争的场所，这里有地主、盐商、军阀、长工乃至共产党，亲缘关系的复杂使残酷的阶级斗争更显残酷，为了某种私欲，连亲人之间都可以互相倾轧。在生命不断毁灭的悲剧中，唯一能超越各种利益关系的人物，似乎只有李紫痕这样一个吃斋念佛的女人。她不懂政治，只是本着慈悲为怀的信念和善良的天性呵护着每一个趋于绝境的生命。为了九哥，她甘愿冒着杀头的危险加入了共产党，虽然对于革命的崇高目标一无所知，却仍然为革命奉献着自己的生命。对于她而言，参加革命不过是为了保护自己的弟弟，她并不理解革命，却比许多革命者先知先觉地洞察了生命的事实。这一事实就是生命自有的价值，它不该因时代的变迁而有所减损。用李紫痕朴实的话说：“啥子时代也是一副肩膀挑起一个脑壳。”出于这种近乎自由主义的生命观念，李紫痕以自己的行为蔑视了一切蔑视生命的“理想”与欲望。她收养反革命分子后代的举动，在那些为现实利益斗得你死我活的人看来，无疑近乎愚昧。但谁能抚慰孤苦无助的生命个体，为他们轻轻拭去灵魂破碎的眼泪？不是乌托邦式的政治神话，也不是循礼守节的传统伦理，而是这个爱惜生命的女性。她的行为，无疑让现实中饱受摧残的生命感到了一丝安慰。在世人的猜忌、误解与怀疑中，李紫痕的故事超越了那个时代，并最终成为一个空谷足音式的传说。但是，传说毕竟是虚幻的，李紫痕历经沧海的生命忧伤终究敌不过尘世中人欲壑难填的疯狂。故事的结尾，随着李紫痕的孤独离世，这个充满悲剧色彩的传说也最终昙花一现。李锐的叙述，虽然在与禁锢生命的权力的抗争中试图维护生命的尊严，但仍然无法挽留那些逝去的生命。

1992年，李锐完成了他的第一部长篇小说《旧址》。故事与《传说之死》并无二致，只不过随着小说容量的增加，人物命运的悲欢离合、生命个体所承受的侮辱与损害愈发惊心动魄。李锐的叙述，也在目睹笔下人物生命逝去的过程中更显悲天悯人的素朴情怀。小说的主人公，从《传说之死》的李紫痕扩充成了李氏家族的几代人。尽管他们的命运在形式上各不相同，但结局都无一例外地成为各种权力斗争的牺牲品。在他们的悲剧故事当中，既有政治和伦理对生命个体的戕害，也有虚假意识对生命自由的蒙蔽。前者似乎成了历史进程中的常态：当历史以必然性的名义展现出自己不可抗拒的力量时，任何有悖历史潮流的个人和群体都不得不面对毁灭的危险。因此，尽管像族长李乃敬这样一个颇具儒家道德圣人风范的生命个体，也不得不在革命的历史洪流中被强制性地赶下了历史舞台。与之相比，那些小人物的命运就愈发显得卑贱。所以，随着1951年公历10月24日听鱼池畔的枪声响起，李氏家庭的众多生命便成了喘息在历史洪流之下的孤魂野鬼。彼时，唯有与这些生命血肉相连的李紫痕泪如雨下。她不懂历史规律的进步意义，只知道历史以追求自由的名义剥夺了自己亲人的生命。她唯一可做的就是收养李乃敬的后人，为李氏家族保存一股血脉。类似的故事在《旧址》中随处可见，无论革命还是反革命分子，都以残酷的暴力剥夺着无辜个体的生存权。如果说这种悲剧故事的根源是历史的权力意志所致，那么另外一些悲剧则源于人们的虚假意识。在李乃之等革命党人的心目中，革命是神圣的解放斗争，它以自由为终极目标。但是，小说中革命自身的悲剧命运却对革命的初衷形成了反讽。和小说中无处不在的传统伦理一样，革命作为一种取而代之的正统思想，具有社会学的特征，“它意味着有组织的集体对个性自由的权威，对人的自由精神的权威。”[①]革命其实就是以集体的名义使用暴力，强制性地让人们获得自由。对于李乃之等革命者而言，传统伦理代表的封建主义禁锢了人们的自由，唯有暴力革命，才能拯救苦难的大众。但是，当革命的风暴席卷李氏家族的时候，许多无辜的生命也为抽象的自由付出了惨痛的代价。那些卑贱的个体，在历史的必然性铁律下发出的哀号与呼告，足以让许多像李紫痕一样珍视生命的人们感到痛惜。历史的悖论正在于此，为什么以自由为名义的正义运动，总是被无辜者的鲜血蒙上污垢？李锐的叙述并未就此展开讨论，但他讲述的故事，尤其是那些被革命剥夺了生命的故事，却形象地揭示了隐含于自由之中的罪恶。当小说中的革命行动以社会学的特征规划着每一个体的生命形式的时候，实际上已经先验地漠视了生命自由的事实。对于李锐而言，无论传统伦理、革命，还是反革命，都是人类的虚假意识。这些“看法”几乎全部以类的形式规范着人们的生命事实，当人变成一个抽象的主体概念——“人类”的时候，当革命要求每个具体的生命个体为之献身的时候，自由也与罪恶相去不远了。

面对种种压制生命的看法，李锐的叙述展示了抗争的勇气。在李紫痕这个人物身上，寄托着李锐对生命意识的坚守。对于李紫痕而言，根本不存在抽象的人类观念，她只懂得每个生命都具有生存的权利。在这种素朴的认识中，李紫痕以自己悲悯的情怀收容了李之生和冬哥。她的抗争，充分展示了生命自有的力量。尽管从社会实践层面来看，李紫痕的所有选择都是不自由的，她并不能够提供正义与反动的价值准则，但她却在生命意识的层面揭示了自由的本真含义：自由是人的独立性，是人的内在个性的决定性，自由是人的创造力量。在生命意识的自由中，自由不是对提供给我的善与恶的选择，而是我对善与恶的创造。从毁容吃斋的那一天开始，李紫痕便创造了关于生命自由的价值准则，它是对所有政治伦理的背弃。支撑起李紫痕区分善恶的标准，不是政治意义上的进步与反动，而是对待生命的态度。在李紫痕看来，凡是戕害生命的一

① ［俄］尼・别尔嘉耶夫：《自我认识——思想自传》，广西师范大学出版社2001年版，第54页。

切行为，都是她抗争的对象。她始终相信着自己的判断，即使在面对一切压制生命的强大力量面前，她也用对每一个人的爱反抗着以自由为名义的罪恶。当李紫痕完成了自己的创造以后，她的生命也进入了自由的生存状态。这种状态通过死亡的形式展现出来，她把自己的尸体“打扮得如一个华丽无比的盛装的嫁娘”，死亡成了另一种形式的再生：她以死亡的方式成了银城独一无二的女人，并在人们代代相传的传说中，获得了永生。李锐的叙述，也终于在超越尘世的层面上留下了留不下的生命。

从《旧址》开始，李锐的叙述延续和深化了隐含在“厚土”系列中的思想。这一思想的核心，就是以生命为本位的人道主义。这种人道主义思想与抽象的概念无关，它是作家对生命个体的价值关怀。对于李锐而言，无论遵循或是反抗历史的权力意志，都不应该漠视生命自身的价值。那些禁锢生命个体的“看法”，在侵害生命事实的同时，也扭曲了自由的含义。什么是自由？在政治和社会层面的自由，是否真正捍卫了生命的自由？至少从李锐的叙述中，我们只看到了自由对生命的剥夺。当历史以争取自由的名义展示自己的权力意志时，生命个体的道德选择、政治取向早已没有任何自由可言。就连爱情也成了机关算尽的权力交易：八妹和杨楚雄、延安和歪歪之间的婚姻，不是传统伦理的家长意志，便是“政治正确”的需要。在这种情形下，自由越来越远离了生命个体的内在基础。从这个意义上说，《旧址》讲述的银城故事，就是政治权力、传统伦理对生命自由的戕害。李锐的写作，在揭示这种戕害生命的事实的同时，也试图用叙述温暖那些被侮辱与被损害的人们的内心。他通过李紫痕这一人物的塑造，重新考量了自由的含义。自由不是别的，就是人的内在决定性。但事实果真如此的话，自由就意味着必须颠覆一切禁锢这种自由的外在力量。这种颠覆不仅仅是表达对历史权力意志的愤慨情绪，它还必须在生命意识的层面颠覆传统的历史观念。《银城故事》就是这样一部建构在生命意识层面上的审视历史权力的作品。

在《银城故事》中，李锐展示了一种新历史主义的历史观。虽然自20世纪80年代起，反抗历史必然性、重视边缘历史叙述的众多作品业已表达了新时期文学的启蒙特征，但像《银城故事》这样完全以戏剧的偶然性编织历史叙事的作品，却仍然为当代小说颠覆历史理性的启蒙想象提供了一些崭新的质素。在小说的题记部分，李锐开宗明义地表达了对“那些漏洞百出、自相矛盾的历史文献”的怀疑。因此，《银城故事》的历史叙述就不是一部表现历史规律、描写历史进程的作品。虽然小说充分展示了1910年代风云动荡的历史画面，但那些原本只是时代配角的历史潜流，却像“涨满性感河水”的银溪那样，淹没了历史的河床。相反，本应支配历史进程的历史规律，却一而再、再而三地遭受历史偶然性的嘲弄。小说的主线是一场酝酿许久的革命暴动。但当刘兰亭、欧阳朗云、刘振武等革命志士准备为之抛头颅、洒热血的时候，一些措手不及的意外变故却令敌人聂芹轩兵不血刃地取得了胜利。欧阳朗云自作主张的暗杀行动迫使暴动流产，援兵刘振武却与自己亲生父亲率领的农民起义军进行着殊死搏斗……。种种情节的跌宕起伏完全背离了革命故事习见的情节模式，起义失败的根源不是敌我双方力量的悬殊，而是革命者出人意表的命运发展。假如不是因为刘三公的护犊心切间接导致了刘兰亭的自杀，又假如刘振武没有遇到天义军而遭受亲人的复仇，又或者欧阳朗云再坚强一些，没有供出刘兰亭……或许革命者还能背水一战，不至如此一败涂地。但正是因为没有这些虚构的历史想象，小说中的革命故事才展现了截然不同的历史面貌。这种远离历史文献的另一种真实，恰恰隐藏着李锐小说一以贯之的价值立场：不是历史规律谋划着个体的生命形式，而是小说人物的个人命运左右着历史的进程。在这个意义上，《银城故事》以种种偶然事件编织的历史故事，在颠覆习见的历史叙事模式、解构历史规律的同时，也间接表达了李锐维护个体生命的价值立场。因此，在这部小说中，我们看到了李锐对历史的拷问：“无理性的历史对于生命残酷的淹没，让我深深地体会到最有理性的人类所造出来的最无理性的历史，给人自己所造成的永无解脱的困境。”[①]这种拷问始终质疑着历史无视人类生命、自在演进的本体性神话。也许是出于这种新历史主义的小说观念，李锐才未从历史规律的角度去评判自己笔下的人物，就像对待欧阳朗云这样一个事实上背叛了革命的人物，李锐的笔触也从未对他加以一丝一毫的责难。他尽力描

① 李锐：《银城故事》后记，长江文艺出版社2002年版。

绘的始终是这个人物内心的激情与怯懦。即使在叙事结构上，小说也在讲述牛屎客的故事中有意无意地疏远着以革命故事为代表的“历史进程”。种种迹象显示，《银城故事》这部小说事实上延续了《旧址》对压制个体生命的历史理性的反叛。虽然不像《旧址》那样饱含着对被侮辱与被损害的人物的深切同情，但李锐在《银城故事》中仍然通过对历史的重构，“从个人出发去追问人类普遍的困境。”[①]更具体地说，即从个体生命遭受历史规律压制的事实之中捍卫人类的生命自由。这样的小说价值立场，实际上是在面对留不下的生命的时候，用叙述维护着生命的尊严。这也意味着李锐的写作本身，就是作家与自己笔下受尽侮辱和损害的人们的休戚与共：在共同承受和反抗历史施加的苦难的历程中，李锐渴望与他笔下的人物一道去超越历史织就的权力牢笼，留下那些留不下的生命本身，并与之“共度岁月千年”。

希腊诗人阿奇克洛斯有言，云“狐狸多知，而刺猬有一大知”。[②]虽然狐狸机巧百出，却不敌刺猬一计之防御。在面对“诗人何为”的良知叩问时，李锐似乎更像一只刺猬，虽然他的读者在数量上永远无法和一些“与时俱进”的狐狸型作家相比，但他“不是为了观念和掌声”的写作，却始终证明着文学的力量；“古往今来，文学的存在从来就没有减少过哪怕一丝一毫的人间苦难。可文学的存在却一直在证明着剥夺、压迫的残忍，一直在证明着被苦难所煎熬的生命的可贵，一直在证明着人所带给自己的种种桎梏的可悲，一直在证明着生命本该享有的幸福和自由。”[③]这种价值一元论的小说立场其实是李锐用叙述展开的抗争。只有在陪伴与呵护个体生命的在世创伤中，作家才能用叙述抚慰和安顿那些被历史权力意志碾碎了的孤单灵魂。他的写作，永远在维护被侮辱与被损害的生命的同时，未曾片刻远离对生命本身的敬意。

原载《小说评论》2003年第2期

① 李锐：《银城故事》后记，长江文艺出版社2002年版。

② ［英］以赛亚·伯林：《俄国思想家》，译林出版社2001年版，第26页。

③ 李锐：《本来该有的自信》，《银城故事》前言，长江文艺出版社2002年版。

“启蒙者”的尴尬与改造生活的困境

——从李锐《行走的群山》看20世纪末的“启蒙”

耿传明

晚清以来，步入“现代”之门的中国，沿海与内地、城市与乡村的差异日渐拉大，由于社会财富迅速向都市、城镇转移，农村日趋贫困。从文化延续上来说，晚清科举制度废除之后，传统知识精英断绝，现代西化的“新学”所培养出的知识分子已不再具有能在乡村发挥作用的传统“儒生”的社会功能，乡土村落文化逐渐枯竭，乡村生活日趋粗鄙化，农村与城市之间产生隔绝和敌意。相对于变化迅猛的外部世界，作为内地的“乡土中国”成为停滞不变的坐标，当外部世界在“时时更新、刻刻进化”的时代精神主导下从“不得不变”到“主动求变”，掀起一浪高过一浪的社会变革浪潮之时，“乡土中国”的表现明显滞后，一个世纪以来变化甚微而且极为缓慢。这种变与不变的“现代”与“传统”、“山里”与“山外”之别，在致力“现代性”启蒙的“新文学”中，往往是以愚昧与文明、进步与落后之间的对立、冲突方式来展现的。而且，这种“新文学”几乎成为时代唯一的、主导性文学，“乡土中国”在其中只是被言说的对象，他们自身基本上是沉默的，无法发出自己的声音。他们的“本质”由“外来者”赋予，其生存的价值和意义只有被纳入“现代性”的意义系统中才能得到确定。对于被启蒙的对象来说，这样一种启蒙话语显然具有一种异己性和外在性。这种缺乏对话的单向性的启蒙，显然影响到了“新文学”表现乡土生活的深度与真切。

在启蒙主义的“新文学”经历了一个世纪以来的成功与挫折之后，李锐的系列小说《行走的群山》，则试图突破这种单向的“现代性”启蒙，悬置先在的二元对立的价值判断，让以往“独调”的世界转化成一个“复调”的世界，因此它所表现的“山乡之变”，就不再是周立波式的《山乡巨变》之“变”，而是要努力描画出作为“自在”之物的“群山”自己的行走轨迹，这对于启蒙主义的文学发展而言，无疑是一个值得关注的变化。《无风之树》写出了位于群山深处的“矮人坪”作为一个封闭得近乎与外界隔绝的乡土民间社会，是有它自己的生存轨道和运行规律的，而外来的“轨道破坏者”和“新世界”宣谕者所掀起的改天换地的“变革”，并没有给它带来多少福祉，反而加剧了它的苦难。《万里无云》则通过频繁的视角转换，展示了一个异声同啸的复调世界，一种“外来者”与“山里人”之间的激烈的话语对抗。这种超出常规的启蒙主义文学的流变，正表现出20世纪末的知识分子在信念与现实、事实与判断之间的矛盾和彷徨，它集中体现着一种弥漫于当下知识分子之中的文化困惑，即知识分子如何看待现实、如何重建自我以及启蒙如何可能等问题。

“五四”以来的“新文学”在表现乡土生活的时候，表现为一种“哀其不幸，怒其不争”的典型情感态度，它实际上代表的是一种主动地去创造历史，建成一个理想世界的积极性的目标，而这种积极性的目标恰恰是沉溺于世俗生活、被动的乡土社会所不能理解、无法接受的东西。启蒙主义这种改造生活的意向性决定它的乡土文学的基本模式，其意既不在于“写实”，也不在于表现“人性”，而是要通过其特定意义上的“写实”和“人性”描写，来进行“现代性”的社会动员。至80年代的寻根文学，又将对文化形态的揭示作为文学表现的目标，对现实人生的理解带有了“文化归因主义”色彩，反而造成了对人的真实生存处境的简化和遮蔽。李锐是较早地走出这种既成观念的作家。他认识到：“我们再不应把国民性、劣根性或任何一种文化形态的描述当成目的，而应把它当成素材，把它们变为血液中的有机成分，去追求一种更高的文学表现。在这个表现中，不应以文化模式的描述的完成为目的。文学不应当被关在一个如此明确又僵硬的框架内，文学应当拨开这些外在于人而又高于人的看似神圣的遮蔽，还给人们一个真实的处境。”因此淡化过于强烈的作家的主观意愿，让更具复杂性的原生态的事实浮出海面，便是李锐在这个系列小说中所要做的工作。这时的李锐已不再像郑义写《老井》时那样将山乡的现实抽象成某种生存文化的象征，而是要对山乡人生存的现实进行一种事实性的描述，让意图、信念在与现实的碰撞中得以修正和重建。

如果说“五四”时代的启蒙还是一种思想观念上的说服和引导，那么，“文革”时期的“启蒙”则成为一种政治权力行为，直接导致“启蒙”走向了其反面。在《行走的群山》中，外来的“改造者”由对其“神圣使命”的实践所造成的对于乡土生活的戕害，得到了充分的表现。《无风之树》首先将“被改造者”被压制下去的声音释放了出来，“矮人坪”的拐叔对公社来的干部刘长胜和立志改变矮人坪的落后面貌的插队知青苦根儿发出这样的愤慨之言：“你恁大的个，苦根儿恁大的个，跟你们说话就得扬着脸，扬得我脖子都酸了。你们这些人到矮人坪干啥来啦你们？你们不来，我们矮人坪的人不是自己活得好好的。你们不来，谁能知道天底下还有个矮人坪？我们不是照样活得平平安安的？不是照样活了多少辈子了？瘤拐就咋啦？人矮就咋啦？这天底下就是叫你们这些大个的人搅和得没有一块安生的地方了。自己不好好活，也不叫别人好好活。你们到底算不算人啊你们？你们连圈里的牛都不如？”矮人坪人的这种质问就不能不让人反省这种外来“改造”者的那种积极性的政治目标的合理性问题。这些在虔信那种政治目标的人看来不言自明的东西，在被改造者看来显然很成问题。李锐并没有放弃他自身作为外来者要改造乡土生活的信念和立场，但他把这一切复杂化了，不再以单一的外来的改造者的视角来看待矮人坪的现实，而让矮人坪人发出了自己的声音。因为在他来说，要实现改造，首先“要还给人们一个真实的处境”，让启蒙者得以重新认识自己、认识乡村现实。作为一个外来的“知青作家”，李锐是有着他根深蒂固的“知青情结”的，苦根儿的理想主义中的某些因子仍是他追怀、留恋的对象。这就需要判断这种理想主义中哪些是可以推己及人的基本需要，哪些是超乎人性、悖乎人情的“特别诉求”，特别需要提防的是将这种“特别诉求”当成“普遍要求”，而强行推及他人。因此，苦根儿的生存就不能只是为他的信念负责，还要为他的行动所可能造成的结果负责，不管他的目的如何崇高，他的行为也不能因此得到某种道德上的豁免权。苦根儿的失败并不等于说矮人坪的生活就不需要改造了，但这种改造必须建立在对人性的深刻理解之上，从根本上说，必须建立在改造者和被改造者在平等对话基础上形成的真实关系之上。社会进步的历史进程是许多方面合力作用的结果，不可能找到一条“打鸡血治百病”的全盘解决之道，也不可能凭唯意志主义的一厢情愿来一蹴而就。启蒙主义者对人的思想、意识的“进步”抱有太高的期望，实则经济发展对于社会发展的作用更大、更为直接，因为它的发展无须改造人性而是建立在人性的基本需要之上的。一向“停滞”的群山终于能够行走起来，靠的似乎还是一种经济环境的变化。“新文学”进入80年代中期之后，开始重视对原生态的生活真实地再现，而悬置、推迟价值判断，这种变化与某种回归世俗民间生活的文学潮流有关，但李锐显然与这一派有很大的差异。他是想在信念与现实之间、事实与判断之间求得新的统一，进行价值的重建，因此其小说中内在的矛盾冲突就更为激烈：一方面，他对山里世界的体认虽然达到了改造者所可能达到的较高限度的真实，但他仍没有放弃一种“外来者”的视界，他不是像其他书写民间的作家那样彻底融入了民间，并似乎在民间那里得其所在，李锐秉承“新文学”的启蒙主义的文学传统，并敢于将对虚无和荒诞的承担视为一个永无止境的现代精神探索者的天命，在挫折和困境中，仍没有放弃高出于个人的社会关怀，在文学普遍进入一种私语状态的时代，仍然坚持了文学的社会性、现实性和批判性，应该说是难能可贵的。

《万里无云》以太行山深处一个小村“五人坪”的一次祈雨作为中心事件引出了大山深处的各色人物，但作家的兴趣不再是刻画某种“性格典型”，而是要写出某种“话语典型”，相互对抗、交锋的思想观念，心理意识的典型：第一种话语典型是作为外来者的乡村教师张仲银的话语，一种外来的改造“五人坪”的政治理想主义话语；第二种是以陈三爷等为代表的原生的乡村民间话语；第三种是政治体制话语，属于一种非个人性的话语系统。张仲银所代表的话语系统，是一种致力于使传统中国现代化的启蒙、革命话语系统。它蕴含着现代文化在近一个世纪里走过的历程：首先是启蒙，表现为传播现代科学知识、开启民智，以推动大山深处的现代化进程，彻底地改变山民的传统的固有的生活方式。而这种文化“启蒙”是会非常自然地转化为一种激进的“革命”的，原因是：一、文化启蒙往往见效缓慢，所谓“三年之病需求七年之艾”，需要一种渐进的努力，而理性本身的能量有限，所谓“众不可户说兮”，并不是所有的人都可以被理性说服的；二、改造者很难逃脱“至善”理想的诱惑，很容易更换一种更为明快、更为直接的方式来追求自己的目标。正如一位民国时期的政治人物所言：“不为威迫易，不为善诱难。”现代政治的“出轨”往往是出于一种失控了的道德狂热。“最好”和“最坏”之间只有一步之遥。现代的启蒙者必须对人性幽暗的一面，理性、德性的有限性有一定的认识。张仲银作为一个远离政治文化中心的大山深处的唯一知识分子，一个现代文化的代表，一个自愿去与世隔绝的山村、传播现代文明的教师，是有着高出于他职业之上的政治、文化使命感的。他心中的偶像是苏联山村女教师瓦尔瓦拉·瓦西里耶芙娜和最早的插队知青、团中央委员邢燕子。他抱着一种理想主义的热情来到五人坪，他来到山村的理想并不是简单的教孩子认字，而是要通过传播现代文化，彻底地改变山村人固有的日常生活方式，以使他们过上和山外人同步的生活。但他一到山村就陷入了苍茫的群山和守旧的乡民的包围之中。群山虽因他的到来而第一次获得了“主观的意味”，获得了历史感和对生命的反省意识，但他并没有能力将沉睡的群山唤醒。在日复一日的与群山的对望中，他刻骨铭心地知道了什么是孤独、什么是无人可解的孤独的宁静。“已是黄昏独自愁，更著风和雨。”张仲银把这句诗写了挂在墙上。在小村人面前，他有一种现代文化代表者的自豪和孤独，更有一种寂寞中的无奈。在他的这种孤独和无奈达到顶点的时候，“文革”爆发了，他似乎看到了让群山苏醒的希望。他要在山村搞“文化大革命”，他要到北京天安门广场去接受检阅。但却被村支书带来的全村人募集的五斤鸡蛋十斤白面的真诚的挽留，拖住了后腿，只好留村复课闹革命。但他的心仍向往着外边如火如荼的革命，面对死水一潭的五人坪，不甘平庸的他最后终于走出了看似荒唐的激烈的一步，“带镣长街行，告别众乡亲”，替人顶罪入了监狱。他在这种悲壮的场面中得到了满足，但却付出了蹲八年牢狱的代价，出来之后已是头发灰白的中年人，无家无业，孑然一身，直至因卷入“祈雨”事件，再度被捕，经历一生中的第二次牢狱之灾。与王朔的《你不是一个俗人》中的胖厨师相似，自小接受英雄主义文化熏陶的厨师，不甘平庸，总想当一个“烈士”，结果，于观他们满足了他的这个愿望，先是对他进行严刑拷打，然后把他绑缚刑场处决。这是以一种游戏、调侃的方式揭穿了革命浪漫主义的虚妄。张仲银的命运虽然更沉重、更具有悲剧性，但却具有同样的虚妄。其悲剧的根源在于同一种虚妄的浪漫主义的生活理想。李锐的《行走的群山》系列小说提供了一个启蒙话语的当下语境，小说中的张仲银在饱尝了现代神话的破灭所带来的悲哀与荒凉之后如何重建他得以安身立命的信仰？如果说他的第一次坐牢是出于一种虚幻的激情，第二次坐牢则是出于一种比较切实的理想，即通过向祈雨妥协换来捐款建新校舍。他的这种艰难的坚持和努力值得肯定，但此举本身就带有相当的荒诞性，他是以对“理想”本身的放弃来实现理想的。这一点使他有点像鲁迅小说《孤独者》中的“魏连殳”，但失去了那种沉重的悲剧感而增添了一种与时代错位的荒诞性和“黑色幽默”感。如果说《无风之树》还表达了一种对极“左”政治无端扰民的愤慨，那么《万里无云》则更加凸现了启蒙的困境，表现的是一种改造者面对乡土世界的无奈、荒诞和悲凉。

造成《万里无云》中的张仲银悲剧的原因，除了时代社会原因之外，还主要在于他的“自我本质”构成的虚假性。每个人生来具有四种功能：感觉、知觉、直觉和思考。这些功能使人产生自我感，立足于这四种功能之上建立起来的自我是真实的自我，反之，脱离了个人的感觉、知觉、直觉和思考，被他人由外向内地赋予指定的自我则是虚假的自我，是把非我当成了自我。张仲银之所以失去了真实的自我，是因为他以一种“更高的自我”取代了感性的个体的自我，以一种为着“理想目标”的生存取代了自我的生存。这种生存的虚幻性来自一种共同的理想，沉溺于这种理想之中的人，总是以一种应然的原则而不是实然的原则行事，并以此构建出与外界相背离的独特形象，通过一种自恋性的孤独、悲壮、崇高感，保护那个通过逆向方式构建的自我。张仲银的启蒙话语在五人坪所遇到的阻力首先来自五人坪的乡村民间话语，五人坪人知道读书、认字的重要，但却拒绝以外来文明改造其日常生活。陈三爷相信“天无二日，人无二主”的老例，所以有“天下将要大乱，老百姓将要遭殃”的预感。他贴黄表纸、蝌蚪文，是为了假老神树显灵，保佑天下太平。但张仲银却夺去了对它的阐释权，将它解释成了要在村里发动“文革”的神的指令。张仲银之所以要借助这种方式，是因为他看到只有这种植根于大山深处的东西才可能真正撼动大山。张仲银第一次坐牢是因为老神树显灵，第二次是因为祈雨。这看似偶然其实并不是偶然，因为他看到了真正主宰着大山的正是这种传统的力量，而外来话语在这里只是耳旁风，无根浮萍。五人坪的村民有的觉得他可敬，有的觉得他可憎。但都有一个共同的看法，即认为他不懂得“生活”，不懂得应该怎样过日子。他拒斥由柴米油盐的日常琐事组成的平淡无聊的日常生活，“革命”作为一种崇高的、伟大的、激动人心的、超越世俗的生活方式对他有着极大的吸引力。他是选择活在理想之中的人，所以他虽然两进监牢、饱经风霜，但他却对生活的真意所知甚少。他不知道并不是他所追求的生活才是真正的生活，他不得不接受的生活也是生活的重要组成部分，生活并不是可以任意设计、改造的材料，生活自身也像一个有生命的有机体一样，是不可以任意组装、搭配的。改造主义者那种可以休矣。从来没有感受过真正的生活气息和精神的人，奢谈对生活的改造好像要为“混沌”凿出七窍来的莽汉一样，成事不足，败事有余，对于他们来说，懂得“无为而治”、不妄为，似乎显得更为重要。

巴金在他的《十年一梦》中，曾追忆他是如何从一位“启蒙者”变成一位“奴在心者”的“精神奴隶”的。极“左”政治认定巴金“有罪”的指控是他的小说《家》把两个贫苦的劳动者黄妈和鸣凤写成了地主阶级的死心塌地的奴才。因为，黄妈曾经祷告死去的太太保佑觉慧这位地主阶级的少爷；而鸣凤则拒绝了觉慧的求婚，说太太不会答应，但她愿做丫头伺候他一辈子。巴金当时听了这样的批判，也觉得自己问题很严重，因为批判者所言有理有据，逻辑严明，无懈可击。进而又忏悔自己出身于地主家庭，肯定受了地主阶级的荼毒。因此，说他是地主阶级的孝子贤孙，他承认；把他揪到地头同地主一起批斗，他也心甘情愿。他真心表示自己愿意让人打倒，以便从头开始，重新做人。是可谓“君子可欺以其方”，这种重理论、讲逻辑的知识分子比没文化的老百姓更容易被控制和欺骗，成为与真实的自我感觉和生活世界脱节的“理性的奴隶”。只是在一再地被欺骗和愚弄之后，他才发现连“造反派”也并不真的相信要他相信的东西，他才开始意识到自己才是真正死心塌地的精神奴隶，并且连黄妈和鸣凤也不如，因为黄妈和鸣凤自有自己朴素的辨别是非的能力，并不是什么“奴在心者”，因为她们并没有按照高老太爷的逻辑思考。她们对觉慧的爱，是自主的、自发的，与什么“阶级立场”“阶级意识”了不相干。晚年的巴金再一次意识到他欠了黄妈和鸣凤巨大的感情和爱。“启蒙者”在20世纪政治风暴中趋附潮流、迷失自我、进退失据、自招其辱的历史，也使他们在被“启蒙者”那里威信大损，将张仲银视为“情敌”的山村屠夫牛娃有这么一大串内心剖白：“我是比不了他，我又没坐过八年的大狱，我又没领导群众搞过啥运动，我又不知道毛主席都写过啥唱词……我他妈啥也不会啥也不知道，可我这个臭杀猪的没有去蹲大牢，你这个香老师一蹲就是八年。你狗日的蹲了八年大狱，我就在炕头上狠狠种了她八年。你八年出来啥都没有。我种了她八年种出来一个儿子两个闺女。你再知道毛主席写了多少唱词也是白搭。你认得多少字有多少学问也还照样是个绝户。”这种奚落虽然恶毒，但也道出了某种真实，他冷酷无情地揭示了作为山村理想主义者的张仲银的现实处境。至于张仲银与政治体制话语的关系也是一种错位的关系。体制话语要求的是服从、配合、步调一致，而张仲银则显得激情过剩、主观性太强。所以他的动机可以被认可，但行为却为体制所不容，被视为一种僭妄和越位。赵万金是九十里乱流河第一个共产党员村支书，他所懂得的就是服从和配合。他的人生体会是：“一个人不念书，他就啥也不知道，一个人要是念了书，他就啥也懂了，他就有本事骄傲了。人一骄傲自满脑筋就出毛病了，就干那些老百姓干不出来的事情，就干那些谁也弄不懂的邪门事情。我这个有史以来的第一个共产党员就从来不敢骄傲。”他和他的儿子现任村长赵荞麦虽都是村上的干部，但本质上还属于农民，即使是公安人员老张等也都是缺乏个人意志、情感色彩的政治体制的执行者，而张仲银一生的失意和痛苦在于他是一个永远与时代和环境脱节的真诚的理想主义者。对于他来说，重要的是找回自我，由内到外地把握住真实的自我，立足于现实的基础上，去实现一种较为切合实际的理想。造成他的悲剧的原因不只在于外部，也在于他自身。对于当下的启蒙者来说，更需要一种自我教育和自我反省，特别是对来自生活自身的声音的倾听和理解。

在理想主义的创造历史的激情耗尽之时，随之而来的将是犬儒主义的大行于世。因此，在一种虚无主义的背景之下，如何建立起一种超越现实的精神价值，就成为一个必须面对的问题。李锐的特点在于他是一种“五四”传统的自觉的当代承续者。但这种承续也不能回避启蒙主义在当代所面对的种种来自生活自身的反弹、回敬和挑战。面对这种种反弹、回敬和挑战，对启蒙主义传统自身进行反省是势在必行的，甚至可以说这是它在当代得以回生、复兴的一大契机。在此反省的基础上，才能重建自己的信念和立场。这种反省一方面需于激进的启蒙主义立场之外，对其他异己的主义也需具一种了解之同情，从而使自己融入多元共存的文化格局，不以正统自居而无视他者存在的合理性，增强启蒙主义的开放性和包容性，只有经历了必要的精神蜕变，启“启蒙”之“蒙”，启蒙主义才有望进入一个新的发展阶段，在个人话语、物质主义话语膨胀的消费时代以它对社会、人生的深刻关怀，创作出当代的“为人生而且要改良这人生”的启蒙文学。

原载《东方杂志》2003年第10期

李锐论

王　尧

一

多年前，在写作《厚土》之前，李锐的日记这样写道：“中国是什么？中国是一个成熟得太久了的秋天。”这是一个源于李锐生命血脉，又是在不断追问历史中获得的判断句，我们在今天讨论李锐时不能轻易绕过这一句话。

从《厚土》到《银城故事》，李锐所有的叙述以及他对“中国问题”的思考，几乎都是由“中国是一个成熟得太久了的秋天”这一判断句展开的。李锐自己回忆说，当他写完这句话时，“半晌无语，眼里浮上来的都是吕梁山苍老疲惫的面孔”。在这个“秋天”里，“即便有满腔热血涂洒在地，洇染出来的也还是一片触目的秋红”。于是在这一片“成熟得太久的秋天”里诞生了凝重的《厚土》，数年之后又产生了《无风之树》和《万里无云》，从《厚土》到晚近的《银城故事》，李锐的写作改变着文学想象中国的方式。

在回答“中国是什么”之前，李锐在吕梁山有六年的插队经历。这段经历改变了李锐，也改变了李锐这一代人，后来李锐这一代作家对中国的认识，对文学创作一些关键问题的理解，都与“文革”中的插队经历有关①。李锐后来在叙述这一段人生经历时，常用的一个词是“刻骨铭心”。但刻骨铭心的不纯粹是个人磨难的记忆。如果仅止于此，就没有我们现在知道的小说家李锐了。和当时的大多数知青一样，李锐是怀着“大有作为”的理想来到吕梁山的，前提是“接受贫下中农再教育”。我觉得，在讨论李锐这一代人时，不能忽略这样的历史常识。

对“民众”的不同理解，构成了新时期文学不同的历史叙事。李锐的《厚土》和一个时期“知青文学”的区别，再次强调了这样一个特点。李锐后来比较尖锐地批评文学的“启蒙话语”也与此相关。李锐曾经回忆说，在吕梁山蹲厕所看到的场景改变了他从书本上获得的关于“人民”的解释，他“对于人民完全不同的理解。就是从这种种闻所未闻，见所未见的场面中，一点一点积累起来的”②。对“人民”的不同理解，可以说把一切都翻了个过。在吕梁山干旱贫瘠的黄土塬上，李锐意识到“历史这个词儿，就是有人叫谷子黄了几千次，高粱红了几千次”。这是李锐对“宏大历史”之外的发现，也是对吕梁山人民处境的体认。因此李锐对他笔下的“国民”不能不怀着审慎的态度，并因此把批判的锋芒转向对“历史进程”的批判。以前知识体系中所灌输的知识和逻辑，在李锐那里遭到质疑，这是他后来长久地反思无理性历史的开始。我们已经习惯把这种质疑视为精神觉醒的开始，其实，在我看来，更准确地说，这是一次重新陷入精神困境的开始。我觉得，无论是李锐他们，还是我们60年代出生的一代，始终没能够摆脱精神困境，在这个意义上，写作其实是一种“精神自救”③。因此不妨说，“吕梁山”是一座“坟”，那里面埋葬了

① 和李锐持相同的看法，我不赞成“文革”和上山下乡运动造就了一批作家的说法。正像李锐说的，问题本身有一种逻辑的偷换。我在这里强调的是这场民族灾难给李锐以怎样的影响。

② 李锐：《插队三题》，《谁的人类》，时代文艺出版社2000年版。

③ 李锐说，这是“永无可解的开始或结局”，“建立了一个神话，建立了一种理想，在我们获得喜悦的同时也获得了对于自己的欺骗和遮蔽。打破一个神话，打破一种理想，在我们获得解放的同时我们也无可逃避地被锁进孤独的囚室。我想，如果说有命运可言的话，那这或许就是做一个‘人’的永无可解的开始或结局”。《神话破灭之后的获得与悲哀》，《谁的人类》，时代文艺出版社2000年版。

"青春""理想""革命"和"真理"，关于吕梁山的文字，只是这座"坟"上长出的青草[①]。在李锐的随笔中反复出现"双向的煎熬"这一提法，这个描述所深刻表达的正是中国人历史性的精神困境：一个多世纪以来，尤其是自新文化运动以来，在"全盘西化"的历史潮流中，中国文化传统分崩离析，丧失殆尽；可是被启蒙者们从"别国窃来"的革命之火，酿成了新的灾难。在李锐看来，这样一种双重的价值失落，这样一种双向的精神煎熬，真可谓旷世的悲哀。

所以，当代汉语写作中的核心问题，只能是对精神困境的追问和对中国人处境的体察。李锐坦荡而明白地说："作为一个中国作家，我只能写中国人，当我写着中国人的同时，我自身也是一个地道的中国人。我不打算也不可能有其他的选择和处境。这就像我在《厚土》序言中所说的那样，作为每一个中国人，他只能是这一片成熟得太久了的秋天中的一部分。我只能在对于中国人的处境的深沉的体察中，去体察地球村中被叫作人的这种物种的处境。"正是在这样的追问和体察中，李锐的"本土中国"逐渐成形了。这是非常重要的，20世纪90年代以来，中国作家以及一批知识分子思想路径之所以有差异，很大程度上取决于知识分子心中有无"本土中国"，或者有什么样的"本土中国"[②]。而那个挥之不去的"双向的煎熬"的困境，也给我们解读李锐的文体变化留下了可以依循的路径。

李锐在吕梁山获得了一种天长地久的悲情。李锐在《厚土》的后记中征引过、后来又不断引用的是陈子昂的《登幽州台歌》："前不见古人，后不见来

① 李锐曾经申明："我不是一个理想主义者，我也不希望非得站成一排齐声朗诵，如果一定要选择一个主义才有发言权的话，我宁愿选择怀疑主义。"《我的选择》，《谁的人类》，时代文艺出版社2000年版。

② 李锐在和笔者的对话中说："我的感觉，中国的知识分子，尤其是年轻一代和中国的现状就很像，还在一个摸索的过程之中，而且是在一个很混乱的摸索过程之中，这种混乱的状态本身也导致了许多人的思想互相之间不能形成一个良性的互补。我觉得这种内耗也说明很多人没有渐渐地把中国想透彻，我是这样想的，就是对中国面临的历史问题没有想透彻。比方说左翼知识分子或者自由主义知识分子之争，我的看法是，无论左翼知识分子的观点还是自由主义的那些观点，都不能直接拿到中国来，都不完全切合中国，根本都不是。你按照任何一个理论的理想模式来讲中国，那都不对，都不是那样的，都不那么简单。"参见李锐与笔者的对话录《本土中国与当代汉语写作》，《当代作家评论》2002年第2期。

者。念天地之悠悠，独怆然而涕下。”以表达他对中国文化传统精髓的理解，对中国艺术中的悲剧精神的理解，对汉语表达人生丰富性的理解。在我看来，这不是一种情怀的复制，而是重新理解，是基于吕梁山背景的理解，是基于对双向煎熬、刻骨铭心的体验，这一理解让李锐由陈子昂的诗句找到了当代汉语写作的立足点；也可以看作是中国文学传统对于李锐的滋养。在我的想象中，李锐始终站立在吕梁山邸家河村的瓦屋前“念天地之悠悠，独怆然而涕下”。李锐语言的底色由此而来。

我也不知道是否有比“刻骨铭心”更合适的措辞，但是当李锐时常毫不犹豫地使用这个词时，我得到的印象是：李锐既是这个“秋天”的一部分，“秋天”也铭刻在他心中。在后来的创作中，尽管李锐也曾绕开过吕梁山，但是他最有生命力的叙述在我看来从来没有离开过吕梁山，“银城”（以他的四川自贡故乡为背景虚构的一座城市）也只是他小说中的“第二故乡”。不仅是我，许多读者或者评论家在论及李锐的小说时，更看重的是《厚土》、《无风之树》与《万里无云》。我甚至觉得，对于一个优秀的小说家来说，他生命中的“旧址”或许只有一个，譬如湘西之于沈从文，高密东北乡之于莫言，马桥之于韩少功，商州之于贾平凹；我愿意在这个意义上看待“吕梁山”对于李锐的意义。

二

在创作《厚土》之前，李锐已经有不少作品问世，但只有在创作《厚土》时，李锐才实现了对自己精神和情感作深刻表达的可能，这个过程或许就是李锐自己所说的“等待小说”。

《厚土》作为短篇小说的经典，已经写在中国当代文学史上，可是如何解读《厚土》，也许仍然是个问题。从什么样的角度解读，不只是如何评价李锐，也涉及对现代文学传统的认识。我想，我们至少应该有这样一个认识李锐的平台：在评价《厚土》时反思80年代的文学，或在反思80年代的文学时评价《厚土》。因此，如果就《厚土》论《厚土》，我们可能会疏忽《厚土》及其相关意义。我所说的相关意义不仅指《厚土》带来的启示，而且指在这个路向上李锐有了怎样的发展和变化。

李锐是最早对80年代的文学作出反思的作家之一，而且一直是在行进中反思。从80年代到现在，李锐习惯的一个位置就是在潮流之外。他面对着潮涨潮落的“伤痕文学”“知青文学”“寻根文学”“先锋文学”等等，却始终不在这些潮流之中。这给文学史写作者带来了尴尬，当一些研究者习惯以这样的角度观察叙述文学史时，就很难给李锐找到一个合适的位置。包括《无风之树》和《万里无云》也有这样的遭遇。当然，说李锐在潮流之外，并不排斥李锐从这些思潮中获得启示和滋养。譬如，李锐不能算是“寻根”作家，也批评过“文化决定论”，但李锐始终肯定文化自觉的重要意义；他对“先锋文学”持批判的态度，但他始终对真正的先锋作家怀有敬意，承认一批外国现代作家对他的影响。这个现象表明，李锐一直在谨慎而坚定地探索自己的叙述方式，《厚土》的创作使他试图深刻地表达自己的愿望成为可能。李锐是在对“五四”新文学的反思中寻找自己的道路的。在1988年创作的《一种自觉》中，李锐写道：“中国的文学只能沿着新文化运动所开辟的主动性道路走下去”，“问题是要有自己的创造，得有一种属于自己的自觉和主动。不能再搬着他们的旧方法还做非此即彼的文化选择，还以为写了小说就能‘改造国民性’，因此也就能救国或是祸国。我们必须把他们已经达到的某些目的和成果，内化成为我们手下的过程，而不是去再造他们的目的和成果的复制品。我们只能在这个充满了创造的功能性的过程中印证和完成自己。具体点说，我们再不应把‘国民性’‘劣根性’或任何一种文化形态的描述当作立意、主旨或是目的，而应当把它们变成素材，把它们变为血液里的有机成分，去追求一种更高的文学体现。在这个体现中，不应以任何文化模式的描述或批判的完成为目的。文学不应当被关在一个如此明确而又僵硬的框架内，文学应当拨开这些外在于人而又高于人的看似神圣的遮蔽，而还给人们一个真实的人的处境。”

显然，这段文字说出了李锐对《厚土》的评论不太满意的感觉。我们都注意到，李锐在当时不赞成从“文化”和“国民性”的角度来解释《厚土》。赞成还是不赞成李锐本人的看法，我觉得不是一个关键问题。即使是李锐当年在表达自己的不赞成的看法时，他也承认一些作品“确实具备这样的内容和描述，有的篇章甚至除此之外很难说还有什么其他的内容，比如那篇浅直的《选贼》”。现在我们需要弄清楚的是，李锐和评论界的这种差异反映了什么样的问题?

确实如李锐所说，《厚土》发表以后的不少评论文章和许多读者来信，所谈的几乎都是文化批判：民族劣根性，文化心理积淀，整体心态描述，等等，“并以此为作品的主旨和立意，给予了各方面的评价。这从评论的热点大都集中在《合坟》上也可以看得出来。之所以导致这种倾向，一是和当时的‘文化热’分不开，一是尽管对《厚土》的评价有高有低，有褒有贬，但在这些评价的背后，我看到的却是一种不约而同的文化决定论的视角。我得承认，这多少叫我感到一种遗憾”[①]。李锐遗憾的是批评所依据的理论和所使用的方法。

对一部可以称为经典的作品来说，论者与作者的差异和分歧并不重要，特别是随着时间的推移，当论者更多的是和作品而不是和作者对话时，有许多分歧甚至可以忽略。应当说，一段时间以来，关于《厚土》，有的评论还是很到位的。譬如，论者对生存状态的追问：“《厚土》的叙述努力，乃是穿过相色去接近乡土的本色，使我们在错愕于种种挣扎与沉沦的影像之后，不由不想：有没有‘导演’人们命运的‘那只看不见的手’。”（吴方）但是，吴方当年追问的那个问题，论者们并没有追问下去，李锐自己后来说了，制造“影像”的是“非理性的历史”，对“非理性的历史”的批判后来成为李锐小说创作的重点所在。吴方在评价《厚土》时，点到为止地说过这样一句话：“尽管《厚土》所感受的对象是平常的、压抑的、未曾燃烧的，它复杂到超出了历史理解的范围，同时又成为历史理解的起点”。[②]可惜这句话轻易地滑过去了。当我们今天有可能把李锐的创作作为一个整体进行研究时，特别是李锐的创作本身已更为丰富而深刻时，我们回头重读《厚土》，就不能不发现我们疏忽了《厚土》最为重要的意义：穿透“历史”之虚假幻影，呈现“历史”之外

---

① 李锐：《一种自觉》，见《厚土》，浙江文艺出版社2000年版。

② 吴方：《追摹本色　赋到沧桑》，《读书》1987年第8期。

的永恒人生。在此，我也以不时为人点评的《厚土》首篇《锄禾》为例。黑胡子老汉在地里唱了两次戏文，每次在背后都有人鼓舞“好戏文”；而学生娃没有读完“知识青年到农村去”，却被黑胡子老汉骂了句“狗日的，拿着圣旨管人”。这些对应的生活场景，不仅突出了政治的荒谬和厚土的长在，还宣示了厚土之上的人生似乎总在当代历史之外。《古老峪》中的小李到古老峪念文件，三天下来，听得最认真的是“她”，而她告诉他：“我啥也听不懂，我是看你念得好看。”她愿意当先进也是因为到县里可以见到他。所谓历史，当它在面对“厚土”时，也就显示了它的荒谬。在这个意义上，李锐可以说是“解构”了历史，也是在这个意义上，李锐所持的立场可以称为“民间”立场。李锐在文章中叙述吕梁山农民的命运时不得不感慨万分：“他们手里握着的镰刀，新石器时代就已经有了基本的形状；他们打场用的连耞，春秋时代就已经定型；他们铲土用的方锨，在铁器时代就已经流行；他们播种用的耧是西汉人赵过发明的；他们开耕垄上的情形和汉代画像石上的牛耕一模一样”。“世世代代，他们就是这样重复着，重复了几十个世纪。那个文人们叫作历史的东西，似乎与他们无关。也就从来没有进入过他们的意识。”李锐更进一步说：“其实，文人弄出来的‘文学’，和被文人弄出来的‘历史’‘永恒’‘真理’‘理想’等等名堂，都是一种大抵相同的东西，都和那些面朝黄土背朝天的人们并无多少切肤的关系。”①

我们在讨论李锐与现代文学传统以及李锐与80年代文学思潮的关系时，可能注意到了李锐选择的坚定性，特别是他90年代以来在某些方面决绝的姿态更加深了人们这方面的印象。其实，李锐在选择新文学传统时放弃了非此即彼的方式，而确认了新文学传统的多样性。这一点常常是我们在论述李锐创作时所疏忽的。在谈到中国现代作家时，李锐还有一个他服膺的人物是沈从文。我在阅读李锐时，我觉得他是真正读懂了沈从文的。李锐读沈从文发现了“弥漫在这些美丽的文字背后的，是一种无处不在无处不有的对于生命沉沦的大悲痛，对于无理性的冷酷历史的厌恶”。“这个诗意神话的破灭虽无西方式的剧烈的

① 李锐：《生命的补偿》，见《厚土》，浙江文艺出版社2000年版。

戏剧性，但却有最地道的中国式的地久天长的悲凉”[1]。我觉得，在表现“地久天长的悲凉”方面，李锐和沈从文是相通的。当李锐揭示出一些人误读沈从文时，实际上也表达了他这些年来对于潮流的拒绝，和自己知音难觅的孤寂。

我在这里无意将李锐和沈从文作什么比较，也无意考证沈从文对李锐的影响，但是李锐对吕梁山和吕梁山人的认识与叙述让我想起沈从文对“湘西民族的下等阶级”的认识与叙述。苏雪林当年曾指出沈从文“嘲讽中国文化的地方也极多”。我在读《湘行散记》时认为，沈从文的“嘲讽”，就是对“正史”中的“历史”真实性的怀疑。面对那“日夜不断千古长流的河水里石头和砂子，以及水面腐烂的草木，破碎的船板”，沈从文觉得自己“触着了一个使人感觉惆怅的名词”，他于是想起“历史”，“一套用文字写成的历史，除了告给我们一些另一时代另一群人在这地面上相斫相杀的故事以外，我们决不会再多知道一些要知道的事情。但这条河流，却告给了我若干年来若干人类的哀乐！小小灰色的渔船，船舷船顶站满了黑色沉默的鱼鹰，向下游缓缓划去了。石滩上走着脊梁略弯的拉船人。这些东西于历史似乎毫无关系，百年前或百年后皆仿佛同目前一样。”“历史对于他们俨然毫无意义，然而提到他们这点千年不变无可记载的历史，却使人引起无言的哀戚。”这是沈从文《一九三四年一月十八》中的文字。

差不多是在五十年以后，李锐用不同的叙述方式叙述不同的故事，但揭示了沈从文在五十年前也曾经发现的大致相同的问题。——这是否又呈现了现代汉语写作的宿命？呈现了“改造国民性”的无力？呈现了“启蒙文学”之外的境界？这个现象如李锐说他写《厚土》那样，“岁月悠悠，物换星移，在无限无极的时间和空间中，这完全是无意的呈现，便愈发给人无可言说的震撼”。当李锐认为自己的小说只能表达惊叹与错愕时，他也表达了自己作为一个知识分子的羞愧。李锐为何放弃“启蒙”的角色，为何对“启蒙”多有批判和警惕，我们可以由此多少窥见个中缘由，而这当中的意识形态变迁轨迹也在他以后的创作中逐渐显露出来。“历史”“永恒”“真理”“理想”等当然不只是

① 李锐：《另一种纪念碑》，见《谁的人类》，时代文艺出版社2000年版。

“文人”弄出来的，但是，在“文人”包括小说家有自己的话语权时，写作的意义就不再是可有可无。李锐在“怆然而涕下”后，以自己的一瞥，由“现实”而回溯“历史”，由“历史”而重返“现实”，并穿透“历史”之虚假幻影，呈现“历史”之外的永恒人生。——在我看来，这是李锐迄今为止所有小说文本的“深层结构”。

在这个意义上，《厚土》可以说是李锐的小说之母。

三

围绕《厚土》创作，李锐关于历史、人性与文学叙述方式的思考，以及90年代以后他在这个方向上深入的探索，都显示出他逐渐形成了自己的历史观和人道主义哲学。这是李锐作为一个优秀作家在近二十年来的显著特征。我们时常说，一个知识分子应当坚守住自己的底线，底线就在知识分子对历史和人性的理解之中。和一些模糊自己的底线、立场暧昧的人不同，李锐从来不掩饰自己的思想，和他的小说文体一样，他的思想随笔棱角分明。近几年来，李锐在中国文学界和思想文化界的姿态，见出鲁迅先生的深刻影响。如我们在前面所指出的，李锐在放弃“启蒙”角色的同时，却又始终坚守良知、坚持批判立场，他在这个转变中确立了自己在历史中的角色和进入历史、叙述历史的方式。

在《厚土》之后，李锐暂时告别了“吕梁山”，他开始专注于他的虚构之城“银城”，从《旧址》到《银城故事》，这之间差不多有十年时间。这个十年，也就是我所说的李锐的历史观形成的时期。我突出这一点，是想说明历史观对一个作家的重要性。恕我直言，一些作家的苍白是与他没有自己的历史观有关的。当李锐叙述“历史”之外的人生时，他势必要对“历史”进行追问和清理。我觉得李锐一直怀有如此的兴趣和冲动，他对“历史”的怀疑始于《厚土》的写作，换言之，“历史”之外的人生是他重新进入“历史”的支点。在这个意义上，“吕梁山”与“银城”其实是一体的。

这一点，李锐自己说得非常明白：“如果做一个简单的表述，可以说我那些以吕梁山为苍凉背景的小说，表达了人对苦难的体验，表达了苦难对人性的千般煎熬，这煎熬既是肉体的又是精神的，同时表达了自然和人之间相互的剥夺和赠予。当苦难把人逼近极端的角落时，生命的本相让人无言以对。从某种意义上讲，‘文革’成为这些苦难追问的中心。我用不同的人物，从不同的角度出发去反复地追问和表达。这追问不是对苦难的控诉，而是对人的自责，对自己的自责。就像史铁生说的那样，‘从个人出发去追问普遍的人类困境’。而我的银城系列，还是这样的追问，但更多的是从历史的角度展开的。历史成为我这两部小说隐含的主角。无理性的历史对生命残酷的淹没，让我深深体会到最有理性的人类所制造出来的最无理性的历史，给人类自己所造成的永无解脱的困境。这是一种大悲剧，一种地久天长的悲凉。”①

李锐在做这样的分析时，已经部分地说出了“历史”的残酷和“历史”之于人性的残酷。《旧址》可以说是李锐对百年“本土中国”的一次勘探。李锐在创作这部小说时所流露出来的激情在他的创作中是不多见的，这显然与他的精神历程有关。要求李锐这一代人在追问“革命”“主义”和“理想”时无动于衷是不现实的。1951年霜降的一声枪响不仅结束了李氏家族在银城数百年的统治和繁衍，也划时代地结出了“革命”之果。“革命”成为一段历史，甚至是一段传奇；而“革命”以后的“不断革命”则让“革命”的“历史”成为“旧址”和废墟。在这里，“文革”开始成为李锐的追问中心，他也为抒写“理想”对人的煎熬落实了历史的时空。尽管以家族写历史的手法在90年代常见，但我并不认为一写家族就不能免俗。你可以说李锐是在为一个家族招魂，他确实是在与祖先和亲人对话，那个李京生甚至也有李锐的影子；但是，在20世纪的中国，何时只有“家”而无“国”？那个曾经是“革命”子弟的李京生，最终所见到的也只是一个溃散了的“家”。“家族”早就在“非理性的历史”中支离破碎了，家族旧址上的青苔是在历史的阴影中长起来的。因此，与其说李锐是在为家族史重溯根源，毋宁说他是在为“革命史”寻根究源。

相对于《旧址》而言，《银城故事》是“革命”之前的另外一种“革命”，因为有了《银城故事》，百年中国的历史在李锐的创作中被打通了。和

① 《银城故事·访谈》，见《银城故事》，长江文艺出版社2002年版。

《旧址》的漫长不同，李锐几乎在小说一开始，就把银城和银城人“逼”到了困境之中。李锐在小说的题记中说：“在对那些漏洞百出、自相矛盾的历史文献丧失了信心之后，我决定，让大清宣统二年、西元1910年秋天的银溪涨满性感的河水，无动于衷地穿过城市，把心慌意乱的银城留在四面围攻的困境之中。”李锐对“历史”的怀疑由始至终，所谓大写的历史，在血腥和谎言中同样溃败。和《旧址》不同的是，中心人物或者主人翁在《银城故事》中消失了，这是一段没有主角的历史。和《厚土》相同的是，山川、河流以及水牛、竹子成为小说里的“人物”，犹如《厚土》中的“山”。历史进程的不确定因素在这部小说中被突出出来，因此也就否认了所谓的“历史进程”，否认了所谓“大写的历史”。这是《银城故事》或许比《旧址》厚重的地方。李锐在这部小说中，还发现和书写了“历史”中的缝隙，也就是在描述山崩地裂的“历史”中，还有琐碎平凡的瞬间，他的笔触再次伸到了“历史”之外的人生。就像李锐所写的那样，“旺财不知道，他在不知不觉中拿起了一种被别人叫作历史的东西”。

事实上，由《厚土》开始，李锐的语言方式就已经发生了变化，他开始尝试用自己的口语来叙述。在当时的阅读中，我有一种陌生感，觉得李锐《厚土》的语言既和他的那些与吕梁山相关的前辈作家（譬如“山药蛋”派）不同，似乎又不是当地的口语。那时，不仅是我，许多批评家都还没有清晰意识到李锐在转变自己的人生立场的同时，也在变换自己的语言方式。在《厚土》之后，李锐创作了《旧址》这部后来他自己并不满意的作品，批评界的注意力又集中到了《旧址》上，而且给予了较高的评价。如果就语言的方式来看，《旧址》其实是回到了《厚土》的语言探索之前；换言之，《厚土》曾经使用的口语叙述方式在李锐那里有一段时间中止了。而批评界也似乎更习惯《旧址》所使用的语言方式，所以在李锐的《无风之树》发表后，一些批评家便认为李锐的叙述语言有了障碍。这是一个有待研究的问题。

李锐自己也曾从这个角度反思过《旧址》的创作。在他看来，《旧址》的叙述语言“太浮躁”，他不满意它，甚至于很不满意它。“当然，写《旧址》的时候你可以感觉到我的感情是很投入的，是很有激情的。有的人看了以后很感动，说它特别感染人，很有激情的。但是我觉得作为一个文学作品来高标准地要求它，我老觉得它在叙述上有点不对头。”关于《旧址》的第一句“事后才有人想起来，1951年公历10月24日，旧历九月二十日那天恰好是‘霜降’”，李锐指出“这是一个语言流行病，这是一句流行话，当时大家都在说‘多少年以后’‘许多年以后’，其实我也不是有意地要去这样地模仿，但这是当时的一个流行腔，自从《百年孤独》在大陆有了译本之后，就有了这样的流行腔。一个作家在创作自己的小说的时候是不可以有流行腔的，但是我那部小说，虽然我没有借鉴魔幻现实主义的手法，我也没有模仿别的，但就这第一句，就是不可容忍的，我觉得真的，对于我来讲是不可容忍的。”[①]我赞同李锐所做的这一检讨，但也不能由此贬低《旧址》的意义。

四

李锐对《旧址》的自我批评，是在他创作了《无风之树》和《万里无云》之后，这就突出了这两部作品在叙述语言和叙述方式方面的不同。

在讨论这一问题之前，我们显然需要对90年代以来李锐一直紧张思考的“语言的自觉”与“汉语的主体性”问题做些研究。90年代以来特别是近几年，李锐似乎一直处在语言的焦虑之中，当代汉语的写作问题始终是李锐的沉重话题。

在80年代末90年代初，对语言和文体的自觉与重视，使文学有了“深度的自觉”。李锐在《自己的歌哭》中开始涉及语言的自觉问题，并且对现代白话有所反思。他近几年关于语言自觉问题的思考，甚至包括一些主要观点，可以说是始于这篇短文。李锐认为，“自世纪初的白话文运动以来，中国作家一直在寻求，也一直在调整着自己的叙述方式，以求达到对于日益现代化的世界的沟通，以求达到对于日益深刻化的自我的表达”[②]。他后来不断提到的“汉

① 王尧：《本土中国与当代汉语写作》，《当代作家评论》2002年第2期。

② 李锐：《自己的歌哭》，《谁的人类》，时代文艺出版社2000年版。

语主体性”问题的基本想法也蕴藉在这段文字中，所谓“自己的歌哭”，便是“汉语主体性”的另外一种表述。

李锐近十年来思考的中心是以“语言的自觉”来建立“汉语的主体性”。应当说，这是一个“宏大”的问题。李锐就此提出的一些原则性意见大致包括这样几个方面：一、探讨和追问并非出于对理论的热情，而是出于对尸横遍野的语言死亡的恐惧，出于对灵魂丧尽的语言麻木的焦虑，对身边没顶而来的语言窒息的最直接的反抗。李锐对语言处境的自省意识一直是强烈的。二、方块字是中国作家最大的幸运和最大的不幸。三、白话文运动是一次在以武装占领和直接剥夺为特征的殖民主义洪水中的死里逃生。在看似“被动”，看似“被现代化”的表象下面，是中国人艰苦卓绝的主动的生命抗争，只有从这样一种语言自觉的意义上我们才能理解，新文化运动以来中国人全部言说的意义。四、当初让我们死里逃生的白话文的木筏，是怎么如此迅速地蜕变成体制化的精神枷锁的？为什么在所谓“全球化”的潮水中我们只能照搬和重复别人对于“人”的定义，又是怎么在“他人”的阴影中“自觉”“主动”地取消了自己的？五、发现语言“工具论”的遮蔽之处，揭穿“失语”和“复写”的真相。六、突出语言和生命的关系。只有语言的自觉，才能表达人的丰富和生命的不同。李锐同时把现代汉语当作一个总体的生命来对待，来体验，来理解。七、李锐深感历史阴影对自己的淹没，深感语言之海对自己的淹没，深感语言之外并没有自由，并没有人的存在。李锐想在自己的叙述中清除现代汉语的垃圾，冲破语言的蒙蔽。他呼吁，在这个“全球化”的时代，我们这些后来者，要用自己杰出的作品建立起现代汉语的主体性，要用自己充满独创性的创作建立起现代汉语的自信心。

上述几个方面便是李锐“放大”了的“语言焦虑”。正如李锐自己在一开始就申明的那样，他的出发点并不在于建立理论性的体系，事实上，他所提到的这些问题中的每一个方面都涉及对现代汉语关键问题的认识，非一人之力所能及。但是李锐的论述显示了对当代汉语写作的独到理解。在当下能够发现语言的蒙蔽之处，所需要的已经不是纯粹的知识背景，也不单是建立现代汉语主体性的责任感，这在李锐是语言与生命的再一次缠绕。他重新认识了汉语，重新理解了生命，也因此有了用自己的语言去叙述和丰富人的可能，也因此有了用自己的语言表达和别人不同的生命景观的可能。这是李锐在90年代以来在文学界的一个突出之处。

五

在《无风之树》之前，李锐有《旧址》；在《万里无云》之后，李锐有《银城故事》。如果就语言与文体看，《旧址》《银城故事》和《无风之树》《万里无云》的差异是明显的，既有叙述语言（口语与书面语）的差异，在叙述方式上也完全不同，《旧址》《银城故事》采取的是全知全能的作者讲述的方式，而《无风之树》《万里无云》的叙述是小说中所有人物自己的独白，甚至包括了死者、动物、哑巴的独白。

我想首先需要弄清楚的是，这一差异，这种对书面语和口语的交替选择，是反映了李锐汉语观的矛盾之处呢？还是李锐面对“双向的煎熬”所作出的文体突围？抑或两者兼而有之？这几年来，李锐一直对“书面语”写作问题有所思考，表达过“反抗”书面语的意见。李锐的“反抗”主要指在全盘西化的历史主流下，书面语的等级化及书面语不言而喻的权威地位，另外一方面是在语言与文字之间他强调了语言的作用，肯定了民间口语对于现代汉语叙述的根源性的意义[①]。李锐自己谈到《无风之树》的写作意义时说：“我觉得《无风之树》对我来讲是一个整体的超越。有人认为我的叙述有障碍。我认为这恰恰是一个丰富，我这样试验、这样去写恰恰是一种丰富，是我对书面语的一种反抗，就是对被分成等级化的书面语的反抗。我用直接的口语，实质上并非当地农民的真正的口语，这是我创作的口语，我真要用当地的农民的口语写小说谁都看不懂。因为那里很多方言任何人都看不懂的，《新华字典》里没有

① 语言与文字的关系是个复杂的问题。郜元宝在《音本位与字本位——在汉语中理解汉语》中曾作过梳理，并对莫言、贾平凹、李锐等“让人物自己说话”的现象提出了批评。参见《当代作家评论》2002年第2期。

那些字，也没有那些词。”[①]需要注意的是，李锐特别说明“这是我创作的口语”，这就意味着，李锐在创作中并未放弃创作者的独立身份，他既不想做一个安排他人命运的启蒙者，也不想只做一个农民口语被动的倾听者和传诵者。指出这一点是必要的，因为它涉及一个作家是否具有“语言的自觉”，是否具有“主体性”的问题。

但是，我们是否由此可以认为李锐重语言而轻文字呢？李锐自己的表述似乎给人这一印象。他说：“说到文学说到小说，不管怎样变化，作家们到头来都还得用语言文字为最基本的表达手段，其实也是唯一的表达手段。语言文字这四个字，有两层意思，两个范围。语言是第一个意思，是大范围。文字是第二个意思，是小范围。人类有文字的历史不过三五千年，而人类有语言的历史不止千年。如果把表达欢乐的笑声，表达痛苦的哭声，互相应答的呼唤也算在内的话，可以说语言的历史和人类的进化史是同始同终的。人类最伟大的也是最早的文学作品——史诗，就是以语言的方式，口头传唱的。所以我说，真正的作家天生喜欢语言讨厌文字。”“语言是人认知世界和表达内心的界碑。”李锐的这段话，侧重于语言与文字发生的历史，似乎不宜看作他对语言与文字关系的完整认识，他接着这段话又说，“一种没有语言来做根的文字是不会有生命力的，一种没有人说的语言是不可能存在的”。由此可以看出他表达的侧重点。

在我看来，李锐在突出口语的叙述和相关的叙述方式时，他是把整个创作纳入建立当代汉语写作的主体性之中的，为了建立他所期待的语言主体性，他必须反抗书面语对口语的重压，必须反抗政治对语言的重压，必须发现和张扬被文字遮蔽了的声音以及发声者的生命世界。所有这些，又是和他质疑“历史进程”、发现“历史”之外的真实人生这一历史观相一致的。在特定的意义上，语言就是历史本身。不同的历史有着不同的叙述方式，而叙述方式的不同又呈现出历史的差异。当李锐试图对“历史进程”作出清算时，他就必须经由“文人”的“书面语”进入“书面语”构成的“历史”之中。我从这个意义上理解《旧址》与《银城故事》所使用的叙述语言，当李锐在《旧址》和《银城

① 王尧：《本土中国与当代汉语写作》，《当代作家评论》2002年第2期。

故事》中对“历史”进行了新的诠释时，书面语原有的等级和权力也就瓦解了。但这不意味着口语可以代替书面语，或者书面语能够终结口语；选择不同的叙述语言，只是选择一种新的写作可能，选择一种文体对一个作家来说，只是他接近世界的一种途径，而这途径只能是“殊途”，不应当是“一途”。

显然，用相同的叙述语言和叙述方式是不能进入“历史”之外的人生的，因为，《无风之树》《万里无云》所展示的生命世界与“历史”无关，又常常是书面语所遮蔽之处。当李锐要敞开这样的人生，这样的生命时，他选择了让人物自己说话的方式，而且是口语倾诉的方式。在这里，我们在不同的文体选择上，分明看到了李锐两难的困境，和他对于“双向煎熬”的突围。他不得不依赖正统的书面语的方式“解构”正统的历史，而当他投身于口语之海时，李锐希望得到的是对生命的解放，希望得到的是并非复制品的“主体性”。当“西化”和现代汉语的书面语不可剥离地缠绕在一起的时候，李锐相信口语再次给予了现代汉语建立主体性的可能。

《无风之树》源于《厚土》和《送葬》，《万里无云》的轮廓也初现于《北京有个金太阳》。但是，当李锐用另外一种叙述方式来重新叙述人和事时，却构造了另外一个世界，另外一段历史和另外一种文本，叙述的力量由此可见一斑。近年来我们常使用的一个词是“语境”，诸如“历史语境”“文化语境”“现实语境”等，一种叙述语言便形成一种语境，而这一语境会在多大程度上让我们体会到人的真实处境，可以说是判断一部小说是否成功的因素之一。李锐在对人物对话的创造性模拟中，深刻地还原了矮人坪民众的生命处境。追问“文革”的小说在“新时期”不乏优秀之作，但是，《无风之树》第一次用底层民众的语言讲述了一种民间的“文革”，讲述了“现代性”在日常生活中极端化和变异的故事。苦根儿的阶级意识和革命实践，不纯粹是个“启蒙理性”的问题，它是现代性遭遇的一个部分。拐老五的死，不必赋予它太多理性的意义，也不必让他沉重地担负用生命反抗革命乌托邦的角色，我觉得他只是死于一种道德的自觉（因为有了拐老五的死，男人们与暖玉的关系才成了“乌托邦”）。换言之，苦根儿式的革命乌托邦究竟从来有没有与民众发生过关系，不能不成为我们的疑问。这个疑问，使我们对现代性的实践产生新的思考。《无风之树》这一重要意义，我觉得长期被忽略了。

《万里无云》带有《无风之树》的“惯性”，但是，它绝不是《无风之树》的“副本”。如果我们仅仅看到“对人物话语的模拟”，就会误读《万里无云》并忽视它的独特价值。在《万里无云》中，以一个女人为中心的叙述视角被打破，尽管，也有像荷花这样重要的女主角，但是，叙述者叙述的“原动力”不再止于性别的冲突和性别关系中的阶级意义，两性关系中的多重性有了更充分的表现，因而小说的结构也不像《无风之树》那样单纯，这是《万里无云》比之《无风之树》更为深刻复杂的一面，而且也避免了让女人成为小说“道具”的嫌疑。这样一种变化，铺展了一个较为斑斓的人生世界和社会生活场景。与此相关，张仲银的“舞台”也深广多了。我们应该注意到，《万里无云》在时间的叙述上一直延伸到“新时期”，小说对“文革”的追问是在现实的背景中展开的；和苦根儿不同，张仲银给自己的定位是“教师”，是一个文明火种的传播者，他既自比邢燕子和那位苏联乡村女教师，又自比被刻在石碑上的明朝举人张师中。对此李锐藏有深意，在对“文革”的追问中，拷问了知识分子与整个现代文明的关系。在这里，张仲银不是一个平面化的权力恶魔，而是一个理想的献身者，是一个身体力行的启蒙者。五人坪的家园是在当今的祈雨仪式中被大火化为灰烬的，乡村教师张仲银是在一场刚刚发生的造神运动中再次被捕入狱的。由此，“文革”不再仅仅是一场过去的历史，“文革”是中国躯体上永远无法回避的创伤。而当李锐塑造了乡村教师张仲银这样一个人物，写出了一个启蒙者的悲剧时，我们不能不进一步追问当代中国知识分子的精神困境究竟有多深？

我在开题时说，李锐对当代汉语写作中的思想问题一直持有自己的思考，而且始终怀着积极的姿态敏锐、直率地回应现实中的思想文化问题。在90年代以来的文学与思想文化语境中，李锐作为一个思想者的角色日渐鲜明。他对当代汉语写作的思考，从来不是单一地关注一个个纯粹的语言问题，缠绕他的始终是让他难以释怀的“中国问题”。这是他不停地追问汉语写作的厚土。

原载《当代作家评论》2004年第3期

“历史”之外的悲凉人生

——从《寂静》《颜色》看李锐短篇小说的艺术追求

陈　离

与给作家带来盛名的《厚土》系列不同，《颜色》与《寂静》这两个短篇所表现的都是当下的现实生活。后者发生在吕梁山区，前者则发生在一个繁华的大都市（从小说对环境的描写看应该是北京）。如果我的阅读没有遗漏的话，李锐以往的创作主要集中在两个方面，一是“文革”叙事，一是“家族史”，像这样直截了当地切入当下的生活，对于作家来说还是第一次。如果说想“客观地”书写历史是一件非常困难的事，那么要想真实地表现现实对于艺术来说简直就是一种冒险。所以任何一位成熟的作家，当他把自己的笔伸向现实的领域时，他的心头都必然有一种战战兢兢如履薄冰般的谨慎。李锐是一位对本土中国的现实问题永远难以释怀的作家，生命与艺术对于他来说是那样血肉相连难以分离，当他试图进入现实的领域时即使精神上会有一些犹疑，那么他心中对于人类（尤其是他的同胞）的现实的生存状态和精神境遇的心系神怀，也会很快地战胜他心中的这种犹疑——我是这样来理解作家在《银城故事》之后重新开始的小说写作的。

我们先来看《颜色》。这个短篇通过一个进城才几天的青年农民的视角展开叙事。随着中国经济的迅猛发展和城市化进程的加快，进城务工的农民日益成为社会构成中一种不容忽视的存在。表现他们在大都市中所经历的种种艰难与不幸遭遇一时成为文学表现的热点题材，用艺术的方式传达出对于弱势群体的人道关怀，无疑为文学进入当代生活提供了一条较好的途径。《颜色》中的“他”就是一个想在城里寻找工作的青年农民。“他”很可能就来自吕梁山区，他离开老家时所带的钱在买了火车票之后已经所剩无几，因此他每天晚上只能在城市的火车站广场栖身。这样一个对城市充满向往的青年一进入城市就感觉到了它对自己的巨大压迫，你明明置身于一个“天堂”般的世界当中，却又不知何故被排斥在外，于是心中满怀焦虑、不甘，甚至是仇视。这是一种非常危险的情绪，如果任其发展的话，它总会找到一个机会宣泄，因而酿成一个给自己也给他人带来灾难的悲剧——这似乎就是《颜色》这个短篇在一开始所带给我们的阅读期待。但是故事的进一步展开却并没有让我们的这种期待得到落实。细心的读者很快就会发现这篇小说的主人公并不是这个青年农民，而是那一对男女艺术家。他们所从事的是一种“行为艺术”：两个人站在地铁站门口，交换着向对方身上刷着黑和白两种颜色。从他们认真的态度看，这一对艺术家对于自己所从事的工作是虔诚的。他们给自己的行为艺术作品所取的名字是“宇宙的颜色”。这样宏大的命名也暗示了他们对于自己的艺术心怀一种神圣的态度。但是在相当长的时间内，唯一欣赏他们的“艺术创造”的人似乎就只有那个无家可归的青年农民。当他们虔诚地进行艺术创造的时候，路过的人可能只当他们是两个疯子，或者是一对想以奇形怪状哗众取宠沽名钓誉的骗子。而且，在现代都市里生活久了的人已经习惯于见怪不怪，无论这两个“疯子”或是“骗子”怎样“表演”也不能引起他们多少关注。李锐在这里似乎续写了鲁迅笔下的“看与被看”的主题，但与鲁迅笔下人物不同的是，那一对男女艺术家无论心中怀着怎样的虔诚和神圣，似乎连引起路人“看”的兴致都不能够。那个青年农民对于他们的“看”并不是因为他能够欣赏他们的艺术，甚至也不是因为他们的怪异行为使他产生了兴趣，而只是因为他以为自己可以在他们那里找到一个被雇用和赚钱的机会。

而那对行为艺术家对青年农民的态度同样发人深思。小说中的“他”一直在男女艺术家的身边等待了整整三天也没能引起他们的注意。对于他们来说，这个活生生的人似乎就只是一个“静物”——而“静物”恰恰是另一部行为艺术作品的名称：一个“疯子”领着120个民工，光着膀子坐在国庆观礼台上，每个人背后立着一面大镜子，这样什么也不干地坐十天，一件艺术作品就完成了。其目的是“叫这个城市的人联想起来这座城市和这些‘静物’的关系”。小说特别暗示创作《宇宙的颜色》的男女艺术家是那个创作《静物》的“疯子”的同事（他们曾经同时出现在城市火车站广场那巨大的屏幕上）。如果不是无意中看到了那件叫《静物》的行为艺术作品，青年农民就不会产生这样的怨恨：“我他妈的才是个‘静物’呢，怎么就没人看看我和这个城市的关系？”但是他怨恨的对象不是别人，而恰恰是行为艺术家，这一结果肯定是《静物》的创作者及其同志所始料未及的。

李锐的身上无疑流淌着来自鲁迅那一代的先驱者的精神血脉，对于“启蒙者”的悲剧命运的关注是他的小说创作的一个重要主题。但是他的思考并没有止于“国民性”这一类抽象的概念，他无疑已经意识到人的精神困境有着更为深刻的原因。在他迄今为止所写下的文字中，悲凉（而且是一种“地久天长”的悲凉！）成为一种基调。《颜色》中的那位女行为艺术家在她同伴临死之前发出“咱们到这儿干什么来啦？咱们为什么非要到这儿来表演……他们哪懂得什么叫颜色，哪懂得什么叫行为艺术，全都是流氓，全都是坏蛋，全都是畜生……”的绝望嘶喊时，她的心中也一定充满了悲凉。但是她的这一声声绝望的嘶喊唤来的只是“车流和人流在暗影下无动于衷地从身旁流过”，“先觉”的“启蒙者”的悲剧命运竟至于此。

意味深长的是，只有当这对男女艺术家结束他们的行为艺术时，他们才引起了周围人的注意。“宇宙的颜色”不能引来观看者的目光，女人近乎裸体的“妖娆”身体却极能吸引人的眼球，年轻女性的“细腰丰乳”在任何时候都是极具吸引力的。男艺术家的死正与此直接相关。为了保护同伴“妖娆”的身体不受来自“流氓”与“坏蛋”的侵犯，他的身体被“吓人地”插上了一把刀子。真正有意义的“行为艺术”只有到这时候才真的开始，他的死亡则宣告这场“行为艺术”的完成。至少对于那个青年农民来说，这件“行为艺术作品”是有价值的，因为“他”最终明白了“真正吸引全世界的”是“眼前这两只晃来晃去的奶子”，“要不然就不会惹出这么大的祸”。艺术家的死亡向青年农民揭示的就是这样一个“真理”。

死亡同样出现于作家的另外一个短篇《寂静》里。与《颜色》中的艺术家不同的是，《寂静》中那个叫满金的男人主动地选择了死亡。读者从一开篇就能感受到那笼罩着整部作品的死亡的气息。令人感到惊奇的是主人公面对死亡时的从容与镇定。死亡的方法、时间及地点都是经过他深思熟虑的。他选择那样一个“寂静”的地方死去，周围没有一个目击者。小说标题的不动声色以及作者叙述的从容与死亡本来应该具有的震慑之间构成了一种巨大的张力。

《寂静》的篇幅比《颜色》还要短小，但是其内涵却比后者要更为厚重，作家在此之前所有关于吕梁山区的书写似乎都构成了这个不过四千多字的短篇的“潜文本”。由于内涵的丰富和作者“欲说还休”的叙述方式，这也是一篇极易引起误读的作品。满金是一个“上访代表”，他代表五人坪村民上访了六年，一直告到北京，也没有告倒那些“当官的”，因此他只能以死抗争——这样一种解读极为顺理成章，也能够在作品中找到许多证据。但是在我看来，这样仅仅从社会政治的层面来解读《寂静》，实在是忽视了作品中那些更为重要的东西，也是对作家的良苦用心的一种忽略。因为，如果满金的死仅仅是对那些不守信用、无故撕毁合同的“当官的”的一种抗争，他完全可以采取另一种更为轰轰烈烈的方式，那样更能引起关注，更可以达成他想达成的目的。他为什么要采取这样一种“寂静”的死法呢？

满金之所以被五人坪的村民推举为“上访代表”，是因为他“参过军，见过大世面，又识字又懂得政策”，这么说来，在小小的五人坪他也可以说是一个“先觉者”了。对于村民的推举他“没有多想就答应下来”，这说明他自愿地承担起了他理应担负的责任。从此他开始了长达六年的上访。为了完成使命，不仅他自己买的那辆农用车跑得“散了架”，而且连“家里的牛羊都卖了”，这种牺牲精神似乎胜过了那对在大都市的地铁站门口从事表演的行为艺术家。从某种意义上来说，他也要比那对行为艺术家更为幸运，因为他的身后站着五人坪以及古老峪、矮人坪、东沟、南柳的村民，虽然他们比他还要弱小无力，至少他不是在进行一场孤身一人的战斗。他是一个“代表”，是一个领导者，他带领着群众进行着一场正义的和目的明确的战斗。虽然力量悬殊，可也并非没有最终获得胜利的可能。他在自己的壮年时期主动地选择死亡，并非他对于自己所从事的事业彻底失去信心。

我把《寂静》看作是作家李锐追求“达到对于日益深刻化的自我的表达”的一种努力。《寂静》也是作家一次发自内心深处的“自己的歌哭”，只是这样的一次“生命的歌哭”并非一种纯粹的情感的宣泄，而是其中大有深意存焉。联想起作家自20世纪80年代以来在艺术上和精神上的独特追求，我们说可以从满金这个人物身上看到李锐的某些影子就不是一种毫无根据的妄加猜测。如果用类似“抗争”这样的主题来解释满金的死，还是把李锐笔下的这个人物看得太过简单了。李锐在这篇作品里想表现的并不是一种概念化的自我，而是另外一种更加“深刻化的自我”。无论作家的笔下描写的是现代都市还是吕梁山区，无论作家在“话说当年”还是“目击现场”，其目的都是描绘和刻画出人的丰富和深刻。

也许在李锐看来，对于人的简单化的理解永远是真正的艺术的大敌。重提这样的问题对于当今的汉语写作并非没有意义。我们曾经企图用一种观念来阐释人，这自然是对人的一种过于简单的理解，现在我们已经在试图“复杂”地理解人，但在这样做的时候却可能仅仅止于用更多种观念来阐释人，这其实仍然是对人的一种简单的理解，因为即使把人类迄今为止所有的观念全部加起来，也无法达到对于人的丰富与深刻的表达。《颜色》与《寂静》正是拒绝着这样那样的对人的简化，而试图在对人的丰富与深刻的表现中传达出作家“深刻的人道精神与思接千载的慈悲情怀”。

所以，尽管关注“启蒙者”的悲剧命运是李锐小说创作的一个重要主题，但仅仅用这一主题来解读作家的这两部短篇新作还是显得有些过于简略。《颜色》中的“启蒙者”（那对男女行为艺术家）与周围的“庸众”之间确实存在着一种紧张关系，但是造成“启蒙者”悲剧的却并不只是“庸众”的愚昧与麻木，“启蒙者”本人也是要为自身的悲剧承担一部分责任的。而到了《寂静》这里，满金与五人坪的村民之间的紧张关系就并不存在——两者之间不仅不存在什么对立，甚至连隔膜与不理解也谈不上。如果从与村民的关系来理解满金的结局，那他的死就几乎是一出“无事的悲剧”；若是从与权势的对立来解释这个人物的死，又不能够充分理解这部作品的意义。

在接受一次关于长篇小说《银城故事》的访谈时，李锐引用了他所推崇的作家史铁生的一句话：“从个人出发去追问人类的普遍困境。”可不可以认为作家在这里是在借着他人之口说出自己的艺术追求的宣言呢？在我看来，这句看上去一点也不高深莫测的话却道出了写作的真正“秘密”。而我们所常常看到的一些写作却总是从某种（或一些）观念出发，这样的观念可能是非常“先锋”和无比“先进”的，遗憾的是它们却怎么也不能抵达读者的心灵。而“从个人出发”的题中应有之义则是在写作的过程中必须把写作者的自我放进去，勇敢地和毫无保留地将内心深处最隐秘的角落呈现在他人面前，这样的勇气似乎非常人所能够具备。但是没有这种勇气的写作者怎么能够企望自己能抵达他人的心灵呢？我们的写作之所以缺乏震撼人心的力量，其根本原因或在于此。

如果我们不努力进入满金这个人物的内心世界，那么所有对《寂静》的理解可能都是南辕北辙的。小说中多次出现诸如“累”“疲惫”“苍老”这样的字眼，这已经暗示我们不能仅仅从社会政治的层面来理解这部作品。作为一名“上访代表”，满金对于自己的使命可说是竭尽全力，但是他临死前的行为似乎就是为了挣脱“上访代表”这一角色对于自己的束缚。直接导致他决定走向死亡的并不是上访的失效，而是老伴春香的死。他的死确实是寂寞的，但这种寂寞并不完全是“先驱者”无人理解的孤独。他念念不忘那棵老核桃树，他独自一人走向寂静的树林深处，他在死前还担心自己的眼睛被乌鸦啄食，这种种行为，岂是“上访代表”这样的角色定位所可以解释的？显然，在这部作品中作家完全没有被“先驱/大众”这样二元对立的概念束缚住，而是已经进入了笔下的这一人物的心灵深处。我们不难读出这个人物临死之前心中的疲惫与沧桑，无奈与悲凉，怆然与绝望，这正是他所遭遇的一切不平与屈辱，一切苦难与坎坷，一切痛苦与不幸，总之是他的全部生命过程的一个必然结果。

从某种意义上说，所有的个体生命都生活于“宏大的历史”之外。不断地穿梭往还于“历史”与“现实”之间，怀着深刻的人道精神与悲天悯人之心，写下对于人类精神困境的体察以及人类试图战胜这种困境的永无止息的努力，正是作家李锐在艺术上的勃勃雄心。

原载《上海文学》2004年第2期

敞开与囚禁：艰难的自我抒写

——李锐创作心理初探

李丹梦

一

阅读李锐一直伴随着一种深深的困惑。表面看来，这是一个很理性、克制的作家，其表现在《银城故事》里达到了极致：人工雕琢的痕迹被小心翼翼地抹掉，叙述人仿佛置身事外，冷眼旁观尘世悲哀，听凭历史自然地呈现。然而又是这个李锐，写出了《无风之树》《万里无云》，那种话语倾泻的淋漓畅快让他体验到了"叙述即是一切"的自由与快感，活脱脱地仿佛一个抒情诗人。由此，给人的感觉是仿佛有两个李锐，或者说有两种人格特质在李锐身上纠缠：冷静与缠绵，叙述与抒情。前者弱化乃至敉平自我，后者则趋向展示、敞开自我，尽管常常是以一种"王顾左右而言他"的方式迂回进行的。此种矛盾构成了本篇的论述起点，在我看来亦是理解李锐的关键。

提及李锐，一般都要追溯到他的《厚土》系列，仿佛《厚土》便是作家李锐的创作起点似的。这一方面是由于《厚土》获了奖，影响大；另一方面亦是评论者天然对思想"内涵"的看重、敏感使然。很少有人从文本的角度对此深入探讨。以今天的眼光来看，《厚土》至多算是不错的短篇，那流淌于字里行间的精致修辞、频繁的景物渲染，显示出暗中控制的意向，或者说是“做”的痕迹，以致文本带上了生硬的局促之感。我以为这亦是李锐放弃《厚土》的创作路数、另辟他径的主要原因。对此，本篇下文将会有展开性的论述。为了看清李锐的创作脉络和风格的转变历程，我们不妨将目光推得远一点，来看看那部不大为人说道的中篇《红房子》。

这是一篇追忆童年的小说。引发我注意它的，并非李锐后来一再提及的关于文体的探索与创新，事实上，《红房子》也的确没有在此方面提供任何新鲜的质料，它朴素得几乎不值得评说。但恰恰是这种朴素，显露出情感的笃实与自然。较之于作者后来技巧日渐高超、情感也趋于内敛的小说而言，《红房子》中那抒情的基调以及叙述的姿态，在我看来对李锐是具有一种恒久的影响的。其余波会在作品的字里行间不自主地弥漫、荡漾开来，仿佛是一个习惯的手势、动作，抑或类似于心灵惯性的东西。

这首先是源于此篇所涉及的内容——童年的经验，它对于一个人的心理倾向和特点的形成是至为关键的。这一点已为绝大多数的心理学家所首肯，李锐亦不例外。而且，重要的是，《红房子》是李锐的小说中唯一一篇彻头彻尾的以第一人称——“我”来结构的小说。与《无风之树》中基于形式的考虑，而大量出现“我”不同，这里的“我”是具有浓郁的自传色彩的。李锐在一篇名为《难题》的散文中写道：“在我写的所有小说中，女儿只喜欢《红房子》。”（能让孩子喜欢，进一步说明《红房子》中情感的真切和少有伪饰）到了北京后，女儿还要找红房子，以至父亲不得不告诉她：“咱们家早就搬家了，红房子在郊区。”这证实了红房子确有其处。而且，对女儿将文中的小男孩与眼前的老爸爸视为同一人，李锐也并未予以否认。这或多或少地说明了《红房子》的自传性质。此外，文中还有大量真实事迹的暗示和点缀，诸如：

“我怎么也弄不懂什么叫郊区。郊区……干吗叫郊区呀？我们不，我们这些同年龄的孩子把自己住的地方叫红房子。”（“郊区”与《难题》中提供的关于红房子的信息相符）“现在自己也已有了孩子，可不知什么时候被突然触发了，热辣辣的东西仍会在眼眶里涌动……母亲已经永远地去了，命运所赐给每个人的那个热烘烘的怀抱，竟如此久远地温暖着我的心。”

在此，我并非想做一番较真的实际考证，指出《红房子》的自传色彩，是为了更好地理解和思考文中的“我”，这个李锐轻易不肯释放的人称代词。事实上，李锐后来的创作中或多或少都有自我经历的渗透，但却清一色地用了第三人称。这里除了叙述上的考虑之外，我以为还有更深层的心理因素在产生作用。简单地说，这涉及了李锐内心的禁忌与创痛，以致他无法在文中与“我”直面相对，而不自主地采取了“他”的回避。

法国的菲力浦·勒热讷曾在《自传契约》一书中，对自传体小说作者的心理作了深入、细致的分析。他指出，作者在讲述故事的同时，时刻预测着读者挑剔的目光（“人们会说……”），因此，他首先便要试图避免“可能遭到的虚荣和自尊的指责与伤害”。[①]而自传作者敞开自我的唯一乐趣，就是“再现过去所带来的快乐，因为承认这一点，于己、于读者都不会感到有任何不妥”。[②]事实上，菲力浦所道出的心理秘密完全可以扩延至一般的创作者，而非仅仅局限于自传人。因为从最终的结果而言，创作本身是介于作者与读者之间的交际行为，任何作者都会在意自己在作品中流露出的自我形象，虽然常常是下意识地。这对于敏感、内向之人尤其如此。他会有意调整自己的叙述语调和姿态，或者干脆抹去文中“我”的痕迹。以此，我们来反观李锐的小说，或许会有一种新的感受。我们知道，李锐曾是老三届中的一员，有着长达6年的上山下乡经历。这对于当时年仅19岁的李锐来说，无论如何是一场灾难。父母双亡，自己“懵懵懂懂地被命运扔进大山里”[③]，其间的压抑、落寞乃至屈辱

① ［法］菲力浦·勒热讷：《自传契约》，生活·读书·新知三联书店2001年版，第78页。

② ［法］菲力浦·勒热讷：《自传契约》，生活·读书·新知三联书店2001年版，第78页。

③ 引自李锐的散文《海》。

不难想象。于此，落下了李锐的一段心结，它直接激发了李锐后来的创作（他不断地写到“文革”、写到知青便是证明）。问题在于，当李锐在作品中表露此种心绪时，势必要触及当年难堪的往事，包括自身的、家庭的、亲友的，方方面面，错综纠缠。这于写作者而言，实在是一种两难：一方面，心结需要抒发，单纯的虚构无法满足，文本总要涉及自我才好；另一方面，凡是难堪之事都带有隐私的味道，实在没有必要拿出来“展览”。对李锐来说，他尤其不愿在读者眼中成为一个倾倒苦水的可怜虫，于是，虚构和掩饰又成了必然。阅读他的小说，时时能感到一种理性的、优雅的“矜持”。开合都不大，字句很是考究，但总觉得在主题开掘的力度上欠缺了些。这难道和他的两难心理不无关系吗？

如果我们承认这一点，便可明白为什么李锐能够坦然地在《红房子》中以“我”示人了。那是因为，红房子曾是我的“乐土”。没有负面、消极的情绪，今日之“我”（作者）对昔日之“我”（人物）充满认同，想来读者亦是如此。这种松弛的心态使《红房子》明显带上了散文化的特征，亦流露出作者本真的性格特质。小说在一种感伤的怀旧基调中缓缓道来：其乐融融的草木世界，温馨的母爱，浓浓的乡情……我们发现，这种抒情的调子贯穿了李锐所有的小说。显然，这源自童年的记忆，造就了一个作家特殊忧郁的语感与腔调。当他如此诉说之时，仿佛又走入了往昔，踏上了回归自我之途。那种失不可得的温暖成了一生的追溯。这也正是为什么李锐在小说中反复吟唱母性、故乡、大自然的原因。他总是不由自主地把女性写得美好、高尚，诸如《旧址》里的李紫痕、《无风之树》中的暖玉等。其中又有多少是源自对早逝母亲的记忆及其影响？可以想见，此种温情的记忆在寂寞的插队岁月里几乎是一种自卫的心理反应，它使年轻的李锐顶受住了空洞与幻灭的袭击。而一旦进入小说创作，这种记忆便演变成了一种对于抒情腔调的固执。那悲凉的、温情脉脉的笔触使小说染上了诗意的色彩，且重要的是，它于人、于己都留下了含蓄的余地，都不撕破面子。这对于前文所述的作者在创作时的两难考虑，亦不失为一种妥善的解决办法。

我把《红房子》看作是李锐创作的开端，除了上述风格、主题的肇始外，还有另外一个重要原因：《红房子》在李锐的小说中设立了一个自我抒写的起点和语境。这是一部未完成的作品，小说中有很多语句都暗示了这一点：

“妈妈哪里晓得，正是在‘文革’中她和父亲冤死之后，我们姊妹九人相依为命，以骨肉联成堤坝同卑鄙和野蛮抗争。可惜，这一切都已无从叫她看到，叫她听见。”

“也许，他不加入到我们当中来，就不会有下面的故事了，然而命运却只要你接受，不存在一丝一毫的也许，即便对待孩子它也是一样。”

这种预示未来悲苦命运的句子使得《红房子》在李锐的小说整体中具有了引子的味道，犹如痛定思痛前的自我平复与喘息。此处点到的“文革”情结是他今后的创作中着重要描述、展开的（后来的事实证明的确如此），而在《红房子》中只是初露端倪。“我”的故事还要延续下去，向着内心的创痛逼近。尽管尴尬、痛楚，还是要进入的。也就是说，李锐的小说中隐含着强烈的自我抒写的意味。虽然算不得严格意义上的自传，但若隐若现地，还是展示了一条寻找自我的轨迹。对李锐而言，创作小说的同时，亦是在追索以往生命的意义，一个自我平衡的过程。只是较之于《红房子》的坦呈自我，后来的作品则是以一种隐蔽、曲折的方式来抒发内心的情愫的。

仿佛是对《红房子》的回答与呼应，李锐随后推出的中篇《运河风》即《红房子》的延续，同样的笔调，只是“我”变作了李京生。其实，这个名字亦带有很强的自我指涉意味，李锐便是在北京出生的，小说叙述了李京生的中学生活，一直到“文革”前夕。这里，可顺便一提的是，李京生这个名字后来在《旧址》《北京有个金太阳》《万里无云》中又出现过，只是面孔越来越模糊了。

《运河风》之后，便是那个引来众多评论的《厚土》系列……

二

"人总是不甘心停留在造化的呈现之中，惊叹错愕之余，总希冀着从那呈现中挣脱出来看看是否有一个自己，却总也挣不脱……那呈现本是给予所有已经死去的，正在死去的和将来必定也要死去的全部生命的报偿。"

这段话引自山东文艺出版社出版的《厚土》后记，名曰《生命的报偿》。在我看来，这"报偿"一词的出现实在是微妙而触目的，它暗示了李锐在小说创作中主体定位上的摆动与转向。此处言及的"主体"并不是指作品里某个具体的人物，亦不完全等同于作者，而毋宁说是一个作者在作品里不断追认的、希望与之趋同的形象感召，是作者、叙述人与人物交织、互动后得出的一个"我"之印象。对李锐而言，写作是一种类似于尼采所讲的"成为自己"的历程。每一部小说，都是在应对、处理自我的某些记忆，从而确立某种关系和身份；也正是这种对于自我形象的选择与建构决定了《厚土》的叙述方式和内容的择定。

阅读《厚土》，首先感受到的是经由《红房子》《运河风》而形成的"我"之经历的断裂。这不单单是一个叙述人称转换的问题。至少从表面看来，《厚土》完全抛弃了"我"的故事，而并非像《运河风》那样，尽管出现了李京生这样一个第三人称，实则却与《红房子》中的"我"一脉相承。它甚至不顾《红房子》中那悲愤的预示，将六年的插队生涯定位作了充满知足、感恩意味的"报偿"。这里隐含着对《红房子》中"我"的悬置与颠覆。显然，李锐已不再满足于前者的狭小格局了。因为如果依照《红房子》的思路发展下去，《厚土》必然是一部关于"我"之受难的小说。这固然有助于释放心结，安抚创痛，却难免流于自怨自艾而格调不高。而且，更为棘手的是，如何在作品中面对当初那个陷入屈辱的"我"？以怎样的笔调、怎样的方式去贴近与呈现那段日子？换言之，主体的位置应该在哪里？对此，李锐一直举棋不定，而单纯的认同显然是不行的。李锐已然认识到，要写好"我"的故事，主体需要某种必要的心理距离，以冷静地面对过去以及写作行为本身。《运河风》中第三人称的出现便基于此种认识。但这样做还远远不够，要真正写出"我"的立体与丰满，不可避免地要对自身进行反思，甚至自剖、自裁。而这样做的代价太大了，它超出了作家的心灵承受程度。在《红房子》中我们可以看出，从一开始，李锐就把自身定格在一个“无辜者”的位置上，是命运打击了“我”，对不起“我”，这种悲痛、“干净”的心态（恕我直言）在一定程度上限制了他对“文革”、对人性的深度反思。也就是说，在李锐的写作伦理中，是少有自剖意识的。而缺少了自剖的切肤之痛，任何带有自传色彩的“我”的苦难叙述都难逃做作与表演的指摘。正是鉴于此种顾虑，李锐在《厚土》中果断地结束了“我”的故事，转而为我们描绘了吕梁山人的群像。但这并不意味着他放弃了对自我的抒写，本节开始的引文清楚地表明了这一点：“总希冀着从那呈现中挣脱出来看看是否有一个自己，却总也挣不脱……”说到底，这“吕梁山印象”是在“我”的目光中得以呈现的。

在阅读《厚土》的过程中，你时时能感觉到一个“异故事”的、潜在发声的主体——“我”，尽管他没有正面地站出来自我描绘，但他的腔调，他的悲悯与洞察已渗进了小说的肌理，以致故事本身反倒像是虚设的东西，一个“我”用来半遮半掩的面具。也正是在这个意义上，《厚土》与《红房子》《运河风》暗暗续上了联系。从写作的时间上看，《厚土》紧接在《运河风》的后面，而“厚土”除了指代吕梁山这一空间，还联系着与李锐紧密纠缠的一段岁月——“文革”，这正是《运河风》的结尾所暗示的李京生即将进入的日子。也就是说，《运河风》戛然而止的时间恰恰是《厚土》的开始。由于写作本身的连续性，写作者的思想和心境不可能骤然间改变，正如伽达默尔所说的，一部文学作品的构思总是依赖于在它之前已经存在的某个文本规范。这样的话，我们是否可以认为：《厚土》是李锐一种变相的自我抒写，只是由于某种难言之隐（这在前文中已然分析过），主体对自我的表达需要以某种隐晦的方式来进行？如果我们从这个角度重新审视《厚土》，便会引出一些截然不同的感受与理解。

《厚土》是由一系列的短篇所构成的。它们不同程度地表现出了对景物描写的偏好，甚至在结尾之处也不由自主地坠入景物描写，仿佛这样才圆满似的。这种由景色煞尾、人在中间活动的封闭的文本结构象征着一个虚构的记忆空间，而它的所指——吕梁山则在这种有意识的强化、叨念中得到了审美的呈现。每一篇小说，每一个故事，都是一次意义的激荡与绽放，最终的结尾则对它们产生重力一般的拉力，赋予其非偶然性的品质。这样，它们就不至于被当成一篇篇被节略的、喋喋不休的对话，一些被随意掐灭的香烟和一堆没有和谐关系的事件。这种结构对于一个在回忆中寻找自我的人来说，显然具有宽慰的作用。它使吕梁山这块贫瘠的土地变成了“我”精神上的“厚土”。相应地，伴随于此的六年的记忆亦被诗意地充盈起来。我以为，这才是作家创作《厚土》的真正动机所在。

如果我们把这一点和《厚土》中那贯彻始终的“目击者”视角，以及那字里行间潜在发声的“我”联系起来看，便会得到一个迥异于小说表面所呈示的隐蔽主题。它既非“民族劣根性批判”，亦无关乎“文化心理积淀”或者“整体心态描述”，《厚土》写的是一个人的成长！它延续了李京生的故事。对应于那个压抑个性的年代，亦考虑到隐私的遮掩，李京生不再对自我多说什么，只是尽可能忠实地记录下他的“所看”。而当这些“所看”从单纯的记忆化为精神的血肉时，李京生便长大了。从小说透露出的知识分子腔调中，我们可以感觉到，李京生成熟了，他已告别了那个顾影自怜的、纯粹感伤的阶段。

“两人笑起来，笑得很开心。想不到一番闲话竟引出如此惬意的境界来。若不是这么说出来，甚或连他们自己也不会料到，在自己的心底里竟藏了如此奢侈的妄想。”

“这一句，比骂比打都有效，他那男人的热情和自信顿时被全部扫荡干净，猥琐、自卑地垂下头去。”

这类精致的过渡在《厚土》中俯拾皆是。从“惬意”“奢侈”“猥琐”之类文绉绉的形容词来看，它们不可能出自淳朴的山民之口，而只能来自那个潜在的发声者——“我”。他将一次对话或一种想法进行总结，而不把这些作为直接引语或内视角让我们进入，我们听到的是一个超然于故事之上的层层转述的声音。他在评价、判断，显示出洞悉一切的睿智与优越。而与其说他在“辅佐”着故事趋于完善，不如说故事只是一个幌子，是他手中供其表演的一个道具。我发现自己很难进入《厚土》的故事，却不自主地陷入了对这种转述声音的迷恋与困惑：显然，这类句子中断了故事的自在发展，强行赋予其意义的暗示与引导。虽然这可以促人深思并有可能起到画龙点睛之效，但总体而言，它破坏了文本的整体性与神秘感，使得内涵趋于直露。也就是说，从故事本身的发展而言，这类句子是可有可无的，我们完全可以去掉它们而无损于故事的完整，但李锐却表现出了对这类句子的极大偏爱。这是为什么？是什么原因让他甘冒如此风险？他似乎对故事毫无信任感，而一定要出面干涉。这难道仅仅是出于叙述的便利需要？或者，这对于他另有意义？我以为，这只能从小说潜藏的成长主题上得以解释：由于这类句子蕴含了“我”的个性与思考，因此，它不可缺少。说到底，它是“我”的语言，是“我”成熟的标志。而作者又怎能抑制一个青年表达自我的愿望？事实上，这也是他潜在的目的，类似于一种无意识的自觉表达。结果，他以故事的碎裂换来了主体人格的统一、拓展与提升。

《厚土》的后记进一步让我强化了这种感觉：既然苦难变成了“生命的报偿”，这说明主体已超越了昔日那个耿耿于怀的“我”，他变得豁达而洒脱。对于李锐而言，尽管创作不能消除、抹去生命中曾遭遇的苦难，但它可以使苦难变得予以理解，使其合乎意义的轨道。而小说是一个生产意义的东西，有了意义的“报偿”，人便可坦然回首，“不因虚度年华而悔恨，也不因碌碌无为而羞耻”了。换句话说，创作使作家改变了自我，成就了自我。在《厚土》中，始终贯彻着一个对自我身份澄清与深化的诉求，而最终，收获的是一个成熟的知识分子形象。由此，李锐延续了自《红房子》开始的自我抒写，并以其冷峻、自尊的姿态初步回应了《红房子》中点到的“文革”情结。尽管未作任何正面的答复，但至少为正视昔日的隐痛酝酿了自信和力量。而我以为，这才是《厚土》给予李锐的真正“报偿”。换言之，《厚土》为李锐摆脱知青式的自卑、自悯出了一份力。它在不危及李锐的写作伦理、不触痛他的内心禁忌的情况下写出、完成了《红房子》中“我”的成长，从而实现了主体人格的飞跃。

三

从《厚土》的分析、解读中我们发现，小说中的故事（叙述）与自我抒写（抒情）是割裂开的，两者行走在不同的语境。一方面，抒写内心情结的愿望一直难以割舍；另一方面，故事也要延续下去。如此一来，小说成了叙述与抒情相互劫夺与碰撞的产物，而这在客观上对双方都造成了“损耗”。正如英国的马克·柯里所说：“要想使自我意识以叙事的形式出现，它就得在叙事的那一刻放弃自我意识……当我们在叙事行为中意识到了我们是在自我表现或改变自我时，这种表现与改变是以叙事的陈述力（constative force）为代价的。”[①]马克·柯里说得非常坚定，他甚至把小说视为“自我意识与撒谎处于相同逻辑地位”的统一体。那么，真的没有办法让自我书写自然地融于故事，让叙述与抒情完美结合，不分彼此吗？这难道仅仅是小说创作的奢望？

李锐显然是不甘于此的。上文已然说到，在《厚土》中，作家已在尝试着在故事中抒写内心潜藏已久的“文革”情结，但表述得极其隐晦，以致给人的感觉是，他企图为自己保留一部分秘密，但又觉得意犹未尽。否则，他不会断然中止《厚土》的写作路子，全身心地投入新的文体实验。用他自己的话来说：“我之所以总是不满意……就是因为我不愿意冷漠地隔绝了对人的渴望与表达，就是因为我渴望着这一切都变成一种内在的喷涌和流淌。”[②]文体实验是为了“获得更大的叙述自由，从而获得更强烈、更丰富也更深刻的自我体验的表达”[③]。可见，《厚土》中那压抑自我的叙述、隔靴搔痒的抒情已不再能满足李锐了。当他愈是深地进入小说世界，愈是要螺旋式地向重新发现自我归溯。为此，他需要一种更为切近的、痛快的、直指人心的表达。抒情的火焰越燃越旺了。而这一切一直到了《无风之树》，方才得以宣泄。在进入这部作品前，我们不妨依照李锐写作的前后顺序，先来看看他在《厚土》之后推出的第一部长篇《旧址》。

---

① ［英］马克·柯里：《后现代叙事理论》，北京大学出版社2003年版，第146页。

② 李锐：《重新叙述的故事》，《无风之树》后记，山东文艺出版社2002年版。

③ 李锐：《重新叙述的故事》，《无风之树》后记，山东文艺出版社2002年版。

在《旧址》里，李锐构筑了一个以九思堂堂主李乃敬为首的李氏大家族的千年兴衰史。这里出现了一个熟悉的名字——李京生——《红房子》的续篇《运河风》里的主人公。虽然在《旧址》里，李京生只是一个次要的、无足轻重的人物，甚至没有什么个性可言，但作为李氏家族的最后遗脉，李京生却是家族没落的承受者。他在小说的首尾两度出现，对于文本结构上的作用不容忽视。正是李京生，使得《旧址》的故事得以圆满了结。

> “二十年以后银城人怎么也无法认定六姑婆确切的死亡时间……在这之前，六姑婆领养回家的那个孩子之生和她的丈夫冬哥都已先后死了。‘文化大革命’银城死的人太多，那时候没人注意谁是什么时间死的，反正六姑婆一家人死光之后，在双牌坊这幢大宅院里，九思堂李家的人才算是一个也不剩了。”

这是《旧址》最后一章的开头。“二十年以后”“一个也不剩”这类语句颇有些尘埃落定的味道，而“六姑婆”指的是文中的传奇女性，李乃敬的胞妹李紫痕。从“六姑婆”的称呼来看，应该是出自李京生之口，也就是说，李京生乃是潜在的叙述者。而此前的几章中那个全知全能的叙述人不过是李京生的假托。因为唯有李京生，才会对李氏家族的没落感慨万千。而且，他对李家知根知底，这也与文中那个无所不知的神秘叙述人相符。此外，既然李家的人“一个也不剩了”，那么，只有通过幸存的李京生之口，《旧址》的故事才会得以产生、流传。如此，李锐又回到了他所擅长的私人叙述上。用他自己的话来说，《旧址》是一场“和祖先与亲人的对话”。“我知道那一切都是假的。我知道那一切都是真的。”“那难以言说的一切，成为我小说的基本内核，成为我倾诉自己的动力。”“我的小说不想对社会是非做判断……我一意孤行地走进情感的历史，走进内心的历史，在其中，我徜徉徘徊，长歌当哭，我以我的文字组成我的小说，我又被我的文字组成血肉难分的真实的自我。”[①]

---

① 李锐：《旧址》，山东文艺出版社2002年版。

由这一连串的表白我们可以看出，与《厚土》一样，李锐在《旧址》里依然继续着寻找自我、建构自我的主题。如果说《厚土》着力于自我身份之塑造，那么《旧址》则是在此基础上将“我”置于家族的历史中予以定位。于是，“我”在知识、情感的坐标图上均有了自己的“地位”，这为李锐正面他的“文革”情结作了进一步有力的铺垫。

我注意到，在《旧址》里，李锐已尝试着把故事与自我抒写统一起来，而这是通过向《红房子》系列的回归实现的。无论是其中温婉、抒情的笔调，还是就其塑造的女性神话——李紫痕身上所体现出的母性、亲情的主题，我们都能瞥见早先《红房子》的影子。也就是说，通过加入自传性的成分，故事与“我”的距离拉近了，“我”之抒情色彩被加强。由于故事涉及“我”的家族，也即“我”的故事，因此可用同一套语言统摄两者。由此，叙述与抒情得到了初步的融合，但问题并没有完全解决。由于此种方式隐含着对选材的局限，又造成了新的障碍。因为人总不能写一辈子《红房子》，写一辈子自己，对于李锐这样隐私意识极强的作家尤其如此。如果按照《旧址》的方式走下去，则意味着李锐的“文革”情结根本无法予以表现了，而这显然是不行的。

继《旧址》之后，李锐推出了“行走的群山”系列，包括《黑白》和《北京有个金太阳》两个中篇，后者后来成了长篇《万里无云》的原型。惹人注目的是，与李锐前期的作品不同，“行走的群山”系列把“文革”从原来较为模糊的背景中凸现出来，且主人公是与李锐密切相关的知青。李锐终于正面写到了他的“文革”情结！我们看到，走到这一步对于李锐而言是多么艰难。从《红房子》，到《厚土》，再到《旧址》，对于“文革”，李锐一直在有意无意地加以回避。这一点，我在第一节中已有所论及。由于牵涉到隐秘的往事，更由于拿不准用何种笔触在作品中面对自我，在相当长的一段时间里，李锐对“文革”的写作顾虑重重。在他的意识里，一直存在着“作者/读者”的对立模式，而作者则处于读者众目睽睽的目光中。这种“被看”的心理一直压迫、局限着李锐，使得他在创作小说时首先考虑的不是故事，也不是抒情，而是一种与自我的关系，是文本中所流露出的“我”之身份与形象。他绝不会把“我”逼至死角拷问，而总是不由自主地保护着“我”不受伤害。对此，我并无褒贬之意，只是客观地写下我的阅读感受。我认为这种心理在当代作家中具有相当的普遍性，了解这一点对于我们深入理解作品是有益的。这种心理的存在，使得自我抒写成了一项颇具挑战与智慧的工程。而让我关注和思考的，是这种自我抒写能否在小说中贯彻下去。它能走多远？又是以怎样的形式完成的？我在本篇中不厌其烦地解读李锐的作品，也无非是想梳理出其中的心灵脉络。我发现，李锐对此的解决方式是极有个性和启发意义的。

由于第一次正面触及“文革”，“行走的群山”写得甚是拘谨，小说满足于过程的交代，让人回味的东西不多。它们沿用了《厚土》的语调，主体与人物刻意保持着距离。结果，作者的“文革”情结不但未得以抒发，反而遭到了抑制。这种情形对于李锐而言委实有些尴尬：明明写到了“文革”，却依旧束手束脚，无法抒写自身。此时，他迫切需要找到一种既能释放情怀，又无损形象的表达方式。于是，便有了《无风之树》《万里无云》这样的作品。

四

如果按照写作的时间顺序将李锐的小说一路读来，你会发觉，《无风之树》《万里无云》的出现是极其自然的。这是作者在长期压抑自我情感（确切地说是“文革”情结）后的总爆发。我把《无风之树》与《万里无云》并置，是因为两者的写作手法极为相近，又在创作的时间上前后相续。而我在论述的过程中，可能会兼涉两者。事实上，我也的确是把这两部长篇视为一个系列的。

前文曾经讲过，“文革”情结一直是李锐内心的隐痛，而当他试图将这种心结投射、转移至小说中时，由于面子和自尊的阻碍，投射或不彻底，或根本就是无功而返。根据分析心理学的理论，当情绪转移失败时，它并不会烟消云散；它的强度，或者说一种相应的能量，将在另一处显现出来。诸如另一种关系，或者另外的心态。在《无风之树》中，李锐终于找到了释放心结的隐秘渠道。

对于这部作品，很多论者都注意到了文本中那多个第一人称的叙述方式。

他们大都将其定性为一种叙述技巧，很少有人考虑到这种方式对于写作者本人的意义。对此，李锐坦言他借鉴了福克纳的《喧哗与骚动》，而事实上，《无风之树》远比《喧哗与骚动》更为复杂。全书除了苦根儿外，但凡有生命的和有灵魂的都用了第一人称。形形色色的人物尽管性格各异，但在倾诉自身这一点上却是共通的。哪怕平时少言寡语的人物（如拐叔），其思绪也在内心的独白中如竹筒倒豆，和盘托出。这种叙述方式使我们直接走进了人物的心灵世界，倾听心灵的战栗与呼喊。但由于独白中语言节奏的单一，造成了人物形象的趋同。而李锐似乎根本没有意识到这一点，他越写越激动，越写越不知身在何处。这是为什么呢?

我们发现，在《无风之树》的前几章，尚能看出作者在故事上的暗中经营与布置：人物的独白相互交叉、覆盖、补充，缓缓推动着故事的前进。而在拐叔死后，这种信息间的补充、丰富便逐渐消失了。独白徒留形式，其内容不仅无助于推动叙述的脚步，反而使故事趋于停滞，唯有情感在延宕、回响。这便是李锐所要的效果吗？为什么他会在此间感受到“内在的喷涌和流淌”？对此，我们需要将目光暂且从独白的内容上移开一下，而直接关注、思考独白这一行为本身所具有的意义。所谓独白，是一个心灵倾吐、展现的过程，是由隐到显的呈示。也就是说，在独白自身中，便预设、藏匿着宣泄情感的渠道。而李锐之所以在《无风之树》中以众多的“我”来谋篇布局，是因为自我抒情是结构小说的潜在目标。文中那一个个的“我”，以及那接二连三的独白背后，乃是一个渴望倾诉的主体。

较之于李锐以前的作品，这里存在着一个根本性的变革：主体的自我意识不再以他人为异己，不再像《厚土》那样，以压抑别人来显示自身。在此，他意识到，自我意识只有在一个别的自我意识里才能获得它的满足；只有成全他人之“说”、之“想”，才能实现自我。这为心结的转移提供了基础。既然“我”与他人不再区分彼此，便可共用一套语汇，借他人之语来表达自我。如此，叙述与抒情、故事与自我抒写的界限便可彻底打破了。正如李锐在《无风之树》的后记中所表述的那样：“这是一个关于我的故事。这是一个关于中国人的故事。最后，也最重要的，这是一个关于人的故事。”

曾有论者指出：从《厚土》到《无风之树》，李锐小说叙事人的文化身份经历了从冷漠的“观察者”到热切的“体验者”的迁移。我以为这固然不错，但却是要以情结的成功投射为前提的。在《无风之树》中，我们又见到了久别的人称代词——“我”。一贯谨慎、对自己讳莫如深的李锐之所以能在此心态松弛地使用“我”，是因为“我”在文中指代的是矮人坪村的一个个瘤拐，他相信读者绝对不会把这个“我”与他本人混同起来。这是抒情的前提。对于李锐而言，自我抒写总是羞答答的，需要一层掩饰。只有这样，主体才能进入人物的内心。然后，在一种类似同情机制的心理作用下，视他人为“我”，在瘤拐们信天游般的独白中，体验情感对理智、意图的凌驾与僭越。这种情绪显然是富于感染的。我们看到，李锐居然放弃了多年以来的简洁风格，甚至不惜语意重复、啰唆。可以感觉得出，主体和瘤拐们都被那种“不由自主”“无法自制”的精神状态捉住了，他们在分享、交流、迷醉。而对于主体而言，这恰恰是在对内心情结“去抑”。虽然主体心结与瘤拐们的胸中郁结，其所指完全不同，但都有着外向、喷发的结构。表面看来，主体在热切地体验着人物的心思，成全着人物的倾诉，而潜在的事实却是：瘤拐们成了主体情绪投射、转移的容器。

为了进一步说明这一点，我们尚需回到文本。我们发现，瘤拐们的独白一直在一种亢奋的情绪中持续。将它们的起因归结为拐叔之死（小说在情节设置上如此），多少有些牵强。因为在此前的叙述中我们感觉不到拐叔与村人有多少密切的关系，更谈不上有任何威望可言。那么，按照正常的推断，拐叔之死在村人内心引发的波澜不应该如此经久不息，而之所以出现这种反复的咏叹与叨念只能源于主体的愿望。他需要一种激越的表达，这是主体在遭到层层遮蔽后仅存的东西。换言之，在《无风之树》里，主体是作为一种激情在瘤拐们的话语中进行自我陈述的。为此，他甚至无暇顾及如此长久亢奋的独白所导致的单调是否会引发读者的倦怠心理（事实上，这种感觉确已产生），而完全陷入内心情结解禁后的话语享乐之中。

但是，这种沉醉、放松的心态到了苦根儿身上就收敛许多了。首先是第一人称“我”变作了“他”，这在小说中造成了极大的对立与不协调。虽然叙述者在苦根儿身上依旧延续了瘤拐式的自我倾诉的笔调，但总觉得漂浮了些。那一览无余的叙述非但没有让心灵呈现，反而化作了僵硬的脸谱一般的东西，拒绝我们深入。这是为什么呢？在《无风之树》后的《万里无云》中，李锐对主人公张仲银的塑造出现了同样的问题：语言在敞开中遮蔽了实质，折损了人物之所以是这样而不是那样的深层意味及可能的剖露力度。我们发现，苦根儿与张仲银都是知青，而此前的《黑白》与《北京有个金太阳》写的也是知青，且同样显得隔膜。为什么这种情况在李锐身上会反复出现？而且总是在知青人物身上显露出来？这难道仅仅是巧合，抑或另有原因？

对此，我想如果局限于文本内部是难以解答的，因为它明显涉及了作者的内在心理与前创作阶段。这提示我们不能老是在“写得怎样”上纠缠不休，而必须追问：“为什么这样写？”本篇即在进行这样一种尝试。我发现自己进入了一个文本与主体交融、互动的批评视野。在对主体的心灵探寻过程中，我坚持着从文本出发的原则，所引用的资料亦是作者亲身的所言、所写。但即便如此，推测的成分亦在所难免。考虑到最终的目的还是回到文本，以便更深刻地理解李锐的小说，我有理由请人们谅解。

从李锐的经历来看，他在创作中对知青的偏爱不是偶然的，因为他自己就是知青，六年的知青生涯在李锐的记忆中是不可磨灭的。当在《无风之树》的第一章读到苦根儿的内心独白——“你们怎么能理解六年的时间到底有多长？你们怎么能理解我？”时，你会自然地想到李锐。此时，话语的施动主体仿佛有两个人：叙述语境中的苦根儿与潜在的发声者李锐，两者出现了交叉与重叠。但这种感觉立刻便被那个冰冷的指示代词——“他”否定了。“他”的出现隐含着一种无声的宣告：“苦根儿不是我。”我们发现，在自我抒写中，对代词“我”的闪避几乎成了李锐一种本能的反应，或者说，是自卫的措施。于是，在《无风之树》中出现了一种微妙的反差与悖论：对于创作者一方而言，在瘤拐之类明明是属于异己的“他者”身上，却自然、亲和地使用了“我”；而对苦根儿这个明显与自己接近、类似的人，却反而用了生分的第三人称。这多少有些刻意的举措再一次证实了我在第一节中所讲到的李锐的两难心理，即自我描写中的囚禁与敞开的冲突。就《无风之树》而言，有些时候，你完全可以感觉到，这“他”与“我”的区分与隔离是如此脆弱和勉强。

> “无边的黑暗裹着一股逼人的阴气从窗缝和门缝挤进来。因为没有灯罩挡着风，那一朵昏黄的火苗就晃个不停。灯光把身影放得很大，很斜，火苗一晃，凹凸不平的墙壁上，就有一个斜长的黑东西摇摇晃晃地朝自己走过来。他（指苦根儿）就不由得抬起头，看着那个走过来的影子。”①

这是苦根儿为拐叔守灵的一段描述。我们发现，其中存在着一个极大的矛盾：既然影子是无声无息的，那么它何以惊动苦根儿，使他抬头注视？这“不由得”三字从何而来？由于苦根儿一开始是低着头的，那么之前的景物描写便无从在其眼中展开了。换言之，从故事本身的发展来看，这类景物描写缺少其发生条件：没有人对它们感兴趣。它们是硬凑进故事的，是“异质”的。由此，我们可以判断：这景物描写乃是出自那个明察秋毫的主体之口的。是他在精描细绘，以期回到当初下放时的情境；也只有他，才能在微弱的灯光下“看”出墙壁的“凹凸不平”，才能在苦根儿抬头之前首先“看”到那个摇摇晃晃的影子。但这里又出现了一个费解的代词：“自己。”从创作者的意图来看，这“自己”应该是指苦根儿的。然而，由于“自己”在文中的位置出现在苦根抬头之前，从逻辑的推断来看，苦根儿是来不及将影子指认为“自己”的，它只能是主体的自认。又是这个主体，让苦根儿“不由得抬起头”。于是，主体的影子走向苦根儿，苦根儿、主体在与“自己”的相互辨认中重合了。或许有人会讲，这只是李锐创作中的一时疏忽。但我以为，这疏忽中隐含着某种真情流露的必然。由于同是知青，作者在写苦根儿时，看到了自己的影子。这种自我的影子是他竭力排遣，却又无法排除的。也正是由于这层关系的存在，使得李锐在描述苦根儿、张仲银之类人物时，显露出了局促之感。与在瘤拐话语中的热切体验不同，苦根儿、张仲银的独白似乎只是一种叙述、修辞的策略。它们在断然的肯定与否定之中，掩盖了人物内心世界的很大一部分内容。

① 李锐：《无风之树》，山东文艺出版社2002年版，第144页。

> “苦根儿想，那是影子，影子就是影子，影子不是我，影子是不会吃东西的……我要死得其所，我要重于泰山，我绝不会自己拿一根绳子把自己勒死，我的生命不是我自己一个人的，是党的，是革命的，是毛主席的，是我爸的。”
>
> “我把碑文抄在笔记本上，和它每天相望。我把历史变成现实，我把石头变成思想，我不认识这个张师中，就像他不认识我一样，就像我不认识中央委员邢燕子，我不认识瓦尔瓦拉·瓦西里耶芙娜一样……我们才是世世代代呢。我们才是石头，我们才是历史。我们才是世世代代的张师中。”

上述两段随手的摘录分别出自苦根儿和张仲银的独白。我们发觉，两人的口气如出一辙。李锐似乎是想以这种方式来绽裂狂热的理想主义与英雄主义的荒谬所在：过分强调牺牲的意义，或者说是牺牲本身，而放逐了生命这第一性的东西。宝贵的生命被外在虚假的英雄主义表演所吞没。但问题在于：这种斩钉截铁的、不容置疑的独白在道出自身的同时，亦阻断了所有深入内心的企图。从这个意义上讲，它不像是内心独白的忠实记录，而更像是经过选择的自我说服与辩护，是人物自我构建的一面之词、一厢情愿。真正的独白要远比它丰富、立体。本来，在自我的内环境中诉说应该要比在当众讲述时放松得多，不用担心暴露内心的矛盾、恐惧与失落。而这些在苦根儿、张仲银的独白中几乎看不到，他们的所想、所说在语气上、表达上毫无区别，人单纯得近乎透明，以致我们完全可以让他们拿着自己的内心独白记录当众演讲。这多少有些损害了人物的真实性。也就是说，从情理的角度而言，苦根儿、张仲银应该不是如此简单思维的。至少，这不是他们思想的全部，上述英雄主义般的表白只是其心理的一个层面。而李锐却纠缠于此，写了苦根儿还不够，又推出了《万里无云》中的张仲银，这是为什么呢？还有，他把苦根儿、张仲银都塑造成了英雄主义思想的受害者，又都写得那么单纯，这是偶然的吗？

我想，这只能从人物背后的自我影子来解释。李锐在一篇名为《无言者的悲哀》的散文中，对杨绛的一段话颇有微词。这段话是针对由红卫兵到插队知青的一代人说的。杨绛说："这使我想到上山下乡后的红卫兵……曾几何时，他们不仅脱去了狼皮，连身上的羊毛也在严冬季节给剃光了。"对此，李锐写道：

> "我被这段话深深地刺痛了，因为我就是那由'狼'变成'羊'的一代人中的一个……我一直在想，一个16岁的少年是在什么样的精神资源的灌输下，是在什么样的社会价值观的引导下……终于'进化'或说'退化'成一只狼的呢？这现在看起来不可思议的事情，当初却是天经地义顺理成章的……有一句话叫作'榜样的力量是无穷的'……一个十几岁的孩子得到这样的鼓励和奖赏，可还有什么可犹豫，可还有什么可害怕，可还有什么可阻挡的吗？他心里所思所想所无限憧憬的，就是什么时候才能让自己得到一个可以证实自己是英雄的机会，什么时候自己才能快点长大，也像一个英雄一样去壮烈地献身——机会终于来了！'伟大领袖毛主席亲自发动和领导的无产阶级"文化大革命"'，是所有孩子成为革命英雄的战场。"

这是李锐的肺腑之言。由此，我们反观《无风之树》《万里无云》，不难发现其中的对应：苦根儿与张仲银便是这样的孩子。苦根儿的榜样是"我爸"，是毛主席，而张仲银的榜样则是邢燕子和瓦西里耶芙娜。在苦根儿、张仲银的背后隐含着主体的自我辩白。正是这种自我辩白心理的潜在驱动，使得李锐把苦根儿与张仲银都塑造成了让人同情的悲剧人物；也正是这种自我辩白的束缚，使得他在记述二人的内心独白时，有所选择，有所保留。他无法深入进去，或者确切地说，他不愿深入下去了。在《无风之树》中，就苦根儿逼死拐叔这一中心事件来看，你感觉不到应有的残酷，语言中透露出的仅仅是纯粹的忧伤，这使得小说在平缓中趋于沉闷。在李锐看来，苦根儿固然对拐叔之死负有责任，但他亦是时代的受害者。李锐不想在苦根儿身上挖掘出任何人性恶的成分，这与他自我抒写中的不自伤原则是相符的。就此，我们不妨再来看看张仲银。其实张的故事早在

《北京有个金太阳》中就已表述完毕，而李锐又将它发展成了《万里无云》。对比两篇小说，你会发现后者较之前者，加入了许多村民的形象，其中引人注意的是一个暗恋张仲银的淳朴女性荷花。她在《万里无云》的第一章便已出现，确切地说，第一章写的就是荷花对张仲银的爱情自白。此种类似于美女爱英雄的安排是很值得深思的，它透露出作者对张仲银的态度与评判。而这进一步坚定了我的看法：在苦根儿与张仲银的背后，存在着主体自我辩白的成分。这种描述知青的基调甚至早在中篇《黑白》中就已奠定。知青黑、白死于真诚的投入，他们不是虚伪之人，更不是披着狼皮的奸恶之徒。

从《红房子》到《万里无云》，一个漫长的历程，李锐终于完成了他的自我抒写。在《无风之树》和《万里无云》中，李锐直面自身，以他特有的方式抒发了压抑许久的“文革”情结。尽管存在诸多不彻底，甚至有意遮蔽的情况，但对于李锐而言，却是已经达到了极限。这实在是由他对自我的敏感心理造成的。而不管怎样，他是试图超越自己的。此外，他在《无风之树》和《万里无云》中也过了一番“抒情瘾”，痛快了一回。由此我想，今后李锐在创作中也许还会写到自我，但倾吐的欲望不大会如此强烈了。

在《万里无云》之后，李锐推出的《银城故事》则基本跳出了自我书写的范畴。主体走进了深远的历史，消失、融化在无微不至的细节之中。由于不再有面对自我的尴尬以及建构自我的急迫，整个《银城故事》写得从容、沉静。节制而不做作，抒情而不甜腻，是近年来难得的优秀长篇。我发现，放弃自我反而拓展了李锐的小说意境，当然或多或少也觉得有点遗憾。从实际的效果来看，这不失为一种明智之举。我以为，这也是李锐在自我抒写到顶点之后，一个必然的转向。此前的作品由于要顾及自我抒写的潜在目的，而多少显得有些僵硬、不自然，甚至顾此失彼。而与其这样，不如索性抛弃自我，去实现小说的纯粹。然而，这也实在是一种理想状态。对于任何一个作家，我以为最终都是无法逃避在作品中面对“我”这一事实的。

原载《上海文学》2004年第2期

李锐“焦虑”的祛魅化分析

杨　矗

李锐不光是山西作家的骨干、主力，也不仅在全国具有重要影响，而且还为国际文坛所关注，有人曾撰文指出：李锐是瑞典著名汉学家看中的少数几个有可能问鼎诺贝尔文学奖的中国作家之一。同时李锐又是一个十分独异的作家，在中国当代作家中具有无人可以替代的独特性。他的独特性一方面同他的真实的“本土中国”“人生”“生存”“语言”等观念有关，另一方面也关涉中国当代文学写作中的一些重大问题，如“主体身份”“理想诉求”“语言和主体的关系”“前现代性、现代性和后现代性焦虑问题”等等。这些问题元素综合交织在一起，形成了李锐小说（或文学）的独特的“焦虑情结”，同时也成就了“李锐式”的独特的小说魅力。而我认为“成也萧何，败也萧何”，正是这独特的“焦虑—魅力”恰恰遮蔽抑或暴露了其小说或文学写作的局限、偏颇和保守性。因此，极有必要对其“焦虑—魅力”进行祛魅化分析。王尧在《李锐论》中指出：“在对中国人生命处境的体察与追问中，李锐叙述了‘历史’之外的人生，并始终怀有深刻的语言焦虑。”[①]这可谓是一种明晰之见，只是还不够深透。一般地说，焦虑源于压力，但细解起来可能有遮蔽、障

① 王尧：《李锐论》，《文学评论》2004年第1期。

碍、断裂、失落、迷茫等不同的原因。布鲁姆把前辈诗人对后辈诗人的遮蔽、限制称为“影响的焦虑”，而在全球化和后殖民文化语境中，身份的确认、文化的认同，或全球化和本土化的价值“背反”则造成了时代性的“价值焦虑”或“选择焦虑”，或亦可概括为“主体性的焦虑”（具体又分为前现代的主体“回归”，现代的主体“反思”，后现代的“间性戏游”）。李锐的“焦虑”则另有异趣，虽在根底上仍未超出“主体焦虑”之场域，虽在表面上同前现代、现代、后现代之“回归”“反思”“间性化”主题都有关联，可视为一种“现代性”的焦虑，主要是由对现代性启蒙话语的反思、清理、批判生成的，但若加细察深究，就会发现在实质上则琵琶别抱，另有意属。而这正是本文需要细加分析、阐明的。从总体上看，李锐的焦虑首先表现为“历史对生存压迫的焦虑”，进入他的文学视野的是中国百多年的近代以来的“革命史”（就其具体文本来看主要是辛亥革命、“文化大革命”等）。在他看来，这是一种理想主义的（乌托邦主义的）、高度政治化的、不断“左化”的、表面的理性偏执而实质的严重非理性和无序化的人的“异化”的历史。它靠一系列“理想—价值”模式和“权利机制”，建构了一个“历史”的王国，但却压抑、扭曲、排斥了人，换言之，漠视和否定了人的“生存”。于是他要使已然被宏大的历史挤压、排斥、放逐、遮蔽，以至被严重边缘化了的人的“生存”敞亮出来，还原一个真实的“本土化中国”，“去打捞和表达这所有的被‘历史’所遗漏的东西，这所有的被遗落在‘历史’之外的人的生命体验”[①]，让真实的“小历史”出场，让千古不变的本真的“自然法则”说话，这看起来颇有点像当年的沈从文，或钟情于话语谱系、边缘档案的后现代思想家福柯等之所志、所为。也就是说，他清楚地认识到已被宏大叙事“正典化”了的“大历史”的虚假性、荒谬性、“否定性价值”、“专制霸权”，他要用自己的文学来拆穿这个堂皇的神话。其基本策略就是揭示和逼问其存在、发展的尴尬困境。

在李锐的第一部长篇小说《旧址》中，他把历史融入家族，虚构了一个

① 李锐：《旷日持久的煎熬》，散文集《不是因为自信》，湖南文艺出版社1998年版，第6页。

号为“九思堂”的李姓大家族，李家的小儿子李乃之后来参加了革命，于新中国成立后成了中华人民共和国的一个部的副部长，结果，革命并没有使他逃脱厄运，他同妻子最后都惨死于“文革”之中。《旧址》就是以李三公的后人，确切地说主要是以对李乃之姐弟几人的命运、经历的长时段的展示，来突出表达历史对生活和人生所造成的正反悖论。最典型的可能要数历史对姐姐李紫痕的戏弄了，因为父母早亡，她为了保护弟妹不为族人所欺，不惜毁容吃斋，留在家里支撑门户；为了保护弟弟，她不管自己是否信仰革命，却毅然参加了党的地下工作；当弟弟被捕要被杀头时，又是她靠智慧和勇敢从军阀杨楚雄的屠刀下救出了弟弟；还是她，不顾个人得失毅然收养了堂兄——新中国成立后被镇压的反革命分子李乃敬的孙子李之生。但天意弄人，历史却执拗地演绎出了与她的愿望相反的发展轨迹，她的毁容吃斋最终并没有给弟妹们带来如愿的好运：妹妹李紫云，明明已有恋人陆凤梧，却不得已嫁给了军阀杨楚雄；弟弟李乃之的那次因她帮助而成功的死里逃生，也成了铸成他一生厄运的根源，最终难逃惨死；那个被她收养的李之生以及后来成为她“丈夫”的李家的下人冬哥也没有因为她的“拯救”而保全性命；她自己也死得十分孤独、凄惨，死后多日无人收尸。命运总是把人引向一个尴尬的与他们的意愿相背反的结局。关于李乃之命运的悖谬性，作品中有这样一段话：“他没有想到1939年12月的那次秘密枪决，竟会这样穷追不舍地纠缠着自己，从银城追到延安，从延安追到北京，现在它又死灰复燃地追上来把自己置于绝境之中。李乃之终生不会忘记，自己面对冰冷阴森的枪口举起手臂高呼口号的那一刻，如果那一次真的牺牲了，自己将倒在纯粹而崇高的理想之中。但是自己却偏偏没有死，偏偏被固执的姐姐救了出来。可固执的姐姐不会想到，九死一生当中逃出来的弟弟终其一生也没能逃出那次秘密枪决的追踪，没能逃出自己家族对于叛逆者的报复。除了自己的口述之外，没有任何人可以证明李乃之的清白。李乃之没有想到，自己舍生忘死一生追求的理想，到头来变成了一件自己永远无法证明的事情。”在作品中，不光李乃之、李紫痕如此，那个为白家香火考虑，设圈套使表妹成为丈夫的姨太太的白杨氏，甚至那个农民赤卫队队长陈狗儿，都一样地深陷矛盾和悖谬的命运陷阱中。李锐在《银城故事·代后记》中说，他后来的银城系列仍然是对历史困境的逼问，历史仍然是“小说隐含的主角”。“无理性的历史对于生命残酷的淹没，让我深深地体会到最有理性的人类所制造出来的最无理性的历史，给人自己所造成的永无解脱的困境。这是一种大悲剧，一种地久天长的悲凉。在用《旧址》做了一次表达之后，我总觉得不满，不够，远远不够……于是，就有了十年之后的《银城故事》”。

《银城故事》写发生在1910年秋天的一次失败的革命暴动——无数次失败的资产阶级革命暴动中的又一次失败的记录。作品写同省城的革命党因败露而不战而败一样，银城的革命也因泄密，让清兵有了防备，赢得了主动。结果，无所畏惧、一心赴死的革命者欧阳朗云，却战胜不了聂芹轩“火边子牛肉”尖刀的“凌迟演示”，最终招供，出卖了组织，出卖了革命。这位越南华侨放弃富裕的家庭和美丽、痴情的日本姑娘而全身心投入革命，到头来却落得个投降、招供，枭首示众的可怜下场。大盐商刘三公的宝贝儿子刘兰亭，留日、兴办新学，眼看就要为人父，家庭事业两兴旺，而他同时又是银城革命的“头头”，他想把这几方面都兼顾起来，而当欧阳朗云打乱了部署，形势变得紧迫而严峻时，他难免在选择革命还是家庭、学校这两者面前有所犹豫。但总指挥和大军未到，若提前暴动，明显是鸡蛋碰石头，最终只好放弃起义，结果因为愧疚而自杀。而刘振武，这位同盟会焦急等待的总指挥，虽率大军如期而至，但已毫无用处，非常被动地落进了一个为自己人所业已铸就的失败的“圈套”，虽重兵在握却也同样只能放弃。最后，又在秘逃途中不期然死于亲兄弟之手。大盐商刘三公，地位显赫，手眼通天，深谋远虑，智慧过人，却不料“在数日之内神秘地痛失两子”。还有同是造反、“革命”的农民起义军，遭遇的敌人竟是刘振武统领的即将起义的部队，而刘振武不是别人，正是农民起义军首领岳天义当年卖给刘三公的那个儿子。结果，同为“义军”，竟同室操戈，而且是父子对战，结果父死子手、弟死兄手、义军死于“义军”之手。这就是困境、悖论，是天意弄人，是有“理性的人”制造了无理性的历史。同样，小说《无风之树》《万里无云》也都是以极“左”的狂想或阶级斗争观念对下层人民以及政治斗争本身所酿成的历史浩劫的展示为基本内容的。

对历史的拆解、批判，李锐往往又是以对生存的有意凸现、护持来实现的，即着意用生存来对抗历史，这也就是所谓的“叙述历史之外的人生”，这也多少有点像当年沈从文之倚重“边缘”的“偏锋走笔”的立文之路。他想着力揭橥这样一个事实：本应一致的历史和生存在实际中却形成两个不同的世界，是两股道、两套法则，历史是狂想的、非理性的、宏大的“政治叙事”；生存则是依自然而生的、受环境限制的、服从生存的“生存叙事”。前者是历史决定论、政治决定论或文化决定论的，从政治的理想看，它是高度理性化的、“法则化”的，但从生存的角度或其政治目的之实现的效果看，它则是严重非理性的；后者则是“自然—生态”决定论、生存决定论或本能决定论的，从文化进步的意义看，它是被动的、宿命的、非理性的，而从生存的目的考虑，它则是理性的、必然的。正是在两者的背反、对立中，李锐发现了一个被一般叙事话语所严重忽略了的“他者”的世界，这就是被他特意打捞、编码而成的《无风之树》中的矮人坪、瘤拐村，《万里无云》中的五人坪，以及《厚土》中的吕梁山脚下的众多的边边角角的“自然村落”。在这些地方正掩藏着一个以生存为法则、为《圣经》的“本土化中国”（或“乡土化中国”）。如在《无风之树》中，李锐首先关注的即生存环境对人的限制，矮人坪人受自然条件的影响，大都患了大骨节病，成为瘤拐、小矮人，成为外形上畸形或残废的一群人。在这里，人的残疾和自然的恶劣、困乏构成了一个相互对立和依存的矛盾体，一种特殊的自然和文化的生态存在。为了生存，人必须服从自然、适应自然，进而造成了自然和人之间的既相互剥夺，又相互赠予。在这里，自然把人们推向了生存的最底线，而人也从自然那里学得“生存之道”，把生活“归置”成为环境所许可的一种“底线性”的生活——“底线性”的伦理文化、道德习俗。在《无风之树》中，李锐以近乎底色的描写展现出矮人坪人的真实而自然的本能性生存状态，这首先表现在他特意让曹天柱的傻妻子及其儿子大狗二狗（孩童）、拐老五饲养的二黑等牲口也分别作为独立的叙述单元反复出现，其目的正是强调矮人坪人生存的本能、本真和自然性质，指出他们同牲畜、傻子、孩童有着天然的统一性。其次是以秦暖玉的矛盾性生存状态，来强化铁的生存法则。她是一个正常人、外来者。为了活命，她不得已成为矮人坪的一员；为报救命之恩，又不得不自觉地为矮人们提供本能性的“性服务”。但作为一个健全的人，一个美丽的年轻女性，她又本能地贪恋着从“巨人”刘主任那里获得性满足，同时还由衷地渴望能嫁给苦根儿这个在她的眼里“特别真”的男人（与自己般配的“巨人”）。她的矛盾及其无奈，正是由生存法则所决定的。她的“公妻”身份，在矮人坪是大家都默认并想办法维护的“公开的秘密”。为了这一“秘密”，拐老五甚至可以献出自己的生命，因为他是在保护由特定的生存条件所决定的一种“性态和谐”“性态法则”，无疑这对以生存为法则的矮人坪是十分重要的。再如刘主任，这个居功自傲的“政治油条”和实用主义者，一面大唱政治高调，一面又贪图本能享受（对秦暖玉的性占有），并把自己的越轨行为尽可能地在主观上加以“合理化”——他也在用行为注解着最实际的“生存之道”。《万里无云》是写一个乡村教师理想破灭的经历，师范毕业生张仲银主动要求到贫瘠而偏远的小山村——五人坪当教师，他以此作为自己的人生理想，而且很虔诚、很投入，富有彻底的献身精神，结果他只能以破灭、失落、惨败而告终——五人坪并没有因他的理想而改变，干旱、贫瘠、愚昧依然存在，一代又一代人的祈雨迷信活动照样在重复上演。其“万里无云”式的幻灭，反过来，却是生存的“超稳态”重复的确证。在小说集《厚土》中，我们可以看到农民的婚外性苟合，甚至乱伦；他们单调、封闭的生活和那近乎原始的生活方式，如彼此以女人为交换的“筹码”，如《眼石》中赶大车的车把式和伙计都以睡了对方的女人来求得心理平衡和作为实现某种交换的条件等。借李锐的文学，我们看到了一种沉积在底层的土得掉渣儿的生活。严格说，这是李锐有意选择的结果，因为它远非我们现实生活的全部，甚至也难说能够代表“大多数”。他的“本土化中国”，充其量只代表一种特定的文化视角，并不能代表真正的“本土化中国”，在其中我们既看不到《边城》式的淳厚民风，也看不到儒道骚禅的文化积淀，有的只是为生存法则或政治霸权所决定的一种特定的生存状态。

同历史陷入困境一样，李锐用来与之对抗的“生存”其实同样是有缺陷的，而李锐也并不愿隐瞒这一点，他并没有刻意把“生存”诗意化，而是十分真诚地表达了历史和生存的“双重困境”的真理，指出生存的困境之因既来自历史，又来自它本身。例如，在《合坟》中，大寨田被水冲掉了，却把北京女知青变成了女英雄；十四年后，坟茔中的女英雄又被村民们变成了封建迷信活动的主要对象，成为“冥婚”的另一方，完全被动地被人“合了坟”；老支书嘴上骂别人迷信，自己实际上则充当了迷信的带头人。在《假婚》中，那个打了二十年光棍的农民，好不容易有了一个女人，却因为她被队长“过了一水”而耿耿于怀，妒忌、恼火。结果才知道，这女人原来有家、有丈夫，和他睡是为了“逃年景”，讨口饭吃。自己的“吃醋”于是显得十分滑稽、多余。更有意味的是《选贼》，夜里队长值班看场，第二天发现丢了一袋麦子，找不到任何线索，于是队长就召集村民们民主选贼，这明摆着是队长监守自盗的把戏，是在捉弄村民、捉弄民主。于是村民们不约而同地都选了队长，也想出出队长的丑，结果队长一怒之下要撂挑子不干，这样便没人“上公社争救济款、救济粮”，也没人“喊工派活”了，没办法，村民们只好返回头再去求队长。这就是一个悖论、怪圈、尴尬的困境。滑稽、荒唐，却无奈。很明显，这里揭示的正是生活的荒谬性——生存的困境。

困境的逻辑性前展，要么被解困，要么彻底掉进虚无。而不幸的是，在李锐的文学中，如果说正题是历史，反题则是生存，而合题则是双重困境，是困境之不可解，是必然之虚无。而无论历史的困境还是生存的困境，其实都隐含着一个困境中的“主体”，或主体的困境——困于“虚无之境”的主体。因为，历史不能没有“主体”，生存也必然是“主体”的生存。但执着的李锐却怎么也不能容忍一个虚无的“主体”或“主体”的虚无。他要继续追寻（追问），要透过历史和生存的虚无寻求理想的“真我”——理想的“主体”。而正是这对主体的执着的追寻，把语言逼出了历史和生存的地表。在中国现代历史上，历史的困境在一定意义上恰恰是由单一的、狂妄的、僵化的政治语言（话语）系统造成的。海德格尔有句名言：语言是存在的寓所。这寓所正具有两面性：可以是栖居的家园，也可以是被囚禁的牢房。在历史困境中，主体恰恰身陷“语言之牢”。借用詹姆逊对兰波的诗句的解释：是话说我，而不是我说话。因此，要找到“真我”，就必须使语言“解辖域化”，开启和重建一种非主流的“他者话语”。于是李锐便开始对现代汉语进行反思、清理，追求汉语的自觉，以期达到与中国生命主体血肉统一的一种理想的语言的重建。他发现，“五四”以来形成的现代白话汉语，被如下“神话”所遮蔽：工具化（认为语言是工具，是一个人之外的他者，是一个可以临时拿起来也可以随时放下的东西）；臣服西方文化，复写“别人”的价值和意义；反智主义和神化大众；形成革命性的“毛主义”和“毛文体”[①]。而在小说文本实践中，李锐的具体的对抗策略是：一、用主观化叙述来反“本质主义”的“客观话语”，并且使反主流的叙述者“我”时时处于在场状态，如《无风之树》中以不同人物（也包括拟人化的牲畜）的内心独白为叙述单元的结构，那种以第一人称变换视角的叙述方法；二、追求反“主导话语”或“霸权话语”的多语混杂实验，特别是极大地加大民间语、俗语、俚语等的比重。他坦言：“我试着想把所有的文言文，诗词，书面语，口语，酒后的狂言，孩子的奇想，政治暴力的术语，农夫农妇的口头禅，和那些所有的古典的，现代的，已经流行过而成为绝响的，正在流行着而泛滥成灾的，甚至包括我曾经使用过的原来的小说，等等等等，全都纳入这股叙述就是一切的浊流。”[②]而这不同语言间的立体拼连、组合，不光具有寻唤“真我”的指涉意义，同时还产生了不同语言间相互对立、比照所产生的象征和反讽的意义张力，如把唐诗、宋词、毛泽东诗词、“文革”语言、碑文、书面语、老百姓的口语方言等巧妙地结构在一起，便具有独特的深度象征意义和谐谑、讽刺的黑色幽默意味。把它们放在一起，既是某种巧合，又显得不伦不类，是“牛头对马嘴”“关公战秦琼”，是荒诞的“乌合”“反串”，显得十分荒唐可笑。这其实是一种非常深刻的艺术拆解或解构行为，即借不同语言荒诞组合的可笑性，暴露那种准宗教意义的乌托邦追求的荒唐、无意义，要戳穿它的“西洋景”，使它解构、显形（还原），以展现自身的虚假、无意义。这正是使原权力语言“解辖域化”的绝好策略，当然反过来也是建构“新主体”的一种“革命之举”；三、开启“非语言”，用“自然之我”代替“语言之我”。如在《无风之树》中，牲畜成了重要的叙事

① 李锐：《我们的可能》《语言自觉的意义》《我对现代汉语的理解》等。均选自散文集《不是因为自信》，湖南文艺出版社1998年版。

② 李锐：《我们的可能》，选自散文集《不是因为自信》，湖南文艺出版社1998年版，第46页。

角色，同时一些象声词如“咔当”“呜哇”“啊呀”等也具有了“实体性”的和不平常的意义。

可是意愿归意愿。语言实验也不能说没有明显效果，但“新主体”是否能够真的有效生成，在李锐的文学中却依然是一个问题。或者应该这样说，在李锐的文学中，语言可以解构历史，却无法真正建构起理想的主体，当然也意味着生存的困境仍然无法真正被拯救。这有两个原因：一是李锐并没有真正建立起一套有效的“他者话语”系统，比如像王朔、王蒙那样的“狂欢化”的“语系”，或者说其非主流化话语的探索还难以形成一个相对完善的“系统”（或者说既没有做到像贾平凹那样自信地“化用”古代美雅的“白话体”，也没有自觉、自信地重新组合“口语之海”、中国古代白话资源、来自域外的有生命力的话语，进而重建出一个哪怕仅仅是为他自己所认同的理想的话语体系，等等）。二是在他的心中实际上并没有一个自足自信的“理想主体”，或者说至少在他的小说文本中我们看不到这样一个“主体”。换言之，李锐文学（主要是小说）所缺少的正是一种对文学至为重要的“理想之光”。对此，李锐并不讳言，他在《我们的不同》一文中称张炜是“一往情深的理想主义者”，而他则不是：“我却不能。因为我已经不再相信永恒。说‘不再’，是因为当初也曾经相信过永恒和永恒投下的影子——理想。可是在经过了‘文化大革命’，并因此而又看清了两次世界大战这样的整体人类的浩劫之后，我无法再在自己心里留下永恒这样的词汇。”[①]而没有理想的烛照，所谓的“理想主体”也就不复存在。正像在基督教神学中，“光”来自上帝一样，在文学中“光”（理想）也正是“主体”（上帝）在场的表征。这一点非常重要，而要阐明这一点则需要做些比较。

从总体上看，李锐的文学话语仍然属于“批判主义话语”，属于“启蒙形态”，但在新的历史语境中，他又不愿简单地回归鲁迅式的或“超人”（狂人）、或“野草”的“启蒙主体”，而是在追慕鲁迅的同时，又尽量地排斥和疏离“启蒙话语”，非常心仪沈从文的“边缘视角”，但又不想理想化地去肯

① 李锐：《不是因为自信》，湖南文艺出版社1998年版。

定和赞美“边缘”（抑或传统），而是在鲁、沈中“骑墙”，采取了一条“不左不右”的中间道路。结果竟导致“主体虚位”，使作品失掉了应有的理想诉求，深陷一种“虚无”的深深的焦虑之中，其轨迹是：历史焦虑—生存焦虑—“真我”焦虑—语言焦虑—“无主体”之焦虑。而最后又不期而然地回到“银城故事”的大叙事、历史叙事上来，又回到“历史的焦虑”之中，形成了一个焦虑的封闭之环，其核心则是主体虚无的焦虑。我们不妨做这样的比较：鲁迅是进化论、辩证法主体，即使如此，鲁迅仍深陷分裂当中，在《狂人日记》《阿Q正传》等小说中是冷峻无情的批判主体、超人主体，在《故事新编》则借旧瓶来承载理想和希望的“新酒”，而《野草》则又深刻地呈露了他的虚无和焦虑。也就是说在鲁迅那里其“主体性”其实是不统一的，或者说其“理想的主体”其实并未真正建立起来（要阐明这一点，如此三言两语是无法做到的，需专文阐论），这无疑也会影响到一直在追慕鲁迅的李锐。不过李锐比鲁迅走得更远，远到了“虚无的尽头”。而像鲁迅这样的情况其实并不是常数，比如我们完全可以说巴尔扎克有一个进化论的和相信事实的主体，托尔斯泰是“爱的宗教”的主体，曹雪芹是回归自然的“存在论”的主体，沈从文是自然的、传统的、淳朴习俗之爱的主体，张爱玲是“女性之扭曲和异化认同、批判”的主体，赵树理是要解决问题的“农民干部”主体，张承志、北村是宗教信仰的主体，张炜是“道德生态”主体，贾平凹是“乡村情感”主体，莫言、王安忆等是“新历史主义”或不断转型的文化主体，先锋派小说家们是新历史主义和形式实验的主体，王朔是“消解崇高”的“玩儿”主体，池莉等“新写实”是“庸常认同”的主体，等等。一句话，一个好的作家在其文学中总要有明确的建构指涉作为自己的主体支撑才行，区别只在其建构指涉的隐显深浅之不同，也就是说这种借以立足立文的“理想”是断然不可或缺的。

而李锐则不然，他没有正面的认同，只有一味地逼问、批判。也就是说，是仅限于一种“批判主义”的话语体系，抑或说既无鲁迅式的“救救孩子”的热情呐喊，也无沈从文式的“美化湘西”的天真的痴情，或也没有真正的后现代式的平面化的、语言论的狂欢、戏游，而是“夹在中间”“悬在半空”，被一种“无根性”的“无主体性”的困境所困。当然，我们也可以说在他的文学中有一个认同和揭露“双重困境”的主体，有一个自觉地、不懈地追问人类困境的“主体”，问题是他并不满足于此，并不以此为他的最后的“安身立文”之地，而是想超越它，但一时却找不到他所能认同和接受的理想，或者毋宁说，他其实是“一朝遭蛇咬，十年怕井绳”，在他的心底根本就不认同“任何理想”，这样，他在根底上就必然被因理想（或信仰）缺失所造成的虚无的“黑洞”所囿、所困。尽管在他的散文作品中我们不时地会看到一个为重建汉语主体的“主体”在焦虑、在慷慨激昂地“振臂高呼”。这种“语言主体”在某种意义上，仍难免使人觉得只有空洞、堂皇的“能指”，那实际的、必不可少的、至为重要的“所指”却千呼万唤不出来，一直缺席。“如此，我们的手里似乎只有虚无；如此，我们的心里似乎只有空白”。①

这就是李锐的问题所在——既怀疑“现代性”，又拒绝“乌托邦”；既不愿“返魅”，又不愿认同“后现代”，依然滞留在单纯的“批判主义”的话语时代，结果使自己深陷无理想认同的身份危机、历史危机、信仰危机的“无物之阵”中，无“新语”可救。一句话，李锐是被囚禁在自设的单纯的“批判、否定”的牢笼之中，这是一种如他所说的孤独的、封闭的“旷日持久的煎熬”，“拒绝合唱”②正是这种“孤独”的一个外在表征；无奈，他只好一直滞留于历史，始终走不出“厚土、旧址、故事”③；而最终则必然走向虚无：“无风、无云”④，被无主体、无根性之刀所杀——“道渴而死”⑤。——于是，也才引出了我这篇为这“无主体的焦虑”“虚无的焦虑”祛魅、解困，“解辖域化”的文章。（当然，李锐的“语言焦虑”，也有积极应对全球化、后殖民化、“欧洲中心主义”的文化帝国主义侵略的意义，如他一再强调的被“地方化”“局部化”“边缘化”的遭遇，由“神圣和荒谬”所造成的“双向

① 李锐：《艰难的理想和理想的艰难》，见散文集《不是因为自信》，湖南文艺出版社1998年版，第150页。

② 来自李锐散文集《拒绝合唱》之名。

③ 来自李锐小说《厚土》《旧址》《银城故事》之名。

④ 来自李锐小说《无风之树》《万里无云》之名。

⑤ 李锐：《旷日持久的煎熬》，见《不是因为自信》，湖南文艺出版社1998年版。

的煎熬”，对自我的自动取消、自然而然和下意识的“自我殖民化”等，本文有意放弃这一视角，目的是使其更为重要的“问题”得以澄明、敞亮出来。）李锐的焦虑——表面上看是历史焦虑，生存焦虑，或特别凸显的是语言的焦虑，而实质上则是一个“主体困境”的问题，是主体被“虚无化”的焦虑。当然，就其“主体”之“虚无”，就其一意执着于“批判立场”“批判话语”说，未免不是一种大的局限、严重的缺憾，但它也以此把主体和语言的关系，把作家“理想主体”的确立、建构、护持等这些至为重要的问题以前所未有之强烈度、尖锐度凸现了出来，这反过来——也许才是李锐对于当代文学（包括中国，乃至于世界的）的真正重要的、无人可替代的积极的意义之所在。——而无疑，当然也是本文在此认真费词的“坚强的理由”之所在。

原载《文学评论》2005年第2期

用方块字深刻地表达自己

——李锐小说的叙事探索

唐海东

一

李锐是我非常欣赏的一位作家。欣赏的原因有两个：一、在众语喧哗、深度消解的90年代，李锐对自己作为小说家的身份从来很清醒、有担当，这是很不容易的。他是很少几个能够将生命激情与艺术上的控制进行合理平衡的当代作家之一。二、李锐对汉语的热爱让我很感动。他把汉语当作自己的生命，一边用《旧址》《无风之树》《万里无云》和《银城故事》这些在叙事风格上各各相异的小说来实践，一边还大量创作散文和随笔，并利用一切可能的机会（特别是到国外访问的机会）宣讲自己对“现代汉语主体性”这样一个大问题的思索。他力图做到的一切，用他自己的话来说，就是“用方块字深刻地表达自己”。换句话说，就是用合格的“现代汉语写作”表达出“本土中国”的灵魂[①]。其实找寻恰当的现代汉语写作的过程就是直探本土中国灵魂的过程，这

① 李锐、王尧：《本土中国与当代汉语写作》，《当代作家评论》2002年第2期。

两者不是工具与目的的关系，而是合二为一的同一件事。

为了做到这一点，李锐需要首先在理论上确立全球化时代现代汉语写作存在的必要性。他是从两个方面进行论述的。第一，汉字的象形特征成为它区别于世界上其他主要通用语言的标记。汉语是一种以字为本位的语言，蕴含在具有象形根性的文字里面的独特人类经验将注定它只能由象形的汉字来进行充分的表达，注定它永远不可能被拼音文字复写。汉字是中国人存在的家园。基于这样的认识，李锐对新文化运动在语言方面表现出的激进主义（废除汉字、汉字拉丁化）进行了反思，认为这是挖断自己老根的冲动之举。第二，以鲁迅、沈从文、老舍等人的创作为例证，验证了用现代汉语创造出经典的可能，并为以后的写作设立路标。与文言文不同，现代汉语的历史只有八九十年，仍然处在不断发展的进程之中。从李锐本人在《厚土》《旧址》和《无风之树》三部作品中表现出的多样性就可以看出现代汉语的未定性与可塑性。这既是一种危险，也是一种机遇。说它是危险，是因为一种缺乏传统和稳定性的语言特别易受其他语言的干扰和污染；说它是机遇，在于伴随未定性与可塑性的是无限的可能性，描述此时此地的人类经验的可能性。因为有了象形特征，也有了自己的经典作为依靠和超越的坐标，所以，现代汉语写作就不仅是可能的，而且是必要的。

李锐做的第二件事是把语言从“工具论”的藩篱中解救出来，重新赋予其本体地位。当然，这项工作并非李锐开启的，但他对此不遗余力。对语言的哲学审视是西方二十世纪人文科学领域蔚为大观的现象，从某种意义上说，语言就是人类的本质。“语言和生命缠绕之深，是和我们的头脑、四肢、内脏同等重要的。在我们有了身体四肢这样一些可见的生命体的同时，我们还有着听觉、视觉、触觉、感觉、思维和语言的能力。可见的和不可见的相加才是人类的全部。正是在这个意义上，对于语言的自觉，对于不同语言的不同的自觉，才具有了对‘人’的丰富，才具有了对于生命的不同表达”[①]。“工具论”的语言观将生命从语言中剥离出来，为所谓的中心和主题服务。“文以载道”的

① 李锐：《语言自觉的意义（之一）》，《谁的人类》，时代文艺出版社2000年版。

说法很明确地规定了语言的从属地位，而语言一旦失去了独立的生命，人也就被驱逐出了自己的存在家园。这种工具论的语言观在当代小说创作领域有两种表现：主题先行的功利文学和没有生命倾注的文体试验。前者在所谓的“反思文学”里大行其道，后者表现在一些末流的所谓先锋文学中。

二

在李锐到目前为止的小说叙事实践中，我们可以划分出四个不同的阶段：《厚土》为第一阶段；《旧址》为第二阶段；《无风之树》与《万里无云》为第三阶段；《银城故事》为第四阶段。

《厚土》诸篇是高度凝练、简约的口语。采用的是第三人称的全知视角。天长地久、亘古不变的吕梁山可以说是“本土中国”的一个缩影。在表现吕梁山人生活中沉重、黯淡、消极、麻木的常态时，叙事者采取了非常客观、沉静、冷峻的态度。这种态度一方面有助于突出这种生活游离于历史之外的特性，从而跳出狭隘的对于时代特征的强调，把故事置于更深广的生存背景之中；另一方面，它与故事的反高潮、无高潮特征结合，使读者的阅读期待一次又一次落空，在解构读者以往有关所谓农村题材、乡土题材的阅读经验之后，把他们带入一种奇特的体验：既感受生命缓慢死去的悲凉，又感受生命缓慢活着的坚韧。

《厚土》的叙事获得了巨大成功，也为李锐此后的创作设置了一个较难超越的艺术制高点。按照李锐自己的说法，沿着《厚土》的路子继续写下去，本来是一件既轻松又讨巧的事。但是作为一个希望不断超越自己的艺术家，他必须寻找新的表达方式。这就有了《旧址》。《旧址》引起的反响也很大，但李锐对《旧址》的叙事方式一直耿耿于怀，认为它“太浮躁了”，“总有什么地方不对劲”[①]。这种“不对劲”就是某种华丽的和带有外来语言色彩的书面语的运用。其实这也不是李锐一个人的问题，这种带有外来语言色彩的书面语在

① 李锐、王尧：《本土中国与当代汉语写作》，《当代作家评论》2002年第2期。

当时风行一时，它的长句带有强烈的倾诉特质和抒情气氛。这一点在《厚土》里是没有的。这种倾诉特质和抒情气氛在当时的一些所谓新历史小说里很常见，原因或许是：小说家在获得了重新阐释历史的可能性之后，有太多的话要说，有太多的激情要表达，从而忽略了语言方面必要的克制。《旧址》在叙事上的另一个特点就是全知的视角非常明显。《厚土》也是全知视角，但叙事者隐藏在背后，读者并没有明显地、时时地感觉到他的存在。《旧址》的叙事者是一个自身也对历史的话剧很投入的上帝。因为《旧址》的浓厚的自传性，这个上帝有时不得不被逼进地狱忍受烈火烹油的煎熬。

在《旧址》发表以后的几年，李锐的语言观发生了一个深刻的转变。他对口语的作用越来越重视，认为“书面化的文字相对于千差万别变动不居的日常口语，就有如贝壳相对于大海。如果有一天大海平息了，如果有一天有一种语言不再被人们诉说和使用，贝壳也就会因此丧失了生命之根，而断然失去夺目的光彩。写作的意义，就是一次又一次地挣脱贝壳的束缚向生命之海的忘情的回归。”[①]直接体现了他的这种想法的就是《无风之树》与《万里无云》两部小说。

从叙事手法上看，《无风之树》与《万里无云》的相似是很明显的，都是采用所谓多角度第一人称的手法，区别只是对口语运用的程度。这里涉及两个问题：如何叙述？叙述什么？多角度第一人称是叙述的手法，大量运用口语则是叙述的内容。前者在福克纳的《喧哗与骚动》以及《在我弥留之际》里被运用得相当成功，向来被当作意识流小说的典范加以研究。李锐不讳言在叙事手法上受到过福克纳的启发，但作为细心的读者，我们可以发现两者具有很大的差异。不管是《喧哗与骚动》还是《在我弥留之际》，实际上都没有一个非常集中、紧张的中心事件，所以与其说叙述的目的是推动情节的进展，不如说是展示各叙述者自身的灵魂。而且鉴于不同的叙述者的受教育状况、智力水准、心理状态差异甚大，不同部分的叙述语言在句法结构、词汇运用、内在逻辑各

① 李锐：《我们的可能——写作与“本土中国”断想三则》。《谁的人类》，时代文艺出版社2000年版。

个方面也存在巨大差异。与此相比，《无风之树》与《万里无云》都有自己的中心事件：前者是对暖玉的性争夺以及为拐叔送葬，后者是求雨和随后的火灾。所以我们看到，虽然每一个人的叙述重心有所不同，但或多或少都与那个中心事件有联系，都成为推动那个中心事件发展的某一种分力。再加上两部小说都有一个焦点人物：前者是暖玉，后者是张仲银。中心事件与中心人物的存在使这两部小说虽然在形式上相当新颖，实质上依然是传统的以情节为主的小说。同是多角度第一人称，为什么会产生这样不同的效果？我想这应当与作家的出发点有关。在《喧哗与骚动》中，作家的出发点是表现某种不可挽回的历史进程中参与者的灵魂的反应，而李锐的兴趣更在于表现那个荒谬的历史进程本身。在前者，人是演员，历史是道具；在后者，历史既是舞台也是演员，而人只是道具。

关于两部小说中口语的运用，我们首先需要弄明白的是出声语言与非出声语言的区别。通过这种区分可以辨别哪些是意识流技法，哪些是还无法归类的新手法。我们发现，相当多的第一人称叙述都很杂乱，面目不清：里面有叙述者有意识的思维，也有他无意识的流动，还有对于不久前发生的对话的复述。前两者是非出声语言，更容易偏离普通的句法；而后者应当是对某个理性、清醒状态的描述，所以句法比较正常。我们还发现，对对话的复述占据了相当的篇幅，而对话是具有推动情节发展功能的，这就验证了我们在上文做出的推断，即这些第一人称的叙述兼有推动中心事件发展的重要任务。对于作者来说这是必要的，但对于叙述人而言有时却是一种额外的任务，导致的结果是这个叙述人总觉得面前似乎有一个听众在那儿，自己一定要说得清楚一点好让他听懂，结果就是大量的间接引语的运用，让叙述人显得啰唆和喋喋不休。对比一下《尤利西斯》最后一章莫莉的意识流动，就会发现《无风之树》与《万里无云》的第一人称叙述稍微欠缺一点从容，原因就在于乔伊斯在描写莫莉的意识流动时专注于事物的本身，根本没有在乎听众或读者的存在，而李锐对叙事清晰性的过分注重使他不能忽略读者的存在。另外还需要注意一点，即不同于莫言的《四十一炮》式的单角度第一人称叙事，多角度第一人称叙事必须做到让这些不同的“我”很容易地相互区分。这种区分可以用句法、词汇、叙事人的叙事偏好、叙事语言的逻辑清晰程度、年龄性别特征等加以表现。李锐在这方面做得也有所欠缺，以致各个叙述人的面孔似乎都差不多，语言风格也大同小异。

由此想到，小说家用第一人称叙事时应当注意：

1.有没有明确的倾听对象？因为倾听对象对叙述者的叙述方式具有非常明显的预决定作用。

2.只有一位叙述者还是有不止一位叙述者？如果只有一位，如何保证该叙述者的意识和思维层次既前后一致，又随着叙述者经验的增长也有所变化？如果有不止一位叙述者，如何从语言的各个方面显示不同叙述者的差异？

3.如果小说是在叙述者与隐含作者之间交替展开的，如何处理两位不同叙述者的风格差异？如何解决隐含作者出于某种特定目的插入叙述者的叙事中而对叙事统一性可能造成的冲击？

4.若叙述者是一位非理性者或叙述当时正处于非理性状态，或叙述者是一位非通常意义上的成熟叙事者（比如儿童），如何用特殊的语言处理方式去模仿出意识的非理性？如何尽量处理好语言内在的逻辑性与严整性与意识的飘忽性之间的关系？

这些问题在意识流小说中多有尝试，但相比于其不可穷尽的可能性，意识流小说的尝试依然是相当有限的。李锐在《无风之树》与《万里无云》两部小说中进行的“叙述就是一切”的尝试是非常有意义的，他不但给读者带来了不同于作者以往的全新的阅读体验，而且也与莫言、韩少功等人的努力一起，为今后长篇小说的创作提供了有价值的叙事借鉴。

三

几年以后发表的《银城故事》与《万里无云》似乎出自两个不同作者之手，因为它不但没有沿着《无风之树》与《万里无云》的叙事路径进一步走下去，反而退回到作者最初的叙事风格去了。《银城故事》的内核与《旧址》是一样的，依旧是无理性的历史对人的摧残，但在叙事风格上却极为内敛。我感觉《银城故事》是《旧址》的故事套上了《厚土》的叙事风格。在《旧址》里面不时流露的叙述激情终于凝华为超然的冷静，而这种冷静因为其内涵的热度，一点也没有失去惊心动魄的力量。作者对《旧址》在叙事方面的不满与遗憾终于在《银城故事》里得到了补偿。在《旧址》中，人物依然处于历史舞台的中心地位，并且是唯一的道具；在《银城故事》中，在剑拔弩张的主线以外，又设置了一条看似闲笔的次线，它有效地中和了主线的紧张气氛，以张弛有度的节奏暗示了血腥事件背后那万古不变的日常生活背景，同时把山川风物、节庆民俗都纳为叙事的有机组成部分。《旧址》之所以受人关注，很大的原因是它与当代历史有关，《银城故事》的历史背景往前推了几十年，因而在历史和政治敏锐性上不如《旧址》，这使作者能获得更加从容的叙事心态。我认为《银城故事》比《旧址》的震撼力更大。

"我希望自己的叙述不再是被动的描述和再现，我希望自己的小说能从对现实的具体再现中超脱出来，而成为一种丰富的表达和呈现。当每一个人都从自己的视角出发讲述世界的时候，我们就会看到一个千差万别的世界"。[①]这是李锐创作《无风之树》时的叙事指导方针。经历了叙事的巨大转型以后又回到原来的风格，我们饶有兴致地期待着李锐在下一部作品中给我们带来叙事的新惊喜。

原载《小说评论》2005年第4期

① 李锐：《人的故事》，《谁的人类》，时代文艺出版社2000年版。

说《桔槔》

汪　政

自《厚土》以后，李锐的主要精力大部分花在长篇上，因此，“农具系列”小说多少让人感到意外。从已发表的几篇来看，李锐在这个新系列上是花了一些心思与精力的。李锐的农具概念大致都是非机械农业时代的物件，他所参照的图文资料也主要是中国古代农机谱系。许多的农具在农业逐步机械化、工厂化的时代已难以见到了，至少已不是主要的生产工具。不知道李锐有没有关注过工具审美化的问题，他笔下的许多农具现在的位置已不在田野，也与农事无关，倒是经常出现在博物馆、民俗馆、美术馆以及其他类型的场馆的装饰中，甚至，一些简单的、体量不大但制作古朴的小农具已走进了家庭装饰。工具本来是用于劳动的，是极功利的，但是随着科学技术的发展，随着人从繁重劳动中被解放，它便成了审美的对象。放在美术馆与放在田头的农具给人的感觉确实大不一样，人们不再去使用它，在静观中，它让人联想到广袤的田野，季节的轮回，春华秋实的庄稼，以及农人劳作的情景，特别是当它们出现在都市时，确实让人怀想已不可复得的田园牧歌，不仅是农具，包括由农具支撑的农耕生活都一起诗化了。

当然，李锐的“农具系列”并不是在这个意义上进行审美创造的，但本质上，它确实与工具审美化有关。农具、农具的象喻意义以及以农具为线索展开的故事构成了李锐作品的有机体，这个系列有比较固定的呈现方式，图片、资料、小说，一般都是这三大部分。当年《厚土》面世时，曾有人就它是小说，还是散文，如果是小说，又该如何论定发生过争论。现在，人们对文体已经相当宽容了，但怎样表述这三部分，还是比较费事的，从它们显得是一个有机的整体看，怎样讨论它在文体上的意义？首先是图与文，这是两种符号，从文本看，图是非文字的，非连续性的，当李锐将其从原先的著作系统中移植过来时，它已不仅仅是辞典意义上的存在，而是与李锐的进一步叙述组成了新的“多媒体”。其次是引文，这一部分是非虚构的，阐释性的，它与后面的虚构性文本构成了互文性的对比。李锐是一个在写作上极考究极精细的作家，他的引文大致来自古代农书与当代辞书，文字精简、古朴，他选用的图片也不是现在流行的摄影，而是古代的线描，这种雅致、古奥，整体上形成一种视觉与阅读上的氛围，确实有种陌生化的效果，拓展了人们原先对文学的理解。

如何使农具与小说挂钩，不仅仅是一种修辞上的考虑，从而使“农具系列”成为一种必然，使这种书写能够成立，使人获得上面所说的有机感，关键在于对“农具”的领会，对不同农具在其发明、使用的漫长历史过程中所形成的“农具文化”以及在以往的书写中它们已经被赋予的意义的把握，包括对农具在人们生活中的意义的独特的发现。因此，农具在小说中不仅仅是一种道具，它本身最好能形成一个意义核，对整个叙述起着推动、辐射的作用，它应该是本体。所以，在李锐已经完成的几篇作品中，具体的农具在小说中的存在方式是多样性的，它与人物的命运、故事的进展可能联系十分紧密（如《青石碾》《樵斧》《袴镰》），也可以不那么紧密（如《连枷》《锄》《残糖》），但不管是哪种关系模式，作品的整体意义，都可以而且确实是与那些农具的文化象征有着密不可分的关系。从这个方面来看我们也可以这样认为，李锐的“农具系列”是对中国古代农具文化的一种扬弃，一些重新书写，它的意义，哪怕是颠覆性的意义也只有在这种特定的语境中才能够成立。因此，也不妨说，李锐的“农具系列”在内在上延续了他的《厚土》系列，只不过换了一个切入口，开始了他对文化的又一轮勘探。

《桔槔》从农具与人和故事的关系看，是属于相对紧密的一种。小说的情节非常简单，煤矿建有一座焦炭厂，每天有火车来拉焦炭，周围的农民就趁着火车上坡减速的时候扒拉焦炭卖钱致富。小说中的两个人物大满小满哥俩儿也干这事，为扒得多，大满“发明”用桔槔，又快又多又省劲，但他却因火车下坡的加速拉断桔槔的横杠而出事丧命。故事虽然简单，但是却一点不显得局促，主要的原因是它引入了大量潜在文本，是一次有意识的重复性书写。阐释学有一个经典性的比喻，意思是世界上并不存在真正的空白性的纸张，每一次的书写，都是在他人书写过的“纸张”上面进行的，你为了表明你的意思，总是要尽量地擦去别人的笔迹，但那依稀可辨的笔迹却是擦不干净的，这使得每一次本来单纯的书写总是成为复杂的“混响”。面对这种情况，书写者有时采取的策略往往不是擦拭、遮盖旧有的笔迹，而是索性努力使新的笔迹与旧的笔迹建立起对话与互文的关系，构建起新的符号秩序，形成两者甚至多者共存的、充满无限阐释可能的共时性文本。我以为李锐的“农具系列”作品，特别是这一篇《桔槔》，就具有这样的阐释学特征。在丰富多样的中国古代农机具中，桔槔实在太有名，也太被文人化了，李锐所引用的《王祯农书》中包含了大量的信息，那些信息除了说明桔槔的形态特征、使用方法、功效，以及大致的制作、发明年代以外，还包括它在一些经典文本中出现的线索。

在有关桔槔的经典叙述中，《庄子》无疑带有原始的意义。不过，即便在同一部《庄子》中，桔槔出现时的意义也不尽相同。一处是在《天地》：“子贡南游于楚，反于晋，过汉阴，见一丈人方将为圃畦，凿隧而入井，抱瓮而出灌，搰搰然用力甚多而见功寡。子贡曰：‘有械于此，一日浸百畦，用力甚寡而见功多，夫子不欲乎？’为圃者仰而视之曰：‘奈何？’曰：‘凿木为机，后重而前轻，挈水若抽；数如泆汤，其名为槔。’为圃者忿然作色而笑曰：‘吾闻之吾师，有机械者必有机事，有机事者必有机心。机心存于胸中，则纯白不备；纯白不备，则神生不定；神生不定者，道之所不载也。吾非不知，羞而不为也。’子贡瞒而惭，俯而不对。”庄子文风汪洋恣肆又善设譬作喻，有许多寓言故事，还常常喜欢拿名人开涮，此即一例，故事到这儿还没有结束，一直到孔子自我批评了一番才完。在讨论庄子哲学时，这个故事经常被称引，其中“有机心”那几句更是作为庄子的社会人生理想或被称道或被批评。老庄主张无为，弃圣绝智："民结绳而用之，甘其食，美其服，乐其俗，安其居，邻国相望，鸡犬之声相闻，民至老死而不相往来。"在庄子看来，知识与智慧都是灾难性的东西，以这个故事形象的说法，就是桔槔与凿隧抱瓮的对立，桔槔是作为邪恶的知识载体出现的。在这个故事里，桔槔已经到了人不能掌控的地步，表面上它虽然有"用力甚寡而见功多"的功效，但人心之变却是多大的力量也无法挽回的。但是，在另一个场合，桔槔的形象并没有如此邪恶，人机关系也没有被这样危言耸听地表述，那一段话出现在《天运》里："子独不见夫桔槔者乎？引之则俯，舍之则仰。彼，人之所引，非引人也，故俯仰而不得罪于人。"此处的桔槔完全处在人的掌握之中，如果庄子一直坚持这样的人机观，那就是另一种哲学，接近于荀墨了。从整个语境看，庄子此处以桔槔设譬，角度不一样，他主要想说要顺时应变，不要墨守成规，船不能在岸上走，车不能到水里行，他还讲了东施效颦的故事，制度是人定的，人还能让制度害了？就像桔槔难道还会"得罪于人"。

但在李锐的《桔槔》里，桔槔确实是"得罪于人"了，大满就死在桔槔断裂的那弹弓般的一击中。桔槔的发明使用与大满的死于非命，这是小说情节结构与语义的转折点。在作品中，大满是知识与智力的代表，他自豪于自己的发明，他不但知道自己利用路边电线杆制作的炭耙子源于古代的桔槔，而且知道其原理是物理学中的杠杆原理，知道阿基米德，知道给他一个支点能撬起地球，他认为"这人真是不能没文化呀！没文化就犯傻！"。他发明的这个炭耙子真的是"用力甚寡而见功多"，受到了他弟弟小满与村民们的一致称赞与羡慕。小满虽然称赞大满，但对大满告诫其要上学学知识却不以为然，他满足于眼下的这种生活方式："我不想上学，上学没有拨炭有意思！我也不想到城里打工受气去。城里又没有焦炭厂。在咱这儿多自在，想种地就种地，不想种地就拨炭。不是照样盖房娶媳妇，照样过好日子！"小满没有文化，但小满活了下来，娶了本属于大满的媳妇，还为儿子未来的房子留好了宅基地。这是不是一个桔槔寓言的现代版呢？小说与传统文化的互文性还不仅仅限于桔槔的经典重释，它还包括对传统与民间故事相似的原型主题的拓展。在大满小满兄弟俩的对话中，有一段"兄弟寻宝"的讨论，大满指出小满的无知，凤凰山上哪有什么金银财宝，宝贝就是山中的煤，就是焦炭、焦炭厂、拉炭的火车。焦炭与火车是现代文明的标志，而在小说中，这种现代文明恰恰是与山民们的抢夺行为联系在一起的，那么，它还是不是宝贝呢？它引来的是什么呢？小说中没有过多地涉及人物的心理，但从兄弟俩的言行看，大满更显得有些焦躁不安。他固然不满意现在的生活状况，在内心深处，他对自己又是如何评价的？他对自己的聪明与知识所带来的后果有没有预感？我们只知道，他对小满解释兄弟寻宝的那段话不幸成了谶言："天底下的古话儿都是一个样，都是哥哥太贪心最后遭了报应，弟弟太善良受欺负最后享了清福。"然而，山民的生活并没有因大满的死而发生改变，桔槔的寓言也许会一个版本一个版本地续写下去：在小满的眼中，"眼前的这条铁路，不知道到底看过多少遍了，这一辈子也不知道到底要看多少遍——"。

如果不冠之以"农具系列"，《桔槔》的虚构文本部分也会自满自足，自成话语，但是加上图文资料，就是另一种书写了，它接通了古今，它也只有在中国文化的语境中才能获得真正的理解。在中国当代小说家中，李锐是一个具有理论自觉并且能在写作中坚持和践行自己理想的人。自从文化寻根之后，像李锐这样坚守与建设着本土写作的作家已经越来越少了。自20世纪90年代初以来，李锐清醒地告诉人们，汉语写作处在所谓国际化、全球化写作的压迫之下，在写作的权力与等级中，汉语正面临着严峻的生存境遇，新时期文学以来，一方面是复苏后的繁荣，另一方面又必须看到，这种繁荣是以本土写作的流失与对域外的拷贝为代价的，真正的汉语写作建设成就不容乐观。汉语写作不仅是一个语种问题，更深层次的是文化问题，以及汉语如何与其他语言超越等级与权力共同面对并回答人类普遍面临的生存课题的问题。所以，李锐既不是一个文化保守主义者，也不是一个文化激进主义者，这就决定了他的孤独与痛苦，他称自己的这种境遇是"双向煎熬"，即以《桔槔》来说，千万不能将其视作经典文本的重复，更不能从价值立场上简单地将其语义归结为庄子式的二元对立，这也就是小说没有对人物、对山民们的生活进行论定，甚至在叙述口吻上也保持冷静与客观的道理所在。如果说作品的语义上有着对经典文本的呼应的话，那就是超越与置疑。生活就是这样的严峻，人们无法摆脱价值的怪圈。不仅是《桔槔》，李锐的这个“农具系列”从目前看都是从这些极具象、极中国化的意象出发，从中国的文化原型出发，最终升华为一个个富有现代性意味的表达。

读李锐的作品，不能不对他的语言风格多加关注。从《桔槔》就可以看出，他的语言风格洗练、朴素、口语化，以短句为主。它与新时期文学以来形成的流行风格有很大的区别，无疑更接近于生活，接近于人们鲜活的语言现实，这也是李锐汉语写作的理想之一。这一二十年来的文学写作，过分地注重在书面语上做文章，书面语固然可以使语言规范与精致，但也最容易僵死板滞，更严重的是容易类型雷同，当代文学的语言腔调一阵风一阵风地在吹，就很能说明这个问题，它与汉语的语言现实总是存在隔膜。所以，李锐提出汉语写作的口语化与方言化主张，他认为“相对于正统化、等级化了的书面语，处于边缘和底层的口语和方言，较少受到污染，保持了相当的原生态，很难被僵化的锁链捆住手脚。它们就像辣椒和大葱一样鲜明而难以混同”。不仅是语言，文体也是如此，（其实，文体也不过是语言的一面）李锐的“农具系列”与中国传统的笔记有明显传承关系，人物不多，故事紧凑，带有一定的传奇性，同时，它又吸收了古典散文的趣味，讲究义理与情趣，熔铸了相当的人生况味。与文化层面一样，语言层面的李锐同样受着“双向煎熬”，因为他所期望的汉语写作既不愿脱离传统与民间，又渴望具有鲜明的现代性，这是属于李锐的“语言自觉”，也是每一个读者细读时不可不察的文心。

原载《山花》2005年第4期

农具的隐喻：城市化进程中乡村的焦虑

——评李锐的“农具系列”

陈树萍　李相银

李锐的小说常常给人出乎意料的感觉。自从站在吕梁山的“厚土”之上，李锐就成了乡土中国的一个书写者，因为他“在吕梁山获得了一种天长地久的悲情”。[①]20余年过去了，新世纪的中国乡村面临着从未有过的剧变，不变的则是这一种“悲情”。作为一个清醒的书写者，李锐无法只是奉献单纯的乐观。

20世纪末中国城市化进程明显加快，尤其是步入21世纪以来，城市化对乡村的影响日渐明显，甚至可以说，城市化实际上就是传统村落解体的过程。在文学上，自90年代中期以来随着年轻写手们的成长，都市对写作者们的诱惑远甚于乡村，乡村渐渐成为背景。然而，乡村又岂是可以忘怀的？也许，现在的乡村面临着比城市更深刻的内在危机。从2004年下半年至今，李锐从长篇实验中撤退下来，以一组“农具系列”的短篇小说表达自己对当下乡土经验的新发掘，完美地衔接上他对农民生涯的一贯关注。

① 李锐、王尧：《本土中国与当代汉语写作》，《当代作家评论》2002年第2期。

主体性农民的建构

在考察中国现代文学传统时，李锐对启蒙立场是充满怀疑的，“作为启蒙者的叙述主体，是一个高于叙述的外在的他者。我想做得比他们更进一步的是，我想让那些千千万万没有发言权的人发出声音，我想取消那个外在的叙述者，让叙述和叙述者成为一体。于是，我就创造了一种他们的口语，我要让他们不断地倾诉，我要让那些千千万万永远被忽略、世世代代永远不说话的人站起来说话。正是在这个意义上，我认为我是在做近代以来的知识分子一直在做的人道主义的努力，把人道主义坚持到底，坚持到每一个人。”[①]

农民在几千年的历史中一直地位卑微，但是这并不意味着他们可以被忽视，他们没有发出自己的声音也不是因为他们没有发言的欲望。因为改变了中国现代文学中惯常站立的启蒙立场，李锐在“去描写”的过程中建构起当下农民的主体性。从《厚土》到《无风之树》，李锐尝试用各种各样的手段让农民自己发言。而到了“农具系列”里，李锐回到了自己最得心应手的短篇样式上，不动声色地让农民自己活动起来。

农民无论是守望乡土还是离开乡土进入城市漂泊都是为了个人价值的实现。把整个系列贯穿起来读，我们看见的是黄土地上农民的生活剪影。费孝通在考察中国农村时曾经指出：“乡土社会的一个特点就是这种社会的人是在熟人里长大的。用另一句话来说，他们生活上互相合作的人都是天天见面的。在社会学里我们称之为Face to face group，直译起来是面对面的社群。”[②]在由亲戚、本家、熟人构成的乡村中，李锐的乡村世界完整而鲜明。《连枷》中农村少年在日益衰微的乡村教育中受现代教育，由于教师工资的不能保证，教师通过开垦荒地自给自足，但是却耽误了一代少年。于是《桔槔》中的大满还接受了中学教育，而在大满眼里聪明伶俐的弟弟小满小学都没毕业，小满因此还唾弃学业。这样的一群少年渐渐成人后，不甘心留在村庄的农民进城打工了（《残糖》《樵斧》《扁担》），不愿离开家乡的小满打算着将来儿子的新房

① 李锐、王尧：《李锐王尧对话录》，苏州大学出版社2003版。

② 费孝通：《乡土中国》，上海观察社1949年版。

（《桔槔》），而有来则等待着渺茫的公正（《袴镰》）。农民无事的时候也许会去镇上看一场偶然路过的荒诞不经的马戏团表演（《牧笛》）。而年华老去的农民成为土地最坚定的守望者，热爱牲口如同自己（《耕牛》），把伺候土地当作一生的享受（《残糖》《锄》）。

在这个乡村世界中，李锐采取反启蒙的立场，摒弃道德的说教，在既不俯视也不仰视的平等角度上勾勒农民。“如果真的承认生命的平等，那么就该给卑微者同样的发言权。在‘被描写的’转变成‘去描写的’同时，所谓的精神指向也发生了截然不同的转变。”[①]有的农民只要有老婆孩子热炕头就足矣，有的农民总是希望稍微富裕一些，自认为比别人聪明一些。他们的人生理想不能说是宏大的，但却是人性的自由表达。

但是我们不能说李锐因此放弃批判，平等的视角并不意味着零批判。如实地不加隐瞒地去表现农民的每一个细微生活场景，就是一种深切的关注。字里行间透露出的是李锐在建构农民主体性的同时存在着的焦虑。通过整个系列，我们可以发现李锐的一种核心焦虑：谁在坚守着这个农业大国广袤的乡村大地？中国的农村将去向何处？中国的农民又将去向何处？

虽然有小满这样的青年暂时留守村庄，但是更为根本的现实状况是：“原来热热闹闹的一个村子，如今冷落得就像块荒地……去北京的，去太原的，去县城的，实在不行也要去河底镇、去黑龙关。住不进城里宁愿在城边上凑合，也不回来住。”“满村里的年轻人都走得光光的啦，满村子就剩下些老的小的，就剩下些没用的人守着些空房空院。”“不能走的只有这三幢院子，只有自己和老伴儿。有这几十亩地拴着，人就成了树，就成了生根的庄稼，永辈子也挪不动了。”（《残糖》）

年轻的农民向往城市的繁华，在城市化进程中义无反顾地进城寻找新的生活方式，力图改变自己的社会身份，成为新的城里人。这样的大地上只剩下一群老人执着耕耘。而老人们则成为乡村最后的背影。这群老人在年轻时代不曾遭遇今天青年农民的处境，在他们的青春岁月里，梦想是经典式的农民之梦：

① 王尧：《本土中国与当代汉语写作》，《当代作家评论》2002年第2期。

“青砖灰瓦一字排开，每年春天，院子里的粉红、雪白热热闹闹连成一片，就像一幅好画，就像一个美梦……”他盖起了一连三幢院子也就意味着他完成了历代农民最大的心愿：有几十亩地，有自家的庭院还有一家三代其乐融融的生活。也因此，这一代农民就如费孝通所说：“从土里长出过光荣的历史，自然也会受到土地的束缚，现在很有些飞不上天的样子。”①

年轻的和年老的、城市和乡村形成了强烈反差。年轻与活力是属于城市的，年老与衰败则归属乡村。在这一对比中，我们无法做出简单的价值判断，判断孰是孰非。中国农村已经走在“现代”的路上，与城市结伴而行。但是有一点则是直接明了的：如此广袤的乡村不能仅仅由这样一群老人做最后的守望者。

在20世纪20—30年代，由于各种危机接踵而来，中国农村问题相当尖锐地凸现出来，梁漱溟、晏阳初等知识分子相继投入到解决乡村问题的实践中去。梁漱溟在山东邹平进行“乡村建设”，晏阳初在河北定县展开“中华平民教育促进会”的工作。作为小说家，李锐也许没有这样的实践才干，但是提出了问题的李锐，以小说家的方式介入了21世纪的乡村问题。

从乡村到城市的路

在面对20世纪上半期中国乡村的衰落时，费孝通就敏锐地发现：“中国都市的发达似乎并没有促进乡村的繁荣。相反地，都市的兴起和乡村衰落在近百年来像是一件事的两面。”②20世纪20—30年代，沿海地区大批农民离开土地进城谋生，在都市日渐繁华的背面是乡村的衰落。20世纪50—80年代，由于计划经济的作用，农民一直被牢牢地禁锢在土地上，只有极少数人能够离开土地变成城里人，这也导致了普遍的农民对城市的向往。90年代以后，随着市场经济的深入发展，农民又可以自由进出城市了，在不自知的状态下参与了城市化

① 费孝通：《乡土中国》，上海观察社1949年版。

② 费孝通：《乡土重建》，上海观察社1948年版。

的进程。

从20世纪70年代末开始，农民逐渐解决了温饱问题。然而，解决了温饱问题的乡村不一定是农民的乐土。对此，李锐一直保持着高度的警惕。他警惕自己将文学变成单纯的赞颂。也许一两个短篇是显示不出多重意蕴的，然而，当它们以一个系列的姿态排列在一起时，我们便会看见一个活生生的乡村世界。李锐将笔触伸到了当下乡村的主干神经。乡村民主法制、乡村婚姻、乡村教育、乡村文化建设、占用耕地以及农民发家致富的新途径等等都成为李锐关注的中心。

《袴镰》中有来的特殊杀人事件直接拷问的是乡村民主法制问题。给有来的一生做了悲剧陪衬的是南柳村其他农民的生存状态。一个村长可以侵占集体财产，普通百姓敢怒而不敢言，甚至还有许多人争相巴结。有来的哥哥因为发现问题而提出控诉，结果却不明不白意外身亡。有来却意外地以袴镰了结了这桩公私纠葛的恩怨。在此问题上李锐继承了他的前辈赵树理的观点，与赵树理站在了相似的民间立场上。

《青石碨》中郑三妹既是被拐卖者同时又是拐卖者的奇特经历，其实是乡村婚姻中的一大景观。郑三妹的身份变换缘起于当下的乡村婚姻状况。新中国成立以后买卖婚姻就被废弃而且被判定非法。20世纪80年代末以来贫富差距的日益扩大导致部分乡村男青年的婚姻成为难题。巨额的结婚费用常常使贫困男子望而却步。于是，作为一种行当，人口贩子在绝迹多年以后再度出现并且声势见长。而中国人的传统观念又给解救被拐卖妇女带来难题。其他的村民不会去告发甚至还帮助那个丈夫，于是，警察只能用几乎是绑架的方式才能救出这些妇女。乡村婚姻中的买卖现象成为乡村现代化的悖论因素。

由20世纪50年代以来建构起来的文学乡村在李锐这里经受了一次颠覆。单纯、明朗、乐观、美好之类不是李锐乡村世界的主要色调。在李锐眼里，农民不只是淳朴、善良的代名词，乡村也不是田园诗般的静谧幽美，而是充满了各种各样的无奈与悲剧。如果我们回看《厚土》，可以发现这是李锐多年来的一个基本立足点。他从不曾去做中国乡村田园诗的现代继承人："虽然我的《厚土》充满了对吕梁山劳苦苍生的悲悯，但是在我的小说里一直有对于他们身上某些黑暗东西的批判。民间不是一个可以被美化的诗意的理想境地，民间是一个藏污纳垢之地。对此，我的批判从来没有停止过。把民间美化成‘大地母亲’，那是一个浅薄的诗意化的泥淖，在这个诗意化的泥淖里淹没了太多的作家。”①

如果说农民通过各种手段尚有可能在物质上富裕起来的话，那么乡村文化是李锐提出的另一个尖锐问题。新中国成立以后，乡村文化建设一直是新政权的重点之一。对民间艺术形式尤其是戏曲的改造，送戏下乡等具体工作的实践，使得乡村文化生机勃勃。然而，随着剧团等文艺团体的衰落以及电视的普及，乡村文化建设几乎成为空白。而电视、电影等能够贴近农民生存状况与欣赏趣味的作品又日见其少。于是，庸俗的甚至是黄色的文化开始在乡间流传。《牧笛》中的传统说书艺人无法与马戏团相敌，甚至也去一饱眼福，只因为马戏团有火辣的脱衣舞演出。一个拥有数亿农民的国家，却不能为如此多的农民创造属于农民自己的文化，甚至固有的传统文化都处于渐渐消亡的状态，这难道不是一个巨大的社会问题吗？拓展乡村文化空间成为乡村现代化路途上不容忽视的问题。

历史的天空与农具的隐喻

李锐的“农具”系列可以视作是对“厚土”系列的一个回应。当年的“厚土”不仅是作品的背景，更可以说是小说中沉默的灵魂人物。无言的群山厚土岂不就是无言的农民？对农民生命状况的体察使得李锐痛彻感受到中国农民的沉默无言。李锐在《生命的补偿》一文中就曾经描述过中国农民手中的器物：“他们手里握着的镰刀，新石器时代就已经有了基本的形状；他们打场用的连枷，春秋时代就已经定型；他们铲土用的方锨，在铁器时代就已经流行；他们播种用的耧是西汉人赵过发明的；他们开耕垄上的情形和汉代画像石上的牛耕图一模一样。”时隔多年以后，李锐将农具作为小说的代码，代替土地，显然

① 李锐、王尧：《李锐王尧对话录》，苏州大学出版社2003年版。

有其内在关联。土地、农具、农民是三位一体的，对土地与农民的关注必然会牵引着李锐关注到农民手中的家什。就是这些农具，一旦被发明出来，便与农民休戚相关。几千年来的农民就如几千年不变的农具一样，处在所谓历史的暗影里。中国的农民只是以群像背景的姿态在历史长河中影影绰绰，主角永远是帝王将相之流。所以，对李锐而言，他以怀疑的态度看待文人编撰的历史。但是李锐也并未因此而认同新历史主义的立场：

> “我不大知道新历史主义有什么样的主旨和特点，我所想表达的是在无理性的历史中种种生命的悲情，这种地久天长的悲情是中国文学传统中千百年来被诗人和作家们反复咏叹的情怀。作为一个中国作家，作为一个使用方块字的后来者，我希望自己的创作能接续这个中国文学的深厚传统。……在《银城故事》的叙述上，我希望能把自己的写作和中国悠久的诗歌传统相衔接。我用《凉州词》的四句诗来统领全篇不是随意的，我希望能把《凉州词》古老苍凉的意境贯穿到自己当下的叙述中来，希望能完成一次当代汉语和中国传统文学资源的衔接。”①

相信历史是“无理性”的李锐没有因此否定真实发生过的历史，尤其是他试图连接起文学的历史，在这里他找到了“悲情”传统，在悲情传统中寻找自己的立脚点。从《厚土》开始，李锐便注重悲情的蕴积，经过了《银城故事》的以《凉州词》布局，到了“农具系列”，越发显示出历史互文的古老苍凉。如果说群山厚土是农民沉默的表达，那么农具便可以视为农民度过煎熬生活的凭借，没有农具与土地的农民将无以为生。在农业社会，农具的改进暗含着给农民带来较高收获的可能，进而带来改善生活的希望。中国农民的历史太悠久了，农具的历史一样悠久，渐渐地，二者相伴而生。“农具系列”的每一篇正文前都有一段有关农具历史记载的引子，这些引子初看上去与小说情节的关联不是很大，其实是伏下历史的暗线，留下悠远的历史天空。几千年传承下

---

① 李锐、王尧：《李锐王尧对话录》，苏州大学出版社2003年版。

来的农具在今天农民的手中依然不可替代，有些农具两千年来竟然没有什么改变，这是不是让人觉得农民的时空并没有改变太多？如果我们以农业机械化作对比，这种感觉将更强烈。

但是中国农村终于开始走上渐变之路，乡村不再是以前的乡村，所以农具与农民一样也会面临新问题，农具不仅仅是农民手中的器物，还是一种生活方式的象征。在农具系列中，袴镰、残耱、锄、连枷、耕牛仍然安守农具的本分，而青石磙、樵斧、牧笛、桔槔、扁担则在新的生活状态下开始发挥奇特的功用。但是，无论是安守本分还是出越本分，这些农具都是小说中不出声的灵魂。

青石磙、樵斧、牧笛、桔槔、扁担则在新的状态下获得了异形生存。由于村子里通了电，村民们都改用电磨了，这古老的青石磙几乎从此成为被遗忘的器物，然而，农民拴柱发现了它的新用途：锁捆他买来的老婆。对其他农民来说几乎无用的东西对这个女人来说就是无法挣脱的锁链。樵斧则成为了断和尚怨恨于人世而了解尘缘的利器。牧笛也不再是牧童手中的“太平之风物”，而是流浪艺人逐渐落伍的谋生之物。经过大满设计的变形桔槔成为他和弟弟扒焦炭的便捷用具，也成为大满的丧命之物。金堂挑着扁担进北京，却又是扁担使得他在城市中行动不便以致失去双腿，扁担最终成为他回到家乡的重要支撑。

当李锐以《王祯农书》《中国古代农机具》作为小说的引子从而布置整个系列时，他便是在整个系列中传递历史的分量。为此，他又特地在农具系列之一的结尾附上“《王祯农书》注”，介绍王祯其人其文，强调“两任县尹期间他积极提倡农桑，重视农业生产的发展。公余之暇研究、编辑、整理有关农业生产的资料和经验，于皇庆二年（1313年）写成《王祯农书》……”。作为封建时代的知识分子与官吏，王祯以编辑农书的方式表达知识分子的关切情怀。《王祯农书》的记载成为“农具系列”历史互文的源头。由此，李锐便在农具的本色与今天的变幻之间构筑起了隐约的历史通道。

为了强化小说的历史互文特点，李锐避开了现代化的农具，而完全以传统农具作为连接古今的桥梁。一些传统农具在乡村日常生活中静静闪光，传递出的是乡村生活恒常的一面，而另一些农具在乡村生活中渐渐被淡忘，传递出的则是乡村生活变化的一面。以避开现代化农具的方式，李锐自然地找到了中国传统文学中的悲情传统，“完成一次当代汉语和中国传统文学资源的衔接”。在完全放弃现代化农具的层面上，农具系列成功地继承了文学悲情传统，但是问题也显而易见：现代化农具对中国农民来说已经不再陌生，甚至成为农民田间耕作的新工具，这些新工具对于乡村的意义又在哪里？至少，由于现代化农具的投入使用，农民正在被现代技术从土地上解放出来，农民进入城市的可能性则大为增加。当然，现代化农具给农民带来的不一定都是益处，即使农民可以从土地上脱身，农民与乡村的未来也不是可以轻松预言的。

李敬泽注意到了乡土经验的复杂性：“现在写农村、农民或民工的小说那么多，我认为绝大部分作者都严重低估了这个时代乡土经验的复杂性。实际上已经不存在什么纯粹的乡土了，一个农民或民工的经验也是混杂的、未经命名的，可是作家对此看不到、很隔膜，很少有人能够进入对象的内部，大多不过从外面，甚至在高处的书斋里想象而已。”[①]

当下，城市化进程破坏了我们心目中的乡村，把它变得不那么纯粹，农民也不再是那样简单的农民。在农具系列呈现出斑驳的乡村的时候，我们又有什么理由要求乡村停留于田园想象里？

原载《小说评论》2005年第4期

① 李敬泽、洪治纲、朱小如：《艰难的城市表达——关于当前文学创作中的“城市叙事”三人谈》，《上海文汇报》2005年1月2日。

文学视野中的“村庄”困境

——从阎连科、莫言、李锐小说的地理世界谈起

梁　鸿

纵观当代文学，会发现，如福克纳那样以“邮票”大的地方来建构写作的世界已经成为中国当代作家非常自觉的文学意识，作家们都在有意地构筑自己的“地理世界”，比较清晰且已经有相当系统性的，如阎连科的耙耧山脉，莫言的高密东北乡，毕飞宇的王家庄，贾平凹的商州，李锐的吕梁山脉，等等。韦勒克这样理解文学中的“世界”，“伟大的小说家们都有一个自己的世界，人们可以从中看出这一世界和经验世界的部分重合，但是从它的自我连贯的可理解性来说，它又是一个与经验世界不同的独特的世界”。在文学中，特别是以乡村为背景的当代小说创作中，这一“独特的世界”常常意味着由某种独特的地域特征而延伸出的独特的生命状态、价值立场和独特的小说气味，意味着作家对民族精神和民族历史处境的一种重新想象，它是作家对经验世界某种独特的阐释和对抗方式。因此，“这个小说家的世界或宇宙，这一包含有情节、人物、背景、世界观和‘语调’的模式、结构或有机组织，就是当我们试图把一本小说和生活作比较时，或从道德意义和社会意义上去评判一个小说家的作品时所必须加以考察的对象。”从这个意义上讲，探讨作家“地理世界”的构成特征既是探讨小说的“组织”形式，它的地理背景、结构、语言、人物特征

等，同时，也是探讨作家在这一独特的世界中所展示的世界观、道德感和价值立场。

当我们以这样的视野和角度进入当代作家的“地理世界”时，就会发现，它们充满了本质性的漏洞。这些漏洞一方面是作家“地理世界”设置的本身存在问题，如阎连科“耙耧山脉”的封闭性与价值观的对立，另一方面，漏洞来自作家对这一地理世界的阐释方式，如莫言以感性的民间语言来阐释“高密东北乡”的全部精神特征和生存境况，其结果却呈现出语言盛宴和思想单调的矛盾态势；而李锐“吕梁山脉”的独白和自语则展示了一个无差别的人物群体，它们都在一定程度上阻碍了小说精神的传达。

先从阎连科的小说谈起。

耙耧山脉：封闭与对立

近年来一直追踪阎连科的作品，有一种明显的感觉，无论是研究作品的结构、故事，还是语言、文体，都无法避开作者所虚构的耙耧山脉世界。它由独特的地域色彩、语言系统、时空观念和生存群体构成，在小说中是一种本体的存在，影响并决定着小说的审美特征、价值倾向和小说气息。就阎连科而言，关于耙耧山脉的想象实际上是对整个中国当代历史进程在乡村世界的想象和判断，毫无疑问，它具有极强的隐喻性和寓言性。“所有第三世界的本文均带有寓言性和特殊性：我们应该把这引起本文当作民族寓言来阅读。”詹姆森的这句论断也许最适用于中国乡土小说的状况。乡村，在中国小说家这里，从来都不只是单纯意义的情感追忆，它一开始就与家国丧失、民族精神、道德伦理等等重大命题相联系，在阎连科的小说中，我们可以清晰地感受到散落在耙耧山脉的村庄所带来的复杂的隐喻意义。

可以说，阎连科的耙耧山脉给我们展示了乡土生活的内在逻辑，它的惊心动魄的权力争斗、生存之战及其坚忍的生命意志，无不让人为之震颤，这是处于困境之中的中国底层乡村，是被当代小说和政治文化抛弃了的乡村历史记忆，它蕴含了乡村与现实、历史、当代政治之间复杂的关系。这一切，都是在耙耧山脉那孤独、荒凉和被隔绝的荒野之上展开的。《年月日》一开始就以一场千年不遇的大旱把村庄、先爷与外部世界完全隔离开来，所有的故事都是在孤绝的原野上展开的，先爷的世界是原野、老鼠、瞎狗和那株玉米。《日光流年》和《受活》也不约而同地写了两个在地图上找不到其位置的村庄：三姓村和受活庄。应该说，作者所有的小说都旨在揭示人与历史、现实世界的关系，耙耧山脉作为思考的起点，具有特殊的象征意义。而他为耙耧山脉所设置的特殊形象，也有效地为小说提供了一条很方便的途径。

但是，在以此为基点进行考察的过程中，却又发现，这一地理世界具有致命的弱点，耙耧山脉的孤绝、封闭特性把外部世界进入耙耧山脉的方式、影响乃至后果很清晰地凸显出来，并且作者有意强化其冲突、侵略的一面，这样一来，村庄与外部世界形成绝对的二元对立局面，使得小说结构和精神阐释陷入无法解决的困境。

首先，它容易出现对立的价值判断。耙耧山脉一方是作者叙述的主体，我们看到，在小说中，耙耧山脉的村庄无论多么贫穷，在大部分时候，它们是自在的，按照一种原始主义的道德秩序生存，虽然内部也有压迫和残酷的黑暗，但它们的世界是稳定的，自足的。而外部世界则是作为压迫力量出现的，正是它们冷酷的暴力入侵（不管是以政治的还是以文明的名义）使耙耧山脉失去了原有的恒定性。这样的结构设置有一个好处，就是它能揭示隐藏在“文明、发展”这些名词背后的黑暗和漏洞。比如《受活》，在一种封闭、自然状态下，受活庄的生活虽贫穷但却是美好的，而从进入世界、进入文明和历史开始，受活庄陷入了可怕的灾难之中。政治和文明的冷漠内核以及其对底层世界的忽略在这两相对比之中非常清晰地显示了出来。但是这种二元对立结构很难揭示出文明、发展和原始的村庄之间复杂的纠缠关系。村庄的“封闭性”把它与不断前进的社会之间千丝万缕的联系强行给割断了，也割断了两者的历史渊源和长期相互侵蚀后彼此的同化。小说在揭示历史、政治对村庄的压迫的同时，在展示耙耧山脉落后、自闭的世界观的同时，不得不把文明、历史、社会置于纯粹负性的和抽象的叙述框架中。

作为一位具有批判精神的作家，这种对文明、对历史宏大叙事的否定充分展示了他的精神立场和思考的维度。但是，仅此并不够。一味地否定或批判并不能真正说明问题，除了情感的力量之外，还需要一种思考、辨析和考察。文明的进程从来都不仅仅是负面的，它必然有对传统文化结构和生存环境的正面影响，甚至在许多时候，我们很难说它的侵略性和强迫性是错误的。遗憾的是，由于作品结构本身已经预设了思路、命题和结论，反而使许多问题的探讨流于空泛和简单。对一些大的社会问题来说，这非常有效，但是对于一些微观的东西，作者则有点力不从心。这种倾向性使得小说朝着社会批判主题的方向单一发展，束缚了主题的多向延伸。

其次，这种设置使小说形成一个先天的内在道德结构，作品中的“村庄”形象往往成为一个巨大的道德象征，用它独特的形象——封闭、苦难、残疾、被遗弃，但却充满原始乌托邦的温馨与梦想——压迫着与之相对的外部世界，从而使小说充满了截然分明的道德判断。作者的意图和作品的意蕴一开始就被清楚地展现出来，耙耧山脉是“被损害的和被侮辱的”，政治、社会和文明代表着某种侵略性的势力破坏了这一天然的道德性存在，因此，当村庄在遭遇政治和文明时，它所得到的必然是失去和被伤害。我们不需要带着更深层次的思考去阅读，就可以非常明晰地知道作者要表达的是什么，这使得作品极易披上简单的乌托邦想象的外衣，而其内部叙述的复杂性则被忽略掉，这也是批评者常常批评阎连科小说单薄的原因。

这种道德结构也使得“村庄”根本无法成为一个开放的未来性的存在。作者的所有情感都倾注在这片土地上，它不单是一个村庄，还是作者的理想、希望和爱的寄托地，是人类灵魂所深深热爱的大地、原野、母亲的原型和象征，更是作者对现代性世界批判的起点，这种情感形成一种深刻的道德感被作者赋予在了“村庄”之中，因此，村庄的“封闭”在此是为了保全理想和情感，他不能使其道德界限模糊。这样一来，作者就很难从正面去想象“村庄”的开放，很难去叙述外部世界对村庄的积极影响和浸透，因为这对阎连科来说，是一种背叛。这也是其作品中之所以呈现出对立的价值判断的深层原因。这造成了两个后果，其一，使“村庄”的内在结构呈现出绝对的静止状态，村庄以自己超稳定的道德力量和潜在的道德谴责使所有的发展、演变及日常自然的融合都成为破坏性的和负面的东西，并且，最终，这一“村庄”演化为一种道德象征成为作者唯一所赞同的和向往的，虽然这可能并不是作者的初衷；其二，它影响了小说人物塑造和故事的深度。在这种严格的道德界限下，人物多成了符号化的存在，形象过于单一，单薄，很难具备思辨性。其实，作者并没有放弃描述耙耧山脉内部的愚昧、落后和人性的卑劣，但是，这些批判仅仅局限在耙耧山脉内部，一旦面对外部世界，它们则明显地占据道德优势，作者对其的批判意味要远远低于外部世界，这一倾向性明显地局限了小说人物及事件意义的延展性。

高密东北乡：语言的盛宴与感官世界

可以说，莫言小说的“地理世界”最具备如韦勒克所言的“独特的世界”的特征，从《红高粱》《丰乳肥臀》到《四十一炮》《生死疲劳》，莫言逐渐经营出一个完整、系统的“高密东北乡”形象，它以独特的地理空间、语言方式、人物形象和独特的思维方式使莫言小说充满了象征力量和神秘的个性。而语言是莫言最大的个性，那种充满生命力、想象力的感性语言，充满狂野、自由和张扬之气的语言为中国小说带来了生机，同时，也使莫言的“高密东北乡”成为当代文学中最富蛊惑力的“地理世界”。但是，阅读莫言近几年的小说，却有一种不祥的感觉，这一世界开始变得莫名其妙，杂草丛生。

当作家对语言游戏过于倾心时，会带来小说本质倾向的变化。“说”的强烈欲望和对自我想象力的盲目信任已经严重毒害了莫言的高密东北乡，从中也能感受到高密东北乡所蕴含的某种可怕和彻骨的寒意。《四十一炮》并不是如莫言所说的“诉说就是目的”，它仍然携带有小说精神所关心的东西，如社会现实问题，人性乃至于生活本身等，罗小通的存在似乎是一个反讽性人物，以“吃”来面对这世界的荒谬和丑恶，但是，在语言不断膨胀的过程中，在对自己语言本领的沉醉中，作者逐渐失去了控制语言的能力，语言如毒瘤一样，挂满枝头，至于小说这棵树本身的形态，已经看不见了。语言最终凌驾于小说其他因素之上，消解了故事本身所蕴含的悲伤和荒谬，消解了小说所描述的生活和社会漏洞给人带来的巨大震撼。而去除了语言的盛宴之后，我们看到的是一个没有任何变化的“高密东北乡”形象，故事、人物甚至所揭示的社会主题都非常俗套、陈旧。

语言在莫言那里逐渐成了一柄双刃剑，在成就他的同时，却也开始从根本上毁败他和他的高密东北乡。而之所以出现如此的状况，有一个不能忽视的原因，就是莫言过分依赖并器重语言的感性化。他甚至毫不讳言他要完全回到一种民间的叙述，去除那些思索性、议论性语言。应该说，莫言是一个以感性取胜的作家，在感性这一点上，他是无人可比的，语言的感性、思想的感性和充满感性的体验视角，乃至于他对高密东北乡的“故乡记忆”都赋予了莫言小说最独特的价值。但是，莫言过于信任和夸大他的感性了，《红高粱》充满个性和张扬的“生命力”和“酒神精神”的全面胜利使他对他的感性充满感激，他以后的小说都在朝着感性的自由、狂放扩张发展，他有能力把高密东北乡写得阔大、无边无际，充满着丰饶、腐败、死亡、再生等各种互相交错的意象，他有能力把一个故事讲得华丽无比，他有能力把一个场景写得细致无比，使你震撼、恶心、欢乐或其他，可以说，现代汉语在莫言这里，得到最大限度的组合、利用和生发。

可也仅止于此。感性语言有它自身的局限性，它的描述功能很强，却难以表述本质的东西，作者的故事、语言总会陷入大量的重复之中，反复性、循环性的表述，使得故事的意义容易被封闭于故事之内，很难外溢。语言始终在感性里面打转转，叙述的华美和丰盛很难产生意义，而审美也因这无边无际的“语言所指的延迟”而变得疲劳不堪，思想很难从这具体、密集、繁杂的感觉中挣扎出来，社会的漏洞、生命的复杂存在、中国文化精神的多义和暧昧都在作者不加节制的描述中逐渐被淡远，“高密东北乡”只剩下一堆堆茂盛无比的野草，由于未经有效组合而显得芜杂、繁乱，这一切反而使他小说的意义朝着单一的方向发展。而理性意识的缺乏（它甚至是莫言有意摒弃的）使得作者对他所涉及的许多问题，比如所谓的“民间精神”“个性”“民间物象”等缺乏一种清醒的认识。因此，在阅读莫言的小说时，常常觉得，许多句子只是一种华丽而又无意义的排比、组合、重复，语言的不断衍生和对感觉的过于铺张使得意义离作者越来越远。语言开始背叛莫言，背叛他的高密东北乡，飞扬跋扈，为所欲为。

在《檀香刑》的后记中，作者写道："为了适合广场化的、用耳朵的阅读，我有意地大量使用了韵文，有意地使用了戏剧化的叙事手段，制造出了流畅、浅显、夸张、华丽的叙事效果。民间说唱艺术，曾经是小说的基础。在小说这种原本是民间的俗艺渐渐成为庙堂里的雅言的今天，在对西方文学的借鉴压倒了对民间文学的继承的今天，《檀香刑》大概是一本不合时尚的书。《檀香刑》是我的创作过程中的一次有意识地大踏步撤退，可惜我撤退得还不够到位。"莫言在这段话中隐含着几层意义：第一，他试图让小说回到民间世界，从更深的意义上讲，回到中国文化形式的深处，依循中国小说发展的轨迹重新寻找小说的意义并定位小说的位置，小说始终是"小说"，而不是"大说"，这是对把主题意义看得过于重要的当代小说观念的一次反抗；第二，作者试图摆脱五四启蒙话语语式，回到纯粹民间的语言艺术中。他的这种流畅、浅显的叙事方式和韵文的语言方式完全借鉴于中国民间艺术，用书写的形式来传达出说唱艺术所具有的口语化和狂欢化，同时，用民间语言方式来表现民间世界特有的思维方式和中国民间精神的特征。其实，《檀香刑》的意义也正在于此。在某种意义上，中国当代小说太模仿西方小说了，过分的认同常常导致自我的丧失，中国小说正处于意义空洞而贫乏的时期，思想，尤其是那种脱离中国文化思维的空洞思想，已经无法支撑起中国小说走向更宽广和富于含义的道路。而对于莫言这样的小说家来说，他的小说之根和思想之源使他能清醒地意识到西方文学给中国文学所带来的困扰，当代文学需要改变，需要重新回到中国语境和中国精神之中。

但是，"高密东北乡"到底能不能承担起如此的重任？或者说，它自身，包括它的存在形态、表达形式能否传达出作者对现代小说的精神期待？从另一角度来思考，究竟什么是中国精神、中国风格？作家应该以什么样的心态、情感和思维向度来面对古老、原始、充满歧义的中国精神？难道仅仅是一种再现？把残酷的、落后的、暗淡的中国精神以一种欢乐、夸张甚至于赞美的方式表达出来？另外，就语言而言，对于在现代汉语语境中成长起来的莫言来说，能否回到纯粹的民间语言？这种简单模仿民间语言资源的形式能否传达出“民间精神”？即使是真的回到“高密东北乡”的内部，回到民间说唱艺术之中去，它呈现给我们的是一个真正的民间精神世界吗？它是张扬了作者的想象力和对民间精神的穿透力，还是相反？而最为根本的是，这种“流畅、浅显、华丽”的叙事风格究竟在多大程度上代表着“民间精神”？它能在多大程度上携带着作家个人的思想和精神指向？

实际上，莫言所宣布的“后撤”还并不是问题的本质，真正的问题是，语言背叛了莫言，并使之偏离了他构筑“高密东北乡”的最初意图。莫言已经无法控制语言，不是他在说话，是话在滔滔不绝地把他出卖。无论莫言有多么好的愿望多么好的企图，其结果，传达给读者的都是背道而驰的东西。从《檀香刑》《四十一炮》中，可以明显地感受到这一点，他被他那种“无限延迟的、华丽而又空洞的狂欢化语言”给毒害了。评论者总是把莫言某些极致描述给人带来的冷酷感归结为读者精神的脆弱和理解的狭隘，实际上，读者无法接受《檀香刑》行刑的描述，并不只是因为情节本身过于残酷和莫言对这些细节本身过于精细的描述，而是因为这残酷背后，太明显地流露出了作者的津津乐道、得意和深深的陶醉感。用“欢乐”表现“残酷”，用“轻”表达“重”，本是当代小说一个重要特征，但是，当语言的快感完全控制作者的时候，语言的隐喻意义也掩盖了作家对词语的重新体验和认识，这种滔滔不绝的叙述只能显示作者立场的丧失和内在精神的冷漠和自私。作者特意的“撤退”和“客观”在某种程度上却是在为中国精神中残酷的文化传统唱赞歌。换言之，莫言本想往更为民间、更为感性，也更为宽阔的中国生活撤退，却陷入了语言的圈套，他的思想、精神被弄得歧义丛生，小说染上“调情和游戏”的色调，“高密东北乡”也由此而成为时代精神最暧昧难辨的地带。

吕梁山脉：口语与独白

如果说阎连科用封闭的村庄来勾画他的“耙耧山脉”，莫言用语言的盛宴来展示“高密东北乡”的个性和生命境像，那么，李锐则用一种完全内倾性的方式来塑造他的吕梁山脉。吕梁山脉，浑黄色的山脉、浑黄色的原野和浑黄色的中国农民，它们的形象本身就具有中国的原型特征。在“行走的群山”系列中，小说语言的组合与过滤，故事的筛选与重构，文体的风格、速度、厚度，都与“吕梁山脉”的这一基本形态有关。在时代政治和乡村伦理逻辑的夹缝中，吕梁山的矮人坪村成为一个被迫敞开的存在，并且试图以“自己”的语言出现在人类文明的羊皮纸上。

作者在《无风之树》的后记中写道：“我不希望吕梁山脉在我的小说中仅仅是一个地理名称，或者仅仅是作为一种地域文化的标志。当吕梁山作为小说中的名称而出现的时候，它应当具有无可置疑的丰富的文学内涵。吕梁山不应当仅仅是我提到过的一座山脉的名字，不应当仅仅是山西的一座山，甚至不应当仅仅是中国的一座山。”作者的确达到了他的大部分目的，“吕梁山脉”在小说中并不仅仅是一个“地理名称”或“地域文化的标志”，它涵盖了中国最沉默阶层的生活状态，也寓言式地隐喻了中国民众的存在境遇。但是，怎样的“文学内涵”才是“无可置疑的丰富的”？在这里，李锐其实是对自己用口语和独白的方式直接进入吕梁山脉内部的一种肯定。他认为自己“从原来高度控制井然有序的书面叙述，到自由自在错杂纷呈的口语展现的转变中，我体会到从未有过的自由和丰富”。对于一个作家来说，一种语言形式的变换实际上是整个思维方向的转向。作者隐匿了自己知识分子叙述者的身份，用吕梁山脉的语言方式和叙述方式来阐释世界，这样一来，他们的道德、伦理和行为方式就拥有了真切的理由，他们的内心生活也以前所未有的丰富性呈现出来。

独白即诉说，它既是面对具体的世界和人的，同时，又没有实际的指称，不会遭遇“现实对话”所出现的截流和扭曲，因此，它可以完整地表达出独白主人公对世界的看法。而对于吕梁山脉来说，人物的内心独白无疑让我们听到那遮蔽在历史深处的底层话语，看见那底层的存在形态。刘主任、天柱、苦根儿、暖玉、拐叔，面对历史、文明，他们第一次张开嘴，开始说话。毫无疑问，他们对自身的处境和对世界的阐释角度都是不同的。“当每一个都从自己的视角出发讲述世界的时候，我们就会看到一个千差万别的世界。”的确如此。矮人坪村虽然面临着“文革”的阶级斗争风暴，但是，他们心中所想的却是暖玉，他们按照自己的逻辑理解“文革”并选择自己的行为。而刘主任也只是拿着自己革命的功劳簿来满足自己对暖玉的热爱，每一个人都有自己不可告人的隐秘。但是，所有这些视角综合在一起，作者给我们呈现的是一个并无意外的世界，或者说，这一世界的形象并没有超出我们通常对历史的认识和对文明的理解力。每个人的言说虽然有所不同，却并没有构成质的差别，或者说，他们的世界观仍是一致的，只是言说的方式不一样罢了，他们每一个人的独白并没有给出新的有启发性的阐释。

我们再从另外一个角度来看《无风之树》“口语化”和“独白”的意义。应该说，李锐是较早试图运用口语来表述底层世界存在的中国作家。作者摒弃了惯用的知识分子话语，进入底层世界内部，以它们的语言形式展开对吕梁山脉的描述，在这里，口语不再只是细节上和对话上的，它是本体性的，以自己的语句逻辑和结构特点，以自己的存在形态直接呈现出方言世界在历史和现实中的处境。吕梁山脉的语言是极其贫瘠的。它们无法支撑起矮人坪人对世界的表述，因此，在最急切的时候，他们只能用“呜哇哇……呜哇哇……”这些无法指称的语气词来诉说，应该说，这是文学史上最有力的倾诉，痛苦、悲伤、愤怒和无法命名的仇恨都在这“呜哇哇”中显示出来。但这也导致了另外一个问题。作者虽然让我们感受到了吕梁山脉的愤怒和无言的痛苦，却只是感性的，很难达到一种升华或者飞跃。矮人坪对世界的愤怒是极其单纯而混沌的。当作者完全用口语和独白形式来展示他们的世界时，几乎无法使用思考性的、理性化的语言，吕梁山脉感性、混沌的语言形象地展示了他们内在世界的声音，但同时，能指话语本身的混沌容易造成所指的模糊、复杂，这给小说意义的扩张带来一定的障碍，在某种程度上也导致了“吕梁山脉”存在处境呈现出单薄的形象。这一点在他的另一部长篇小说《万里无云》里更加明显地显现出来。

韦勒克在《文学理论》中这样论述文学与思想的关系，只有当这些思想与文学作品的肌理真正交织在一起，成为其组织的“基本要素”，质言之，只有当这些思想不再是通常意义和概念上的思想而成为象征甚至神话时，才会出现文学作品中的思想问题。阅读李锐的小说，有一种非常奇怪的感觉，就文字而言，可以说李锐的小说中几乎没有直白的议论或对他所要阐述的思想的分析，他的所有文字、语言都是纯描述性的，但是，当我们以整体的体验重新回到吕梁山脉的那一村庄时，却明显地觉得，小说过于抽象了，或者说，小说的理念和思想过于强大，远远超出了小说“肌理”所能承受的重量，没能真正成为小说的“肌理”，更无法成为其“基本要素”，最终，小说的思想性与文学性呈现出明显的分裂趋势和不均衡状态。这导致了人物的单一性和扁平性，同时，也使得吕梁山脉显得非常被动，只是一种反映式的，而非生成性的存在。因此，我们很容易从“吕梁山脉”支离破碎的内心独白中找寻到某种时代话语和作者批判的指向，甚至有一种对号入座的感觉，刘主任、苦根儿和天柱分别代表了时代的几类人物，也抽象地代表了时代最普遍的精神特征和吕梁山脉最普遍的生存处境，每一个人物的形象都没有超出日常的判断之外，也没有带给读者任何意外和震惊的感受。

李锐近几年反复提到重建“语言自觉”和“汉语主体性”的问题，他认为只有实现“语言的自觉”，才能表达出人的存在的丰富性，在这一理念的基础上，他开始思索“书面语”和“民间口语”对文学的意义，《无风之树》和《万里无云》的口语倾诉正是李锐的一次尝试。但他自己也说，“我用直接的口语，实质上并非当地农民的真正的口语，这是我创作的口语，我真要用当地农民的口语写小说谁都看不懂”。我们姑且不论“我创作的口语”在多大程度上传达出了吕梁山脉的整体气质，这同时也意味着，民间口语在某种意义上仍只是作家的一种表述形式，李锐所传达出的“吕梁山脉”仍然是经过作家删减和修改过的，那么，被删减掉的那一部分“吕梁山脉”又是什么样子呢？一种叙述就意味着一种语境和历史处境的呈现，一种语言方式也意味着一种生命方式，在选择和排除的过程中，什么样的生命形式被永远“遮蔽”起来了呢？也许，这正是李锐产生“语言的焦虑”的原因所在。“汉语主体性”的保持永远只对使用语言本身的人有效，一旦成为“作家—表述者”的“主体性”，那必然意味着“被表述者”的主体性的某种缺失。

其实，这并不是李锐一个人所面临的困境。当作家真正试图构造一个完整的“地理世界”，并且希望能通过这一“地理世界”来隐喻出他对世界、文明和人类的感知时，尤其是，当他的“地理世界”在历史处境中从来就处于失语地位时，他必然要面临一个“表述”的问题。如何运用汉语言文字这样一个属于文明的符号来传达那些一直被文明所忽略的存在，怎样的表述才能最深刻、最真实地揭示他们的过去、现在和未来，这可能是整个当代文学所正在并仍将面临的困境。

原载《文艺争鸣》2006年第5期

困惑与超越

——评李锐的《太平风物》

徐阿兵

蛰居山西的作家李锐，曾以《厚土》系列（1989）以及长篇小说《无风之树》（1996）、《银城故事》（2002）等为文坛所瞩目。经过一段时间的“沉寂”之后，李锐于2004年起，陆续推出他的“农具系列”小说，累计有8个系列共14个短篇，目前已经结集出版。[①]“农具系列”吸引了一部分评论者的眼光，他们的文章都致力于发掘小说蕴含的多重主题及其新式文体的意义。[②]确实，它的出现，似乎给文坛吹进一股清新的田园之风，带给人们一种新奇感；然而这风里所卷挟着的实实在在的生活气息，却足以让人们体味到几分真实的沉重和无奈的悲凉。

---

① 李锐：《太平风物——农具系列小说展览》，生活·读书·新知三联书店2006年版。

② 目前所见的文章，主要是对李锐单篇小说或单个系列的评论，有陈树萍、李相银的《现代化进程中的乡村叙事——评李锐“农具系列之一”（《当代文坛》2005年第6期），张均《“超越”的限度——论李锐兼及对新自由主义文学的批评》（《当代文坛》2006年第1期）等。只有赵晖的《寂静之维下的艺术探索——评李锐“农具系列”》（《海南师范学院学报》社会科学版，2005年第6期）论及前七个系列。

一

“农具系列”的特异之处，在相当程度上得益于作家出人意料地选择农具作为艺术表现的切入点。但如果考虑到李锐自20世纪80年代以来对吕梁山区农民生活的持续关注和深入思考，便知农具之入其笔端，实非偶然。在《生命的报偿》一文中，李锐曾经这样写道：“他们手里握着的镰刀，新石器时代就已经有了基本的形状；他们打场用的连耞，春秋时代就已定型；他们铲土用的方锹，在铁器时代就已流行；他们播种用的耧是西汉人赵过发明的；他们开耕垄上的情形和汉代画像石上的牛耕图一模一样……世世代代，他们就是这样重复着，重复了几十个世纪。”[①]农具紧密地联系着农民赖以生存的土地，联系着农民的生活，作为“历史”的见证，农具和它们的使用者——农民们一起，在辛苦的劳作中历经了无数的风风雨雨，穿越了漫长的农耕文明时代，直至今天。农具由此获得了一种厚重的历史意蕴，无疑也具有独特的艺术表现价值。因此，借农具以表现延续与变异、传承与失落、记忆与遗忘这类主题，正是小说的题中应有之义。不过，应该指出的一点是，农具在李锐的整个创作中的地位显然是“今非昔比”了：如果说，在《厚土》时期，对农具的观感还只是作为呈现乡土厚重的历史沉淀的手段之一，那么现在，农具似乎被赋予了相对“独立”的审美价值，李锐试图让它们独自承担起表现乡村的“历史”以及“现在”这一重任。在这个系列中，每一篇的开头都有李锐刻意搜集的相关资料，借以显现农具的传统功用及其历史内涵；不过，李锐更为关注的似乎是传统农具在功用方面的现代变异——他为我们讲述的，首先就是操持那些农具的村民们的现代遭遇。

农具系列大量地涉及了农村的现代发展的背景，其中主要是农村的拆迁重组、土地和资源的开发利用。不过李锐的笔墨并没有正面渲染这些宏大的场景，他所关心的只是村民们在各种特定情势之下的所思所想和所作所为。如《袴镰》中写到，村长杜文革在经营村里的煤窑时被陈保来查出了贪污的证

① 李锐：《厚土》，山东文艺出版社2002年版，第254—255页。

据，保来持续五年的奔走非但没有告倒村长，反而为其所害。保来的弟弟有来继承哥哥的遗志，但三年来仍未见效。文中村长的以权谋私、一手遮天和保来兄弟的渴求公道、渴望平等，显然构成了强烈对比，也很能反映现代农村发展中人们对待固有的价值观念的不同态度。此外，《锄》的叙事也是在两湾村的土地被煤炭公司收购这一背景下展开的，《耧车》也直接关系到老林沟村的开发和拆迁并村一事。

乡村的城市化进程导致农村劳动力的外流，这无疑给农村带来了莫大的变化。最常见的结果就是，青壮年劳动力纷纷向城市靠拢，或者直接进城务工，只有老人们滞留家中。于是我们才会看到，在大好的耕种时节里大量土地被抛荒（《耧车》），孤单衰老的老人驾着骡子拖着残耱在地里劳作（《残耱》）；于是我们才会理解，为什么六安爷在半盲状态下还坚持去已经转卖的地里翻锄那片熟稔的泥土（《锄》），而且自得其乐地说道：“我不是锄地，我是过瘾。”《扁担》则叙述年轻木匠金堂进城打工的不幸经历：他还没来得及在城里找到工作，就因遭遇意外的车祸而失去了双腿，只能回家。历尽千辛万苦，在快到家的山路上，金堂放声大哭，生死未卜。《樵斧》中的僧人了断，最初也是一个进城打工的农民，被机器伤残后不得不四处流浪，饱受磨难而讨不到公道，最后，心灰意冷而决意出家。

几乎每一个乡下人都有一个自己的城市梦，也都有自己实现这个梦想的方式。《青石碾》中的郑三妹就坚信自己总有一天“会变成一个有钱的城里人”，而她的实际行动就是拐卖家乡的妇女。案发后历经八年的侥幸逃捕，自己也沦落成一个被拐卖的妇女，但她仍然不甘心，直至最终被抓捕时才如梦初醒。而与乡下人的城市梦形成富有意味对照的，是城里人的“乡村梦”：他们是如此乐意看见一个自己想象中的“原汁原味”的乡村，以至于镇长亲自要求“民俗村”的村民，为前来观光的游客唱曲子时，还要拿上一把“被河沙磨光的铁锹”（《铁锹》）。知青出身的陈总，可以把乡村的人声鸟语、鸡鸣狗吠都“用一套高级录音机专门从五人坪录回来”，甚至“扶着犁铧的满金爷”和柳叶儿开耕撒种的真实场景，也能被配以各种声音逼真地出现在北京的高尔夫球场上，为现代化的运动场造就一派“平静安详”的氛围（《犁铧》）。

《太平风物》不同程度地涉及了农村发展中的方方面面，除了农村土地和资源的开发、农民工进城、农村旅游业发展，还有农村的教育现状（《连耞》）、卫生防疫（《耕牛》）以及文化娱乐（《牧笛》）等等，其问题意识的广泛和深入，自不待言。但意味深长的是，小说从未正面展开关于当前重大问题的“宏大叙事”，作家更倾向于揭示农具传统功用在现代社会中所发生的，以及可能发生的各种变化。我们看到：袴镰可能由收割的农具变成伸张“正义”的利器，残耱则从耱地的器具转为伤老自哀的象征，过去磨面的青石碾已经成为圈禁的牢笼，连耞则可能是文人和农民之间隔膜的表征，行走四方的扁担和它的主人一起遭受了意外的断裂和摧残，樵斧由农夫耕作时的“随身尤不可阙者”一变而成为杀人自残的利器；锄、耧车、镢和耕牛依然可用，但它们不再用来收获希望；桔槔依然如古时一样省力，然而潜藏的现代悲剧远非人所能预料；铁锹和犁铧，则被作为另一个世界的形象，与其他物什一起在外人的观看中被动地延续着“世外桃源”的千年幻梦；作为“古今太平之风物”的牧笛，如今亦已哑然失声……

如果我们把农具系列的主题归结为现代化进程中的农村叙事，那么也就应该承认，传统农具的现代命运在此无疑具有相当的象征意义。作为一种不乏极端的体验，老朽残败的农具及其使用者们的现代遭际，从一个出人意料的角度深刻地折射出乡村文明固有传统以及价值观念的失落，以及乡村在现代化的不平之路上的跌宕、颠簸和困惑、徘徊。

二

农具系列的另一个引人注目之处，是它在文体上的探索意识。它的直接标志是，开篇先有图文，然后才是小说的“正文”——或许应该说，作家本人的意图是让这些图文也成为小说“本身”的一个有机部分，希望借此使“自己的写作在文体上有所突破”。在我看来，引用图文不仅仅是有意让读者首先获得一种直观的认识，其深层意图在于，使图文和小说内容之间形成一种“互文性”。以《樵斧》为例，开篇即赫然印有“桑斧”和“石斧”的样式，然后引述一段关于斧的得名、起源和演变的文字，这就不仅交代清楚了斧的历史，也悄然引入一段农耕文明的发展演变史作为读者阅读和接受的心理背景。读完之后掩卷回味，小说本身简洁、含蓄的艺术效果与前引图样的古朴、粗略的简拙意味之间，竟然有着某种有意无意的交融。“互文”的另一个表现是，斧的“历史”与“现在”也在小说中构成一种潜在的互相比照和映衬。斧与人类相伴的历史何止千年，然而农书中只记述其农事上的功用，没有、也不可能提及它在纷乱的世事中历经的杀伐与纷争——然而正是在《樵斧》这一篇中，我们看到了斧子的另一面：当农民进城务工遭遇不公、求告无门、流离失所之时，原本用来砍柴的樵斧也遭遇了狰狞的异变，它不仅被用以报复社会，更被人用来自残自弃！这是对古代农书上“遗漏”了的斧的“功用”的一个补充，还是斧的历史演变的一个现代版寓言呢？或许两者兼而有之吧。

从整体上看，这种“互文性”在各篇体现的程度并不一致。相比而论，《桔槔》的“互文性”可能是较为明显也较为强烈的。古时的桔槔就能够起到“用力少而见功多”的妙用，而崇尚自然、主张绝圣弃智的庄子就不以为然地讽刺过它的“机心”。[①]小说中“现代版”的桔槔仍旧高效省力，并且能带来可观的经济效益；但是使用者也招致了远非庄子时代所能预料的悲剧结果。由此看来，人之存有“机心”，自古以来就不足称道。况且，窃取公家财物而转卖致富，本身就足以说明，淳朴的“人心”和传统的价值观念发生了多大的转变。然而，即便人心的巨变如此，古老的伦理风俗仍在令人惊诧地继续传承下去！农具所牵引出的“历史”和“现在”，在《桔槔》的多个层面相互交缠、相互阐释，使小说的意蕴得以丰富和提升。

全面评价农具系列在文体上的探索意识，还必须考察农具与小说叙事之间的关系。如在《袴镰》中，小说以倒装叙事的方式展开，陈有来的冲动杀人，以及他后来被警察开枪误杀，都与镰刀密切相关。《耕牛》以红宝领着耕牛黄宝逃避强制执行的防疫措施始，以他们因藏身的土窑洞塌陷被埋而终。《桔槔》中桔槔的“发明”和“应用”显然是导致大满的悲剧的最关键因素，也是

① 汪政：《说〈桔槔〉》，《山花》2005年第4期。

小说展开叙事的首要推力。以上几篇的共同点是，农具的存在直接与小说人物“合为一体”，成为故事发展的不可或缺的推动力。

另一种情形是，农具只是作为一种“场景”或者“道具”，或隐或显地出现在小说的叙述中。如《残糖》中铺叙黄昏残景中的孤苦老人的复杂心绪，残糖只是点染孤苦心境的一抹重彩。《樵斧》中两位警官向慧云法师询问僧人了断之事，在双方的交谈中，那把“历经了无数杀伐的”樵斧一直“有几分悲壮地突兀在优美如画的风景当中”。《犁铧》一文中，“满金爷和他手里扶着的犁铧是桃花潭高尔夫球场乡村俱乐部的标志”，宝生记忆中的满金爷和柳叶儿开耕撒种的情形，作为一个背景与此交叠。《耧车》叙述爷爷领着小孙子在即将荒废的地里播种最后一次希望，宁静的山谷里，现实情景“好像一个神话的开头”，古老的耧车作为一个“听众”出现在讲述神话传说故事的现场——或许在不远的将来，古老的农耕文明也将成为一段神话般的记忆吧。

有时，农具与小说叙事之间的关联更趋弱化。比如镢和锄就只是歪歪和六安爷舒泄心中郁结的情绪的一个工具，与他们本身的遭际并无直接关联。再如扁担，也只能理解为金堂历尽磨难的一个见证物；青石碾只有在女人遭受丈夫虐待时才派上用场；铁锹仅仅是小民父亲在唱曲子时拿着的一样“民俗”摆设；连枷在小说中最后才出现，借以暗示文人与农民生活之间的某种隔阂；更甚者则是牧笛，从故事一开始就被塞进布袋里，虽然它还能在里面和响板发出“清脆悦耳的碰撞声”，但此后就一直被埋没在现代马戏团带来的喧嚣中了。

农具的出现，使得李锐的叙述给我们带来了一种新的体验。那么，李锐的这些直接以农具冠名的小说，究竟有哪些创新意义呢？我以为，这个问题应当一分为二地来看待。比如，《残糖》和《镢》等可算情绪型小说，长于渲染氛围、体摹人情和营造意境。究其原因，一来这些本是李锐擅长的，①在此得到了进一步的发挥；二则由于农具本身在这类小说中的“背景”作用处理较为得当。不过，当农具的“背景色”过于黯淡时，农具与小说之间的结合就难免

① 马风在评价《厚土》时就已经指出，李锐小说的氛围本身“不仅仅是一种表现手段，而且也是一种表现目的”。《氛围的营造和渲染——〈厚土〉的艺术支点》，《当代作家评论》1987年第4期。

显得牵强和偏颇，甚至影响小说的艺术效果（比如《牧笛》一篇就几乎毫不涉及作为农具的牧笛，《连枷》末尾小女孩对范成大诗歌的评价也给人以突兀之感）。而《桔槔》和《耕牛》等则可归入情节型小说，农具与故事的发展之间有着恰切的关联。但有时也似乎太“过”：陈有来以镰刀杀人获罪，但是他在看见老婆孩子时自然地站起身子，持枪包围了他的警察却误以为他想操起镰刀反抗，并开枪将他射死；而经过改装的扁担竟然如此地不可思议，可以帮助金堂从北京挪回老家。

由此观之，在农具与小说叙述之间的关系的处理上，关键当在于把握其中的“度”。对农具系列的形式探索意义，或可作如是观：以某一农具为名的小说创作，农具与小说叙述之间的结合程度，当在似近似远、若隐若现之间，只有这样的探索和实践才会留下更多的艺术空间，所谓实至名归、名副其实；而太远或太近则未必见佳，太远时徒有农具之名，太近则难免造作，所谓过犹不及也。

三

对农民和农村问题的持续关注，使得20世纪中国乡土文学的现实精神一直绵延不绝。在当前中国农村城市化、现代化的大背景之下，“三农”问题已经为全社会所瞩目，也是文坛创作的一大热点。对于作家们来说，原有的创作经验至今未必仍然适用，比如贾平凹就曾经感叹农村变化太大，“按原来的写法已经没办法描绘”，“以前的观念没有办法再套用”①了。环视当下文坛，我们确实能够发现一些对农村并不了解的蹩脚创作，某些作家始终都与农村的“真实”隔着一层。因此，对于有责任感的作家来说，新的文化语境无疑向他们提出了新的要求，“在这样一个多元复杂的观念世界里，乡土文学作家需要解决的并不是‘写什么’的问题，而是应该考虑‘怎么写’，怎样才能获

① 贾平凹、郜元宝：《〈秦腔〉和乡土文学的未来》，《上海文汇报》2005年4月10日。

得符合人类文明与历史进步的价值理念。”[①]对于李锐来说，并不存在他与表现对象之间的隔膜问题，我们也不难体会到他对农村发展所面临的许多问题的敏锐感知，其中有些现象甚至是令人痛心疾首的。但耐人寻味的是，农具系列十分热衷于处理悲剧性的事件（《袴镰》《青石碾》《樵斧》《桔槔》《扁担》），即便是那些旨在刻画某种生活场景和情绪片段的短篇佳制（如《镢》和《耧车》），也总是低徊着一股无奈的悲凉感：半盲老人执着地挥锄，他所代表的农民与土地的和谐状态，只能是一种“回光返照”（《锄》）；残存的人间温情，也随着红宝和黄宝一起被长埋在塌陷的窑洞里（《耕牛》）……

显然，与农村的发展面临诸多困惑一样，李锐的创作也被某些问题困扰着。不难发现，小说所涉及的农具，几乎都只是一些古老的传统农具，李锐似乎从不提及农村出现的新的生产工具，也没有涉及农村已经出现的一些新的生产面貌。因此，农具系列所达到的境界，只能是一种“片面的真相”。我们还可以追问的是：“传统”的农具是否足以担当起表现“现代化”的艺术使命？如果仅就审美的考虑而言，无论以什么作为艺术表现的切入点，本也无可厚非。只不过，农具系列真正的症结在于：一旦涉及重要的现实问题，作家就难免情感浮躁、下笔失控，以致艺术上偶有粗糙之感（比如《牧笛》中瞎子说书和脱衣舞表演的牵强对比，在《樵斧》中甚至让理应看透尘世的慧云法师向警官申诉了断是如何地有“悲情”），甚至刻意追求一种“悲”的艺术效果（《扁担》中的金堂，进城之后未及找到工作便失去了双腿）。由此看来，面对现实问题时的困惑和焦虑感，不仅是我们阐释农具系列时面临的难题，也将是李锐的小说创作有待超越的一个困境。

原载《当代文坛》2007年第4期

① 丁帆：《文明冲突下的寻找与逃逸——论农民工生存境遇描写的两难选择》，《江海学刊》2005年第6期。

李锐小说诗性特征分析

翟永明

李锐的小说创作立足本土，以“人”的表达为核心，极力捍卫着个体生命的价值与尊严，依照这样的创作准则和价值立场，李锐对20世纪诸如“启蒙”“革命”等话语主题做出了自己的回应。但是，李锐的小说并没有仅仅停留于具体可感的现实层面，而是追求着一种更高的有着哲学韵味的层面。在与《收获》杂志编辑钟红明的一次对话中，李锐曾说：“我用不同的人物，从不同的角度出发去反复地追问和表达。这追问不是对苦难的控诉，而是对人的自责，对自己的自责。就像史铁生说的那样‘从个人出发去追问普遍的人类困境’。”[①]这是李锐对自己小说创作特征的一种精炼的概括，从中可以看出，李锐小说的终极指向是对“人的自责”，是对“人类困境”的追问。但是，由对具体话语情境的回应到哲性的提升，其间需要一定的转换与过渡，也就是文本需具有一种提升的介质才能实现这种升腾。就李锐的小说来看，实现终极指向意图的关键在于小说本身所具有的一种诗性特征，包含着强烈审美效果的诗性空间的营造给李锐的小说带来了升腾的力量，不仅使所述之“事”得到哲性的提升，而且还实现了情理相融，从而使他的小说精致圆润，极具审美艺术感

① 李锐：《银城故事》，长江文艺出版社2002年版。

染力和震撼力。

一

在李锐的早期小说里，诗意的表现非常直接，这是由作家创作初期的“天真”[①]个性所决定的，这一时期由于作家的写作技巧及生活理解尚处于不成熟的阶段，有的只是一种初创期的激情，这种激情带给作品的往往是一种诗意。李国涛曾称赞李锐的早期小说中包含着一种赤子之心，这在以童年生活为题材的中篇小说《红房子》里表现得尤为明显。由于描写的是儿时的回忆，因此《红房子》显露出作者笃实自然的情感，其乐融融的草木世界、温馨的母爱、浓浓的乡情……都带给人极大的审美享受，继而很容易地激发了人们对人类美好童年的缅怀。《红房子》中虽未包含更多的理性思考，但其所透露出来的一种本真情感同样使人回味良久。到了《厚土》，李锐的小说创作风格出现了很大的转变，由创作初期的热情纯真转向了冷峻凝重，而这构成了李锐小说的另一种诗意，这种诗意带给人们的更多的却是对人类生存状态的反思。漫漫黄土中人们如蝼蚁般的生存，为了存活对极度匮乏的物质资料的争夺，精神上的负重带来的人的尊严的丧失，性饥饿对人的心理的扭曲等等的描写，都构成了对人类存在追问的介质，推动着小说走向更高的意义层次。《旧址》由于是一场“和祖先与亲人的对话”，[②]并且由于是作者初次直接面对历史，因此它延续了李锐创作《红房子》时期的激情，在对将近大半个世纪历史的描述中，抒情意味非常浓厚。这不但使冰冷的历史事件中汇入奔腾的激情，而且使得整个小说也包含着浓烈的诗意。

相比较而言，《无风之树》与《万里无云》中所蕴含的诗意更为明显，这首先是与两篇小说所使用的叙事人称有关。由于小说在叙事人称上大规模地采用了第一人称“我”进行叙述，这使得人物可以“直接呈现心灵”，因为第一

① 李国涛：《李锐的气质和艺术》，《当代作家评论》1987年第4期。

② 李锐：《旧址》，山东文艺出版社2002年版。

人称的叙述最适合抒发内心感受，进行内心剖白。实际上两部小说的情节推进也正是从一个内心世界走向另一个内心世界，渴望、焦虑、孤独、悲哀、绝望都可清晰地触摸到，情感的奔涌流泻营造了一个生机勃勃的诗意空间。此外，李锐在《无风之树》中还有意地去营造一种音乐效果，这使得文本本身极富节律感，不仅带来诗的韵律，而且带来诗的质地，这主要表现在语言的重复与乐感的把握上。在作品第四十六节拐叔的灵魂与二黑的对话中，“黑”字被有意识地不断重复，到末尾更是用了将近三十多个“黑”字，这种叠加不仅给读者带来强烈的震撼，而且使阅读记忆也大为加强，文本设置的意象在这种强烈的感官刺激下由模糊变得异常清晰起来。小说第五十八节是故事高潮中的一部分，写糊米在埋葬拐叔的过程中的内心独白，伴随着他的独白，作者巧妙地加入了二黑不断刨地的声音：

> ……咚一声。拐叔就得留在里头慢慢地变成土。咚一声，咚一声。慢慢地变成和埋他的黄土一模一样的土。咚一声，咚一声，咚一声。变成土了，就什么都不是了。咚一声。然后，就又什么都从土里长出来了。咚一声。长草，长树，长花，长鸟，长虫子，长庄稼。咚一声，咚一声。就又什么都长出来了。咚一声。就又什么都有，什么都是了。咚一声，咚一声。

这带有节奏感的声音的加入不仅加强了一唱三叹的效果，而且像有节律的鼓点，伴随着糊米的独白，声声都震撼、撞击着人的心扉，鲜明地显示出生命的孱弱、渺小与无奈。

在《银城故事》中，作者的激情渐已平息，而且在平缓的叙述中走向从容与沉静，主体也消融在历史深处无微不至的细节之中，但是这依然难掩《银城故事》的诗意存在。首先是作者在小说中借用唐代诗人王之涣的《凉州词》中“黄河远上白云间，一片孤城万仞山，羌笛何须怨杨柳，春风不度玉门关”四句作为全书四章的标题，意在笼括各章意蕴所指，这不仅使得小说情节本身暗含诗意，而且也很容易使人在《凉州词》极富历史感的苍凉、孤寂、悠远，乃至悲凉与无奈的诗意氛围中走向更深的理性思考。其次是小说中对平民世界的描写，尽管这一世界是自足的，甚或是麻木的，但不可否认的是，作者在描写这种生活时，用了诗意的笔触，那奔流不息的银溪，长满青苔的石板路，弥漫着淡淡草香的牛粪饼，银城美味火边子牛肉的制作程序，银溪旁洗衣服的棒槌声，等等，都显现了民间社会恒久的生活方式与节奏，其间无疑蕴含着一种对存在的诗意思考。

二

但是，李锐小说诗性空间的营造更主要的是凭借诸多意象的运用。意象作为一种独特的审美复合体，是一个已经实现主客观（意与象或情与景）相统一的、独立的艺术形象，它不仅融合了作家的才思和意趣，而且携带着历史与时代的文化密码。意象介入叙事作品，不仅可以增加叙事过程的诗化程度和审美浓度，而且由于其间渗透着作者独特的生命体验和感受，因此可以引领文学作品抵达诗性的彼岸。李锐的小说中凝结着各种意象，它们在作品中反复出现，并且有着固定的内涵，从而不仅为小说增添了诗意氛围，更重要的是构成一种深层的意念存在于文本之中。综观李锐的小说，可以归纳出黄土意象、母性意象、黑夜意象、大山意象、示众意象等意象。

黄土意象。在李锐的小说中，黄土意象是普遍存在的，尤其是在他的吕梁山系列中，更是构成了人们的整体生存背景。但是与以往那些将黄土视为孕育生命的母亲象征不同，李锐小说中的黄土有着自己独特的内涵。在他的小说中，黄土是无边无际的，并且普遍呈现出一种灰黄色，这就使得小说笼罩上一层空旷、深远、荒凉的阴冷氛围，“没有一丝丝风，没有一丝丝云，没有一丝丝声音，没有一丝丝影子”的沉重中暗含着一种透彻骨髓的生存感知。因此，李锐小说中的黄土意象的核心内涵是封闭、滞闷、压抑，“没有一丝声响，满目皆是一种闷钝的空旷”。《厚土》系列中，李锐小说的主角们生活在茫茫黄土中，不论世事如何变迁，人事怎样变动，他们皆像承载一切的土地，默然无语。即使是最强烈的历史震撼，也会很快被淹没于那无穷无尽的“黄”之中，

"厚土"之义也大致在此。在这染着浓重颜色的黄土中，有的只是人最原始的生物本能与最古老的生活方式，《锄禾》中千年未变的生产场景与男女为了物质的交换而进行的苟合，《假婚》《眼石》中在极端的匮乏中被扭曲的心理，《青石涧》里食性相煎中的家破人亡，《合坟》中令人惊悚的为知青"配干丧"等，这些都是黄土地上的生灵们极为平常的生活。阒然无声的黄土世界极易让人想起《中庸》中的一句话："今夫地，一撮土之多，及其广厚，载华岳而不重，振河海而不泄，万物载焉。"①

黄土意象所含之义正与这种境界相合。

群山意象。李锐的小说中还存在着山的意象，它的内涵与黄土意象的内涵类似，却又不尽相同，二者相互映衬，共同烘托出一个很有意味的世界。李锐相当数量的小说是以吕梁山为背景的，这决定了在他的小说中山的不同形象不断显现，而出现得最多的是连绵不绝苍莽严峻的群山，它们横亘在人们面前，阻挡着人的视线，将人永远束缚在狭小的空间里，无法突围。这样，与黄土的"厚"相对应，群山的"高"同样构成了人难以摆脱的压抑与桎梏，而且比"厚土"更为直观鲜明。所以李锐才说，他的人物并不比那些群山更重要，在他的小说中，群山同样是要角。在《看山》中，放牛老人看了一辈子山，却只能将举着整座山峰的视线挣扎在半空，最后沮丧地落了下来，无数次地经历着失败。这使小说有了一种隐喻色彩，那沉默着，木然着，敢怒不敢言的老人正像那些山一样成为被绑缚的奴隶，"永远不会和昨天有什么不同，也永远不会和明天有什么不同。"《天上有块云》中牛倌的女儿被父亲逼着嫁给了憨傻的根娃，最终没有逃出那一出门就是重峦叠嶂的群山的遮蔽。而中篇小说《黑白》与《北京有个金太阳》干脆命名为"行走的群山"系列，在这两部小说里，无论是黑与白，还是张仲银，他们都满怀着下乡知青的激情来到吕梁山，以扎根山村的信念支撑着自己的理想，但是，他们非但未能推动"行走的群山"，相反却陷入了"群山"的围困，张仲银那最初的诗情在被无语的群山瞬间吸干后锒铛入狱，黑与白更是最终以死来摆脱现实与理想的困境，难怪

① 朱熹：《四书章句集注》，中华书局1983年版，第35页。

在《北京有个金太阳》的结尾，张仲银感慨："山根本就不像泥丸。山就是山。"这显现的便是一种深深的无奈。

黑夜意象。黑夜在任何一个作家的作品里都不鲜见，但是，李锐小说中的黑夜却不仅仅作为一种时间标度或自然现象而存在，在他的小说中，黑夜往往被醒目地凸显出来，从而成为一个凝聚着特定含义的意象。在李锐的小说里，黑夜意象的内涵主要侧重于"黑"字，这与他小说凝重阴郁的格调有着紧密的关联。《野岭三章》中，双虎与巧青为了婚姻自由，相约私奔，然而在"阴惨惨的黑暗包围中"，他们只能在密林里打转，左冲右突最终又返了回去。《合坟》中，老支书怀着歉疚给牺牲的女知青"配干丧"，在"没有星星，也没有月亮，很黑"的夜晚上香，气氛阴冷恐怖。《同行》中的女人受婆婆虐待，父母非但不安慰她，反而逼着她逆来顺受，在"天很黑，黑得什么也看不见"的夜晚，女人满是无家可归的悲伤。但是，黑夜意象出现得最为密集的是在《无风之树》中。《无风之树》只讲述了大约几天的事情，而且这些事情大多发生在晚上，因此黑夜意象频繁闪现，使小说所营构的矮人坪世界也更加阴暗惨淡。小说中的"黑"无处不在，它弥漫在任何一个角落，黑天黑地得"没边、没沿、没头、没尾、没里、没外、没上、没下"。这让人透不过气来的"黑"即象征着人根本无法摆脱的生存困境，生命在这层层的压抑下呻吟喘息，痛苦不堪。当拐叔被笼罩在阶级斗争的阴影下时，他对"黑"的感受就非常深刻：

> 人生一辈子其实就是走夜路，摸着黑走路，走一步算一步；睁开眼是黑的，闭上眼也是黑的。推不走，也散不开，你一点法子也没有，前边是黑的，后边也是黑的。当初在娘肚子里是黑的，死的时候两眼一闭往土里一埋也是黑的。

这种感受显示出的是人无法挣脱苦难阴影的绝望与无奈。而当他的灵魂与二黑对话时，竟一连串用了二十几个"黑"字，这样密集刺目的运用给人造成了强烈的视觉冲击力，让人切身体会到那能淹没一切生机的阴影的浓重。

母性意象。李锐的小说总是给人以冷峻凝重的感觉，这与他冷静客观的写作姿态不无关系。在他笔下，事件的发展总是难以预料，人物处于难以摆脱的困境之中，这导致他的小说更多是以悲剧而结束的。但是在这阴暗的小说世界中，我们还是可以发现一些亮色的存在，这与李锐的人文立场密切相关，对人的生存的真切关怀使他的小说在绝望的气氛中往往又暗示着一丝希望，尽管这种希望极其微薄，但终究会给冰冷如铁的世界带来一些温暖。这集中表现在他小说中暗含的母性意象的营造上。李丹梦在《敞开与囚禁：艰难的自我抒写——李锐创作心理初探》中指出，李锐之所以把自己小说中的大部分女性写得非常美好是与他的童年记忆有一定的关联的，从自传色彩非常明显的《红房子》里，我们可以看出早逝的母亲对李锐的影响很大，这种温情的记忆直接促成了他小说中母性意象的存在。李锐小说中的母性意象暗含的是一种"大地之母"式的救赎，这是由于女性生理上的特殊性，使得人们"对农田和母体中萌发的神秘生育力感到惊异"，"整个自然仿佛是一个母亲：土地即女人。"[①]这种母性式的救赎在《旧址》中的李紫痕、《无风之树》中的暖玉等身上表现得非常明显。在《旧址》中，李紫痕始终是以家族命运的挽救者姿态出现的，她不惜以毁容为代价去抚养弟弟妹妹，并冒着生命危险加入了中国共产党，为的只是弟弟的生命安全，在整个李氏家族的男子被枪决的前夜，她又不顾人们的劝阻，发誓要将李乃敬的独苗抚养成人。李紫痕身上迸发的这种力量并不是来源于世俗的母爱，而是"从玄奥的自然生命情绪本身流泻出来的、同天地日月千禽百兽浑然一体的那种母性，是任何物种都先天而有的那种自我延续冲动"[②]。这使她成为整个李氏家族的再生之母。同样在《无风之树》中，暖玉的存在也是矮人坪唯一的亮色，在那群只会"骨碌骨碌"眼睛的"软骨头"男人中，她无疑是一个圣洁的精神拯救者，她以献出自己肉体的方式承受着苦难，并且维护着人的尊严，以自己身上的母性光焰照亮了周围阴暗的世界。无论是李紫痕还是暖玉，她们的母性皆不仅仅施授于亲生子女（李紫痕根本就没有生育），而是凭借着一种固执的生命本能普泛地释放出来，使她们超越了肉

---

① ［法］西蒙娜·德·波伏娃：《第二性》，中国书籍出版社1998年版，第77页。

② 李洁非：《废墟上的铭文——李锐长篇小说《旧址》的主题分析》，《当代作家评论》1993年第4期。

体血缘关系而成了真正救赎的神。

刻骨铭心的感受与诗性的融入使得李锐的小说真正摆脱了国家、民族、地域的种种限制而上升到了“人类的”审美层次，它不仅引领李锐的小说实现了质的超越，而且也为当代文学的创作走向提供了某种可资借鉴的经验。

原载《小说评论》2007年第5期

读李锐《太平风物：农具系列小说展览》

李彦文

李锐是一个对叙述高度自觉的作家，这使他不断寻求新的表达形式。他的新小说集《太平风物：农具系列小说展览》采用了一种他称为“超文本拼贴”的样式。他说：“‘农具系列小说’现在的模样——图片和文字，文言和白话，史料和虚构，历史的诗意和现实的困境，都被我拼贴在一起，也算是我发明的超文本拼贴吧。”[①]超文本拼贴是一种典型的后现代主义文本形式，而李锐一向反对把小说形式等同于纯技术性的操作，对后现代主义也颇有微词，那么，李锐的“超文本拼贴”，就应该是别有意味的。探究这意味，正是本文的兴趣所在。

《太平风物：农具系列小说展览》由16篇小说组成，除最后的《颜色》和《寂静》外，采用的都是“超文本拼贴”的样式。每个单篇的超文本由四部分组成：农具图片、王祯写作的文言文、引自《中国古代农机具》的说明文和李锐写作的现代白话文小说。这四部分彼此独立却并非互不相关。从整体上看，后三部分的文字是对第一部分图片的阐释，它们共同构成了一个大型呈现结构。在这个大型呈现结构中，李锐的白话文小说和王祯的文字存在一种明显的

① 李锐：《前言——农具的教育》，《太平风物：农具系列小说展览》，生活·读书·新知三联书店2006年版，第6页。

对话关系，我将以此为入口，进入这一大型呈现结构。

王祯在自己的《王祯农书》中，详细考证每样农具的起源、用途，并以它们为意象写下优美的诗句。从这些诗句中，可以看到王祯看待农民的两种态度。咏连枷时他引用诗曰："霜时天气佳，风劲木叶脱。持穗及此时，连枷声乱发。黄鸡啄遗粒，乌鸟喜聒聒。归家抖尘埃，夜屋烧榾柮。"[①]诗中的农民们虽忙碌却喜悦，这是陶渊明开创的田园诗一类的；在咏扁担时他写道："累累禾积大田秋，都入农夫荷担头。才使赪肩到场圃，主家仓廪又催收。"[②]这写的是农民的艰辛，显然是悯农式的。田园化是古代知识分子对乡土的理想化处理，其态度中混合仰视和俯视。被田园化的乡土或悠远、宁静，或喜庆、祥和，散发出人间天堂的气息。悯农式是古代知识分子在居高临下地俯视农民时，看到他们终日劳苦却被剥夺、被欺压，就慷慨地进行一番情感施舍——怀着同情和怜悯极力描写他们的苦况。考证这两种认知方式的源头不是本文的目的所在，但从历代诗人都有大量类似主题的创作看，可以推测出它们是中国古代知识分子对农民的典型认知方式。

李锐的现代白话文小说，写的是农具和农民的现代境遇。从表层形式上看，每篇小说都是一个或两个场景呈现：或是一个主人公在自言自语，或是两三个人物在对话。主人公们的声音载着他们的情绪清晰地传来。但这绝非主人公们在代作者说话，而是主人公们自己在诉说。相对于主人公们尽情尽意的诉说，作者的声音显得隐蔽得多，他似乎在有意压制着自己的声音（但并非无声）。这一显一隐彼此分离的声音涉及文学创作中的一个重要问题：作者与主人公的关系。这一问题的实质，在于作者是把主人公当作从属于作者的客体还是当作独立的主体。巴赫金在论述陀思妥耶夫斯基的复调小说时认为，陀思妥耶夫斯基的主人公不是与作者融合，而是和作者有一定距离的，在小说结构内部保持着相对于作者的自由和独立，是具有充分价值的言论的载体，这保证他

---

① 李锐：《连枷》，《太平风物：农具系列小说展览》，生活·读书·新知三联书店2006年版，第35页。

② 李锐：《扁担》，《太平风物：农具系列小说展览》，生活·读书·新知三联书店2006年版，第85页。

不会成为独白型小说中沉默无语的客体和作者意识的传声筒。[①]李锐出于对启蒙立场的警惕，提出了现代汉语的叙述主体性问题，他说："知识分子、读书人必须认识到民众本身也是人，在人的意义上他和你是平等的，既然千千万万个普通农民、劳动者和知识分子是一样的，是平等的，那为什么不让他们在小说里也成为叙述的主体？"[②]

现代汉语的叙述主体性问题，在五四及以后的知识分子那里，并没有得到足够的重视。他们认为民众不会发出自己的声音，需要他们代言。因此，他们从启蒙或民粹主义的立场出发，或以自己同情的俯视姿态哀其不幸，或以赞美的仰视姿态把民众神圣化。即使伟大如鲁迅也挣脱不出这两种看待民众的模式。这两种模式，在内涵上虽与古代知识分子的田园化和悯农式有所不同，但在叙述主体性这一问题上，却没有什么两样：他们同样是把民众当作完全受自己意识支配的叙述客体，当然也就不会出让一点叙述权给笔下的民众。

李锐的过人之处，就在于他意识到了启蒙立场暗藏的知识等级（知识分子比民众高明，民众需要他们的教育才能修成正果），意识到了代言的危险。这种自觉而深刻的认识，使他决心"让叙述和叙述者成为一体"，让"被叙述的"变成"去叙述的"。李锐通过让农民充当叙述人的方式，把叙述的权利还给了在以往的文学作品中沉默的民众，让他们发出自己的声音。在《万里无云》《无风之树》中，李锐尝试让民众充当叙述主体，不同的民众个体从自己的立场出发叙述着小说的中心事件，从而在尽可能丰富的意义上传达了他们的生命体验。

在农具系列中，李锐继续了这种尝试。短篇小说的长度，不允许他像写《万里无云》《无风之树》一样，让不同的农民从自己的角度叙述同一件事。而且，李锐绝不肯陷入模式写作之中，他总要探索新的写作形式。双重呈现手法和戏剧化手法就是李锐探索的结果。

双重呈现手法是设置两个叙述者，一个是主人公叙述者，一个是作者代言

① ［俄］巴赫金：《诗学与访谈》，河北教育出版社1998年版，第67—84页。

② 李锐、王尧：《生命的歌哭》，《李锐王尧对话录》，苏州大学出版社2003年版，第166页。

人叙述者（为了行文的简洁，以下简称为主人公和叙述者）。这两个叙述者在小说中交互出现，相辅相成。其中，主人公的叙述是小说的主体部分。在主人公叙述部分，主人公既是视角人物，也是叙述者，既是他们在看，也是他们在说。他们的所见所闻，所思所想具有独立自主的价值。这时，叙述者是一个辅助叙述者，他的叙述只是在必要时概述背景，描述主人公的外部动作或连缀叙述。叙述者的独立叙述都很短，通常出现在篇头或篇尾。篇头部分的功能是引出人物，如《残糖》中的叙述者只用三两句话描绘了老汉斜长的身影后就立即退场。篇尾部分的功能相当重要，呈现的是叙述者对主人公及其处境的观察和态度，将在下文详加分析。

在《袴镰》《残糖》《铁锹》《青石磙》《锄》《犁铧》《扁担》《颜色》《寂静》中，主人公的叙述是在其基本上没有外部动作或外部动作单一的状态下展开的。主人公外部动作的相对静止恰是为了打开他们的感觉和心灵，让他们在对世界的观察和对往事的回忆中进入他们独有的意识活动。当他们眼前的世界和回忆中的现实事件成为他们叙述的客体，他们的叙述就交织着他们生存于其间的外部世界、他人对自己的看法和此时此刻自己的生命体验，完全向读者敞开。

《袴镰》是这类小说中的上乘之作，很有代表性。小说开头，在叙述者描述有来把袴镰和杜文革的头放到八仙桌上后，主人公有来的叙述就开始了。有来在自己生命的最后一刻，追忆着此前自己生命在常态（从众状态）下的压抑：村长霸占了大家的煤窑，哥哥因上告被村长所害，自己因继续上告被村长以儿子相威胁。杀死了村长的有来如同化蛹为蝶：他洗净自己的身体，感受到了内心的宽敞和干净；脱下外衣，感受到了脱下文化外套（做人的规矩）的自由；他为终于可以和村长的头平起平坐地讲讲道理感到由衷的满足；而且，既然全村人都恨村长，他杀了村长就是为民除害、替天行道。这，不正是英雄所为？由于心灵上处于惬意、自由和满足状态，有来的眼睛也终于看到了一幅从未看到过的绚丽无比的秋景：“漫山遍野的树林把沉稳的墨绿和艳丽的红黄交错在一起，一直染到天边。梯田里的谷子和玉茭被地堰镶嵌出一条一条斑斓的浓黄。头顶上，蓝天、白云、清风从不知道的地方晃动了秋禾，辽远地刮过山野。”[①]此时此刻，有来的生命体验已经超出了常态，达到了前所未有的巅峰状态。而他观察到的村民，或者害怕官司缠身求他不要让自己做证，或者视其为凶神恶魔赶紧关门闭户。有来的生命体验和他观察到的村民的反应构成了强烈的对比。要紧的是，英雄—恶魔这一对比性评价正是有来的生存处境：没有人把他当作英雄，也没有人和他站在一起，他必然因成为众人眼中的恶魔而处于孤立无援的境地。有来的叙述在警察的枪响时戛然而止。这时，叙述者出场了，叙述风格从先前的热切变为极度的冷静和克制，再没有一句表明立场的议论，只是说有来站起来不是想拒捕，是因为看到了抱着儿子的媳妇。这正是李锐追求的双重呈现：警察的枪击表明了国家机器对有来的误解，这误解打破了有来想象中真相大白的圆满结局，主人公叙述和叙述者叙述构成的反差呈现出有来生存处境的恶劣和荒诞。

由以上分析可以看到，主人公的叙述不仅极大地浓缩了故事的内容，而且，故事由主人公来讲述，他也就站在了读者和他的世界之间，他的叙述必然会染上他自己的感情色彩。主人公带着感情色彩的叙述呈现的恰是人物的心境，也就是他的生命体验。这样一种直接的对人物生命体验的呈现达到了现实主义的最高境界：客观性。因为，这样的呈现使读者直接面对着主人公的心灵，这种零距离的接触避免了代言可能造成的遮蔽。这种叙述方法是直接面对人的存在自身的，是“如存在者就其本身所显现的那样展示存在者”[②]。

戏剧化手法是农具系列小说采用得比较多的另一种手法，是借鉴戏剧文体以舞台上的人物对话为主的手法。在小说中，人物的对话就是一切，这意味着人物的对话既要客观呈现人物的立场和情感，也要传达作者的立场和情感。叙述者的功能相当于戏剧中的旁白者，只描写客观环境，在必要时提供人物的行动及表情描写，而不深入人物的内心。《樵斧》就是这样，小说中除了景色描写，通篇都是警官和慧云法师的对话。从他们的对话中，呈现的是两个截然不同的农民工了断：在慧云法师眼里，他是可怜的，他是因为怨恨太深才跳崖自

① 李锐：《袴镰》，《太平风物：农具系列小说展览》，生活·读书·新知三联书店2006年版，第13页。

② 陈嘉映编著：《存在与时间读本》，生活·读书·新知三联书店1999年版，第25页。

杀的；作为国家机器代表的警察在了断生前不曾保护他的权利，不曾关心他被轧断的手指和他的心情，在他死后却因他的斧头和青川市最近的几起杀人强奸案中的凶器相像，便怀疑他是杀人凶手。倘若不是慧云法师说出了断已自绝男根，他必将被警察认作杀人凶手。警官和慧云法师完全相悖的推断呈现出农民工在城市里无故遭受的误解，他们不仅普遍遭人歧视，还被当作不安全分子严加防范。对戏剧化手法的成功运用，使李锐在客观呈现中表达着自己对农民处境的愤慨和悲悯，达到了言有尽而意无穷的效果。

经由双重叙述手法和戏剧化手法，李锐实现了他期望的呈现和表达：呈现出来的是农民们在现代化进程中的生存境遇和生命体验，表达的是李锐无法言说的悲情。因为，这里的每一个农民都在现代化的裹挟下挣扎着：他们因留恋乡土而困守乡村，因羡慕城市而走进都市。但无论走还是留，他们的处境都是现代化这一强大主体所赋予的，他们既没有权利也没有资本选择要什么不要什么，只能被动地等待着幸运与不幸降临自身，只能在自己的境遇中诉说着自己的孤独和苦闷、焦灼和悲愤或昙花一现的兴奋和得意。曾经认识到世世代代把农民捆绑在土地上是最不人道、最残忍的事情的李锐，又看到了在现代化进程中农民们的挣扎和挣扎中的血泪，再不可能有王祯的悠然，他只有他一言难尽、不堪承受的悲情。

分析至此，再来看这个大型呈现结构中的农具图片和说明文部分。农具图片无声无言，却不是可有可无的，因为，无声无言本身就是一种呈现。对这一部分的理解，也许应该注意一下“农具系列小说展览”中的“展览”二字。展览的目的是展示，也是纪念。李锐应该也有这方面的用意，因为这些农具正渐渐远离我们的生活，变成历史的存在物，理该有抗拒遗忘的纪念。而且，图片中的农具，在中国漫长的农耕文明中，早已成为农民生存方式的一种象征，因此，可以把图片中的农具理解为一种意象。图片中的农具处于自己的常态，然而，在李锐的小说中，它们少有能保持常态的。这就形成了一种对比：《袴镰》中本该用于收割玉茭的镰刀被用来割了人头；《铁锹》中本该用于挖土挖沙的铁锹成了民俗表演的道具；《桔槔》中曾大大提高灌溉效率的桔槔被大满小满兄弟用来偷耙火车上的焦炭；《樵斧》中砍柴用的斧头成了了断自我阉割的工具；《寂静》中本是用来捆绑庄稼的麻绳成了满金上吊的工具；《青石碾》中磨面用的青石碾先被废置后又被用来拴买来的媳妇；《扁担》中的扁担跟着主人进了城，非但没帮主人找到工作，还让主人丢了两条腿，最后又被主人截断当了主人的腿；《犁铧》中耕地用的犁铧和主人一起被塑成雕塑，做了高尔夫球场的标志。农具们在现代化的冲击下被挪作他用或被废弃，象征着农民们与传统的生存方式或进行着无奈或主动的告别。

说明文部分选自《中国古代农机具》，李锐选取的主要是考证这些农具的出现年代的文字："碾、磨的发明到现在已有两千多年了。"[①]"连枷最迟在春秋时代已经有了。"[②]这些文字，就像博物馆展出的图片下的说明，朴素而客观地呈现着农具的古老。李锐把它们放到这里，在印证农具的古老的同时，也与小说中农具的现代遭遇形成了比较。

总之，"超文本拼贴"这个大型呈现结构中的每个构成部分，都在以自己的方式进行着呈现，它们不同的呈现构成的是多声部的交响乐：既呈现农具的古老和精致、古代农村的恬静和丰足，更呈现农具们的现代遭遇以及农民们的挣扎和血泪。因此，可以说，李锐的"超文本拼贴"，所重视的虽然与网络超文本一样，也是不同文本之间的"差异"所构成的"间隔"，但这"差异"和"间隔"却绝非为了消解意义，而是走向了反面——建构意义。每个组成部分都为其他部分提供建构意义的语境，意义在不同部分之间进行互证和对比、循环和延伸，从而得到了更为丰富的表达。最终，每个单篇的超文本又拼贴成了整个《太平风物：农具系列小说展览》，实现着李锐所追求的"丰富的呈现和表达"。

原载《文艺争鸣》2007年第10期

① 李锐：《青石碾》，《太平风物：农具系列小说展览》，生活·读书·新知三联书店2006年版，第28页。

② 李锐：《袴镰》，《太平风物：农具系列小说展览》，生活·读书·新知三联书店2006年版，第35页。

批判与建构：论李锐农具系列小说的文化思考

晋海学

在当代作家中，李锐一直以善于思索著称。他在早期的代表作《厚土》中就曾对“历史”表示质疑，通过对世代生活在黄土地上的农民艰难生存的展现，完成了对“历史”观念的解构。李锐2006年出版的小说《太平风物：农具系列小说展览》仍然延续了这一思路，并获得了“人们定当会产生不同程度的心灵震颤”[①]的评价。如果说，在前期作品中，李锐力图要表达一种新历史观念的话，那么，在农具系列小说中，他则通过农具的命运变迁表现出对中国未来的思考：缠绕于传统和现代之间的一种历史忧虑——当中国现代化进程势如破竹地侵袭着宁静而古老的传统文化时，这种建设是否真实有效？假如以农具为代表的传统文化在中国现代化的过程中不再有效时，我们是否应该完全抛弃它？当人们仍然挣扎于传统土地的情感和现代的价值之间时，我们应该怎么办？

笔者拟从三个方面来分析作家的思想：第一，“农具”在李锐小说中有着丰富的内涵，它的历史和命运已经成为中国传统文明的寓言。第二，现代文明在中国人民的期望之中获得了明显的道德优势，并且进一步导致了传统文明的

① 张灯、毕谷华、陈思和：《“农具系列”引起反响》，《上海文学》2005年第5期。

衰落。第三，在现代化建设中，传统并不能被全盘否定，它应该成为我们重建文明的主体。

一、“农具”的寓言

按照《词源》给出的解释，“农具”就是“耕种的器具”。但是在李锐农具系列小说中，农具的含义更复杂，有着更为丰富的象征意蕴。

农具首先被看作去蔽之后历史真相的代言。这不仅因为农具本身有着悠久的历史——“所有农民们使用的农具，都有长得叫人难以置信的历史，都有极其丰富的发展经历”[①]，更因为农具始终被排斥于传统意义上的历史之外，尽管它为中华民族灿烂的文明作出过突出的贡献。“我们所说的中华民族五千年文明史，其实是一部农业文明史，是被农民手上的工具一锨一镢刨出来的。可人们对历史和知识的记忆，往往是对于正统典籍的记忆，没有人在乎也很少有人注意养活了历史和知识的工具。人人都赞叹故宫的金碧辉煌，可有谁会在意造出了金碧辉煌的都是些怎样的工具？”[②]

基于这样的认识，如果说李锐在“厚土”系列中形成了“穿透‘历史’之虚假幻影，呈现‘历史’之外的永恒人生”[③]的历史自觉，那么，当他真正了解到农具的历史之后，便有可能在“出于一种对知识和历史的震撼”[④]中获得进入另一种历史的契机。“农具”恰好充当了这一被湮没历史的最好载体和代表。借助对农具的写作，作家突出了他的农具观不仅和王祯所称赞的“每见摹为图画，咏为歌诗，实古今太平之风物也”不一样，并且和范成大所吟唱的“笑声歌里轻雷动，一夜连枷响到明”表达的观念也相差很远。相反，通过农具所表现出来的历史真相“就好像从绿洲来到荒漠，就好像看到一通被磨

① 李锐：《太平风物：农具系列小说展览》，生活·读书·新知三联书店2006年版。

② 李锐：《太平风物：农具系列小说展览》，生活·读书·新知三联书店2006年版。

③ 王尧：《李锐论》，《文学评论》2004年第1期。

④ 李锐：《太平风物：农具系列小说展览》，生活·读书·新知三联书店2006年版。

光了字迹的残碑，赤裸裸的田园没有半点诗意可言”[①]。但更深的意义或许还在于，农具的命运遭际紧紧联系着中国传统文明的历史变迁。农民正是通过手中的农具完成了传统文明的建造，他们在风风雨雨的年代里日积月累地磨合出了相互体贴乃至融入生命体验的情感。譬如：农民对自己的使用工具“用的时间一长，体会也就入微起来，镢把的粗细，锄钩弧度的大小，锹把的长短，扁担的厚薄，都和每个人的身体相对应、相磨合”[②]。千百年的历史风霜，使文明和农民、农具、土地在不知不觉中融合在一起，由此所沉淀、积聚起来的情感，一直延续到了当代。“几千年来，被农民们世世代代拿在手上的农具，就是他们的手脚，就是他们的肩和腿，就是从他们心里日复一日生长出来的智慧，干脆说，那些所有的农具根本就是他们身体的一部分，就是人和自然相互剥夺又相互赠予的果实。”[③]

所以，一部中华文明史其实也就是一部农具史，一部由农民、农具和土地共建的农业史。一旦受到现代文明的冲击，则土地被征用，农具被闲置，农民被迫离乡，于是，建立在这一基础之上的灿烂文明也就不可避免地迅速衰落。早在20世纪上半期，费孝通先生就敏锐地发现：“中国都市的发达似乎并没有促进乡村的繁荣。相反的，都市的兴起和乡村的衰落在近百年来像是一件事的两面。”[④]这一倾向如今似乎更加明显，“十八年来，中国大陆正在发生着翻天覆地的变化。农村、农民、乡土、农具等等千年不变的事物，正在所谓现代化、全球化的冲击下支离破碎、面目全非”[⑤]。

正是在这一意义上，农具在当代的命运变迁其实也就成了传统文明发展的某种寓言。这是古老农具衰落的真实状况，也可以说是传统文明衰退的缩影。因此，与其说李锐的农具系列小说是对中国当前“三农”问题的反映和揭示，毋宁说作家是想通过“农具”表达对中华文明发展前景的深沉忧虑。

---

① 李锐：《太平风物：农具系列小说展览》，生活·读书·新知三联书店2006年版。
② 李锐：《太平风物：农具系列小说展览》，生活·读书·新知三联书店2006年版。
③ 李锐：《太平风物：农具系列小说展览》，生活·读书·新知三联书店2006年版。
④ 费孝通：《费孝通文集》（第四卷），群言出版社1999年版，第367页。
⑤ 李锐：《太平风物：农具系列小说展览》，生活·读书·新知三联书店2006年版。

二、传统文明的当前命运

李锐的农具系列小说中的每一篇小说都采用了横截面的形式，直面当前农村的现实问题，如农村官僚的贪污腐败，农村文化的保守落后，农村教育的艰难生存，农村旅游的蓬勃发展，等等。作家通过“农具”建立了当下与历史的联系，意在从一个纵向的历史脉络中揭示造成农具乃至中国命运的根源。

客观地说，小说中的每一种农具都基本上失去了它最初的功能。陈有来杀死村长用的是镰刀，拴住郑三妹身体的是青石碾，了断自我阉割用的工具是樵斧，让大满致命的工具是桔槔，其他的农具要么如锄头和耧车在将来的土地上不再有用武之地，要么像铁锹和犁铧已经成为农村的某种象征而被虚拟化。

究竟是什么原因造成了农具在当代命运的变异？作家对这一问题的追问是在农民与市民、农村与城市、农具与机械化、土地与煤矿等二元对立的叙事中展开的。

在这个相互对立的框架里，后者占据着明显的道德优势。换句话说，中国在依靠工业发展经济的过程中，也同时发展出了工业优于农业的道德判断。于是，凭借着这一观念的指引，工业对农业展开了强有力的冲击。譬如在《耧车》中，新煤矿的发现，使县政府看到了发展地方经济的可能，但在具体的措施、方案里，却是以牺牲村庄、农民、土地为代价的。“县政府、乡政府已经开过多少次会了，这一带的山底下勘探发现了大煤矿，已经开始修桥、修路，还要修建采煤厂、洗煤厂、焦炭厂，一切都已经决定了，要把偏远、人少的村子，合并到大村子里去，给煤矿腾地方。”

除了像煤炭公司这样的代表之外，城市也可以算作是工业的一部分，它不仅在地理位置上和农村对立，而且在观念上，它已经和工业发展密不可分，从而被农民纳入了虚幻的想象之中，成为吸引青年农民离开农村的天堂。《扁担》中的金堂虽然有着不凡的手艺，可是他却要去北京打工，原因是“村里一伙人约好了出去打工，都说北京好找活儿，离家又不太远”。《青石碾》中的郑三妹一次又一次地逃离茹家坪是因为“她坚信，自己总有一天会转运，会变成一个有钱的城里人”。城市对农民的吸引使“原来热热闹闹的一个村子，如今冷落得就像块荒地……去北京的，去太原的，去临汾的，去县城的，实在不行也要去河底镇，去黑龙关。住不进城里宁愿在城边上凑合，也不回来住”。

毫无疑问，城市优于农村、工业优于农业的价值观念已经弥漫于中国大地。但问题是当农民进城之后是否就实现了他们的梦想？工业取代农业之后中国是否就获得了真正的发展？作家的回答显然并不乐观，因为进了城的农民收获的很有可能是泪水和苦水。以《樵斧》中的了断为例，他在“青川市被机器切掉了右手的四根半指头，伤残后四处流浪，受了无数的折磨，根本讨不到公道，又无以为生，就自己决意出家”。他经常说的一句话是：“决不再活在他们那个世道里。”尤其是当“青川地面每年都要有四五千根手指被机器切下来”时，人们怎么可能对工业发展作出乐观的展望呢？显然，工业文明对农民的损害已经被发展工业的合理化观念所遮蔽了。至于《桔槔》中大满的丧命和《扁担》中金堂的残疾，恐怕也都和他们对工业的愚昧无知和盲目憧憬不无关系。

在李锐的农具系列小说中，作家的关注点更在于人们对待工业文明和传统文明的态度以及观念上。正像严搏非谈中国近代从西方引进先进思想时所讲的那样，由于中国近代知识界是直接“从自身的社会危机和文化心态出发”去积极主动地获得包括人生价值在内的西方各种价值，所以，他们对西方文化“本身的内容和价值却少有理解甚至还不屑于进行讨论”，而是把它“直接架构于近代救亡图存的意识形态之上”[①]。当代人们对现代化的理解和他们有着类似的逻辑结构，由此所带来的结果，不仅使人们在对中国现代化的研究中夹杂了相当多的利害因素，从而妨碍了对工业本身做进一步深入的复杂性研究，而且反过来也妨碍了对国内现实问题做深一层的历史化研究。事实上，人们除了认同工业优于农业这样的“真理”判断之外，很少能了解工业化本身的丰富内涵。

这样，片面地发展工业在冲击了传统文明之后，不仅没有换来中华文明

① 严搏非：《论新文化运动时期的科学主义思潮》，许纪霖《二十世纪中国思想史论》，东方出版中心2000年版，第181页。

的新生，相反，像了断、金堂等青年农民进城打工的悲惨命运却将人们带入了深深的忧虑之中：当工业不能完全承担起中华文明崛起的重任时，我们应该怎么办?

三、重建文明的思想契机

中国传统文明尽管受到了工业文明强有力的冲击，但却仍然顽强地挣扎着，这一点在老一代农民身上体现得很明显。和青年农民纷纷涌进城市相比，老一代的农民几乎都宿命般地选择了留下，和生养他们的土地、农具依依不舍。《残糖》中的老人在流泪，但“不是因为疼，不是因为毁了家具，不是因为出了这么点事情，是因为难受，是因为亲眼看见自己老了，亲眼看见自己快要伺候不了这些黄土了。身边没有人，漫天漫地的黄土里只有不会说话的黑骡子，只有这盘拉坏了的耱，他就那么坐在大太阳底下，一个人哭”。《锄》中六安爷的惆怅也是为了土地，“种了一辈子庄稼，锄地这件事他也做了一辈子。只是眼下这一次有些不一般，六安爷心里知道，这肯定是他最后一次锄地了，最后一次给百亩园的庄稼锄地了”。

这种催人泪下的情感在《耧车》中的老福田身上体现得更为突出。由于耕种，老福田和孙子牛牛、黄牛花摇摇、耧车以及耕种的土地结下了最深厚的感情。无论是对孙子的疼爱，还是对黄牛的呵护；无论是对耧车传说的信仰，还是对土地的难舍难分，都是老福田情感最率真的流露。譬如，当老福田想到明年就不能再耕作这片土地时，那种在漫长的岁月中积淀起来的情感势能凝聚在这样的图画当中：“老福田对着山野抬起有些昏花的老眼，温暖的目光依依不舍地抚摸着群山……看着孙子稚嫩的后背，老福田觉得有眼泪涌了出来。”这是老福田对土地命运的忧虑，但更是已经被作者升华的整个中华民族对土地、对传统文化的眷恋之情。并且由于这种眷恋源于建立在生产劳动基础之上的文明的一点一滴的培育和浇灌，以至于在这些情感中竟发现不了丝毫的强力压迫。

可是，当现代化的进程不顾一切地终结传统文明时，现代人是否考虑到了民族血液中的情感积淀？在《犁铧》中，作者含蓄地指出，即使是最现代化的高尔夫球场，也离不开最原始的劳动操作——拔草。而宝生热爱北京也并不是因为北京所拥有的现代化特征，反而是因为“在这儿天天都能听见五人坪的声音，看见五人坪的人”。传统文化在人们心里既然积淀得如此深厚，那么采取完全抛弃的方式恐怕并不是最明智的选择。作者在这里显然发现了人们被理性主义掩盖下的非理性冲动，但这是否就意味着固守传统就能成为可能呢？在《犁铧》中，作者这样写宝生的惆怅情绪，那是在一次球场偶然断电后的感觉：“宝生定定神，再次朝前面仔细打量，他发现那条美丽的瀑布忽然消失了，再听，身后那些所有熟悉的声音也消失了。……一切都没了生气，整个世界都变得假惺惺的。”这是梦醒时分的真实体验。既然现代化的发展已经使纯粹意义上的传统文明变成了梦想般的存在，那么，这里传达的意思或许就意味着，如何应对现实生活的挑战而不是一味地生活在家乡的幻想中才是当下最重要的选择。

因此，当现代化的脚步无法阻挡，固守传统又不再有效时，作者的忧虑便以一种悖论的方式呈现出来：一方面传统情感势能使终结传统在现实层面上无法成为可能，另一方面回归传统的虚构性却使走出传统成为现代人生存的必然。情感与理性的相互缠绕，使追问变得更加困难重重，但其中直面现实的清醒，却为读者提供了难得的思想契机。

毋庸置疑，李锐的农具系列小说揭示了许多现实问题，其中所蕴藏的思想含量已经远远超出了问题本身。当西方的一切主义都在中国的试验场里检验之后，人们突然发现，中国历史的书写只能依靠自己，舍此，别无他法。日本思想家竹内好在谈到日本历史的时候说过这样的话：“历史并非虚空的时间形式。如果没有无数为了自我确立而进行的殊死搏斗的瞬间，不仅会失掉自我，而且也将失掉历史。”[①]鲁迅也曾用“煮肉”来比喻主体形成的过程：一方面，为了生，“我”必须被“煮”，但是被“煮”的这块肉却必定是“我”而

---

① 竹内好：《何谓近代》，《近代的超克》，生活·读书·新知三联书店2005年版，第183页。

不是其他人，即使把它煮熟，也仍然可以看到“我”的性质；但是另一方面，这块肉却的确再也不是原来的那块肉了。通过“煮”这一过程，“我”变得不再是原来的“我”，却仍然是和其他人相区别的“我”，只有这个经历了双重否定之后的“我”才能成为具有主体的“我”。

所以，当老福田的孙子牛牛为“也不知道去了南柳村还有没有布谷子叫了”发愁的时候，其实也说出了作家的历史忧虑：“农具”不仅不能成为人们抛弃的对象，相反，它们身上所体现出来的朴实、坚韧的品格或许正是重建中华文明的动力所在。

原载《中州学刊》2008年第3期

对人心的拷问与探索

——评李锐的长篇小说《人间：重述白蛇传》

董春风

曾经以“集束”短篇小说《厚土吕梁山印象记》震撼文坛的李锐，多年来对小说艺术有着不懈追求，他“拒绝合唱”，每一部小说都在自己刻骨铭心的生命体验的基础上思考人、现实和历史的命题，追求“用方块字深刻地表达自己”。他的小说数量不多，有《旧址》、《无风之树》、《万里无云》、《银城故事》、“农具系列”短篇小说《太平风物》等，但是内蕴厚重，经得起咀嚼。2007年，他又发表了他的长篇小说《人间：重述白蛇传》。

《白蛇传》是一个在中国流传了近千年的经过千锤百炼的神话故事，几乎是家喻户晓了。如何能翻出新意，如何能超越原来的故事，开掘出新的深度，确实是一个很大的挑战，甚至可以说是一个难题。一般作家是不敢轻易重述经典故事的，搞不好会吃力不讨好。李锐在走出“吕梁山”，走出“银城”后，第一次走进了神话，还是一样的让人感叹唏嘘！李锐的《人间：重述白蛇传》故事引人入胜，还是一以贯之地对人和历史进行追问与思索，并显示出他以前的小说所不具备的新的思想艺术质素。

这部小说是他与妻子蒋韵合作的。一般人会想，合作写小说，会不会因为合作而失去了作者的个性，合作者是否能够把二者的个性有机地融在一起而不影响小说的艺术探索？在我看来，李锐的这部小说并没有因为蒋韵女士的加盟而使李锐的本色减弱，相反，正是因为蒋韵女士而使得李锐过去小说中的对于生命尊严的礼赞与维护更加凸现。我甚至不恰当地突发奇想，是蒋韵女士进一步超度了李锐。女性的超度其实是李锐小说由来已久的一个命题，女性天然与生命的亲近，更接近“人”的重要本质。可以说从合作的角度上看，这部小说没有割裂感。

一、对传统白蛇传故事的大胆改编

《白蛇传》是中国的四大民间故事之一，它大概是从唐代萌芽（《太平广记》中无名氏的《白蛇传》），到宋代初具雏形（《清平山堂话本》中的《西湖三塔记》），到了明代，冯梦龙的《警世通言》里，话本小说《白娘子永镇雷峰塔》使得白蛇故事基本成熟。之后，人们把白蛇传故事写成戏曲，明人陈六龙编有《雷峰塔传奇》；清代有黄国珌的《雷峰塔传奇》，方成培的《雷峰记》，陈遇乾的《义妖传》。1937年全面抗战以来，诗人、戏剧家田汉曾多次改编白蛇故事，先后有两个主要版本：一个是《金钵记》，一个是《白蛇传》。白蛇传几乎在全国所有的剧种，甚至木偶戏、皮影戏中都有演出，其中以京剧《白蛇传》最有特色。在众多白蛇传故事的版本中，故事基本情节大同小异，其中有三种思想倾向：一是以《白娘子永镇雷峰塔》为代表，以佛家视角演绎小说，白娘子在小说中是妖邪的化身，是色欲的象征。《白娘子永镇雷峰塔》结尾点明主旨，法海把白娘子镇在雷峰塔后，赠人们以诗曰：“奉劝世人休爱色，爱色之人被色迷。心正自然邪不扰，身端勿有恶来欺。但看许宣因爱色，带累官司惹是非。不是老僧来救护，白蛇吞了不留生。”许宣出家修行，坐化之后留赠世人诗曰：“祖师度我出红尘，铁树开花始见春。化化轮回重化化，生生转变再生生。欲知有色还无色，须识无形却有形。色即是空空即色，空空色色要分明。”二是以方成培的《雷峰记》为代表，在原有佛家思想的基础上，掺入了儒家的伦理思想。《雷峰记》第一出里，“开宗”即把故事情节和寓意简要点出。情节用《沁园春》概述：“再世菩提，白蛇妖孽，素有根缘。恰附舟巧合，两相心许；赠金陡起，官事颠连，逃避姑苏，娥眉俯就，旅邸花筵遂宿缘。神仙庙，笑书符相赠，道者迍邅，原形醉露床前，急惊死良人实可怜。觅嵩山仙草，艰难救转，宝巾遗祸，遭捕谁愆。铁瓮仳离，金山水斗，一钵妖光不复燃。雷峰祭，感佛恩超度，千古永留传。”然后用四句点主旨：“觅配偶的白云姑多情吃苦，了宿缘的许晋贤薄幸抛家，施法力的海禅师风雷炼塔，感孝行的慈悲佛忏度妖蛇。”显然，在这个故事中，白娘子多情，许宣薄幸，在法海要镇收白娘子时，天上文曲星出面阻止，让她生下孩子后再去。许仕麟中状元后祭塔哭塔，孝感上天，白娘子被超度升天。这个故事宣扬了孝道。三是以田汉版的白蛇传为代表，表达抗战爱国思想和青年男女争取恋爱自由的思想，具有“五四”以来新的启蒙精神。鲁迅也曾站在反封建的立场上，欢呼雷峰塔的倒掉。在《论雷峰塔的倒掉》中，他以现代人的眼光诠释了白蛇传。田汉的基本思想和鲁迅是一致的。

可以说，关于白蛇传的故事，不同的版本带有不同的时代印记和作者的个人印记。李锐的《人间：重述白蛇传》在原来的白蛇传故事的基础上重新设计人物、构架故事，讲述了一个全新的白蛇传故事。这里的“重述”绝不是重新整理、润色，而是创造，是大胆的艺术创造。

《人间》的故事设计独具匠心。故事分为四个层次，实际上是四代人的故事。

第一个层次写“我”——秋白。“引言”、第二章“惊破天”、第五章“如梦令”和第八章“落梅花”主要写“我”：“我”出生于1924年杭州雷峰塔倒掉的那个瞬间，“我”是白娘子转世。我一生坎坷，与一个在《白蛇传》中饰演许仙的人结婚，自以为找到了那个前世的“许仙”，他的一句话“前尘未断，今生再续”让我感动。然而在“大鸣大放”的那个春天，当“我”经历了无数大大小小的批判会，需要亲人的温暖的时候，他在一个批判会场揭发控诉我，义正词严地质问我：“你这毒蛇，难道还要继续祸害人间吗？”十年的婚姻结束后，“我”家老宅的那棵梅树为“我”开满了花朵，安慰我，“我”找到了前世的亲人许宣——梅树。“我”在大学里教授古典文学，不断地反复讲述白蛇传的故事。2004年我80岁生日时，应邀参加雷峰塔重生法事，“我”

见到《法海手札》，于是见到了“我”的前生前世。

第二个层次是写白娘子与许宣的儿子——粉孩儿言（许）仕麟。粉孩儿有蛇的异秉，父母亲因为他几次在人前暴露自己的异秉而三次迁居。在粉孩儿为了父母，克制着自己，后来金榜题名，中新科状元时，在他认为这是“在劫难逃”，而就在这时，母亲（继母）顺娘用生命救了他。在回家奔丧的路上，他曾梦见一帮小儿说他不认识自己的亲娘。在母亲葬礼过后，言仕麟逼问父亲亲娘是谁，父亲只得把粉孩儿的生母白娘子的悲情故事说出来。故事讲完，父亲眼瞎了，言仕麟和父亲离家远走。有人说他们在江湖上说书名闻天下，最让人落泪的是《白娘子魂断雷峰塔》；有人说言仕麟身穿重孝哭塔三天三夜，哭声惨烈而凄厉，雷峰塔陷地一层，而后他游走江湖，卖字画为生，最后加入了一个杂耍班，他爬杆像蛇一样灵活。李锐为言仕麟设计了一个开放性的结局。

第三层是通过言亘（许宣）的讲述和《法海手札》，展开讲述白娘子和小青的故事。主角是白娘子，故事写白蛇修炼了两千九百九十九年，在她还没有修炼成人的残忍的时候，她不顾观音大士的劝告执意来到人间，成为白素贞，与许宣恋爱并成婚。许宣听信法海的话，和法海合谋擒妖。在白娘子生下儿子粉孩儿后，许宣醒悟，站到了白娘子这一边。碧桃村以及更多的村子和城市的人在秋季大肆捕蛇吃蛇的时候，蛇发起了集体攻击，人蛇大战开始，被蛇咬伤的人越来越多，白娘子用自己修炼近三千年的灵血配药为人们治病，治愈了成千上万的人，其中包括法海禅师。当法海也开始反思自己的除妖执念的时候，而以胡爹为代表的村民们胁迫法海以正义的名义除掉白娘子，法海让白娘子舍身保全粉孩儿，白娘子感激法海，并让胡爹的女儿顺娘（她很疼粉孩儿）和许宣带着粉孩儿逃走，把他抚养成人。青儿喜欢上了演“用生命践一诺”的“鸡黍之约”中的范巨卿的小生，在大热天里送“杨汁金露”，用自己的鲜血为他治病，然而，就是这个小生在关键的时候给了小青一刀，结束了小青的生命。白娘子在临死前愤然把这个小生咬死然后自尽。

第四层也是尾声，写2006年，北方某城市一个和蛇生活在一起的“爱蛇如命”的小孩被蛇咬了，医院给他治好了病，面对电视镜头，面对问他“有没有听过农夫与蛇故事”的记者，他愤怒地说：“是我先伤害了它。”而“我”有时在夜深人静的时候与那个孩子相逢，其实这个孩子应该就是白娘子的儿子粉孩儿转世，在梦中他还在向“我”诉说“一日不见，如隔三秋啊”。

四代人时间跨度很大，从南宋一直到2006年。在这长时段的历史中，中国社会各个方面发生的变化无疑是很大的，但是有一个方面却不是，那就是人心！四代蛇人的遭遇，没有什么本质的区别。这样就呈现了一个大问题。后面要详细提及。

故事的每一个层面，都有一层对立的人物关系，而且这对立关系有一个特点：和小说主要人物相对的是一个人，他背后还有一群人，这个人没有名字，最多的也只有一个姓。与“我”相对的是曾经与我结婚而又最无情揭发、批斗我的人，作者没有给他命名，在故事里就是个琴师，唱戏时演许宣的那个人。小青为之倾情的那个演范巨卿的小生，也没有名字，只是用“范巨卿”称呼他。这些人之所以在小说中没有姓名，一定是作者觉得他们不配拥有一个人的姓名，因为他们没有一个人应该有的担当，他们忘恩负义、落井下石、恩将仇报。

在众多的人中，被鲁迅批判的那个“一定是嫉妒”作怪的多管闲事的法海，在小说中有名字，而且是一个主要角色。作者巧妙地设计了《法海手札》的存在，沟通了“我”和“我”的前生前世，更主要的是展现了法海成长为除妖人的经历和除妖过程中的思想斗争困惑与矛盾，并且白娘子在临死前还称赞他是“在人间最有担当的一个”。作者还给法海设计了一个开放性的结局，和传说中钻到蟹壳里做了蟹和尚的结局不同：自从雷峰塔镇压白娘子后，就没有人再见过法海，一说他成了疯疯癫癫的游方和尚，一说他隐居深山小庙，一说他投湖自尽，一说他成了纵情酒色的落拓文人，有人说他化名“汤显祖”，有人说他就叫“李渔”，一说他还俗混迹于黄河两岸的纤夫当中，人们听见他的只言片语“人归于人，水归于水”。法海的种种可能结局都合乎这个人物的性格，他最终觉悟，痛悔前非。法海这个人物，一改先前白蛇传故事中的形象，很有新意。当然，有新意不一定就是好的作品，关键还是故事所呈现出来的主题意蕴达到了一定的高度和境界。

二、对人心的深入挖掘、批判

小说取名为“人间”，透露了李锐通过这部小说要探讨些什么，这个题目是值得玩味的。“人间”这个词，本身没有表达什么爱憎情感，看似是中性的，但是当你读完小说回过头来体味时，就会发现，它所蕴含的情感态度是多么强烈而又多么复杂，爱恨情仇扭结在一起，像是一声沉重的叹息。“人间”是什么样子的呢？四代蛇人在人间经历的都是些什么？他们没有害人之心，真诚善良，不仅对人而且对于其他生命形态都能友善待之。然而，人间的人是怎样对待他们的呢？当他们真心地付出的时候，往往得到的是伤害，是无情的伤害！人竟然如此残忍！李锐，一如他的名字，“锐”气依然存在。这篇小说，和他以前的小说一样，同样在鞭笞人心的残忍。残忍是小说中的一个关键词。

在小说中，残忍主要表现为对异类的残忍。在这里，“异类”又是一个关键词。围绕着这两个关键词，李锐对人心进行深入挖掘、批判。

人对于异类，甚至对于人类自己，好些时候都相当残忍。人对于异类是有着本能的排拒的，而这种心理本应该有一定的限度的，然而，人往往会把它扩大，该同情的时候却麻木不仁。不管异类怎样对人有恩惠，人也会对它们进行残酷杀戮。当白娘子用自己的血救活无数人的时候，人们仍然要将其置之死地。她的善良始终没有感动以胡爹为首的多数人。小说中写白蛇为了成为人，在峨眉山“白云洞”苦修，苦修两千九百九十九年。第一个千年修成一个人的身子和花容月貌；第二个千年修炼了人的头脑和智慧，第三个千年要修炼一颗人心，但她却没有修炼出人心的残忍。菩萨说：“你最终没有修炼出人心的残忍，在人间，你将备受折磨，没有什么生灵比人更不能容忍异类的。”人的残忍往往是在一些冠冕堂皇的所谓“正义”的道德律令的掩护下进行的。鲁迅先生说中国的历史是一部“吃人”的历史，仁义道德的背后隐藏的是“吃人”二字，所谓的“仁义道德”有时就是“吃人”者的一个幌子。“除妖”，就是法海的师父彗澄和法海神圣的“使命”，也是迫害“异类”时所打的一个幌子。“文革”浩劫中，许多人被打为“牛鬼蛇神”，这就把要迫害的对象首先排除出“人民”的行列，他们也就会被视为“异类”，随之而来的就是被施与相应的“待遇”：住牛棚、剔阴阳头等。当前世界上的霸权主义国家美国为了自己的利益对其他国家肆意进行侵犯和制裁，它往往也会采取类似的方法，比如将一些国家定为“无赖国家”“邪恶轴心”“恐怖主义国家”等，然后对其进行经济封锁、政治制裁。这部小说对人心的批判不仅指向历史，更重要的是指向现实。

特别需要注意的是，也是具有很强的李锐特色的一个方面，小说展示了所谓的“理想”或者说执念的生成机制。《法海手札》里叙述了法海成为一个“除妖人”的心路历程。法海“未出娘胎便失怙。未满周岁娘即改嫁，像丢一只猫一样将我丢在庙院山门外”，他的这次不幸的经历，使得他憎恨女人。“这是我在顿悟之后才看清楚的自己深藏一生顽固不化的执迷”。这是一个心理基础。可以说，“除妖”不仅有所谓“正义”的召唤，更有个人感情做基础。师父对法海有救命和养育之恩，师父对法海而言是一个神圣的存在。这是如何能把师父的教化无条件地变成自己的自觉追求的一个重要因素。在跟着师父云游的时候，法海看到：“昏君当道，任用权臣酷吏，残害忠良，欺压百姓，行的是暴政。”法海认为“妖在龙庭，是君王”。然而师父认为：“君王是上天之子，怎么会是妖孽？痴徒未悟啊！”关于什么是“妖”的问题，师父最后把隐藏在朝廷的九尾妖狐贵妃娘娘收入法钵里，给法海上了一课。如何成为“铁面无私除妖人”，关键在于喝了师父法钵里的水，他的心变得冷硬了：“我咕咚喝了一口，一大口。霎时，血冷了。五脏六腑，忽然空明寒澈。眼泪干了，泪痕留在脸上，变得像病一样冷硬。”法海成为除妖人的心路历程，实际上象征了人的一切执念的形成过程。这很容易让我们想到李锐写在20世纪90年代中期的两部小说《无风之树》和《万里无云》，他通过小说中主人公苦根儿和张仲银探讨了神话意象的生成过程。李锐好多小说都与“文革”有关，“文革”是李锐不断追问“人”的一个中心。《无风之树》和《万里无云》里面有对“文革”成因的文化批判[①]。《人间：重述白蛇传》可以说是在这个基础上的进一步深化。

另外，人在为了自己的私利而残酷迫害别人的时候，经常借刀杀人，极为阴险。而且，当形成群众性的运动时，其危害极其严重。《人间》中，李锐没有让法海成为一个真正的铁面无情的除妖人，而是让他也受到蛇的攻击，然后是他一生都在追杀的“孽畜”白娘子用她的“回春散”救了他的性命，并且对他施与了悉心的照顾，以致他康复后，在“何为人，何为妖”的痛苦思辨中醒悟。然而，碧桃村的人们以胡爹为首，胁迫法海，要求他杀死白娘子。以胡爹为首的群众性的迫害运动使得法海也无能为力，最后以保住白娘子的孩子粉孩儿，让许宣和顺娘带孩子从后门出走告终，这是法海所能做的最大努力。为此，白娘子在死前称赞法海是“在人间最有担当的一个”。

当今世界，国家之间、民族之间、宗教之间，人与人之间，常常为了各自的私欲而互相倾轧，强权和霸权主义横行，究竟是人心的原因？还是社会、历史的原因？或者兼而有之，其中，人心的因素恐怕更重要，因为有史以来，社会在不断前进，人心的残忍似乎没有多大的改善，甚至美国还第一次使用了原子弹！二战、奥斯维辛、南京大屠杀、伊拉克战争、伊朗核问题等等，这些无法让人乐观。李锐在批判人心的同时，苦苦思索着人的意义，在序言中他写道：“当迫害依靠了神圣的正义之名，当屠杀演变成大众的狂热，当自私变成了逃生的木筏，当仇恨和残忍变成照明的火炬的时候，在这人世间，生而为人到底为了什么？”

三、对生命尊严的礼赞、维护和呼唤

生命，对于每一个人来说只有一次。一切生命之间的关系应该是平等的。为了一己之私而去侵犯别的生命个体，侵犯甚至戕害他人的生命，是世界上最

① 曲春景：《对“文革”成因的文化批判——读李锐的〈无风之树〉与〈万里无云〉》，《中州大学学报》1998年第2期。

不道德的、最残忍的行为。李锐的小说一直致力于生命叙事。《人间》同样包含着他对生命尊严的礼赞、生命伦理的维护和呼唤以及生命遭受他者侵犯、杀戮的心痛。

一个人的诞生和逝去都是大事，东晋著名书法家王羲之在《兰亭集序》中说："古人云：死生亦大矣。"表达的就是这样一种哲学思想。小说中，"我"的母亲有一句至理名言："这世界上凡是做过妈妈的女人都晓得，天底下没有比生孩子再大的事情了。"母亲的朴素的认知实际上包含了深厚的人道主义思想。另外，小说在写白娘子生孩子时，着意刻画了她创造生命的自豪和庄严感以及对孩子未来的担忧。当她终于生下一个"人"，她伸出双手，喊道"我的儿！"，母子俩的哭声和作一团，宣布了一条生命庄严地诞生。小说也写了接生的小青的庄严感。当小青面对着临产的白娘子时，"她慢慢冷静下来，跪到了那神秘的山丘下面，对着生命之门，忽然之间，感到了从未有过的清醒和庄严"。李锐把生命当作一个重要的命题，在他自己经历的刻骨铭心的生命体验的基础上，在小说中，不断地表达和呈现生命的庄严和重量。能不能尊重生命，能不能平等友善地对待生命，是人性善恶的一个界碑。

李锐的这部小说，还涉及人与自然的关系。蛇作为自然界的生灵，人们经常肆意掠杀而食。且不说蛇是"益虫"，单就论它是一条生命，我们也应该给予尊重。小说中写在"秋风起，山蛇肥"的时候，人们大规模地捕食蛇，最终招致蛇的大规模报复，上演了人蛇大战的惨烈场面。当由蛇变来的白娘子违背自己的种群而用自己的血液为人治病时，人们不仅不觉悟，反而恩将仇报，变本加厉。与他们相比，尾声里的小男孩，被蛇咬伤后没有怨恨蛇而是反省是他先侵犯了蛇。他能够和蛇亲密相处，他们之间能够达成信任，这昭示了人与自然界的其他生命形态应该和谐相处。这似乎很符合当下社会提倡的生态文明。当然，生态的问题最后也应该归结为人的问题，是人如何对待生命的问题。

李锐对于生命问题之于人文学的重要性，有他深刻独到的见解。他在评价别的作家作品的时候，对生命的重视、表达、尊重、关怀以及刻骨铭心的生命体验是他评价的焦点，也是他评判好文学的一个重要标准。"文学是人类记录自己生命体验和想象力的一种本能"，"真正的文学是一种刻骨铭心的生命体验的自然流露”[①]，像这样的对文学的认识在李锐的言论中比比皆是。提到沈从文时，他说，他“特别强调沈从文那些美丽的文字背后，是一种无处不在、无处不有的对于生命沉沦的大悲痛，对于无理性的冷酷历史的厌恶”[②]。提到史铁生时，他说“史铁生以无问之答或无果之行去发现生命的种种状态，从而去看一个亘古不变的题目：‘我们心灵的前途和我们生命的终极价值终归是什么？’”[③]。评价《红楼梦》时，他说，“可我想，曹雪芹的《红楼梦》，他那样来描写生命，你可以强烈地感受到他对于那些活泼可爱的女孩子的由衷的赞美，而曹雪芹这样去赞美生命和生命的尊严，去表达那种思接千载的生命悲情的时候，曹雪芹并不知道人本主义、人道主义这些西方的观念，他也还是完成了对生命的深刻表述。”[④]李锐的全部小说，从《厚土》到《旧址》《无风之树》《万里无云》，再到《太平风物》到《人间》都饱含着对生命尊严的礼赞和呼唤，都是在他自己的刻骨铭心的生命体验的基础上创作而成的，他的小说可以说都是进行着严肃探索和思考的，是真诚的生命表达。

四、拯救和超度

在小说中，体现了生命的尊严、人性的善良，能让人感到温暖的是几个女人：白娘子、小青、顺娘、香柳娘。白蛇为了做人能在深山苦修两千九百九十九年，始终修不出人的残忍。在人间，面对做了“叛徒”的许宣、要擒她的法海和要驱逐、迫害她的村民，她没有以恶报恶，而是以她的博大仁慈帮助他们；当然，对于忘恩负义、杀害小青的小生“范巨卿”，她还是果断地把他咬死了。小青能为自己喜欢的人做一切事情，却遭到恩将仇报。正当粉孩儿言仕麟“在劫难逃”中了状元在京城游行时，他无意于功名渴望有人解救时，传来一份报丧的家书，母亲顺娘用生命救了他。香柳娘虽然先天残疾，自

① 李锐、王尧：《李锐王尧对话录》，苏州大学出版社2003年版，第152页。

② 李锐、王尧：《李锐王尧对话录》，苏州大学出版社2003年版，第156页。

③ 李锐、王尧：《李锐王尧对话录》，苏州大学出版社2003年版，第69页。

④ 李锐、王尧：《李锐王尧对话录》，苏州大学出版社2003年版，第69页。

己身世凄凉，但是她天生不会哭，只会笑，不爱与人说话，只爱与人之外的那些生灵、生命交谈，和它们文雅地谈话，灵魂美得一尘不染。李锐在这些女人身上赋予了人的美德，让她们闪现着动人的人性光辉。这也是李锐的一贯思想，在他过去的作品里已见出端倪：《旧址》中的六姑婆李紫痕，为了完成父亲临终前的托付，为了弟弟妹妹的前途，毁容吃斋，以近乎母兽般的疯狂保护着自己的弟弟妹妹。她不管什么革命不革命的事，她牺牲了自己的青春和幸福，一心要守护着弟弟妹妹。面对“文革”中疯狂的血统论，她有一句话：“世上的娃儿都是妈生的，没有天生的罪人。”还有《无风之树》中的暖玉，她们都构成了一个人物系列，体现了李锐“母性”超度的思想[①]。

《白蛇传》最早的版本里就存在着佛教的思想，劝人戒色、戒欲。当然，佛教本身的思想是博大的。因缘、轮回转世，这些在《人间》中是几代蛇人故事的结构关节。佛教因素的参与使得故事从宋代延续到2006年，时间跨度长而又有机地结为一体，梅树与许宣，“我”与白娘子，城市里那个“爱蛇如命”的孩子和粉孩儿言仕麟都是轮回因缘。佛教因素不仅有助于故事的结构艺术，更重要的是佛教的一些思想成为指点迷航的精神武器。面对如此的世道、人心，饱受创伤的人们该怎么样生活，如何面对施与自己的一切，李锐在小说中借“我”的讲述道了出来：“扪心自问，红尘苦海中，最难理解的执迷就是一个‘我’字。所谓一花一世界，一树一菩提。世界万象，菩提妙法，也都是因为‘有我’才可观可思。对我而言，有我与无我的取舍，他说与我说的抉择，就是我苦海中的迷航，就像母亲八十年前的叹息，那是一炷人世间永不熄灭的香火，在我心里烧灼出叫人心痛的袅袅青烟。”佛教的思想魅力在于其对于人心的历练，真诚地向善修炼，超越自我的狭隘境界。

女性的拯救和佛的超度，这二者在李锐的小说中是结合在一起的有机整体，这在他前期的作品中已露端倪。《旧址》中的六姑婆李紫痕，毁容后，用自己的血书写“佛”字，皈依佛教，她经常去烧香拜佛的白云寺前的石坊有一副对联写着：“来去之路何处有；生灭之门本原无。”她身上有佛光，冬哥每

---

① 张志忠：《〈旧址〉四重奏》，《小说评论》1993年第5期。

次看到她，“总要联想起她八仙桌上摆着的那尊白瓷观音”。在李锐的小说中，女性身上都有一种佛性，女性与佛性的结合也就更具有超度人心的力量。

李锐的《人间：重述白蛇传》在思想追求方面达到了一个新的高度。这部小说没有因为重述神话而游离于他的其他小说作品，而是李锐整个小说系列的有机构成，与其他小说作品共同构成了一种“和声”效果。

原载《当代文坛》2008年第4期

在反省中生长

——《烧梦：李锐日本讲演纪行》读后感

姜革文

《烧梦：李锐日本讲演纪行》一书，乃由作家李锐、毛丹青二位先生，在日本进行文化行走中产生的思想火花汇集而成。“梦”被“烧”起来还真有一个触发点。

话说李锐、毛丹青二位先生在红叶舞秋山的时节行走在日本，居然一路上未见过像样的红叶，到仙台、到鲁迅先生当年的教室外面，才惊喜地发现：

> 整整一面旧楼的墙壁都被茂盛的枝藤紧紧地包裹起来，红叶像瀑布一样从楼顶倾泻而下。如水的秋阳，透彻，清亮，洒满在红叶上，瀑布就变成了火焰的峭壁，一场冲天大火在眼前翻卷，升腾，盘绕，幻化，闪耀……[①]

鲁迅先生教室外的红叶，把“梦”烧起来了！

“烧梦”一词，乃是“烧掉旧梦”之意，出自龚自珍的诗句：“今年烧

---

① 李锐、毛丹青：《烧梦：李锐日本讲演纪行》，广西师范大学出版社2009年版，第89页。

梦先烧笔，检点青天白昼诗。”龚自珍，额头大、嘴尖、眼睛炯炯有神，“性不喜修饰，故衣残履，十年不更”。这个文字学大家段玉裁的外孙，在30岁前后，思想发生了重大的变化。清末的种种腐朽让他放弃了原来的理想，抛弃了考据学，“从君烧尽虫鱼学，甘作东京卖饼家”“欲从太史窥春秋，勿向有字句虚求”，主张经世致用，转向现实。在走向末世的种种端倪和事实中，龚自珍怀着刻骨的悲凉，烧掉旧梦，革新自我。

龚自珍如是，鲁迅亦复如是。

鲁迅1902年公费到日本留学之前，中国国穷民弱，古老的帝国被所有的发达国家一次次打败，不断被迫签订不平等条约，不断地割地赔款。鲁迅到日本之时，亦如其他同胞那样，身后拖着长长的辫子，同时怀揣梦想：到仙台医学专门学校学医，要治好“东亚病夫”！众所周知的是：鲁迅在到日本的第二年便照了“断发照”，表明了同旧的社会、旧的“我”一刀两断；他认识到必须弃医从文，要用文艺的“刀子”，解剖国民精神。用鲁迅先生自己的话说：“从别国里窃得火来，本意却在煮自己的肉。”[①]鲁迅先生的反省精神是一贯的、彻底的，他甚至说：“我的作品，太黑暗了。因为我常常觉得惟‘黑暗与虚无’乃是‘实有’，却偏要向这些作绝望的抗战，所以很多偏激的声音。”[②]

在李锐先生看来，“鲁迅是在对自己也对中国现实的否定、反省、批判当中成为鲁迅的。鲁迅是一个巨大的文化存在，不是一个简单的意识形态标签”[③]。烧梦的精神，其实是革命的精神，是反省的精神。

上文提到，本书是李、毛二位先生在日本进行文化行走中完成的。中国与日本，千年来的欢喜冤家的转换，引发李锐、毛丹青深沉的思考。内容或为李锐、毛丹青先生的行走性散文，或为二人的文化对谈，或为李锐先生的日本演讲。图书的板块灵活多样，读起来错落有致。而在我看来，本书表面上如珍珠坠地，实际上有一条或明或暗的线索：“烧梦”，或者说，在不断反思、反省

① 鲁迅：《鲁迅全集》第四卷，人民文学出版社1981年版，第209页。

② 鲁迅：《鲁迅全集》第十一卷，人民文学出版社1981年版，第20页。

③ 李锐、毛丹青：《烧梦：李锐日本讲演纪行》，广西师范大学出版社2009年版，第56页。

中生长。

李锐嘴唇上有标志性的小胡子，像鲁迅。李锐的语言颇具穿透力，亦近鲁迅。“在真理的尸体上”“中国是一个成熟得太久了的秋天”等言论，让人印象深刻，过目难忘。在我看来，李锐学习鲁迅更多的是在精神层面，在于对自我、对文学、对社会的反省精神。李锐在书中提到过，他的写作，乃是“文革”之后“开始自己幻灭中的反省，和幻灭中的写作”。看鲁迅以及李锐的文字时，很容易令人想起王国维翻译的尼采的话：“凡文字中，余最爱以血书者。”

对方块字写作的自信，李锐认为“准确地说是一个反省”。他在仙台的讲演题目也是“用方块字深刻地表达自己”。从开始思考这个问题，到最后得出这个结论，他前后差不多用了二十年！20世纪80年代，即有一场现代派和伪现代派的争论，那场争论中，李锐感觉到“中国文坛都有那么一个文化姿态，干脆说就是一个下跪的姿态”，义勇之下，他便操刀了《现代派：一种刻骨的真实，而非一个正确的主义》，后来，更认为“任何一个艺术都应该是从刻骨铭心的体验和处境出发的”。

在所谓全球化的历史过程中，别人的历史曾经血腥、剧烈地发生在我们身上，极大地改变了我们。可如今，我们的历史也正理所当然地改变着全球化，也正理所当然地成为世界历史中最丰富最深刻的一部分。这个过程必然需要语言的自觉，这个过程必然期待着现代汉语主体性的建立。[①]

从写作目的来看，李锐主张“反向的启蒙”。一百多年以来，作家们一直以启蒙者自居，要开发民智，向被启蒙者灌输种种主义和真理，从鲁迅、郭沫若，到巴金，莫不如是，作家是自上而下地表达、教育、提升着劳动群众的。但是，李锐对此有革命性的反思：

> 我想反其道而行之，从等级的阶梯上走下来，我想让那些永远没有发言权的人自己开口说话，我想发动一次“在下者”对于“在上者”的启

① 李锐、毛丹青：《烧梦：李锐日本讲演纪行》，广西师范大学出版社2009年版，第134页。

蒙。所以，它对我有双重的意义，既是一种精神的反省，自我反省和自我批判，又是一场语言的自觉的追求。①

毛泽东让城市知识青年到广阔天地中去，接受再教育；邓小平则让成千上万的农民到城里来，打工赚钱。二者促成的大规模流动，形成了中国新的文化主题和文化传统。但就知识青年上山下乡而言，它是“文革”的组成部分，历来遭受诟病。从李锐先生对于普通劳动者的这种态度转变，我确实看到了“文革”非人性背后的意外效果：优秀的知识青年回到城市之后，不但成为理解农民、支持农民的强大力量，还能够从情感上、情理上仰视他们，居然达到了毛泽东提出的“知识青年接受再教育”的目的。笔者发现这一点的时候，内心激动着，同时惶恐着。

李锐先生在回答大石教授关于“文革”下乡的问题时，非常诚恳地说道：

最重要的是你能不能在感情上精神上理解农民，能不能放下你所谓城里人的优越感。这个问题到今天对于我来讲也还是一个不断地反省不断地警惕的问题，至今我仍然觉得还没有解决好。②

知识青年先是大规模上山下乡，之后，知识青年又大规模离乡回城：回城之后，他们不但有对土地、对农民的情感，还有对农民的理解和尊敬。这一非常之举动，使得千百年来，农民在城里大规模地而不是零星地有了他们的代言人，这对于农民、农村，对于打破城乡二元结构，对于整个中国社会的和谐进步和长远发展，善莫大焉！这确实是一个看问题的视角，同时，也算是对于“文革”的一种反省的视角吧。

李锐的反省视野，当然不仅仅是文学。比如，他认为，中国对于“文革”

① 李锐、毛丹青：《烧梦：李锐日本讲演纪行》，广西师范大学出版社2009年版，第26页。

② 李锐、毛丹青：《烧梦：李锐日本讲演纪行》，广西师范大学出版社2009年版，第20页。

的反思远远不够，大多数人停留在控诉上，而控诉本身是容易完成的，“但是对于这种事情背后精神信仰的缺失，中国的知识分子却没有出来说一句”。他非常欣赏陈子昂的《登幽州台歌》，那种辽阔，那种荒凉，那种孤独。他反思的视野，甚至超越古今、超越国界：“民主选出了法西斯，科学造出了原子弹。所以说，那个真理的火出了大毛病，我想这不只是中国人的精神困境，这是整个人类的困境。”①

反省的精神，是一种普世的精神：佛家的面壁，儒家的吾日三省吾身，基督教徒做礼拜并且忏悔，伊斯兰教徒会每天朝着圣地麦加的方向朝拜五次，共产党人提倡自我批评，莫不如是。

与李锐同行的毛丹青先生曾经是在日本工作的成功的商人，在日本经商之时，他周围的人认为，中国人根本不了解日本，引发毛先生的“烧梦”行动，不再从商：“我立志让日本人信服，全世界最了解日本的原来是中国。”正是他的穿针引线，正是他的出色向导，正是他的恰到好处的激发，使不少著名作家完成了日本文化行走，并且形成可喜的文化成果。

阅读本身，是一个不断提醒的过程：读者是否“从我做起，从现在做起”，在反省中生长？著名的三鹿奶粉案件中，田文华是“生产、销售伪劣产品罪”、耿金平等人是“生产、销售有毒食品罪”，我们的司法与体制很有悬疑和反省的空间；美国的高消费与中国的高储蓄是公认的世界经济的一个硬币的两个方面，在巨大的危机面前，在相关机构购买了三千七百六十三亿美元“两房次贷”形成天量亏损之后，我们的经济与决策很有反省的必要。

全书在反省的主调之外，内容是多彩的，有的体现了李锐先生的悲悯情怀，有的体现了毛丹青先生的广博见识。如见海浪轻摇，如见红叶飘舞，读者容易被引入变化的文化行走的氛围之中。期待着他们不断地海阔天空，期待他们在海阔天空的同时把我们带入新的境界。

原载《南方文坛》2009年第3期

① 李锐、毛丹青：《烧梦：李锐日本讲演纪行》，广西师范大学出版社2009年版，第31页。

论《人间》中对于悲剧性存在的超越

陈　亮

李锐与妻子蒋韵合作的《人间》是在“重述神话”这一世界性活动的大背景下孕育出的一部精湛之作。《人间》中每一个人物的生命历程，都在诉说着一个人间永远的实在，就是一出悲剧的存在，这种悲剧的气氛笼罩在整部作品之中，让人感到压抑，但作者并不屈服于这种悲剧的宿命，而是通过一种浪漫的笔调做出了自己的反抗，这就是对于悲剧性存在的诗意的超越。

一

作者在序言中写道：“生而为人是一种幸运，一种罪恶，还是一场无辜？这一切让我们百感交集。”[①]幸运、罪恶和无辜代表的是什么？它们到底给人类带来了什么？这些都是作者为之困惑和不安的，然而探讨幸运、罪恶或是无辜的前提是作者所谓的生而为人，也就是本体自我的先行存在。这种先行存在只要发生，幸运、罪恶就都变得事出有因。存在着的生命始终在遭受欲望与失望的洗礼的同时最终走向死亡，在这个过程中，人只有忍受或抗争，却无法改

① 李锐：《人间：重述白蛇传〈代序〉》，重庆出版社2007年版。

变，这就是人类的悲剧性的存在。《人间》以此作为写作的出发点，最突出地体现在小说的题目之上，作品以“人间”为题而体现不出一丝一毫的白蛇传的影子，那么作者笔下的人间到底是谁的人间？作者又希望人间成为谁的人间？

《人间》对于白蛇传的重述的最大特点就是在白娘子、许宣与法海的对立之外，又塑造了粉孩儿、香柳娘以及“我”等人物，因此这是一个打破时空局限的扩大了的白蛇传，将白蛇传扩大到这样的范围也正迎合了“人间”这个题目，进而更好地诠释“人间”中每一个生命悲剧性的存在，并且通过人类或异类的自我存在和身份认同的困境，揭示出人间不是别人的人间，而是“我”的人间，是“我”作为世界中一个存在个体从自我的意志出发所体悟到的悲剧人间。《人间》中体现出的悲剧命运是不同的，既有求生不能的悲剧，也有身份认同的悲剧，不仅有生命的悲剧，还有爱情的悲剧，无论哪种悲剧，作者都把它们实实在在地呈现在我们的面前，令人心寒。

白娘子作为小说的主要人物之一，体现出的是一种求生不能的悲剧。她所求的“生”不是指生命，而是一种“为人”的愿望。她渴望普通人的生活，渴望与许仙相爱相依，享受为人妻、为人母的幸福，但事实却非她所愿。小说中写到，在她修炼的最后关头，洞外传来了求救声，这求救声“一声比一声凄厉，一声比一声惊慌，扎着它的耳朵，乱着它的心智”[①]。面对人命关天的大事，她萌发了善心，认为自己应该像人一样出手相救，可就在她出手击倒恶狼时，“恶狼没有了，老妇也不见了，灵光普照，眼前立着的，竟然是手持玉净瓶救苦救难的南海观音菩萨，现出了真身，悲悯地望着它摇头说道：‘功亏一篑，你是做不成一个真正的人了。’菩萨的话，让她惊惧”[②]。作者的叙述中，对于白娘子的称呼由“它”变成了“她”，白娘子自以为是施以善举的行为最终却毁了她的修行，因为她没能修炼出人心的残忍，她不得不在人间备受折磨。一个想要为人并且有着一颗善心的生命却不能成为一个真正的人，不得不说这是对其幻想的打击与讽刺。因此后来即使白娘子实现了做人的夙愿，

---

① 李锐：《人间：重述白蛇传》，重庆出版社2007年版，第14页。

② 李锐：《人间：重述白蛇传》，重庆出版社2007年版，第15页。

但她走进的人间却好似一个陷阱，欺骗了她的感情。同时也可以感受到白娘子对于这样的结果有着无限的悲楚，这心理上的悲剧源于梦想的破灭和残酷的现实，但却无法改变，因此她不得不接受以异类的身份在人间生活的现实，她也感叹："想做一个人，呕心沥血终是做不成。"[①]可以说白娘子这种求生不能的悲剧饱含着作者巨大的讽刺，是对白娘子的同情，更是对人类自身的怒斥。

法海体现的是一种身份认同的悲剧存在。本来铁面无私的他陷入了悲剧性的矛盾与痛苦之中，虽然背负"除妖人"的使命，但白蛇青蛇舍身相救的大义，以胡爹为代表的人类的残忍虚伪却让他不得不重新审视自己。他觉得人们的话"句句都像是出自我口，倒让我对自己又一次生疑……不光明的人口中为何句句都是我所持的真理"[②]，他开始明白人性的残忍积淀在自己的心中。在反复的思考中，他意识到生命的存在之于他来说都是基于矛盾之中的悲剧，但他无法改变，只能一步步走向人性的扭曲。法海这种身份认同的困境是可悲的，但我们也能从中体会到那种对正义的向往和无奈的苦楚。

粉孩儿与香柳娘的出现是小说的一大亮点，这两个孩子一出场就让人感受到那种生命的不公所带来的悲剧。粉孩儿是白娘子与许仙的后代，蛇人的身份注定他的存在必然无法逃避异类的命运，香柳娘是爹眼中的"妖孽"，别人眼中的"痴女"，不会哭只会笑，就连爹去世出殡时她也是哈哈大笑。他们的生存困境表现出了作为异类的痛苦，而二人梦中极富温情的相互怜爱更颇具悲情意境，粉孩儿蛇性爆发嗜血捕虫之后的羞耻和自责，香柳娘诉说不会哭的难过，知道自己要出嫁而必须离开粉孩儿后的上吊自杀，发生在两个孩子身上的难以承受的苦难都是他们作为异类生命所必须经历的悲剧，而心灵沃土的沦丧让两个生命彻底走向灵魂的终结，就像粉孩儿明白的那样，"他们两个人的草滩，他一个人，永远再也无法抵达"[③]。作者用两个孩子的悲剧命运让整篇作品的悲剧气氛更加浓厚，也带给读者巨大的震撼。

除此之外，小青的为爱而死是爱情的悲剧，许仙从懦弱到醒悟的无奈和压

① 李锐：《人间：重述白蛇传》，重庆出版社2007年版，第120页。

② 李锐：《人间：重述白蛇传》，重庆出版社2007年版，第123—124页。

③ 李锐：《人间：重述白蛇传》，重庆出版社2007年版，第56页。

抑是心灵的悲剧，以胡爹为首的人类表现出的以怨报德是人性的悲剧，现实中“我”被丈夫出卖以致遭到政治迫害是现实生活的悲剧。这一切悲剧构成了作者笔下悲剧的人间。在作者的叙述中，每个人间都是自我的人间，都充满了悲剧的挣扎与苦难，这种悲剧的效果是生命存在的必然结果，因为生命的存在就意味着生命消失的迫近。作者通过多条纵横交错的叙事线索清晰地呈现出了每一段生命的存在悲剧，并借此展现出一种人道主义的关怀。

二

《人间》并不仅仅通过人物的悲剧性存在和身份困境来描写生命的悲观色彩，在这之上，作者又在探讨生命悲剧存在的基础上寻求一种浪漫与诗意的超越，这是小说的意义所在。

《人间》中，人的存在是悲剧性的。然而仅把人间作为一个悲剧性的生存环境来描写并不是作者所要表达的全部。作者试图击碎悲剧的枷锁，来完成一种超越，这种超越才是在洞察悲剧生命背后最具意义的精神思想，而作者赋予《人间》的超越力量就是诗意。这种诗意是作者对人性的期望，正如海德格尔所说的，“当诗意适宜地出现时，人将人性地居于此大地之上”[①]。

小说中，作者展现的诗意是不尽相同的，有爱的诗意，有死亡的诗意，有思想的诗意，也有超脱的诗意。这些诗意值得思考，也值得去探寻个中的奥秘。小说中最富有诗意的人物和情节，便是粉孩儿与香柳娘的青涩却炽烈的爱情。虽然现实中两人因为香柳娘的痴傻而形同陌路，但作者将两人的爱放到了梦中，不仅具有独到的隐喻色彩，而且把这两个“异类”放到了任何人都无法接近的地方，在他们梦中的草滩，他们相依相偎。粉孩儿把自己蛇人的形象展现给香柳娘看，“他猝不及防地就暴露在了她面前。他一嘴的血，一脸的血……说不出话”[②]，可香柳娘“望着他，就像望着她最心疼的小羊、小鸡、小鸟，她柔声地、像个母亲似的说道：‘可怜的蛇人！’然后就把他被鲜血玷

① ［德］M.海德格尔：《诗·语言·思》，文化艺术出版社1990年版，第200页。

② 李锐：《人间：重述白蛇传》，重庆出版社2007年版，第44页。

污的头抱进了自己的怀中”[①]。就这样，“他潜入了她的梦魂……这颗心是他从没见过的最慈悲的一片净土，仿佛是专为包容他的罪、他的耻辱和痛苦而生”[②]。而当他从香柳娘口中听到她是个笑人时，“他目瞪口呆。他慢慢把她的手拉过来贴在自己脸上，泪水又一次流下来，这次，泪水是为这不幸的笑人而流”[③]。虽然粉孩儿蛇人的面貌展现在了香柳娘的面前，但她不仅丝毫没有被吓到，反而用自己的温柔心疼他、安慰他，并把他抱进自己的怀中。在那一刻，一切痛苦仿佛都已消失，因为这诗意的爱融化了一切。他们抛开现实早已注定的悲剧，走进他们自己的梦的世界，写下一首唯美的诗，并用它完成了对现实生命存在的超越。

白娘子这一形象，她在小说中展现的是死亡的诗意。小说始终贯穿白娘子对“做人”的追求，当她以血救人后仍遭到人类的迫害时，她选择了自杀，小说中写到，她“心空万里，再无半点牵挂。她举起短剑，朝自己的心窝猛地捅去。鲜血在人间四溅。那血，竟然是热的”[④]。同时，奇迹也在此刻诞生，纵然法海念现身诀，纵然惊慌的胡爹抱起雄黄酒泼在她尚有余温的身上，“她仍是一具完好的‘人’身……她却还是她，一个人间的美妇人，不改其容”[⑤]。此时，她变成了一个真真正正的人，这个结局是对白娘子美好希望的最好回答，更是作者对人心中善的诗意的描绘。虽然白娘子的终成人身带有被人类玷污的隐喻和感叹，但仍可通过作者的描写感受到一种唯美的意境：光明与黑暗交替闪烁的夜晚，白娘子的美丽与人群的丑恶相互碰撞，这让看似悲剧的场面被赋予了浓浓的人情，所以纵然白娘子最终逝去，但她诗意的死亡仍体现出了一种对人类悲剧存在的超越，是对生命悲剧的升华。

小青的诗意体现在她心中滋生爱情后领悟到了“人间原来有这么多的欢

① 李锐：《人间：重述白蛇传》，重庆出版社2007年版，第44—45页。

② 李锐：《人间：重述白蛇传》，重庆出版社2007年版，第45页。

③ 李锐：《人间：重述白蛇传》，重庆出版社2007年版，第45—46页。

④ 李锐：《人间：重述白蛇传》，重庆出版社2007年版，第137页。

⑤ 李锐：《人间：重述白蛇传》，重庆出版社2007年版，第137页。

喜”[①]，虽然最后死在了“范巨卿”的手中，但她的死饱含了她的欢喜与眷恋，饱含了爱情与亲情，是赋予了诗意的向往的，是对爱情悲剧的超越和自我的归宿。至于法海，则体现的是思想上的彻悟与精神上的解脱带来的诗意。面对白娘子，他不仅思考着人与妖的区别，更质问自己何谓佛家思想的真谛，何谓慈悲，何谓人性。在彻悟自己“以正义之名，杀害了她们”[②]时，他表现出了面对矛盾与困境时应有的勇气，这是对自己身份认同困境这一存在悲剧的超越和解脱。此外，许仙对白娘子重新的审视和爱恋是迷途知返的诗意，现实中“我”重新看到了梅树开放的花朵是通灵的诗意，许士麟得知自己真实身世后放弃官禄与许仙的远走高飞是超脱的诗意，顺娘胡氏为完成白娘子对自己的重托最后以死对许士麟的相救是大义的诗意，现实中被蛇咬伤的蛇孩儿对蛇的怜悯和理解是善心的诗意。这些都在诉说着他们在现实的大不幸背后所支撑他们心灵的那份诗意的渴望与希冀，都在渴望着诗意对自我存在的超越和拯救。究其根本，《人间》中的诗意核心体现为一种对人的终极关怀，一方面是对于生育的诗意赞美，白娘子得知自己生下一个“人”的时候所发出的那一声痛哭，香柳娘出生时的好似开怀大笑的哭叫，现实中伴随雷峰塔倒塌降生的“我”，都可看出作者对生育的赞美寓意着人类最初的美好；另一方面是对于人类本能性爱的唯美描写，香柳娘与粉孩儿在草滩上伴随着悲恸的性爱，小青与“范巨卿”初尝人间欢愉的性爱以及白娘子与许仙在人蛇大战间隙的宁静中互相依偎的性爱都无不展现着作者透彻人性表面的思想力度，而所有这些富有力度的诗意描写也都是对于人类存在这一悲剧根源的在精神上的超越。

三

悲剧的存在与诗意的超越在《人间》中相互交织，又形成鲜明的对比。同时，作者通过诗意对悲剧性存在的超越又包含着深刻的思想内蕴。

---

① 李锐：《人间：重述白蛇传》，重庆出版社2007年版，第99页。

② 李锐：《人间：重述白蛇传》，重庆出版社2007年版，第138页。

首先，作者借诗意存在对悲剧存在的超越希望感化更多的人发掘精神的力量来摆脱生存的困境。当今，那些富有诗意的精神思想是有其进步意义与现实意义的，这种形而上的意志源于对现实的体悟，同时也是内心的需要，正像尼采说的："丑与不和谐也是意志在其永远洋溢的快乐中借以自娱的一种审美游戏。"①另外作者也力求告诫人们，美与丑都是世界的表现，只要从至善的内心出发，就能体验到一种原始的快乐，一种诗意的美。其次，作者借神话对人类文明进行深刻反思的同时又阐释了对人类存在这一本源悲剧的体悟。小说中，人不敢做的事情妖敢做，而妖不敢做的事情人敢做。经历过"文化大革命"的腥风血雨，作者无时无刻不将自己的人生感悟融入小说的创作中，《人间》也是一样，每一个人物的悲剧其实都是作者自己的悲剧，虽然沉痛，但作者的反思具有深远的当代意义。最后，从作者精心设计的多条叙事线索中可以找到其内在关联和所蕴含的深刻含义，在时空的转换交错中可以发现时空背后生命的延续，而作者之所以让笔下的人和事都表现出对于白蛇传传说在时空上的延续就是为了使得互相交错的故事能够充分地融合在一起，显得虽然分割却仍同出一源，使作品浑然一体。

总之，小说《人间》借助每一个生命的悲剧存在体现出作者的一种人文关怀，同时又通过对这些悲剧生命所做的诗意超越表达了作者对于人间的美好向往与企盼，不仅在当代社会具有广泛的指导意义，更在指向人类的同时具有了高度的世界眼光。

原载《社会科学论坛》2010年第8期

① ［德］尼采：《悲剧的诞生》，周国平译，广西师范大学出版社2001年版，第180页。

《旧址》：家族与人的悲剧

曹书文

在20世纪90年代的长篇小说创作中，李锐的《旧址》无疑是一道亮丽的风景，尽管作者继承了现当代家族叙事的优秀传统，但由于社会文化语境的变化，小说在叙事的重点与叙事的情感上表现出对已有传统的偏离与误读，作者对家族的书写更多地突出其对历史与伦理建设和传承的一面，相对淡化其礼教的吃人和政治上的反动；小说不再把眼光聚焦于阶级斗争和民族压迫，而是注重对家族亲情、男女感情与师生革命情谊的书写；叙述者流露出的是一种挽歌式的眷恋而非理性的批判，对繁华的九思堂成为废墟进行了重新反思。

一

在中国现当代家族叙事中，聚焦于贵族大家庭日常生活的描写，以家中人物的悲欢离合、旧家庭由盛到衰的历史命运折射时代的风云变幻逐渐形成一个文学传统。李锐的《旧址》叙述的是银城两大家族在经济、政治方面的矛盾冲突与情感纠葛，从有关他们家族内部生活的叙事中，不难感受到其日趋衰落的悲剧命运。九思堂族长李乃敬尽管为家族的振兴殚精竭虑，但他的家人并没有表现出对家族责任的认同与家族命运的忧虑。几个姨太太之间争风吃醋，一心一意谋取正房夫人的位置，而少有对九思堂命运的关注。少爷双喜尽管在父亲的督促下，“《三字经》《百家姓》早已背得滚瓜烂熟，现在不但已经背得百十首唐诗宋词，而且已经写得一手像模像样的楷书”，但他这样做并非出自自觉，而是因为害怕父亲的那只竹板。一旦有机会，他便与仆人捉蟋蟀，斗蛐蛐，他所受教育的内容已与时代的发展脱节。九思堂素以贤德仁义作为治家风范，“可如今李家的子弟去读书，竟要有人毁容吃斋、节衣缩食才供得起了。真是愧对列祖列宗，真是丢尽了祖宗的脸——想不到诗书传家，礼仪继世的家风，竟要靠一个毁容吃斋的女人来继承”。由此可见，九思堂日趋衰落的命运。而作为新兴的资产阶级家庭的白家，事业上如日中天，但家庭内部却动乱不安。按照父母之命，白瑞德留学归国之后与比自己大了六岁的白杨氏完婚，同时也得到了岳父丰厚的陪嫁。然而婚后，白杨氏除了生下女儿白秀云，并没有为白家传宗接代，为此，白杨氏一直催促丈夫快娶一房姨太太，结果遭到丈夫和女儿的一致反对。后来，白杨氏把自己漂亮的表妹柳琼琚接到白园，导演一出借女生子的戏剧，没想到丈夫与表妹两人因情趣相投弄假成真，不能自拔，白杨氏为此恼羞成怒。她把丈夫移情别恋的怨气都发泄到表妹身上，不惜将其儿子弄死以绝后患，两人从此结下深仇大恨。柳琼琚为报复白杨氏，勾引其娘家侄子文达，导致对方含辱自尽，从此，白家再无宁日，最后白杨氏离家搬到省城居住，家庭内部的矛盾才暂时告一段落。表面上是家庭日常生活的琐碎事件，背后折射的却是家族未来的悲剧结局。

在中国现当代作家的家族叙事性作品中，不管是资产阶级还是封建地主官僚，他们或是道德上堕落，或是政治上反动，叙述者往往怀着强烈的道德义愤控诉贵族大家庭的罪恶，自然，他们作为旧制度的象征失去了存在的合理性与合法性。这些家族叙事传统在《旧址》中则发生了微妙的变化，叙述者不再关注贵族大家庭血迹累累的发家史，而是客观地展示一个家族与城市的关系，他们的存在对城市经济、政治、文化产生影响，甚至成为一座城市的代表。“李氏家族在银城的统治和存在，实在是一件太久远的事情，久远到任何力量都无法把这座城市和这个家族分开来。”“根据族谱记载：李氏家族最早有名可考的祖先叫作李铁。李铁自称是春秋时期最著名的哲学家老子李耳的第十二代子孙。”李氏家族不仅源远流长，而且对历史有功，“开拓并建立了这座城市，开凿了这座城市的第一口盐井”。在历史上，李氏家族因出现过高官而富贵，在近代社会，李氏家族在民族工业发展史上也占有重要的位置，“被英国著名的历史学家李约瑟教授誉为中国科技史上‘第五大发明’的，人类第一口‘冲击式顿钻凿井法’获得的千米超深井，就是属于李氏家族的产业”。正是由于李氏家族在银城历史上独一无二的地位，李家门前的“古槐双坊”才成为银城八景的第一景，古槐双坊自然也成了这座城市的象征。

作为买办资产阶级的白氏家族则是银城现代文明的象征。尽管白瑞德祖上以种地为生，但他先后在日本和美国接受了现代科学文明教育，靠自己的聪明和智慧，兴办大兴公司，替美国洋行代理美孚灯，并利用银城市民抵制英货的机会，一举挤走了英国亚细亚公司，“终于不负校友所望让美孚独占了银城市场。于是，在银城鳞次栉比的石坊和古老的大屋顶中间，显然地矗立起一座满是廊柱和尖顶的哥特式建筑……白瑞德取其两意把它叫作白园”。为与现代西方建筑相适应，白瑞德还购买了一辆福特轿车，雇佣司机兼保镖。“每当洋行有人来银城，白瑞德都是西装革履口操洋文以汽车迎送，甚至还雇了一位西餐厨师在家里，以迎合洋行大员们的口味。日久天长，白瑞德和他的白园就成了银城人眼里的西洋景”。借助中国社会从传统到现代转型的历史机遇，白瑞德及其所经营的公司在给银城、盐业市场带来现代文明的同时，事业上也蒸蒸日上，时刻准备以雄厚的财力、先进的管理技术兼并九思堂的盐业股份。尽管现代的大兴公司与传统的九思堂之间竞争激烈，一个靠机遇与谋略，一个靠地利与人和，相互交手互有胜负，但应该说他们都是经商理家的好手，我们看不到他们对工人的刻薄和虐待，更多地感受到的是现代的人道与传统的仁义，作者在字里行间对作为现代企业家的白瑞德与传统家族“中兴之主”的李乃敬都流露出一种肯定赞美的情绪。

《旧址》中家族的悲剧意义在于“在这长达六七十年的历程中，在毁灭和破坏的同时，却没有留下多少积极的建设性的成果，李氏家族的毁灭，并没有随之崛起一代新的风流人物，九思堂的倾圮，并没有能够换来新时代的广厦巍然耸立，只是把这古老的建筑物变成拥挤不堪的大杂院，只留下一块供人凭吊和遐思的木牌：古槐双坊旧址”。这是作家对历史的忧思，对代表着新旧、传统和现代的两个家族最终殊途同归的悲剧结局的悲悯情怀。

二

在现代家族小说中，封建家庭的黑暗，封建家长专制对青年一代自由权利的剥夺无形中成为年轻知识分子离家出走走向革命之路的诱因。在当代作家笔下，家族复仇成为农民与知识分子参加革命的感性动机，而到了20世纪90年代的文化语境中，家族亲情则成为知识分子走向革命之路的重要依据。九思堂的少爷李乃之之所以较早地亲近革命，积极从事党领导的地下斗争，原因在于目睹了自己的老师在农民运动失败后遭到反动阶级残酷屠杀的惨剧，自己的家庭因父亲之死走向败落，姐姐为了供应自己和二姐读书，不惜毁容吃斋陪伴自己度过漫漫长夜。面对老师的悲惨结局，姐姐不幸的命运，李乃之对推翻旧制度的革命产生了强烈的共鸣，即使为此牺牲最宝贵的生命与爱情也毫不犹豫。但不管是出于对老师的怀念，继承其未竟的革命事业，还是出于对导致姐姐毁容的不合理社会的悲愤，其最直接的动机都是源自家族感情。因为在传统社会中，师生关系是父子关系的延伸，民间社会素有“一日为师，终身为父”的传统。姐弟关系在父母去世之后实际上也成了母子关系的变形，“父亲死后，李紫痕就担负起保护和照看弟弟妹妹的责任，所以，从七岁起，李紫痕就是一个女人，而不是一个女孩”。自然也就有了成人后，“李乃之像供养母亲一样每个月按时把钱寄给姐姐，十几年如一日未敢有误”的行动。

现代知识分子在走向个性解放与民族阶级解放的过程中无一例外地会遭遇到家族与革命的冲突。不少觉醒的知识分子在人的意识觉醒之后首先意识到家的黑暗与家长的专制，勇敢地走出旧家的大门。但是离开家庭之后并非完全与家庭脱离了关系，一方面社会本身的黑暗决定了外在社会与家族世界的异形同构，甚至社会的黑暗超越了家的黑暗，于是才有知识分子在失落中演绎着出走与回归的悲剧。从世纪初鲁迅笔下的狂人、子君到世纪末《白鹿原》中的叛逆之子，不少从家庭中出走的旧家子弟最后都重新跪拜到祖宗的祠堂；另一方面，即使走进革命队伍参加革命的知识分子，对革命一腔热血，但革命队伍对阶级出身的过分注重也决定了他们势必成为改造的对象，加之知识分子本身对个性解放的要求、对人格独立的追求更促成了他们的尴尬处境。他们或者是像《青春之歌》中的林道静那样不断地接受改造最终成为无产阶级先锋战士，或者像《家族》中的宁珂一样在革命胜利后成为革命的对象。《旧址》中的李乃之在革命的过程中一直面对着来自革命领导阶级的考验，进入革命圣地后，1939年他在银城监狱中即将被处决时因家人的及时相救躲过灾难一事成为一个政治污点。女儿延安在“文革”中为了显示自己的革命决心坚决与父亲决裂，但不管她如何激进地投身革命洪流，家庭的原因注定了其不被信任的命运。这样的叙事表明，知识分子在家族与革命之间的冲突也让作家为之困惑。

李紫痕的革命动机则更多地源自家族手足之情。出于女性的直感，姐姐李紫痕意识到弟弟在从事着一份危险的事业，因为弟弟是家族也是她生存的希望与情感支撑，她不愿看到弟弟为此遭遇意外，于是真诚地劝导他说：“我不晓得啥子叫革命。你不能找一件不杀头的革命来做吗？弟弟呀，姐姐烧了脸供你去读书，难道就是为了要你杀头么……哪天你的脑壳也在城头挂起，姐姐好有什么活头？弟弟呀，你不为别人，就不痛惜姐姐么……”由于弟弟执意不从，李紫痕经过一夜的思考，决定与弟弟一起参加革命，同患难共生死，这并非表明她的阶级觉悟，而是昭示出弟弟的生命在她心目中的位置，她要以自己的努力为对方分担忧愁。“李乃之没有想到，自己经过七年的读书思考才做出的抉择，姐姐竟在一夜之间就做出了”。“于是在那个暑热熬人的夏天，李紫痕凭着女人的直感，做出了自己一生当中唯一的一次政治抉择，从一个吃斋念佛的女人变成一个冒死革命的地下党员”，以自己独特的身份为革命作出了巨大的贡献。同样，知识女性白秀云尽管在省城接受先进的文化教育，感受到日益高涨的革命风潮，但她对革命却没有一般知识女性的神往之情。她因自己的情人李乃之从事革命而对革命产生好感，为了自己的所爱，她“丢了大学不读，丢了父母不顾”，在追随丈夫的同时也追随了革命。在“文革”中，当丈夫遭难，自己也由于家庭出身受到批判时，她才真正意识到“许多年前的那个漆黑的夜里，自己舍生忘死地坐到那条乌篷船上漂泊而去的时候，追求的是一个自己所爱的男人，而不是那个男人所献身的革命”。正是由于她们不是出自理性的自觉与情感的皈依，所以她们才没有像所爱的人那样对革命始终如一，于是才有后来李紫痕对家族遗孤的抚养，白秀云在接受身心改造备感疲倦后的自杀，无论是对革命的抉择还是对革命的拒绝，都体现为一种生命和情感的常态。

如果说李紫痕、白秀云参加革命是受到家人的影响，家族亲情成为她们走上革命之路的感性动机的话，那么，延安到陕北最落后的地方插队，则是因为父亲的非革命，或者说父亲成为“叛徒”“反革命”后，她反其道而行之，“先把一张‘坚决和大叛徒划清界限’的大字报贴到部机关的走廊里，随后又响应毛主席的号召到陕北的黄土高原去和贫下中农相结合”。为了显示自己彻底革命的决心，延安和村里一位最穷最脏的羊倌结婚。母亲去世的消息都未曾动摇她扎根农村的意志，甚至连一封信也不写；父亲因病逝世后，即使所在单位告诉了她，她也没有任何悲痛的表示，她因革命超越正常的血缘亲情，从而使其革命愈来愈暴露出反人性的色彩。这样便与革命的宗旨相违背。当她的父亲李乃之弥留之际“用一行接一行的字填满了报纸上所有的空白，那些所有的字都只写了一个词：革命革命革命革命革命革命革命革命革命……没有前言，没有后语，没有标点，甚至连一点空当也没有，只有那密密麻麻纠缠不清首尾相接的一片”，对当时反常的“革命”行为进行理性的思考和怀疑时，延安则以自己的坚决昭示出对教条的盲从。她选择歪歪从表面看是对家庭出身的超越，但她不重视羊倌本人的价值而侧重对方的家庭，暗示出家族、血统观念的根深蒂固。

三

《旧址》真实地描写了一个知识女性在革命大家庭中由向往革命、接受改造到告别革命的情感与心路历程。白秀云对进步青年李乃之萌发了爱慕之情，即使知道对方从事着危险的事业也不改初衷。面对情人无情的拒绝，她因过于悲伤而昏厥。在家庭与爱情、母亲与情人之间，她的选择是毫不犹豫的，为爱情作出了巨大的牺牲。她以背叛家庭为代价投身于爱人所献身的革命，但革命队伍对她的接受却是有条件的。革命不仅要改造她的思想感情、阶级立场，更要改造她的身体与生活习惯。她置身于资产阶级家庭与劳动人民家庭之间，永远找不到自己的位置。她与所属的阶级脱离了关系，母亲因为她的背叛而自杀，一方面她对母亲有难以摆脱的愧疚之情，另一方面她出身的家庭又成为她革命的障碍，使其时时生活在早已脱离的旧家庭的阴影之中。白秀云在漫长的改造生活中终于失去生命的支撑，“她在这深入骨髓弥漫身心的疲倦中，深深地渴望着死。白秀云渴望着用死来终止这无边无际无可逃避的疲倦，白秋云渴望着用死来摆脱这缠绕着自己的落套和尴尬”。

如果说白秀云背叛家庭走向革命带有一定程度的被动与盲从，那么，李乃之不管是对家族的背叛还是对革命的选择都是出于清醒的理智抉择，他对革命的忠贞、献身革命的意志、对敌斗争的勇敢，因家庭原因所招致的坎坷不幸与最后命运选择都具有一定的代表性，从一个侧面揭示出知识分子在家庭与革命之间选择的困惑和“在而不属于”任何一方的情感悲剧。李乃之因参加一二·九运动被开除学籍，党组织决定让他离开省城返回家乡银城，“利用九思堂的家族关系做掩护，去宣传抗日，组织盐业工人工会，重建地下党的组织，并任命他为地下党银城市委书记”。“李乃之深信自己和自己的同志们舍生忘死所献身的这项事业，必将铲除掉这个垂死的世界，必将带给中国无限美好的希望和前途。为了这个伟大的理想，李乃之决心不惜奉献出自己的生命，也决心奉献出自己的爱情”。正是这种对革命必胜的信念与对共产主义的忠诚支撑他勇敢地与反动阶级进行最激烈的斗争，他和自己的同志最终奋斗的目标是推翻李氏家族在银城的统治和银城的反动政府，然而由于叛徒的告发，他被捕后被投入监狱。在他即将被执行枪决之际，姐姐利用裙带关系将他救了出来，也由此给他带来政治上的污点：一同被捕的革命者都在1939年被秘密处决，唯独他获救，按照正常的逻辑，人们很容易想到他的背叛，而他又无法对自己的被救提供任何证明材料。于是，他从此陷入一个关于自己是否革命的怪圈，家族的掩护是其从事革命获得社会承认的必要条件，毕竟李家少爷的身份对许多人来说具有一定的影响力，也表明家族身份对革命的意义。“可固执的姐姐不会想到，九死一生当中逃出来的弟弟终其一生也没能逃出那次秘密枪决的追踪，没能逃出自己家族对于叛逆者的报复。除了自己的口述之外，没有任何人可以证明李乃之的清白。李乃之没有想到，自己舍生忘死一生追求的理想，到头来变成了一件自己永远无法证明的事情。”实际上，家族与革命存在着辩证的关系，革命在推翻家族统治过程中，既然借助于家族的叛逆者的力量，就要与家族发生关系。革命者愈是与家族保持藕断丝连的关系，愈会受到家族政治上的牵连。人们只看到家族身份的价值，而未意识到这种角色在政治上的负面意义。

同样是面对家族与革命之间的冲突，李紫痕显然是一位更具悲剧色彩的人物。“许多年来，李紫痕既当母亲又当父亲，像一头母兽一样拼着性命挡着世人的冷眼和话题，挡着族长李乃敬越来越强烈的不满，看护着弟弟和妹妹。当李紫痕终于看出为了自己的处境，弟弟犹豫再三不愿离家求学的时候，她竟做出一件叫李氏满门的男人们都瞠目结舌，叫银城街头巷尾的女人们都肃然起敬的事情来”。作为少女，她不仅不能享受一般女性接受教育的权利，而且尚需以自己的柔弱之躯为弟弟妹妹遮风挡雨，甚至自己主动压抑自己正常的人性欲求，拒绝出嫁，成为为家族而生存的符号。由于她对父亲作出了承诺，她为此付出了常人难以想象的代价，自然希望弟弟能“修身齐家治国平天下”，可是，她发现弟弟现在却从事着反对政府的最危险的活动，一旦她的苦口婆心的劝说没有任何效果时，她只有改变自己，投身弟弟从事的事业，为弟弟排忧解难，与他共生死。当她所从事的革命事业成功的时候，她所属的李氏家族则遭到毁灭性的打击，为了抚养家族的遗孤，她再一次放弃到北京跟弟弟在一起享受幸福的机会，毅然决定留下来，承担作为母亲的使命。即使被弟弟质疑自己的政治立场，也毫不动摇地坚持生命无罪的逻辑。“几十年前父母双亡的时候，弟弟和这个孩子大小差不多。我已决定不去北京和弟弟同住，我的立场就是要在自己家里，把一个没有父母的孩子养大成人”。正如有的论者所言，“李紫痕‘母性’的无限扩展，却是以‘女性’的极度萎缩为其致命代价的。她自我毁容的初衷无非是为了杜绝外嫁的可能，以便终生留在李氏家族中代替已死的母亲履行其应尽的职责。殊不知她在自我毁容的同时，也摒弃了自己女性本体的全部丰富内涵，抹杀了自己女性角色的无限的活力与生机，而仅仅作为一个丧失了‘女性’意识的‘母性’符号而存在”。[①]李紫痕的命运无疑是中国传统家族社会向现代个体本位社会转型过程中的女性与人性的悲剧的缩影。

从对贵族家庭对城市经济文化作出积极贡献的肯定，到对其由中兴走向衰落的悲悯情怀；从对知识分子投身革命复杂动机的揭示，到对革命大家庭与传统旧家庭之间的“血缘”关系的叙述；从对知识女性追随革命的情感、心路历程的书写，到对在革命与旧家庭之间的艰难选择导致的人的情感与命运悲剧的描摹，皆显示出《旧址》与现代家族小说的有机联系与作为当代家族小说独特的个性追求。

原载《文艺争鸣》2010年第19期

① 莫聿：《家族文化与文学叙事》，《中国人民大学学报》，2001年第1期。

辛亥革命的三种演义方式

——《死水微澜》《大波》与《银城故事》

王永兵

李劼人的长篇三部曲《死水微澜》《暴风雨前》《大波》和李锐的《银城故事》都是反映辛亥革命的长篇历史小说。其中，长篇三部曲写于1935年到1937年，小说发表后，读者反响强烈。解放后，由于种种原因，李劼人对长篇三部曲做了重大修改，其中《死水微澜》改动较少，《暴风雨前》改了三分之二，《大波》则完全是重新创作。因此我们通常所看到的李劼人长篇三部曲实际上是作家20世纪30年代的《死水微澜》和20世纪五六十年代的《暴风雨前》《大波》的综合，《银城故事》创作于本世纪初。在中国传统小说中，写历史的起初叫作“讲史”，后来落实到书面便叫作“演义”。叙述历史，本身就是一种演义，只是各家之“义”相殊，敷衍的方式有别。演绎辛亥革命的历史小说不少，我选取跨不同时段的两位作家——李劼人与李锐，从人物塑形、结构方法和细节处理等方面考察其想象（演）的区别，揭示其观念（“义”）之差别，并且探讨在“演”的方式与观念的“义”之间的联系。

一

《死水微澜》《大波》（新旧版）对辛亥革命的“演义”实际上是创作主体在不同的历史时空背景下对同一历史事件的不同记忆，这种记忆既回应着创作主体不同的价值认同和道德判断，又回应着历史记忆的主观性、政治性与随之而来的策略性。诚如加拿大学者琳达·哈琴所言：“思考历史书写的方法之一就是从记忆是如何界定并赋予主体以意义这一角度入手。”[①]30年代和五六十年代的李劼人分别从个体生命方式、中国革命进程的角度对历史进行重新想象与书写，其笔下的主体形象也因此肩负着不同的叙述功能和历史重托，所以主体的精神面貌和塑形手段也就各不相同。《死水微澜》从人物到故事都是虚构的，这与郁达夫所说的历史小说相去甚远[②]，因为这里面没有历史上著名的人物和事件，但小说中人物和故事所赖以生存的时空背景无疑是19世纪末和20世纪初的晚清，作者通过蔡大嫂、罗歪嘴、顾天成等人物形象的成功塑造，从民间社会、官方势力和西方宗教势力三者的纠葛冲突中透视晚清这个特定社会的精神动态和历史走向，准确地把捉到了那个时代的脉搏。《死水微澜》的不同凡响之处在于它将一个普通乡下女子的情爱故事与宏大的历史叙事巧妙地结合在一起，借个人离合写历史“兴会”。其主人公蔡大嫂这一形象的最突出特点是对以城市为代表的现代物质生活的向往、对以婚恋自由为代表的现代精神生活的追求。蔡大嫂未嫁之前叫邓幺姑，她“顶喜欢听二奶奶讲成都。讲成都的街，讲成都的房屋，讲成都的庙宇花园，讲成都的零碎吃食……”，尤其神往“成都一般大户人家的生活，以及妇女们争奇斗艳的打扮”，她甚至将成都当作自己将来的归宿，在嫁往成都无望后，邓幺姑只好将就着嫁给天回镇的蔡傻子，打算规规矩矩在乡镇上做一个掌柜娘。谁知做了掌柜娘的蔡大嫂并不规矩，竟然和蔡傻子的表哥罗歪嘴好上了。一开始，“罗歪

① ［加拿大］琳达·哈琴：《后现代主义诗学：历史·理论·小说》，南京大学出版社2009年版，第236页。

② 郁达夫曾说：“现在所说的历史小说，是指由我们一般所承认的历史中取出题材来，以历史上著名的事件和人物为骨子，而配以历史的背景的一类小说。”郁达夫：《郁达夫文集》第五卷，花城出版社、生活·读书·新知三联书店香港分店1982年版，第238页。

嘴倒有意思隐秘一点，偏蔡大嫂好像着了魔似的，一定要在人前格外表示出来”。李劼人利用传统小说烘云托月的手法，故意用袍哥小头领的“歪”和“横”来衬托蔡大嫂的“泼”和“辣”，并将蔡大嫂与罗歪嘴的情爱写到了如痴似狂的地步：“他们如此的酽！酽到彼此都着了迷！”“酽到彼此都发了狂！”后来为了救蔡傻子，为了自己免受穷困，为了儿子不再当一辈子放牛娃儿，蔡大嫂竟改嫁土粮户顾天成，当父亲邓大爷担心有人会背后议论她时，已经成了顾三奶奶的她笑着反问道：“哈哈！只要我顾三奶奶有钱，一肥遮百丑！……怕哪个？”邓大爷听后只能无奈地摇头感叹：“世道不同了！”“世道不同了！”这正是《死水微澜》的主题词，也是李劼人赋予蔡大嫂这一女性主体的意义，小说借助蔡大嫂这一集情、爱、义、利于一身，富有现代色彩的女性形象展示了一个时代人们思想意识的“微澜”，并由此来表现历史的变动，实现了艺术性、思想性和历史性的完美结合。

旧版《大波》最光彩动人的人物形象无疑是女主人公黄太太。小说用了大量篇幅描写黄太太和楚用之间的不伦情爱（他们之间是非嫡亲的姑侄关系）。黄太太成为蔡大嫂的精神变体，也是原版表现的重点人物，与情义并重、开放豁达的蔡大嫂相比，黄太太完全是一个任性放纵、信奉情爱自由的现代女性。有事无事的时候，她喜欢把花露水洒得满身是香，手里时刻不停地摇着东洋纨扇，除了穿着打扮上的时尚新潮外，她对待异性的态度更为超前，未婚之前她就与大姐夫孙雅堂、二表哥陶刚主有染，后来又与妹夫徐独清关系暧昧，“她觉得凡与她接近的男性，都应该爱她，都应该被她颠倒，供她玩弄，不许背叛她……”[①]在她心目中，这些男性就是她的爱奴，招之即来挥之则去，甚至觉得“在日常生活中，也得有个憨痴若迷的男子，常常在她眼中混着的需要”，为此，她不惜将小她12岁的大孩子楚用“容纳在她爱之帐幪下”。黄太太一反以男人为中心的传统婚恋观，她希望男人爱女人要爱得轰轰烈烈，爱到命肝心里，像唐明皇爱杨贵妃那样连天下都不要了，她尤其看不惯传统文学中男人至上的观念，并质问道：“为啥子那些书上总是把一个男子写得像天神一样？啥

① 李劼人：《大波》（中卷），中华书局1937年版，第6页。

子都行，个个女子见了都爱他，都要嫁给他，……从没写出一个女的来要一众男子。可恨的，男子随便要好多女的就叫作风流才子，女的一偷了男子，就叫不贞洁，就叫淫妇。又为啥子大家都是人，男的一辈子就该要多少女的，女的要上两个男子，就该犯罪，该挨骂？”[①]所以她要试试女人到底能不能同时爱上几个男子。作为有身份有门第的官宦太太龙二姑娘竟然如此不守“妇道”、蔑视礼法、大胆追求性爱自由，这一形象本身所拥有的文学意义与思想意义早已溢出了李劼人通过《大波》来反映四川保路运动的初衷，借助黄太太的形象，小说将个人的情爱风波和社会的革命风波有机地融为一体，由女性主体性意识的觉醒来反映社会乃至历史的巨变，创造性地将个体生命当作历史的关照主体。除黄太太外，旧版还成功塑造了许多人物形象，比如优柔寡断的蒲伯英，正是因为他处事不力、软弱妥协才导致赵尔丰的部队叛乱以及杨嘉绅携巨款而逃；再比如投机分子吴凤梧，落魄时经常低三下四找黄澜生借钱，后来用黄家的钱拖起一支队伍，并成为军政府的标统，这时候的吴凤梧立刻趾高气扬起来，连黄家的宴会也懒得参加；还有孙雅堂，他凭着敏锐的政治嗅觉，在革命中首鼠两端观望等待，革命后成功地混入军政府任职。借着这些人物形象的塑造，李劼人嘲讽批评了资产阶级革命的不彻底性，但与鲁迅等作家不同的是，对待辛亥革命，李劼人尽管也持怀疑与批判的态度，但更多的是肯定与赞成。李劼人从中听到的是历史前进的隆隆脚步声，是主体的觉醒和奋进，其中不乏理想与夸张成分。

解放后，革命现实主义成了“义”（观念）的核心内容，所以“演”（想象）的方式也随之改变，李劼人将原先《大波》中的爱情和革命双重叙述方式变为单一的革命叙述模式，并以单一的革命视角代替多维的想象空间，李劼人有意识地将学生代表王文炳、彭家祺，教师代表郝又三，工商代表傅隆盛，革命党人夏之时，立宪派人物蒲殿俊、罗伦等，当作正面人物形象加以塑造，同时还塑造了赵尔丰、端方、赵老四、杨嘉绅、尹良等反面人物形象，正反两方的交战，以及反面人物为争权夺利相互之间的钩心斗角成了小说表现的重点，

① 李劼人：《大波》（中卷），中华书局1937年版，第105页。

此外还塑造了像孙雅堂、吴凤梧这样的革命投机分子形象以及葛寰中之类的维新派形象，这些形象旧版中大部分都有，但不同的是他们的阶级定位、角色分工更加明确。看得出作者在人物塑形手段上是努力在向五六十年代的革命历史小说看齐，力争表现两个阶级（革命与反革命）、两条路线（爱国保路与卖国卖路）之间的斗争。小说已经不再将黄太太和楚用的情感风波当作叙述核心，这两个人物也因此退居到次要地位，他们除了在结构上起前后贯穿作用外，与所要表现的主题有些游离。因此，新版《大波》中的姑侄之恋，尽管也具有浪漫色彩，一定程度上写出了男女当事人自由开放的婚恋观和冲决层层精神封锁的现代意识，但与小说的叙述核心保路运动没有多少瓜葛，成为可有可无的点缀。这主要是因为其时的作者已经不能在爱情叙述中寄予更多内涵，五六十年代文学创作的主流话语是国家与革命，而不是个体与爱情。作者能做到那样已经很难得了。

二

30年代的李劼人在演绎（想象）辛亥革命时，看重的是主体与历史之间的互动关系，着力让大写的历史衍化为主体的个人生活史和生命史，这在《死水微澜》和旧版《大波》的结构设置上也能见出端倪。《死水微澜》共六个部分，其中第一部分为序幕，其主角是一个读私塾的孩童（“我”），清明节“我”和家人一起从城中来到乡下坟园祭祖，遇到邓大爷的女儿邓幺姑，邓幺姑不仅长得漂亮、穿着时尚风致，而且十分能干，烧得一手好菜，然而在“我”爹爹看来，这女人“凡百都好，只可惜‘品行太差’”。年幼的“我”此时不知道“品行太差”指的是什么，一直到若干年后，才明白父亲的话中有话，它是一个故事，“一段平庸而极普遍的故事”。然而正是这个“平庸而极普遍的故事”引出了女性主体蔡大嫂一段不平凡的、具有传奇色彩的生命历程。序幕的妙处在于不仅化繁为简初现了故事轮廓，同时还化简为繁借助儿童的视角将故事女主角的身世敷衍着一个个的谜团，“平庸而极普通”既切中“微澜”这个主题，同时暗示时间的流逝和社会的变革，曾经闹得满城风雨的蔡大嫂的那档子事在40年后看来不过是极其平凡的小事一桩。然而有着后见之明的李劼人则从这小小的“微澜”中窥见积聚在历史内部的巨大势能，终有一天它将会爆发出来，激起轩然大波。接下来的两个部分“在天回镇”和“交流”写蔡大嫂嫁到天回镇当上了掌柜娘以及与袍哥小头目罗歪嘴及妓女刘三金的交往，这是故事的发展部分，在全文起着渲染和铺垫作用，后三部分“兴顺号的故事”“死水微澜”“余波”是小说的三个高潮：蔡、罗两人酽得发狂的情爱，蔡、罗、顾三人的恩怨情仇，蔡大嫂摇身一变成了顾三奶奶。这三个高潮部分看似是情节的延展，其实从内在的逻辑来看，却是并列的：或写个人情爱的“微澜”，或写社会“微澜”，进而表现历史的“微澜”，体现李劼人人事与历史并重的创作思想与历史观。

旧版《大波》在结构设置上同样体现了个人与历史并重的文学理念。旧版分上中下三卷，其中上卷三个部分，中卷和下卷各两个部分，上卷从黄澜生看戏写起，然后引出四川保路同志会的成立，继而写楚用和黄太太之间的私情，最后写同志会采用罢市、罢课的方式与赵尔丰斗争；中卷写赵尔丰逮捕蒲、罗等同志会的首领以及为解救蒲、罗等人，四川各地同志会展开声势浩大的救援行动，其中楚、黄两人的缠绵与纠纷占了将近一半的篇幅；下卷主要写成都在独立前各个阶层的心理波动以及独立后的混乱景象，除了赵尔丰、端方被砍头之外，其他做官的还是做官，只不过官服换成了西服，以前的作揖拱手变成了握手，其中穿插着楚、黄两人之间的感情纠葛。最后以黄太太思念楚用作为整部小说的结尾。小说将黄家置于历史风暴中心，以楚黄两人的爱情为主线，既写出了超出常规的“爱情”对恋爱双方所激起的心理风波，又写出了四川铁路风潮给个人、家庭、社会乃至历史所带来的巨大波动。旧版处处体现了李劼人以人物带动事件的结构方法。比如楚用这个人物，他是黄澜生的表侄，黄太太的情人，二十出头，家住新津，在成都中学堂读书，他的同学王文炳是个活跃分子，经常出入咨议局，和蒲、罗等人经常接触，另一个同学彭家祺后来参加同志军和赵尔丰的部队打过仗，他的外公侯宝斋是袍哥头领，后来被推选为新津同志会的首领。李劼人借助楚用的活动，将黄家夫妇在整个事件中的种种表现，以及保路运动前前后后的具体经过有条不紊、轻巧自如地展现出来。再比如王文炳、吴凤梧、孙雅堂、傅隆盛都是小说中不可或缺的次要人物，他们分别代表了学界、军界、士绅、工商界等，借助于这些不同阶层人物在铁路事件中的言谈举止与思想变化，李劼人不仅写出了四川铁路事件的影响程度之大、范围之广，而且还写出了近代以来一般民众现代民族国家观念的萌发与觉醒。此外小说的开头与结尾也颇具匠心，开头的看戏“烘云托月”，既暗示人生如戏，又为即将上演的历史大戏做了有力的铺垫与衬托，还预示包括正走出戏场的黄澜生等一干人将成为主角于历史的舞台上粉墨登场。结尾在黄澜生的家庭宴会中结束，但宴请的主角吴凤梧没有到场，刚刚得势的他正在享受男色的快乐而无暇光顾，民众期盼已久的革命竟然是这样一种结局，轰轰烈烈的铁路事件最终蜕化演变成历史的闹剧，恰好与开头的看戏形成呼应，李劼人对传统小说“草蛇灰线”结构章法运用得如此得心应手。最末一句写黄太太托即将去新津上任的王文炳带信，让楚用早点回成都，更是寓意深刻，人生如白驹过隙，历史的大戏热闹一阵过后终归平寂冷清下来，最真实最让人放不下的还是一个“情”字！我以为旧版《大波》到此已经结束，而不是像有些读者说的那样还有第四部，因为抗战爆发而中断未写。

新版《大波》有四个部分，其中第四部分，李劼人原来打算写四十万字，结果仅写了四章约十二万字，他就因病溘然长逝。作为未完成作品的新版《大波》，既是作者本人的遗憾，更是20世纪中国文学的一桩憾事。从结构上看，新版的格局与旧版截然不同，四个部分各有其侧重点，依次是：保路同志会的成立及其与赵尔丰的初次交锋；为解救蒲、罗等人，各地纷纷成立同志军与赵尔丰的军队展开激战；重庆、成都先后独立，玩弄阴谋诡计的端方被砍了头；赵尔丰的部队发生叛乱（原计划还要写同志军进城镇压叛军，赵尔丰被杀，反动政客胡景伊篡夺了四川军政大权）。新版体现了以事件为中心、因事写人的结构方法，许多时候都是事无巨细一并写来，轰轰烈烈的保路运动无形中被淹没在事件的洪流当中。正因为以事件为主，人物的面貌也变得模糊不清，林林总总写了上百来号人物，大都用力平均，几乎分辨不出主次。对此，李劼人本人也有所警觉，他说：“我犯下这些毛病，总原因在于素材太多，剪裁排比上不得其法；人物抒写，几乎分不出主从，情节发展，也有层次不明的地方；有些不该描绘之处，描绘了，有些该形象化之处，又没有形象化。”但作者随后辩解道：“这是一种有关键性的政治运动，它当然要影响到当时的社会生活和当时的人们思潮。你写政治上的变革，你能不写生活上、思想上的变革？你写生活上、思想上的脉动，你又能不写当时政治、经济的脉动吗？必须尽力写出时代的全貌，别人也才能由你的笔，了解到当时的历史的真实。”[①]李劼人话中有话，他明明知道不可为而为、可为而不为，这说明他的内心很矛盾，说明他的创作观念与现实产生了冲突。由生活、思想上的脉动与变革来反映政治的脉动与变革，进而体现中国社会历史的现代化进程，这是李劼人创作长篇三部曲的初衷，也是李劼人在改写长篇三部曲时努力遵循的原则，然而这种原则却必须在现实面前让步，这就是李劼人在修改《大波》时难以言说的苦衷。我们现在见到的《大波》是李劼人前后修改了三次才出版的，为了弥补自己在政治思想和文学观念上的欠缺，他在史实性上下了大量功夫，但小说并没有因此而获得更好的艺术效果，相反，修改版《大波》的可读性、文学性、艺术性与原版相去甚远。我们不禁要问：既然如此，那么李劼人为什么还要花如此精力修改《大波》呢？回答这一问题之前，首先让我们读一读作者在改写《大波》时曾经说过的一段话，他说：“一九五四年，忽然接到人民文学出版社来信，很客气，说要重印我写的《大波》，叫我改写。……我就先重写《大波》。写完了以后，寄给艾芜看。艾芜说可以。我又寄给我儿子看，可是我儿子这个外行却说不行，批评得一塌糊涂。后来我考虑一下，觉得儿子的意见对，就去掉重新写成的十几万字初稿……”“《大波》现在正在写。一九五四年写的那一遍，不好，就丢掉了。一九五五年又写了第二遍，十多万字，看后觉得仍不好，也丢了。现在在写第三遍，已写了十七万字。全书写成大约有二十七万字。内容比以前增加了三分之二，篇幅却减少了五分之二。”“由于解放后我参加了政治学习（我对政治学习是用了功的），回头再看辛亥革命，比前二十年更清楚，更透彻了。这次写《大波》，就想深入运动的本质，因此所反映的

① 李劼人：《〈大波〉第二部书后》，《大波》（第二部），人民文学出版社2007年版，第366—367页。

生活面就要广阔得多，从小市民、农村各阶层到真正的革命战士，特别值得提一提的，是八十二个学生军在土桥和驻防军打仗的事。这是中国历史上学生第一次的武装斗争，过去不清楚，没有写，这次清楚了，就非写不可。”[①]不难想象，像李劼人这种既做过资本家，又是来自国统区的作家，在新中国成立后，是以怎样的一种虔诚心态来进行自我批评与自我改造的。他甚至不打算进入文学这个行当，原因很简单：“我过去学的文艺理论是资本主义理论，不适用了。因为怕犯错误，我就借口干行政工作。”[②]我们现在无法看到作者第一次重写《大波》的原稿，但从李劼人的言语中可以看出，它像《死水微澜》一样很简练，只有十几万字，而且文学性很强，受到了同行（艾芜）的肯定，之所以采纳儿子的意见，主要还是出于政治方面的考虑，是为了修改历史观，以毛泽东思想为指导对“四川保路运动”进行重新“演义”，以历史的“叙述”来替换以前的历史“想象”。比如《大波》对武装斗争的强调就是毛泽东有关暴力革命、武装夺取政权等理论的文学实践；再比如，原版《大波》本来并没有关于学生军的描写，改写后加入这一内容，关键是因为毛泽东关于青年是反帝反封建的一个方面军的说法。更让作者为难的是对保路运动领导人蒲伯英等人的处理，《新民主主义论》认为辛亥革命是由资产阶级领导的，但资产阶级天生具有两面性，因此既要表现资产阶级在斗争中的领导能力和作用，又要不失时机地反映其在斗争中的软弱动摇，这是李劼人在刻画有关保路运动领导人物时必须遵循的准则，这种根据某种观念而塑造出来的人物，就难逃概念化和脸谱化的宿命。为了强调保路运动群众基础的广泛性，《大波》在改写的时候必须考虑到手工业者、农民、学生等各个阶层，在描写农民军时，作者还必须考虑到由于缺乏中国共产党正确思想的指导，农民斗争的无组织性和无纪律性以及战斗力不强等众多因素。总之，改写后的《大波》成了毛泽东新民主主义革命理论等的文学注释本[③]，也成了一个时代历史观和文学观的见证。

① 李劼人：《李劼人选集》第五卷，四川文艺出版社1986年版，第542—543页。

② 李劼人：《李劼人选集》第五卷，四川文艺出版社1986年版，第542页。

③ 详情参阅毛泽东《新民主主义论》中的《中国革命是世界革命的一部分》《新民主主义的政治》《青年运动的方向》等章节，《毛泽东选集》（第二卷），人民出版社1991年版。

李劼人改写《大波》，实际上是他在新的“义”（革命现实主义）的视域下，对历史进行的一次精心“演绎”，此时，衡量一部历史小说价值高低的尺度，已不再是艺术上的优劣得失，而是看它能否在革命现实主义的话语模式下，对历史进行“合理”的叙述和表达。这种现象在20世纪五六十年代太常见了，作家在创作的过程中总是缩手缩脚，难以进行自由的想象和诗意的建构，对“历史”不敢有丝毫的马虎大意，以免漏掉和混淆历史的细节，造成历史的“失真”。例如，李劼人在改写《暴风雨前》时，为江永山还是江问山这个人名，翻阅了二十多万字的材料，拜访了十几个人。在他看来，虽然“用在书中的只有一句话”，但“这是是非问题，轻率不得，武断不得”[①]，这种创作态度，比一般史家的治史态度还要严肃认真，以至于史学家隗瀛涛在写《四川保路运动史》时，将李劼人的长篇三部曲作为参考材料。这种“为历史”的创作目的，造成了创作主体想象空间的极度萎缩，也造成创作对象主体性的缺失，小说失去了想象，艺术性自然下降。当李劼人按照目的论的做法，对辛亥革命进行由果索因的逻辑论证时，他已经不知不觉地中了逻各斯的“诡计”，陷入了机械唯物主义的陷阱。历史的神话写作背后是对历史本身的疏离和写作主体的缺席与退场。在最讲究历史的年代最没有历史感，这正如尼采所云：在“历史的闺房”里“阉人”甚众的地方，艺术必然灭亡。“未受束缚的历史感已推向其逻辑边缘，根除了未来，因为它破坏了幻想，剥夺了现存事物可能于中生存的唯一氛围。”[②]李劼人改写《大波》所遭遇到的难题以及所留下的缺憾值得我们深思。

三

李劼人两个版本的辛亥革命实际上是两种“义”（写实主义）的体现。20世纪30年代，李劼人遵从的是左拉、福楼拜式的写实主义。此时的李劼人十

---

① 李劼人：《李劼人选集》第五卷，四川文艺出版社1986年版，第543页。

② 转引自海登·怀特：《后现代历史叙述学》，中国社会科学出版社2003年版，第39页。

分注重对日常生活的精细描写，注重对社会现实各种动态的反映，努力营造风俗画般的艺术氛围，其长篇三部曲惟妙惟肖地刻画了清末民初成都一带的民俗风情、市民阶层的心理状态和生活方式，以至于郭沫若称其为“小说的华阳国志”；李劼人还接受了自然主义反英雄、反典型化的观点，长篇三部曲中充斥着大量像蔡大嫂、顾天成、罗歪嘴、尤铁民、楚用、黄太太、伍大嫂之类的农民、小市民、普通知识分子、下层军官等社会各阶层人物形象，充斥着众多细节描写，除《大波》外，另外两部小说都没有中心性的事件，也没有贯穿小说始终的故事情节。但李劼人不赞成左拉学派纯科学生理主义的写作态度，他认为这样做“枯燥、冷酷、缺乏同情心”[①]，在他看来文学不能只停留在纯客观描写的层面，还应该涉及心灵的对象，如果“只是把实质的对象一丝不挂地写下来，仿佛编演了一段不加说明的活动电影”，会难于持久，必至崩溃。因此，他主张将“真实的观察”精神与合理的心理分析结合起来，这样才是“理想主义的写实”[②]。如旧版《大波》十分注意描写恋爱中男女的心理，其中有这样一个细节，楚用正在和黄太太偷偷亲热时，传来黄澜生的水烟袋声，他不得不懊恼地走出内室离开黄太太，小说这样写道：

> 他走到堂屋外面，着夜风一吹，稍微清楚了一点，只是头部还昏昏晕晕的。举眼一看，当前的景象似乎都有点不大像起初的样子。栀子花的香气越是扑鼻，厂厅里的洋灯越是辉煌，而平凡以极的黄表叔的形象则狞恶得如同五殿阎罗一样。[③]

这段描写中，人物的主观感受和客观事实形成强烈反差，凸显了偷情者在欲望没有得到满足、好事被搅之后内心的恼怒，而扑鼻的香气和辉煌的灯光在此处又有多种意味，既指黄太太的美色及其诱惑力，又暗示楚用对此的无限留恋与欲火中烧。然而沉浸在热恋中的楚用并非没有任何心理负担，他与黄太太

① 李劼人：《李劼人选集》第五卷，四川文艺出版社1986年版，第454页。

② 李劼人：《李劼人选集》第五卷，四川文艺出版社1986年版，第462页。

③ 李劼人：《大波》（上卷），四川文艺出版社2018年版，第106—107页。

之间的不伦之爱，即使女方主动愿意，男方也要跨越重重的心理障碍，所以小说花了许多篇幅，写楚用如何克服心中种种困惑与疑虑，最终放下包袱纵情爱河，因此，一部旧版《大波》其实就是爱情在男女主人公心中所掀起的轩然大波，楚用之爱龙二姑娘，其实就是他冲破道德、年龄、伦理等层层封锁，最后获得心理自由的过程，而这一过程一点都不比保路运动发起最终赶走赵尔丰成立成都军政府的过程简单。

解放后，李劼人逐渐放弃了旧“义”（福楼拜式的写实主义），转而向新“义”（革命现实主义）靠拢，尽管这一过程非常艰难，但可以看到他一直在努力改变自己。透过新版《大波》，可以清楚地看到李劼人内心的矛盾以及创作的蜕变。新版中固然有不少浪漫而又富有情趣的爱情与婚姻场景描写，为故事增添了不少“文学色彩”与传奇性。如《大波》第二部写龙家幺妹未婚先孕，当大姐将此事告诉黄太太时，黄太太大惊道：“看不出来，她从哪里学来的这一手！”大姐说道：“你还认为她本分，不像你我遇事有抓拿。……嘿嘿！告诉你，风气变了，现世的成人姑娘，你默道还像十几年前你我当姑娘时候那样蠢吗？现世的姑娘硬是厉害得很！”龙幺姑娘后来“按照新郎周宏道同一伙维新朋友所拟定的、带有革命性的新式结婚礼单出嫁了”，婚礼也由过去的夫妻拜堂变成了众人的演说，其中有人对新郎新娘说道：“恪尽你们的天职，努力制造新国民罢。”此处的细节描写，充满生活情趣，同时还写出了社会风气的变化。但充斥于小说中的更多的是那些具有革命色彩和政治寓意的细节，新版《大波》再也没有旧版当中那样委婉细致富有激情的心理描写，更难以找到像前文所提到的那样富有诗意的象征与隐喻文字。作者将大量的笔墨泼洒在一些细枝末节上面，力图从中演绎出历史规律与必然性。比如第二部分第七章用了不少篇幅写陈锦江的新军被同志军误杀，第三部用了六十多页写龙泉驿兵变，用四个章节十多万字写端方入川之事，此外还连篇累牍地引用公文、布告等等，这些都是旧版所没有或者一带而过的。究其原因，李劼人解释说：“我在《大波》第一部中，用过一些取巧手法（也可以说是偷懒手法），把某种应该描写的比较有关系的事件或情节，都借用一个人的口，将其扼要叙说一番，扼要交代过了。这手法，也是一种艺术，偶一为之，未始不可。但我多用了几次，因就引起了朋友的批评。在写《大波》第二部时，我已改正了，把有些可以从一个人口中叙述的事情，改为正面描写……”[①]从这段话中可以看出，李劼人突出并详细描写的某些内容，其实情非所愿，而是根据当时的文学观念和文学方式力图自我改造和自我转变的创作行为，用来表明自己努力向社会主义现实主义的典型化方向迈进的决心。虽然如此，但李劼人的创作方法与当时流行的革命现实主义之间仍有较大距离，在创作谈中他反复提到中国古典长篇小说的烘托手法，认为要把千奇百怪的世相反映出来，只光光写少数几个人物的形象与活动是不可行的。更何况《大波》中的人物有一半是真人，“真人局限性大，的确不大好写。为了要写得透彻，写得全面，有时必须创造几个人来，从旁发挥，笔在于此，而意在于彼，分而观之，是两个人或数人，合而观之，固一人也”[②]。这就是说李劼人在改写《大波》时并没有放弃“大河小说”的写作理念，仍然具有写出“时代全貌”的雄心。然而过于依赖于现实、故意压制想象与创造，李劼人反而被真人真事捆住了手脚，结果顾此失彼，弄得原本可以抽象概括的内容变得臃肿庞杂，并大大压缩挤占了诗意的想象空间，因此新版《大波》所讲述的“辛亥革命”基本上体现了20世纪五六十年代的美学观念：重写实轻想象，重认识功能轻审美功能。

四

在李劼人的《死水微澜》和新旧版《大波》之外，还有一种演义辛亥革命的方式，它就是本世纪初李锐创作的长篇小说《银城故事》。如果说李劼人是从中国社会的现代化进程角度出发来考量辛亥革命的意义与历史功绩的话，那么李锐则是希望凭借对辛亥革命这一重大历史事件的重新演绎来书写命运的偶然与无常，并以此隐喻历史的无常与非理性，用李锐自己的话说就是“从个人

① 李劼人：《〈大波〉第三部书后》，《大波》（第三部），人民文学出版社2007年版，第372页。

② 李劼人：《〈大波〉第三部书后》，《大波》（第三部），人民文学出版社2007年版，第373页。

出发去追问人类普遍的困境"[①]。为了适应这一主题，《银城故事》在人物塑形方式上与李劼人的《死水微澜》《大波》（新旧版）相比发生了本质变化。首先它打破了正反对立的人物设置模式，不再将人物分成好坏、敌我两大阵营，拒绝对人物做出价值判断，而是着重从人物内在的心理、情感机制入手表现人物在关键时候令人难以捉摸的内心活动和行为举止。革命党人欧阳朗云、刘兰亭、刘振武，乃至于清廷鹰犬聂芹轩常常纠缠于家与国、情与理、善与恶之间，他们中间有的既是英雄也是叛徒，如欧阳朗云刺杀了清知府却不堪酷刑供出了起义的机密；有的既是革命者又是懦夫，如刘兰亭为了不拖累家人放弃起义，后因愧疚而自杀；最为反讽的是起义总指挥刘振武无意中成了镇压农民军的凶手，后来被农民军首领的儿子刺杀于流亡途中。英雄也是凡人，也有致命的缺陷；对手也是英雄，也有值得敬佩的地方。其次，《银城故事》以"没有英雄"、不分主次为理念的，不再像新版《大波》等那样在人物布局上进行角色分工与定位。其中的革命党人或变节，或事到临头优柔寡断、为儿女情长放弃起义，或阴差阳错成了镇压农民军的刽子手。革命者的"丰功伟绩"就这样被消解得一干二净。谁是历史的主人，谁在什么时候更有力地推动了历史的进步？不是暴动的革命党人，也不是造反的农民，更不是做牛粪饼的牛屎客和守城的官兵，总之，无法判断，因为他们在历史中的分量同等重要。最后，在人物的结局和去向的安排上，《银城故事》无一例外地以悲剧和失败收场。谋划中的起义因为革命者的变节或犹豫而中途流产，革命者纷纷死于非命，革命的激情就这样被无情的现实浇灭；同时爱情的幻想也因为贫穷、革命等原因而破灭，一贫如洗的牛屎客旺财只能眼睁睁地看着心仪的三妹嫁给别人，而日本姑娘秀山芳子最终只能与痴情追随的革命党人欧阳朗云阴阳两隔；任何人在命运面前都无能为力，深谋远虑的刘三公结果还是误算天命，无法避免两个儿子的死亡，工于心计的聂芹轩再尽心尽职也不能挽回清王朝行将灭亡的败局，一切注定要被命运和历史抛入绝境。从《死水微澜》《大波》《银城故事》不同的人物塑形方式中，我们可以看出李锐对辛亥革命的记忆并不在于突出其历

① 李锐：《银城故事》，长江文艺出版社2002年版，第203页。

史功绩与意义，他是从人与历史对立冲突的角度入手，故意放大历史的不足与缺憾的一面，强调其非理性与不合目的性，并突出其对个人命运的消极影响；而李劼人则是从人与历史一致性的角度出发，强调人与历史之间的积极互动作用，呈现不可阻挡的历史进程。真可谓花开两朵，各表一枝。

《银城故事》的结构方式与《死水微澜》、新旧版《大波》相比同样差别很大。后者按照开端、发展、高潮的方式结构故事，预示历史的进步和社会的发展；《银城故事》则引用王之涣的《凉州词》四句诗来作为小说四章的标题引领全文，“黄河远上白云间，一片孤城万仞山。羌笛何须怨杨柳，春风不度玉门关”，这四句诗的韵律节奏与小说内在节律巧妙暗合，其中的起承转合与所发生的银城故事（起义暴动）相得益彰：高潮（暗杀成功）、准备（事前密谋）、低潮（英雄变节）、失败（壮志未酬身先死）。这种由盛到衰、由成功走向失败的结构方式，不仅写出了理想与现实的巨大差距，否定了所谓的历史进程，而且还隐喻了辛亥革命的最终失败。此外，小说每一章节中，英雄、敌手、观众（包括牛屎客等）齐头并进、分别叙述，英雄的没落变节、敌手的精明忠诚以及平民日常生活三幅场景构成了一种狂欢性的想象叙述，人、鬼、神众声喧哗，历史与现实的界限、崇高与卑鄙的分野模糊一片。李锐有意将故事浓缩在中秋前后几天这样极短小的时空中，通过情节和事件走向的急速变化和意外的不断发生，表明主人公的所有举动都是“情势所迫”，其所言所行都是“情非得已”，其对事情的走向和未来都难以抉择。这既是对历史的不确定性与偶然性的隐喻，也是对近代以来中国人的精神困境的揭示，还可以看作人类自身的寓言。因此，就结构而言，《银城故事》还突出了当下小说在主题上的不确定性和多样性的特点，并暗示读者：所谓的功过是非、成败得失……一切都将成为过眼云烟，唯有个体生命最值得关注。《银城故事》演绎的“义”与李劼人的两种“义”相比，又是一番景象。小说所叙述的宣统二年发生在银城的一桩未遂的革命党人暴动事件，在李锐看来充满了偶然性和不确定性，再也没有规律可循。如果欧阳朗云不去自首，起义机密就不会泄密，他自己也不会落得变节的下场；如果刘振武不是在半途遇到农民军的阻击，或许会提前进入银城挽救同志挽救革命；每一个看似微不足道的意外事件都可能改变整个事态的发展，甚至改变历史的进程。这样，《死水微澜》、新旧版《大波》煞费苦心得出的关于历史进程的结论，被《银城故事》不经意地推翻颠覆，从中可以看出将近一个世纪以来中国作家对历史的理解和把握发生了根本性的变化："由原来着眼于主流历史的'宏大叙述'而转向更小规模的'家族'甚至个人的历史叙述；由侧重于表现外部的历史行为到侧重揭示历史主体——人的心理、人性与命运……由原来表现出极强的认识目的性——揭示某种'历史规律'，到凸现非功利目的的隐喻和寓言的'模糊化'历史认知、体验与叙述"①。值得一提的是李锐在揭示了历史的荒诞和虚无之后，还对"无终的悲剧里的过客"倾注了一腔深情。这种深情倾注的对象也包括李锐本人在内（在《银城故事·代后记》中李锐曾说："我一次次地走进自己的作品，其实是一次又一次地走进自己的精神困境。说得直接一点，这是一场我自己的精神自救。我不知道我能不能走出这个精神煎熬的深渊"②）。这种悲天悯人，关注苍生的情怀正是《银城故事》的动人之处。尽管在《银城故事》的写作过程中，李锐也查阅了大量的历史资料，并努力做到对历史细节的真实性还原，但李锐的目的并不在于增加小说的历史性和历史色彩，"历史"对于李锐而言，只不过是一种道具，其作用在于为故事中的人物临时提供生存的时空背景。比如，小说有一段这样写道：

盛产井盐和天然气的银城一直是一座繁荣昌盛的城市。……银城人把用杉木做成的井架叫做天车，把用楠竹接出来的管道叫做枧管。天车下面是盘车，牛拉着绞盘车咿咿呀呀日夜不停地转动，把挂着凿具或是提桶的竹篾绳从几十丈、几百丈深的盐井里提上、送下。凿成的盐井旁大都围着几十或几百个燃烧着的天然气的熊熊火圈，火上的大铁锅里翻滚着咸浓的卤水。

① 张清华：《中国当代先锋文学思潮论》，江苏文艺出版社1997年版，第171页。

② 李锐：《银城故事》，长江文艺出版社2002年版，第205页。

这段描写为我们还原了百年前烧制井盐的现场，但这种现场与后面即将叙述的“革命”没有多少关联，它仅属于银城的历史，而不属于革命的历史。这种“历史”的面目模糊不清，没有任何规律可循。小说虽然也借用了革命加恋爱的套路，但无论是革命还是恋爱，都与大写的历史没有关联，而只是个人存在方式和命运的一种写照，其最终目的都是隐喻历史的无理性与命运的偶然性与悲剧性。总之，《银城故事》既不同于《死水微澜》、旧版《大波》历史与个人并重的创作理念，也不同于《大波》一切为了历史的文学追求，它的关注焦点在“个人”，进而“从个人出发追问人类普遍的困境”，借此对大写的历史进行后现代式的反讽与解构，这正是李锐在《银城故事》中所演绎的“义”（文学观与历史观）。学者王斑曾将与历史有关的想象与叙述称之为“记忆的工作”，并认为自20世纪80年代以来“记忆工作兴起的重要原因之一，是长期政治和社会动荡造成的创伤体验。创伤体验是对个人和群体的巨大打击，冲击了文化的表义和象征体系”，“缺乏象征体系所维持的文化共识，就无法构成集体的历史叙事，然而，重新组合，重新表达过去直至现在的历程，却又变得更加迫切”[①]。这一观点正好被李锐的《银城故事》所坐实。自鸦片战争开始一个半世纪以来，历史留给李锐的记忆就是中国“文化传统遭到残酷的解体和失败”以及“文革”浩劫“把中国带进更深重的失败”[②]，这种失败的创伤体验如此刻骨铭心，成了李锐心中一个深重的“结”，从《厚土》开始，作家就一直不断地对此加以书写，也正是这种创伤体验切断了作家个人记忆与社会记忆、集体记忆之间的联系，大写的历史因此而中断。这是李锐《银城故事》在对辛亥革命进行演义时不同于李劼人《死水微澜》《大波》（新旧版）最根本的原因。

从20世纪二三十年代鲁迅先生创作《故事新编》所倡导的“采取一点历史的因由，加以点染”的手法开始，到30年代李劼人长篇三部曲对历史的诗意想象，乃至40年代郭沫若提出“失事求似”的创作观，可以看出现代文学前30

① ［美］王斑：《全球化阴影下的历史与记忆》，南京大学出版社2006年版，第81页。

② 李锐：《银城故事》，长江文艺出版社2002年版，第206页。

年中，作家的创作尽管有一种自觉的历史意识，但毕竟不是在意识形态的框定下进行的，他们有目的，但不是机械的，也不是终极的，因而可以不遵守或不严格遵守“目的”的“指使”，他们可以“古今杂糅”“借古喻今”，以便讽喻现实、针砭时事，也可以根据自己的所见所闻对历史进行诗意的“演义”，以便总结过去、观照现实、探索未来。20世纪五六十年代，包括李劼人在内的许多作家在革命现实主义、历史唯物主义等多重因素的规约下，演义历史的方式越来越单调划一，他们中的大部分实际上是处于言说的痛苦和失语的悲哀中的。80年代后期，随着思想观念的不断解放，作家们再次找回失去已久的主体自由，在冲破历史神话写作樊篱之后，他们进入创作主体个人写作的领地（他们不必再像前辈那样坚持民族寓言式的历史写作）。对于李锐们来说，在指明了个人生命与历史的偶然性与不确定性后，如何寻找、发掘生命的意义与价值，如何为主体营造诗意的生存空间，如何抵抗权力和经济对文学的双重异化，如何将知识分子的人文关怀和人文精神全面渗入历史与现实的想象中，这些都是摆在他们面前必须思考选择的新课题。

原载《文学评论》2011年第5期

“日常生活”的幻象

——《银城故事》与辛亥革命历史阐释

吕东亮

在当代文学革命历史叙事中，关于辛亥革命这一事件的言说并不多。这大概缘于主流意识形态的谨慎与此段历史本身的复杂性。事实上，关于辛亥革命的言说关系着革命道统的合法性问题。在主流意识形态的阐释谱系中，辛亥革命是旧民主主义革命，是新民主主义革命的超越对象，但同时也是革命的先驱，开启了20世纪革命中国的新纪元，也奠定了革命合法性和现代性的基础。因此，相当长一段时期里，关于辛亥革命的历史叙事同样也是严肃的文学行为，但辛亥革命的重要性毕竟不能和无产阶级革命相比，文学书写的热情自然也就不高。这种冷漠不仅反映在辛亥革命题材上，关于近代历史题材的长篇小说总体上就比较少。其中，值得人们注意的长篇小说有李劼人在新中国成立后修改过的《大波》三部曲和新时期之初的任光椿的《戊戌喋血记》、鲍昌的《庚子风云》。这些作品总体上没有也不可能超越正统的历史叙述。这种近乎历史图解式的书写反过来进一步减弱了小说家们的叙述兴致，以至于长期以来关于此类题材的小说乏善可陈。不过，情况在新世纪发生了改变。莫言的《檀香刑》、李锐的《银城故事》都可谓是精品力作。在这里，我只讨论李锐的《银城故事》。

一、怀疑中的重建

《银城故事》的扉页有一则作者的题记："在对那些漏洞百出、自相矛盾的历史文献丧失了信心之后，我决定，让大清宣统二年、西元1910年秋天的银溪涨满性感的河水，无动于衷地穿过城市，把心慌意乱的银城留在四面围攻的困境之中。"①这是一个重要的提示，鲜明地表示了作者对于正统历史叙述的不屑。"漏洞百出、自相矛盾的历史文献"常常是新历史主义攻击正史的口实，"文本之外一无所有"则是后现代历史学的座右铭。李锐对于正史的挣脱显然也得益于新历史主义的启示。历史的缝隙恰恰打开了文学想象的空间，历史学家的无能为力恰恰为文学家提供了虚构的信心。但虚构纵然自由，也得有所依凭，尤其是面对历史空间时，所以李锐"为了保持真实的质感"，"查了很多资料，看了很多书。中国盐业史，晚清军事史，军制变化，新军教材，古代官制，民间行业，家族记载，等等"，还"从《文史资料》里直接引用"了不少材料。②一方面对历史文献失去信心，另一方面却又颇费心力地查阅引述相关历史文献，这些矛盾的行为清楚地说明了李锐对于历史叙述的怀疑不是根本性的，"文本之外一无所有"的对于历史真实的绝望并不适合李锐。李锐所怀疑的历史是具体的，不是普遍的。他所怀疑的是正史，他所追寻的是在正史压抑之下的历史。他有重建历史真实的信心，丝毫没有戏说历史、大话历史的洒脱。

李锐的信心渊源有自，其盐商家族的往事为他提供了感性的材料，这些材料的丰富性已在《旧址》中得到体现；《厚土》《万里无云》中所表现出来的对于民间社会的体认强烈而又持久，又更深刻地融入了《银城故事》的写作；更重要的是新时期以来近代史研究的成果博大丰厚，多姿多彩，足以改变人们对近代史的单一理解，也足以为李锐重建历史真实提供所有的素材。李锐对近代史料的阅读如前所述，是比较专业的；事实上，李锐也是一个学者型的作家，人文学界的变动也一直在李锐的阅读视野之内。而近三十年来人文学科

① 李锐：《银城故事》，人民文学出版社2008年版，扉页。

② 李锐：《银城故事》，人民文学出版社2008年版，第212页。

的面貌发生了“天翻地覆”般的变化，近代史学科可谓是比较典型地体现了这种变化的学科。这一方面是由于政治环境的松动，此前由于政治敏感度较强而不能全面进行研究的课题得到了开放的机会，学者探索的自由度也大大提升；另一方面，则是由于全球范围内的后现代历史思潮的影响，以前处于研究中心的政权更迭、精英势力、重大事件不再受到集中的关注，而以前较为边缘的关于社会制度、民间生活、地方名物的研究则获得青睐，区域社会史、行业经济史、民间生活史等“眼光向下”的新兴历史分支学科成为研究的热门。这种研究状况，套用利奥塔在《后现代状况》中的描述则是“宏大叙事瓦解，小叙事勃兴”。正是在“小叙事勃兴”方面，小说和历史走得越来越近。许多历史专著讲述民间普通人的生活，读来饶有兴味，同时许多小说也有意识地介入历史的再叙述。李锐的《银城故事》也可作如是观。而且，李锐还在小说中直接表达了他对“小叙事”的高度评价：“所有关于银城的历史文献，都致命地忽略了牛粪饼的烟火气。所有粗通文字的人都自以为是地认为：人的历史不是牛的历史。所以查遍史籍你也闻不到干牛粪烧出来的烟火气，你也查不出那些长角居民的来龙去脉，你更不会看到牛屎客们和繁荣昌盛的银城有什么干系。只有银城的主妇们世世代代、坚定不移地相信，如果没有牛，没有便宜好用的干牛粪饼，就没法安安生生地过日子，就没有银城和银城的一切。银城有无数的盐井、无数的盐商、无数的银子，可如果没有那些牛，盘车就不会转，井就凿不成，卤水就提不上来，一切就都是空话，银城的历史就会丧失了动力。”这里，李锐对于历史的理解和质疑事实上和史学界对传统史学的质疑是一致的，李锐的思想不可能是无所依据的。

在中国近现代历史研究领域里，“小叙事”格外活跃，而且这些“小叙事”并不妄自菲薄，而是跃跃欲试地解构既有的正统的宏大历史叙述，这种来自边缘的革命是史学研究的普遍症候，但表现在近代史领域里常常会触及重大的政治命题，从而引起意识形态的冲突①。这种冲突集中地表现为“现代化”

① 近年来，近代史领域里的意识形态冲突事件主要是“《走向共和》事件”和“冰点事件”。有兴趣的读者可以参考张海鹏和袁伟时等人的相关文章。

范式和“反帝反封建”范式的争论。争论的关键问题则是近现代史的主题，即究竟是现代化主题还是革命主题。对于近现代历史实存而言，反帝反封建的革命确实是主旋律，但革命不是为革命而革命，主导革命的潜在历史动力无疑是现代化。因此，这两个主题并不存在难以弥合的矛盾。问题的症结在于，现代化主题在近年来思想界“告别革命”的影响下，逐渐演变为一种意识形态，即否定革命的正义性、合理性和有效性，认为革命是历史走进了误区，现代化才是历史的正途。这样就把现代化主题和革命主题严重对立起来，对历史做主观化的解读和评价，这无疑是对历史的简单化和曲解。但在当下的文化语境里，“反帝反封建”背负了陈旧保守的色彩，而“现代化”则具有解放的、开明的意义，令人耳目一新。李锐则以自己的写作表明了对于“现代化”史观的赞同。

二、叙述的控制力及其破绽

重建历史的信心是叙事得以进行的有效保证。对于李锐而言，这种信心还赋予他的叙述一种严密的控制力。这种控制力在其他作家的历史叙事中是罕见的。

《银城故事》讲述的是辛亥革命前夕银城一场革命暴动在策划和准备过程中无奈被放弃的故事。小说为我们描写了五种力量对这场暴动的反应以及这些反应形成的历史合力，成功地建构了一个逼真的历史现场。其中的大多数人物都有一定的史料基础，作家对这些人物的情感倾向也有来自史学界评价的支持。

桐江知府袁雪门大人在银城被革命党的炸弹炸死，但他带来的密令却让巡防营统领聂芹轩有了防范的准备；聂芹轩戎马一生，行将退伍，但解甲归田之际却又为衰退的清政府所用，从而在无奈中忠于职守，以自己的智慧和勇气阻止了暴动的发生。在小说中，这些统治者的形象是相当正面的，完全走出了“污名化”的文化情境。这在一定程度上也符合历史的实际，晚清官员并非以往人们印象中的腐败无能，相当一大批官员是文化精英，有着较高的个人修养和坚定的道德操守。小说对于这些人物显然充满了“理解之同情”，袁雪门和聂芹轩月下对酌的情景无疑具有温馨的人文气息，聂芹轩在大厦将倾之时对于使命的坚守具有浓烈的悲壮色彩，这在一定程度上缓和了读者对于统治者的愤恨。在此，小说的叙事伦理是相当柔和的。

掌握银城经济命脉的以刘三公为首的盐商家族，在当地举足轻重，连官府也不敢轻易得罪，他们维系着银城的繁荣和稳定，也不愿意看到暴动的发生。刘三公支持自己的孩子出洋留学、兴办新学，当他察觉到自己儿子是革命党的首领时，婉言相劝并作为人质使得暴动胎死腹中。他费尽心力保护自己的两个儿子，却最终失败，但他仍具有生活的勇气，坚持参与到银城的重大活动中去。刘三公毫无疑问是近代历史上绅商阶层的代表，而绅商在中国现代化的过程中发挥了重要作用，在有的近代史学者那里，他们甚至成为现代化的主体。绅商阶层主张走改良道路，不愿意通过革命暴动来推动经济建设和社会发展，甚至认为革命是对现代化进程的破坏，他们往往带有鲜明的文化保守主义色彩。在小说中，刘三公毫无疑问是传统人文价值的守护者，他在大灾之年慷慨赈济灾民，在平时积极从事公共建设甚至兴办新学，维持了家族和社会的稳定。刘三公无疑是近代社会重要的稳定力量，他对个人生活如饮食等的精致追求散发着和谐的魅力，他在痛失爱子之后的坚强也昭示了生活信心对于生命存在的重要性。在刘三公这一人物形象的身上，作家投注了尊重甚至敬佩的目光。

革命党人欧阳朗云来自越南华侨富商家庭，因为孙中山的一场演讲而参加了革命，他在日本学习制造炸弹。暴动前夕，他从日本来到银城，以日本人身份秘密从事暴动准备工作，却因自己强烈的复仇欲而提前刺杀袁雪门，打乱了暴动的部署，自己为了避免统治者伤及无辜而自首，最终却因受不住聂芹轩发明的奇怪刑罚而招供。革命党首领刘兰亭是刘三公的儿子，他娇妻温柔，儿子行将诞生，又被父亲委以继承并振兴盐商产业的重任，自己呕心沥血创办的新式育人学校大有起色，这一切使得他面对暴动将带来的血腥和破坏时犹豫不决，最终决定放弃暴动，在自己藏身的地窖里羞愧自杀。刘振武是刘三公于大灾之年收养的义子，后来也被送往日本学习军事，他在日本也参加了革命党，并在归国后被清政府委任为新军统领，他在袁雪门遇刺后被紧急派往银城防备叛乱，但同时又是根据革命党计划率新军来银城参加暴动的，在他行将暴动之时，却看到了义父被聂芹轩扣为人质以威胁自己，无奈只好放弃暴动，乘坐义父为自己安排的船离开银城，但在船上，却被自己赴银城途中武力镇压的叛乱农民的幸存者所仇杀。两位革命者最终在交错的恩怨情仇中死去，留下的是对历史无常的感喟。辛亥革命的革命者主要是一批出身并不贫苦的知识分子，而"知识人的革命，本义上是用一种思想掀动社会的革命"①。也就是说，这些人并没有亲身感受到被压迫被剥削的苦痛，而是受到革命思想的启迪，为了追求一种更合理的生活而参加革命的，他们的革命是带有一些"受教唆"的色彩的。很有意思的是，作者对这些革命者的叙述相当中性，过滤掉了那些赞扬性的言辞，在不动声色之中解构着历史。在作者的笔下，欧阳朗云的炸弹行刺，并不具有大义凛然的色彩，更多地带有复仇和挑战自我怯懦的心理意味，而他的招供则显得合乎情理，作者没有指责他的脆弱。刘兰亭形象的最可爱之处是他对小家庭的呵护、对大家庭的承担和对事业的挚爱，他在决定放弃暴动的那一刻尽管充满了犹豫，但却是最有光彩的一刻，相反他的死则显得绝情而无谓。刘振武的命运则更富有戏剧性，在脱离底层的困厄之后，他的新军统领的身份、革命者的使命使他杀害了自己的父兄，并被自己的兄弟刺死，造化弄人的悲剧在刘振武身上上演，他最富有人情味的举动则是面对恩重如山的义父，毅然放弃暴动。

一对来银城辅助刘兰亭创办新式学校的日本兄妹秀山次郎和秀山芳子，是刘兰亭等革命党人的日本老师秀山正雄先生的孩子，秀山次郎来中国是因为想用先进的思想征服这个在他看来处处劣等的国度；秀山芳子则是因为对欧阳朗云的爱才来到银城的，但是她的爱情遭到哥哥秀山次郎的反对，在欧阳朗云牺牲、革命党人暴露之后，她怀着凄凉之情和哥哥离开了银城。小说中不断出现秀山次郎拿着蔡斯牌照相机捕捉真实中国的场景，这一场景无疑具有较强的隐

① 陆建德、罗志田、沈渭滨等：《山雨欲来：辛亥革命前的中国》，上海书店出版社2011年版，第59页。该书用实例说明了革命者的出身多是权贵富商家庭，一些革命者甚至是晚清的"干部子弟"。

喻色彩。秀山次郎对于中国的拍摄总是受到庸众的干扰，总是要经过一番导演才得以成功，但这恰恰是最大的不真实，这不真实的根源则在于秀山次郎本身的偏见，他对中国有一种根深蒂固的成见，由此成见出发去拍真实，得到的只能是经过导演的符合偏见的真实。作者对于文化殖民的批驳跃然纸上、极为有力，而事实上，由东京发起的、受日本启示的革命从理念上不可避免地带有文化殖民主义色彩，日本现代化模式并不是通用的模式，也不一定适用于中国，日本人对于中国革命的支持并非仅仅出于无私的道义，相反在很大程度上是居心叵测的，这些有具体的史料为证，也含有作家深刻的文化关怀；相比之下，秀山芳子对于欧阳朗云（他的形象也部分地象征了中国古典文化的魅力）的跨民族跨文化的爱恋则具有不可磨灭的意义，尽管“没有任何文献记录过一个姑娘柔肠寸断的眼神”。

在描写了银城里的主角之后，李锐还不惜笔墨，描绘了银城的配角——广大下层人民的生活。这里有以做牛粪饼为生的牛屎客旺财，有旺财的客户蔡六娘等下层市民，有会贤茶楼陈老板、郑记汤锅铺郑老爹、三和兴饭店老板等小工商业者，还有群居的乞丐等人。而银城周边的乡村也不宁静，以袍哥岳天义为首的农民们杀了地保，聚众山林，以“反满”为旗帜笼络一帮乌合之众，愚昧而疯狂，最终在新军的攻击下溃不成军、作鸟兽散，岳天义和大儿子岳新寿惨死，二儿子岳新年侥幸逃脱之后为了复仇，杀了原本是岳天义亲儿子的新军统领、革命党人刘振武。在小说所建构的世界中，底层生活世界是一个充满生命欢欣的世界，当这个原始的平静的生活世界被“袍哥”“反满力量”等外在的不安分因素所扰乱时，这个世界必然万劫不复、悲惨不堪。小说对“天义军”的书写显示了被异端势力劫持的农民的愚昧、狭隘和荒诞，令人想起史学界现代化学派对于义和团拳民的描述。

《银城故事》的叙事密度相当大，这和小说14万字的篇幅有些不相称，而它之所以能够保持美学上的成功，除了李锐一以贯之的严谨工整、精练传神的写作风格之外，还得益于强大的叙述控制力。作者在叙述的过程中赋予每一个人物、每一个事件合理的形式和思想的使命，同时又阻止了叙事空间的开拓，消解了意义漫延的可能性。确定的理性和意识形态保障了控制力的持久和叙事的圆满，而美学品格上令人击节赞叹的处理反过来也强化了意识形态的完美性。如前所述，每一个具有代表性的人物形象都按照既定的阐释路径生发意义，这些形象相对于以往的历史形象来说，无疑是得到了意识形态的改写。伊格尔顿在描述资本主义的意识形态控制时说："美学的任务就是要以类似于恰当的理性的动作方式（即使是相对自律地），把这个领域整理成明晰的或完全确定的表象"；"维系资本主义社会秩序的最根本的力量将会是习惯、虔诚、情感和爱。这就等于说，这种制度里的那种力量已经被审美化。这种力量与肉体的自发冲动之间彼此统一，与情感和爱紧密相连，存在于不假思索的习俗中。如今，权力被镌刻在主观经验的细节里，因而抽象的责任和快乐的倾向之间的鸿沟也就相应地得以弥合"[①]。这种对表意策略的揭示适用于所有的意识形态叙事。在李锐的《银城故事》里，维系叙事秩序的是现代化意识形态的要素，比如改良，比如稳定，比如生活的平静和生命的欢欣。在这个意义上，《银城故事》是典型的意识形态写作，是一部政论体小说。这令人想起茅盾"观念先行"的巨作《子夜》。今天，"观念先行"不再是一个不加分析就可批判的概念，问题在于先行的观念是否符合作家对于历史的观察，是否为作家所确信。在这个意义上，茅盾的《子夜》是成功的，李锐的《银城故事》也是成功的。但如同《子夜》不可避免地露出破绽一样，《银城故事》的破绽也是存在的。这主要表现为旺财形象的塑造。

旺财是"流几身大汗，晒一百斤干牛粪饼才换一百文铜钱的牛屎客，是银城最低贱的苦力"，他"勤快老实"，"手里做出来的牛粪饼都是外光内紧、火力旺盛的好货色"，他还"是个爱干净的牛屎客"；旺财心地善良，自己发现的宜居的仙人洞，无偿让乞丐们居住，"在银城的叫花子群里有了善人的名声"，他仅仅以自己的厚道就做了仙人洞里"神仙帮"乞丐的精神领袖，并弃绝了"赶酒收钱"的无赖行径，还定下了"不恶乞、不敲竹杠""仙人洞里的一草一线都不可以拿"等不乏威严的"铁定的规矩"；他想讨贫苦人蔡三娘

① ［英］特里·伊格尔顿：《美学意识形态》，广西师范大学出版社1997年版，第4页、第8页。

并不俊俏的女儿三妹为妻，但即使这样可怜的理想也没有实现，面对生活的挫折，他在三和兴饭店大快朵颐之后，依然平静地接受永无出头之日的命运，继续投入永无止境的生活中。“旺财清楚地知道，山下这个血肉丰满、繁荣昌盛的城市是自己讨生活的好地方。”[①]旺财这个形象带有明显的理想化色彩，也缺乏史料的支持，更不符合人们的生存经验。即使在文本内部，旺财的形象也没有理由和起义的农民、秀山次郎镜头前的嗡嗡嘤嘤的围观者和乞丐严格地区分开来，他的道德修养更是无源之水。他是作家生造的形象，是从作家意识里走出来的形象。作家赋予他相当多的叙述篇幅，情感倾向无疑是赞赏的，更重要的是，作家把旺财这一形象作为生活本真状态的象征来书写，与革命者的踌躇满志形成参差的对照，并映衬出革命意义的虚假和革命者的虚荣。但旺财的安贫乐道毕竟没有缘由，他越近似日常生活的圣人就越显得虚假，作家对这个形象的叙述越是用力，就越显得捉襟见肘，叙述的破绽不可避免地呈现了。

三、“日常生活”的幻象

在《银城故事》里，人物的命运最是耐人寻味。欧阳朗云、刘兰亭、刘振武这些慷慨激昂的革命者都在历史的风云变幻中无谓地死去，欧阳朗云由于受刑不过而叛变，死得并不光彩；刘振武死于自己毫无防备的亲兄弟的仇杀；刘兰亭意气用事的死既没有意义，而且还是一种对于伦理责任的推卸。这种命运，用作者李锐的话说，是“最有理性的人类所制造出来的最无理性的历史给人自己所造成的永无解脱的困境”[②]，或者用通俗的话说，是庸人自扰，是“机关算尽太聪明，反误了卿卿性命”。但这些革命者的命运并非可以简单地用“无理性的历史”来解释，《银城故事》也并非“讲命中注定，讲人算不如天算”，也不可以“附会后现代叙述的游戏笔法”[③]。如果我们详细推绎这些

① 李锐：《银城故事》，人民文学出版社2008年版，第128页。

② 李锐、王尧：《李锐王尧对话录》，苏州大学出版社2003年版，第163页。

③ 王德威：《当代小说二十家》，生活·读书·新知三联书店2006年版，第198页。

人物的命运轨迹，我们就会发现，革命者命运转坏的共同原因是对于日常生活的叛离，而当他们留恋日常生活的时候，恰恰是他们最有魅力的时刻，而且还隐含着命运转好的契机。欧阳朗云可以收获美丽的秀山芳子的挚爱；刘兰亭可以安然地享受生活，经营自己喜爱的新式教育事业；刘振武则完全可以成为国家精英。与革命者相对比的是聂芹轩、刘三公等既定生活秩序维护者的命运，除了袁雪门突然被炸死但在既有的文化体系备极哀荣之外，他们都安然无恙，他们对社会稳定的诉求似乎得到了天助，他们对安定生活的信心似乎也来自历史的支援。

精英们的命运如此，下层人民的命运亦如此。天义军这些民间日常生活的叛乱者们得到了可耻的失败和灭亡，而旺财以及其周围的市井小民则咀嚼着日常生活的小悲欢度过岁岁年年。旺财随遇而安、波澜不惊的存在状态甚至彰显着日常生活的神性光魅。在《银城故事》中，日常生活是一个关键词，是核心的意识形态。以此为价值基础，革命就变得声名狼藉。在日常生活意识形态的视域中，革命是不安于日常生活的革命者煽动的暴动，而用以煽情的思想资源则来自海外，是一种文化殖民的产物。当这种思想在革命者的强力推动下演变成实践时，革命就成为对日常生活以及支撑日常生活的本土文化传统的暴力戕害。因而，无论是精英还是细民，一旦被革命、叛乱等异端势力的梦魇捕获，遭遇的只能是永无解脱的悲剧。《银城故事》对于日常生活意识形态的演示堪称完美，但无论何等完美，只要背离了压抑了真实的生活情境，这种“日常生活”的幻象必然露出破绽，进而支离破碎[①]。

在主流的历史叙述中，辛亥革命同样也是不成功的，主要原因则在于过于依赖精英力量，利益诉求也不可避免地精英化，基本上是在走上层路线，和下层的联络也主要是通过无纪律、不纯洁的会党势力，这决定了辛亥革命的艰难性和不彻底性。武昌起义的爆发促成了辛亥革命，但这是“一场成功太过简

① 李锐的控制性叙述或许还有一定的余地。这主要表现为那个刺死自己兄弟刘振武的岳新年跳船之后没有下落的叙述。岳新年可能被淹死，可能重振旗鼓，可能沉入日常生活，这算是小说的一个悬念或者缝隙吧。

捷的革命”[①]。但主流历史叙述对于革命的正义性和合理性是充分肯定的，国势衰弱、民不聊生是革命的根本原因，尽管这种叙述不可避免地对革命者和下层革命势力进行了美化，对一些动摇革命、投机革命的绅商和革命对象清王朝政权进行了丑化。而“现代化”学派的叙述则认为渐进的、不打破日常生活进程的、不流血的改良是现代化最有效率、最合伦理的途径。绅商阶层、开明官僚是改良的中流砥柱，庸常的下层人民则是现代化的群众基础，而革命者、暴动者则是把现代化引向歧路的罪魁祸首。这种叙述有它的历史合理性，但却遮蔽了另一部分真实，反过来美化官僚绅商的道德形象，夸大他们的作用，同时妖魔化革命者的形象，淡化底层人民的苦难，把知识分子的革命和民间的叛乱视为错误的、愚昧的、欲望化的、非必然性的。不同的意识形态立场决定了不同的叙事编码。李锐的《银城故事》毫无疑问地介入了这种意识形态纷争，不管是有意还是无意。相应地，李锐也把主流历史叙述解码，从而按照现代化的日常生活的意识形态进行重新编码。李锐坦陈：“在这个主调（无理性历史中的生命悲情）之下，从容不迫的日常生活和环环相扣的暴动突变交替出现，组成了小说的复调格式。所有的没有出路的反抗和绝望，所有的永恒不变的山川风物、民间百态反复出现、反复对比，我想表达的无非还是‘最有理性的人类所制造出来的最无理性的历史给人自己所造成的永无解脱的困境’。”[②]伊格尔顿在分析意识形态话语策略时指出：“意识形态的研究不只是关于思想观念的社会学，它更要具体地表明观念如何与现实的物质条件相联系，如何遮盖或掩饰现实物质条件，如何用其他形式移置它们，虚假地解决它们的冲突和矛盾，把它们明显地转变成一种自然的、不变的、普遍的状态。”[③]在《银城故事》里，日常生活是“一种自然的、不变的、普遍的状态”，革命者和叛乱者舍弃了本来安闲的日常生活，却给安于日常生活的人们带来了无尽悲情；只有

① 陆建德、罗志田、沈渭滨等：《山雨欲来：辛亥革命前的中国》，上海书店出版社2011年版，第20页。

② 李锐、王尧：《李锐王尧对话录》，苏州大学出版社2003年版，第163页。

③ ［英］特里·伊格尔顿：《历史中的政治、哲学、爱欲》，中国社会科学出版社1999年版，第84页。

那些维持稳定的绅商官僚和安贫乐道的市井细民，才真正代表了合理的生活。于是，日常生活中底层人民被剥削被压迫的血泪被遮盖了，既得利益者们的巧取豪夺和骄奢淫逸被掩饰了。腾挪趋避的叙事告诉人们：革命、政治是不可靠的，“非理性的”，“无出路的”，令人“绝望的”，只能制造生命的悲情；而日常生活则是生命的底色，值得人们无条件地珍惜和坚守。但更多的生存经验和历史记忆告诉我们，革命者并非为了寻求超越日常生活的刺激而革命，常常是欲过日常生活而不得而革命，善于忍耐的底层人民之所以参加革命，往往是民不聊生的结果。在《银城故事》中，人口大面积死亡的灾难的解决方法是绅商的良心发现和慷慨赈济，这尽管有一定的事实根据，但对于真实的历史情境而言常常是靠不住的。革命最根本的原因不是统治者的具体道德问题，而是阶级剥削和压迫的问题，不合理的阶级结构对于人性是一种压抑，对于经济和社会发展而言同样是一种阻滞性的力量。因此，对于日常生活的意识形态化描述，实际上是对革命历史的一种歪曲，对矛盾重重的现实则是一种粉饰。

《银城故事》所表达的对于日常生活意识形态合法性的守护，在新时期以来的小说中并不少见。20世纪80年代中期，以“新写实”为代表的小说早就张扬了日常生活的魅力，在那个时代，对于日常生活的褒扬带有挣脱“泛政治化”社会生活的意义，具有较强的历史合理性；三十年过去了，我们的日常生活早已发生了深刻的变化，日常生活再也不是单一的平和安宁的面目，而且平和安宁的日常生活永远是幻象，人们对于公平正义的期待再一次强烈起来。伊格尔顿对于意识形态的分析具有强烈的现实指向，詹姆逊同样认为叙事本身就是一种社会象征行为，就是一种意识形态实践，他认为：“审美行为本身就是意识形态的，而审美或叙事形式的生产将被看作是自身独立的意识形态行为，其功能就是为不可解决的社会矛盾发明想象的或形式的解决方法。”[①]李锐在《银城故事》中拈出的日常生活的意识形态是不是在客观上为目前中国社会“不可解决的社会矛盾发明想象的或形式的解决方法”呢？当然，李锐有他的人性关怀，这种关怀在某种意义上甚至是十分可贵的，但他的关怀既然来自我

① ［美］詹姆逊：《政治无意识》，中国社会科学出版社1999年版，第68页。

们社会的意识形态场域，也就不可避免地融入这样一个意识形态场域，成为具有功能的、可以利用的“社会象征行为”。

日常生活的承载者更多的是下层民众。但对于下层民众，李锐并不信任，他说：“我绝对警惕自己对于大众的简单赞颂，虽然我使用了大众的农民的口语，但是在我的内心深处，我对于神化大众是充满了警惕的，甚至是十分反感的。”[①]但遗憾的是，他自己就在《银城故事》里神化了大众的一份子旺财，并视之为日常生活哲学的典型代表，只不过这种神化不同于革命哲学对于大众的神化而已。大概是意识到了这一点吧，《银城故事》在建构一个日常生活世界时，除了顺从者和叛离者之外，还描写了大量拥挤在秀山次郎相机旁的庸众，这些庸众无疑是具有可塑性的，既可能安于日常生活，又极可能参与天义军、革命党，事实上，即使是日常生活的顺从者如旺财等人，也是有可能成为不安分的异端分子的。因而，李锐十分反感知识者用自以为是的理念把广大下层民众拉入革命的深渊。但是这是无法避免的，因为底层民众说到底没有自己独立的文化及其表述，在漫长的历史里是无声无息的，阶级社会中，统治者文化是主导性的文化，连被统治的底层民众都心悦诚服。因而，革命也好，改良也好，这些外在的理念只能是通过灌输和启蒙的方式传递给民众，而知识者并且只有知识者能够承担起这一使命。李锐尊崇的日常生活其实也只是悬浮在真实生活之上的意识形态的幻象，也只能是一种外在的理念。所以，李锐对于日常生活意识形态的张扬，其实发挥的正是他自己所警惕和反感的启蒙者的作用，这大概是难以解脱的悖论。而对于底层民众而言，问题则在于哪一种意识形态维护了他们的正当利益，哪一种意识形态更合乎历史和现实的情理，这才是知识分子真正应该关心的所在，也将真正考验知识分子的知识水平和伦理责任。

原载《新文学评论》2012年第1期

---

① 李锐、王尧：《李锐王尧对话录》，苏州大学出版社2003年版，第82页、第83页。

破除定见　发掘真相

——李锐对革命的历史主义描绘

［美］舒允中

文学评论家黄子平曾指出，20世纪五六十年代的中国革命历史小说总是将革命的暂时挫折作为故事的开端，而将革命的最终胜利作为故事的结尾。[①] 这种典型的情节安排将历史看成一种以进步为标志的过程，一种能够克服种种困难并且能够揭示出历史规律的过程。在强调历史辩证发展的同时，这种历史观往往将小说人物描绘成历史力量的化身，为了教育读者而不断重复一些千篇一律的戏剧。20世纪八九十年代中不少中国作家，尤其是那些创作"新历史小说"的作家，从不同角度对这种概括历史发展的模式提出了质疑。有些作家，如刘震云等，力图描写历史的琐屑；而另一些作家，如莫言、苏童和格非等人，则通过其作品显示其想象能力而不是历史真相。此后，革命历史作为一种题材仍不断出现在不少作品中，而李锐创作的《旧址》（1992）和《银城故事》（2001）则是其中的佼佼者。

从总体上来说，李锐描写历史的立场可以说是一种历史主义的立场。这种立场强调历史的真实性、具体性和独立性，拒绝用任何非历史、反历史或超历

---

① 黄子平：《革命历史小说：时间与叙事》，《存者的文学》，远流出版公司1991年版，第229—245页。

史的观念来解释或评价历史。当然“历史主义”是一个复杂的概念，评论家自有各种不同甚至相互矛盾的解释。在本文中，我对“历史主义”的理解在相当程度上受到安东尼奥·葛兰西（Antonio Gramsci）的启发。作为一个密切关注下层群众运动的革命领袖，葛兰西在鼓动革命的同时，十分重视具体的历史环境。在他看来，世界上不存在什么可以用来解释一切历史现象的普遍真理。他在《狱中笔记》的一则中写道：“有些人认为马克思将‘固有性’这一概念作为隐喻加以运用，其实这些人根本没有说出什么道理。事实上马克思赋予这一概念一种具体的意义。换句话说，他不是那种传统意义上的‘泛神论者’，而是一个‘马克思主义者’或‘历史唯物主义者’。从另一方面来说，人们在讨论‘历史唯物主义’时往往侧重于唯物主义，其实应该强调的是第一个词。马克思从根本上来说是一个‘历史主义者’。”[①]葛兰西对历史具体性的重视使他偏爱“形势”这一具体字眼，并将“形势”视为一种由多种不同节奏，长短不一的具体过程所组成的局面，一种无法用简单的主从或因果概念加以解释的局面。这种多元性的历史观承认历史参与者各有其不同的愿望和倾向，拒绝用某种统一的模式来规范历史的发展，给历史参与者的活动留下了余地并将历史的开放性视为必然。同时它还意味着历史进程的复杂性使得人们参与历史的方式和结果都无法事先预测。换句话说，历史本身孕育着大量未来可能实现的可能性。

对李锐来说，历史在纵向方面和横向方面都是开放性的。《旧址》中描绘的穿越20世纪20年代至80年代的故事证明了前者，而《银城故事》中的十天则证明了后者。这种开放性起源于历史活动的多样性及其不可预料的相互影响。它不仅将历史粉碎成种种独一无二的故事，同时也将小说人物从教条主义规定的历史规律中解放出来。这两部小说中的人物大都植根于他们的社会环境，受到种种物质需要和文化观念的制约，他们所能产生的愿望也是一些在其具体环境中能够得以实现的切身愿望。此外偶发事件还常常决定了历史活动的结局，

① ［意］安东尼奥·葛兰西：《狱中笔记》第2卷，哥伦比亚大学出版社1992年版，第153页。

结果这些历史参与者无论如何精明如何激情投入都无法理解自己的命运，更谈不上掌握自己的命运。

革命对历史的扭曲

《旧址》的前半部分包含了许多独立的故事，其中包括商场竞争、军事策略、恋爱、家庭纠纷和亲情，也包括共产党领导的农民暴动和工人运动。这种情节安排表明震撼社会的革命并非唯一的历史现象。小说中呈现的历史景观不仅复杂而且具有流动性。留学生白瑞德在归国途中偶遇洋行大班（粤语旧时对洋行经理的称呼），无意之中得到发财机会，而白瑞德盘算多年的兼并计划则因其对手的盐井在即将签约时终于打出卤水而毁于一旦。此外有些小说人物在错误估计自己之后往往改变主张，进一步加剧了小说情节的变化。举例来说，白瑞德的妻子为了延续白家香火，想方设法使自己的表妹成为白瑞德的姨太太并生育了一个儿子，然而她的嫉妒却使她无法承认这一事实并最终促使她谋害了这个孩子。为了强调小说人物无法控制自己的命运，李锐多次使用“意想不到”之类的字眼，同时他也拒绝将他们的个人故事演化成历史寓言。

这些故事在引导读者注意历史多样性的同时，还揭示了某些被官方叙述忽略的历史事件，并从非官方的立场对历史加以审视。这种挑战姿态明显出现于小说的第九章中。在这一章的第一节中，我们看到了中共银城市委对1936年至1939年发生于银城的革命运动作出的总结，接下来我们看到的是银城礼贤会总舵把子于占东对同一事件的叙述。在于占东的叙述中，这场革命运动成了共产党和袍哥为了各自利益而结成的联盟。共产党领导人，银城大户之子李乃之通过于占东组织盐业工人，而于占东则通过李乃之巩固了自己的地位和经济实力。被党史视为革命成果的一场总罢工被描绘成银城国民党驻军司令设置的圈套。一位名列党史的烈士在被枪毙之前哭哭啼啼，而另一位烈士则吓得小便失禁。这些细节着眼于这些革命者的人性，从现实主义立场描写了他们的欲望和脆弱，其目的明显在于弥补党史叙述的不足之处。

如上所述，李锐十分清楚历史的多样性，但他在描写1949年以后直至20世纪80年代之前的这一段历史时，几乎将注意力完全集中于种种革命现象。这一侧重不仅表明中国的社会生活在那几十年内如何受到政治的全面左右，而且也表现了政治对生活的残酷扭曲。最能说明革命真相的是李乃之的经历。李乃之毕生忠于党的事业，但他于1939年入狱后成为唯一没有被枪杀的幸存者，因此无法证明自己没有叛党。此后他终生受到怀疑和迫害，最后在临死之前用“革命”这个词密密麻麻地填满了一张《人民日报》上的所有空白之处，显示出他最后终于理解革命的无理荒谬。李乃之的悲剧显示出革命话语是如何歪曲事实迫害无辜的，而他最后意识到的则是革命理想和革命现实之间的根本差别。

与此同时，李乃之的女儿延安则体现出革命意识形态造成的另一种后果，即通过灌输和威胁来剥夺人的独立思考能力。延安在与受到迫害的父母决裂之后去陕西边远乡村插队。为了证明自己坚决响应毛主席对知识青年发出的扎根农村的号召，她决定嫁给一个不识字、有封建头脑而且生殖器官有缺陷的农民。延安的生活受到意识形态的全面控制，而这种强制性的意识形态不仅要求她服从权威，还进一步要求她主动积极地完成任务。在这种意识形态的彻底影响之下，延安将毛主席看成神，为了遵循毛主席的教导不惜牺牲自己的一切，包括自己的个人幸福。作为一个盲从者她背叛了家庭，也背叛了自己，对此她应负有一定责任。但她的行为说到底是意识形态的产物，因此她也是一个受害者。

李乃之、延安和其他受害者的革命经历可以说是一种非人化的经历，即简单的政治标签以及随之而来的粗暴待遇剥夺受害者人权的经历。我们应意识到对马克思主义来说，非人化恰恰是与革命背道而驰的社会现象。在黑格尔哲学的影响下，马克思认为人的理想状态应以人的全面发展为标志，而人的全面发展只有通过社会革命才能得以实现，因为只有社会革命才能打碎种种桎梏，尤其是资本主义社会中劳动分工的桎梏。与此相反，《旧址》描绘的政治革命恰恰剥夺了人们的自我塑造能力。小说中的受害者在政治标签的禁锢之下只能听命于无情的权威，而且这一权威疑心极重，往往将无辜之人甚至自己的忠实追随者误视为敌人，不分青红皂白加以严厉惩罚。它以革命的名义索取种种沉重代价，结果却造成了背离革命初衷的政治桎梏，使革命的最终目标根本无法实现。

李锐在描写革命剥夺人们自由的同时，还描写了革命如何破坏社会秩序，如何触发人的野蛮倾向。在这一方面，一个最明显的例子是“文化大革命”中的一个场景。银城的革命群众在宣传机器的蛊惑下将一个少年投入河中淹死，而这个少年唯一的罪名是出生于“反动家庭”。这些革命群众无知野蛮，无需多少教唆就上当受骗，恰如法国心理学家古斯塔夫·勒庞（Gustave Le Bon）笔下的乌合之众。[①]小说中的叙述人在叙述故事时不像以往的革命历史小说中的叙述人那样，站在愤怒的群众一边，而是站在受害者的立场来叙述故事，一方面凸现了乌合之众的野蛮力量，而另一方面也凸现了受害者的困惑和无助。李锐的父母在“文化大革命”中受到严重迫害，因此他对群众运动的危害深有体会。在他看来，“反智主义大旗下的神话大众是人类文明史上最黑暗，最可怕，最麻木，最残忍，最具摧毁性的一种人类现象”。[②]《旧址》中描绘的无知可怕的群众形象表明，在李锐眼中群众在历史上所起的作用是促退而不是促进。

这种群众行为使我们不禁对革命的社会功用产生怀疑。马克思主义认为，革命是一种全面运动，其中包括政治、经济、社会等侧面，而其最终的目的则为人类创造力的全面解放。在实现这一目的的过程中，社会革命的重要性不亚于政治革命或经济革命，因为社会革命同样能够打碎人类的种种桎梏，尤其是心理方面的桎梏。所有现代革命，包括中国革命，都十分关注人们的精神、文化及道德状况，并宣称自己能够通过改造社会环境和塑造新人来解决人类的非人化状况。与此相反，《旧址》描写的是阶级斗争信条指导下的革命实践如何通过宣传和暴力限制人们的思想，将他人简单地划入敌我阵营，从而使整个社会陷入一片混乱。有些论者认为李锐描写的是受到革命进步性掩盖的种种缺

① ［法］古斯塔夫·勒庞：《乌合之众》，广西师范大学出版社2007年版，第12页。

② 李锐：《我对现代汉语的理解——再谈语言自觉的意义》，《当代作家评论》1998年第3期。

陷。[①]在我看来，他不仅强调了极端政治革命的破坏性，而且还强调了这种革命的非进步性和不合理性。举例来说，我们在《旧址》中看到的只是对"反动阶级"的荒唐镇压而没有看到任何"反动阶级"对劳动人民进行残酷剥削或压榨的情节。一言以蔽之，李锐所弃绝的不是异化的革命而是所有的极端政治革命。

《旧址》中的革命故事发展方向不一，但它们都从不同角度证实了革命神话和革命实践之间的根本区别。在《旧址》的后记中，李锐用公孙龙在两千多年前提出的"白马非马"的命题来嘲弄中国文人一个多世纪以来在一条环形跑道上进行的种种竞争。公孙龙的命题注意到抽象的马不同于具有诸如颜色等特征的具体的马，其关键在于指出概念与个例之间的根本区别。如果我们进一步将这一命题加以发挥的话，我们会意识到我们在世界上所能见到的只是具体的马，抽象的马不过是一个存在于我们脑中的概念而已。据此我们可以说所有的抽象概念都是虚假的。李锐对历史事实的关注可以说是用一种相似的方法证明了革命神话的虚假。从另一方面来说，我们还应注意到李锐站在挑战立场上对历史进行的分析、筛选和综合。《旧址》呈现的并非历史的原貌，而是一种历史解读，而这一解读的出发点则是作者的个人革命经历，尤其是李锐在"文化大革命"中的经历。李锐在《旧址》的后记中写道："我知道那一切都是假的。我知道那一切都是真的。"这表明他意识到自己不仅介入观察历史，而且也介入了组织历史和评价历史的过程。

历史的物质性对文本性的超越

上述引文表明李锐意识到历史本身没有定形，其形状实质上是叙史者将历史文本化的结果，而这种文本化活动必然涉及叙史者的主观立场。作为一个现实主义作家，李锐在《银城故事》中通过将历史向后推移等手段来减轻自己的

① 翟永明：《神圣光环下的魅影——论李锐小说中的"革命"》，《文艺评论》2008年第1期。

主观介入。更为重要的是他在关注历史时着眼历史的物质基础。在这部小说的题记中他这样写道：

在对那些漏洞百出、自相矛盾的历史文献丧失了信心之后，我决定，让大清宣统二年、西元1910年秋天的银溪涨满性感的河水，无动于衷地穿过城市，把心慌意乱的银城留在四面围困的困境之中。

这一题记中的关键字眼是“感性”。所谓“感性”往往对立于“理性”，因为“感性知识”来自感官而不是头脑。从感性立场出发的叙史者力图纠正对历史的教条图解，承认历史的具体性、独立性和不可概括性。在承认历史不以人的意志为转移的同时，他们对历史理想主义保持高度警惕，一方面承认人能够理解历史，而另一方面又拒绝用先定的概念解释历史。简而言之，这种立场强调我们只有实事求是地看待历史才能不曲解历史。

为了展现历史的原貌，李锐首先将目光集中于银城的物质环境。他在小说的开头处详细描绘牛屎饼作为银城人家的燃料在明清时代的数百年中发挥的巨大作用，并由此出发，描绘了银城人在这一过去的时代中如何为了谋生而从事种种物质生产和消费。这种出发点使我们联想到恩格斯在马克思墓前对马克思做出的一个评价。恩格斯认为马克思的最重大发现之一是指出“一个显而易见但却被完全忽视的事实，即人在从事竞争及其他政治、宗教、哲学等活动之前必须首先解决吃喝穿住的问题，也就是说他们必须首先工作。”[①]然而李锐却没有像马克思主义者那样认为物质生产是政治活动的基础。相反，银城的物质生产和政治活动之间没有什么关联。具体来说，银城的物质生产深深地植根于当地的物质环境，尤其是丰富的卤水资源，而由这一资源触发的制盐工业则给银城带来了自己的特色。植根于这种独特环境的物质生产不仅有赖于人而且还有赖于物，如卤水和竹子等等，同时也有赖于动物，如盐井上常年使用的三万

① 恩格斯：《卡尔·马克思》，《马克思恩格斯选集》，纽约国际出版社1986年版，第376页。

头牛等等。李锐对物的自然属性，如不同竹子的特点的关注揭示出这些自然属性为人的活动创造了条件与机会，但同时这些物质条件又限制了人的活动，使他们在生产过程中不能为所欲为。正如李锐在一次访谈中所说的那样，这种对物质条件的强调并非无的放矢，其目的归根结底在于批判那些将人们领入历史深渊的乌托邦主义思想。①

银城的大部分居民各自从事相关的职业，从而形成了一个社会性的物质文化网络。这一网络以古老的习俗为经纬，使当地居民在日常生活中有法可循。李锐对这些风俗习惯的详细描写，显示出这些风俗习惯作为一种社会力量如何在社会的底层规范生活并引导人们满足生活中的需要。只要生活条件，尤其是物质条件，没有发生根本变化，这些习俗就不会发生什么巨大变化，因此它们不仅覆盖了社会而且体现出高度的延续性。在李锐看来，这些习俗的值得注意之处不在于它们维持社会生活的保守性，而在于它们对政治变动的抗衡。在习俗的影响下，银城居民不懂也不屑于去理解为什么一些留洋的革命者要在银城举行反清起义，因此这些革命者非但没能推翻当地政府政权，而且也没能改变人心，更谈不上什么移风易俗。正如小说结尾处的牛市所显示的那样，小说中胎死腹中的暴动尽管造成一时的动荡和流血，但毕竟只能成为历史长河中的一道涟漪，对银城的日常生活没有产生什么深远影响。李锐似乎在表明真正的革命必须采取渐进的、非暴力的手段才能获得成功。

上述的《银城故事》题记表明，李锐再现银城物质文化和风俗习惯的目的在于显示历史事实和历史解释之间的区别。为了避免对历史的曲解，他在小说中大量引用了多种历史资料，其中包括晚清诗人黄遵宪谱写的歌词和牛贩子的验牛方法。《银城故事》篇幅不长，但李锐却做了大量准备工作，并花费了一年时间进行写作，结果这部小说以其历史容量和真实性给人留下深刻印象。同时作者从小说人物本身的角度来观察历史的方法也进一步增强了这种印象。这些人物无法对自己所做或所见的事情进行任何预测，更谈不上预测整个社会的未来。结果我们见到的是一连串互不相干、性质不一的故事，其中有政治谋

① 李锐：《银城故事》，人民文学出版社2008年版，第208页。

杀，平民造反和镇压暴动，也有恋爱故事。像《旧址》的前半部分所显示的那样，《银城故事》中的历史包括种种方向不一的过程，而这些过程中并无什么主次之分，也不受到什么预设的力量的影响，而且银城的物质文化在扩展历史范围的同时，还进一步暴露了不同历史领域之间的间隙。

《银城故事》显现的松散历史由种种现象拼凑而成，可以说是一些个例但却没有说明什么普遍真理，因此不能被纳入任何具有概括性的解释框架。王德威将这部小说的情节总结为“该发生的没发生，不该发生的却发生了”。在他看来，这种情节安排显示出李锐对历史合理性以及革命和启蒙必然性的怀疑态度。[①]在此我还想说，李锐对历史合理性和必然性的质疑实际上是对“科学”历史观的怀疑，因为这两个基本概念实质上是马克思从黑格尔哲学中接受的自然科学概念。在此我们应注意到李锐在描写银城故事时用了王之涣的名诗《凉州词》中的诗句来作为小说各章的标题。正如《凉州词》中描写的那座孤城一样，银城是一个春风不度之处，尽管一时骚动四起，但最终仍陷入永久的荒凉。这一形象在对历史必然进步的观点质疑的同时，也对历史进步力量的功用甚至其存在提出了质疑。

在教条主义的历史叙述中，以往的人民起义总被看成历史进步力量，因为这种起义至少不时削弱了封建统治。李锐在《银城故事》中描写的一场下层起义却与此相反。他笔下的起义领袖事事以《水浒传》和《三国演义》中的英雄为楷模，其麾下的造反者不过是一些伺机作乱的社会渣滓而已。这些造反者在战场上丝毫不能抵御现代化军队，在意识形态上只会向后看，根本无法想象出一种新的未来，可以说是没有什么革命性。在小说的结尾处，一个幸存的起义领袖意识到革命党的反清暴动指挥可能是自己的骨肉同胞，但为了给父兄报仇还是将其刺死。不同的梦想和相互残杀使小说中的革命者和下层起义者无法凝聚成一种目标一致的历史力量。相反，他们之间的互相干扰进一步加剧了未来的不稳定性。

《银城故事》中被具体化的历史最终成为小说人物在生活中各自采取的自

---

① 王德威：《历史的忧郁　小说的内爆》，《读书》2004年第4期。

由行动。这些人物不代表什么历史发展趋势，也不是社会主义现实主义所强调的典型人物。相反，他们只是在具体环境、价值观念和个性的限制下创造自己的故事。他们无疑都是历史的参与者，但他们的历史经历及观点却大相径庭。当不识字的牛屎客旺财从银溪中捞出一些有字的竹片时，他看到的是可以用来做竹架子的材料，并不知道他捞起的是别人所谓的“历史”（竹片上的字是取消反清暴动的暗号）。在李锐的笔下，旺财看待世界的特定立场自有其合理性，而李锐在维护这种合理性的同时，显然对历史采取了一种同情的态度，即一种从每个历史参与者本身来观察历史的态度。

旺财的例子告诉我们，李锐的历史主义立场使他拒绝给他笔下的小说人物任何超出其思想领域的知识或见解。《银城故事》中的人物各有各的个人需要和梦想，代表的是个人在历史中能够发挥的作用。同时这些人物又受到他们无法任意改变的历史条件的制约，因而他们的努力，包括他们的一时成功，往往对历史产生不了什么深远影响。在此，银城巡防营统领聂芹轩的例子就说明了个人力量对历史的影响及其局限性。作为一个应被裁汰的老兵，聂芹轩十分清楚四面楚歌的大清帝国行将灭亡，同时也知道自己无法挽救这种颓势，但他却不愿轻易放弃自己镇压革命的责任。这使他一方面用老谋深算的手段击败那些经验不足的革命者，另一方面对自己的所作所为又具有十分强烈的荒唐感。银城的革命领袖刘兰亭在被迫取消暴动时，也同样感到自己的行为十分荒唐。这种共同的荒唐感表明，这些人物意识到自己的举措最终无法左右历史的大局。

《银城故事》中的历史还表现了人性的复杂性。这种复杂性使得小说中的人物在多种层面谱写自己的故事，其中包括政治、经济、意识形态、心理、生理等层面，而这些层面中的任何层面在特定情况下都可能发挥主导作用。决定银城革命成败的革命者欧阳朗云即是一例。欧阳朗云出身于越南的华侨富商家庭，促使他投身革命的不是痛苦的身世，而是对满族统治者的种族仇恨。他是一个狂热的刺客，但却缺乏制造炸弹的技能。他能硬下心肠去行刺，但却不忍看见无辜百姓因为自己的举动受刑丧生。他有勇气向官府自首，但却没有勇气承受凌迟酷刑，最终还是招供了起义的秘密。他尽管给自己布置了革命任务，但他的思想、气质、技术技能、道德准则和心理状况并不吻合，而这些成分之间的矛盾使得他的故事呈现出一种不定性，一种以人性为标志的不定性。李锐在《银城故事》中尊重小说人物塑造自己的潜力，因此这部小说体现了历史真实的具体性而不是其共同性。如汉斯–格奥尔格·伽达默尔（Hans-Georg Gadamer）所说，历史意识的真正目的在于“理解某种历史现象的独特性。历史意识感兴趣的不是个人、民族或国家发展的普遍规律，而是为什么这个人，这个民族，这个国家的目前状况得以生成，即这些具体现象的发生过程。”[①]这一过程实质上是一种认知主体与历史之间的对话，而在这种对话中认知主体允许历史显现那些不同于自己主观假设的事实。换句话说，为了获取真正的历史知识，认知主体一方面应该允许历史表现自己，而另一方面还应该对自己的历史假设提出疑问。这种对历史具体性的强调在认识论方面自有其重要意义，此外它的意义还在于，将历史看成研究对象而不是当前的借鉴，因此，它实质上否定了过去与现在之间的相似之处。在我看来，这种历史观反映了当代中国社会的急速变化。在这种急速变化的过程中，历史和革命没有被忘却，但它们正在逐步丧失与目前社会的关联，而《旧址》与《银城故事》之间的区别则体现了这种历史变化。

原载《华文文学》2012年第5期

① 汉斯–格奥尔格·伽达默尔：《历史意识问题》，《再论解释性社会科学》，加利福尼亚大学出版社1987年版，第95页。

人性的遮蔽与去蔽之路

——评李锐的长篇小说《张马丁的第八天》

姚国军

人性是文学创作中永恒的主题。波墨在《物的标记》中说："一切本质的最大秘密是这样一种事物，它在自身中是永恒的，可是在它的发展和显现中，它从永恒的本质性中变为两种本质，即善与恶。"[①]优秀的作家往往能够以笔为刀，在人物的心灵印章上刻出"人性的善与恶"。读罢被中国当代著名作家、瑞典著名汉学家马悦然认为是"少数几个可能问鼎诺贝尔文学奖的中国作家之一"——李锐的长篇小说《张马丁的第八天》[②]，笔者的心灵仿佛还沉浸在天母河"水随天去秋无际"的艺术境域里，作品中的人物依然萦绕眼前，久久不去。静下心来，思之再三，笔者觉得这部作品的艺术成功之处，就是书写了在人性的遮蔽与去蔽之路上行走的"人"。

---

① 刘再复：《性格组合论》，安徽文艺出版社1999年版，第437页。

② 李锐：《张马丁的第八天》，载于《收获》2011年第4期，转载于《作品与争鸣》2011年第9期。

一、人性的遮蔽只在一念之间

荀子认为“人性本恶”，他曾说过：“人之性恶，其性者伪也。”[①]在文学创作中，“先天的恶人”一出场就如林冲的脸上刺上了“贼配军”的字，让人一看便知。因此即便这种人物“恶贯满盈”，读者都不会感到突然。而另有一些“恶人”本来并没有“不良记录”，但随着情势的发展衍生出了“恶德败行”，“一失足成千古恨”。因此，“后天的恶人”才会令读者惋惜。

高主教是一个“坚执信仰”的传教士，为了“拓展传教区域”而与天石村村民发生争端。高主教误认为张马丁被打死，所以给“罪魁祸首”张天赐两个选择，但张天赐决心赴死，拒不同意“拆除娘娘庙，再建天主堂”。软弱的官府处决了张天赐。然而张马丁死而复生，高主教决心将错就错，让张马丁隐姓埋名，“然后乘船回国”。在得知张马丁“复活”之后，仍然坚持要铲除不肯合作的“异教徒”张天赐，其实也就是在高主教的一念之间。对于高主教，可能有些读者会认为这是个虚伪狡诈的人物，但事实上，高主教为了自己的信仰在奋斗终生。所以，在最后，他坦然接受义和团“点天灯”式的虐杀，让别人“带着伤病员和育婴堂的孩子们躲进秘密的地下室里，才躲过了教堂大屠杀”。只不过他的信仰坚守与践行方式有问题，更多地带上了“为了达到目的而不择手段”的市井特色，与他宣谕的宗教精神日益背离。李锐在接受《文学报》记者采访时说：“传教士们从来都不是虚伪的，哪有千里迢迢不顾艰难困苦、不顾生死的虚伪者。一个不争的事实是，近几百年基督教的传播史和西方血腥残酷的殖民史是剥离不开的。这是西方人的罪与罚。”[②]高主教是西风东渐初期的一个代表人物，他给中国带来的既有《圣经》，也有“哈乞开斯步枪”。

张天保在攻破教堂之后，不自觉地也跟随义和团徒众向敌人的尸体上撒了一回尿。这是个相当耐人寻味的细节，小说在前面有呼应的地方，本来张天保

---

① 陈修武：《荀子快读》，海南出版社2005年版，第36页。

② 傅小平：《李锐：来一次没有遮挡的“正面进攻”》，《文学报》2011年8月11日。

受过聂统领严格的军事训练，甚至因为在马厩撒尿而遭过鞭笞，但他还是“随波逐流”，不过“猛然间张天保觉得自己的屁股一阵疼得钻心”。这是一种刻骨铭心的记忆，也是人性的自律与放纵之间的抗争，对于张天保这样的人尚且如此，更何况普通的大多数。

老三在小说中出现的次数很少，从人物的功能安排上无可争议地是一个配角，但就是在这个“一闪而过”的人物身上，却体现了人性的罪恶演变过程。老三长年伺候陈五六一家，平日里寡言少语，屏气凝息，然而就是这样一个“貌不出众”的侧面人物，却最终干出非人之举，并且“语出惊人”，“我今儿个就是想当一回畜生！就是要把天理作践成烂泥！”。我们可以设想一下，假如不是因为葫芦突然出现，莲儿只能嫁给老三，老三安安稳稳做起陈家的上门女婿，或许也就会平平常常地生活下去，大概不会引狼入室，搞得个玉石俱焚。正是因为他得不到，所以他宁可毁掉。

从天堂到地狱只需一步。每个人的心里或许都蕴藏着人性“恶之花”的种子，如果没有适宜的土壤，就不会开放。但一旦条件允许，那它很有可能迅速破土而出，恣意生长。高主教为了“教派的利益”泯灭了人性，张天保为了“团体的规则”放纵了人性，老三为了“自身的欲望”践踏了人性。在一个特殊的临界点上，他们内心深处的“恶”遮蔽了“善”。正如荀子所说：“今人之性，生而有好利焉，顺是，故争夺生而辞让亡焉；生而有疾恶焉，顺是，故残贼生而忠信亡焉；生而有耳目之欲，有好声色焉，顺是，故淫乱生而礼义文理亡焉。然则从人之性，顺人之情，必出于争夺，合于犯分乱理而归于暴。”①

二、人性的去蔽道阻且长

孟子认为“人性本善”，他曾说过：“水信无分于东西，无分于上下乎？人性之善也，犹水之就下也。人无有不善，水无有不下。”②孟子所谓的

① 陈修武：《荀子快读》，海南出版社2005年版，第36页。

② 李申：《孟子全译》，巴蜀书社2001年版，第283页。

"善"是一种概念中的善。在文学创作中，经过一番外部考验或者内心抉择之后方能一步一步接近的善，才更加震撼人心。

张马丁是小说里的主人公，他是多年前高主教收养的一个孩子，与高主教一同从意大利来到中国传教。对于张马丁来说，高主教亦师亦父。张马丁在"天石村风波"中被飞来的石块击中头部，流血倒地身亡。高主教利用"张马丁命案"给官府施压。然而，在官府处斩了"暴民首领"张天赐以后，张马丁神奇地活了过来。在得知张天赐因自己而死之后，张马丁内心掀起了狂澜，最终拒绝了高主教的一切"善后"安排，因为"外面的人们还不知道我并没有死的真相"。在经历过生死、病痛、饥饿，失去地位、尊严之后，他内心的最基准的道德观念愈益坚定起来，那就是"宁愿死"，也"不可作假见证陷害人"。张马丁从一个西方的宗教徒完成了向一个"人"的回归。当然，张马丁的向善之路走得确实无比艰难。周作人曾说过："肉的一面，是兽性的遗传。灵的一面，是神性的发端。人生的目的，便偏重在发展这种神性，其手段便在灭了体质以救灵魂。所以古来宗教，大都厉行禁欲主义，有种种苦行，抵制人类的本能；一方面却别有不顾灵魂的快乐派，只愿'死便埋我'。其实两者都是趋于极端，不能说是人的正当生活。"张马丁被张王氏搭救以后，张王氏以丈夫视之并与他行夫妻之事，张马丁在思想上控制自己，但生理上无法控制自己，因此他的内心深处才进行了一番激烈的斗争。在弥留之际，张马丁对张王氏说："我知道你并不信教……现在在别人的眼里，我也早已经不再是教徒……可是只有走得最远的人，才能听到传得最远的声音……"至此，曾经奉行"禁欲主义"的张马丁从一个宗教徒转变为一个"灵肉合一"的普通人。

如果仅从题目"张马丁的第八天"来看，张马丁应该是小说的核心人物，但事实上，张王氏才是小说的灵魂人物，甚至比张马丁还重要。张王氏本来只是一个普通的家庭妇女，为了给丈夫生个儿子，顺从家族的安排，在狱中与丈夫做最后一次亲密接触；失败后，又听从丈夫的嘱托，准备向小叔子借种，但还是没有成功。张王氏在丈夫被杀之后，突然间"神灵附体"从而成为"圣母娘娘"。从张王氏到"圣母娘娘"其实喻示着她从软弱到坚强的转变，也是由不能掌握自己命运到主宰别人命运的转变。作家笔下的这些情节都是有根据的，民间这种带有鲜明巫术色彩的事情确实存在。或许是受了刺激，张王氏精神出现错乱，把自己幻想成“圣母娘娘”；或许是张氏家族觉得亏欠了张王氏而有意无意把她推上神坛，总之张王氏成了庇护一方的“地母”。当张马丁饥寒交迫、走投无路来到娘娘庙时，又是张王氏接纳并保护了他。张王氏把张马丁当成了转世的丈夫，这正是宗教性“此消”，凡俗性“彼涨”的表现。尤其可贵的是，在滔天洪水来袭时，张王氏向周边民众（包括信了洋教的人）开放了平常不允许别人随便进入的娘娘庙，使之成为一处避难所。义和团杀戮过后，当洋人秋后算账时，为了挽救当地人的性命，已经从神坛走下，回归家庭的张王氏最终接受洋人的条件，献出了自己视之如命的儿子，这是一种大善，至此张王氏的宗教色彩散去，人性中闪耀出灿烂的光辉。作品结尾意蕴悠远地写她乘着一只“大木盆”飘然而去，“宽阔清澈的天母河稳稳地流淌着。孩子们远远看见一个人坐在水面上流向天边。”在这里，娘娘庙其实就是普度众生的“诺亚方舟”的隐喻，“大木盆”是超度自己的“诺亚方舟”的隐喻。

从地狱到天堂，路途遥遥。“人之初，性本善，性相近，习相远。”人性里的善如风中的烛火，遇到微风就会摇摆以至于暗淡不明，但遭遇强风时仍然没有熄灭，那么灾难过后，人性中的善就会光芒四射。张马丁为了“内心的良知”敢于承受苦难，张王氏为了“内心的道义”甘于宽容苦难。在一条追寻合理人性的道路上，他们的“恶”渐去渐远，“善”愈来愈近。

《张马丁的第八天》让读者看到了人性深层的多元驳杂景观以及转变历程。这部长篇小说不仅复活了一段鲜为人知的历史，再现了中西文化的冲突，更重要的是写了一个个需要“救赎”和在努力争取着“救赎”的人。李锐在接受《文学报》记者采访时说：“像耶稣一样死而复活，为了‘救赎’来到天石村的张马丁死了；灵魂附体为救苦救难来到天母河的圣母娘娘张王氏走了。在拯救者离开之后，在诸神退场之后，这个无神的世界，这个无可寄托的人间就只剩下了人自己。”

原载《社会科学论坛》2012年第10期

李锐：从“寻根”走向“后寻根”

周引莉

李锐的小说基本上是两个系列：一个是以他插队时的吕梁山区为背景，描述他所熟悉的农民生活；另一个是以他的老家四川自贡为背景，通过想象再现一段历史。前一个系列主要表现了作者对民族根性的思考，后一个系列主要展示了作者的传统意识和古典情怀。如果说《厚土》系列是李锐“寻根文学”的代表作，那么20世纪90年代以来的《无风之树》、《万里无云》、《银城故事》、《旧址》、“农具系列”等则是他“后寻根文学”的代表作。这里所说的“后寻根”，不是一种创作方法，也不是一种流派，而是一种分析评论作品的思路或姿态。所谓“后寻根文学”是指20世纪80年代末90年代初以来的一些文化意味很浓、具有传统美学神韵又不乏现代意识的文学作品，或者说沿着文化寻根意识继续前行，尤其是以现代眼光关注传统文化、以民间立场还原民间的一大批作品。李锐的创作历程基本体现了他从“寻根”走向“后寻根”的文化寻根历程。

一、李锐“寻根”之作回顾

李锐的《厚土》系列表现了农民们对劳作的赤诚，对女人的渴望，对人情世故的态度……他们既悲苦又乐观，既残酷又宽容，他们以自己的方式艰难地“活着”，甚至是像牲畜一样地活着。愚昧、丑陋的劣根性固然被作者批判、揭露，但在这批判之外，还有一种情感能让读者体味到，那就是悲悯。这种超越批判的悲悯往往给读者带来千滋百味、震动不已的审美感受。《厚土》诸篇，既有复杂微妙的人物心理及人际关系，沉重悲惨的故事，又有轻松滑稽的场面，还有不断穿插的风俗、民歌、曲艺、神秘文化等。作者以极简省的笔法为我们描述了农村的风土人情、农民的悲欢离合，从而展示了民间的复杂面貌。

《锄禾》主要写了几个场景：村民们的锄禾，老汉与学生娃的闲聊，队长对红布衫的恶作剧及两人的笑骂、野合等。作者的笔墨极为简省，不仅人物之间的对话简省，而且队长与红布衫的偷情也写得没有赘笔，不用明确交代，读者照样可以琢磨个中来龙去脉。这无疑拓展了读者的想象空间，避免了一览无余的缺憾。作者通过几个场景塑造了四个人物：老汉既无知可笑，又经验丰富、洞察秋毫、精明狡黠；队长既蛮横能干，又欺男霸女；红布衫因有队长庇护，所以泼辣大胆；队长与红布衫的笑骂与偷情似乎成了大家公开的秘密，但学生娃由于对农民的狡黠还有点懵懂，所以误撞了队长与红布衫的奸情。值得一提的是文中老汉关于毛主席的提问，让学生娃无言以对，这种农民式思维自然给读者以一种哭笑不得的滑稽感。

写得更滑稽生动、诙谐有趣的是《选贼》。队里丢了一袋粮食，又恰逢队长值班时丢的，这让队长极为没面子。于是，他要利用职权，进行“选贼”。且看他的一段既“霸道”又“民主”的发言：

> 日他老先人！不是嫌我太霸道？给了你们民主又不动弹，咋？还得叫我替你们民主？县官大老爷也不能有这么大的派头。选！今天不把这偷麦的贼选出来，咱的场就不打了，今年的麦子就不收了，过大年全都啃窝窝！快些，快些，各人选各人的，不许商量！

这一段集咒骂、威胁、命令于一身的发火之词非常形象地展示了队长的强硬蛮横性格。有意思的是，队长的话里两次用了同一个关键词：民主。第一个“民主”是常见的民主意思，即参与国事或对国事有自由发表意见的权利。到第二个“民主”，其中就大有深意，“还得叫我替你们民主？”这说明代替“民主”的事在以前经常发生。“民主”一词的活用体现了队长还是略通官方话语的，但粗俗的民间话语的使用又活脱脱地勾勒出队长的农民本性。尤其“选贼”这一滑稽思维其实是官方与民间长期交碰的杂交品，也是出身农民的队长的特有思维。“贼”是暗的，“选”是明的，这样的民主选举本身就是一个二律背反。所以，“选贼”的结果是大家都存心捣乱式地选了队长。所谓民主的“选贼”终成一场闹剧。这场闹剧的背后其实潜藏着一种力量，那就是民间长期积淀下来的化庄重严肃为轻松滑稽的“脱冕”力量。正所谓“舍得一身剐，敢把皇帝拉下马”。村民们就是要借机把高高在上的队长拉下马来奚落一番，进行一场“脱冕”的狂欢。但狂欢之后又有了忧愁，队长罢工，意味着群龙无首，更可怕的是年底的救济会没着落。队长的能力又让村民们不得不惶恐和低头。这就是民间的复杂性，既有化严肃为轻松的诙谐品格，又有畏惧权势的无奈、软弱与退缩。

《厚土》中的《眼石》主要写两个赶车人的恩怨：车把式帮拉闸人还了八十元的医药费，然后车把式理所当然地睡了拉闸人的妻子，而拉闸人积怨在心，在行车过程中恨不得置车把式于死地。车把式自觉理亏，又让自己的妻子陪拉闸人睡了一夜，拉闸人的心才算“平展”了。这个故事让人看得心惊肉跳，对这两个男人有说不出的厌恶，也禁不住思考：女人算什么？男人的私有物品吗？两个赶车人是什么样的道德观念？彼此占了对方妻子的便宜就可以扯平而心安理得了吗？他们今后该怎样面对？夫妻之间又如何面对？如果《眼石》中的龌龊让人愤怒，那么《青石涧》中的父女乱伦则让人在愤怒之外还有震惊与悲痛！一方面，无知的农民能换妻、乱伦；另一方面，男人还不能忍受女人的所谓“不洁”。《青石涧》中的主人公“他”被屈辱和仇恨蒙住了眼睛，换来了一辈子的光棍生活，在自怨自艾自悔中孤独一生。这就是民间的藏污纳垢性。

评论界一般把《厚土》作为李锐的寻根代表作，其实李锐在1985年6月写的《古墙》也可以从寻根的视角解读。首先，内容涉及很多历史考古方面的文化。尤其是小说结尾，有一句表明意旨的话："许多许多的主义过时了，许多许多的主义诞生了。可为了寻找自己的根，他们还是要追寻祖先的文化。"其次，文中表现了新旧两代农民的冲突。传统农民对土地热爱，对家乡眷恋；而新式农民向往西方文明，一心想着挣钱。尤其老式农民的代表郭福山对挖煤搬迁充满了怨气："搬迁，搬迁，数你们嚷得欢。能搬上天？能住上金銮殿？见着眼前这点东西就红眼啦？受苦人没有地种，河口堡子孙后代靠什么养活？断子绝孙？外国人挖完煤拍拍屁股就走了，你呢，老婆孩子呢？也都跟上去外国？中国的钱还不够你一个人挣的？钱多的还要噎死你哩！"老式农民的另一个代表是老福海，无论在外面过得怎么样，"他总是忘不了河口堡，总是河口堡的黄土梦魂萦绕，把他一次又一次千里迢迢地扯了回来"……

二、李锐的"后寻根"时期

李锐在20世纪90年代发表的《无风之树》以拐叔的死为小说的中心事件，以暖玉的身世为背景，把刘主任、苦根儿、天柱等人组合成一个复杂的关系网。《无风之树》与《厚土》在内容上有一脉相承的关系。之所以这么说，是因为它们都以吕梁山区为背景，并且在《无风之树》中可以看到《厚土》系列的某些影子，与《厚土》中的短篇《送葬》在情节上有相似性。更具体的，比如拐叔上吊的情节，在《青石涧》中有瘤拐老师上吊的事件，在《二龙戏珠》中有三尺长的小五保上吊而死的细节，而且上吊的情景也和《无风之树》中的拐叔之死很相似。都是吊上一根熟悉的绳，再蹬翻小板凳。这三个瘤拐上吊的故事虽各有差异，但都透着人类对生命无望的情绪。《无风之树》虽然在内容上延续了《厚土》系列，但主要不同体现在写法上。首先，与《厚土》一贯的第三人称全知全能视角不同，《无风之树》采用了多个人物的第一人称视角，有刘主任、苦根儿、拐叔、暖玉、天柱、糊米、丑娃、丑娃媳妇、大狗、二牛、传灯爷等。这种写法类似于绘画的散点透视，或者叫移步换景，是中国传统手法。作者把散点透视与第一人称有限视角相结合，达到了全知全能的效果。其次，与《厚土》书面化的凝练文笔不同，《无风之树》语言晓畅，充分发挥了口语的优势，多处用到反复手法，既有直接反复，又有间接反复，把一个简单的故事渲染开来，增强了语言的流畅感与韵律感。第三，《无风之树》不同于《厚土》的完全写实手法，而是充满了象征意味。小说中的几个主人公具有类型性。拐叔、暖玉代表了民间底层的善良、正直及对政治的无知；刘主任代表了利用革命欺压百姓的政治流氓；苦根儿代表了在极"左"政治影响下，一些得了"革命崇拜"症的政治病号，他们脱离现实，脱离群众，一味崇拜红色革命，结果成为被政治异化了的人。阎连科《坚硬如水》中的高爱军，《受活》中的茅枝婆就是类似的政治病人。只不过，《坚硬如水》中的高爱军比苦根儿更富于狂想色彩和情欲冲动，而《受活》中的茅枝婆从政治异化中清醒过来，从一个极端又走向另一个极端。

《万里无云》是对《北京有个金太阳》的改写和扩展。在叙事视角和语言风格上，是对《无风之树》的继续与发展。《万里无云》也采用了散点透视与第一人称相结合的手法。与《无风之树》主要发挥口语优势不同，《万里无云》集口语、书面语、诗词、文言、政治术语等于一体，体现了作者"叙述就是一切"的审美追求。这种审美追求其实体现了作家对民间自由自在精神的向往，或者说是自由自在精神在作家写作实践中的体现。《无风之树》与《万里无云》都体现了民间自由自在的审美风格，正是在此意义上，他们都成为后寻根文学的代表。

李锐在新世纪发表的《太平风物：农具系列小说展览》承接了"寻根"时期对新旧冲突及农民的关注。"农具"系列不仅表现了父辈与子辈新旧两代观念的冲突，也思考了传统与现实之间难以切断的关系。比如《铁锹》中，那位将农民生活"原汁原味"地随口编进歌词里的小民的父亲，为了挣钱，这样打扮："白羊肚手巾，白坎肩，脚上蹬一双唱戏才穿的高帮布鞋，太阳底下，被河沙磨亮的铁锹像镜子一样，一闪一闪，这一切原本都是为了给城里人看稀奇准备的，这一切都是为了挣钱才装扮出来的，这一切一直都被小民自己看成是在要猴儿。"连一个孩子都能感受到父亲的尊严受损，父亲难道不知道吗？但为了生活，艺术不重要了，尊严也不重要了。滑稽也好，可悲也罢，只要能挣钱！李锐在《采风者的尴尬》中说："在黄土高原世世代代的生死煎熬中压榨出来的民歌，是为了安慰生命而叹息，不是为了取悦耳朵而哗众的。"曾经是"原汁原味"的古朴民歌如今已蒙上了金钱的铜臭。这到底该怪谁呢？怪小民的父亲不尊重艺术？他要生存有错吗？怪城里人看什么稀奇？追寻古朴民风有错吗？怪现代文明抹杀了淳朴的民风？那文明进步有错吗？这些疑问都构成一个个悖论，无怪乎李锐发出"正在灭绝的原汁原味，人们正一天天无'风'可采"的悲叹！李锐在"农具"系列的每篇开头都引用一段古代典籍中对农具的说明性或描述性文字，给人以新鲜感和历史文化感。李锐对农具的感情正如他自己所言："被农民们世世代代拿在手上的农具，就是他们的手和脚，就是他们的肩和腿，就是从他们心里日复一日生产出来的智慧，干脆说，那些所有的农具根本就是他们身体的一部分，就是人和自然相互剥夺又相互赠予的果实。"不过，"人人都赞叹故宫的金碧辉煌，可有谁会在意建造出了金碧辉煌的都是些怎样的工具"？[①]这恰恰回答了李锐之所以写"农具"系列的初衷。

李锐、蒋韵合著的《人间——重述白蛇传》虽然是命题作文，但向民间寻求创作资源一直是不少作家追求的创作倾向，民间毕竟是一条割不断的文化之"根"。《人间——重述白蛇传》以现代意识演绎古典情怀。夫妻之情，姐妹之谊，母子之爱，前生与今世，现实与虚构，历史与传说融为一体，形成一个现代版本的《白蛇传》。有人评论说："在保有《白蛇传》基本叙事张力和人物设置的前提下，围绕着可供引申的主题进行了大胆的想象，并以此主题为核心进行了多线并进的结构架设，再加上时空跳跃，使得此次重述在形式和立意上更接近现代小说的精神，而在气韵的把握上又保留了与传统文化的渊源。"[②]在气韵上与传统文化有渊源的岂止一部《人间》，还有《银城故事》与《旧址》。

《银城故事》除了每章题目和结尾对《凉州词》的明显借鉴外，还有几处

① 李锐：《太平风物：农具系列小说展览》，生活·读书·新知三联书店2006年版，前言。

② 袁园：点评《人间：重述白蛇传》，见曹文轩，邵燕君主编：《2007中国小说》，北京大学出版社2008年版，第354页。

细节最能体现作者的传统美学倾向。作者开篇对旺财制作牛粪饼的过程描绘得极其细致完备，让人惊异于做牛粪饼竟也能这般专业讲究！几乎给人一种欣赏民间工艺的美感，其语言之精致，风格之古典，可见一斑。而小说中更具古典笔致的是作者对几种吃食的描述，可谓深得《红楼梦》的精妙。一种吃食是堪称银城一绝的“退秋鲜鱼”，从捕鱼的时令与地点，到配料的多样与讲究，再到制作的严格要求与复杂程序，最后“鲜鱼雪白如玉，枸杞子猩红如花，扑鼻的香气盈堂满室”，真是“一口下肚终生难忘的仙品”。文中另一种吃食是聂芹轩炮制的火边子牛肉，是银城特产中的上品。从牛肉取料的讲究，到刀功的严格要求，“讲究之细甚于操针绣花”，再经过悬挂风干，最后用适中的火候烤酥，甚至连烤制工具与燃料都有特别要求，真是独特得让人惊叹！文中还有一种吃食，就是蔡六娘制作的豆瓣酱。豆瓣酱的制作有严格的季节、选料、配料、晾晒、发酵等细节要求，制作过程也比较复杂费时。好的豆瓣酱不仅美味扑鼻，能做“吃饭烧菜用的调料，也是蔡六娘笼络人情的一点资本，讨生活的一点依靠。没有豆瓣酱的生活不仅少了味道，也少了一些琐碎入微的寄托”。作者在文中提到的这三种吃食都对塑造人物起到很好的衬托作用，“退秋鲜鱼”表现了刘三公贵族化的讲究与享受，“火边子牛肉”反映了聂芹轩的精明强干、善于创新，“豆瓣酱”衬托了蔡六娘的感情细腻、精明能干。另外，文中有些环境描写也充满古典情致，如会贤茶楼二层包间的布局：“凝重的紫檀木桌椅，淡雅的青花瓷茶具，挂在墙壁上的陶渊明的意境高远的诗句。”可谓古朴典雅。又如旧城外的环境：“一条从山岩间引进的溪水在院子里穿庭绕室，随着曲折的溪水，十步一桥，五步一栏。浓密如云的桂树、橘树下边错落着竹丛和花池。草木葱茏之中，白墙黑瓦，回廊蜿蜒，把说不尽的幽静和闲情凝固在屋宇之间。”还有银城八景之最的“月照飞泉”，能让人“置身其中，尘心涤荡，不知曾有多少感怀和神思随着淙淙水声流进夜空”。这些描述极尽细致典雅之能事，给读者留下醇美的愉悦感，堪称后寻根文学的典范。

李锐的长篇《旧址》与短篇《传说之死》都以李氏家族为背景，都讲述了一个被传统礼教所戕害的女性的故事。只不过《旧址》又融入了更多的线索与内容。《旧址》在开篇叙事上有一定先锋色彩：时空交错，镜头转换频繁，体现了作者的现代意识。从第二章开始，作者又采用了传统的线性叙事方式。九思堂的古雅风格，峥泓馆的幽雅环境，李家祠堂的庄严凝重，李乃敬时期养心斋的布置，都体现了李乃敬兴趣雅致，追求清淡朴素，反对骄奢淫逸的生活态度。但李乃敬为了维护家族利益，与杨楚雄合演了一出定亲“双簧”，把一个孤傲清高的陆凤梧推上了绝路，从而使自己的人格沾染污点。陆凤梧与李紫云本是才子佳人的绝配，但面对强大对手杨楚雄和精明族长李乃敬，陆凤梧只能留下“东风恶，欢情薄，一怀愁绪，几年离索，错、错、错”的遗言。尽管李乃敬精明强干、力挽狂澜，但历史的车轮滚滚向前，李氏家族作为最后的贵族，其颓败的历史命运终将成为必然，《旧址》在某种程度上也具有了挽歌的情调。

从以上各部作品的分析可以看出，李锐对文化传统的热情一直贯穿在他的创作中。李锐在《骆以军六问——与李锐对话录》中说：“一个有志气的用方块字写作的人，就应当用自己的创作去找到、去接续我们自己文化传统中的源头活水，去找到、去接续方块字的文学资源，从而来表达这最丰富、最深刻的历史所给予我们的万千感受。在《银城故事》里我用《凉州词》作为全篇各章的题目和整个小说的叙述主调，在‘农具系列’里，我又把《王祯农书》中文言文记录的史料作为直接的文本拼贴出来，其用意都在于激活我们自己千年的文学资源，给予历史和生命重新的叙述，其用意都在于‘建立现代汉语的主体性’。如果说‘重建’，这应当是我们每一个用方块字写作的人都必须面对的‘重建’。这不是凌空虚蹈的幻想，这是脚踏实地的攀登。”[①]从李锐的自述中，也能看出他对文化传统的重视。李锐的创作历程，正是从“寻根”走向“后寻根”的文化寻根历程。

原载《山西师大学报（社会科学版）》2013年第1期

---

① 李锐：《太平风物：农具系列小说展览》，生活·读书·新知三联书店2006年版，第160页。

旷世的绝望　个体的悲凉

——读李锐《张马丁的第八天》

傅书华

在中国新时期的文学格局中，李锐以其对“鲁迅风”的鲜明继承而为学界、文坛、社会公众所重视。我这里的“鲁迅风”指的是思想批判的深刻性、彻底性，精神指向上的绝望性、反抗性，情感世界的丰富性、博大性以及相应的小说文体形式。李锐的文学写作，以20世纪80年代中期的系列小说《厚土》名世，并基本上奠定了其写作的格调。迄今为止，李锐的小说写作，大致可以分为两大板块：其一是以其插队之地山西吕梁山的生活为写作内容的，如系列短篇小说《厚土》《太平风物》、长篇小说《万里无云》《无风之树》等等，其重点在于通过中国内陆山村的乡民生活，写出人之生存、存在的某种境况；其二是以其祖籍之地四川自贡的历史沧桑为写作内容的，如长篇小说《旧址》《银城故事》等等，其重点在于通过历史沧桑写出个体生命与社会、历史境遇的“张力”关系及在这关系中，对个体生命存在意义的质询。其新著长篇小说《张马丁的第八天》似可大致归入其第二个板块的写作中，并有望再开辟出一片新的更为广阔的写作时空。

一

在历史沧桑的社会既定格局中，由于精神家园的失去，终极价值的迷失，个体生命对信念的执着，并为之而牺牲而献身就都成为一种无意义的存在，并构成了对自身追求的反讽，构成了生命的破碎感、荒谬感，构成了个体生命存在意义、价值的虚无，并因了这种虚无，使社会、历史的形态，成为一种毫无理性的荒诞存在，这是李锐小说的经见主题。这一主题，在《张马丁的第八天》的人物形象塑造中，得到了更为鲜明更为彻底的体现。

小说的主人公之一，是西方传教士莱高维诺主教，他对天主教有着虔诚的信奉，为传播天主教教旨而充满了牺牲、奉献的精神。这种信奉与牺牲精神，小说是通过莱高维诺主教与其他天主教徒的“互文”关系及莱高维诺主教的自身言行来体现的。先说“互文”关系：小说写他将张马丁收为自己的孩子，之所以如此，是因为张马丁“脸上那种像羊羔一样率真无辜的神情”，是因为张马丁多年来一直坚持要“赤脚站着抄写经文，所以冬天常常会冻伤”——“正在消退的冻疮在肿胀的脚上留下累累疤痕，紫红的脚后跟瘀满了血，好像马上就要破裂开，马上就会有鲜血从里面流出来”。这是在写张马丁对天主教义的虔诚，但这又何尝不是在写莱高维诺主教最初入教时的昨天呢？小说中另外一个西方修女玛丽亚的种种善行，也同样可以视为莱高维诺主教品格的外化与延伸。再说莱高维诺主教的自身言行：莱高维诺主教是带着为自己打做的棺材，抱着有去无归的牺牲精神不远万里漂洋过海来到中国传播教义的，后来也果然死于对天主教教义的捍卫之中。如此等等，不一而足。但他对教义的虔诚信奉及为了实施这种信奉而体现出来的牺牲、奉献精神，而体现出来的能力、才干、品格，却因了其所信奉的教义的“虚妄”而走向了自己的反面，成为一种对自身的反讽、否定、嘲弄，且让人感到了荒诞的存在。之所以说莱高维诺主教所信奉的教义是“虚妄”的，并不是从当今世界的已然形态作论，而是从小说中所欲追问的人的精神归宿、价值皈依出发：第一，当他把自己所信奉的教义视为唯一的存在并因此而否认他人信仰追求的合法性时，这一“教义”就成了剥夺、压制他人自由的专制主义，这就是小说中所反复描写的莱高维诺主教对天石村村民民间信仰的摧毁性、灭绝性打击。第二，当为了实施这一教义而不择手段并赋予这些手段以合法性时，这一专制主义就演化为了暴政行为。在小说中，就是莱高维诺主教隐瞒张马丁未死的事实，采用瞒天过海借刀杀人的伎俩。第三，这一专制与暴政只能给不服从其教义者带来灾难与损害，从而使这一教义充满了血腥的气味。这就是莱高维诺主教借用孙知县的力量，杀害了张天赐，并在其后用血腥手段镇压了天石村村民的反抗。

与莱高维诺主教极为类似的是张天赐，只是具体的表现形态有所不同而已：在张天赐这里，其所信奉的是女娲娘娘，只是这女娲娘娘并不能保佑其子民的温饱生计，而是听凭大饥饿没顶而来，将其子民推向死亡的深渊。因之，同莱高维诺主教几乎一模一样，张天赐对女娲娘娘虔诚信奉，为护卫女娲娘娘而付出的牺牲精神、奉献精神，其勇气，其能力，其品格，其“恶祈”的悲壮，其对莱高维诺主教所代表的天主教教义的敌对，就都统统失去了意义，而成了一种无以言说的荒诞所在。

如此的双方所构成的敌对与冲突，就构成了社会、历史的一种荒诞性的存在形态。在如此的荒诞性冲突中，一向被视为先进的科学技术、典章规范，其被引进也就只能让读者感到哭笑不得的莫名，这就是小说中天保形象的塑造。天保虽然从聂提督所引进的西方的军事科技中，获得了先进的武器，学到了先进的军事技术，且在攻打教堂时，以此一举打败了其所师从的军事经验丰富的西方军人，但当这种攻打本身是一种荒诞性冲突时，其所凭依的先进科技又有什么意义呢？“道”之不存，“器”又何为？而天保所受到的那些先进的典章规范的训练，其现代军人素质的养成，在这样的荒诞性冲突中，也就荡然无存。

在如此的个人的生存、存在的价值虚无中，在如此的社会、历史的荒诞性的存在形态中，人间的瞬间的美好形态也就变得非常偶然、非常可疑、非常脆弱，这就是小说中的葫芦、莲儿的故事。葫芦本来已经被官府当作暴民即将处决，只是因为“偶然”遇到了身在官府的大表舅陈五六，从而化凶为吉，在人吃人的大灾之年，得以衣食无忧，并几乎得以成为陈五六的女婿。小说对葫芦所处的瞬间的美好形态，作了非常生动的描写：在那如诗如画的田园景色中，青年男女之间亲昵调笑，宛如人间仙境一般。但最终在义和团的暴力面前，莲儿惨遭轮奸，葫芦抱着莲儿双双跳井而亡。

如是，小说就对中西方的信仰、价值体系，人的生存形态、存在方式、品格追求、种种努力，对社会、历史中的战争行为、知识形态、现代科技与文化的发明与引进，对中西方孰优孰劣的族裔之争等等，作了全面的批判与价值拒绝。这种全面的批判与价值拒绝，集中地体现在张马丁对上帝给人间的既定形态——“七天”的否定上，而执意要让自己从第八天重新开始。从第八天开始，就意味着对以往的既定的全面否定，意味着如王德威所说的，要开始“一个”人的创世记。在这里，我们分明听到了周作人的“辟人荒”的呼声，听到了鲁迅用“吃人”二字概括以往历史的呐喊。

在小说中我们看到，张马丁在走出了自己曾经信奉并曾经立誓为之献身的教堂之后，得到的是教徒与非教徒乃至所有人的唾骂与抛弃，在他濒临死亡之时，他被失去理性而近于疯癫的张王氏误认为转世的丈夫并收留，而张王氏是因他而被砍头的张天赐的妻子。于是，我们看到，张马丁在试图以一己之力对抗整个世界时，在其告别旧的世界走向一个新的世界之时，这新的世界是并不存在的，他只有在旧的世界系统对他的接纳中，才能够得以存活。但旧的世界系统对他的接纳，却是一种错位的接纳——是将他作为张天赐而接纳的。于是，在这种错位的接纳中，我们看到的是真正的“鸡与鸭讲”式的错位交流与错位沟通，是双方的错位式存在。

于是，我们看到了张马丁、张王氏在绝望中对绝望的抗争：张马丁的墓志铭这样写道：“你们的世界留在七天之内，我的世界是从第八天开始的。”张王氏则坐着木盆沿着河水漂向不知何处的远方。这就是鲁迅式的李锐：在对整个世界价值虚无的彻底批判之后，在对绝望的反抗中，书写“个人”生命的“悲凉”。

二

有什么样的内容，就会有什么样相应的表现形式。内容即形式，形式即内容。李锐小说独特的内容意蕴，形成了李锐小说的独特体式，《张马丁的第八天》在这方面，也颇具代表性。

第一，瘦硬。李锐的小说，不以再现社会历史事实的博大、厚重、丰富见长，而以揭示人类精神、思想的深刻、丰富、博大取胜，这后者又以揭示人类的某种生存、存在形态作为其载体与依据。一方面，有一类作品，是以各种现实与非现实的手法，揭示一个历史时段的社会形态、人生命运的丰富多彩；另一方面，还有一类作品，是以人类的多种生存、存在形态作载体，揭示人类思想、精神的气象万千。遗憾的是，许多论者常常以前者的标准作为衡量后者的依据。譬如，在评价李锐的小说时，一些论者说，李锐的《银城故事》如何如何地反映了辛亥革命，而《张马丁的第八天》又是如何如何地进一步地前伸到了对义和团运动的批判。如是，你如果用对辛亥革命、义和团时代这些历史事件、历史时段的反映来衡量李锐的《银城故事》《张马丁的第八天》，自然会觉得其作品还欠厚重，但你如果知道李锐的小说，是因为这些历史事件、历史时段的特征，有助于其对人类的某种思想、精神形态的揭示，有助于其对人类的某种生存、存在形态的揭示，所以才以这些为载体，你就会由衷地称道他的小说气象的辽阔、立意的高远。

这是李锐小说文体“瘦硬”的根本所在。

“瘦”是因为他的小说，不对事件、环境、民俗、人物的行动、故事的展开等等作充分的描写，情节性的展开，而只撷取其对揭示人类某种思想、精神、生存、存在形态有助的最具代表性的片段来给予展示。譬如，在《张马丁的第八天》中，对张马丁如何被教徒与非教徒所抛弃、攻击、敌视，对张马丁与作品中众人物的交往，对天石村村民的生活，对葫芦与莲儿的情感交流形态等等，都不作充分的描写与展开，而只用典型片段体现就足矣。这是李锐小说篇幅短小亦即文体之“瘦”的原因所在。

“硬”是因为其小说在上述短小的篇幅之内，蕴含了巨大的思想、精神能量，让我们得以看到人类的某种生存、存在形态。譬如对既有的中西方价值体系的全面批判与拒绝，譬如“个人”在“觉醒”之后的孤独、绝望及无望地反抗的悲凉，譬如人与人命定的不能沟通的错位，譬无意义牺牲所导致的人的生命的破碎性、悲剧性，譬如美的存在的脆弱性、虚幻性，等等等等。

第二，“诗”的特质。如果我们对李锐小说文体“瘦硬”的特点有真正的实质性理解，那么，我们就会进一步地看到，李锐的小说，虽然是作为叙事艺术而存在，但却有着“诗”的特质。譬如，他的小说的细节及场面描写，更多地不是具备叙事性，而是具备情感性、思想性。我对此略举两个例子：第一个，柱儿所看到的攻打教堂的场面，与其说是对战斗场景的客观描写，毋宁说是对柱儿对于血腥、暴力的向往与盲视的揭示；第二个，莱高维诺主教与张马丁遇到狼群时，一页一页点燃《圣经》以吓唬狼群的描写，与其说是描写一个客观场景，不如说是一个更多地具有一定寓意的片段。类似这样的例子，在李锐的小说中，可谓是比比皆是。这样的一种“诗”的特质，还时时地表现在李锐小说中文字的抒情性上。如果是叙事写实，那么，作者就应该去写拥抱时双方的感受之类的，但在这里，李锐着重的却是“爱”与“温情”这些情感性在乡间的传达。

第三，散点透视。诚如李锐在与傅小平的对话中所谈到的，《张马丁的第八天》中几乎没有一个特别中心的人物，李锐的笔墨，几乎洒落在小说中的每一个人物上。李锐在与傅小平的谈话中说：“散点透视本来就是中国人把握世界的一种方式。”我要补充的则是，作者的这种写法，与鲁迅小说中多视角叙述所构成的复调写法有着异曲同工之妙。鲁迅的小说，在讲述每个事件时，总是用多视角的叙述，构成小说主题的复调性。譬如他的《祝福》中“我”与祥林嫂，《孔乙己》中的“小伙计”与孔乙己，《在酒楼上》上的“我”与吕纬甫，等等。在这种复调性中，构成了对各方存在意义的消解。李锐的《张马丁的第八天》则通过散点透视，在对人物的透视及人物之间的“张力”关系中，构成对各自存在意义的消解。譬如说，不仅仅如莱高维诺主教与张天赐、西摩将军与聂提督、张马丁与张王氏这一组组人物及这一组组人物之间，即如葫芦与莲儿这一组似乎有些游离于小说主要故事之外的人物，也是由于上述几组人物的存在，在与上述几组人物的“张力”关系中，才得以更加突出其“美”的瞬间性与脆弱性，并从另外的侧面，共同体现了对现存秩序全面拒绝的主题。

《张马丁的第八天》值得言说之处还有许多，此篇不再一一赘述。自从莫言获诺贝尔文学奖之后，上下左右，一片欢呼。莫言的获奖，标志着中国作家整体的写作水准达到了一个相当的高度，而李锐，就是其中最为优秀的代表之一，我们不必总是要到西方对我们的作家给予肯定之后，才有底气肯定我们的作家，我们应该对自己的作家有及时的充分的肯定与科学的研究。

原载《文艺争鸣》2013年第1期

革命与启蒙的纠葛

——论李锐笔下的张仲银形象

陶东风

大概由于他自己“文革”期间有六年的吕梁山插队经历的关系，李锐小说描写的多是“文革”背景下吕梁山区的风土人情、民间风俗、自然风光与农民日常生活，而知青则是一个或明或暗、或隐或显地出没其中的形象（该形象也可能是知青的变形，比如像《无风之树》中的苦根儿那样从“上边”派下来的、有一定文化的年轻干部）。知青和农民、知识分子与乡村、革命与民间传统的关系，则成为李锐小说着力处理的重要主题。李锐笔下的知识分子形象一般具有双重特点，一是有知识（当然是相对于当时吕梁山区的村民而言）并热心革命，二是他和乡村村民，包括当地村干部、大队干部之间，总是存在严重隔阂，具体表现为他的革命热情和革命理想总是无法得到村民或村干部的理解和呼应，或被后者严重曲解和歪解（但正如我下面的分析将会表明的，这歪解从另一个角度看却又出奇准确地表达出农民对中国革命真正本质的深刻把握），结果导致他具有深刻的孤独感。

这两方面的纠缠与龃龉，演绎出知识分子与民间、革命理论与民间伦理的一连串的恩恩怨怨。

一、自豪与孤独：一个革命知识分子的情感结构

张仲银的形象最先出现在李锐的中篇小说《北京有个金太阳》（1993）中，后来又在长篇小说《万里无云》（1997）中得到进一步的扩展书写（但基本情节具有明显的连贯性乃至有相当部分重复）。这个形象集中体现了李锐对于知识分子、革命、民间三者关系的思考。

张仲银是五人坪唯一一个知识分子，他有文化，会唱歌，擅口琴，是"方圆十里的山沟里最有学问的人"[①]。中师毕业后，他学习回乡青年邢燕子，到农村从事教育事业，成了一位乡村教师，还以电影《乡村女教师》中的瓦西里耶芙娜为榜样鼓励自己（从这里可以看出，他和那个时代的其他知识青年一样，都受到20世纪五六十年代革命榜样教育的深刻塑造）。虽然身为教师，但张仲银不只是、而且主要不是来五人坪传授知识的，他更是一位热心的革命者，是"文化大革命"的积极鼓动者。他在五人坪的主要活动不是教书而是鼓动革命（破四旧、斗地主、写大字报、抓阶级斗争等等）。当然，鼓吹革命和传授知识在农村也不是绝对不相关，或者说，知识传播也是张仲银接受的革命使命的一部分，正如鼓舞张仲银来五人坪的乡村革命教师邢燕子和瓦西里耶芙娜，都与传播知识有关。革命理论毕竟也是通过知识承载的，没有最起码的知识，就没有办法接受与传播革命理论。[②]但与传播知识相比，更能让张仲银找到自己生命存在感的无疑是革命，革命可以极大满足他的成就感、在场感和中心（广场）情结——在小说中表现为渴望被人注目、一呼百应，渴望自己成为榜样和偶像（顺便说一句，这恐怕也是革命之所以能够让人心醉神迷的潜在秘密之一）。用小说中反复出现、张仲银经常使用的一个词来表达，这种感受就

① 李锐：《北京有个金太阳》，花城出版社2013年版，第2页。

② 这和在知识分子内部搞革命不同，后者恰恰要对自己的原有知识进行革命。实际上中国革命领袖们一直致力处理的一个难题，就是如何让没有文化知识的农民接受革命教育并积极参与革命。他们的方法是在形式上把革命理论通俗化、大众化，更重要的是在内容上要突出革命带来的物质利益，因为后者才是民间话语能够理解的。只有当革命理论转化为老百姓的生活哲学时，革命动员才是有效的。"打土豪分田地"就是革命理论通俗化、大众化的杰作。对老百姓而言，分田地是打土豪的动力，只有能够分到田地，打土豪才有吸引力。这个通俗化、大众化了的革命理论，或许就是西方革命理论的中国化吧。

是“自豪”。[①]

遗憾的是，张仲银的自豪感因为不被村民（包括自己的学生）理解而伴以深刻的孤独。尽管乡亲们对仲银极度敬畏，对他的知识、文化，他的歌和他的口琴崇拜有加，却唯独不懂他自己最引以为豪的革命理论和革命热情。小说一开始就写了张仲银领着一帮学生唱革命歌曲《北京有个金太阳》，学生们无比欣喜、激动万分，扯着嗓子狂吼，但实际上他们根本不懂歌词及其传达的革命思想。他在五人坪豪情满怀地传达中央文件，张贴各种各样的批判刘、邓、陶的大字报和文章，但所有这些革命举动无疑都如石沉大海，毫无回应。在很大程度上，政治的张仲银被村民们审美化了，村民们在学习中央文件时听到张仲银“铿锵有力的朗诵”，“都很惊奇，都说仲银的学越教越有样了，都说，听听，念得多好听”。[②]殊不知张仲银希冀村民们的反应不是评价“好听”，而是激发起他们的革命热情。

不甘认输的张仲银学毛主席的榜样搞起了戴红袖章活动。不但自己戴，而且让每个学生一人戴一个。可惜的是，“学生们纷纷把红卫兵袖章装进兜里，做了擦鼻涕的手绢”。于是“深深落空”的张仲银只好一再重复那句话“唉，全部没文化，没有共同语言”[③]，回到自己的自豪与孤独。

张仲银这种既自豪又落寞的情感结构是耐人寻味的。这表明他生活在知识分子与村民、革命文化与乡村文化的并置、冲撞和分裂中。革命的崇高伟业许给他“自豪”，但它和乡村的深刻隔阂又带给他“孤独”。他自然不愿孤独，可“自豪”又很不易（自豪感需要观众的呼应），于是就只好别扭地“自豪与孤独”着。不得已，他就拿毛主席曾经借用的陆游词“已是黄昏独自愁”自

① “自豪”是20世纪50—70年代最常见的抒情词语之一，是那个时代所形塑“情感结构”（威廉斯语）的——一个空洞的、被滥用的，也轻而易举产生认同奇效的词语。

② 李锐：《北京有个金太阳》，花城出版社2013年版，第5页。革命者与村民的这种隔阂在李锐的其他小说中也多有表现。比如在《古老峪》中，那个到偏僻的古老峪宣读文件、鼓动革命的工作队员小李也是一位文化人。在小李给社员们念文件的时候，队长女儿一直深情地盯着他看，致使他以为对方是被自己宣扬的革命理论所迷倒，可以当“古老峪的先进”；殊不知她的回答却是：“我啥也听不懂，我是看你念得好看。”原来如此！于是小李心里“不由得升起一阵悲哀来”。（李锐：《厚土》，上海文艺出版社2012年版，第16页。）

③ 李锐：《北京有个金太阳》，花城出版社2013年版，第5页。

况，并把这句词写在纸上，挂在墙上。可惜不只农民，就是大队支书赵万金，也都是目不识丁的文盲，他们不仅不能理解仲银的革命理论，也完全不能理解这个革命家的那份孤独。对群众极度失望的张仲银决定独善己身：停课闹革命，自己一个人出去参加大串联。谁知大队支书赵万金得知后，拿着村民们凑的五斤鸡蛋和十斤面粉（在当时的农村，这是真正的奢侈品，只有过年过节或女人坐月子的时候才吃一点）挽留他，于是发生了下面这段有趣的对话：

> 仲银说，赵书记，毛主席说革命不是请客吃饭，你现在这不是请客吃饭么。我怎么能为了你这五斤鸡蛋十斤白面，就不革命，就不参加文化大革命呢。赵万金就又老练地笑了，赵万金说，看你这话说到哪里去了，一点鸡蛋白面和革命不革命的有啥关系，要说呢，现在正要打倒当权派，仲银，你吃了这些鸡蛋白面，也误不了你打倒。其实呢，一个农村土干部，不打倒吧，哪一天不是在泥里土里滚呢。[①]

赵万金和村民们不可能理解张仲银离开五人坪的原因是要去首都北京闹“革命”（这个动机处在村民的价值观和理解能力之外），还以为他是嫌农村穷（这才是乡村文化能够提供的解释）。

值得注意的是，虽然村民的这个举动使他更加“刻骨铭心地感到了无以倾诉的孤独”（连他离开五人坪的真正原因也不能够理解），于是干脆“闭上嘴什么话也不说了”。[②]但另一方面，象征五人坪古老乡村伦理的五斤鸡蛋十斤白面，最后还是感动和挽留了张仲银（虽然他在理智上并不认同），阻断了他“走向天安门广场的道路”。这个戏剧性的情节表明：张仲银的精神世界仍然保留了前革命时期的乡村伦理（虽然并不纯粹），他并不是一个与乡村民间彻底决裂了的、纯粹的革命知识分子。在五人坪村民的鸡蛋白面与张仲银小时候记忆中“母亲的鸡蛋”之间，存在着意味的关联性。这大概就是张仲银和北京

---

① 李锐：《北京有个金太阳》，花城出版社2013年版，第8页。

② 李锐：《北京有个金太阳》，花城出版社2013年版，第8页。

知青刘平平、李京生等人（张仲银称之为永远不知道农民需要什么、最终要离开五人坪的“大雁”）的区别：与北京知青不同，张仲银的根还是在民间。无论是在“文革”时期还是后“文革”时期，张仲银都属于五人坪而不是北京。

最后，实在没有办法的张仲银只好通过把自己打成“反革命”的荒唐方式发动了一次闹剧式的“革命”：给县里写匿名信，撒谎说自己从事反革命迷信活动，引得县公安局的老张来抓他。在张仲银看来，“他和老张的这场游戏”是“让旋风重新旋转起来的唯一力量”。[①]“革命”的风暴终于刮起来了，被打成“反革命”的张仲银终于被公安局的老张抓走。

这有点像张仲银对革命、革命烈士的意淫，更是自己对自己的意淫：想象自己像一个慷慨激昂、英勇就义的“革命烈士”，充满自豪感，带着“居高临下”的眼光走向刑场（之所以说这是张仲银自己对自己的“意淫”，是因为无论革命组织还是村民群众，没有任何人理解他这烈士般的“自豪感”）。张仲银的“革命”举动至此真的成为一场彻头彻尾的闹剧（可以理解为李锐对“文革”时期革命知青理想主义的讽刺？）。当然，连意淫的幻觉也一个接一个破灭，进监狱以后，再也没有人理睬这个被打成反革命的革命家。于是，他盼望公审大会，不停地询问“什么时候开我的公审大会”，希望借此又一次成为万众瞩目的英雄，因为开公审大会是“全县轰动的大事”，那时候“人山人海，万头攒动，人们的眼睛全都盯着我的公审大会”[②]。可惜这个公审大会始终没有开。张仲银接着意淫的企图没能实现。他被不明不白地关了八年。没有任何意义，没有获得任何人的理解（从村里唯一的共产党员赵万金，到后来的队长荞麦，再到深爱他的荷花），虽然所有人都替他鸣不平。原来意淫自己也这么难，真是天可怜见。

① 李锐：《北京有个金太阳》，花城出版社2013年版，第21页。

② 李锐：《北京有个金太阳》，花城出版社2013年版，第26页。

二、革命和反革命的倒转

《万里无云》开篇就是村妇荷花的独白。时过境迁，时间已经进入所谓“新时期”[①]（准确地说是20世纪90年代。因为小说中有这样一句：“打年前已经没有了伟大领袖毛主席。”），张仲银和当初那个热恋他，却根本不理解他的荷花也都老了。如今荷花对他痴情依旧，但隔阂也依旧，他们仍然无法相互理解。革命过后，五人坪的村民们还是那么愚昧，那么封建，他们正在举全村之力大搞祈雨活动，而主持和负责这场封建迷信活动的，正是张仲银当年的学生、现在的队长赵荞麦，以及另一个学生高卫东（绰号“臭蛋”，扮演祈雨的道士），而原来作为教室的庙，则被腾出来搞祈雨仪式。如果说《北京有个金太阳》中象征民间迷信的庙被用作教室象征着革命对于民间的胜利，那么，如今庙被腾出来祈雨则暗示了革命的彻底失败。因此，到了后革命的所谓“新时期”，我们发现革命原来几乎没有动民间迷信一根毫毛，后者变本加厉地发展起来。这既是革命的失败，也是启蒙的失败。（革命和启蒙都主张破除迷信）张仲银这个最反对迷信的人，当初因被自己诬为搞“迷信活动”而锒铛入狱，而今天大搞迷信活动的正是他教育出来的那帮学生。历史就是这样充满了讽刺。

仲银对于这次迷信活动好像不置可否，或者更准确地说，他怀着自己的小算盘（祈雨结束后队长荞麦答应盖一个新校舍）参与了这次活动。当然，仲银内心还是不认同迷信活动的，还是满嘴毛主席诗词或语录，只是在这个既倒退（大张旗鼓地搞迷信活动）又进步了（不唱《北京有个金太阳》而改唱《在希望的田野上》）的五人坪，他更孤独了，村干部和村民虽然还貌似一如既往地尊重他，甚至还怕他（队长荞麦和假道士高卫东都如此），但他们更不理解张仲银了。仲银成为没有任何用处、到处闲逛的、彻头彻尾的多余人（所谓“人影子”）。

在《北京有个金太阳》中描写的毛泽东时代，张仲银虽然也是一个悲剧人

---

① 李锐：《万里无云》，人民文学出版社2008年版，第52页。

物，一心热衷革命却被无情戏弄，但还不完全是一个“人影子”，在一个既没有流行歌曲，也没有商品经济的革命时代，借助革命运动与革命意识形态的威力，他至少还能让学生围着自己唱革命歌曲（虽然学生听不懂歌词）；而实在不能发动革命的时候，他还可以通过闹剧的方式搞革命，拿自己开刀，把自己弄进监狱，达到意淫革命的目的；而今，革命者张仲银连把自己打成反革命、弄进监狱的力量也没有了（试想一下《万里无云》中的张仲银如果再来一次“自我揭发”会有什么人理睬他）。失去了任何威力和作用之后，张仲银熟悉的革命文化（以毛泽东诗词为象征）一转身已经成为笑料，成为中国式后现代文化戏谑、戏仿的对象，而且戏仿者还只能是张仲银这个当年的狂热革命者本人，别人连戏仿和调侃革命的兴趣都没有。小说写得最为精彩的部分或许就是张仲银“为人民喝酒”的那一段：

> “我们的共产党和共产党所领导的八路军、新四军，是革命的队伍。我们这个队伍完全是为着解放人民的，是彻底地为人民的利益工作的”。张仲银同志就是我们这个队伍中的一个同志……张仲银同志是为人民的利益而死的，他的死是比泰山还要重的。为五人坪的人民群众喝酒，为五人坪的子孙后代喝酒，就比泰山还重。张仲银烈士永垂不朽！吕梁英烈，教师楷模。人民的好儿子。团中央委员邢燕子，乡村女教师瓦尔瓦拉·瓦西里耶芙娜。①

这是张仲银在陪同队长赵荞麦和商人二梁一起喝酒（目的是让二梁出钱盖一个新学校，原来被学校占用的教室要恢复为庙）至微醺时候的独白。这个十足的大话文本可谓小说的神来之笔。毛泽东（革命领袖）死了，“大雁”（北京知青）飞走了（回到了北京），只有张仲银待了八年监狱后回到五人坪，无所事事，沦落到陪酒这般田地。心有不甘的他遂拿毛泽东的革命宏文为自己荒废的青春祭奠。拿自己心目中曾经的中国式“圣经”如此这般开涮，大概也就

① 李锐：《万里无云》，人民文学出版社2008年版，第50页。

酒酣之际才敢吧（酒后吐真言？）。此时此刻的张仲银心潮澎湃，五味杂陈，百感交集。他想起了自己闹剧式的革命生涯，莫名其妙的八年牢狱；想起北京知青都走了，只有自己还在五人坪："黄鹤（北京知青——引注）都飞走了，都飞回北京去了。毛主席死了，北京落满了黄鹤……中华人民共和国的首都现在落满了黄鹤。就剩下我一个人在五人坪。"[①]更想起了记载在一块冰冷石头上的五人坪历史：

是的，是的，我又回来了，在经历了两千九百二十个日日夜夜后，我又归于土地，我又归于石头，我又归于孩子们噼噼啪啪的无知无觉的踩踏。我无处可飞，无处可去，我只有"零落成泥碾作尘"，我只有变成石头和黄土。……我喝酒完全是为了"忠诚党的教育事业"。……把酒酹滔滔，心潮逐浪高。[②]

"大风起兮云飞扬，安得猛士兮守四方"。大风起兮云飞扬，今有勇士兮赴铁窗。人民教师张仲银烈士永垂不朽！人民万岁！黄土万岁！石头万岁！吕梁万岁！无产阶级文化大革命万岁！伟大领袖毛主席万岁！万万岁！……历史在此做出的不是重复，而是"天翻地覆慨而慷"！此时此刻，人民教师张仲银目视远方，昂首阔步，"戴镣长街行，告别众乡亲"。此时此刻，人民教师张仲银向黄土走去，向历史走去，向石头走去，向铁窗走去，走上刻骨铭心的纪念碑。[③]

毛泽东诗词、碑文、古诗词、革命口号，全被一锅煮。然而这篇看似疯疯癫癫、热闹非凡的后现代绝妙好文，骨子里却透出一股子透彻的悲凉，一种深

① 李锐：《万里无云》，人民文学出版社2008年版，第48页。
② 李锐：《万里无云》，人民文学出版社2008年版，第53页。
③ 李锐：《万里无云》，人民文学出版社2008年版，第63页。

刻的虚无主义。[①]

更具有戏剧性的是，革命文化在后革命时代的五人坪不但被张仲银这个革命者自己拿来肆意调侃、戏谑，它还参与了“新时期”五人坪的这场“反革命”迷信盛典（前现代抑或中国式后现代？）：假道士高卫东（臭蛋）身穿八卦道袍，装神弄鬼，背上背的却是中国革命领袖毛泽东的画像！他的老师、人民教师张仲银则助之以大合唱《北京有个金太阳》，“戏台上的响器们就呜里哇啦地敲打起来。吹打的是《北京有个金太阳》。”[②]这是革命与反革命的大联合，毛泽东成为祈雨的法宝、反革命者的护身符，革命歌曲成为祈雨仪式的伴奏。这真是极大的讽刺：革命和迷信组成了亲密无间的联盟，革命其实就是反革命。

这个绝妙的闹剧同时也是残酷的真理：难道不是这样吗？“文革”时期的个人迷信难道不是把革命所要铲除的封建残渣余孽变本加厉地发扬光大了起来吗？假如我们把现代革命的理念定义为民主自由和个性解放，那么，窃取了革命名义的所谓“无产阶级文化大革命”，骨子里就是一场最反革命的闹剧。这才是真正的讽刺。

在祈雨仪式中癫狂的五人坪，其实根本就没有真正进入所谓的“新时期”，这就难怪毛泽东依然被奉为“神”，难怪有了毛泽东像这个护身符，道士臭蛋就显得如此理直气壮：“我一出去，我就得把这十里八乡的人全他妈的给镇住。我身上背着他（毛泽东——引注）呢，我就不信镇不住这些个老百姓。你们谁也不知道，我在半夜里就把他背到后背了。我只要把他背到身上我

① 《万里无云》和李锐的其他小说一样充满了虚无主义思想。除了上面的细节，小说还写了五人坪的村民们完全不知道自己悲剧命运的原因，全部陷入宿命论、不可知论和虚无主义。村里的第一个共产党员、赵荞麦的父亲赵万金觉得老师没有用，党员也没有用，“有史以来的第一个共产党员，革了一辈子命，革得自己也快进坟地了还能有他妈的什么用呀，啊？不管你有多大的学问，要是叫你狗日的也住上八年的大狱，你能不能活着出来都难说，你照样也得像他一样，变成个人影子晃过来晃过去的啥事也没有干的。”“种庄稼的白了头，第一个共产党员白了头，最有学问的白了头，当老师的也白了头，全他x的白了头。”（《万里无云》，第17页）而这种虚无主义的根源之一，在于作者把“文革”式革命的悲剧混同于启蒙的悲剧，把知青的悲剧混同于启蒙者的悲剧，把对中国式现代性的反思混同于一般现代性反思，从而表现出对整个启蒙和现代性规划的悲观绝望。这点本文最后一部分还有更为详细的分析。

② 李锐：《万里无云》，人民文学出版社2008年版，第121页。

就没办不成的事情”，“有他保护我就没办不成的事情”[①]。

最后，《北京有个金太阳》中的革命狂热分子张仲银用疯狂的举动把自己送进了监狱，而《万里无云》中心灰意冷的张仲银因为参与迷信活动再一次把自己送进了监狱。当张仲银因为用《辞海》帮助臭蛋解释“旱魃”一词而被指控参与迷信祈雨活动并引发山火，烧死两个孩子，再次被送进监狱的时候，他没有醉，但却成了一个真正的疯子：“我什么也没有说，我什么也没有做。我只喝过一次酒。喝酒属于正常人的正常行为。……中华人民共和国的法律并没有规定公民不许喝酒。”[②]

依然是疯疯癫癫的调侃戏谑。当然，我说的调侃戏谑是一种客观的文体效果。对张仲银而言，这种“调侃”可能不是有意识的。张仲银是革命文化的畸形遗产，在后革命时代，他也没有任何促使他反思革命和自我反思的思想知识，也就是说，他并无革命文化之外的资源去反思革命文化。因此，极度失望之后的他，大概也就只能这样拿革命话语和革命话语自己玩了。

三、张仲银的孤独是启蒙者的悲剧吗?

如上所述，张仲银是中国现当代文学史上罕见的知识分子形象，他既不是典型的革命知识分子（如《青春之歌》中的卢嘉川），也不是典型的小资产阶级知识分子或启蒙知识分子（如《伤逝》中的子君和涓生），更不是从小资产阶级知识分子转化为革命知识分子的典型（如《青春之歌》中的林道静）。

从情感角度划分，中国现当代文学史上的革命知识分子（特指无产阶级的革命知识分子，下同）与资产阶级、小资产阶级知识分子的根本区别之一是前者有知识但并不孤独。至少在真正成为革命者的那一刻，他已化身群众，与劳

---

① 李锐：《北京有个金太阳》，花城出版社2013年版，第120页。我们还可以提供一个注脚：张弦的短篇小说《记忆》（《人民文学》1979年第3期）中，主人公秦慕平感叹：“革命发展到今天，怎么会出现‘三忠于’‘四无限’，早请示，晚汇报，以致一张刊登领袖照片的报纸，也要视为圣物、顶礼膜拜的这种只有封建社会才有的怪事呢？”

② 李锐：《万里无云》，人民文学出版社2008年版，第150页。

动阶级打成一片，彻底融入了集体主义，因此是不存在孤独的。孤独以及自以为是的骄傲（不同于革命知识分子的自豪），是典型的资产阶级和小资产阶级知识分子情感，是革命者必须加以彻底铲除的幼稚病，铲除之后方能成为革命知识分子（林道静等从小资产阶级知识分子成长为革命知识分子乃至革命英雄的经历，就是这方面的典型）。资产阶级或小资产阶级知识分子的孤独、孤芳自赏，根本缘于他还不革命或者说还不够革命，因此瞧不起人民群众，不能融入革命洪流，把“小我”变成“大我”。[①]一旦革命了，这个原先孤独的小资产阶级知识分子当然也就不再孤独了。他的“小我”升华为“大我”，和“人民大众”打成一片了，还怎么可能孤独呢？

但张仲银的情况却有些特殊。正如前面所分析的，他有文化，是村里唯一一个大学生、中学教师，当然属于知识分子。同时他又积极革命，满嘴毛主席诗词，口口声声要在五人坪搞无产阶级“文化大革命”，是典型的革命知识分子。但与文学史上的革命知识分子和小资产阶级知识分子都不同，张仲银这个村里唯一的文化人却既革命又孤独，既豪情满怀又寂寞难耐。“自豪又孤独”是他到了五人坪后最强烈的双重感受。

显然，不能把张仲银和乡亲们的隔阂简单理解为农民和文化人的隔阂，理解为农民没有文化。值得注意的是，张仲银每次发出“都没有文化，没有共同语言”的感叹都是在他的革命宣传失败之时，而不是传授知识遇阻的时候。这是颇堪玩味的，因为这些农民虽然没有文化却极度尊重和崇拜文化人（他们为了挽留张仲银，不惜拿出最最珍贵的鸡蛋和面粉）。也就是说，张仲银的孤独与其说是因为他的知识，还不如说是因为他的革命。越革命越孤独。村民们欣赏他的文化知识和艺术修养，但对他的革命理想和革命行为却始终不能理解，遑论积极响应。于是，由于革命和群众的隔阂，革命知识分子也有了孤独问题。

那么，张仲银的孤独是源于启蒙吗？张仲银的孤独是启蒙知识分子的孤独

① “文革”时期有一部阿尔巴尼亚电影叫《创伤》，塑造了一个孤独无用的小资产阶级知识分子诗人形象，他不能融入劳动大众，一天到晚只会吟诵“快乐的小松树啊，大雪染白了你的睫毛”此类文绉绉的诗句，影片对他极尽讽刺挖苦。

吗？要回答这个问题，就必须首先回答：到底什么是启蒙？张仲银是不是启蒙者？由于作者李锐自己和不少评论家都认定《万里无云》表现的就是启蒙和启蒙者的悲剧，张仲银的孤独就是启蒙者的孤独，因此，这个问题应该在这里重点加以讨论。

李锐的一篇题为《毁灭之痛》的文章提供了他自己对于张仲银形象的解释。李锐说："《无风之树》写的是巨人和矮人之间发生的悲剧，《万里无云》写的是启蒙者与被启蒙者之间的悲剧。带着知识和真理来到穷乡僻壤的小学教师张仲银，是一个忘我献身的启蒙者，那只金光闪闪的铃铛在地老天荒之中发出的是真理的召唤。可神圣最终导致的是彻底的悲剧。这样的故事和悲剧不止发生在中国，不止发生在以前，它们在人类历史中一次又一次地上演，它们就发生在此时此刻，就发生在我们身边。张仲银是以古往今来一切读书人的身份自居的人，是一个古往今来的启蒙者。"①

可见，李锐明确把张仲银定位为"神圣真理"（作者没有对"神圣真理"这个术语作具体界定）的"启蒙者"，把张仲银的悲剧看作一个启蒙者的悲剧，甚至是"一个古往今来的启蒙者"的悲剧，"一切读书人"的悲剧。他的失败源于群众的愚昧无知。同时，由于张仲银还是"文革"的热心鼓吹者，李锐实际上也把"文革"悲剧"提升"为启蒙悲剧。这貌似提升了小说主题的哲学高度和普遍意义，实际上却失去了对具体中国问题的判断力。

我以为，李锐创作的张仲银形象是深刻而有丰富含义的，但他对于这个形象的上述解释却是似是而非的。他并不了解自己创造的这个形象。这里面的根本原因在于：他把狂热、盲目地投身"文化大革命"的张仲银当作了启蒙知识分子，把"文革"时期的无产阶级革命理论当成了启蒙"真理"，最后则是合乎逻辑地把"文化大革命"的悲剧、把"文化大革命"的积极响应者（包括张仲银，也包括类似张仲银的一代知青）的悲剧，当成了启蒙和启蒙者的悲剧。

在中国的特殊语境中，启蒙知识分子在很大程度上就是小资产阶级知识分子，在"五四"时期两者基本上是重合的。启蒙知识分子的标志是受到现代资

① 李锐：《北京有个金太阳》，花城出版社2013年版，第192页。

产阶级启蒙思想的影响，崇尚民主、自由、个性解放、人民主权等文化价值与政治理念。在现代中国作家的笔下，这些人常常与大众之间存在深刻隔阂，不能得到大众的理解，因此是孤独的。[①]但张仲银显然不是启蒙知识分子，他的孤独不但不是因为他的知识，更不是因为他怀抱什么启蒙理想而不能实现。无论是在《北京有个金太阳》中，还是在《万里无云》中，张仲银都没有表现出任何自由、民主、个性解放的思想意识，他也不是因为这些思想意识得不到村民和学生的理解而感到孤独（参见上文）。

李锐创造了张仲银，却不理解张仲银。这是一个值得我们思考的文学理论问题。

遗憾的是，这个似是而非的"启蒙者悲剧"说被很多人重复，以至于批评界一致把张仲银的悲剧理解为启蒙者的悲剧，把这部小说的主题理解为对启蒙（现代性）的批判反思。比如王德威说："《万里无云》最值得注意的，是李锐对于启蒙理念及教育方法的省思"，"'启蒙'（enlightenment）是中国现代化的要项之一：自清末以来，开发民智一直是革命论述的重点，而以普及教育为首要之务。"在这里，"启蒙""革命""现代化"及"普及教育"这几个现代性的关键词连成一串，它们在王德威的笔下即使不是同义的，至少也是同类的。至于它们在中国现代史语境中发生的微妙语义变化则被忽视。更有甚者，王德威一方面指出了张仲银与毛泽东之间的精神联系（他说："张仲银独白的部分大量援引毛泽东诗词，革命口号及政党文学，他俨然成了'毛语'的传声筒。"），另一方面却又把他联系于"五四"以降通过教育与知识救国的启蒙话语谱系和启蒙者形象（从鲁迅到叶绍钧），仿佛张仲银的悲剧就是鲁迅等的悲剧。

不得不指出，这种解读是对《北京有个金太阳》《万里无云》所塑造的张仲银形象的严重误读。张仲银怎么可能是一个"五四"反封建式的启蒙者？他的那套拷贝了毛泽东语录的所谓"革命"理论，与以民主、自由和个人解放

① 这种隔阂和孤独在崇尚启蒙的20世纪80年代被表述为"文明和野蛮的冲突"，古华小说《爬满青藤的木屋》就是表现这一特征的代表之一。

为诉求的启蒙话语有什么联系？这里关键的问题是：不能因为张仲银有知识、有文化、从事教育、鼓吹革命，就认定他是启蒙者，“启蒙”这个词除了有传授知识和普及教育之意以外，更有一层内涵是秉持自由民主、个性解放的文化价值和政治理念，而张仲银信奉的恰恰是反自由、民主和个性解放的“文革”版革命理论，他的那点文化全部被用来传达中央文件和毛主席指示，写大字报，从来没有向乡亲们或学生们灌输过一丁点儿自由、民主和个性解放的思想。的确，同样源于五四新文化运动的无产阶级革命理论在很长一段时间继承了“五四”新文化运动的自由、民主和个性解放思想，但“文革”时期的革命理论却完全走向了自由民主和个性解放的反面，越来越回归到中国式的封建专制文化。“五四”反封建的启蒙者，无论是鲁迅还是叶绍钧或是他们笔下的知识分子，以及柔石笔下的萧涧秋，都是信奉民主、自由和个性解放的小资产阶级知识分子，而张仲银不是。一个狂热的革命分子高喊着毛泽东的“最高指示”，到了一个穷乡僻壤不择手段地发动群众搞革命，批斗“走资本主义道路的当权派”，这和“启蒙”挨得上边吗？

当然，张仲银的知识结构中除了意识形态话语、毛泽东诗词（也是意识形态话语的一部分），还有传统诗词。举一个知识上的小例子，张仲银知道司马迁和陆游。但他知道的司马迁只是毛泽东文章中“人固有一死，或重于泰山，或轻于鸿毛”的司马迁，他不了解像他一样困厄过但最终奋发独自撰史并在史书中“粪土万户侯”的司马迁。所以，张仲银喝大了的时候想到的“重于泰山”的死，自然是“人民勤务员张思德”的死，而非司马迁的死，更不可能是遇罗克、张志新等民主人士的死。

实际上，如果我们从现代性反思的角度解读《万里无云》《北京有个金太阳》中的张仲银形象，那么，他的悲剧只能说是在中国非常具体特殊的语境中发生的现代性悲剧，是违背了启蒙承诺的那个所谓的“反现代的现代性”（姑且借用汪晖的术语）的悲剧，而不是什么一般意义上的现代性悲剧，更不是启蒙现代性的悲剧。如果把“文革”悲剧泛化为现代性的悲剧，把张仲银的悲剧泛化为启蒙者的悲剧，那么其结论必然是：启蒙和现代性本身导致了张仲银及其置身的五人坪的悲剧。这样的思考路径不仅不能诊断和解决中国具体的现代性问题，而且必然导致悲观主义和虚无主义：既然现代性本身无可救药，那么，除了倒退到前现代（这个出路显然被李锐否定），剩下的就只能是绝望和悲叹。而如果张仲银的悲剧不是什么启蒙者的悲剧，更不是现代性的悲剧，而恰恰是违背了启蒙的中国式“现代性”的悲剧（李锐的小说客观上写出了这点，但李锐自己却并没有意识到这点而且误解了这点），那么，为了避免张仲银式的悲剧（同时也是中国式的所谓“反现代的现代性”的悲剧）的再次发生，就只能进一步地启蒙。

四、革命和启蒙的合与分

到这里为止，本文一直是在对立意义上使用“启蒙”与“革命”、“启蒙知识分子”与“革命知识分子”这两组术语的。其实，这只是为了权且沿用新中国成立后的惯例。这两个20世纪出现频率最高的所谓“超级能指”的恩恩怨怨，实在有一个复杂的历史演变过程。

从晚清到“五四”，传统知识分子大致分化为新式的或具有革命倾向的，与旧式的、具有保守倾向的两种。具有革命倾向的知识分子同时也具有启蒙思想，他们革命的原因就在于接受了西方现代启蒙思想，崇尚民主、自由、个性解放。革命与启蒙本是同根生，但随着马克思主义的输入和苏联革命的影响，特别是中国共产党的建立，革命知识分子发生了分化，一类信仰马克思主义且大多加入了共产党，可称为无产阶级革命知识分子；另一类则主张资产阶级革命，政治上倾向于国民党，可称为资产阶级革命知识分子。无论是共产党还是国民党，其实都是革命党（孙中山和蒋介石都赞成革命），两类知识分子也都是革命的。但随着国共两党的逐步分化、对抗以及共产党政权的确立，“革命”这个术语在大陆基本上变成了无产阶级革命（比如俄国苏维埃领导的革命、中国共产党领导的革命）的同义词，“革命知识分子”也逐渐变得专指无产阶级革命知识分子，而仍然坚持启蒙立场的知识分子则基本上被划入了资产阶级或小资产阶级知识分子的范畴，或者不够革命，或者就是反革命。这样一来，在新中国成立后的革命话语系统中，革命和启蒙、革命知识分子与启蒙知识分子开始分道扬镳。

也就是说，由于受到“左”倾思潮的影响，无产阶级革命理论逐步走向激进化，也逐渐偏离了自由民主和个性解放的启蒙内涵，把后者当成是资产阶级的意识形态加以批判，并改变了对资产阶级和小资产阶级知识分子的态度，把他们从原先的联合对象、统战对象，一股脑儿打成“反革命分子”并实施无产阶级专政。①到了极“左”的“文革”时期，中国的革命理论更是完全走向了对启蒙的否定（自由主义、个人主义早已臭不可闻，民主或被看成资产阶级的玩意，或被等同于群众专制）。在这个意义上，说“文革”是反启蒙的封建文化的大复辟不是没有道理的。

人们一般只在形式意义上把革命理解为通过暴力进行的激进社会变革——常常涉及政权更替、道德重建、社会乃至人性重造。但这种形式上的激进变革如果从实质意义上加以分析，则可以分为两种：一种是用一套真正现代的新制度和新价值取代旧制度和旧价值，以人民主权的国家取代君主专制的国家，以自由民主取代极权专制，以个性解放和个人主体性取代从属人格（这种革命甚至可以通过非暴力形式进行，比如东欧国家在20世纪80年代末的和平革命）；另一种是在激进形式表象之下换汤不换药，甚至在“革命”名义下导致旧制度和旧习俗的大复辟（参见托克维尔的《旧制度与大革命》），古代中国的王朝更替和农民起义（陈胜、吴广的“彼可取而代之”）就属于这种“革命”。

“五四”时期的启蒙知识分子向往的那种革命就是以自由民主、人民主权和个性解放为核心的革命，它与启蒙原本就并不矛盾，它就是以启蒙为先导的（参见上文）。这个意义上的启蒙者与革命者的角色原本也不背离。启蒙和革命的目的都是反专制，争取民主自由和个性解放，以人民主权的国家取代君主专制的国家。但“文革”时期那种红卫兵造反式的所谓“革命”，恰恰是对民主自由、个人权利、人民主权的践踏，是对启蒙观念的背离，因此，只有这种败坏了的“革命”才是与启蒙为敌的，才是启蒙的对立面。

《北京有个金太阳》中，张仲银狂热向往的“文化大革命”就是违背了启

① 方之的获奖短篇小说《内奸》（《北京文艺》1979年第3期）就是表现这个主题的。

蒙价值和理念的败坏的革命，这种革命的结果当然是除了闹剧般地把张仲银自己搞进监狱外一无所获。五人坪的农民们不但依旧愚昧，甚至更加愚昧。正因如此，《万里无云》中描写的五人坪虽然在新时期唱起了流行歌曲，但是骨子里依然故我——因为他们根本没有被启蒙。这样，祈雨闹剧，作为一种典型的蒙昧迷信，上演于被反启蒙的“文革”式革命洗劫的五人坪，也就不必奇怪。王德威教授不明白这个道理，结果把祈雨酿成的火灾惨剧（夺去两个孩童的生命），归结为笼统的启蒙或革命之罪，以至于发出“多少代的孩子被革命行动、启蒙话语‘救’得面目全非？”的似是而非之问。

无论是《北京有个金太阳》中的张仲银，《万里无云》中的张仲银，还是“文革”时期的知青，他们都不是启蒙意义上的革命者，也不是资产阶级革命意义上的革命者。他们钟情的所谓“革命事业”就是“文革”式群众专制，他们献身的教育事业也不是倡导民主自由理念的启蒙教育，而是为了培养“阶级斗争急先锋”。张仲银确实反复说五人坪的农民是“榆木脑袋”，但他想要做的与其说是“开发民智”（其实“开发民智”的意思不仅仅是教他们识字画画，更重要的是进行现代公民教育），不如说是号召他们起来搞“阶级斗争”。

特别值得指出的是，张仲银的革命当然更不是马克思主义意义上的革命。马克思心目中的无产阶级革命是对资产阶级革命的继承和超越，它发生在生产力高度发展的资本主义国家，是自由民主等启蒙价值的更加彻底的实现。马克思从来没有简单否定资产阶级革命及其成果，更不简单否定自由民主的启蒙理想。他说的共产主义社会的根本特点，就是每个人的自由的彻底实现。当然，马克思并不认为资本主义制度是理想的社会制度，也不认为自由民主等价值已经在资本主义国家完全实现，这是他主张无产阶级革命的原因，但是这并不意味着马克思反对自由民主等价值理想。

但李锐似乎不能厘清革命和启蒙的这些复杂关系，也不能区分两种不同意义上的革命。李锐显然把“文革”时期的红卫兵造反也看成了革命，正如他把它们都看成了启蒙。进一步的结果就是把知青、红卫兵、张仲银之类“革命者”的悲剧，混同于一般革命者的悲剧，而忘记了其实还有另一种意义上的革命，即“五四”时期以自由民主、人民主权、个性解放为根本诉求的革命。

把张仲银（以及“文革”）的革命悲剧混同于“现代”“真理”“信仰”“启蒙”或者“现代性”的悲剧，表面看来使得李锐的反思获得了超越性的普遍意义，实则是使这种反思最后走向神秘主义与虚无主义，或大而无当的反文明、反现代立场。这些都会导致一种貌似的深刻。把知青和红卫兵的理想主义的幻灭普遍化为整个现代性或现代启蒙理想的幻灭，源于作者不能对中国革命悲剧的特殊性进行具体分析，而是动辄上升到“启蒙悲剧”“文明悲剧”“现代悲剧”的所谓“高度”。

结　语

同样是在那篇《毁灭之痛》中，李锐谈道：自己最喜欢的小说是《无风之树》，而最喜欢的小说人物是张仲银。[①]关于张仲银和作者自己的关系，他坦言：“张仲银就是我。张仲银的时代就是我的时代。张仲银经历的所有激情、坎坷、献身和幻灭，就是我的经历。张仲银的精神史就是我的精神史。古人云，哀莫大于心死。不幸，我的张仲银经历了两次心死。……成就了他和埋葬了他的，都是他以为可以启蒙的大众。”[②]

这段话道出了张仲银和作者李锐本人（考虑到李锐的插队经历，因此也可以理解为与李锐年龄相仿的一代知青）的血脉联系。[③]张仲银这个形象大体上表现了作者对知青的理解，也融入了自己对知青的复杂感情。对这个形象，李锐的态度是非常矛盾的，既不乏揶揄和批评，也不乏同情，他塑造的张仲银可笑可悲，也可叹甚至可爱（“毁灭之痛”这个标题就颇值得玩味）。

对知青和“文革”的反思与批判在李锐的小说和创作谈中比比皆是（正是因为这样才显示出问题的严重性）。李锐在不同的文章中多次指责“文革”

① 李锐：《北京有个金太阳》，花城出版社2013年版，第189页。

② 李锐：《北京有个金太阳》，花城出版社2013年版，第189页。

③ 李锐1969年1月到山西的吕梁山插队，一共在那里待了6年。

经历者（当然也包括知青）不反省自己当年的信念和狂热，总自以为自己是单纯的受害者；但作者同时又一再把张仲银解释为“忘我献身的启蒙者”，一再为张仲银的孤独和不被理解一掬同情之泪。这一切导致了作者对张仲银这个人物——实际上也是对知青运动、对上山下乡，甚至对“文革”——的暧昧态度。这种暧昧态度甚至使得李锐的《北京有个金太阳》《万里无云》以及其他很多散文、随笔和创作谈等等，成为分裂的书写。请看下面这段话：

> 在我的故事里，在贫瘠苍凉的吕梁山上，自然和人之间千百年来的相互剥夺和相互赠予，给人生和历史留下了一幅近乎永恒的画面……如今，来启蒙的巨人们，带着他们的真理和信仰，带着他们的革命和暴力，带着他们的激情和冷酷，闯进这个千载悠悠的画面，以革命、进步和现代的名义，他们打破了什么？当他们的信仰在历史的风雨中剥蚀殆尽，最终随着漫漫黄土一起流失而去的时候，这个悲剧又留下了什么？我们可以期盼它终有一天会和千百年来所有逝去的生命一起，在一个非人所料的去处沉淀出一片广阔的沃土来吗？为了免于再次的幻灭，我宁可不信。
>
> 为了这遥远到目不可及的期盼，为了这不信，我写下了自己的悲剧，在苍凉的黄土高原上留下依稀而无人听到的歌哭。①

这里所说的“来启蒙的巨人们”显然喻指当初满怀理想来“广阔天地”闹革命的知青，包括张仲银，也包括《无风之树》中的青年革命者苦根儿。②李锐的这段肺腑之言充满了明显的言说困难，它充分表明李锐的“文革”书写或知青书写是一次自我拆台的（既是理想又是悲剧）、分裂的书写。但这分裂又是似是而非的，因为李锐把反启蒙的中国式悲剧简单地当成启蒙悲剧加以祭

---

① 李锐：《万里无云》，人民文学出版社2008年版，第193—194页。

② 王德威早就看到了这点：“他的造型再让我们想起《无风之树》中的苦根儿，他们是亢奋的理想主义者，不自觉的‘少年法西斯’。但李锐对张仲银怀有深情，想必在这个角色里，看出他同代人（以及他自己？）的虚荣与挫折、天真与毁灭。”参见王德威《吕梁山色有无间》，《北京有个金太阳》，第224页。

奠，把热心“文革”的革命青年张仲银等同于一个热心传播知识和鼓吹自由民主的启蒙知识分子。这样一来，李锐当然也就不可能找到克服、治疗和超越张仲银革命病和革命悲剧的正确道路，从而陷入不可知论、怀疑主义和虚无主义。

原载《中国现代文学研究丛刊》2014年第10期

李锐“前史”考叙：以《山西文学》为中心

赵天成

《厚土》之前，李锐已有二十余篇中短篇小说发表。这些“少作”，大多收录于小说集《丢失的长命锁》（1985）。而其中一半左右的篇目，皆初刊于《山西文学》及其前身《汾水》之上。本文的考察中心，是李锐于1986年之前发表在《山西文学》上的6篇作品——《钢铁厂的工人们》《丢失了的长命锁》《五十五壮汉——北京人在外乡（之一）》《“窗听社”消息》《晚怅》《晨雾——野岭三章》，力求以时间为经，作品为纬，打捞“文本”背后的故事，述而不论。通过把文本重新植回原生的土壤，尝试“还原文学发生的原始景象”，“呈现历史的微观途经与细部生态”[①]。同时，也望由“境”写“人”，以“个”带“群”，从掇拾不足入史的“前史”碎片入手，勾勒一个作家“诞生”的“故事线”，借以点染三晋文人的群体轮廓，展现几代山西作家的文脉传承与生命互动。

《山西文学》最初名为《火花》，于1956年10月创刊，由山西省作协主办，首任主编是西戎。以赵树理的创作理念为圭臬、“西（戎）李（束为）马（烽）胡（正）孙（谦）”为主将的“山药蛋派”的形成，就是以《火花》

① 刘勇：《关于文学编年史现象的思考》，《中国现代文学研究丛刊》2014年第7期。

为阵地的，因此“山药蛋派”也被称为“火花派”。《火花》于1966年7月停刊，1976年1月复刊，改名《汾水》，仍由西戎主编。1982年起，《汾水》更名为《山西文学》，由李国涛主编。《汾水》最后一期的公告中称，“为适应新形势的需要，《汾水》文学月刊决定从1982年元月起，改名为《山西文学》”，“仍由中国作家协会山西分会主办，以登载农村题材的短篇小说为主，兼登别样。力求通俗化，群众化，富有地方特色”①。作为省办刊物，《山西文学》的作用之一，仍是对山西文联和作协的组织活动、文艺政策、重要会议等，予以及时准确的通报。如1983年底到1984年初的“清污运动”，《山西文学》即在连续两期的首篇位置刊登相关会议内容②。《山西文学》兼重作品和评论，下设“小说”“散文”“诗歌”“报告文学”“评论”等版块。文学趣味相对保守，确以“农村题材”“地方特色”为主，但也在“兼登”的“别样”中透露着时代变动的信息。1985年以后，非工农题材、非山西作家、非现实主义的作品，获得更多版面。如北岛小说《幸福大街十三号》（1985年第6期），马原小说《下一个才是童话》（1986年第8期），西川、骆一禾、海子的诗歌（1986年第8期）等，都于《山西文学》刊发。

李锐1950年生于北京，1969年1月到山西吕梁山区蒲县刁口公社邸家河生产队插队落户，1974年发表处女作《杨树庄的风波》③，1975年到临汾钢铁公司做了两年多产业工人，业余时间写作。在“作家”身份之外，李锐长达十余年的“编辑”生涯也不应忽视。1977年，李锐调入山西《汾水》编辑部，负责“小说散文”类的责编工作。1979年12月，李锐加入山西省作协④。自1985年起，他历任《山西文学》编辑部主任、副主编。

1982年之前，李锐曾有《小小》（1979年第8期）、《书——》（1980年

---

① 《汾水》1981年第12期封底。

② 西戎：《清除精神污染建设文学队伍》，《山西文学》1983年第12期。洪亮整理：《高举社会主义文学的旗帜 清除精神污染——作协山西分会主席团扩大会议纪实》，《山西文学》1984年第1期。

③ 李锐：《杨树庄的风波》，《山西群众文艺》1974年第2期。

④ 《作协山西分会新近接纳一批会员》，《汾水》1980年第2期。

第2期）、《人之常情》（1981年第4期）、《月上东山》（1981年第9期）等四篇短篇小说刊于《汾水》。在《汾水》更名为《山西文学》后，李锐的首次亮相作品是《钢铁厂的工人们》，载于《山西文学》1982年第4期。这篇小说，得益于李锐两年多的临钢“熟练工”[①]经历，也与《山西文学》对“工业题材”作品的大力倡导有关。一般认为，“可以作为材料的社会生活、社会现象的某些方面”[②]的“题材”概念，是“十七年文学”和“‘文革’文学”的“历史产物”。但在山西，这一“题材”概念显示出相当“顽强”的生命力。1982年9月，《山西文学》在大同召开“工业题材”创作座谈会。1983年第5期的《山西文学》，成为“工业题材短篇小说特辑”，并提前两期做了“特别预告”[③]。编者在“特辑”的《本期编后赘语》中说，“这个‘工业题材短篇小说特辑’里，大多数作品都是写煤矿生活的。山西省是煤炭之乡，是我国重要的能源基地。煤矿工人的生活应当得到充分的反映，文艺刊物也应当为建设煤矿工人的精神文明作出贡献”。两个月之后的第7期，又刊发总结评论《切实的倡导　良好的开端——〈山西文学〉“工业题材短篇小说特辑”漫评》，宣告此次活动圆满收场。

1982年7月，李锐的短篇小说《丢失了的长命锁》发表（《山西文学》1982年第7期）。该篇收入小说集时，更名《丢失的长命锁》，并以此名作为集子的标题。小说集《丢失的长命锁》作为“山西青年文艺丛书”的一种，于1985年12月由成立不久的（太原）北岳文艺出版社出版。“西李马胡孙”之一的、时任山西省作协副主席的胡正为其作序，并在“序”中重点评论了这篇小说：“（李锐）在《丢失的长命锁》中，则塑造了一位和猛兽搏斗，和愚昧偏见抗争的青年农民形象”，“从这篇同命运斗争的颂歌中，可以感到作者是通过对这位青年勇士的描绘，抒发他历经坎坷和磨炼的生活经历所熔铸的人生哲理：不论遭遇什么险恶，都要树立自救、自立、自尊、自强的坚定信念，不要

① 李锐：《生日》，收入于《拒绝合唱》，人民文学出版社2008年版，第183页。

② 张光年：《题材问题》，《文艺报》1961年第3期。转引自洪子诚《中国当代文学史》，北京大学出版社2007版第，74页。

③ 《这一期和后两期——编者谈》，《山西文学》1983年第3期。

别人的怜悯与同情，要在同命运的搏斗中去争取胜利！”

同年年底，短篇小说《五十五壮汉——北京人在外乡（之一）》刊于《山西文学》1982年第12期，并获《山西文学》1982年优秀小说奖。《山西文学》的年度评奖活动，始于其前身《汾水》。《汾水》于1979年底刊发“短篇小说评奖”启事，并于次年宣称“以后每年都将进行评奖”[①]。1983年第4期《山西文学》刊发通讯稿《本刊一九八二年优秀短篇小说评奖揭晓》，该文称评奖委员会由14人组成，推选李国涛为主任，周宗奇为副主任，“西李马胡孙”五人皆为评委会成员。《柳大翠一家的故事》（柳东满作）等三篇小说获一等奖，《新星》（柯云路、雪珂作）、《五十五壮汉——北京人在外乡（之一）》（李锐作）等七篇小说获二等奖。此外，“在这次评选中，胡正的《又是元宵》、马烽的《野庄见闻录》、李束为的《清风习习》获得的票数都居前列，但是这几位老作家都向评委会表示不参加评奖，使中青年作家得到更多机会。评委会同意了他们的意见，对他们扶植后来者的精神表示尊重”。韩玉峰在《人物·题材·情采——一九八二年〈山西文学〉获奖小说读后》[②]的评论文章中说，“李锐同志的《五十五壮汉——北京人在外乡（之一）》描绘了一群北京插队知识青年。他们带着共同的时代烙印和精神创伤，但又有着不同的禀赋气质和性格特点。经过一场痛苦的磨炼，或者说是折磨，有的放达，有的沉思，有的颓唐……”，又在总评“艺术手法”时称“得奖作品的语言各具风格”，如“《五十五壮汉——北京人在外乡（之一）》的地地道道的北京味”。

1985年5月，《五十五壮汉——北京人在外乡（之一）》又获首届赵树理文学奖。该奖由山西省作协主办，凡山西作家于评选年度内发表和出版的作品均可参评。首届“赵奖”评选年度为1979年至1983年，奖项设置包括以下文学体裁（以获奖名单排列为序）：短篇小说、中篇小说、长篇小说、长诗、短诗、报告文学、散文、儿童文学、理论、评论。获奖名单完整刊登在《山西文

① 《蓓蕾初开透嫩香——本刊一九七九年小说评奖活动概述》，《汾水》1980年第3期。

② 《山西文学》1983年第5期。

学》1985年第7期[①]。小说类一等奖获奖者除马烽、西戎、成一、胡正等老作家之外，郑义的《远村》，柯云路、雪珂的《耿耿难眠》等获中篇小说一等奖，柯云路还凭借《三千万》收获短篇小说一等奖，李锐的《五十五壮汉——北京人在外乡（之一）》、蒋韵的《无标题音乐》、张平的《祭妻》等获短篇小说二等奖。

值得注意的是，“赵树理文学奖”将“短篇小说”列在各种体裁之首，似非无意为之（可参考诗歌类获奖名单，“长诗”就列在“短诗”之前）。《山西文学》及其前身《汾水》，历来对“短篇小说”极为重视。1979年的《汾水》，于10月出刊“短篇小说专号”，并把首届年度优秀小说的“评选范围”明确规定为“短篇小说”[②]。有趣的是，刊登评奖消息的1979年第8期，还于同期登载未署名通讯稿《高尔基这样说：》，因篇幅短小，全文抄录：

> 学习写作应该从短篇小说入手，西欧和我国所有最杰出的作家几乎都是这样做的，因为短篇小说用字精炼，材料容易合理安排，情节清楚，主题明确。我曾劝一位有才能的文学家暂时不要写长篇，先写写短篇再说，他却回答说：“不，短篇小说这个样式太困难。”这等于说：制造大炮比制造手枪简便些。

由此可见，对“短篇小说”的格外推重，或可视为一种“山西”传统，或“赵树理”传统。但不知何故，“赵树理文学奖”随后中断19年之久，直到2004年才举办第二届。

1983年第4期的《山西文学》，刊发李锐短篇新作《“窗听社”消息》，并在此前一期的“编者谈”中作了预告：“第四期有一批中青年作家的新作，其中柯云路、雪珂的中篇《传达室里的笑声》一定会引起广大读者的兴趣，此

① 《中国作家协会山西分会颁发山西省首届赵树理文学奖获奖名单》，《山西文学》1985年第7期。

② 《〈汾水〉消息——十月出刊“短篇小说专号”年底举办“短篇小说评奖”》，《汾水》1979年第8期。

外还有李锐、程琪、张枚同等人的短篇小说和韩石山的散文。可以说第四期是青年作家一马当先了。”[①]《“窗听社”消息》的篇末，还配有编辑徐漫之撰写的“编稿手记”《饶有趣味》。徐漫之在此篇“手记”中写道：“李锐的这篇小说写得饶有韵味”，“要有韵味，必须有内容。这内容有待作者从生活中去发掘。李锐的小说向当前的生活贴近，写澎湃的生活潮流，这是可喜的。我想，也许这样写，对提高作者观察生活的能力，表现生活的笔力，都有好处，倒不单是只在于写出这一篇较好的作品”。[②]

两个月后，或许是第一篇李锐创作论，时任山西作协编辑委员会副主任的冯池撰写的《严肃思考 锐意创新——谈李锐的小说创作》，刊于1983年第6期《山西文学》的“文学新人”栏目。该栏目于1983年第1期推出，专登评论山西青年作家创作的文章。仅在1983年，就刊发了关于张枚同、程琪夫妇、苗挺、王东满、柯云路、李锐、蒲峻、马骏、毛守仁的评论文章。冯池文中认为，李锐已发表的二十篇小说“大致可以分为两类”，“一类，写山乡生活的，此类作品着重深掘主题，内容富有对生活的再认识意义；另一类，写工厂、城市及知青生活的，此类作品着重刻画人物，内容富有审美的意义”。

20世纪80年代的《山西文学》，颇为注重对青年的扶持和奖掖。“文学新人”之外，又于1984年11月起增设“希望之星”栏目，“专门发表优秀处女作和新人新作”[③]。吕新的成名作《那是个幽幽的湖》，就刊于1986年第2期的“希望之星”栏目。这种鼎力支持，不仅限于年轻作家，也加于青年评论家。1985年第11期的《山西文学》头条刊发了当时仅是“文学专业的硕士研究生”的张颐武的《中国农民文化的兴盛与危机——对二十世纪文学一个侧面的思考》，并配发热情洋溢的“编稿手记”《请关心文学理论的发展》[④]。

① 《这一期和后两期——编者谈》，《山西文学》1983年第3期。

② 徐漫之：《饶有趣味》（编稿手记），《山西文学》1983年第4期。

③ 本刊评论员：《“希望之星”说》，《山西文学》1984年第11期。

④ 《请关心文学理论的发展》（编稿手记），《山西文学》1985年第11期。文章开篇写道：“当前，有一批青年评论家以高度的热情和责任感，从各种新的角度去探讨中国文学的重大问题。也许他们的看法未必十分稳妥圆通，但见解是新颖的、有益的；纵使存在着片面，正如一位青年评论家所讲，那也往往是‘深刻的片面’。”

《“窗听社”消息》之后，李锐的短篇小说《晚怅》刊于《山西文学》1984年第12期，位居头条，并再次获得《山西文学》年度优秀小说奖。1984年优秀小说评选结果载于《山西文学》1985年第4期，评奖委员会与两年前相比变动不大，老作家李束为退出，李锐作为评委之一，与李国涛、周宗奇、张石山、马烽、西戎、胡正、孙谦等组成14人的评委会。共12篇小说获优秀小说奖，不分等次。获奖小说述评仍由批评家韩玉峰撰写，题为《时代孕育出来的硕果——〈山西文学〉一九八四年获奖小说读后》（《山西文学》，1985年第5期）。韩玉峰以“时代气息的强烈、人物性格的鲜明和‘山药蛋派’的特色”概括获奖作品的总体面貌，并特别强调李锐的《晚怅》与“改革”的时代氛围之契合：“小说创作应与时代生活同步，而今时代的主旋律莫过于改革。坚持现实主义创作道路的山西作家，他们的眼光和笔触首先接触到这一时代的主题”，“改革不仅促进了人们在生产方式上的观念的变化，而且也促进了人们在生活方式上的观念的变化。李锐的《晚怅》就是反映这一主题的难得的佳作”，“作品描写了司马村两位剃头师傅的竞争，……作者不写时代的变迁，不写改革的潮流，只是选择了这样一个生动的生活侧面，描绘了两代人的悲欢情怀，一代风尚的急剧变化，不正是以小见大，以具体见一般，对整个时代生活的反映吗？”针对艺术特色，曾评价《五十五壮汉——北京人在外乡（之一）》具有“地地道道的北京味”的韩玉峰认为，本届获奖作品“从语言风格来说，仍然是质朴和幽默”，即使是“悲剧式的人物”，如《晚怅》中的剃头三儿，“也充满了幽默感，只是在幽默中包含着无可奈何的辛酸”，“这一切无疑地是‘山药蛋派’的特色”。

李锐在《厚土》之前发表的最后一篇小说是《晨雾——野岭三章》，载于《山西文学》1985年第11期。《晨雾》是山西文学发起的“同题小说”活动，焦祖尧、成一、燕治国、韩石山、周宗奇、郑义、李锐、张石山等8位作家参与。署名枯棘的评论员文章《愿读者喜欢它》（《山西文学》1985年第8期）对这一活动作了说明：“本刊第八期，组织了两栏‘同题’作品。一栏是同题小说《晨雾》，一栏是同题诗《黄土高原》”，“同题诗文，古来有之。大而言之，旧时的开科取士，如今的高考作文，那是很多学生搞‘同题’了。小而言之，文友唱和，也有三两同志做‘同题’的”，“文学期刊，读者至上。我们希望努力将本刊办得生动活泼，求新颖、富变化，希望得到读者的喜欢。同题小说和同题诗歌这种新花样，不知读者诸君能否喜欢？”

为提示这种“命题作文”活动的“历史语境”，补充两则可作“互文”阅读的材料：

一、《山西文学》编辑部撰《敬告忠实读者》（1985年第3期）：“当今之时，以剑侠、惊险、神怪为主要内容的‘通俗小说’风起云涌，而素以发表严肃文学作品为己任的众多期刊，则进入困难时期。《山西文学》亦不例外。令人欣慰的是，进入一九八五年后，本刊订户仍能基本保持稳定，……这委实叫人感动、感奋。为此，我们谨向数以万计的《山西文学》之友致以衷心的谢忱！”

二、1985年，玩此“花样”的不只《山西文学》一家，如上海的《小说家》杂志，就于当年第1期发起“同题小说——《临街的窗》”活动，王蒙、张贤亮、陆文夫、冯骥才、张洁等作家都参与其中。

可见，早在20世纪80年代中期，迫于“市场”压力，纯文学期刊就已开始调整策略，以“读者至上”为理念，寻求种种方式吸引关注。

原载《小说评论》2015年第4期

农具的悖反及其象征

——论李锐小说集《太平风物》中的现代忧虑和反思

李晓筝

新世纪以来，作家对底层人民生活的关注逐渐引起批评家们的注意，并被命名为底层文学，如曹征路的《那儿》、罗伟章的《我们的路》等小说被看作是这方面的代表之作。李锐以“太平风物”为名的农具系列短篇小说也在这一意义的范畴中经常被批评家们所提起，这是因为李锐的这组“农具系列”小说继续沿承了他的乡土写作传统，将生活底层的农民在新世纪中国乡村变动中的遭际，以现实主义的手法呈现了出来。但这绝非小说意蕴的全部。“农具系列”小说一共14篇，每一篇都以不同的农具名字作为题目，它们分别是“袴镰”“残耱”“青石碾”“连枷”“樵斧”“锄”“耕牛”“牧笛”“桔槔”“扁担”“铁锹”“镢”“犁铧”“耧车”。每篇在题目的下方，紧接着的是引自《王祯农书》中的相关记载，随后是一段关于农具的白话介绍，引自人民出版社1985年出版的章楷的《中国古代农机具》，再下面是一幅农具图，小说的正文部分在农具图后正式展开。作者称这种文体是由“图片和文字，文言和白话，史料和虚构”组成的“超文体”，显然，当作者有意采取这种形式结构小说时，就表明他的主题已经不再仅仅满足于对新世纪农民命运的展示，而是包含了他对现实问题的积极回应和思考，从而使得这组小说具有了反思的气质和韵味。

一

农具是中国农耕文明繁荣的主要标志之一，正是因为有了农具之后，人类才在征服自然的活动中迈出了关键性的一步。作者以农具为标题，并辅之以注释，足见其对农具价值的肯定和赞赏，然而从正文看，这些农具却基本上都失去了原有的躬耕功能，呈现出了明显的功能性的悖反。《袴镰》叙述的是一个复仇的故事，有来的哥哥因为状告村长而意外死亡，有来拿到证据后，用锋利的袴镰割下了杜文革的脑袋。在此，袴镰的作用与《王祯农书》所讲“皆古今通用芟器也”的功能，形成了鲜明的反差。《青石碾》讲述的是一个逃跑的故事，郑三妹被拐卖到茹家坪，她“恨这片像监狱一样的黄土地”，所以她要拼命地逃离这个地方，然而，为了防止她逃跑，拴柱用锁链把她拴在青石碾上。同样，这与《王祯农书》讲到的“破麦作麸，然后收之筛箩，乃得成面”的功能更是大相径庭。《连枷》的故事很有趣，青石涧村的教师王光荣由于拿不到村里面的补贴，便去开垦自由地种黑豆，以补自己的经济之需，他让同学们帮他用连枷打黑豆，正与《王祯农书》所言“穗而出谷也”的功能相同。然而，由于学生考试成绩太差，王光荣最终被辞退了。其他的农具如樵斧之于了断，桔槔之于大满，扁担之于金堂，铁锹之于小民爸，也都在功能上发生了意想不到的变化。

显然，作者在这里所作的农具展览并不是在其传统意义上成立的，毋宁说他展览出来的是传统农具在当代的功能转化与变异，而其最终目的或许还是要借助农具这一媒介来考察农民生活的困境之处，正像有的学者所说：“李锐试图通过农具功能的转移以及人与农具关系的改变，重新审视农民与土地的关系，揭示社会转型时期乡村民众的生存困境。”[①]考察小说中农民的命运，他

① 段友文、刘慧敏：《农耕文化的诗性呈现——评李锐的〈太平风物：农具系列小说展览〉》。《文艺争鸣》2011年第6期。

们与农具有着类似的遭际，面对经济全球化的影响，当代农民的回应虽然不尽相同，但是从其结果来看，效果并不理想。以《樵斧》中的了断为例，作为一名朴实的青年农民，他进城打工本来无可厚非，也算是对经济全球化影响的一种积极应对，但问题是，当他的手指被机器所伤之后，却没有任何部门愿意为其负责，乃至愿意为其提供必要的生活帮助，以至于他带着“决不再活在他们那个世道里”的愤恨，跳水自杀。《扁担》中的金堂则遭遇了另外一种情况：本来，他是一名健康并有着一技之长的农村青年，但是受到命运的捉弄，为了拓展生意，他与同村的青年相约去北京打工，结果不但没有挣到钱，反而遇见意外车祸，被截去了双腿，成了一个残疾人。

这里，将农民与农具联系起来，通过农具在当代的历史变迁折射当代农民命运的种种遭际，与作者对农具的理解有关。在他看来，农具为中华灿烂的文化发展作出了很大的贡献，但是它们的价值却被人们所忽视，“人人都赞叹故宫的金碧辉煌，可有谁会在意建造出了金碧辉煌的都是些怎样的工具？”[①]农民的朴实正与农具相同，因此，这不仅是说农具虽然都创造了历史却被历史所忘记的事实，而是说，农民与农具之间的关联正是合二为一的，对农民而言，农具并没有存在于他们之外，作者曾对此感触很深：“六年的时间里就和这些农具朝夕相伴。用的时间一长，体会也就入微起来，撅把的粗细，锄钩弧度的大小，锹把的长短，扁担的厚薄，都和每个人的身体相对应，相磨合。渐渐地，就明白了什么样的农具才会得心应手，对使顺手的农具也就分外地爱惜。”[②]既然农具与农民之间有着如此深厚的情感，那么在作者看来，农具功能的当代变迁在一定程度上也是农民生活遭际的真实体现，而农民生活的种种困境，也正可借由农具在当代的命运展现出来。

① 李锐：《太平风物：农具系列小说展览》，生活·读书·新知三联书店2006年版。

② 李锐：《“太平风物”——农具的教育》，《书城》2006年第1期。

二

如果说经济全球化吸引着农村青年远离了自己的家乡，而为其注入了某种悲剧性的要素，那么，当他们离开家乡之后，留下来的村庄以及不愿意离开的老人，则呈现出了另一种悲剧样态。费孝通先生曾讲："以农为生的人，世代定居是常态，迁移是变态。"[①]但是这种常态在新世纪之交被打破了，农村中越来越多的青年受到了城市的吸引，他们或者依靠自己的体力、技术去城市里打工，或者在城市里安顿下来成为脱离了土地的城市人，而只留下了空旷的村子。"整个村子阒然无声，荒凉和苍老从凝重的安静中无声地弥漫出来。如果不是因为有炊烟一缕一缕地升起来，如果不是偶尔传出来的狗叫声，你肯定会错以为是看见了一片什么人特意做出来的建筑模型，被遗忘在黄土世界的大荒之中。"[②]这是《铁锹》中北沲村的远景图像，显然，由于叙述者小民还是一个未成年的儿童，他还不懂得土地与人类之间的关联，所以，他视野中的村庄唯有寂静，没有荒凉。可是当叙述者转换成与土地有着感情的老人，村庄就换了另外一种样态了。譬如，在《残糖》中的老人眼中，村庄则充满了破败和荒凉感，与小民视域中的北沲村已有很大的不同。然而问题是，破败和荒凉感却并不是农村经济衰落的全部，因为当现代化工业生产进入农村之后，其变化则更是颠覆性的。

> 新房都已经盖好了，每家一幢院子。到了"新农村"，每家每户另外分地，大多数年轻人还要安排到矿上去工作。为这件事，南柳村还扩建了新学校。拆迁的村子全部撂荒，除了煤矿要占的地以外，剩下的退耕还林。

根据老福田的叙述可知，煤矿产业在未来的时间里将成为这里的主要经济

---

① 费孝通：《乡土中国》，生活·读书·新知三联书店1985年版，第 3 页。

② 李锐：《太平风物：农具系列小说展览》，生活·读书·新知三联书店2006年版，第102页。

增长点，为了配合煤矿的开发与生产，合并村庄是这几个村庄接下来最重要的工作。这样的变化当然并不是这一处，《锄》中的百亩园也因为“焦炭厂的工程马上就要开始了”而面临着紧张的转型，显然，对这代农民而言，农村因经济全球化发生的变化的确是太大了。

三

李锐将这14篇小说归纳在一起，以“太平风物——农具系列小说展览”为题结集出版，作为这本书的关键词，“展览”的意蕴非常丰富，它不仅是对农具自身及其当代命运的展览，如残耱的散架、犁铧的雕塑，以及青石碾等农具功能的变异；而且也是对当代农民命运的展览，了断、金堂等人进城打工的悲剧命运，百亩田、南柳村等村庄的现代化变迁，都凝聚在了“展览”这一主题之下。然而在此之外，还有一重展览并没有明显地说出来，那就是作者对未来的认真思考，或者说，作者以一种比较平淡的方式将这重展览寄寓到了文本的叙述当中了。毋庸置疑的是，作者对他们命运的变迁给予了深沉的关注和同情。但作者曾说：“廉价的道德感动，和对残酷现实虚假的诗意置换，不是本次展览的目的。”[①]这表明作者的同情和关注不是以他者的视角产生的，而是来自其本身就是农民的一员的体验和感触，于是，在面对现实的同时，对未来的思考便自然地成为其展览的另层深意了。

由文本而知，人们正在形成一种关于城市优于乡村的价值观念，农村青年趋之若鹜地涌进城市便说明了这一点，但是现实的吊诡之处在于，他们并没有在那里取得任何有价值的收获，《樵斧》《扁担》《桔槔》的故事表明，经济全球化给人们带来的并非全是喜剧，如果不仔细加以辨别而认真对待的话，喜剧往往会瞬间转化成悲剧的。那么，这是否意味着作者对城市化进程的否定？我们不妨细读一下《耕牛》：五人坪出现了五号病疫情，县畜牧局为了控制疫情决定强行捕杀这里的耕牛，红宝爱惜家里那头相依为命的耕牛黄宝，为了

① 李锐：《“太平风物”——农具的教育》，《书城》2006年第1期。

逃避捕杀，他们躲进了七里半的一座破窑洞里，但结果却是在一个暴风雨的夜里，破旧的窑洞禁不住雨水的冲刷坍塌下来，将他们两个都砸在了里面。这同样是一个令人高兴不起来的故事，但是作者在给予红宝以同情之外，并没有增添更多的褒奖，红宝的选择虽然未必有错，但结果表明，这并不是一个很好的选择，换言之，作者在这里暗喻的是，在城市化进程面前，仅仅依靠消极的躲避绝非明智的选择。

值得注意的是《残耱》中的老人，以及六安爷、老福田等老一代农民形象，他们既没有躲避，也没有盲从，反而表现出了最可贵的从容。从他们的言语和行动中，读者可以明显地感觉到他们的无力和无奈，没有对未来的任何预测，只有一如既往地生活劳动。《锄》中的六安爷虽然知道百亩园已经被卖掉，但是却“舍不得那些种下去的种子”，所以，他不听街坊人的劝阻，依然规规矩矩地耕种，仿佛什么事情都没有发生一样。《耧车》中的老福田也是如此，春雨过后，正是播种的季节，但是地里唯有他与孙子带着耧车播种，“正是开耕下种的好日子，可是山谷的梯田里冷冷清清的，只有孤零零的这爷孙俩。蓝天黄土之间，两个人，一头牛，一架耧车，排成小小的一个队伍。一垄三行，一去一回”[①]。从文本的上下文可知，六安爷和老福田坚持在地里劳作是无效的，至多也只是“过瘾”，或许这是另一种悲剧的样态，但这何尝不是作者的另一层深意。从对农具和土地的理解看，很少再有人能超过这代老农民了，他们与土地之间所建立起来的情感也是其他人所无法理解和无法比拟的，所以，当残耱坏了的时候，老人会哭；当知道百亩园将要逝去时，六安爷会惆怅；当明白今年将是最后一次种地时，老福田会流下眼泪。很显然，他们不愿意失去自己的土地，并进而对土地命运表达出了淡淡的忧虑。

然而，在城市化进程面前，传统真的再没有一丝的用处了吗？《犁铧》便是对此种论说的一种反驳，作为现代化标志的高尔夫球场，它的维护和管理依然离不开传统的耕作。事实上，作为历史主体最重要的一部分，传统在城市化

---

① 李锐：《太平风物：农具系列小说展览》，生活·读书·新知三联书店2006年版，第127页。

进程中并非被遗弃的对象，它在城市化进程中理应扮演着更为重要的角色，在这种情况下，无论是固守还是放弃都不是最好的选择，而应该在坚持传统主体的基础上实现现代化转换。

综上所述，李锐在“展览”的主题之下，通过对传统农具现代变迁的关照，回应了当代青年农民进城打工所遇到的种种问题，并借由老一代对土地依依不舍的感情，真实地传达出了他对城市化进程的种种忧虑，为读者提供了难得的启示。

原载《河南师范大学学报（哲学社会科学版）》2015年第4期

李锐小说研究综述

许菲菲

李锐，男，1950年9月出生于北京，祖籍四川自贡。自1974年发表第一篇小说开始，迄今为止已发表各类作品百余万字。出版了小说集《丢失的长命锁》《红房子》《厚土》《传说之死》，长篇小说《旧址》、《无风之树》、《万里无云》、《银城故事》、《人间：重述白蛇传》（和蒋韵合著）、《张马丁的第八天》，另有散文集若干。同时李锐的作品曾先后被翻译成瑞典文、英文、法文、日文、德文、荷兰文等多种文字出版。

尽管李锐的作品备受关注，也曾数次获奖，但就当下的作品评论而言，还是存在很多的问题，比如其散文集《拒绝合唱》，尽管报纸、网络等媒介对其报道不少，但搜索中国期刊全文数据库却只有一两篇文章，其另一部散文集《不是因为自信》更是没有专业性的评论文章出现；在小说方面，其中短篇小说集《丢失的长命锁》《红房子》《传说之死》也是几乎没有评论性文章。李锐以短篇小说见长，但他最受评论界关注的作品是其长篇小说，每部作品都有为数不少的评论，但是即便如此，长篇作品的评论还是存在很多有待梳理和甄别的问题。

在追踪了近40年来众多的研究文章之后，本文重点选取了当代文学评论界多家权威刊物和一些知名评论家的代表性观点，综合论述李锐小说中的热点问题，对李锐小说研究做一番梳理，试图寻找研究的薄弱点和空白点，以便深入研究。研究李锐的文章大致分为三类：一是对单部作品的解读与评介；二是贯穿性单方面研究和论述；三是整体性综合分析和比较分析。

一、单部作品的解读与评介

《厚土》是李锐写的一组七篇副标题为“吕梁山印象”的集束短篇小说的总题目，1989年11月同时由国内有影响力的大刊物（《人民文学》《上海文学》《山西文学》）分别推出，一时引起评论界的强烈关注。时至今日，这种延续性的关注主要体现在两个方面：一是在艺术技巧方面，在这个方面又可以分出两个分支，一个是从传统文论的角度进行的批评，以金汉的《短篇艺术的新收获——读李锐的集束小说〈厚土〉》[①]和韩鲁华的《厚土：透视民族文化心理结构的艺术视觉：读李锐小说〈眼石〉等三篇》[②]为代表，如题，两篇文章分别从短篇小说的形式创新和心理结构的刻画这两个方面来论述。李锐作为一名本土性很强的作家，倡导用“方块字”来表达自我，可以看出，李锐的创作初衷还是比较传统的，延续了中国传统小说的发展脉络，所以说从古代文论的角度来对其进行解读还是比较贴切的，研究者也相当多地集中在对这方面的开拓上。他小说的形式以及人物的刻画手法是非常突出的两个方面。另一个分支是从现代文论的角度来进行批评的，以罗丽娜的《新历史主义语境下李锐〈厚土〉的美学价值》[③]和李彦文的《永世为农的文学表达——重读李锐〈厚土〉系列小说》[④]为代表，两者分别从新历史主义的角度和审美批评的角度对

① 金汉：《短篇艺术的新收获——读李锐的集束小说〈厚土〉》，《名作欣赏》1987年第5期。

② 韩鲁华《厚土：透视民族文化心理结构的艺术视觉：读李锐小说〈眼石〉等三篇》，《小说评论》1987年第6期。

③ 罗丽娜：《新历史主义语境下李锐〈厚土〉的美学价值》，《科教导刊》2011年第6期。

④ 李彦文：《永世为农的文学表达——重读李锐〈厚土〉系列小说》，《海南师范大学学报》2011年第6期。

《厚土》进行了解读，这种解读多少有些“牵强”，但是从另一个角度看，当下作家的任何创作都不可避免地暗含着“现代性”或者说“当代性”的部分，即便作者是无意识的，所以说评论家在这个层面的挖掘对于李锐自己的创作或者是其作品的多角度的挖掘都有着十分重要的意义。对《厚土》另一个层面的关注主要体现在对其价值取向的论述，以对其中的女性形象和它所体现的中国文化为重点。河南大学王艳云所写的《黄土地上的精神守望——〈厚土〉的价值取向新论》[①]具有很强的总结性，其对《厚土》进行了回顾和重新解读，指出了它的立意在于“土”，并指出了“土”的表现形态，李锐大多数作品都是以“土”为核心的，如何去解读它的丰富内涵是一个相当重要的问题，王艳云的这篇文章着重指出了它的民间文化传统和民间生活方式这一“民间“的立场，具有启发性。

1993年，李锐出版了长篇小说《旧址》，它讲述了一个有着近2000年历史的古老家族的故事，背景宏大、叙事老练，却并没有像《厚土》一样在中国评论界引起广泛争议，但在美国却得到了很大的认可。李国涛翻译的美国著名评论家菲利普·甘朋发表在《纽约时报书评周刊》上的《盐的歌剧——评李锐的〈旧址〉》[②]代表了外国知识分子眼中的李锐叙事。他们指出，李锐的叙事风格优美地融合了各种因素：编年史、抒情诗甚至是某些戏剧性。仅就这一点而言，国内的评论家是很少关注的。用一种西方的视角来解读中国极具本土性的作品，这篇评论性的文章是起到了某种示范作用的作品，不仅仅是西方的资源“为我所用”，更多的是站在一个东西方融合的立场来评介作品，才能算得上是比较公正的。在国内，对这部作品的研究主要集中在对家族叙事的探究和对人性、历史的主题探究这两个方面。事实上就像李洁非所说：“《旧址》作为一部家世小说不同于以往任何同类作品的地方，例如《家》《春》《秋》三部曲，《子夜》，甚至《红楼梦》——在这些小说中，家族的衰落无非就是家族

---

① 王艳云：《黄土地上的精神守望——〈厚土〉的价值取向新论》，《平顶山师专学报）》，200年第2期。

② 菲利普·甘朋著，李国涛译：《盐的歌剧——评李锐的〈旧址〉》，《当代作家评论》1998年第3期。

的衰落而已，可是，这在《旧址》里却意味着一种文明总的句号。”[1]或许这也就是作家李锐创作这部作品的初衷，也因此可以说这些评论的延展性较小，都是围绕着一个小的方面不断地延伸，没有可以称之为“创新”的东西。

李锐于1996年出版长篇小说《无风之树》，李锐说：“自从《厚土》结集之后，我有三年的时间一直没写小说，我之所以不写，是因为心里一直存一个想法，就是怎样才能超越《厚土》……直到去年写完了《无风之树》，我才觉得这一次是真正的超越了自己。这中间花了整整六年的时间。”[2]这部被李锐自己称为“超越了自己”的小说也的确引起了评论界的广泛关注，但关注的重点由《旧址》时期的主题性分析转变为了艺术技巧方面的超越，即便是在李锐好友李国涛、成一等为《无风之树》举办的讨论会上，即整理而成的《一部大小说：关于李锐长篇新著〈无风之树〉的交谈》中，大家的关注点也都放在了写作的“技术性”层面之上，包括故事结构、叙事方式等等。相应地，批评界对这部作品的关注也主要集中在口语倾诉和叙事策略上，以《叙述就是一切：李锐小说〈无风之树〉的叙事学分析》[3]为代表，对这部作品的叙述和叙事进行了细节性的解读。当然，也有两三篇文章对这部作品的主题思想进行了分析，王春林所写的《苍凉的生命诗篇：评李锐长篇小说〈无风之树〉》[4]最有借鉴意义，他作为长期跟踪李锐写作的评论家，在这个时候对文本的生命价值作出了恰如其分的解读，对纠正批评的片面性具有重要意义。综上所述，对这部作品的关注还是存在很严重的“侧重”的，当然，这也在某种程度上说明了李锐作为一位成熟的作家，在进行了持续的“叙述训练”之后所能达到的“讲故事”的高度，在哪些方面有了自觉或者不自觉的延展。但倘若对这部主题繁

---

① 李洁非：《废墟上的铭文——李锐长篇小说〈旧址〉的主题分析》，《当代作家评论》1993年第4期。

② 李国涛、成一等：《一部大小说：关于李锐长篇新著〈无风之树〉的交谈》，《当代作家评论》1995年第3期。

③ 游士慧、吴晓红：《叙述就是一切：李锐小说〈无风之树〉的叙事学分析》，《淮北职业技术学院学报》2008年第6期。

④ 王春林：《苍凉的生命诗篇：评李锐长篇小说〈无风之树〉》，《小说评论》1996年第1期。

复且具有交响性质的长篇创作缺少一种主题性的把握，不得不说是一种缺憾。

继1996年出版长篇小说《无风之树》后，1997年李锐又接着出版了长篇小说《万里无云：行走的群山》，这部作品远没有《无风之树》来得热闹，基本没有引起评论界的多大关注，对它的解读也不完全，但是仅有的两篇评论性文章似乎已经足够说明这部小说的价值。著名评论家南帆发表了《叙述的秘密——读李锐的长篇小说〈万里无云〉》①，从话语类型、自然环境、传统文化等几个细节入手对其进行了解读，而周政保的《口语倾诉的方式（或叙述就是一切）：关于李锐的长篇小说〈万里无云〉》②从口语叙述的角度对其做了细致的解读，但也仅仅局限于此。《万里无云》和《无风之树》作为两部“捆绑式”出版的作品，显然不可能使它们同时得到应有的关注，而且李锐的这部作品也多有重复自己之嫌，两部对“文革”进行文化批判的作品立场大同小异，遭到冷落或许也是可以理解的。

李锐小说中有一块神圣的地方——他的故乡四川自贡，他以自贡为原型的作品除了上述的《旧址》之外，还有2002年出版的《银城故事》，这距离上部书稿的出版已有六个年头，这种沉寂在某种程度上也显示了作者的某种野心和转变。《银城故事》描写了一座由地质资源开采、开发、发达继而到资本迅速膨胀的内陆城市。评论家对于这部作品也极为关注，主要表现在对其主题意义的探索上，这种探索集中在对历史和现实的张力表现上。在这个方面，探讨比较成熟的有王春林的《智性视野中的历史景观——评李锐长篇小说〈银城故事〉》③和顾明霞的《现代性的历史失败与启蒙者的话语悖论——论李锐的长篇小说《银城故事》》④，前者侧重于对不同于教科书的历史观念的挖掘，而

① 南帆：《叙述的秘密——读李锐的长篇小说〈万里无云〉》，《当代作家评论》1997年第4期。

② 周政保：《口语倾诉的方式（或叙述就是一切）：关于李锐的长篇小说〈万里无云〉》，《南方文坛》1997年第4期。

③ 王春林：《智性视野中的历史景观——评李锐长篇小说〈银城故事〉》，《小说评论》2002年第5期。

④ 顾明霞：《现代性的历史失败与启蒙者的话语悖论——论李锐的长篇小说《银城故事》》，《当代文坛》2002年第5期。

后者侧重于现代性和启蒙的关系，这是两篇中规中矩的评介文章，但他们的扎实就在这个地方——对这样一部对中国民族资本进行宏大叙事的作品来说，越是贴近传统，越是符合李锐对城市、革命和人生的基本观念。当然，不可否认，作为一部成熟的作品，肯定具有多方位的视点，评论家对这部作品的关注显然还不够。

2006年，李锐出版了新的短篇小说集《太平风物：农具系列小说展览》，这部小说集共有十四篇短篇小说（另有两篇附录），每篇小说都以一种农具命名，格式统一。这部作品的出版是李锐给文坛带来的巨大惊喜，但同时，这十四篇短篇作品受到的关注度并不是等同的，甚至还有很大的差异。评论家谈论较多的是《袴镰》《残耱》，其次是《犁铧》《连枷》。总体来说，评论家对这部小说集的关注度和这部作品应该被挖掘的意义并不相匹配，就现有的评论而言，也是拙多精少。对于这些作品的艺术技巧，谈论的文章很少，以北京大学中文系博士赵晖的论文《寂静之维下的艺术探索——评李锐“农具系列”》[①]最为精到，其针对这部作品中的艺术手法和技巧进行了较为精准的分析，算是弥补了这一缺憾。值得注意的是，这篇论文发表的时间为2005年，而作品出版的时间为2006年，这个时间错位，更可看出评论者的一种综合观察、体味的超前眼光。大多数评论家是在“农具”这一特定概念所引申的意义上做文章，从农村的现代性（田园的衰落）、生存的苦难这一体两面着手，试图解读李锐的文化思考和批判。李锐针对这部作品接受记者采访时曾经说过：“如果仅是对社会的批判与关注，我不会写这些小说。如果我只是写农具都消失了，农民很贫困，他们被欺压被剥削，是被侮辱被损害的，那还停留在批判现实主义或者社会学的层面上。”[②]然而现实是大多数的评论家也仅仅是对这个层面进行解读。这是一部可谓前无古人的作品，如何进行更深入、更有意义的解读，我想应该是批评家要关注的问题。

“重述神话”是由英国著名的坎农格特出版社发起的，邀请各国著名作

① 赵晖：《寂静之维下的艺术探索——评李锐“农具系列”》，《海南师范学院学报》（社会科学版）2005年第6期。

② 宁二：《李锐：以方块字面对农具的消失》，《南风窗》2007年第3期。

家对其本国的神话故事进行再创作。继苏童的《碧奴》和叶兆言的《后羿》之后，李锐和其妻子、著名作家蒋韵联袂推出了“重述神话”系列的第三部《人间：重述白蛇传》，将民间流传千年的人妖之恋做了一次属于他们的叙述。它于2007年问世以来，得到了诸多评论家的一致好评，大家惊叹于两个风格成熟且差异很大的异性作家的完美融合。但也因此，很难去评说这部作品是属于李锐的还是蒋韵的，所以在评价这部作品时也就需要摒弃双方的风格影响，就作品而言就足够了，所以我们在此不再论述李锐在这部作品中的表现，仅仅指出这部作品对李锐而言又是一次超越。

李锐最新的长篇小说是出版于2011年的《张马丁的第八天》，虽然李锐一再强调这部作品名称中的“张”和“马”要用繁体字，但是在书籍的流通和传播过程中还是没有完全做到，这一点表明了李锐对“用方块字深刻地表达自我”的坚持，特别是对于这样一部描写晚清的动荡、义和团的兴起、东方文明和西方文明的冲突的作品。李锐写这部作品的时候已经是花甲之年，但他说，这部作品不是他的“终结之作”，而是他的“开始之作”。也许由于这部作品是新作，评论家还没有来得及认真探索，对这部作品的评介到目前为止还是很少很薄的，和其之前的作品相比，这部作品显然没有显示出应有的影响力。倒是李锐自己不得已站出来说话了，他详细地讲述了自己创作的背景、吸收因素以及创作的企图（见《“煎熬”的历史观：〈張馬丁的第八天〉及其他——作家李锐笔谈》和《李锐：来一次没有遮挡的“正面进攻”》）。在评论家的评介中，王春林的《纠结：文化冲突中的人性困境透视——论李锐长篇小说《张马丁的第八天》算是李锐的一篇知音之作，从“文化冲突”这一具有现代性的角度对其作品进行解读就有了更大的视野和更深广的包容性。但除了这篇文章之外，也罕见其他深入的解读，这和这部作品在当代文学史上的重要性是不相匹配的，所以说对这部作品的评介还是值得我们期待的。

二、贯穿性单方面研究和论述

李锐是一个风格鲜明的作家，对其整个创作过程做贯穿性的分析，以便能够解读出“李锐之所以成为李锐”的原因，对于更好地理解他的作品，显然具有十分重要的意义，评论家在这方面做了很多的探索和努力。

这些研究文章有明显的类别划分：较少部分的文章在对其做叙事技巧和创作语言这两个方面的研究，大部分的文章都在对其进行主题价值意义方面的探讨。显然，在评论家眼里，李锐对于中国文化、中国人心理的探究远远要比其对文体的创新和探索值得重视。

关于其创作语言，评论家的主要着眼点大多放在了其对语言的自觉性追求、口语化叙述和语言的诗性特征这三个方面，而且仅就这三个方面而言，论述得也不是非常完整和彻底。以康志宏的《“语言自觉”的呐喊——评李锐创作中的语言意识》和李娜的《谈李锐小说对语言的自觉追求》这两篇文章对李锐关于语言自觉性追求的解读为例，就存在很多问题。事实上，李锐不仅在创作中自觉地贯彻自己的语言自觉，而且李锐自己就曾发表过《语言自觉的意义之一、之二、之三、之四》《被简化的语言》等对语言自觉进行探讨的文章。如何在李锐的这种引导下更好地解读其作品，走得更深入，才是评论家真正要关注的。可现实是上述两篇评论文章都是在李锐自己论述的周围进行“隔靴搔痒”式的解读，没有新鲜的观点呈现，更没有更进一步的深入，重复李锐本身不能构成解读，这在某种程度上不得不说是一种失败。

李锐的叙事也是很多评论家的主要关注点。在这方面的研究显然要比对其语言的研究来得丰富和全面，论述的角度涵盖了叙事姿态、叙事修辞、叙事结构、叙事声音、叙事视角等几个非常重要的维度，阐述也非常到位。比如翟永明的《李锐小说的叙事结构分析》[①]就将李锐的小说结构分成了钟摆式结构、众星拱月式结构、时空交错式结构、多线并置式结构这四种类型。又以王秀红的《浅析李锐小说的叙事视角》[②]为例，她把李锐作品的叙事视角分成了零焦点叙事、内焦点叙事和外焦点叙事这三种类型，文章浅显易懂而富有说服力。

① 翟永明：《李锐小说的叙事结构分析》，《海南师范大学学报》（社会科学版）2007年第4期。

② 王秀红：《浅析李锐小说的叙事视角》，《重庆科技学院学报》（社会科学版）2011年第1期。

他们的共同点就在于抓住了李锐的“立场”：李锐作为一名致力于讲故事、讲好故事的作家。在这个层面上讲，叙事应该是他很重要的一部分，所以理应对其叙事进行非常深刻和丰富的探索，显然评论家们这方面的工作做得很充分。问题在于李锐作为一名风格独特的作家，他的叙事和其他同类型作家的叙事有哪些异同，他在哪些方面又做了何种程度的创新等问题却没有任何评论家关注到，这不得不说是一种遗憾。伟大作家的区别不在于都是用了某些技巧，而在于独属于他的技巧他使用得到不到位，这是非常重要的。

评论家对李锐作品主题意义的评介和解读，呈现出非常驳杂的局面。如同“一千个读者就有一千个哈姆雷特”一样，对李锐作品主题意义的探究也就在某种程度上显示了“各抒己见”，每个人都可以“言之凿凿”。但从另一角度看也显示出了某种问题。以对李锐小说中的悲剧意识进行的评介为例，就有《李锐小说的悲剧意识》《李锐小说中的悲剧意识》《李锐小说中的悲剧意蕴》《试论李锐小说的三种悲剧形态》等四篇文章，当你放在一起看时，就会发现这几篇文章的论述实际上是大同小异的，不外乎历史悲剧、命运悲剧、性格悲剧等几个层面。李锐是一个擅长写悲剧的作家，越是擅长写悲剧，其对悲剧的理解也应该更为多样和富于自己的见解，不可能是几个宽泛的悲剧类型就可以概括所有的，这样就会造成削弱李锐创作意义的可能。这种现象在对李锐作品主题意义的探索中并不是个例，又以对其作品中对人的生存、生活的观照的解读为例，就有《生存困境的无尽歌哭——论李锐小说中的叙事主题》《生命困境的执着追问——李锐小说研究》《试论李锐小说对人类存在困境的追问》《试论李锐小说对人类生存困境的逼视》《宿命与荒诞的生存——试论李锐小说对人类存在困境的追问》等几篇文章，它们的内容也是大同小异的。越是从大的视点着手，重复论述的可能性就越大。如果仅就生命、生存困境这一点对李锐的作品进行解读，还是有很多细节可以挖掘的，比如对女性生存的描写，对人的生存所抱有的态度在不同的作品中的表现是否不同、区别在哪里，等等，这些都是非常重要的点，可是基本上没有评论家愿意花这样的慢功夫来挖掘。事实上，李锐创作的全部精华就在于其对细节的处理和别的作家有很大不同。当然，也有很多很好的评价存在，比如蒋银芬的《李锐小说中的三晋文化影迹》[1]就是很好的说明，站在李锐具有地域特性的写作视角上看，才会有更具有阐释性的意义，而不是人云亦云。

三、整体性综合分析和比较分析

对李锐的整体性综合分析相对于贯穿性单方面的评介还是较为薄弱的，毕竟李锐作为一位正值创作高峰，而且创作数量非常可观的作家，想要对其做一种“一劳永逸”的定论还是为时太早。但是，也正是因为如此，对李锐的现有创作做一种整体性的把握和探究也是十分必要的。

最早对李锐的创作进行整体性评价的是1987年李国涛发表的《李锐的气质和艺术》，他说他不想谈论李锐某些作品的优劣，只是想谈论李锐的个性和气质追求，他认为李锐在“天真”和“冷峻”这两个方面同时发展、互相交织，“天真，在赤子之情意义上的天真；冷峻，在深刻理解历史和现实的意义上的冷峻。而且天真之中可以有深刻，冷峻之中也可以有温情”[2]。在李锐的创作还不是特别丰富的1987年，李国涛不去讨论作品，而是致力于挖掘李锐叙事和表达的气质，这不得不说是一种折中的积极办法。从这个侧面对李锐进行的整体性解读，也在某种程度上说明了对某个在发展、成熟过程中的作家进行任何定论都是不合时宜的。

20世纪90年代，对李锐进行整体性评价的主要有两位作家，而且都是对李锐相当熟悉、有所追随的评论家：成一和周政保。成一于1993年发表了《不是选择——李锐印象》[3]，实际上这算不上严格意义上的整体性评价，只是成一选择了1993年这个时间节点对李锐在这一年的创作和活动进行了介绍和生发，但作为李锐好友的成一还是在点滴间侵入了李锐个人创作的风格和理念，越是生活中习以为常的东西，在表现作家的时候越有真实的价值，或许成一的初衷

① 蒋银芬：《李锐小说中的三晋文化影迹》，云南大学硕士学位论文，2011年。

② 李国涛：《李锐的气质和艺术》，《当代作家评论》1987年第4期。

③ 成一：《不是选择——李锐印象》，《当代作家评论》1994年第3期。

就是这样的。另一篇文章是周政保于1998年发表的《白马就是白马……——关于小说家李锐》[①]，这篇文章主要着眼于“李锐之所以成为李锐”这一点，就其所独有的风格进行了论述，在某些层面弥补了在贯穿性单方面研究中对李锐“成因”的忽视。

进入21世纪，随着李锐创作的逐渐丰富，评论家的“野心”也开始膨胀，希望可以做出更为全方位和多角度的整体性评价，于是，在第一个十年，就出现了多篇在总体性上谈论李锐创作的文章。比如曾和李锐有过对话，并出版过《李锐王尧对话录》的著名评论家王尧把他发表于《文学评论》2004年第1期上的文章直接命名为《李锐论》[②]，足见作者的雄心，其主要论述了两个方面：一个是李锐眼中的“本土中国”，另一个是李锐的汉语写作或者说语言焦虑。这是篇论述详尽、深刻的文章，指出了许多具有现代性的问题，以及李锐所作的启蒙性的追问，从这些方面来说是不错的。当然，无论如何，这篇文章也只是在某几个层面上实现了对李锐的论述，而非完整的评价。值得注意的是，李锐的夫人蒋韵在2006年曾发表一篇名为《我眼中的李锐》[③]的文章，这篇文章可以说具有十分特殊的意义，她对他的关注是心灵深处的，对李锐的柔弱与坚强、写作的缘由、李锐的个性与气质等都做了一个很好的说明，给评论家提供了非常好的辅助资源。李彦文的《不是之是——李锐小说研究》[④]从三个大的层面对李锐的小说进行了解读：乡土中国的双向煎熬，民间、知识分子与主流意识形态，历史回溯中的悲伤意识。文章大体上概括出了李锐研究过程中的主要方向，而且做了一些更深的阐述。

和整体性的分析相比，比较分析的文章也不是很多，在一个大的语境下想要确定作家李锐的位置并不是一件容易的事，毕竟单是维度的划分就会有问题，但认真的评论家们还是在这方面做了很多的探索。在这方面做得比较早的

① 周政保：《白马就是白马……——关于小说家李锐》，《当代作家评论》1998年第3期。

② 王尧：《李锐论》，《文学评论》2004年第1期。

③ 蒋韵：《我眼中的李锐》，《书屋》2006年第2期。

④ 李彦文：《不是之是——李锐小说研究》，首都师范大学硕士学位论文，2009年。

是梅惠兰，她发表于1992年的《凝冻的厚土与跃动的大地——李锐与李佩甫创作比较》：“山西有个李锐，河南有个李佩甫，这二李好像憋足了劲儿比赛似的，一个写高原厚土，一个写中原大地……李锐更多地感触了历史在现实中的浓缩、凝聚与积淀，李佩甫则敏感于现实对历史的偏离、背叛与抛弃。”[①]从乡土中国的表现这个层面进行了比较论述，突出了李锐对待历史和现实的态度。另一篇比较有特色的文章是施学云在2004年写的《沉寂与骚动——试比较鲁迅、李锐的乡村书写》[②]，将鲁迅和李锐的乡土文学进行了比较，指出鲁迅、李锐的乡村叙述文本在乡村生命形式的书写上存在着很大的差异，并且各自的书写都有某种程度上的缺失，笔者通过比较发现原因存在于文本产生的时代文化背景、作家各自的独特的生活经历及其思想指归等方面，而其中最主要的一点是两位作家启蒙观的差异。梁鸿所写的《当代文学视野中的“村庄”困境——从阎连科、莫言、李锐小说的地理世界谈起》[③]角度也非常新颖，从当代作家群中选择了“乡村书写”这个角度，对他们进行了比较，他概括指出阎连科的耙耧山脉——封闭与对立，莫言的高密东北乡——语言的盛宴与感官世界，李锐的吕梁山脉——口语与独白，每个人的“文学地理”都自成体系，显示了作家对所熟知的地理环境所倾注的心血。在更大的视野内进行比较的有《东西方男子汉的文化意蕴——〈好汉〉和〈老人与海〉的文本比较》[④]和《韩国民众文学与中国底层文学比较研究——以李文求、黄皙暎、赵世熙、李锐、刘庆邦、曹征路小说为中心》[⑤]，它们都侧重于中西对比的视角，前者说“中国的好汉在经历了莽撞和冲动之后成熟了，重新回到了女人的怀抱，享受

① 梅惠兰：《凝冻的厚土与跃动的大地——李锐与李佩甫创作比较》，《中州学刊》1992年第1期。

② 施学云：《沉寂与骚动——试比较鲁迅、李锐的乡村书写》，《乐山师范学院学报》2005年第8期。

③ 梁鸿：《当代文学视野中的“村庄”困境——从阎连科、莫言、李锐小说的地理世界谈起》，《文艺争鸣》2006年第5期。

④ 刘蜀贝：《东西方男子汉的文化意蕴——〈好汉〉和〈老人与海〉的文本比较》，《小说评论》2003年第3期。

⑤ 李胡玉：《韩国民众文学与中国底层文学比较研究——以李文求、黄皙暎、赵世熙、李锐、刘庆邦、曹征路小说为中心》，中央民族大学硕士学位论文，2012年。

着人间的天伦之乐；西方的老人虽说积累了许多的人生经验，但他的经验只是与天地、自然斗争的经验，只是在斗争中获得更大的刺激与乐趣”，这一观点很有意思，对细节的挖掘也很到位；后者则通过将李锐和韩国作家李文求进行比较来研究通过农民形象表现的农村共同体的变化，很有新意。他们的共同点都在于很好地把握住了李锐的创作在当代文学创作格局中的位置，进而以这个“点”进行由“点”到“面”的辐射，在经度和纬度上都可以找到极具创新性的话题，不得不说这种方法对于分析诸如李锐这样的作家来说是非常合适的，可以有更准确的把握。总之，在对李锐作品的比较研究这一块，中国批评家还是做了很大的努力，有很多很有影响的成果的。

综上所述，李锐作为一名非常具有地域色彩、不断尝试超越自己的作家，相较于其创作，批评家对他的关注还是远远不够的。如上所述，不管是单篇作品的评介还是整体性的综合评价都存在很多的问题，甚至有些问题还是非常明显的，比如在一些作品中甚至出现了只有叙述技巧的论述而几乎没有对主题性意义的挖掘的情况。优秀的批评家可以成就伟大的作家，作家需要知心的批评家，李锐也一样。无论怎样，李锐的创作在继续，对他作品的批评也就不应该停止；李锐的创新在继续，批评的脚步理应走得更远。

原载《现代语文》2015年第31期

当文化成为信仰以后

——《张马丁的第八天》的基督教叙事

王本朝

新世纪以来的长篇小说热衷于对来华传教士的书写，如范稳的《水乳大地》（2004）、《大地雅歌》（2010）等，刘震云的《一句顶一万句》（2009）和李锐的《张马丁的第八天》（2011）等，它们或引用《圣经》故事和语句，或依据历史文献材料，或凭个人想象和虚构，呈现了当下作家对生存困境和历史伦理的深入思考和艺术探索。也让人有些意外的是，新世纪中国文学对基督教的书写已不存在任何题材和立意的禁忌，但在没有压力的书写里，却并没有看到他们对现代作家的超越及其对基督教叙事的精进，而呈现出作家们的力不从心以及标签化和概念化的创作倾向。

我们就以李锐的《张马丁的第八天》为例吧。小说将传教士题材作为小说的整体构思和立意，人们却对它有着完全不同的评价。2011年《收获》杂志第4期重点刊出，2012年由江苏文艺出版社出版单行本，王德威为之作序（《一个人的“创世纪”》）推荐。王德威在序中称赞小说情节：“风雪夜里，一个被逐出教会、濒临死亡的意大利传教士，和一个求子成疯的中国寡妇在娘娘庙口相遇了。这一夜，在异教的殿堂里，已经奄奄一息的张马丁堕入了肉身的渊薮。到底发生了什么，怎么发生的？不可说，不可说”，为“当代小说中最为惊心动魄的一幕”[①]。同是这一幕，有学者却认为它“脱离了情节内在逻辑或发展轨迹，完全依仗一种偶然巧合，依此造成戏剧性高潮”，张马丁与张王氏及其他妇人的交合，“不是相当变态吗？变态到极致，便是残忍了，一个快要冻死的洋鬼子，于密室中，被几个壮妇以借种名义玩车轮大战，直玩得彼氏精尽而绝。”[②]《张马丁的第八天》出版后也获得了“晚清力作，文明史诗”[③]之美誉，被看作是“一部十分重要的优秀小说作品”，“充满着象征寓言化色彩”[④]。这样的说法也得到了作家的认同，“我的《張馬丁的第八天》是一个寓言，是一个关于‘人’的寓言，但绝不仅仅是‘民族寓言’。”[⑤]对作品的阅读也有着不同的感受，续小强是“一口气读完，内心是激荡的”[⑥]，而闫海田却认为它恰恰证明李锐的创作进入了瓶颈状态，作品里“没有‘人生’”，从中虽“可以读到历史、神话，可以读到实事、苦难，也可以读到思想、技术，——却越来越难以读到有生气的、有血有肉的‘人生’”，自然，也就不能产生激动人心的阅读感受，不能“带给人强烈的愉悦与感伤”[⑦]。

我读《张马丁的第八天》也有这样的感受，理念大于形象，作品对传教士形象的刻画和基督教教义的表达多有概念化倾向。作者声明自己“没有任何具体的宗教信仰”，但对“人性”，对“超越了国家和民族”，“文化和宗教”的“生与死、善与恶、爱与恨、沉沦与拯救、忠诚与背叛、高贵与卑贱”充满了“深刻的敬畏”。虽然“深知一个无信仰的人的漂浮无根”，但也要“在这

① 王德威：《一个人的“创世纪”》，《读书》2012年第2期。

② 李有智：《悖于情理的想象——读李锐长篇小说〈张马丁的第八天〉》，《中国图书评论》2012年第7期。

③ 李锐、续小强：《“煎熬”的历史观：〈張馬丁的第八天〉及其他——作家李锐笔谈》，《名作欣赏》2011年第28期。

④ 王春林：《纠结：文化冲突中的人性困境透视——论李锐长篇小说〈张马丁的第八天〉》，《文艺争鸣》2012年第10期。

⑤ 李锐、续小强：《“煎熬”的历史观：〈張馬丁的第八天〉及其他——作家李锐笔谈》，《名作欣赏》2011年第28期。

⑥ 李锐、续小强：《“煎熬”的历史观：〈張馬丁的第八天〉及其他——作家李锐笔谈》，《名作欣赏》2011年第28期。

⑦ 闫海田：《论当代成名作家的创作瓶颈》，《扬子江评论》2012年第6期。

样的苦渡徘徊之间探测人性的深浅”，完成对“人”的寓言的建构。为了实现这样的目标，作者虽然“从来没有见过外国传教士，对天主教也知之甚少”，而不得不“在大量的阅读中了解”，“从通读《圣经》起步读”，传教士的传记，天主教在中国的传教史，天主教在中国乡村的社会调查报告，天主教的圣歌、节日、宗教仪式，“一本一本地去读”[①]。显然，有关传教士、基督教的知识，李锐是通过“阅读”完成的，在写作中难免有“捉襟见肘”之感。如果看看张晓风、北村和史铁生，就会发现他们因进入基督教的不同方式而有着不同的语言表达方式。

在某种意义上，《张马丁的第八天》就是李锐研究历史和思考人性的结果。李锐是当代中国文学界有思想力的小说家。20世纪80年代以《厚土》系列小说成名，后有短篇小说集《太平风物：农具系列小说展览》和《万里无云》《无风之树》《旧址》《银城故事》等长篇，通过历史沧桑写出个体生命与社会历史的“张力”关系，在历史沧桑的社会变迁中，思考人的精神家园、终极价值的意义，由于它们的消失或隐藏，而使个体生命成为破碎、荒谬和虚无状态，是社会、历史和文化使人陷入了一种毫无理性的荒诞存在。实际上，《张马丁的第八天》也表现了这样的主题立意。只不过，这里的“社会历史和文化”主要体现为“宗教”“巫术”“家族”等载体，以及义和团和传教士等书写对象。

小说写作的历史背景是晚清的义和团运动。来自意大利的乔万尼（到中国后改名张马丁）跟随主教莱高维诺来到中国的娘娘滩——天石村，成为天主教堂执事。主教莱高维诺的理想是将十字架立在天石村娘娘庙的废墟上，但却遭到了天石村以张氏家族为主的老百姓的拼死抵抗。在圣母升天节那天，村民和教民发生了激烈冲突，张马丁在混乱中受伤休克，被误以为死亡。娘娘庙会首张天赐被主教莱高维诺和地方官员联手逼得以命相抵，被砍头示众。死而复生的张马丁被主教莱高维诺安排成为另一个人，希望他以另外的身份出现，但

① 李锐、续小强：《“煎熬”的历史观：〈張馬丁的第八天〉及其他——作家李锐笔谈》，《名作欣赏》2011年第28期。

他却拒绝了，张马丁坚持要向天石村老百姓说出自己依然活着的实情，被主教莱高维诺视为犹大、叛徒和魔鬼，被驱逐出教会而走向被唾骂、洗劫的乞讨生涯。到了第八天，无家可归的张马丁撞入了娘娘庙，却被寄身于娘娘庙里的张天赐之妻张王氏视为转世而来的张天赐，她出于借种生子、复仇的目的，用身体和性收留了张马丁，张马丁还被作为天石村其他几位妇女求子借种的工具。

这是一个有些近乎荒诞离奇的故事。小说的人物塑造、情节设计和结构安排都带有鲜明的理念化痕迹。张马丁、莱高维诺和张天赐、张王氏等被赋予中西文化内涵的人物符号，成为基督教文化和中国传统文化的代表。以莱高维诺主教为代表的西方传教士的渗透和进入，必然激起天母河地区老百姓的反抗，他们信奉女娲娘娘，娘娘庙是“老祖宗几千年留下来的庙，是全村老少乡亲的宝贝，是全天母河的宝贝”。为了保护娘娘庙，张天赐舍弃了性命。光绪二十五年（1899年）夏天，天气异常，天母河地区久旱不雨。天石村村民决定举行一次恶祈。祈雨的民众与教民之间发生了强烈的对峙，由此引发了激烈的暴力对抗。在冲突过程中，张马丁不幸被石头击中头部身亡。这为早想拆毁娘娘庙，让天主教堂取而代之的莱高维诺主教提供了机会。他给县令施加压力，处死了舍命保庙的张天赐。乔万尼（张马丁）的死而复活，让小说的故事情节发生突转，于是有了上文所说的借种生子的情节。

无论是历史事件还是思想观念，中西方文化都有冲突发生。这是不言自明的事实。历史上的义和团运动、教义之争、五四新文化运动等都曾有过不少案例。只不过，《张马丁的第八天》将中西方文化冲突历史化和伦理化了，将其书写成一段既平常又离奇的故事。平常的是莱高维诺主教千方百计扩大天主教的影响，是张天赐舍身护卫娘娘庙，是张王氏一心求子报仇，是张马丁要说出“真相”，是他们为各自“历史”和“文化”所累而发生的冲突和矛盾。离奇的是莱高维诺主教只是一心想修天主教堂，想推倒娘娘庙，而不专注于教义的传授、讲解，更谈不上用自己的行动去践行基督教教义了。莱高维诺是一个信奉基督教文化的战士，自大自傲，目空一切，想把基督教传遍世界的每一个角落，死也要死在中国，还把棺材拉到中国来了。这样的人物构思也就将作为天主教传教士的莱高维诺的宗教性抽空了，读者完全可以怀疑，莱高维诺还是不是一个真正的传教士？他似乎就是一个披着传教士外衣的殖民者。离奇的还有张马丁，他被莱高维诺带入中国，与修女和医生有很好的感情，面对并非因自己造成的偶然——死而复活而与天主教发生分裂，尽管他说出真相体现了基督教教义，但方式并非一定要如同小说形容的那样“出走”，而陷入离奇的借种结局。离开了教会的张马丁并没有一个跟随者，却成了精液的输出者，他所信奉的基督教思想没有被人们所信奉，他已生病的身体却被张王氏和天石村的妇女“借种”了，成了鲁迅所讲的“药渣”。他自己在临死时，写下的墓志铭是“真诚者张马丁之墓”，“你们的世界留在七天之内，我的世界是第八天开始的”。称自己为“真诚者”还可以一说，至少他想“真诚”并因为“真相”而被放逐。说“我的世界是第八天开始的”，就让人怀疑他作为一个真正的天主教徒的真实性。对他而言，第八天并不是新生，尽管离开了虚伪和权力而走向真诚，但同时也坠入深渊，他被张王氏“借种”，虽出于被迫而不可拒绝，但既然发生了，也应是一种罪恶和堕落。在临死时，他应为自己的行为而恐惧和忏悔，他的墓志铭应为“真诚而堕落者张马丁之墓”才对。张马丁说出“真相”，作为基督徒的他走向了天使之路，堕落的张马丁被掩藏起来了，张马丁身上也有魔鬼的一面。但他自己没有承认，至少没有写进自己的墓志铭，说明他依然是一个说谎者。在“性”与“身体”这个问题上，他说了谎。他还是不是一个真正的天主教徒呢？在一定程度上，这也暴露了作者对基督教义和传教士形象的简单化处理。

也许从小说情节设计上，张马丁的死而复活具有增加小说故事情节的丰富性的作用，能够带来小说的峰回路转，甚至有了走向十字架的耶稣的寓意。耶稣为了替人类赎罪而走向十字架，在被处死之后也死而复生。张马丁走向绝望的深渊，也有赎罪的因素，赎莱高维诺主教所犯的罪。张马丁坦承事实真相，主动承担由此带来的一切后果，牺牲自己换取信仰的真诚和纯洁，表达了他的悲悯情怀：“我愿意接受你的任何惩罚，我愿意为你做任何事情，我愿意你把我撕成碎片，只要你相信我是为了真相而来，我绝不愿意为了躲避惩罚而苟且偷生，更不愿意为了谎言而活在世上。”既有象征意义也有反讽意味的是，他被不识半个字的村妇，只相信能助自己传宗接代的女娲娘娘的张王氏救活了，

"眼泪立即从他的面颊上淌下来，这个可怜的女人，这个因为自己而失去了丈夫的女人，居然又奇迹般地用她的身体把已经冻僵的仇人救活了"。张王氏被娘娘滩的人们当成了菩萨，她在娘娘庙里收容了非张姓氏和入了洋教的村民。李锐自己也认为："张马丁和张王氏就是活着的耶稣和菩萨。当活着的耶稣和菩萨来到这个无恶不作的人间，他们所遭遇的困境和折磨，他们所经历的苦难和绝望，是所有人的现世困境，是所有人的耻辱和惩罚（天母河流域关于女娲娘娘的信仰，是一种边际模糊的民间信仰，开天辟地的女娲娘娘和救苦救难的菩萨几乎是可以等位互换的神灵）。"[①]让菩萨和耶稣在非理性和不由自主的被迫中发生疯狂的"借种"事件，的确有些不合情理，有些"穿越剧"的味道了。

张王氏千方百计要生儿子，这是作为天石村迎神会会首的丈夫张天赐在慷慨赴死之前，留下的遗憾和重托，要她为自己生下一个可以传宗接代的儿子。为了达成这个目的，在监狱里他们就有过性行为，并嘱咐张王氏如果没有怀上，不惜让自己的亲弟弟和张王氏发生关系。由于传统伦理观念的制约，他的弟弟退却了，受制于家族责任的张王氏也只身逃到娘娘庙躲藏起来，救起了身体虚弱、生命垂危的张马丁，是张马丁使张王氏和天石村其他几个妇女同时怀了孕，如期生下了五个孩子。如果我们不惜大胆猜想，为什么张天赐再三努力也没有实现传宗接代？反而是奄奄一息的张马丁使五位女性同时怀孕生产？这是不是还有作者更深的意图？诸如中西方文化的强与弱，传统文化的无生机，西方文化的生命力，等等，也许是这样，但也有些离奇怪诞，如同20世纪80年代的一幅画，披着汉字的一头猪正被追逐，周围有不少看客。一幅有中西方文化隐喻的油画，张马丁与张王氏的"借种"是不是也有这样的寓意？不得而知。无论如何，这样的情节安排有着鲜明的理念化构思。

张马丁的死而复活，让莱高维诺主教陷入尴尬虚伪之境，也把自己推向了两难困境之途。在经过一番激烈的思想斗争后，张马丁最终选择了说出真相：

① 李锐、续小强：《"煎熬"的历史观：〈張馬丁的第八天〉及其他——作家李锐笔谈》，《名作欣赏》2011年第28期。

“张马丁不想说出所有的原因，那不仅因为是无法启齿的，更因为在他看来那最终是一件自己的事情，是一件自己要独自面对天父的证明。为此，莱高维诺主教无法理解，玛丽亚修女无法理解。”他对修女玛丽亚说：“玛丽亚修女，我不知道，不知道这是圣父的恩惠，还是圣父的惩罚，还是活着就是有罪，我不能欺骗天主，我只是凭着自己的良心做了一件诚实的事情，没想到大家都不想看见真相。”他的现身也让村民们不理解，“从那以后七天来，只要走进任何一个村庄、集镇，人们就像看到瘟神一样对他指指点点，孩子们就会围上来用浓重的方言对他尖叫”，然而，“最让他难受的是，教民们的孩子也用同样的方法对待他，其中有些面孔还是他以前经常见到过的，是和他一起唱过圣歌的，只不过随着投过来的石子、土块和口水，他们嘴里的叫骂改成了：犹大，叛徒，魔鬼，毒蛇”。张马丁陷入了一种众叛亲离，万劫不复的处境：“自己只不过按照内心最真实的想法作了最诚实的决定，却一下子就跌进了万劫不复的深渊。”就故事情节而言，正是因为张马丁的众叛亲离，才有被张王氏所救的荒诞情节出现，小说前面因为有张马丁的“假死”，才有了张王氏丈夫张天赐的被杀。不知是作者的有意还是无意，中西方民族和文化的“生与死”就这么偶然地被耦合起来。世上多有无巧不成书的传奇，但却没有这么荒诞。小说将这一章命名为“烛光”，也许就是有意的安排。张马丁与张王氏在娘娘庙相遇，张马丁滔滔不绝地讲经，不过是自说自话，对牛弹琴，母鸡对公鸭，完全是信仰隔膜和文化差异的呈现，以至于在张马丁死亡之时，张王氏一口“哈利路亚”，一口“娘娘保佑”。身体可以交换，信仰却是隔膜的。如同身处不同的玻璃屋，看得见却进不去。

小说在张马丁与张王氏、莱高维诺与张天赐主线之外，还有另外的两条线索，一是县府衙役头子陈五六引出的故事。家有残疾姑娘莲儿的陈五六，让饿饭行乞的自家亲戚葫芦入赘为婿，但却由于家中仆人瘸腿老三的出卖，莲儿和葫芦在饱尝义和团无端欺辱之后，双双投水自尽。第二条线索就是张天赐的弟弟张天保引出的故事。张天保是当时清军将领聂提督手下一名得力亲兵，在护送聂提督灵柩返乡途中回到故乡天石村，赶上义和团围攻天主教堂受阻。张天保出于家仇国恨，毅然出手，攻破了天石村的天主教堂。张天保如同英雄一般回到故乡，在侄子柱儿的目光中完成了对天主教堂的掠杀，让侄儿“欢呼雀跃”。这是否也意味着仇恨的遗传呢？无论是对县府衙役头子陈五六，还是张王氏、张天保，家族绵延和兴旺都是他们的信念支撑，这的确是中国文化的确证。如同梁漱溟的《中国文化要义》和费孝通的《乡土中国》所言，家族和乡土都是中国文化根子的所在，小说对传统文化的叙述也就踩到了节点上。由此，可以看到，当文化成为信仰之后，它如何支配人们的思想、情感和行为。张天赐、张王氏、张天保以及娘娘滩的人们都被家族、生殖文化所俘获而成了文化的奴隶，失去了自我，也没有了独立的精神世界。莱高维诺主教、张马丁何尝不是这样，当他们的信仰成了文化以后，他们自己也成了文化的奴隶，不得不挣扎于文化的褊狭与固陋世界，失去文化通融与价值共享的更新能力。

李锐在写《张马丁的第八天》前，为自己定了一个规矩，就是“不要‘先锋’，不要‘试验’，不要‘技巧化’，不要‘狂欢’，也不要‘游戏’，就来一次正面进攻”[①]。小说将天母河地区天主教主教莱高维诺与天石村迎神会会首张天赐的冲突斗争作为主线，上演了一幕幕悲喜交集，合乎历史但不甚合情理的大戏。小说将时间定在光绪二十五年，就是1899年，这一年恰是中国历史上的一个特殊年份。有关义和团的历史书写并非超越旧有的判断，反而历史中的文化传统冲突被尖锐地凸显出来。塞缪尔·亨廷顿在《文明的冲突与世界秩序的重建》中谈到，冷战后的世界冲突不再是意识形态，而是文化差异，主宰全球的将是“文明的冲突”。在亨廷顿看来，中华文明、伊斯兰文明与西方基督教文明都存在冲突的差异，也存在冲突的可能。《张马丁的第八天》是否就是亨廷顿“文化冲突论”的文学注释？

我曾经在《20世纪中国文学与基督教文化》一书的“后记”里提及对基督教与中国文学关系的考察，主要是追问中国文学表达基督教的意义及其限度，它只能表达民族、历史和现实给予的能够表达的，有其社会现实的诉求，也有个人体验和知识的支撑，有世俗与超越、批判与认同、自我与人类、身体

① 李锐，续小强：《“煎熬”的历史观：〈張馬丁的第八天〉及其他——作家李锐笔谈》，《名作欣赏》2011年第28期。

与精神等意义纠缠和转化，在其背后却隐含着现代中国知识分子的认知、精神、思维和情感向度。特别是在传统文化解体和分化过程中，现代中国文学的基督教书写既作为价值之镜，批判中国的社会现实和历史文化，也敞露出现代作家丰富的精神心理，还呈现了中国文学少有的终极关怀。中国作家缺乏真正意义上的基督徒，而与基督教之间有着深深的隔膜，但基督教已作为一种价值资源进入了中国作家的思想观念、精神情感和思维方式。在某种意义上，对中国文学与基督教关系的言说也是对现代知识分子思想立场和价值关怀的逼问和考验。[①]20世纪80年代以来，当代文学对基督教叙事不断拓疆开域，传教士、《圣经》和基督教文化已没有书写的禁忌，出现了信仰、反思和戏谑等叙述模式，有着大众化和网络化发展趋势。新世纪长篇小说创作对基督教的叙事依然拥有这样的书写模式，它以基督教教义烛照中国社会历史、文化和生命的荒芜与孤独，而呈现出历史化和伦理化特点。李锐的《张马丁的第八天》叙述了文化成为信仰之后如何支配人们的生活，包括性本能的被支配，本来应属于个人信仰的基督教也成了传教士文化殖民的手段和工具。文化不仅是一种符号，更是一种力量，信仰不完全是个人精神的支撑，也是权力的象征。可以说，它对传统文化的书写是成功的，对基督教的叙事只能算差强人意，甚至有叙事的隔膜。为什么小说对基督教文化的表达和传教士形象的塑造多有枘柮不合的地方，而对传统文化和民风民俗的书写却比较贴切亲近呢？也许还是那句话，基督教与中国文学的关系所折射出来的并不完全是中国作家拥有多少基督教信念和思想，而是作家们的社会历史和文化认知的边界。基督教文化成了作家们写作的面子，传统文化才是思想的里子。

原载《南方文坛》2016年第5期

① 王本朝：《20世纪中国文学与基督教文化》，安徽教育出版社2000年版，336页。

附录：李锐研究资料索引

1. 冯池《严肃思考　锐意创新——谈李锐的小说创作》，《山西文学》1983年第6期。

2. 胡正《〈丢失的长命锁〉序》，《山西文学》1985年第11期。

3. 郑义《这一瞬间凝结了永恒——读〈古墙〉漫想》，《当代》1986年第2期。

4. 董大中《评〈古墙〉》，《小说评论》1987年第1期。

5. 李国涛《读李锐新作〈厚土〉七篇》，《山西文学》1987年第2期。

6. 《〈厚土〉：民族文化心理积淀的"厚土"——李锐作品讨论会纪要》，《山西文学》1987年第3期。

7. 马风《氛围的营造和渲染——〈厚土〉的艺术支点》，《当代作家评论》1987年第4期。

8. 李国涛《李锐的气质和艺术》，《当代作家评论》1987年第4期。

9. 陈坪《深切的体察与理解——评〈厚土〉的艺术追求》，《当代作家评论》1987年第4期。

10. 蔡润田《〈厚土〉及由〈厚土〉想到的》，《当代作家评论》1987年第4期。

11. 雷达《说〈厚土〉——兼谈意味、文体及其他》，《上海文论》1987年第4期。

12. 金汉《短篇艺术的新收获：读李锐的集束小说〈厚土〉》，《名作欣赏》1987年第5期。

13. 韩鲁华《厚土:透视民族文化心理结构的艺术视觉——读李锐小说〈眼石〉等三篇》，《小说评论》1987年第6期。

14. 李庆西《古老大地的沉默——漫说〈厚土〉》，《文学评论》1987年第6期。

15. 何镇邦《李锐论》，《批评家》1987年第6期。

16. 吴方《追摹本色　赋到沧桑》，《读书》1987年第8期。

17. 李陀《李锐给我们带来了什么？——兼评〈驮炭〉》，《青年文学》1987年第12期。

18. 李国文《好一个李锐》，《小说选刊》1987年第2期。

19. 白烨《短而厚，短篇小说的新趋向——从李锐的〈厚土〉谈起》，《文汇报》1987年第5期。

20. 李明远《李锐、矫健系列短篇比较论》，《批评家》1988年第2期。

21. 黄国柱《笔谈〈孤烟〉：大漠风情大漠魂》，《西北军事文学》1988年第3期。

22. 李国涛《〈厚土〉的文体追求》，《批评家》1988年第3期。

23. 陈坪《论〈厚土〉叙事方法的得失》，《晋阳学刊》1988年第4期。

24. 于立霄《李锐与〈厚土〉》，《人民日报》1988年3月29日。

25. 李国文《巍巍长城的联想——读山西作家李锐小说集〈厚土〉》，《人民日报》1988年5月24日。

26. 高文平、康序、李有亮等《吕梁人谈〈吕梁山印象〉》，《批评家》1989年第2期。

27. 段崇轩《“厚土”底层的女人们》，《文学自由谈》1989年第5期。

28. 任孚先《沉重负荷下的跋涉》，《山东文学》1989年第6期。

29. 古卤《也来说说“新写实”——兼评刘恒、李锐的部分作品》，《文学自由谈》1989年第6期。

30. 伏署《对民族伟大精神的呼唤：读李锐〈传说之死〉》，《小说评论》1991年第5期。

31. 梅蕙兰《凝冻的厚土与跃动的大地——李锐与李佩甫创作比较》，《中州学刊》1992年第1期。

32. 王春林、张莹《人和历史的悖反与错位——读中篇小说〈传说之死〉》，《文学自由谈》1992年第1期。

33. 段崇轩《理想的追求：评成一、李锐的几部知青题材小说》，《文艺报》1993年第22期。

34. 刘春《热心赤肠谈〈旧址〉——致李锐的一封信》，《小说评论》1993年第3期。

35. 李洁非《废墟上的铭文——李锐长篇小说〈旧址〉的主题分析》，《当代作家评论》1993年第4期。

36. 张志忠《〈旧址〉四重奏》，《小说评论》1993年第5期。

37. 杨品《各有千秋　“晋军”风采：〈世界正年轻〉、〈旧址〉、〈真迹〉讨论会纪要》，《小说评论》1993年第6期。

38. 傅书华《对人性与历史的追问与审视：评李锐的小说〈旧址〉》，《集宁师专学报》1994年第1期。

39. 潘凯雄《“自觉”为他带来了什么？——读李锐近作》，《文学评论》1994年第1期。

40. 潘凯雄《各领风骚　尽显风流——读高岸、李锐、成一的长篇新作》，《文学自由谈》1994年第1期。

41. 成一《不是选择——李锐印象》，《当代作家评论》1994年第3期。

42. 李国涛、成一《一部大小说——关于李锐长篇新著〈无风之树〉的交谈》，《当代作家评论》1995年第3期。

43. 王春林《苍凉的生命诗篇——评李锐长篇小说〈无风之树〉》，《小说评论》1996年第1期。

44. 赵升平、谢虹光《凝重真诚，铭心刻骨：李锐风格印象》，《北岳风》1996年第6期。

45. 百姓《岁末年初的“马桥事件”“抄袭”和“模仿”从何谈起——著名作家李锐谈“〈马桥词典〉事件”》，《图书馆》1997年第1期。

46. 何明星《生命的歌哭——谈李锐小说中的死亡描写》，《湖北大学学报（哲学社会科学版）》1997年第4期。

47. 周政保《口语倾诉的方式（或叙述就是一切）：关于李锐的长篇小说〈万里无云〉》，《南方文坛》1997年第4期。

48. 南帆《叙述的秘密——读李锐的长篇小说〈万里无云〉》，《当代作家评论》1997年第4期。

49. 周政保《自尊的独语——读李锐的随笔集〈拒绝合唱〉》，《当代作家评论》1997年第5期。

50. 何立伟《评点〈合坟〉》，《当代作家评论》1998年第1期。

51. 王鸿生、耿占春、曲春景《对“文革”的再叙事——关于〈无风之树〉和〈万里无云〉的对话》，《上海文学》1998年第1期。

52. 曲春景《对“文革”成因的文化批判——读李锐的〈无风之树〉与〈万里无云〉》，《中州大学学报》1998年第2期。

53. 李国涛《盐的歌剧——评李锐的〈旧址〉》，《当代作家评论》1998年第3期。

54. 曲春景《反神话与“文化大革命”再思考——评李锐小说的思想价值》，《当代作家评论》1998年第3期。

55. 周政保《白马就是白马……——关于小说家李锐》，《当代作家评论》1998年第3期。

56. 严敏、梅琼林《〈旧址〉：复调意味的历史思考》，《名作欣赏》1998年第5期。

57. 徐肖楠《〈旧址〉：家族寓言中的历史投影》，《名作欣赏》1999年第6期。

58. 魏家骏《改写的文本——一个叙事学的个案分析》，《淮阴师范学院学报（哲学社会科学版）》2000年第1期。

59. 张丽《论李锐〈厚土〉系列的象征手法》，《厦门教育学院学报》2001年第1期。

60. 罗慧敏《再造乌托邦——谈〈无风之树〉的叙述人称特色》，《宁波大学学报（人文科学版）》2001年第4期。

61. 王鹏飞《卑微者的光辉——论李锐〈厚土〉中的女性群体》，《吕梁高等专科学校学报》2002年第2期。

62. 李锐、王尧《“本土中国”与当代汉语写作》，《当代作家评论》2002年第2期。

63. 张文武《倾诉的瀑布——探讨〈无风之树〉的诗意空间》，《蒙自师范高等专科学校学报》2002年第3期。

64. 郜元宝、葛红兵《语言、声音、方块字与小说：从莫言、贾平凹、阎连科、李锐等说开去》，《大家》2002年第4期。

65. 王春林《智性视野中的历史景观——评李锐长篇小说〈银城故事〉》，《小说评论》2002年第5期。

66. 顾明霞《现代性的历史失败与启蒙者的话语悖论——论李锐的长篇小说〈银城故事〉》，《当代文坛》2002年第5期。

67. 傅书华、王树增《新时期走红作家今何在之十二（李锐、唐栋）》，《北京文学》2002年第7期。

68. 傅书华《执着于生命存在的李锐》，《北京文学》2002年第7期。

69. 钟红明《“所有的谎言都无视生命”》，《深圳商报》2002年1月19日。

70. 俞小石《文学创作不能鼓吹纵欲》，《文学报》2002年2月21日。

71. 白烨《反思历史的文学力作——读李锐的长篇小说〈银城故事〉》，《中华读书报》2002年4月24日。

72. 王春林《心慌意乱的银城》，《中国图书商报》2002年8月8日。

73. 高慧斌《银城故事：一幕苍凉的历史悲剧》，《辽宁日报》2002年8月15日。

74. 杜学文《生命意义的哲学观照》，《山西日报》2002年8月20日。

75. 谢维强《位卑心忧黎民　情深长歌当哭——关义、朱晓平、李锐知青小说人民性浅论》，《华中师范大学学报（人文社会科学版）》2003年第1期。

76. 王艳云《黄土地上的精神守望：〈厚土〉价值取向新论》，《平顶山师专学报》2003年第1期。

77. 叶立文、李锐《汉语写作的双向煎熬——李锐访谈录》，《小说评论》2003年第2期。

78. 叶立文《他的叙述维护了谁？——李锐小说的价值立场》，《小说评论》2003年第2期。

79. 叶开《空洞的焦虑——李锐长篇小说〈银城故事〉的基本命题》，《当代作家评论》2003年第2期。

80. 周政保《历史生活与文学化的表达——从李锐的〈银城故事〉说到现时的小说创作》，《当代作家评论》2003年第2期。

81. 罗爱军《生命的悲歌：浅析李锐〈厚土〉中“厚”的含义》，《佳木斯教育学院学报》2003年第3期。

82. 王辉《从中心滑向边缘——论李锐〈旧址〉和〈银城故事〉对“革命”的文学性解读》，《聊城大学学报（社会科学版）》2003年第5期。

83. 刘海燕《李锐：从厚土到银城》，《作品》2003年第9期。

84. 耿传明《“启蒙者”的尴尬与改造生活的困境——从李锐〈行走的群山〉看20世纪末的“启蒙”》，《东方杂志》2003年第10期。

85. 刘蜀贝《东西方男子汉的文化意蕴——〈好汉〉和〈老人与海〉的文本比较》，《小说评论》2003年第 3 期。

86. 李锐、王尧《生命的歌哭》，《作家》2004年第1期。

87. 王辉《李锐〈旧址〉与〈银城故事〉对“革命”的文学性解读》，《周口师范学院学报》2004年第1期。

88. 陈庆泓《人生，如此凄惶——探索〈无风之树〉宿命意识的文化根源》，《安徽理工大学学报（社会科学版）》2004年第1期。

89. 王尧《李锐论》，《文学评论》2004年第1期。

90. 李丹梦《敞开与囚禁：艰难的自我抒写——李锐创作心理初探》，

《上海文学》2004年第2期。

91. 陈离《“历史”之外的悲凉人生——从〈寂静〉、〈颜色〉看李锐短篇小说的艺术追求》，《上海文学》2004年第2期。

92. 翟永明、高小弘《李锐〈无风之树〉的叙事策略与诗意营造》，《安康师专学报》2004年第3期。

93. 王德威《历史的忧郁　小说的内爆》，《读书》2004年第4期。

94. 陈少萍、徐肖楠《像群山一样行走的历史与生命——论李锐吕梁山系列小说的人性书写》，《华南理工大学学报（社会科学版）》2004年第4期。

95. 高小弘、翟永明《穿透生命表象的价值追问与诗意传达——评李锐的〈无风之树〉》，《河北师范大学学报（哲学社会科学版）》2004年第6期。

96. 王尧儿《双向的煎熬》，《当代作家评论》2004年第6期。

97. 巫剑伶、徐肖楠《李锐笔下的神女形象》，《郑州航空工业管理学院学报（社会科学版）》2005年第2期。

98. 刘熹、林颖颖《历史：反讽与对话——读李锐〈银城故事〉》，《中文自学指导》2005年第2期。

99. 杨矗《李锐“焦虑”的祛魅化分析》，《文学评论》2005年第2期。

100. 高小弘、翟永明《立足“本土”的书写——李锐小说创作简论》，《内蒙古师范大学学报（哲学社会科学版）》2005年第3期。

101. 徐阿兵《“政治中国”与“乡土中国”的谛视观照——关于李锐小说的一种解读》，《九江学院学报（哲学社会科学版）》2005年第3期。

102. 唐海东《用方块字深刻地表达自己——李锐小说的叙事探索》，《小说评论》2005年第4期。

103. 陈树萍、李相银《农具的隐喻：城市化进程中乡村的焦虑——评李锐的“农具系列”》，《小说评论》2005年第4期。

104. 汪政《说〈桔槔〉》，《山花》2005年第4期。

105. 张灯、毕谷华、陈思和《“农具系列”引起反响·“月月小说”主打中篇》，《上海文学》2005年第5期。

106. 赵晖《寂静之维下的艺术探索——评李锐“农具系列”》，《海南师范学院学报（社会科学版）》2005年第6期。

107. 陈树萍、李相银《现代化进程中的乡村叙事——评李锐“农具系列之一”》，《当代文坛》2005年第6期。

108. 施学云《沉寂与骚动——试比较鲁迅、李锐的乡村书写》，《乐山师范学院学报》2005年第8期。

109. 徐阿兵《“语言焦虑”与“文体突围”——试论李锐的汉语写作》，《创作评谭》2005年第12期。

110. 郭洪雷、张艳龙《从“器具”领悟生存——读李锐的农具系列小说〈袴镰〉〈残耱〉》，《名作欣赏》2005年第9期。

111. 柯贵文《愤怒的诗与感伤的诗——读〈袴镰〉与〈残耱〉》，《名作欣赏》2005年第9期。

112. 翟永明、高小弘《个体生存困境的展现与突围——简析李锐小说〈颜色〉与〈寂静〉》，《名作欣赏》2005年第9期。

113. 陈玉川《在厚土中延伸》，《山西日报》2005年5月10日。

114. 《李锐：现在是重拾传统的时候了》，《文学报》2005年10月6日。

115. 张琦《衰老的田园——评李锐的〈残耱〉》，《名作欣赏》2006年第1期。

116. 孙国亮《乡村“乌托邦”的覆灭：愤怒的袴镰与伤感的残耱》，《名作欣赏》2006年第1期。

117. 万秀凤《乡村“留守老人”精神困境的书写——读李锐的短篇小说〈残耱〉》，《名作欣赏》2006年第1期。

118. 孙春《一样农具·一段生活·一篇作品——读李锐的短篇小说〈连耞〉》，《名作欣赏》2006年第1期。

119. 翟永明《个体生命价值的维护与捍卫——李锐小说创作简论》，《海南师范学院学报（社会科学版）》2006年第3期。

120. 蒋韵《我眼中的李锐》，《书城》2006年第4期。

121. 龚祝义、唐北华《生活底层的生命音符——李锐小说的女性之美》，《九江学院学报（社会科学版）》2006年第4期。

122. 李青利《从李锐的〈厚土〉审视现代意识观照下的中国文化》，《太原城市职业技术学院学报》2006年第4期。

123. 康志宏《从〈无风之树〉看李锐小说的文体特点》，《太原城市职业技术学院学报》2006年第4期。

124. 周序华《对苦难的不同阐释——试比较张炜、李锐文学作品中的苦难意识》，《语文学刊》2006年第5期。

125. 梁鸿《当代文学视野中的"村庄"困境——从阎连科、莫言、李锐小说的地理世界谈起》，《文艺争鸣》2006年第5期。

126. 赵海忠《镰为农具今不同——读李锐的〈袴镰〉和〈残糖〉》，《名作欣赏》2006年第4期。

127. 温凤霞《叙述的力量——读李锐的短篇小说〈袴镰〉》，《名作欣赏》2006年第9期。

128. 李杰《相信你自己——著名作家李锐访谈录》，《语文世界（高中版）》2006年第10期。

129. 施路《割向腐败与冷漠的袴镰——解读李锐的小说〈袴镰〉》，《语文学刊》2006年第17期。

130.《李锐：在文明最深处寻找活水》，《文学报》2006年9月7日。

131. 马小敏《论李锐的农具系列小说》，《文学教育（上半月）》2007年第1期。

132. 李寒波《人生困境的言说——李锐：从〈厚土〉到现时的小说创作》，《沧桑》2007年第1期。

133. 翟永明《宿命与荒诞的生存——试论李锐小说对人类存在困境的追问》，《河北师范大学学报（哲学社会科学版）》2007年第1期。

134. 吴锡平《失落的农具与赤裸的田园——读李锐的〈太平风物〉》，《社会科学文摘》2007年第2期。

135. 吴专《〈旧址〉对中国传统文化的眷念》，《大庆师范学院学报》2007年第3期。

136. 徐阿兵《困惑与超越——评李锐的〈太平风物〉》，《当代文坛》

2007年第4期。

137. 高小弘《李锐小说叙事声音分析》，《郑州大学学报（哲学社会科学版）》2007年第4期。

138. 翟永明《李锐小说叙事结构分析》，《海南师范大学学报（社会科学版）》2007年第4期。

139. 李锐、陈村《农具跟乡村生活》，《上海文学》2007年第4期。

140. 翟永明《坚守与质疑的双声对话——试论李锐小说对启蒙的深刻表达》，《内蒙古师范大学学报（哲学社会科学版）》2007年第5期。

141. 翟永明《李锐小说诗性特征分析》，《小说评论》2007年第5期。

142. 宁二《李锐：以方块字面对农具的消失》，《南风窗》2007年第5期。

143. 王春林《“身份认同”与生命悲情——评李锐、蒋韵长篇小说〈人间〉》，《扬子江评论》2007年第5期。

144. 付美青《家族苦难的碎片叙事——评李锐的〈旧址〉》，《平顶山学院学报》2007年第6期。

145. 付娟《双向煎熬的神话传奇——评李锐〈银城故事〉》，《社会科学家》2007年第A2期。

146. 翟永明《当下视野中的苦难生存——李锐〈农具〉系列小说简论》，《名作欣赏》2007年第12期。

147. 柳迎春《谁的历史——评李锐长篇小说〈无风之树〉》，《作家》2007年第14期。

148. 陈发明《重述神话拷问人性——读李锐新作〈人间〉》，《名作欣赏》2007年第11期。

149. 吴圣刚《当代文学的后现代建构——李锐〈犁铧〉的后现代隐喻》，《名作欣赏》2007年第11期。

150. 谢迪南《李锐：向中国神话传统致敬》，《中国图书商报》2007年5月1日。

151. 张丛《李锐：拒绝对农村诗意化的写作》，《农民日报》2007年5月

12日。

152. 白烨《“重述神话”：文学与文化创意的双赢》，《文艺报》2007年5月22日。

153. 夏榆《李锐的胡子》，《中国青年报》2007年9月26日。

154. 梁吉《城市生存场景的颜色剖析：读李锐短篇小说〈颜色〉》，《电影文学》2008年第1期。

155. 李锐、毛丹青《小说可以用来寄托人心》，《渤海大学学报（哲学社会科学版）》2008年第2期。

156. 李锐、毛丹青《文字就是被大海推动沙滩上的贝壳》，《读书》2008年第3期。

157. 王小芹《李锐小说的悲剧意识》，《信阳农业高等专科学校学报》2008年第3期。

158. 王春林《“身份认同”与生命悲情——评李锐、蒋韵长篇小说〈人间〉》，《扬子江评论》2007年第5期。

159. 晋海学《批判与建构：论李锐农具系列小说的文化思考》，《中州学刊》2008年第3期。

160. 董春风《对人心的拷问与探索——评李锐的长篇小说〈人间：重述白蛇传〉》，《当代文坛》2008年第4期。

161. 翟永明《知青身份带来的创作困惑与尴尬：对李锐小说创作困境的再认识》，《海南师范大学学报（社会科学版）》2008年第5期。

162. 李锐、毛丹青《传统是活的——关于写作与慈悲的思考》，《西部》2008年第5期。

163. 王展蕾《谈李锐〈无风之树〉的叙事策略及其艺术内涵》，《读与写（教育教学刊）》2008年第5期。

164. 韩晋花《传统与现代的交汇：评李锐和蒋韵的长篇小说〈人间〉》，《晋中学院学报》2008年第5期。

165. 游士慧、吴晓红《“叙述就是一切”：李锐小说〈无风之树〉的叙事学分析》，《淮北职业技术学院学报》2008年第6期。

166. 李涯《诗神远遁的荒原：浅析李锐〈太平风物〉》，《名作欣赏》2008年第6期。

167. 李寒波《历史无理性的阐释和追问——评李锐的小说创作》，《企业家天地》2008年第7期。

168. 王尧《道器之间的〈太平风物〉》，《读书》2008年第7期。

169. 王孝谦《陪李锐游“银城”、访“旧址”》，《四川文学》2008年第11期。

170. 陈代星《春风又渡玉门关：试评李锐小说〈银城故事〉》，《自贡日报》2008年3月24日。

171. 蒋涌《乡音如歌：走近李锐之一》，《自贡日报》2008年4月1日。

172. 蒋涌《以故乡为背景的创作：走近李锐之二》，《自贡日报》2008年4月8日。

173. 卜昌伟、李吉《李锐：小说是对失望生活的弥补》，《京华时报》2008年7月20日。

174. 杨占平《“拒绝合唱”的李锐（上）》，《太原晚报》2008年11月18日。

175. 杨占平《“拒绝合唱”的李锐（中）》，《太原晚报》2008年11月25日。

176. 杨占平《“拒绝合唱”的李锐（下）》，《太原晚报》2008年12月2日。

177. 李寒波《李锐小说创作论》，中国社会出版社2008年版。

178. 袁晓斌《试论李锐小说对人类生存困境的逼视》，《淮海工学院学报（社会科学版）》2009年第2期。

179. 郑立群《谈李锐的吕梁谱系创作》，《烟台职业学院学报》2009年第2期。

180. 翟永明《论李锐小说历史阐释的独异性》，《当代文坛》2009年第2期。

181. 李彦文《身份认同困境的寓言——评李锐、蒋韵的〈人间——重述白蛇传〉》，《邯郸学院学报》2009年第2期。

182. 任宽《剥开人性的伤痕：读李锐的〈人间〉》，《运城学院学报》2009年第3期。

183. 姜革文《在反省中生长——〈烧梦：李锐日本讲演纪行〉读后》，《南方文坛》2009年第3期。

184. 胡春芳《树欲静而风不止：〈无风之树〉的叙事人称特点及其意义》，《牡丹江师范学院学报（哲学社会科学版）》2009年第4期。

185. 康志宏《"语言自觉"的呐喊：评李锐创作中的语言意识》，《吕梁高等专科学校学报》2009年第4期。

186. 陈晶敏《复调与民间话语的狂欢：以巴赫金复调诗学理论分析李锐小说〈无风之树〉》，《长春工业大学学报（社会科学版）》2009年第4期。

187. 唐韧《"百变白蛇"再"变脸"：读李锐重述〈白蛇传〉有感》，《阅读与写作》2009年第8期。

188. 贺进《自由转换的时空：李锐小说一个叙事角度的探析》，《安徽文学（下半月）》2009年第9期。

189. 贺进《底层与启蒙的双重立场及其纠结——李锐小说的一种读法》，《当代小说（下半月）》2009年第12期。

190. 康志宏《"口语倾述"的成功尝试：评李锐的小说〈无风之树〉和〈万里无云〉》，《太原大学教育学院学报》2010年第1期。

191. 程光炜、丁帆、李锐《乡土文学创作与中国社会的历史转型："乡土中国现代化转型与乡土文学创作学术研讨会"纪要》，《渤海大学学报（哲学社会科学版）》2010年第1期。

192. 孙秋英、焦艳娜《纯色·彩色·本色：解读李锐短篇小说〈颜色〉》，《语文学刊》2010年第3期。

193. 王理香《浅谈作品〈无风之树〉中的几种巧妙对立》，《时代文学（上半月）》2010年第3期。

194. 李锐、吴亮《我不愿意再把自己轻易交给任何真理》，《上海文化》2010年第5期。

195. 刘书芹《此岸与彼岸之间：浅谈〈厚土〉的人生境界》，《文艺生活·文艺理论》2010年第5期。

196. 李海英《在他那里，形式与内容终于得到了统一：漫谈〈万里无云〉的形式实践》，《哲理（论坛版）》2010年第5期。

197. 王秀红《试论李锐小说的三种悲剧形态》，《新余高专学报》2010年第6期。

198. 冯欢平《析〈无风之树〉的语言风格》，《安徽文学（下半月）》2010年第7期。

199. 施小琼《异化与焦虑：评李锐的小说集〈太平风物：农具系列〉》，《长春理工大学学报》2010年第8期。

200. 陈亮《论〈人间〉中对于悲剧性存在的超越》，《社会科学论坛》2010年第8期。

201. 曹书文《〈旧址〉：家族与人的悲剧》，《文艺争鸣》2010年第19期。

202. 孟庆莲《〈无风之树〉中的两种对立》，《新闻爱好者》2010年第11期。

203. 袁晓斌《论李锐小说生存困境哲性的提升》，《青年文学家》2010年第13期。

204. 唐廷碧《中国内陆民族资本城市的宏大叙事：李锐〈银城故事〉解读》，《黑龙江史志》2010年第21期。

205. 张石山《邂逅李锐》，《太原日报》2010年5月5日。

206. 王秀红《浅析李锐小说的叙事视角》，《重庆科技学院学报（社会科学版）》2011年第1期。

207. 白杨《人间如此，如此人间：李锐〈人间〉漫谈》，《语文学刊》2011年第2期。

208. 杨占富《沉寂群山中的民间声音：评李锐的“吕梁山系列小说”》，《云南电大学报》2011年第2期。

209. 胡艺丹《焕然一新的“除妖人”——论〈人间：重述白蛇传〉中的法

海形象》，《常州工学院学报（社科版）》2011年第2期。

210. 杨占富《历史的存在与现实的困惑：评李锐的“农具系列小说”》，《吕梁学院学报》2011年第5期。

211. 刘溢江《为自己写作：李锐作品论》，《语文学刊》2011年第3期。

212. 罗兴萍《论白娘子形象的现代诠释：兼评李锐的〈人间——重述白蛇传〉》，《合肥师范学院学报》2011年第5期。

213. 王青《历史·人生·寓言：读李锐的〈银城故事〉》，《北方文学（下半月）》2011年第5期。

214. 王永兵《辛亥革命的三种演义方式：〈死水微澜〉〈大波〉与〈银城故事〉》，《文学评论》2011年第5期。

215. 罗丽娜《新历史主义语境下李锐〈厚土〉的美学价值》，《科教导刊》2011年第6期。

216. 李莉《黄土地上的哀情：读农具系列之〈残糖〉与〈袴镰〉》，《吕梁学院学报》2011年第6期。

217. 刘婧《“何谓人，何谓妖”的身份认同困境——从〈人间——重述白蛇传〉的叙事结构谈起》，《衡水学院学报》2011年第6期。

218. 李小娟《“重述神话”中自由与秩序的困惑：论〈青蛇〉与〈人间〉对“白蛇传”的“神话重述”》，《重庆三峡学院学报》2011年第6期。

219. 姚伦《以生命之光照亮形式的大门：略论〈无风之树〉中的叙事视角》，《文艺生活·文海艺苑》2011年第6期。

220. 李彦文《永世为农的文学表达：重读李锐〈厚土〉系列小说》，《海南师范大学学报（社会科学版）》2011年第6期。

221. 靳悦《李锐〈厚土〉的“身体意象”分析》，《文学界（理论版）》2011年第7期。

222. 翟永明《试论李锐小说对人类存在困境的追问》，《绵阳师范学院学报》2011年第9期。

223. 李锐、邵燕君《用方块字深刻地表达自己：李锐访谈》，《上海文学》2011年第10期。

224. 赵晓芳《论〈太平风物〉的"超文体拼贴"》，《名作欣赏》2011年第14期。

225. 李锐、续小强《"煎熬"的历史观：〈张马丁的第八天〉及其他：作家李锐笔谈》，《名作欣赏》2011年第28期。

226. 蔡淑珍《苏童的〈米〉和李锐〈旧址〉的比较》，《学理论》2011年第29期。

227. 成铮《我看李锐的〈旧址〉》，《贵阳日报》2011年12月29日。

228. 潘明明《浅析李锐小说的悲剧成因》，《剑南文学（经典阅读）》2012年第1期。

229. 吕东亮《"日常生活"的幻象——〈银城故事〉与辛亥革命历史阐释》，《新文学评论》2012年第1期。

230. 许仁浩《李锐口语化叙述例析》，《文学教育》2012年第6期。

231. 陈静《消费主义视野中的〈太平风物〉》，《文学教育（下半月）》2012年第4期。

232. ［美］舒允中《破除定见　发掘真相——李锐对革命的历史主义描绘》，《华文文学》2012年第5期。

233. 曹刚《李锐"吕梁山系列"小说叙述伦理研究》，《中北大学学报（社会科学版）》2012年第6期。

234. 谢尚发《上帝与娘娘：信仰、东西之争及其结果：评李锐新作〈张马丁的第八天〉》，《赤峰学院学报（汉文哲学社会科学版）》2012年第9期。

235. 王春林《纠结：文化冲突中的人性困境透视：论李锐长篇小说〈张马丁的第八天〉》，《文艺争鸣》2012年第10期。

236. 姚国军《人性的遮蔽与去蔽之路——评李锐的长篇小说〈张马丁的第八天〉》，《社会科学论坛》2012年第10期。

237. 李晓娟《多样形象与多种关系模式：李锐笔下的女性书写》，《青年文学家》2012年第12期。

238. 曹刚《"历史"煎熬中的突围：评〈张马丁的第八天〉》，《名作欣赏》2012年第36期。

239. 沈杏培《“福克纳的眼睛”与“文革”叙事：李锐〈无风之树〉、〈万里无云〉的叙事特色及其思想意义》，《红岩》2012年第A2期。

240. 王迅《如何实现精神自救——读李锐〈张马丁的第八天〉》，《华兴时报》2012年5月2日。

241. 徐妍《李锐长篇小说〈张马丁的第八天〉：一次艰难而虚妄的探索》，《文艺报》2012年2月20日。

242. 李锐、蒋韵、胡少卿《“当代文学与世界”系列访谈（一）“中国的马尔克斯”是对作家的讽刺：李锐、蒋韵访谈》，《西湖》2013年第1期。

243. 周引莉《李锐：从“寻根”走向“后寻根”》，《山西师大学报（社会科学版）》2013年第1期。

244. 傅书华《旷世的绝望　个体的悲凉：读李锐〈张马丁的第八天〉》，《文艺争鸣》2013年第1期。

245. 张晓《论〈无风之树〉的语言艺术》，《德州学院学报》2013年第1期。

246. 卢艳芳《李锐笔下的“历史”：读李锐作品有感》，《河南工程学院学报（社会科学版）》）2013年第3期。

247. 张艳平《我所理解的李锐及其〈太平风物〉》，《文学教育（中旬版）》2013年第5期。

248. 吴贤玲《四代人的悲剧轮回：从李锐的〈人间〉中探析群众心理》，《现代语文》2013年第16期。

249. 王家平、高雁《李锐〈太平风物〉农具书写的文化意蕴》，《东岳论丛》2013年第9期。

250. 吴子飞《曹乃谦与李锐原生态乡土写作比较研究：以〈到黑夜想你没办法〉、〈厚土〉为例》，《北方文学（下旬刊）》2013年第9期。

251. 张莉《李锐：作为深渊的“第八天”》，《名作欣赏》2013年第16期。

252. 张艳梅《李锐：一个人的创世记》，《名作欣赏》2013年第16期。

253. 李旺《历史与文学的错位与对视：李锐1970年代、1980年代的知青故事》，《名作欣赏》2013年第22期。

254. 贾颖妮《白蛇传的“两地书”：评〈青蛇〉、〈人间〉》，《名作欣赏》2013年第23期。

255. 陈崇正《被赶下神坛的“革命”：从李锐〈旧址〉和〈银城故事〉中“革命”与革命者的关系看“革命”的消解》，《文教资料》2013年第34期。

256. 翟永明《生命的表达与存在的追问：李锐小说论》，商务印书馆2013年版。

257. 刘皓《“拒绝诗意化”的努力：李锐〈厚土〉、〈银城故事〉、〈旧址〉的精神取向》，《中国现代文学论丛》2014年第1期。

258. 宋睿、李传友《从排斥异己到自我救赎：评李锐、蒋韵长篇小说〈人间：重述白蛇传〉》，《菏泽学院学报》2014年第1期。

259. 李婉莹《“身份认同”困境与“异类迫害”命题：论〈人间〉对白蛇传的重述》，《华中人文论丛》2014年第2期。

260. 陶东风《荒唐的革命闹剧与民间的“文革”世相——评李锐的〈无风之树〉》，《南方文坛》2014年第3期。

261. 翟永明《神话与“反神化”的大众——李锐〈人间〉中的大众形象与社会转型》，《河北师范大学学报（哲学社会科学版）》2014年第3期。

262. 王芳《论李锐小说创作中呈现出的历史态度》，《山西高等学校社会科学学报》2014年第5期。

263. 翟永明、王晓晨《文化扭结中的此岸寓言：读李锐的〈张马丁的第八天〉》，《大连大学学报》2014年第5期。

264. 李权《古典叙事的经典重构—— 读李锐〈人间：重述《白蛇传》〉》，《心事》2014年第6期。

265. 秦莉莉《二十世纪中国小说中的神父形象——以莫言、巴人、李锐小说为中心》，《心事》2014年第6期。

266. 王芳《生命况味的执着追问——论李锐小说人物的“处境说”》，《山西高等学校社会科学学报》2014年第7期。

267. 文广磊《“黑夜人生”的追忆——试论李锐小说的人生悲情》，《开封教育学院学报》2014年第9期。

268. 陶东风《革命与启蒙的纠葛——论李锐笔下的张仲银形象》，《中国现代文学研究丛刊》2014年第10期。

269. 夏叶文、赵冠楚《论李锐〈厚土〉系列小说的叙事视角》，《青年文学家》2014年第11期。

270. 莫于《李锐：成功就是不遗余力地坚持》，《时代青年（哲思）》2014年第12期。

271. 贾午龙燕《剥裂人性，追寻美好——读李锐、蒋韵的〈人间〉》，《参花》2014年第8期。

272. 李嘉艺《“个人化”历史的复活：李锐小说中的历史意识》，《周口师范学院学报》2015年第1期。

273. 彭栓红、樊晋希子《生命的叙写：〈厚土〉民俗纠葛情节的艺术展现》，《山西大同大学学报（社会科学版）》2015年第2期。

274. 杜丽娟《权力视域下的李锐小说创作》，《安庆师范学院学报（社会科学版）》2015年第2期。

275. 刘皓《李锐新历史主义小说对英雄史观的解构》，《青年作家》2015年第2期。

276. 王斌《从终结处开始：评李锐长篇小说〈张马丁的第八天〉》，《鸭绿江（下半月版）》2015年第4期。

277. 李晓筝《农具的悖反及其象征——论李锐小说集〈太平风物〉中的现代忧虑和反思》，《河南师范大学学报（哲学社会科学版）》2015年第4期。

278. 彭迎《李锐小说中的“困境”书写——以〈人间〉、〈张马丁的第八天〉为例》，《河南广播电视大学学报》2015年第4期。

279. 赵天成《李锐“前史”考叙：以〈山西文学〉为中心》，《小说评论》2015年第4期。

280. 高露洋《人文历史的建构与困境——论李锐的〈银城故事〉》，《文山学院学报》2015年第5期。

281. 闫敏《试论李锐小说〈无风之树〉书名及题记的佛学意蕴》，《名作欣赏》2015年第5期。

282. 李元元《站在“人间”的高度俯视“厚土”——对长篇小说〈人间〉的解读》，《大众文艺》2015年第7期。

283. 许菲菲《李锐小说研究综述》，《现代语文》2015年第11期。

284. 王晓瑜《人的生存困境与思想者的精神困境——〈张马丁的第八天〉简析》，《现代中国文化与文学》2015年第1期。

285. 严婧琨《对重述神话的当代思考——以〈后羿〉、〈人间〉、〈碧奴〉为例》，《湖北文理学院学报》2016年第3期。

286. 王本朝《当文化成为信仰以后——〈张马丁的第八天〉的基督教叙事》，《南方文坛》2016年第5期。

287. 林静怡《苦难折射下的人性反思与出路寻觅——李锐〈无风之树〉研究》，《名作欣赏》2016年第6期。

288. 李娜《重构神话的当代意义——以〈人间〉和〈青蛇〉为例》，《名作欣赏》2016年第17期。